BASTEI LÜBBE

Von Valeria Montaldi erschien im Bastei Lübbe Taschenbuchprogramm:

15 094 Der Traum des Tuchhändlers

Über die Autorin:

Valeria Montaldi lebt in Mailand, wo sie als freie Journalistin und Kunstkritikerin arbeitet. *Der Herr des Falken* ist ihr zweiter historischer Roman.

VALERIA MONTALDI

Der Herr des Falken

HISTORISCHER ROMAN

Ins Deutsche übertragen von
Karin Diemerling

BASTEI
LÜBBE

BASTEI LÜBBE TASCHENBUCH
Band 15 243

1. Auflage: Dezember 2004
2. Auflage: April 2005

Für Giulio

Niemand steigt zweimal in denselben Fluss

Heraklit

Vollständige Taschenbuchausgabe

Bastei Lübbe Taschenbücher in
der Verlagsgruppe Lübbe

Titel der italienischen Originalausgabe: Il Signore del Falco

Einbandgestaltung: Tanja Østlyngen
Titelbild: AKG, Berlin
Satz: hanseatenSatz-bremen, Bremen
Druck und Verarbeitung: Nørhaven Paperback A/ S, Viborg
Printed in Denmark
ISBN 3-404-15243-3

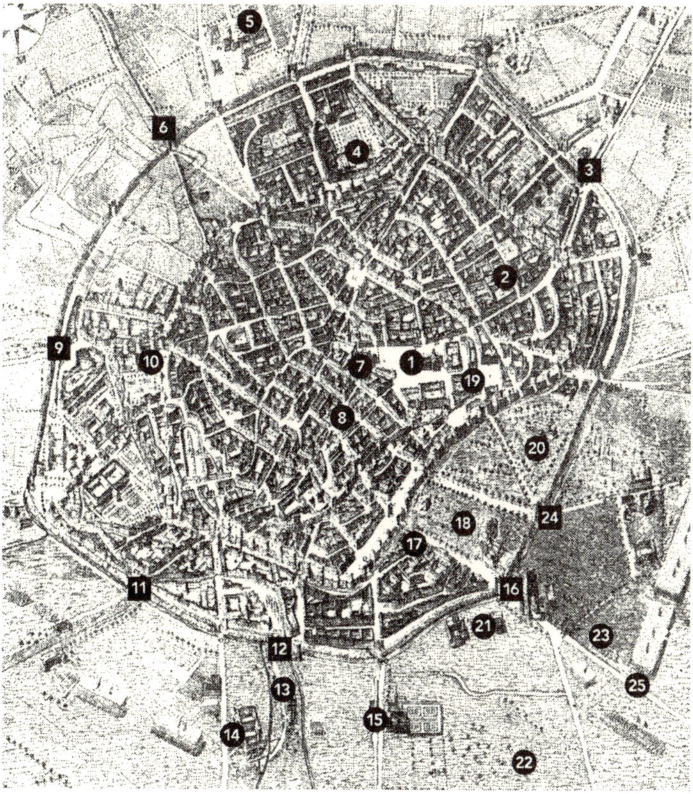
1
2
3
4
5
6
7
8
9
10
11
12
13
14
15
16
17
18
19
20
21
22
23
24
25

LEGENDE

In Klammern stehen die heutigen Ortsnamen

1 Hauptbasilika (Piazza del Duomo)
2 Via San Pietro all' Orto
3 Porta Orientale (Corso Venezia, Ecke Via Senato)
4 Kloster der Umiliati (Via Brera)
5 Kloster San Simpliciano (Via San Simpliciano)
6 Porta Comacina (Via Pontaccio, Ecke Via Mercato)
7 Broletto (Piazza Mercanti)
8 Kirche San Satiro (Via Falcone)
9 Porta Vercellina (Piazzale F. Baracca)
10 Hauptkloster (Corso Magenta, Ecke Via B. Luini)
11 Fabbri-Pforte (Via C. Correnti)
12 Chiusa-Pforte (Via della Chiusa)
13 Torre dell' Imperatore
14 Kirche Sant' Eustorgio (Piazza Sant' Eustorgio)
15 Kloster San Celso (Corso Italia)
16 Porta Romana (Corso di Porta Romana, Ecke Via F. Sforza)
17 Kloster Lentasio (Via Lentasio)
18 Apostelkirche (Piazza San Nazaro in Brolo)
19 Palast des Erzbischofs (Via San Clemente, Ecke Via delle Ore)
20 Brolo-Hospital (Piazza Santo Stefano)
21 Kirche San Calimero (Via San Calimero)
22 Quadronno-Wald (Bezirk Vigentina – Lodovica)
23 Hospital von San Lazzaro (Largo Crocetta)
24 Schlupfpforte von Bottonuto (Via F. Sforza, Giardino della Guastalla)
25 Straße nach Lodi (Piazza Medaglie d' Oro)

PROLOG

Mailand, 1226

Das trübe Wasser des Kanals bildete dunkle Strudel, die sich nach und nach zu trägen Wellen ausbreiteten, und der darauf treibende schmierige Schaum wurde nur mit Müh und Not vom kümmerlichen Gras im Uferkies aufgesogen. Schmutzig weiße Bläschen glänzten einen kurzen Moment in der Sonne, ehe sie zerplatzten.

Ein Hund mit rötlichem Fell und einem Stöckchen im Maul rannte den Damm entlang, gefolgt von einem kleinen Jungen, der ihm laut hinterherrief. Das Tier drehte sich ab und zu um, als wollte es die Entfernung zwischen sich und seinem kleinen Herrn abschätzen, und lief dann weiter. Nachdem er knapp einem mit Waren beladenen Karren ausgewichen war, schien der Hund ruhiger zu werden, ließ das Stöckchen fallen und tapste vorsichtig, um nicht auf den glitschigen Steinen auszurutschen, zum Kanal hinunter. Er hatte großen Durst und wollte schon mit der Zunge das Uferwasser aufschlabbern, als er plötzlich den Schwanz einzog und sein Fell sich sträubte. Unbeweglich wie eine Statue stand er da, die Schnauze witternd vorgestreckt. Nur die Nasenlöcher bebten und beschnupperten hektisch die Strömung. Auf einmal ließ er ein durchdringendes Kläffen ertönen, und der Junge, der ihn fast eingeholt hatte, hielt erschrocken auf dem Damm inne. Der Hund heulte von neuem los, doch der Laut brach sich gleich darauf in einem schmerzlichen Winseln.

»Was ist denn los, Kleiner? Was hat dein Hund?«

Die Stimme kam von hinten, und der Junge fuhr herum, um den Mann anzusehen, der zu ihm gesprochen hatte. Er war sehr groß. Ein schmaler Mund und helle Augen lächelten wohlwollend in einem von der Sonne verbrannten Gesicht, und in seinen schwieligen Händen trug er einen leeren Sack, speckig und zerrissen.

Der Junge antwortete nicht, weil ihn das Winseln des Hundes ablenkte, der gerade mit behutsamen Schritten ins Wasser laufen wollte.

»Halt, Martino! Bleib sofort stehen!«

Das Tier gehorchte, jedoch ohne mit seiner jämmerlichen Klage aufzuhören. Der Junge rannte die Böschung hinunter, wobei er mehrmals auf den Kieseln ins Straucheln geriet. Als er den Hund erreicht hatte, packte er ihn am Schwanz und ließ sich im Kiesbett auf die Knie fallen. Der hoch gewachsene Mann, der ihm gefolgt war, blieb hinter ihm stehen.

»Martino, hör auf damit! Was ist denn in dich gefahren? So habe ich dich ja noch nie erlebt ...«

Im Tadel des Jungen schwang Angst mit. Der Hund zitterte, blieb aber mit den Vorderpfoten wie angewachsen im Wasser stehen. Die geblähten Nasenlöcher schnupperten erregt, und sein Fell war so stark gesträubt, dass es die Ohren fast vollständig verdeckte.

Der große Mann kam näher, legte dem Jungen beruhigend eine Hand auf die Schulter und ließ dann den Blick aufmerksam übers Wasser schweifen. Seine lange Vertrautheit mit dieser Biegung der Vettabbia hatte ihn gelehrt, dass die träge, schmutzige Strömung oft die grässlichsten Dinge mit sich führte. Als Lastenträger, der Schiffe entlud, war er daran gewöhnt, am Ufer jegliche Art von Unrat zu finden, von ausgekippten Exkrementen bis hin zu Tierkadavern. Angesichts des aufgebrachten Verhaltens des Hundes fürchtete er nun, dass es sich um die letztgenannte traurige Sorte von Abfall handelte. Er wollte den Jungen schon wegführen und ihm helfen, seinen widerstrebenden Spielgefährten hinter sich herzuziehen, als sein Blick an einer Stelle des Kanals hängen blieb, nicht weit vom Anlegeplatz der Schiffe. Im Wasser, knapp unter der Oberfläche, trieb eine weißliche Masse, lang gestreckt wie ein Fisch, aber nicht so glatt und kompakt. In der langsamen Strömung tauchte sie auf und verschwand wieder, dabei ein Gewirr von dunklen Algen mit sich führend. Der Mann sah genauer hin und kniff die Augen gegen den Widerschein der Sonne zusammen. Als sein Verstand die unmissverständliche Botschaft der Pupillen empfing, stieg ein nicht zu unterdrückender Brechreiz in seiner Kehle auf. Er stützte die Hände auf die Knie, atmete tief durch und drehte sich nach dem Jungen um, der ihn verwundert anstarrte.

»Verschwinde, Kleiner, geh nach Hause … schnell!«

Eher von der brüchigen Stimme als dem Befehlston des Mannes eingeschüchtert, entfernte sich der Junge, indem er den Hund am Halsband riss und bei jedem Schritt noch einmal über die Schulter zurückblickte. Erst als er den sicheren Damm erreicht hatte und auf der Straße davonging, wagte es der Mann, den Blick wieder auf den Kanal zu richten. Die Leiche trieb langsam aufs Ufer zu, sodass die Gliedmaßen sich nach und nach abzeichneten. Bald schwamm ein Bein oben, bald erkannte man einen Fuß, während das, was wie Algengewirr ausgesehen hatte, sich unter dem Streicheln der Strömung zu einem langen Schleier aus schwarzen Haaren ausbreitete.

»Um Gottes willen, um Gottes willen … Heilige Jungfrau …«

Seine heisere Stimme erstickte in einem Flüstern. Eine ganze Weile starrte er auf die Leiche, ohne einen Muskel bewegen zu können, doch dann, mit jäher Anspannung aller Sehnen, als wäre ein Bienenschwarm über ihn hergefallen, richtete er sich auf und rannte am Ufer entlang auf den Schiffsanlegeplatz zu.

»Da ist ein Toter im Wasser! Schnell, kommt alle her, da ist ein Toter im Wasser!«

Er hatte seine Stimme wiedergefunden, die mächtig aus seiner Brust dröhnte, und für einen Augenblick kam die gewohnte Geschäftigkeit an diesem Kanalufer zum Stillstand. Viele Köpfe wandten sich nach dem brüllenden Mann um, der den Ankerplatz schon fast erreicht hatte; die Fuhrknechte zügelten die Pferde, die Mägde unterbrachen ihr Schwatzen, und auch die Fährmänner hielten in ihrer Arbeit inne.

Atemlos blieb der Lastenträger in der Nähe der dicken Pfähle, die zum Festmachen der Schiffe in den Uferschlamm gerammt waren, stehen. Während er nach Luft rang und sich am Rand einer auf dem Trockenen liegenden Schute abstützte, kamen zwei Fährmänner auf ihn zu und fragten, was das Geschrei solle. Stumm deutete der Mann aufs Wasser, wo die Leiche fast das Ufer erreicht hatte, eine groteske, grauweiße Puppe, die nun gut zu erkennen war. Entsetzen zeichnete sich auf den Gesichtern der beiden Fährmänner ab, und sie glotzten mit aufgesperrten Mündern den Kadaver an, der jetzt wieder aus dem Wasser auftauchte und vom makaberen Tanz der Wellen an der Oberfläche gehalten wurde.

»Kommt her, kommt alle her, du lieber Gott, kommt her und seht!«

Die Männer überschrien sich mit ihren lauten, vulgären Stimmen und fuchtelten wild mit den Armen, worauf sich der Damm in kürzester Zeit leerte, während am Ufer die Schaulustigen zusammenströmten. Allmählich verstummte das aufgeregte Stimmengewirr und ging in ein entgeistertes Schweigen über, als eine letzte Welle den aufgeschwemmten, halb nackten Körper einer Frau ans Ufer spülte. Er blieb unbeweglich auf dem mit schmutzigem Wasser durchtränkten Kies liegen, und nur die langen schwarzen Haare wogten noch in der Uferbrandung. Ein langes, zerrissenes Hemd, von dem nur noch ein Ärmel ganz vorhanden war, bedeckte als einziges Kleidungsstück die Leiche. Der hoch gewachsene Mann ging ein paar Schritte auf sie zu, blieb jedoch wegen des abscheulichen Leichengestanks gleich wieder stehen. In dem angeschwollenen Gesicht quollen die weit aufgerissenen Augen aus den Höhlen, und eine dicke, mit schwarzem Schleim bedeckte Zunge hing aus dem offenen Mund. Fische und Krebse hatten bereits ihr Werk begonnen, denn die Hände, Füße und Arme waren hier und dort angenagt.

»Die Wachen, man muss die Wachen rufen, und dann einen Priester ...«

Die kräftige Stimme des Trägers erhob sich über das Gemurmel der von dem schrecklichen Anblick gebannten Menschenmenge, woraufhin einer der Fährmänner sich bekreuzigte und auf das kleine Stadttor in der Nähe zurannte, um die Wachen zu verständigen.

»Ist dies das Medaillon, von dem Ihr mir berichtet habt, Magistra?«

Der Privatsekretär des Erzbischofs drehte einen wertvoll aussehenden silbernen Anhänger zwischen seinen Fingern. Auf einer runden Scheibe war unter dem fein gearbeiteten Umriss eines kleinen Turms ein verschnörkeltes G eingraviert, das von einem Kranz aus Blättern umgeben und mit blauem, leicht zerkratztem Email überzogen war.

Die Augen der Äbtissin hielten den unsteten Blick des Geistlichen fest. Ihr faltiges Gesicht nahm einen wachsamen Ausdruck an, und der strenge Mund öffnete sich kaum beim Reden.

»Wenn es nicht das betreffende Medaillon wäre, hätte ich nicht nach Euch schicken lassen, Pater Algiso«, zischelte die alte Nonne. »Da wir beide wissen, um was es sich handelt, erscheint es mir sinnlos, weiter um den heißen Brei herumzureden. Habt Ihr den Erzbischof benachrichtigt?«

Der Sekretär nickte und ließ das Medaillon, nachdem er es fest in ein Stück Leinen eingewickelt hatte, unter der Kutte verschwinden.

»Der Erzbischof ist in Kenntnis gesetzt, Magistra. Sobald dieser Anhänger sich in seinen ehrwürdigen Händen befindet, wird er dafür Sorge tragen, ihn seiner rechtmäßigen Besitzerin zurückzuerstatten.«

»Das dürfte schwierig werden, meint Ihr nicht?« Der Ton der Äbtissin war schneidend geworden und verriet eine nur mühsam beherrschte Empörung. »Da die arme Frau längst unter der Erde liegt, wird sie wohl keine Verwendung mehr für ihr Familienwappen haben!«

Der Mönch wurde blass, erhob sich steif von der Bank und öffnete den Mund, um etwas zu entgegnen, aber die Äbtissin kam ihm zuvor.

»Schluss, Pater Algiso! Verstrickt Euch nicht in Lügen. Ich habe genug Jahre auf dem Buckel, um die Wahrheit von gewissen Machenschaften unterscheiden zu können, durch die man sie beugen und den Umständen anpassen will. Sicher wäre es besser gewesen, wenn die Strömung der Vettabbia dem Leichnam der Unglücklichen auch dieses Medaillon entrissen hätte, aber da es nun einmal nicht so ist, halte ich es für meine Pflicht, Zeugnis abzulegen …«

Die Nonne bezähmte die Wut in ihrer Stimme und senkte sie zu einem Flüstern, während sie dem Mönch weiter fest in die Augen sah. »Das Problem, wie Ihr sehr wohl wisst, besteht darin, dass diese junge Frau mit einiger Sicherheit ermordet wurde. Nein, unterbrecht mich nicht«, fügte sie aufgebracht hinzu und wies mit einer herrischen Geste ihr Gegenüber an zu schweigen. »Lasst mich die Wahrheit offen aussprechen. Nichts von dem, was ich Euch berichte, wird aus diesen Mauern hinausdringen. Aber wir wollen wenigstens hier versuchen, diesem armen Mädchen die Gerechtigkeit widerfahren zu lassen, die ihr im Leben nicht vergönnt war ... Also, es war kein Arzt nötig, um die tiefe, schwärzliche Markierung um den Hals des Leichnams zu erkennen. Nachdem man ihn hier zu uns ins Kloster gebracht hatte, ließ die Schwester, die ihn wusch und für das Begräbnis vorbereitete, auf einmal sehr erregt nach mir schicken. Die Kerbe im Hals war so tief, dass die Kette des Medaillons sich ins Fleisch eingegraben hatte, was den Mörder möglicherweise daran gehindert hat, sie der Ärmsten abzunehmen. Nein, Pater Algiso«, winkte sie müde ab, weil sie voraussah, welche Frage er stellen wollte, »weder Ihr noch der Erzbischof werdet je den Namen der Schwester erfahren, die diese undankbare Aufgabe übernommen hat, denn ich habe nicht die Absicht, das Leben einer meiner Schutzbefohlenen aufs Spiel zu setzen! Natürlich, wenn es sich um eine einfache Frau aus dem Volk gehandelt hätte, hätte sich niemand für sie interessiert. Aber diese Gravierung, diese Initialen ... Wer kennt sie nicht, die Familie Gisalbertini aus Calepio? Wer wüsste nicht, dass sie enge Beziehungen zum Haus des Neffen unseres Erzbischofs pflegt?«

Der Sekretär hatte sich, überwältigt von diesem Redeschwall, auf die Holzbank zurückfallen lassen und verfolgte immer beunruhigender dreinblickend die Gesten, mit denen die Äbtissin ihre Worte unterstrich.

»Seht, Pater Algiso, nur weil unser Mund das Lob des Herrn singt, heißt das nicht, dass unsere Ohren taub sind für das, was draußen in der Welt vor sich geht. Wir werden für die verschiedensten Aufgaben in der Stadt gebraucht, weshalb uns unvermeidlicherweise auch Nachrichten über die Schicksale und Nöte der Leute erreichen, egal, ob sie von niederem oder von hohem Stand sind. Wie könnt Ihr Euch einbilden, dass ich nichts von dem Verhältnis zwischen Caterina Gisalbertini und

Lanfranco Calgario gewusst habe, wenn doch meine eigene Familie mit einem Zweig der seinen verwandt ist? Stellt Euch vor, welches Entsetzen mich überkam, als ich dieses Medaillon in den Händen hielt. In einem einzigen Augenblick ist mir alles klar geworden ... Ich habe viele Stunden in meiner Zelle zum Herrn gebetet, damit er mir eingibt, was ich tun soll, und ich glaube, er hat mich erhört, denn ich bin zu dem Entschluss gekommen, dass ich nicht schweigen darf. Deshalb wollte ich, dass Ihr den Erzbischof informiert. Es hängt nun von ihm ab, ob der Skandal an die Öffentlichkeit gelangt oder nicht. Falls er es vorzieht, Schweigen zu bewahren, lastet diese Entscheidung auf seinem Gewissen und nicht auf meinem.«

Die Äbtissin verstummte. Ihre vor der Brust gefalteten Hände zitterten leicht, und ihr gerötetes Gesicht zeugte von starker innerer Anspannung. Ihr scharfer, durchdringender Blick jedoch verließ keinen Moment lang das Gesicht des Sekretärs, der in sich zusammengesunken dasaß. Nach einem langen, befreienden Seufzer stand die alte Nonne auf und ging zur Tür. Pater Algiso, weil er nichts mehr zu entgegnen wusste, folgte ihr und wollte sich gerade verabschieden, als die Äbtissin ihn zurückhielt, indem sie ihren ausgemergelten Körper zwischen ihn und die Tür postierte.

»Ich erwarte Nachricht vom Erzbischof, und zwar bald. Berichtet ihm auch Folgendes: Der Körper Caterina Gisalbertinis trug eindeutige Spuren einer erst wenige Tage zuvor geschehenen Niederkunft.«

Die Augen des Sekretärs weiteten sich und er schnappte nach Luft. Mit einem knappen Lächeln hielt die Nonne ihm die Tür auf.

»Geht hin in Frieden, Pater, und überbringt meine Botschaft so schnell Ihr könnt.«

Nachdem der schwere Türflügel sich hinter ihm geschlossen hatte, sank die Äbtissin auf die Holzbank und ließ ihre Arme schlaff an den Seiten ihres Gewandes herabhängen. Sie machte die Augen zu, ihr Atem ging schneller. Die Tränen, die sie bis dahin starr zurückgehalten hatte, liefen ihr plötzlich über die welken Wangen und tropften zahlreich auf ihren Brustschleier.

Durch die Gasse, die an das Kloster angrenzte, rollte dumpf der Widerhall eines noch fernen Donners.

KAPITEL 1

Mailand, 1243

Der Wassergraben spiegelte die Stadtmauer wider und ließ sie in seiner munteren Strömung leicht erzittern. Nicht weit von der Brücke, die durch die Porta Comacina in die Stadt führte, senkten sich die mächtigen Räder einer Getreidemühle in den steten Wasserlauf. Durch den Eingang des großen zweistöckigen Baus strömten Menschen hinein und heraus, mit zum Platzen gefüllten Säcken auf den Schultern. Gänse liefen schnatternd zwischen den am Ufer stehenden Karren herum und störten die wartenden Zugpferde und Maultiere in ihrer Ruhe.

Pater Matthew, der gerade noch in die verträumte Feststellung versunken gewesen war, wie grün das Gras sogar auf den Hängen im Schatten der Stadtmauer leuchtete, betrat langsam die Brücke. Als er nach einer leichten Steigung in der Mitte angekommen war, blieb er stehen, um den großen Ringgraben zu betrachten, der bestimmt nicht weniger als dreißig Ellen breit war und auch ziemlich tief schien. Das schnell fließende, klare Wasser führte hier und da Schwärme von Fischen mit sich, die dicht unter der Oberfläche schwammen.

»Was ist, Pater, willst du dich heute noch mal bewegen? Siehst du nicht, dass der Karren nicht vorbeikann, wenn du da rumstehst und dir die Frösche anguckst?«

Matthew drehte sich erschrocken um, gerade noch rechtzeitig, um dem ausschlagenden Huf eines alten, halb kahlen Pferdes auszuweichen, das einen mit Holz beladenen Karren zog. Der Mann, der es führte, war hochrot im Gesicht und starrte ihn drohend an. Hastig nuschelte der Mönch eine Entschuldigung und legte nun schneller die wenigen Schritte zurück, die ihn noch von der Straßenerweiterung vor dem Stadttor trennten. Der Torbogen, dessen obere Hälfte durch ein schweres, mit Eisen beschlagenes Fallgitter verschlossen war, stützte sich auf zwei hohe steinerne Türme, die den Mauerring durch ihre massige Erhebung unterbrachen. Etwa zehn Wächter standen in zwei Gruppen zu beiden Seiten des Tores, und obgleich sie das Vorbeiziehen von Menschen und Waren aufmerksam beobachteten, wirkten ihre Gesichter entspannt und ihre Stimmen gelassen.

Pater Matthew durchschritt das Tor und verdrehte den Hals, um die dichten Reihen von Holzgerüsten in Augenschein zu nehmen, die auf der Innenseite der Türme entlangliefen und übereinander liegende Laufgänge bildeten. Dort gingen weitere Soldaten Patrouille, jederzeit bereit, die Stadt im Falle eines Angriffs zu verteidigen. Obwohl er schon öfter durch diesen Eingang in die Stadt gekommen war, staunte Matthew immer wieder über das ständige Kommen und Gehen von Menschen, Karren, Pferden und Maultieren, über dieses unaufhörliche, hektische Treiben. Das Geschrei der Fuhrknechte vermischte sich mit dem der Händler in den Eingängen ihrer Läden und Werkstätten, dem Gebell der Kettenhunde und dem schrillen Lachen der Mägde, die Körbe voller Esswaren trugen. Jedes Mal, wenn er in die Stadt kam, dachte der Mönch daran, wie viel ruhiger doch das Leben in San Simpliciano verlief, dem Kloster, in dem er seit einiger Zeit zu Gast war. Es stand direkt vor den Toren der Stadt, nur einen Pfeilschuss von der Porta Comacina entfernt, und auch dort, genauso wie hier, wurde der Tagesablauf von der Arbeit bestimmt. Die Mönche und ihre Gehilfen kümmerten sich um den Betrieb von Mühlen, befassten sich mit Viehzucht und der Herstellung von Wolle, mit Saatgut und der Veredelung von Obstbäumen, mit dem Bau von Brücken über die zahlreichen Kanäle und mit dem Beschottern von Straßen. Doch trotz all dieser Betriebsamkeit merkte man dort an der Luft und an den Gerüchen und Geräuschen, dass man sich schon auf dem Land befand. Es war gerade diese friedliche, geborgene Atmosphäre mit einem ähnlichen Lebensrhythmus wie in seinem Stammkloster St. Albans im fernen England, in dem er viele Jahre seines Lebens verbracht hatte, die in ihm den Entschluss hatte reifen lassen, vorläufig in Mailand zu bleiben. In allen Klöstern, die ihn auf seiner Reise vom Augusta-Tal bis zur Poebene aufgenommen hatten, war ihm ein mehr oder weniger offenes Misstrauen entgegengebracht worden, begünstigt vielleicht noch von dem Anstrich des Verdachts, der seit einigen Jahren jeden Fremden umgab. Zu zahlreich schon waren die Kämpfe zwischen Kaiser Friedrich und den Fürsten dieser fruchtbaren und reichen Ebene gewesen, als dass die Bewohner, selbst die Geistlichen, jemandem vertrauen durften, der eine andere Sprache sprach. Schließlich konnte jeder Fremde, auch ein Mönch, ein vom päpstlichen Gesandten oder vom Kaiser geschickter Spion sein, der Kriegspläne, Ränke und Verrat in Erfahrung bringen sollte.

Matthew, dem es oft schien, als müsste er sich die meiste Zeit aus Verwicklungen herauswinden, die von anderen geplant waren, hatte immer wieder erstaunt festgestellt, unter welch schwierigen Bedingungen die Menschen der Gegenden lebten, die er auf seinen Wanderungen durchquerte. Wie viel überschaubarer und einfacher waren doch die Scharmützel zwischen den Feudalherren des Augusta-Tals gewesen im Vergleich zu diesem endlosen, opferreichen Krieg in der Poebene, in dem sich der Kaiser, die römische Kirche und die Stadtstaaten gegenüberstanden! Bruder Stephen, der Kämmerer des

Hospitals Scotorum bei Vercelli, in dem Matthew sich während des vergangenen Winters aufgehalten hatte, hatte ihm lang und breit die Ursachen dieses Konflikts erklärt, doch trotz seiner Bemühungen war ihm immer noch nicht alles klar. Warum belegte der Papst den Kaiser immer wieder mit dem Kirchenbann, warum unterstützten einige Städte Friedrich, während andere sich ihm widersetzten, und was hatte der Wille Gottes mit all diesen Auseinandersetzungen zu tun, die nur zu sinnlosen Gemetzeln führten? Dennoch war Friedrich II. nach allem, was er hörte, ein gebildeter Herrscher, der die Schrift und die Künste liebte und den Erlass großzügiger Edikte förderte. Doch wie kam es dann, dass er ausgerechnet den Papst zum Gegner hatte? Der Abt von San Simpliciano, Arnolfo da Sala, in dessen Auftrag er sich gerade in die Stadt begab, hatte versucht, ihm die besondere Situation Mailands darzulegen. Die Leute hier, hatte er gesagt, wollten sich frei fühlen und keine Herren anerkennen. Aus diesem Geist sei vor vielen Jahren der Stadtstaat hervorgegangen und nun dächten die Mailänder nicht mehr daran, das Joch eines Kaisers zu akzeptieren. Sie erinnerten sich noch zu gut an die schmerzliche Unterwerfung unter einen anderen Friedrich, der die Stadt vor fast einem Jahrhundert dem Erdboden gleichgemacht und ihr seine Herrschaft aufgezwungen hatte. Auch die Kirche, hatte Arnolfo hinzugefügt, trug ihren Anteil an den Streitigkeiten, denn der Papst hegte nicht weniger ehrgeizige Pläne für ganz Italien als der Kaiser, während die Kirchenoberen von Mailand sich ihrerseits irgendwie durchzulavieren versuchten, um ihre Unabhängigkeit zu bewahren. Es lag auf der Hand, dass in dieser Zeit ständigen Unfriedens immer die Ärmsten am meisten darunter litten. Matthew hatte von Bauern gehört, die man von ihren Feldern wegriss, um sie in den Kampf gegen diesen oder jenen Feind zu schicken, von ganzen Dörfern, die niedergebrannt worden waren, von hingeschlachteten Frauen und Kindern und von Mönchen und Priestern, die zu anderen Klöstern fliehen mussten. Und in dieser schwierigen Zeit hatte der Abt von San Simpliciano ausgerechnet ihn, einen bescheidenen englischen Mönch, mit einer geheimen und komplizierten Mission betraut. Seine Entscheidung hatte er damit begründet, dass Matthew als Fremder über jeden Verdacht erhaben sei, bestimmte Machtinteressen zu vertreten, und deshalb diskreter als jeder andere Nachforschungen in der Sache anstellen könne, die ihm auf der Seele liege. Was die Gefahr anging, für einen Spion gehalten zu werden, hatte der Abt ihn beruhigt: Da es sich um keine politische Angelegenheit, sondern im Wesentlichen um eine Privatsache handele, würde ihm niemand mit Argwohn begegnen.

Während er noch mit einiger Bitterkeit darüber nachgrübelte, wie drückend doch das Gelübde des Gehorsams sein konnte und wie sehr es in den letzten beiden Jahren sein Leben bestimmt hatte, wurde Matthew beinahe von einem kleinen Jungen umgerannt, der keuchend an ihm vorbeilief. Ihm auf den Fersen folgte eine wutschäumende Frau, die ihn mit unflätigen Ausdrücken überhäufte.

»Meine Geldbörse, verdammter Mistkerl, er hat mir meine Geldbörse gestohlen! Haltet ihn, haltet den kleinen Hurensohn!«

Die Schreie der Frau gingen in dem allgemeinen Lärm unter. Der Mönch drehte sich um, weil er sehen wollte, wo der Bengel abgeblieben war, doch der schien in einer der zahlreichen verschlungenen Gassen, die die Stadt durchzogen, verschwunden zu sein. Auch wenn er den Diebstahl nicht gutheißen konnte, musste Matthew in sich hineinlächeln und freute sich, dass der Missetäter nicht gefasst worden war. Der Gesichtsausdruck der Frau hatte nichts Gutes verheißen, und an der Stelle des kleinen Diebs hätte auch er die Beine in die Hand genommen.

Unter den Arkaden, die die Straße säumten, nahm die Zahl der Läden und Verkaufsstände zu. Birnen, Äpfel, Gemüse,

Hühner, diverse Käsesorten, Fässchen mit Wein, Ballen von Wolle, Tongeschirr, Messer, Säcke mit Sand, Bündel von Holz und was sonst noch zum täglichen Leben gebraucht wurde, waren auf Tischen und Ständen zur Begutachtung seitens der Käufer ausgebreitet, die sich durch die Straße schoben. Als das Gedränge kurz vor dem Broletto immer dichter wurde, fiel Pater Matthew auf, dass das Aussehen der ihm Entgegenkommenden sich veränderte: Unter den einfachen Leuten aus dem Volk, den Trägern, Händlern und Dienstboten, bewegten sich nun auch vornehmer gekleidete Personen. Ohne auf den Staub zu achten, der ihre auf dem Boden schleifenden Gewänder beschmutzte, spazierten sie in kleinen Gruppen einher und unterhielten sich angeregt. Leider war durch das Getöse ringsherum nicht zu verstehen, worüber. Eingekeilt in die Menge lief der Mönch eine Zeit lang neben zwei Männern her und bekam einige Fetzen ihres Gesprächs mit, aus denen er schloss, dass es sich um einen hochgestellten Bürger und einen Geistlichen handelte. In ihrer Kleidung unterschieden sie sich kaum. Über einem Unterkleid aus feinem Tuch trugen sie eine Tunika aus einem leichten Wollstoff, die in der Taille von einem mit silbernen Beschlägen verzierten Ledergürtel gehalten wurde. Beide hatten besohlte Strümpfe an und einen Umhang aus Seide über die Schultern geworfen. Nur ein kleines silbernes Kreuz um den Hals, das fast zwischen den üppigen Falten des Unterkleids verschwand, wies den einen der beiden als Mann der Kirche aus. Während der Mönch sich noch fragte, warum viele Geistliche in Mailand die weltliche Kleidung dem Priestertalar vorzogen, gingen die beiden Männer auf eine Frau zu, die ihnen aus der anderen Richtung entgegenkam. Sie war sehr elegant und vornehm und trug ein langes Kleid aus bestickter Seide, dessen Ärmel von oben bis unten mit silbernen Knöpfchen geschmückt und so eng waren, dass sie kaum ihre Arme bewegen konnte. Ein kunstvoller Kopfputz aus weißem Leinen umhüllte locker ihr Haupt und ließ hier und da ein paar neckische blonde Löckchen hervorgucken. Dicht hinter ihr ging eine blutjunge Dienerin, welche die Schleppe ihres Kleides vom Boden fernhielt. Die beiden Männer blieben vor ihr stehen, verbeugten sich und begannen ehrerbietig mit ihr zu reden. Matthew war neugierig geworden und hätte zu gerne verweilt, um sie zu belauschen, aber er wurde unerbittlich von der Menschenmenge weitergezogen. Man hätte glauben können, dass ganz Mailand an diesem Morgen unterwegs war und ins Stadtzentrum drängte. Nachdem er um ein Haar in einen Bottich mit lebenden Fischen geschubst worden wäre, den ein Händler vor seinem Laden aufgestellt hatte, kam der Mönch endlich in Sichtweite des Broletto, des Haupt- und Versammlungsplatzes der Stadt.

»Hast du Lust auf ein wenig Gesellschaft, Mönchlein? Ich bin wirklich gut, weißt du, und für euch Kirchenmänner mache ich einen Sonderpreis ...«

Kaum dass er die raue, sinnliche Stimme gehört hatte, merkte Matthew, wie ihn jemand an der Schulter berührte. Er drehte sich um und sah sich einem stark geschminkten Gesicht gegenüber, das von wallendem, rötlichem Haar umrahmt wurde. Die Straßendirne lächelte ihn an und ließ die Zungenspitze über die halb geöffneten Lippen spielen. Ihre fast vollständig entblößten Brüste ragten rund und straff aus dem tiefen Ausschnitt ihres Kleides. Der Mönch wurde rot und schüttelte ablehnend den Kopf, während die Frau, die nicht älter aussah als zwanzig, ihm mit sanfter Hand lasziv über die Kutte strich und sich dann, immer noch lächelnd, einem anderen möglichen Kunden zuwandte. Es war nicht das erste Mal, dass Matthew ein solches Angebot erhielt, denn in Mailand wimmelte es von Huren, die sich an jeder Ecke ausstellten. Vom Abt wusste er, dass ihre Zahl seit Beginn des Kriegs gegen den Kaiser beträchtlich gestiegen war, da viele Frauen aus dem Umland, deren Felder und Hütten geplündert worden waren, in die Stadt kamen, um die Reihen der Dirnen zu verstärken. Darüber hinaus hatte die große Menge der Soldaten, die sich ständig in Mailand herumtrieben, die Ausbreitung dieses traurigen Gewerbes begünstigt.

Wie immer nach einer dieser Begegnungen wurde Matthew ganz niedergeschlagen, und seine Gedanken wanderten zu Marthine, die er zum letzten Mal vor fast zwei Jahren in Rochester gesehen und in der gleichen bedauernswerten Lage angetroffen hatte. Ob sie es inzwischen geschafft hatte, zu fliehen und diesem elenden Leben zu entkommen? Sie hatte als unschuldiges Opfer einer Anklage wegen Hexerei ihr Dorf verlassen und in der Stadt Zuflucht suchen müssen, wo niemand sie kannte. Dort war sie, da es keine andere Möglichkeit gab, den Lebensunterhalt zu verdienen, gezwungen gewesen, sich zu prostituieren, um nicht hungers zu sterben. Eine andere Unschuldige namens Mary war aufgrund derselben infamen Anklage hingerichtet worden, denn Matthew hatte sie in seiner Machtlosigkeit nicht retten können. Obwohl seitdem viel Zeit vergangen war, nahmen seine Schuldgefühle nicht ab, sondern quälten ihn von Zeit zu Zeit stärker denn je.

In diese trüben Gedanken versunken, durchschritt er die Porta Cumana, die auf den Broletto führte. Dort übertönten die klangvollen Stimmen zweier städtischer Ausrufer das allgemeine Stimmengewirr. Sie standen auf einem vor dem Rathaus aufgebauten Podest und verkündeten abwechselnd die üblichen Verbote, die die Bevölkerung einzuhalten hatte.

»... außerdem ergeht die Anordnung, dass kein Mann dem Glücksspiel frönen oder Geld dafür verleihen darf, worauf eine Strafe von sechzig Soldi erhoben wird. Desgleichen ist auch jedes erlaubte Spiel des Nachts auf den Straßen, in den Tavernen und an jeglichem anderen Ort verboten und darf nur während der Tagesstunden betrieben werden. Was weitere Delikte betrifft, so wird festgesetzt, dass jede Person, gleich welchen Geschlechts, doch älter als zwölf Jahre, die einen Diebstahl an Sachen begeht, welche mehr als sechs Denar wert sind, mit einer Buße von zwanzig Soldi belegt wird. Wer einen Dieb fasst und ihn nicht dem Erzpriester oder seinem Stellvertreter übergibt, erhält eine Geldstrafe von sechzig Soldi …«

Ohne auf das gelangweilte Geleier der Ausrufer zu achten, gingen die Leute ihren Geschäften nach. In dem hohen Bogengang, der das Erdgeschoss des Rathauses bildete, handelten reich gekleidete Kaufleute miteinander und mischten sich unter die Notare und Gerichtsbeamten, die aus dem anliegenden Gefängnis von Malastalla kamen. Sechs Pferde mit den Insignien des Stadtvogts am Zaum waren an den Säulen angebunden, die die Arkadenbögen trugen, ein Zeichen, dass im Saal des ersten Stocks eine Versammlung der Ratsherren stattfand.

Matthews Blick blieb an dem steinernen Relief hängen, das etwa zwanzig Jahre zuvor zu Ehren des Stadtvogts, der den Bau des neuen Rathauses in Auftrag gegeben hatte, an der Fassade des Palastes angebracht worden war. Der Mann war in kriegerischer Haltung auf seinem Pferd dargestellt, und die Inschrift darunter wies ihn als Oldrado da Tresseno aus und hob seine Bedeutung als Verfolger von Ketzern hervor. *Catharos, ut debuit, uxit* lautete das Epigraph. Trotz des warmen Sommertages überlief es den Mönch kalt beim Lesen dieser Worte, die ihn erneut in die Vergangenheit zurückversetzten. Auch hier, genauso wie in Frankreich, im Augusta-Tal und eigentlich überall inzwischen, sprach man viel von Ketzerei und von Frauen und Männern, die gefoltert und hingerichtet worden waren, weil sie sich vom Glauben Roms entfernt hatten. Der Abt von San Simpliciano, obschon er die wahren Gründe nicht kannte, die den Bruder aus dem fernen England nach Italien geführt hatten, hatte ihm zur Vorsicht bei seinen persönlichen Kontakten in der Stadt geraten, da dieser Tage schon eine harmlose Kleinigkeit genüge, um der Ketzerei beschuldigt zu werden. Selbst die Mitglieder des Ordens der Umiliati hatten Vorwürfe von Seiten des Papstes und die Auferlegung einer neuen kanonischen Regel über sich ergehen lassen müssen, weil ihre gemeinschaftliche Lebensweise im Geruch der Häresie stand. Dabei, hatte Arnolfo hinzugefügt, handelte es sich um sehr achtbare und fromme Mitbrüder, die hart auf den Feldern des Umlandes arbeiteten und für ihre Meisterschaft bei der Herstellung von Wolle bekannt waren. Matthew hatte sich über die mitfühlenden Worte des Abtes gewundert, weil er wusste, wie häufig die verschiedenen religiösen Orden undurchschaubare Streitigkeiten miteinander ausfochten. Offenbar war Arnolfo ungeachtet seiner guten Verbindungen zu den diversen Machthabern in Mailand ein gerechter Mann, der wahren von falschem Glauben unterscheiden konnte und vor allem auf das geistliche Wohlergehen der ihm anvertrauten Seelen achtete. Er hegte ein gewisses Misstrauen gegenüber den Minderbrüdern, die vom Erzbischof Leone da Perego mit der Bekämpfung der Ketzerei beauftragt worden waren und mit erbarmungsloser Entschlossenheit jeden in Mailand aufspürten und öffentlich anklagten, der im Verdacht stand, von den Regeln der römischen Kirche abgewichen zu sein. Auch die Dominikaner beteiligten sich an diesen inquisitorischen Maßnahmen, und der Abt hatte Matthew empfohlen, sich während seiner Nachforschungen von Mitgliedern dieser beiden Orden fern zu halten, um zu vermeiden, dass er unwillentlich in dunkle und gefährliche Umtriebe verstrickt wurde. Er selbst dagegen müsse weiterhin respektvollen Umgang mit den Inquisitoren pflegen, um sich nicht den Zorn des Erzbischofs zuzuziehen, von dessen Schutz und Wohlwollen auch San Simpliciano abhing.

Ein plötzlicher Windstoß, der durch die auf den Broletto führenden Arkaden fuhr, trug Matthew einen strengen Geruch entgegen. Er kam von der Porta Orientale, wo der Fischmarkt gerade in vollem Gange war. Über die Vorstellung lächelnd, dass dieser Gestank ab und zu auch die geheiligten Kirchenschiffe der nahe gelegenen Hauptbasilika erreichte, strebte der Mönch weiter seinem Ziel entgegen. Nachdem er den Broletto überquert hatte, tauchte er in die Gassen ein, die ihn zum Kloster von Santa Maria al Lentasio führen würden.

KAPITEL 2

Bella zog sich rasch wieder an. Der süßliche Geruch des Mannes, der gerade bei ihr gelegen hatte, hing noch in der Luft. Durch die schmale Tür, die das Zimmer mit dem dahinter liegenden Garten verband, kam nicht genug Luft herein, um die stickige Hitze dieser ersten Andeutung von Sommer zu vertreiben. Nachdem sie die Lagerstatt wieder hergerichtet hatte, setzte sie sich auf einen Schemel und leerte eine kleine Geldbörse auf dem Tisch aus. Sie wischte sich den Schweiß von der Stirn und zählte aufmerksam die Münzen, indem sie diese aufeinander türmte. Als sie sicher war, ihre Tageseinnahmen richtig errechnet zu haben, steckte sie die Geldstücke in ein Ledersäckchen, das sie sorgfältig verschnürte. Dann warf sie einen verstohlenen Blick zur Tür, um sich davon zu überzeugen, dass niemand sie sah, und versteckte es in einer Mauerritze, die gut vom Kopfteil der Holzpritsche verborgen wurde, auf der ihr Strohsack lag.

Ihre Hände zitterten. Wie nach jeder Begegnung mit Lanfranco wurde sie von der Furcht geschüttelt, wiedererkannt worden zu sein, obwohl mittlerweile siebzehn Jahre vergangen waren und ihr Mädchengesicht von damals die Züge einer reifen, vom Leid gezeichneten Frau angenommen hatte. Ihr Beruf, den sie aus Not ausübte, hatte nicht nur ihren Körper, sondern auch ihre Seele verändert. Bella wusste, dass sie innerlich und äußerlich eine andere geworden war, und doch musterten die harten Augen dieses Mannes sie jedes Mal eingehend, als suchten sie den Grund für eine vage Ahnung, die zu einem Verdacht oder, Gott möge es verhüten, gar zu einer Gewissheit werden könnte. Schon oft hatte sie sich gefragt, durch welch grausame Fügung des Schicksals Lanfranco ausgerechnet sie unter den vielen Prostituierten der Stadt zu einer regelmäßigen Anlaufstelle gemacht hatte, um seine heftigen sexuellen Gelüste zu stillen, die er trotz seiner nicht mehr jungen Jahre immer noch hegte. Zwar erfolgten seine Besuche nicht in festen Abständen, aber es waren inzwischen bereits vier Jahre vergangen, seit er sie jenes erste Mal in der Nähe des Broletto, wo sie auf Kundschaft wartete, angesprochen hatte. Mit wachsender Neugier hatte er sie angestarrt und sie nach ihrem Namen gefragt. »Bella«, hatte sie geantwortet. »Bella, und weiter?«, hatte er gebohrt. »Nur Bella, Herr«, hatte sie fest erwidert und ihr Gegenüber herausfordernd angesehen. Er hatte nicht weiter nachgefragt und war ihr in ihre Hütte gefolgt, die eingezwängt zwischen vielen anderen gleich außerhalb der Stadtmauer, hinter der Porta Romana, stand. Sie hatte ihn nicht gleich erkannt, denn auch in seinem Gesicht hatten die Jahre Spuren hinterlassen. Seine Wangen waren erschlafft und gaben ihm ein beinahe sanftes Aussehen, was jedoch durch die häufig aufblitzende Grausamkeit in seinen Augen Lügen gestraft wurde. Einer dieser Blicke war es dann auch gewesen – er hatte ihn ihr bei der Bezahlung für ihre Dienste zugeworfen –, bei dem ihr eingefallen war, an wen der Mann sie erinnerte. Und mit der Erinnerung war die Furcht gekommen und hatte sich in Schrecken verwandelt, als es ihr bei einem der folgenden Treffen gelang, ihm den Namen seiner Familie zu entlocken. Seitdem begleitete sie eine steigende Unruhe und die ständige Angst, dass er sich früher oder später ebenfalls erinnern könnte. Doch es war nicht möglich, ihm aus dem Weg zu gehen, im Gegenteil, seine Gesellschaft war zu einer bedrückenden Gewohnheit für sie geworden.

Lanfranco Calgario war der Mörder Caterinas, ihrer ehemaligen Herrin.

Vor siebzehn Jahren war Bella noch eine ganz junge Dienerin im Haus der Gisalbertinis in Calepio gewesen. Als Caterina sich zwei Jahre nach dem Tod ihrer Mutter in den jungen und stattlichen Neffen des Erzbischofs von Mailand verliebt hatte, der regelmäßig im Haus ihrer Familie zu Gast war, diente Bella bereits als ihre Zofe. Sie hatte mit Besorgnis verfolgt, wie sich das Techtelmechtel zwischen den beiden hinzog und mit dem Schlimmsten gerechnet, und sie sollte Recht behalten. Caterinas Vater, den der Tod seiner Frau schwer getroffen hatte, war bald ebenfalls erkrankt und innerhalb eines halben Jahres gestorben. Danach stand die junge Frau ganz allein da, denn ihr Bruder Gerardo war im Jahr zuvor während des Feldzugs gegen Pavia in die Lomellina geritten und nicht zurückgekehrt. Caterina war noch zu jung und unerfahren gewesen, um die Verantwortung für Haus und Hof zu übernehmen und hatte wichtige Entscheidungen, die den Palast der Familie und ihre Ländereien betrafen, immer wieder hinausgeschoben. Von zu viel Trauer überwältigt, hatte sie Trost in den lüsternen Armen Lanfrancos gesucht, der sie bald darauf schwängerte. Bella erinnerte sich noch gut an die bange Freude auf dem Gesicht ihrer Herrin, als sie ihr von ihrem Zustand erzählte und sie beschwor, das Geheimnis bis nach der Geburt des Kindes zu bewahren. Lanfranco, hatte sie hinzugefügt, werde sie im kommenden Jahr ehelichen, nach seiner Rückkehr aus Genua. Dorthin werde er sich gemeinsam mit anderen Patriziern Mailands in seiner Eigenschaft als Vermittler begeben, um die Friedensbedingungen zwischen Alessandria und Genua auszuhandeln, die sich bis vor wenigen Monaten im Krieg miteinander befunden hatten.

Während sie auf seine Rückkehr wartete, hatte Caterina den Palazzo und die Verwaltung der Ländereien Montenario Goldanica anvertraut, dem Notar ihres Vaters, und ihn beauftragt, Erbpachtverträge mit der Familie Bernate abzuschließen, die entfernte Vettern und ihre einzigen verbliebenen Verwandten waren. Dann hatte sie alle Bediensteten entlassen, mit Ausnahme von Bella, und war mit ihr auf einen ihrer Familie gehörenden Meierhof nicht weit vom Fluss Lambro gezogen. Dort hatten sie die beiden alten Gutspächter, die sie von Kindesbeinen an kannten, verständnisvoll empfangen und ihr Geheimnis während der ganzen Schwangerschaft gehütet. »Es darf nicht bekannt werden, dass ich vor der Ehe schwanger geworden bin!«, hatte sie zu Bella gesagt. »Sobald Lanfranco zurückkommt, werden wir heimlich heiraten, und niemand wird erfahren, wann das Kind geboren wurde.« Bella ihrerseits hatte ernstliche Zweifel daran gehegt, dass eine Familie wie die Calgarios sich darauf einlassen würde, die Verheiratung eines ihrer viel versprechenden Sprösslinge in aller Stille geschehen zu lassen. Doch es stand ihr nicht zu, Caterina zu warnen, denn sie war schließlich nur eine Dienerin, und das Vertrauen, das ihre Herrin ihr aus Angst und Einsamkeit geschenkt hatte, konnte leicht in wütenden Trotz umschlagen. Bella war damals fast noch ein Kind, aber sie hatte längst verstanden, dass man arbeiten musste, um satt zu werden, und wenn sie ihre Arbeit durch ein unvorsichtiges Wort verloren hätte, wäre sie auf der Straße gelandet. Also hatte sie geschwiegen.

Als sie nun über das Stück Himmel, das sie durch die Tür zum Garten erkennen konnte, die dunklen Wolken eines bevorstehenden Gewitters dahinjagen sah, dachte sie wieder an jene schreckliche Nacht vor vielen Jahren. Auch damals war ein Gewitter niedergegangen und der Lärm des Donners hatte jedes andere Geräusch übertönt. Caterina hatte fest geschlafen, erschöpft von den Mühen der noch nicht lange zurückliegenden Geburt und dem Stillen ihrer Tochter Dorotea. Die Kleine hatte in einer Wiege, die über dem Bett ihrer Mutter hing, gelegen und angefangen zu greinen, worauf Bella sie auf den Arm nahm, um den Schlaf ihrer Herrin nicht zu stören, und sie zu ihrem eigenen Lager auf dem Dachboden trug. Nachdem sie die Leiter hochgezogen hatte, schloss sie die Falltür, damit die Stimme des Kindes nicht an die Ohren seiner Mutter drang. Dorotea war beinahe sofort wieder eingeschlafen.

Das heftige, windgepeitschte Prasseln des Regens auf dem Dach hatte verhindert, dass Bella die näher kommenden Hufschläge wahrnahm, doch dann hatte ein lauter, nicht zu überhörender Knall sie plötzlich auffahren lassen. Erschrocken legte sie das Kind auf ihrem Strohsack ab und öffnete die Falltür einen kleinen Spalt. Die Dunkelheit unten wurde hin und wieder vom Schein der Blitze durchzuckt, der auch die weit offen stehende Tür beleuchtete. Sie hatte gerade beschlossen, die Sprossenleiter wieder hinunterzusteigen und den Riegel vorzuschieben, als sie im Licht eines besonders hellen Blitzes den Schatten eines Mannes erkannte, auf den sogleich die undeutliche Gestalt eines zweiten folgte.

Überraschung und Angst hielten sie zurück, sodass sie wie gelähmt dahockte und den Atem anhielt. Durch den Spalt erkannte sie, wie die beiden Männer ans andere Ende des Zimmers gingen, wo sich, außerhalb ihres Blickfeldes, Caterinas Lagerstatt befand. Obwohl sie nichts sah, überkam sie eine ahnungsvolle Furcht. Während ihre Augen vergeblich versuchten, das Dunkel zu durchdringen, fingen ihre Ohren die schrecklichsten Laute auf. Die benommene Stimme ihrer Herrin, die aus tiefem Schlaf gerissen worden war, ging in einen spitzen Schrei über und erstickte dann in einem langen, nicht enden wollenden Röcheln. In der darauf folgenden Stille, die nur von einem gelegentlichen, sich entfernenden Donnern unterbrochen wurde, hörte Bella die gedämpften Stimmen der beiden Männer und erkannte mit Entsetzen die von Lanfranco, der wütend das Zimmer auf den Kopf stellte und nach Dorotea suchte. »Wo haben sie nur das Kind hingetan, verdammt, wo ist der kleine Bastard? Und ihre Dienerin, wo ist diese Dienerin?« Bella schloss mit zitternden Händen vorsichtig die Falltür und setzte sich darauf, ohne ein Geräusch zu machen. Alles, was sie außer dem Trommeln des Regens auf dem Dach hörte, war das noch lautere Trommeln ihres Herzens, das ihr die Luft abschnürte. Ihre Augen, die sich inzwischen an die Dunkelheit des Dachbodens gewöhnt hatten, wanderten zu dem Strohsack, wo die kleine Dorotea lag. Das Kind war zum Glück nicht aufgewacht. Bella begann stumm zu beten, einen Rosenkranz nach dem anderen, und rief die heilige Jungfrau und alle Heiligen an, die ihr einfielen. So verharrte sie eine Zeit lang, die ihr wie eine Ewigkeit erschien, während von unten weiter dumpfes Poltern und Flüche heraufdrangen. Irgendwann kam das alte Pferd des Pächterehepaares klappernd herangetrabt, das den Lastkarren nach einem langen Tag auf dem Markt von Mailand nach Hause zog. Als Dorotea ein schüchternes Wimmern von sich gab, hörte Bella gleichzeitig verängstigte Schreie, gefolgt vom nervösen Wiehern der Pferde, von denen zwei gleich darauf davongaloppierten. Dann Stille, bis auf einen klagenden Laut aus der Kehle des alten Kleppers der Gutspächter.

Bella war bis zum Morgengrauen auf dem Dachboden geblieben und hatte Dorotea in den Armen gewiegt, die nun vor Hunger brüllte. Sie schob ihr ein mit Wasser aus ihrer Waschschüssel getränktes Taschentuch zwischen die Lippen, in der Hoffnung, dass sie wieder einschlief, aber die Kleine hatte es ausgespuckt und nur noch lauter geschrien.

Als das erste Sonnenlicht durch die Dachritzen fiel, öffnete Bella langsam die Falltür, um nach unten zu schauen. Das Zimmer schien verlassen. Die Kommode war umgestürzt und ihr Inhalt kreuz und quer über den Fußboden verstreut worden. Auch die Sitzbank war umgedreht und, soweit sie es von dort oben sehen konnte, das Strohlager mitten ins Zimmer gezerrt worden. Vorsichtig und mit gespitzten Ohren stieg sie die Leiter hinunter, ohne auf Doroteas Geschrei zu achten.

Caterina war verschwunden. Die Wiege des Kindes war heruntergerissen worden und lag umgekippt in einer Ecke. Bella schlich an der Wand entlang zu dem Türflügel, der immer noch weit offen stand. An der Schwelle angekommen, stießen ihre Füße an einen Gegenstand. Vor ihr lag, von der Sonne beschienen, einer der roten Pantoffeln ihrer Herrin. Bella hob ihn auf und sah sich suchend nach dem anderen um, fand ihn aber nicht. Dabei streifte ihr Blick jedoch einen dunklen Haufen Lumpen, der in der Nähe des Karrens lag, an der Seitenmauer des Gutshofes. Mit angehaltenem Atem, weil sie schon ahnte, was sie finden würde, ging sie nach draußen. Hingestreckt auf der gestampften Erde lagen der Pächter und seine Frau, ihre Körper so verdreht, dass sie wie Stoffpuppen aussahen. Als sie sich näherte, drehte das Pferd ihr den Kopf zu, und der Atem aus seinen feuchten Nüstern stieg in der kühlen Morgenluft als Dampfwölkchen auf. Bella stützte sich mit einer Hand an der Mauer ab und machte ein paar Schritte auf die Leichen zu, wobei ihr vor Entsetzen geweiteter Blick auf ihre durchgeschnittenen Kehlen gerichtet war. Ihre Ohren verschlossen sich für die Geräusche der Umgebung, und selbst Doroteas immer lauter werdendes Brüllen erreichte sie nur gedämpft, wie aus weiter Ferne. Der gellende Schrei, mit der sie ihrem Grauen Luft machen wollte, blieb ihr im Hals stecken und kam nur als ein schwacher Klagelaut heraus, ähnlich einem Winseln.

Als sie später darüber nachdachte, konnte sie nicht mehr sagen, wie lange sie dort unbeweglich gestanden und die beiden armen Alten angestarrt hatte, die wie streunende Hunde abgeschlachtet worden waren. Erst durch das Verstummen des Kindes, das ihr plötzlich durch das lärmende Zwitschern der Sperlinge hindurch auffiel, kam sie wieder zu sich. Sie rannte ins Haus und stürmte wie eine Wahnsinnige zum Dachboden hinauf, wo sie Dorotea völlig erschöpft und mit vollen Windeln vorfand. Nachdem sie das Kind gesäubert und seine Windeln gewechselt hatte, schnürte sie ein Bündel mit ihren wenigen Habseligkeiten, wickelte die Kleine in einen Schal aus feiner Wolle und ging zum Stall, der nur wenige Schritte entfernt vom Haus des Pächters lag. Dort molk sie ein Schaf, fing die Milch in einem kleinen Schlauch auf und nahm sich eines der Maultiere. Dorotea atmete schnaufend und schien zu schlafen. Den Säugling fest an die Brust gedrückt, bestieg Bella das Tier und trieb es mit den Knien an, in Richtung Mailand.

Sie hielt nur einmal kurz am Straßenrand, im Schatten eines Maulbeerbaums, um dem Kind die Schafsmilch zu geben. Anfangs verweigerte Dorotea sie, doch dann, entkräftet vom langen Fasten, saugte sie gierig am Schnabel des Schlauchs, und ihr kleines Mündchen, das an eine weichere Milchquelle gewöhnt war, spuckte mehr Flüssigkeit auf ihr Hemdchen als es aufnahm. Bald aber hatte die Müdigkeit die Oberhand über den Hunger gewonnen, und sie war wieder eingeschlafen, obwohl sie noch nicht satt war.

Während Bella nun den Hühnerstall nach den Eiern dieses Tages absuchte, erinnerte sie sich an den Ritt in die Stadt. Auf der Straße war sie zahlreichen Kaufleuten und Bauern begegnet, die alle nach Mailand wollten, aber in ihrem gehetzten, aufgewühlten Zustand hatte sie mit niemandem gesprochen, weil sie unter jeder Kopfbedeckung oder Pilgerkapuze die Züge Lanfrancos vermutete. Kurz vor der Stadtmauer war auf einmal die Fassade einer Kirche aufgetaucht, und sie hatte eine schnelle Entscheidung getroffen. Sie wickelte das Mädchen fest in seinen Schal und legte es in einen großen Korb, der vor dem Seiteneingang des an die Kirche angrenzenden Klosters stand. Viele Tränen hatte sie geweint, als sie es dort zurückließ, doch sie wusste, dass es die einzige Rettung für Dorotea war, sie der Obhut der Nonnen anzuvertrauen. Sie selbst hatte keine Mittel, das Kind zu ernähren und aufzuziehen, denn auch sie stand jetzt ganz allein auf der Welt. Nach einem letzten Blick auf das blasse Gesichtchen bestieg sie hastig das Maultier und floh wie eine Diebin in Richtung Stadt.

Dort irrte sie tagelang ziellos umher und prügelte sich mit den Schweinen, die frei durch die Straßen, Gassen und Arkaden liefen, um die dort hingeworfenen Essensreste. Sie suchte nach einer Arbeit, fand aber keine, weil sie niemanden kannte, der für sie bürgte, und schließlich verkaufte sie schweren Herzens das Maultier, von dessen geringem Erlös sie noch einen Monat kümmerlich überleben konnte. Zusammen mit anderen Elenden fand sie Zuflucht in einer alten Bretterbude, die schief an einem Erdwall vor der Schlupfpforte von Bottonuto stand. Dort verlor sie eines Nachts durch einen betrunkenen, stinkenden Soldaten, der auf den Marschbefehl zu einem der vielen Feldzüge gegen Pavia wartete, auf brutale Weise ihre Jungfräulichkeit. So hatte ihr neues Leben begonnen. Nach der Vergewaltigung hatte sie eingesehen, dass ihr nichts anderes übrig blieb, als das Heer der Dirnen in der Stadt zu verstärken, wenn sie nicht hungers sterben wollte. Mit der Zeit hatte sie sich daran gewöhnt, ihren Körper feilzubieten, und im Laufe eines Jahres war es ihr gelungen, genug Geld zusammenzubekommen, um die Miete für ihre kleine, aber anständige Wohnung direkt vor der Stadtmauer zu bezahlen. Oft war sie in den vergangenen siebzehn Jahren versucht gewesen, zum Kloster von San Celso zu gehen, um sich nach dem Mädchen zu erkundigen. Aber sie hatte den Wunsch immer wieder unterdrückt, weil sie wusste, dass es zwecklos und vielleicht sogar gefährlich gewesen wäre.

Auch jetzt, wie so häufig in letzter Zeit, verursachte der Gedanke an das Mädchen ihr einen stechenden Kopfschmerz hinter der Stirn. Bella hielt die beiden einzigen Eier, die sie im Hühnerstall gefunden hatte, in der Hand und sah zum Himmel auf. Dicke Regentropfen fielen herab und brachten das dürre Gras im Garten zum Glänzen. Sie ging zurück ins Haus, legte die Eier auf den Tisch und stützte den Kopf in die Hände, wobei sie ihre Finger gegen die Schläfen presste. Der Schmerz würde nach einer Weile vergehen, wie sie aus Erfahrung wusste, sie musste nur abwarten. Mit der Dämmerung würde Remigio zurückkehren, und dann konnte sie ihm ihre Sorgen und Ängste anvertrauen. Während sie darauf wartete, sich in seine Arme schmiegen zu können, versuchte Bella, an gar nichts zu denken. Draußen rauschte der Regen und wirbelte mit jedem Tropfen schlammige Spritzer in der staubigen Gasse auf. Ein herumstreunender Hund drückte sich für einen Moment in den Schutz der Hauswand und hechelte mit heraushängender Zunge, bevor er entschlossen sein vor Schmutz starrendes Fell schüttelte und auf die Stadt zutrabte.

KAPITEL 3

Zwei Tauben segelten gemeinsam vom Dach und landeten zwischen den blühenden Beeten im Geviert des Kreuzgangs. Ihre Köpfe ruckten rhythmisch vor und zurück, während sie auf der Suche nach Futter herumtrippelten. Ihre Artgenossen, die bereits die Rasenfläche besetzt hielten, zeigten sich betont gleichgültig gegenüber den Neuankömmlingen und fuhren fort, sich zu flöhen, indem sie sich gegenseitig in Gefieder und Schwanz pickten oder sich mit den dünnen roten Beinen am Schnabel kratzten. Nur eine, die unter einem Busch kauerte und den Kopf in die Brustfedern versenkt hatte, bewegte sich überhaupt nicht und schien wie tot.

Matthew stand neben einer kleinen Außenpforte und beobachtete die Vögel gedankenverloren. Er wartete darauf, von der Äbtissin empfangen zu werden, doch die Wartezeit zog sich in die Länge, nachdem ihn eine Novizin in den kleinen Klostergarten geführt hatte.

Die Tugend der Geduld war mittlerweile tief verwurzelt im Gemüt des Mönches, was ihn jedoch nicht daran hinderte, den vertrauten Aufruhr in seinen Eingeweiden wahrzunehmen – ein untrügliches Zeichen dafür, dass Beklemmung und Sorge bald die Oberhand über seine selbst auferlegte Ruhe gewinnen würden.

Auf ein Rascheln hinter ihm drehte er sich um und erblickte

die junge Nonne, die ihm mit einem schüchternen Lächeln bedeutete, ihr zu folgen.

»Die Äbtissin wird Euch in ihrer Zelle empfangen«, murmelte die Novizin in entschuldigendem Ton, »weil das Gehen ihr sehr schwer fällt. Die Treppe, die zum Besuchszimmer führt, ist recht steil, und es verursacht ihr schon genug Schmerzen, sie zu den Andachten und Gottesdiensten herabzusteigen.« Matthew nickte und ging hinter der jungen Frau durch eine von schmalen Bogenfenstern unterbrochene Galerie, auf deren Steinfußboden dezentes Licht fiel. Am anderen Ende, gleich hinter einer schweren Flügeltür aus Eiche, bog der Gang nach rechts ab, und in dem von den beiden Wänden gebildeten rechten Winkel führte eine schmale Wendeltreppe nach oben. Die Novizin stieg ohne Zögern die steilen Stufen hinauf. Im oberen Stockwerk erstreckte sich ein weiterer Gang, welcher der Galerie unten fast aufs Haar glich, wenn er auch nur von vier kleinen quadratischen Fenstern erhellt wurde. Auf der Seite, die dem Kreuzgang zugewandt war, befand sich eine Reihe von Türen, von denen eine offen stand. Die junge Nonne näherte sich ihr, klopfte zart mit einem Fingerknöchel an und meldete den Besucher.

»Der Mönch, Magistra …«

Von innen kam eine gedämpfte Antwort.

»Lass ihn eintreten …«

Matthew konnte kaum etwas sehen, so dunkel war es in der Zelle. Der hölzerne Laden vor der Fensterluke war fast ganz geschlossen, sodass nur ein schmaler Lichtstreifen hereinfiel. Zögernd verharrte er an der Schwelle, weil seine Augen das Dunkel noch immer nicht durchdrangen.

»Was ist, Bruder, wollt Ihr ewig dort stehen bleiben?«

Die strenge Stimme der Äbtissin rüttelte ihn auf, und er zwang sich, Formen und Gegenstände auszumachen und einzutreten. Er wollte gerade schon vor der undeutlichen Gestalt, die am anderen Ende der Zelle saß, niederknien, als die alte Nonne ihn wieder ansprach.

»Öffnet den Fensterladen, Bruder. Ich vergesse oft, dass meine Bittsteller mich sehen wollen, wenn sie mir ihre Gesuche unterbreiten. Meine Augen sind nicht mehr das, was sie einmal waren, müsst Ihr wissen, und das helle Tageslicht ist für mich zu einer Qual geworden.«

Matthew stieß den Laden auf, und mit dem Sonnenlicht kam auch ein Schwall frischer Luft herein, wie man ihn in diesen ersten Sommertagen gar nicht mehr erwartete.

»Setzt Euch, neben der Tür steht ein Schemel. Ihr seid also der englische Mönch, den der Abt von San Simpliciano schickt. Warum seid Ihr hier, Bruder, was wollt Ihr von mir?«

Von so viel Direktheit aus dem Konzept gebracht, wusste Matthew nicht, wo er anfangen sollte. Arnolfo hatte ihm zur Vorsicht geraten, und als er nun die Gesichtszüge der Äbtissin besser unterscheiden konnte, nahmen seine Bedenken noch zu. Die Frau war winzig und von den Jahren so gebeugt, dass sie sich gar nicht richtig an die hohe Stuhllehne anzulehnen vermochte, und ihre Füße waren so geschwollen, dass sie über den Rand der dunklen Pantoffeln quollen. Auf den Armlehnen ruhten von einem Netz aus Adern durchzogene und von der Gicht verformte Hände. Die Hinfälligkeit ihres Körpers stand jedoch in einem krassen Gegensatz zu ihrem lebhaften, wachen Gesicht. Obwohl von Falten zerfurcht und welk wie altes Obst, wurde es von zwei klaren, durchdringenden Augen beherrscht, die jeden Gesprächspartner verunsichern konnten.

Der Mönch zauderte. Zwar hatte Arnolfo ihm erklärt, dass es sich um einen Vorfall handelte, der viele Jahre zurücklag und an den sich die Äbtissin möglicherweise nicht erinnerte, doch dieser scharfe Blick, der sein Gesicht in Erwartung einer Antwort erforschte, bereitete ihm Unbehagen.

»Ja, also ... der Abt hat mir von einer Eurer Mitschwestern berichtet, die schon lange tot ist ...«

Eufrasias Pupillen verengten sich, ihr Mund wurde schmal und ihr Gesichtsausdruck abweisend.

»Was für eine Mitschwester?«, fragte sie streng. »Diese Mauern haben viele kommen und gehen gesehen, und viele von ihnen sind vor mir zum Allerhöchsten ins himmlische Jerusalem berufen worden!«

Das bisschen Mut, das Matthew sich vor dieser Unterredung zugesprochen hatte, verflog vollends bei ihrem einschüchternden Ton.

»Ich glaube, der Abt hat ...«, stotterte er. »Soweit ich weiß, hat er von einer gewissen Schwester Benedicta gesprochen ...«

Die Hände der Äbtissin umklammerten krallenartig die Armlehnen, und aus ihrem Gesicht wich alle Farbe. Sie schloss die Augen und schien für einen Moment nicht zu atmen. Dann stieß sie einen langen Seufzer aus und fixierte den Mönch mit einem Blick, der hart war wie Stein. Als sie schließlich wieder zu sprechen anhob, erinnerte ihre Stimme an das schrille Geräusch, das ein Messer an einem Schleifstein macht.

»Für wen haltet Ihr Euch, dass Ihr hierher kommt und mich nach Schwester Benedicta fragt? Und wie ist Arnolfo da Sala auf die absonderliche Idee verfallen, ausgerechnet Euch, der Ihr erst seit wenigen Monaten in der Stadt seid, mit einer solchen Aufgabe zu betrauen?«

»Aber ich ...«, begann Matthew sich zu verteidigen.

»Schweigt!«, fuhr ihn die Äbtissin an. »Glaubt Ihr etwa, ich hole keine Erkundigungen über meine Besucher ein, ehe ich sie empfange? Auch wenn ich alt bin, trage ich noch immer die Verantwortung für mein Kloster und kann nicht einfach jedem Audienz gewähren, der mich darum bittet, ohne vorher zu wissen, wem ich Einlass in diese Zelle gewähre! Ich weiß alles über Euch, Bruder Matthew, oder zumindest alles, was man in San

Simpliciano über Euch weiß. Was ich allerdings nicht verstehe, ist, aus welchem Grund Euch Arnolfo so blind vertraut. Was habt Ihr mit ihm gemeinsam, außer der Zugehörigkeit zum selben Orden? Die Liebe zur Schrift, mit der der Abt gern die Stunden füllt, die der Meditation gewidmet sein sollten? Die besessene Pflege des mit Miniaturen verzierten Sakramentars, auf das er so stolz ist? Der vertraute Umgang mit den politischen Ränkeschmieden dieser Stadt? Wer seid Ihr, Mönch, wer schickt Euch wirklich nach Mailand? Der Papst, der Kaiser oder einer ihrer Speichellecker?«

Der Ingrimm verzerrte ihre Züge. Ihre Blässe war einer heftigen Röte gewichen, aus ihren Augen schossen Blitze, und von einem Mundwinkel hing ein Speichelfaden herab.

Matthew war wie vor den Kopf geschlagen. Nie hätte er mit einer derart aufgebrachten Reaktion gerechnet, obendrein von einer Nonne, die alt und gebrechlich war. Es musste sich um eine schwerwiegende Sache handeln, und nicht, wie Arnolfo gemeint hatte, um eine schlichte Privatangelegenheit. Der Abt hatte nur Andeutungen gemacht über Ängste, die Schwester Benedicta quälten und von denen sie oft in der Beichte gesprochen hatte; den Grund ihrer Unruhe hatte er ihm wegen des Beichtgeheimnisses natürlich nicht nennen können. Aber Matthew beschlich mehr denn je der Verdacht, dass Arnolfo die Tatsachen bereits kannte, die diese Nonne vor vielen Jahren so verstört hatten, und er jetzt eine Bestätigung für seine Vermutungen suchte, welche nur die Äbtissin ihm geben konnte. Auch er fragte sich, warum der Abt ausgerechnet ihn mit der Suche nach der Wahrheit beauftragt hatte, und eine dumpfe, ungewohnte Wut überkam ihn: auf Arnolfo, der ihn für seine unbekannten Ziele benutzte, und auf Eufrasia, die ihn mit ihren ungerechten Worten gekränkt hatte und ihm ein völlig übertriebenes Misstrauen entgegenbrachte.

Er richtete sich auf und sah der Äbtissin gerade in die Augen.

Durch eine bewusste Anstrengung gelang es ihm sogar, das Zittern in seiner Stimme fast ganz zu unterdrücken.

»Magistra Eufrasia, verzeiht mir, wenn ich Euch mit meinem Ansinnen belästigt habe. Ich werde Euch nicht weiter mit Fragen quälen, deren Ursprung ich nicht kenne und die offensichtlich Euren Frieden stören. Ich danke Euch, dass Ihr mich empfangen habt, doch jetzt werde ich wieder gehen. Ich werde Abt Arnolfo ausrichten, dass meine Person vollkommen ungeeignet für diese Aufgabe ist, und hoffe, ein würdigerer Mitbruder oder er selbst darf irgendwann in Zukunft mit Euch sprechen und diese Frage klären …«

Die Äbtissin unterbrach Matthews Rede mit erhobener Hand. »Genug, Bruder. Haltet Euren Zorn im Zaum und habt Mitleid mit einer alten Frau. Ihr habt etwas Richtiges gesagt, nämlich dass Ihr jetzt gehen müsst. Lasst mich allein, damit ich nachdenken und beten kann. Wenn ich bereit bin, auf Eure Fragen zu antworten, werde ich nach Euch schicken lassen.«

Eufrasia senkte den Kopf und ließ die Hände in den Schoß sinken. Sie hatte ihn entlassen. Matthew musterte sie noch einen Augenblick und stand dann auf. Nach einer respektvollen Verbeugung ging er zur Tür und verließ die Zelle.

Mit steifen Gliedern, die Hände an den Seiten zu Fäusten geballt, stieg er die Wendeltreppe hinunter. Die Novizin, die ihn hergeführt hatte, schien verschwunden zu sein. In vollkommener Stille, die nur hier und da vom Gurren der Tauben gestört wurde, steuerte er auf den Ausgang des Klosters zu, wo die Schwester Pförtnerin ihm das massive Tor öffnete. Draußen auf der Straße sah er zum Himmel: Dunkle Wolken ballten sich zusammen, die von Westen kamen und feuchtere Luft mit sich brachten. Ohne auf das krampfartige Zucken seiner Muskeln zu achten, das von der Anspannung herrührte, ging Matthew mit schnellen Schritten durch die Via Porticata, um nach San Simpliciano zurückzukehren.

Eufrasia rückte das Talglicht auf dem Tisch näher heran und las den Brief noch einmal durch, indem sie das Pergament vorsichtig am Rand anfasste. Ihre Knie schmerzten und das Vespergebet hatte sie heute Abend mehr ermüdet als gewöhnlich. Vielleicht lag es an ihren Gelenken, die keine geschmeidigen Bewegungen mehr erlaubten, vielleicht aber auch an der Unruhe, in die sie der Besuch des englischen Mönchs versetzt hatte.

Sie hatte gründlich nachgedacht, während sie gemeinsam mit den anderen Schwestern ihr Abendessen im strengen Schweigen des Refektoriums einnahm. Obwohl ihr Geist versuchte, dem Problem auszuweichen, hatte sie doch am Ende einsehen müssen, dass noch ein anderer außer ihr selbst Kenntnis von der schrecklichen Missetat hatte, die vor siebzehn Jahren geschehen war.

Arnolfo wusste offensichtlich von Caterina, und wahrscheinlich wusste er auch, dass sie ein Kind geboren hatte. Was ihm jedoch nicht bekannt sein konnte, war das Geschlecht des Kindes, über das noch nicht einmal Schwester Benedicta Bescheid gewusst hatte. Nur sie selbst hatte herausbekommen, dass es sich um ein Mädchen handelte, aber ihre Nachforschungen waren sehr diskret gewesen. Warum musste der Abt nach all diesen Jahren die Geschichte wieder aufrühren? Und warum gerade er? Vermutlich hatte Benedicta ihm bei der Beichte davon erzählt, und nun wurde die Angelegenheit aus irgendeinem unerfindlichen Grund wieder ans Licht gezerrt. Welche schädlichen Auswirkungen konnte ein so lange zurückliegendes Ereignis auf die Gegenwart haben? Eufrasia wusste keine Antwort darauf. Kaum war der Mönch gegangen, hatte sie sich dabei ertappt, wie sie die Dummheit dieser Nonne verwünschte, die es nicht verstanden hatte, Schweigen über einen Vorfall zu bewahren, der in all seiner Schrecklichkeit doch nun einmal geschehen und nicht wieder rückgängig zu machen war. Doch dann erinnerte sie sich daran, wie sehr ihre Mitschwester gelitten, wie schwer sie an diesem Geheimnis getragen hatte, und machte sich Vorwürfe wegen ihrer harten Gedanken. Benedicta war seit vier Jahren tot, und das Urteil über sie war sicher längst gesprochen worden. Ihr, Magistra Eufrasia, stand es nicht zu, die Stelle des höchsten Richters einzunehmen, vor den sie selbst in kürzester Zeit treten würde.

Nachdem sie sich davon überzeugt hatte, dass die Tinte getrocknet war, rollte sie das Pergament zusammen und drückte ihm mit weichem Wachs, das sie zuvor über der Kerzenflamme angeschmolzen hatte, ihr Siegel auf. Eine Botschaft für Arnolfo; morgen würde Schwester Anna sie nach San Simpliciano bringen. Sie erhob sich mühsam von ihrem Stuhl und stellte fest, dass sie noch nicht einmal mehr Kraft zum Beten hatte. Stumm bat sie Gott um Verzeihung für dieses Versäumnis und begab sich zu ihrer Lagerstatt, wo sie ihr Gewand ablegte. Sie löschte den kümmerlichen Rest der Kerze und legte sich unter die schwere Wolldecke. Ein Schauder überlief sie, der nicht zu unterdrücken war, und Eufrasia starrte reglos und mit weit offenen Augen ins Dunkel und wartete auf den Schlaf.

KAPITEL 4

Die Sticknadel fuhr flink und sicher unter den Stoff und führte einen Seidenfaden mit sich, der nach und nach ein feines Muster aus Blumen, Stängeln und Blättern bildete. Rachele rückte ihren Schemel näher zur Tür, sie brauchte mehr Licht, um die winzigen gelben Blüten perfekt sticken zu können; im Zimmer war es zu dunkel dazu.

»Was machst du, Rachele, was war das für ein Lärm?«

Isaacs Stimme drang klagend aus dem engen Raum im hinteren Teil der Wohnung, wo die Strohsäcke ausgebreitet lagen.

»Ich sitze hier und arbeite, Vater, mach dir keine Sorgen, ich bin hier …«

Die junge Frau stieß einen Seufzer aus. In drei Tagen musste dieses Gewand fertig sein, das, wie man ihr gesagt hatte, für einen Adeligen bestimmt war. Das Kleidungsstück hatte zuvor einem der Gerichtskonsuln von Mailand gehört, der es zwei Jahre getragen und dann dem Schneider des Stadtvogts verkauft hatte. Dieser hatte es wiederum an Kollegen von niederem Rang weiterverkauft, wie es häufig gemacht wurde. Die Schneider nähten neue Modelle aus den gebrauchten Kleidern, beseitigten Mängel, setzten passende Flicken ein, wo sie gerissen waren, oder fügten Stickereien hinzu, um unauswaschbare Flecken oder Löcher zu verdecken. Dieser Handel mit Kleidern aus zweiter Hand blühte schon seit einigen Jahren und erlaubte es den Patriziern der Stadt, die neueste Mode mitzumachen, ohne ungeheure Summen dafür auszugeben. Der Schneider, der Rachele diese Arbeit übertragen hatte, wusste ihre außergewöhnlichen Fähigkeiten zu schätzen und hatte ihr einen Vorschlag für die verlangte Stickerei gemacht, überließ die Wahl des Stichs und der Farbtöne aber ihrer Fantasie und ihrem Geschick.

Rachele war in der Tat eine begabte Stickerin, und ihre Mutter war Zeit ihres Lebens eine ausgezeichnete Schneiderin gewesen. Wenige Monate nach ihrem Tod waren Rachele und ihr Vater in Mailand angekommen, und sie hatte mit dieser Arbeit als zeitweilige Verdienstquelle begonnen, bis sie nach Montpellier weiterziehen konnten. Anfangs hatte Isaac noch geglaubt, seinen eigenen Beruf ausüben zu können, wie er es in vielen Städten auf ihrer Reise von Salerno nach Mailand getan hatte, aber er musste bald feststellen, dass jüdische Ärzte hier nicht willkommen waren. Man hatte ihm sogar damit gedroht, ihn vor Gericht zu stellen und sofort der Stadt zu verweisen, falls er es wagte, einen Christen zu behandeln. Er war gefragt worden, ob er über genügend Kapital verfüge, um ein Leihhaus zu eröffnen, denn Geldverleihen war die einzige Tätigkeit, welche die Juden nach dem Gesetz ausüben durften. Empört hatte Isaac entgegnet, dass er in Salerno den Beruf des Arztes erlernt habe und nicht die Kunst des Wucherns, und in diesem Moment hatte Rachele um ihrer beider Leben gefürchtet. Sie erinnerte sich noch immer voller Angst an den wütenden Blick des Beamten bei der Antwort ihres Vaters. Doch der Wut war keine Rache gefolgt, der Mann hatte ihnen nur bedeutet, sie sollten sich ein Obdach außerhalb der Mauern suchen und niemals nach Sonnenuntergang in der Stadt verweilen. Wenn sie etwas fänden, um ihren Lebensunterhalt zu bestreiten, dürften sie eine Zeit lang bleiben, andernfalls täten sie gut daran, so bald wie möglich weiterzuziehen.

Sie hatten eine heruntergekommene Hütte aufgetan, die

schief an ihresgleichen gelehnt stand, gleich neben dem Hospital von San Lazzaro vor der Porta Romana. Der Vermieter, ein zahnloser Alter in schlechter Verfassung, verlangte nur eine geringe Miete, obwohl er wusste, dass sie jüdischen Glaubens waren. Der Grund für seine Großzügigkeit hing mit dem chronischen Mietermangel in seinem Haus zusammen, der seine Ursache wiederum in der beunruhigenden Nähe des Hospitals hatte, des einzigen Krankenhauses für Leprakranke der Stadt. Allerdings hatte er zur Bedingung gemacht, dass kein äußeres Zeichen ihrer Religion unter seinem Dach sichtbar sein dürfe, weil er keinen Ärger wolle. Bei der geringsten Verletzung dieser Abmachung werde er sie davonjagen, hatte er gedroht.

Isaac war nichts anderes übrig geblieben, als sich damit abzufinden. Er hatte die *Menora,* den *Tallit* und die *Tefillin* in dicken Wollstoff gewickelt und sie zusammen mit seinen medizinischen Texten in einer eisenbeschlagenen Truhe versteckt. Das einzige Zeugnis seines Glaubens, das er sich nicht zu entfernen traute, war die *Mesusa,* die er an den rechten Pfosten der Eingangstür gehängt hatte, wo sie unter einem Mauervorsprung halb verborgen war. Schließlich hatte er auch sein Arztgewand zusammengefaltet, und Rachele sah ihn weinen, als er zärtlich den dunkelroten Stoff glatt strich. Sie hätte ihren Vater gern in seiner Verzweiflung getröstet, wagte es aber nicht, vor allem, weil Worte nichts genützt hätten.

Sie selbst fühlte sich verwaist und von allem getrennt, was bis jetzt das Fundament ihres Lebens ausgemacht hatte. Ihre Mutter nährte die Erde eines kleinen jüdischen Friedhofs bei Siena, die Lehren, die ihre ganze Kindheit und Jugend begleitet hatten, durften nicht mehr praktiziert werden, und ihr Vater hatte alles verloren, dem er sein ganzes bisheriges Leben gewidmet hatte. Auch wenn Isaac ihr immer wieder beteuerte, dass sie diese bedrückende Situation in einigen Monaten hinter sich lassen und nach Montpellier aufbrechen würden, ahnte

Rachele inzwischen, dass das Leben ihres Vaters hier in Mailand sein Ende finden würde. Isaac war krank, denn er, der hervorragende Diagnostiker und ebenso tüchtige Heiler, besaß nicht die Kraft, sich des Übels der Melancholie zu erwehren. Sie dagegen, die von klein auf von Körpersäften, von Phlegma, von Blut und Urin hatte reden hören und oft heimlich zugesehen hatte, wenn Patienten ihren Vater aufsuchten, war bald zu dem Schluss gekommen, dass diese fortschreitende Schwächung einem Übermaß an schwarzer Galle zuzuschreiben war, der Hauptursache für diese heimtückische und verheerende Krankheit. Mit Geduld und Feingefühl hatte sie Isaac dazu gebracht, sich denselben Heilmethoden zu unterziehen, die sie ihn bei seinen Patienten hatte anwenden sehen, und auf diese Weise hatte auch sie gelernt, Aderlässe durchzuführen, Abführmittel zusammenzustellen und Pasten für Breiumschläge zu mischen. Doch es war alles umsonst. Ihrem Vater ging es immer schlechter, und in den letzten Wochen hatte er kaum noch das Lager verlassen.

Rachele wusste, dass sie bald ganz auf sich gestellt sein würde, und dieser Gedanke quälte sie in ihren schlaflosen Nächten. Die Arbeit als Näherin und Stickerin missfiel ihr nicht, wenn sie sich auch für ihr zukünftiges Leben einen anderen Beruf vorgestellt hatte. Sie wollte Ärztin werden. Das war zwar nicht leicht für eine Frau, aber sie hatte gesehen, dass die Schule für Heilkunde in Salerno auch weibliche Schüler aufnahm, und das machte ihr Mut. Als Isaac noch in der Lage war, mit ihr über Gott und die Welt zu debattieren, hatte er ihr erklärt, dass sie bessere Möglichkeiten hätte, diesen Beruf zu ergreifen, wenn sie die Schule in Montpellier besuchte, die für ihre großen arabischen und spanischen Ärzte berühmt war.

Als sie nun den Seidenfaden auf der Unterseite des Stoffes hin- und herführte, um ihn zu vernähen, ohne einen störenden Knoten zu schlingen, verschleierten sich ihre Augen. Weil sie die Tränen nicht zurückhalten konnte, legte sie das Gewand ab, damit der Stoff keine Flecken bekam. Sie wischte sich mit dem Handrücken über die Lider, schluckte schwer und warf so ungeduldig den Kopf zurück, dass ihre schwarzen Haare aus dem großen Hornkamm glitten, der sie im Nacken zusammenhielt, und weich über ihre Schultern fielen.

»Rachele … Rachele … komm schnell … ich brauche den Nachttopf!«

»Ich komme, Vater, ich komme schon …«

Die junge Frau legte den Rock zusammen mit der Garnrolle und den Nadeln auf den Schemel, brachte ihr Kleid in Ordnung und ging in das Hinterzimmer. Als sie an dem Spiegel aus getriebenem Silber vorbeikam, der den Eltern ihrer Mutter gehört hatte, warf sie einen flüchtigen Blick hinein. Die glänzende Fläche zeigte ihr ein müdes Gesicht, in dem nur die schwarzen Augen vor Leben sprühten. Bald, überlegte sie, bald wird dieser Spiegel mit einem Tuch verhängt werden müssen …

»Rachele … Rachele, wo bist du? Komm schnell!«

»Hier bin ich, Vater, ich bin ja schon da.«

Als sie in das Zimmer trat, in dem ein stechender Uringeruch hing, wurde Rachele von einem heftigen Schwindel ergriffen, sodass sie sich am Türpfosten abstützen musste. Das schwarze Hündchen, das zusammengerollt auf der Matte zu Füßen des Strohsacks schlief, sprang mit gesträubtem Fell auf und machte einen Buckel. So verharrte es einen langen Augenblick und starrte seine Herrin an, die auf das Lager zuging. Dann, nachdem es kräftig die Beine gestreckt hatte, schüttelte es sich, lief an der Wand entlang zur Tür und verschwand dahinter.

KAPITEL 5

Arnolfo fuhr schweißgebadet aus dem Schlaf. Er hatte wieder diesen Traum gehabt. Wie immer, wenn er aus jenem Albtraum erwachte, brauchte der Abt einige Minuten, um sich in der Gegenwart zurechtzufinden. Gereizt warf er seine Decke aus kostbarer englischer Wolle von sich und setzte die Füße auf den Boden. Dann stützte er die Hände auf den Rand des Strohsacks, ließ den Kopf nach vorn sinken und versuchte, seinen stoßweisen Atem in einen normalen Rhythmus zu bringen. Als er wieder Kontrolle über sich hatte, stand er auf und öffnete weit das Fenster, um so viel frische Luft wie möglich hereinzulassen. Mattes Mondlicht beschien die Klostermauern und das ganze Umland, und nur das leise Plätschern des Wassergrabens war zu hören. Alle schliefen zu dieser Stunde vor dem Morgengebet, und die allumfassende Stille machte es noch schwerer, Traum und Wirklichkeit voneinander zu trennen.

Der Albtraum plagte ihn nun schon seit Monaten. Bei dem Bild, das Arnolfo der Außenwelt von sich präsentierte, hätte niemand vermutet, dass der Abt solche Seelenqual erleiden könnte. Aus seinem edlen, strengen Gesicht, das von wallendem, langsam ergrauenden Haar umrahmt wurde, stachen zwei unwahrscheinlich grüne Augen hervor, die über einer kühnen Adlernase saßen. Sein weicher, fast femininer Mund verzog sich nur selten zu einem Lächeln, verlieh seinem Gesicht aber einen wohlwollenden Ausdruck. Seine Gestalt, die noch keine Spuren des Alters zeigte, war schlank und kräftig, und seine Haltung verriet seine aristokratische Herkunft. Hinter der kühlen, zurückhaltenden Erscheinung verbarg sich jedoch ein teilnahmsvolles, mitfühlendes Wesen, für das seine Mitbrüder ihn liebten und die Kirchenoberen ihn respektierten. Dennoch war Arnolfo im Grunde einsam. Wenn er nur jemanden hätte, mit dem er über die Beunruhigung reden könnte, die dieser wiederkehrende Traum in ihm auslöste! Welche Bedeutung hatte bloß diese Vision vom Tod, die seinen Schlaf störte?

Der Traum war zum ersten Mal mitten im Winter gekommen, als das Land noch von Schnee bedeckt war. In jener Nacht, nach einem gewöhnlichen, mit Amtspflichten und Gebeten verbrachten Tag, hatte er von einer jungen, schönen Frau geträumt, die am Geländer der Brücke über den Kanal lehnte und zu ihm sprach. Mit sanfter, ruhiger Stimme vertraute sie ihm an, dass sie bald durch die Hand eines brutalen Mörders sterben werde, aber nicht die Einzige sei, die das Leben verlieren werde. »Die Stadt«, sagte sie, »die ganze Stadt wird der Macht eines Feindes unterliegen, und das Feuer wird hoch auflodern, bis über die Türme der Stadtmauer, bis zum Himmel hinauf …« Dann schob sie den Halsschleier ihres jungfräulichen Gewandes beiseite und zeigte ihm eine tiefe Wunde am Hals. Sie zeichnete mit ihren schmalen Fingern den Umriss nach und fügte hinzu, dass dieses Zeichen Zeugnis ablegen werde. »Wovon?«, fragte Arnolfo entsetzt mit der stummen Stimme des Traums. Aber sie antwortete nicht, sondern ließ sich von der Brücke gleiten, auf das Wasser des Kanals zu, das plötzlich wild und dunkel geworden war. Arnolfo streckte verzweifelt die Arme aus, um sie festzuhalten, aber die Frau entzog sich ihm, bis die Strömung sie verschluckte. Auf einmal tauchte aus dem hohen Gras am Ufer ein kleines Kind auf, das noch kaum laufen konnte, aber entschlossen den Hang zum

Wasser hinuntersprang und sich ebenfalls hineinfallen ließ. Das letzte Bild war das strahlende Lächeln des Kleinen, das ihm direkt ins Gesicht sah, ehe es von einem Strudel nach unten gezogen wurde.

Arnolfo war schreiend aufgewacht und hatte mehrere Stunden gebraucht, um sich von der Vision zu erholen, so klar und erschütternd war sie. Als er sich wieder beruhigt hatte, beschloss er, dem Albtraum weiter kein Gewicht beizumessen, und schob ihn auf seine Müdigkeit und die Sorgen, die mit seinem Amt einhergingen. Doch nach einigen Tagen war der Traum in gleicher Gestalt wiedergekehrt und danach noch öfter, mindestens zehn Mal. Es war so weit gekommen, dass er sich vor ihm fürchtete und abends vor dem Schlafengehen in seine üblichen Gebete eine persönliche Bitte an den Allerhöchsten einflocht, er möge ihm den schrecklichen Traum ersparen, doch es hatte nichts genützt. Schließlich hatte Arnolfo angefangen, über die Bedeutung der Vision nachzudenken, denn er sagte sich, dass diese fortgesetzte Qual einen Sinn haben müsse, auch wenn dieser sich ihm nicht sofort erschloss. Vielleicht handelte es sich um eine göttliche Botschaft. Wie oft hatte er über das Sakramentar gebeugt dagesessen oder sich in die Stille der Bibliothek eingeschlossen? Und dennoch hatte es lange Zeit gebraucht, bis er sich langsam an das erinnerte, was sein Geist all die Jahre lang barmherzig unter Verschluss gehalten hatte. Miteinander verknüpft wie die Perlen eines Rosenkranzes, waren nach und nach Bruchstücke von Äußerungen verschiedener Personen aufgetaucht. Sie ergaben auf den ersten Blick keinen Zusammenhang, führten seine noch wirre Erinnerung jedoch zu Geschehnissen zurück, die wirklich, wenn auch nicht klar umrissen waren. Dann, eines Morgens, als er durch den Kreuzgang eilte, um in die Basilika zu gelangen, hatte ihn ohne Zutun seines Willens ein Gedanke wie ein Peitschenhieb getroffen, und er hatte sich an alles erinnert. An die wiederholten Bekenntnisse Schwester Benedictas in der Beichte, deren Last er trotz all seiner Bemühungen nicht hatte erleichtern können, an hier und da gehörte und gleich wieder vergessene Gerüchte über Caterina Gisalbertini, von der seit bald zwanzig Jahren jede Spur fehlte. Manche sagten, sie sei geflohen, andere behaupteten, sie sei durch ihren übergroßen Schmerz verrückt geworden und beschließe ihre Tage in irgendeinem Irrenhaus. Arnolfo hatte lange hin und her überlegt, und nachdem er die wenigen Mosaiksteinchen, die ihm zur Verfügung standen, zusammengesetzt hatte, beschloss er, Magistra Eufrasia zu befragen, die Benedicta als deren Äbtissin gut gekannt hatte. Vor vielen Jahren hatte ihm die Nonne in der Beichte von einer ermordeten und anschließend in den Fluss geworfenen jungen Frau erzählt. Die Tote wies eine tiefe Wunde am Hals auf, in die eine schwere Silberkette hineingedrückt war, mit der man sie vermutlich stranguliert hatte. Außerdem trug ihr Körper die Merkmale einer vor kurzem zu Ende gebrachten Schwangerschaft, doch das Kind war nie gefunden worden. Wenn Benedictas angsterfüllte Worte wahr waren, und er hatte keinen Grund daran zu zweifeln, musste die Äbtissin von Lentasio mehr über den Vorfall wissen. Wer war die Tote aus dem Fluss? War sie wirklich ermordet worden? Und wo war das Kind geblieben, falls es je existiert hatte? War es das, was sein Traum ihm sagen wollte – sollte er die Wahrheit herausfinden? Aber warum erst jetzt, nach all dieser Zeit? Und was war das für ein Feuer, das seine unheimliche nächtliche Besucherin ständig prophezeite? Obwohl er keine befriedigende Erklärung fand, hatte Arnolfo entschieden, dass er das Rätsel lösen musste. Er beauftragte den englischen Mitbruder, der sich seit ein paar Monaten im Kloster aufhielt, für ihn Erkundigungen einzuziehen. Ohne ihn in seine Vermutungen einzuweihen, bat er ihn nur, Magistra Eufrasia nach den Aufgaben zu fragen, denen Schwester Benedicta im Kloster nachgegangen war. Er selbst wusste lediglich, dass die Nonne aus der Stadt Köln stammte und zusammen mit zwei anderen deutschen Mitschwestern schon vor vielen Jahren ins Kloster von Lentasio gekommen war. Matthew erzählte er weder etwas von seinem Traum noch von seinen Befürchtungen das Schicksal Caterina Gisalbertinis betreffend. Der Mönch war ein Ausländer und kannte die Ränke und Intrigen nicht, die in der Stadt gesponnen wurden. Deshalb schien er ihm bestens geeignet, die Wahrheit aufzudecken, ohne sich von vorgefassten Meinungen in die Irre führen zu lassen.

Die Glocke der Kapelle kündigte das Morgengebet an. Arnolfo schloss das Fenster und machte sich auf den Weg zur Sakristei, wo er seine Paramente anlegen würde. Das Lesen der Laudes würde den Beginn eines neuen Tages markieren.

... MCCXLIII die martis XII mensis Iunii, Eufrasia Frassaneto, magistra monasterii Sanctae Mariae ad Lentasium, scripsit.

Der Abt las den Brief zum wiederholten Male, wobei er das gerollte Pergament mit der flachen Hand glättete. Daneben bildeten die Splitter des erbrochenen Wachssiegels ein weißliches Häufchen auf dem Tisch.

Eufrasia hatte ihm tatsächlich geschrieben. Es war eine Woche vergangen, seit die Äbtissin Matthew so brüsk entlassen hatte, und Arnolfo hatte schon geglaubt, einen schweren Fehler begangen zu haben, als er den ausländischen Bruder mit diesem diffizilen Auftrag betraut hatte. Er hätte sich persönlich darum kümmern müssen, warf er sich vor, statt durch die Entsendung dieses unerfahrenen Boten seine Aussichten zu gefährden, die Wahrheit zu erfahren. Doch nun teilte ihm die Äbtissin in einfachen, klaren Worten mit, dass sie bereit sei, den englischen Mönch noch einmal zu empfangen. Sie verstehe nun, schrieb sie, dass Gründe der Vorsicht Arnolfo dazu bewogen hätten, einen Fremden zu schicken, der mit den Verhältnissen in der Stadt nicht vertraut war, und billige seine Wahl. Sie könne sich vorstellen, fügte sie hinzu, weshalb der Abt etwas über Schwester Benedicta erfahren wolle, auch wenn es ihr schwer falle zu verstehen, wieso seine Wissbegier sich erst nach so vielen Jahren äußere. Da ihre Tage auf Erden gezählt seien, ziehe sie es aber in jedem Fall vor, ohne diese ungeheure Last auf dem Gewissen vor das Antlitz Gottes zu treten. Daher bitte sie ihn, dem englischen Mitbruder auszurichten, dass er diesmal in ihrer Zelle willkommen sei.

Der Abt hob den Blick vom Pergament und richtete ihn auf eine unbestimmte Stelle an der Wand. Was meinte sie mit der »ungeheuren Last« auf ihrem Gewissen? Auf was für ein schlimmes Ereignis bezog sich Eufrasia? Anscheinend ging die Äbtissin davon aus, dass er über alles Bescheid wusste und von ihr nur eine Bestätigung wollte. Dabei hatte er nichts vorzuweisen, außer seiner von einem Traum ausgelösten vagen Unruhe. Aber vielleicht war es besser so, überlegte er, denn wenn Bruder Matthew geschickter vorgegangen wäre, hätte er vielleicht mehr erfahren, als ihm lieb war. Arnolfo dankte dem Allerhöchsten dafür, dass er ihm diese Vision geschickt hatte, und legte das Pergament in die kleine Tresortruhe zu Füßen seiner Lagerstatt. Er musste mit dem Engländer sprechen, und zwar sofort. Es wurde Zeit, dass er ihn über seinen Traum und seinen Verdacht wegen Caterina Gisalbertini ins Bild setzte, auch wenn er es vorgezogen hätte, das nicht zu tun. Aber nun war es notwendig, dass der Mönch in voller Kenntnis der Hintergründe hörte, was die Äbtissin ihm zu sagen hatte, damit er sich nichts entgehen ließ. Wahrscheinlich würde er seine Sache gut machen, dachte Arnolfo, denn hinter der äußeren Sanftmut dieses Mannes konnte ein aufmerksamer Beobachter einen eigensinnigen Charakter, gestützt von einer bemerkenswerten Intelligenz, erkennen. Außerdem war Arnolfo davon überzeugt, auch wenn er nicht wusste, woher dieses Wissen kam, dass auch der Engländer, der ohne plausiblen Grund von so weit hergereist war, etwas zu verbergen hatte. Die eigenen Schwächen in einem anderen Menschen widergespiegelt zu sehen, sinnierte er, machte es einem leichter, damit fertig zu werden.

Der Abt verließ seine Zelle und begab sich zu der von Bruder Matthew, wo ihn ein langes und schwieriges Gespräch erwartete.

KAPITEL 6

Schmecken Euch diese kleinen Birnen, Bruder Matthew? Wir nennen sie hier Martinsbirnen.«

»Der Name eines Heiligen für eine Obstsorte?«, fragte der Mönch verblüfft, während ihm der süße, klebrige Saft in sein rötliches Bärtchen rann.

Die Äbtissin lächelte, weil seine Miene so ganz anders wirkte als bei seinem vorhergehenden Besuch. Zwar war sein Gesicht nach wie vor von vielen Falten durchzogen, aber seine Augen blickten freundlich, und sein Mund hatte den bitteren Zug verloren, der noch vor einer Woche die harten Worte zwischen ihnen begleitet hatte.

»Nein, Bruder, mit dem Heiligen Martin hat das nichts zu tun. Hier in Mailand bezeichnen wir mit Martino jeden Dummkopf, der keinen richtigen Namen hat, so wie es die Straßenjungen machen, wenn sie sich gegenseitig nachjagen. Wahrscheinlich werden diese Birnen so genannt, weil sie in unserer Gegend sehr verbreitet sind.«

»Sie sind ausgezeichnet«, bestätigte Matthew nickend und wischte sich den Mund mit dem Ärmel seiner Kutte ab. Mit einem Blick auf die fünf verbliebenen Birnen auf dem Zinnteller, die von kleinen Stücken Hartkäse und großen Weißbrotscheiben umringt waren, wunderte er sich erneut über den völlig anderen Empfang, der ihm bei dieser zweiten Begegnung zuteil wurde. Arnolfos ausführliche Erklärungen, auf die genaue Verhaltensmaßregeln gefolgt waren, hatten ihn nicht gerade beruhigt. Nachdem er in die Zweifel und Verdachtsmomente eingeweiht worden war, die auf der Angelegenheit lasteten, hatte er umso mehr versucht, den Abt von seiner Ungeeignetheit für diese heikle Mission zu überzeugen. Doch Arnolfo war unbeugsam geblieben. Er hatte wiederholt, dass sein Status als Fremder eine größere Objektivität garantiere und ihm nicht allzu verhüllt angedeutet, dass sein Aufenthalt in San Simpliciano als beendet betrachtet werden könne, falls er sich weigere, diesen Auftrag auszuführen.

So sehr ihn das großzügige Angebot dieser Mahlzeit, dazu noch in der Zelle der Äbtissin, wo normalerweise nicht gegessen wurde, aufmunterte, wartete Matthew doch unruhig auf den Beginn des Gesprächs. Arnolfo hatte ihm ein Begleitschreiben mitgegeben, das die alte Nonne gerade zu Ende las. Außerdem hatte er ihm geraten, keine Fragen zu stellen, sondern sich darauf zu beschränken, aufmerksam zuzuhören. Alle notwendigen Fragen, hatte er hinzugefügt, stünden schon in seinem Brief. »Stellt Euch vor, Ihr würdet mit meinen Ohren zuhören«, hatte er ihm geraten, »und macht den Mund nur auf, wenn es unbedingt nötig ist.« Auch wenn Matthew sich immer noch fragte, warum der Abt seinen Nachforschungen nicht persönlich nachging und es bedauerte, dass er sich dem Auftrag nicht entschiedener widersetzen konnte, hatte er schließlich ohne weitere Einwände gehorcht.

Eufrasia richtete ihren von der Erinnerung verschleierten Blick auf das rechteckige Stück Himmel vor der Fensterluke und begann zu sprechen.

»Es war im April 1226, als eine Ertrunkene aus der Vettabbia hier zu uns ins Kloster gebracht wurde. Mir kam es gleich merkwürdig vor, dass die Leiche der Ärmsten nach Lentasio gelangte, wo doch ein anderes Kloster viel näher am Fundort lag. Andererseits verpflichtet uns unser Ordenskleid dazu, wie

Ihr wisst, jedem Dahingeschiedenen den letzten Dienst zu erweisen. Ich dachte mir, wenn es dem Allerhöchsten gefällt, dass dieser arme gepeinigte Leib von einer unserer Mitschwestern gewaschen und bekleidet werden soll, ist es verfehlt, nach dem irdischen Grund zu suchen, der ihn zu uns geführt hat. Erst viele Jahre später habe ich herausgefunden, dass einer der Wachsoldaten an der Chiusa-Pforte, in deren Nähe die Leiche angespült wurde, der Bruder einer unserer Novizinnen war. Wahrscheinlich war er es, der in seinem Entsetzen über den Fund vorgeschlagen hat, die Tote zu uns zu bringen, um sie in barmherzige Hände zu geben. Schwester Benedicta kümmerte sich damals um sie. Ich erinnere mich noch gut an ihr fahles Gesicht, als sie mich um eine Unterredung bat, nachdem sie die Leiche aufgebahrt hatte. Benedicta war so etwas wie eine Ärztin für uns alle hier im Kloster und hatte viel Erfahrung mit Krankheiten und Heilkräutern. Jede von uns wandte sich an sie, ob es um ein ernstes Gebrechen oder nur um vorübergehende Beschwerden ging. Ihr könnt Euch also vorstellen, dass die äußere Gestalt des menschlichen Körpers keine Geheimnisse für sie barg und sie Stärke und Entschlossenheit gegenüber allem Leiden zeigte. Um so größer war mein Erstaunen, als sie mir erschüttert berichtete, die Tote sei nicht durch das Wasser des Flusses umgekommen, sondern durch die Hand eines Mörders. Die Frau sei erwürgt und anschließend in die Vettabbia geworfen worden.«

Die Äbtissin unterbrach sich mit einem tiefen Seufzer. Ihre Augen, die nach wie vor auf das Fenster gerichtet waren, hatten sich zu zwei ausdruckslosen Schlitzen zusammengezogen; ihre Hände, die eben noch locker in ihrem Schoß gelegen hatten, waren fest ineinander verschränkt und ließen unter der gespannten, dünnen Haut ein Netzwerk dicker Adern erkennen.

»Ihr wisst vielleicht, Bruder«, fuhr Eufrasia fort und sah nun ihrem Gegenüber ins Gesicht, »dass diese Stadt seit über zwanzig Jahren gegen Kaiser Friedrich kämpft, der sie seinem Reich einverleiben will. Dieser lange Krieg hat Kummer und Abscheulichkeiten aller Art mit sich gebracht und Mailand seiner besten jungen Männer beraubt. Wie vor sechs Jahren in Cortenuova, wo der Kaiser sogar Elefanten ins Feld geschickt haben soll, diese fürchterlichen, riesenhaften Tiere, von denen die römischen Geschichtsschreiber sprechen ... Erst einen Monat bevor die arme Frau aus dem Fluss gefischt wurde, hatte Mailand in Erwartung weiterer erbitterter Schlachten gegen Friedrich ein neues Bündnis mit einigen anderen Städten geschlossen. Ihr könnt Euch denken, welcher Aufruhr überall herrschte: Waren und Nahrungsmittel durch gierige, skrupellose Händler stark verteuert, Scharen von Bauern, die herbeiströmten, um innerhalb der Stadtmauern Schutz vor den Plünderungen der Soldaten zu suchen, Züge von Knappen und Rittern, die ohne Aufenthalt die Stadt durchquerten, Konsuln und Stadtvogt in ständiger Krisensitzung, selbst der Erzbischof ...«

Bei dem letzten Wort erstarb die Stimme der Äbtissin in einer Art unterdrücktem Schluckauf, und sie schloss die Augen, als wolle sie nichts mehr sehen. Eine tiefe Röte breitete sich langsam von ihren Wangen bis zu den Lidern aus.

Obwohl sich Eufrasias Verstörung deutlich auf ihrem Gesicht abzeichnete und ihn beunruhigte, wagte Matthew eingedenk der Ratschläge des Abtes nicht, etwas zu sagen. Froh darüber, dass er mit dem Rücken zum Licht saß und sein Gesicht im Schatten lag, beobachtete er die Veränderungen im Ausdruck der alten Nonne und wartete schweigend.

Als sie die Augen wieder öffnete, sah sie ihn forschend an.

»Ihr seid ein guter Zuhörer, Bruder Matthew«, sagte sie mit einem Anflug von Spott. »Hat man Euch das Schweigen in Eurem Konvent gelehrt oder hat Euch Arnolfo dazu geraten?«

Matthew wollte etwas entgegnen, doch Eufrasia schnitt ihm mit einer herrischen Geste das Wort ab.

»Meine Frage verlangt keine Antwort, Mönch! Schweigt und lasst mich zu Ende berichten. Wie gesagt, ganz Mailand war in großer Aufregung, und jeder sah zu, dass er sein Hab und Gut und seine Haut rettete, ohne groß auf die Bewahrung der unsterblichen Seele zu achten. Auch der Erzbischof ... ja, auch er hatte eine Menge Scherereien am Hals. Wenige Jahre zuvor war er zusammen mit einer ansehnlichen Gruppe aristokratischer Familien aus der Stadt gejagt worden, von denen es hieß, sie hätten ihre Interessen auf Kosten des Volkes wahrgenommen. Ich weiß nicht, ob das stimmt, bin aber sicher, dass er seine ganzen Anstrengungen darauf richtete, die Unabhängigkeit der Bistumskirche zu erhalten. Alles in allem, glaube ich, war Enrico da Settala ein guter Erzbischof für Mailand. Jedenfalls hatte Enrico einen Neffen zweiten Grades, der Sohn einer Kusine mütterlicherseits, der Lanfranco Calgario hieß ...«

Bei der Erwähnung dieses Namens, den er schon aus dem Mund des Abts gehört hatte, erstarrte Matthew und riss erstaunt die Augen auf. Der Äbtissin entging seine Reaktion nicht.

»Wie ich sehe, hat Arnolfo Euch schon von ihm erzählt, und vermutlich auch von Caterina Gisalbertini! Doch der Abt kennt nicht die ganze Geschichte, selbst wenn Schwester Benedicta ihm so viel anvertraut hat, wie sie konnte ... Ihr müsst wissen, dass die Gisalbertinis entfernt mit der Familie, aus der ich stamme, verwandt sind. Als ich jung war und noch nicht wusste, dass ich mein Leben im Kloster verbringen würde, kamen Caterinas Eltern hin und wieder zu Besuch in unseren Palazzo. Ich weiß noch, wie beeindruckt ich von ihren prächtigen Kleidern war, aber vor allem von der außergewöhnlichen Schönheit Clelias, Caterinas Mutter. Ihr engelsgleiches Gesicht mit dem Kopfschleier ähnelte dem Bild der Madonna in unserer Kapelle, ihr Blick war stets heiter und sanft, und ihre weißen, schmalen Hände hatten immer ein zärtliches Streicheln für uns Kinder übrig. Und dann erinnere ich mich an ihr Medaillon, das sie an einer langen Kette auf der Brust trug. Es bestand aus einer runden, mit Email überzogenen Silberscheibe, auf der das Wappen der Familie eingeprägt war. Sie trennte sich nie davon, wenigstens habe ich sie nie ohne dieses Medaillon gesehen. Ach, wenn Ihr wüsstet, Bruder, wie sehr dieser Anhänger mein der Versenkung und dem Gebet gewidmetes Leben durcheinander gebracht hat!«

Als Eufrasia mit ihrer Erzählung fortfuhr, löste die lange Abfolge von Unglück und Schrecken, die ihm zu Ohren kam, die unterschiedlichsten Gefühle in Matthew aus: Mitleid mit der Familie, die so schnell ausgelöscht worden war, Wut auf diesen Mann, der Caterinas Unschuld und Schwäche schamlos ausgenutzt hatte, Ungläubigkeit über das Schweigen, das den Mord bedeckt hatte, und Abscheu über die Machenschaften der Mächtigen, die sich, wie er es schon oft in seinem Leben erfahren musste, zum Schaden der Schutzlosesten auswirkten.

Die Worte strömten nun wie ein reißender Fluss aus dem Mund der Äbtissin, und ihre Stimme stockte nur, als sie auf das Kind zu sprechen kam, das Caterina geboren hatte.

»Ich weiß es nicht mit Sicherheit, aber ich glaube, dass es sich um ein Mädchen handelte, und ich werde Euch später den Grund für meine Annahme erklären. Wie gesagt, als Benedicta mir das Medaillon zeigte, das die Tote um den Hals trug, habe ich es sofort wiedererkannt. Es war Clelias, deren Tochter es nach dem Tod der Mutter geerbt hatte. Daher ließ ich Pater Algiso zu mir ins Kloster kommen, den Sekretär des Erzbischofs, in der Hoffnung, Enrico da Settala würde Ermittlungen gegen Lanfranco veranlassen, denn dieser hatte, wie ich vermutete, viel mit Caterinas Tod zu tun. Oh, wie sehr ich mich täuschte! Offensichtlich lief es seinen politischen Interessen zuwider, ein Mitglied des Adels anzuklagen, selbst eines von eher niederer Herkunft. Auch die Tatsache, dass Lanfranco mit ihm verwandt war, wenn auch nur entfernt, muss ihn dazu bewogen haben, jeden Skandal, der ihn als Oberhaupt der Mailänder Kirche betreffen könnte, im Keim zu ersticken. Meine Bitte führte also zu einem schlechten Ergebnis: Der Erzbischof hat nicht nur nichts gegen seinen Neffen unternommen, sondern mir obendrein versteckte Drohungen übermitteln lassen. Er machte sich einen Streit mit einem unserer Pächter im Umland zu Nutze, der seit Jahren mit seinen Abgaben an das Kloster säumig war, und stellte die Beschlagnahmung eines beträchtlichen Teils unserer Güter in Aussicht, falls wir weiter gegen ihn vorgingen. Dann wäre das Kloster geschlossen worden, und keine von uns hätte mehr ein Dach zum Beten über dem Kopf gehabt … Wie oft schon habe ich es bereut, dass ich mich damals dem Willen des Erzbischofs unterwarf! Ich hätte Widerstand leisten, mich an die weltliche Obrigkeit wenden müssen …«

Die Augen der Äbtissin füllten sich mit Tränen. Matthew konnte sein Mitgefühl für die arme alte Frau nicht länger unterdrücken, die durch die Verzweiflung ihrer sorgsam aufrechterhaltenen Würde entkleidet worden war, und streckte teilnahmsvoll die Arme nach ihr aus. Eufrasia sah ihn an, während die Tränen ihr die Wangen hinunterliefen und die Scham über ihre Gefühle aus ihrem Gesicht verschwand. Die Äbtissin zeigte sich nackt und bloß im Angesicht von Matthews Mitleid. Sie stieß einen tiefen Seufzer aus und lächelte ihn an.

»Jetzt verstehe ich, warum Arnolfo ausgerechnet Euch zu mir geschickt hat. Das Erbarmen wohnt in Eurem Herzen, Bruder Matthew, und Ihr könnt Euch nicht vorstellen, wie sehr Euer Verständnis mir hilft.« Sie richtete die Schultern auf, zog die Nase hoch und sah ihm gerade ins Gesicht, als sie den Faden ihres Berichts wieder aufnahm.

»Ich habe euch von dem Kind erzählt, einem Mädchen. Mir war es schon beinahe gelungen, die quälenden Gedanken an den Mord aus meinem Gedächtnis zu löschen, als ich etwa ein

Jahr später mit meinen Novizinnen durch die Via Porticata zur Hauptbasilika unterwegs war und die Stände mit den ausgestellten Waren betrachtete. Es war ein schöner Frühlingstag, und wir wollten zur Messe, was konnte also schlecht daran sein, wenn wir uns ein paar Sachen anschauten, die wir niemals besitzen würden? Meine Schützlinge waren glücklich über die Abwechslung und liefen wie Kinder von einem Stand zum nächsten, wobei sie ihr aufgeregtes Gekicher zu unterdrücken versuchten und darauf achteten, dass ihr Übermut nicht allzu offensichtlich wurde. Auch ich ließ meinen Blick über die Waren schweifen, allerdings mit etwas mehr innerem Abstand. Auf einmal blieb ich wie vor den Kopf geschlagen stehen: Auf einer grauen Stoffbahn, die zwischen zwei Böcke gespannt war, mitten unter allerlei billigem Tand, prangte ein Medaillon, das genauso aussah wie das der Gisalbertinis. Der einzige Unterschied lag in der Größe, denn dieses war sehr viel kleiner und hing an einer dünneren Silberkette. Ich dachte, mich trifft der Schlag. Alles um mich herum fing an, sich zu drehen; die Stände, die Menschenmenge, die Mitschwestern, alles wirbelte durch die Luft ohne anzuhalten. Als ich wieder zu mir kam, sah ich, dass die Verkäuferin dieses Krimskrams mich besorgt ansah, weil ich offenbar bleich geworden war wie ein Leinentuch. Mit unsicherer Stimme, die sie wahrscheinlich meinem Alter zuschrieb, fragte ich sie, wie sie an diesen Anhänger gelangt war, der aus dem Besitz einer adeligen Familie zu kommen schien. Auf diese harmlose Frage veränderte sich jäh ihr Gesichtsausdruck: Sie starrte mich erschrocken an, und ihr Mund zitterte, während sie wirres Zeug stammelte. Weil ich keine vernünftige Antwort aus ihr herausbekam und es inzwischen ziemlich eilig hatte, forderte ich sie auf, am nächsten Tag im Kloster vorstellig zu werden. Die Frau war ganz außer sich und konnte nicht ablehnen. Als ich mich entfernte, sah ich noch, wie sie hastig und schimpfend ihre Waren zusammensammelte und überstürzt den Verkaufsstand verließ.«

Der intensive Duft der überreifen Birnen erfüllte inzwischen das ganze Zimmer und machte die Luft schwer. Eine lange Kolonne von Ameisen war gerade dabei, den Rand des Zinntellers zu erreichen. Sie hatten geduldig immer wieder das Tischbein erklommen und waren dabei einem Riss im Holz gefolgt, und nun überquerten sie die Decke aus Leinenbatist.

Die Vorhut dieses winzigen Heeres schwamm bereits in dem aus den Kerngehäusen getropften Saft und bildete kleine schwarze Flecken, die sich langsam auf dem matten Grau des Tellers ausbreiteten. Während die Äbtissin in ihrer Erzählung fortfuhr und nichts von dieser hektischen, gierigen Aktivität bemerkte, hielt Matthew den Blick gesenkt und verfolgte träumerisch die unaufhörliche Tätigkeit der Insekten.

»Habt Ihr verstanden, was passiert war, Bruder Matthew? Die Frau hatte das Medaillon gestohlen! Unter Tränen gestand sie mir, dass sie bis vor einem Jahr noch im Umland gelebt hatte, in der Nähe des Lambro, nicht weit von einem Meierhof, der, wie sie wusste, einer adeligen Familie gehörte. Als sich die Nachricht verbreitete, dass die Pächter von Banditen getötet worden waren und der Hof vorübergehend unbewacht stand, machte sie sich mit ihrem Mann auf, um das Haus nach Geld zu durchsuchen, das möglicherweise in irgendwelchen Mauerspalten versteckt war. Sie fanden tatsächlich welches, und darüber hinaus entdeckte sie in einem Schränkchen im Erdgeschoss, zwischen Hemdchen und Windeln für ein Neugeborenes, dieses Medaillon. Mit dem Geld aus diesem Diebstahl waren sie vor die Stadtmauern gezogen und jeden Tag auf den Markt gegangen, um ihre Waren feilzubieten. Die Frau weinte und flehte mich an, sie nicht anzuzeigen. Seit jenem Tag vor einem Jahr, sagte sie, habe sie nichts mehr gestohlen, und dieser Anhänger habe ihr nur Unglück gebracht. Ihr Mann sei von dem scheuenden Pferd eines Soldaten niedergetrampelt und getötet worden, und sie selbst sei schwer krank. Alles, was ihr bleibe, sei eine schwachsinnige, stumme Tochter, die sie überall mit hinschleppe und um die sich niemand kümmern könne, wenn sie tot sei. Ich weiß nicht, ob das alles der Wahrheit entsprach und ob dieser Raub wirklich ihr erster und letzter war, den sie aus schierer Not begangen hatte, wie sie mir versicherte. Jedenfalls brachte ich es nicht übers Herz, sie den Wachen zu übergeben. Ich ließ sie ziehen, nicht ohne ihr zu raten, in Zukunft ehrlich zu bleiben. Nach einem halben Jahr habe ich sie nicht mehr an ihrem Stand in der Via Porticata gesehen und weiß nicht, welches Ende sie genommen hat, niemand konnte es mir sagen …«

»Und das Medaillon?«, wagte Matthew zu unterbrechen, weil er die Erzählung etwas beschleunigen wollte, die sich immer mehr in Einzelheiten verlor, statt zu einem Abschluss zu kommen.

»Das Medaillon blieb in meinen Händen, wie es nur recht und billig war. Es diente mir als Beweis dafür, dass mein Verdacht über den gewaltsamen Tod von Caterina nicht unbegründet war. Ihr wisst vielleicht nicht, Bruder Matthew, dass die adeligen Familien sich hier bei uns durch äußere Kennzeichen voneinander abzuheben pflegen, die das Wappen ihres Hauses tragen. Der gestohlene Anhänger glich, wie ich Euch bereits sagte, dem von Clelia Gisalbertini aufs Haar, nur dass er kleiner war. Es handelte sich folglich um ein Medaillon, dass ein Goldschmied extra für ein Neugeborenes angefertigt hatte, genauer gesagt für eine Tochter, denn nur die Mädchen tragen diese kleinen Familienschmuckstücke. Versteht Ihr nun, Mönch? Auf diesem Gutshof hatte sich mit Sicherheit eine Gisalbertini aufgehalten, möglicherweise sogar zwei! Die Gerüchte um eine Schwangerschaft Caterinas, die auf mir unbekannten Wegen bis zu uns ins Kloster gedrungen waren, bestätigten sich auf diese Weise. Doch über ihr Verschwinden hat mir nie jemand Rechenschaft ablegen können. Ihr seht also, wie aus meinen Vermutungen über die Identität der Toten schreckliche Gewissheit wurde, nachdem mir dieser zweite Anhänger in die Hände gefallen war. Ich habe heimlich Nachforschungen durch einen unserer Pächter anstellen lassen, einen zuverlässigen Mann, der dem Kloster sehr ergeben ist, und habe erfahren, dass auch Caterinas Dienerin damals mit ihr zusammen verschwand. Obwohl das Mädchen noch sehr jung war, stand es schon längere Zeit in ihrem Dienst, und man hat mir versichert, es sei seiner Herrin sehr zugetan gewesen und hätte sie um keinen Preis verlassen. Der Pächter konnte keine Spur von der Dienerin finden, und folglich gibt es zwei Möglichkeiten: Entweder hat man sie ebenfalls ermordet und verschwinden lassen, oder sie ist geflohen und hat möglicherweise das Kind mit sich genommen.«

»Aber«, wandte Matthew ein, »wie sollte sie sich denn selbst und das Neugeborene retten, ohne eine Zufluchtsstätte zu haben? Denn wenn sie irgendwo hier im Umland untergekommen wäre, hättet Ihr doch davon erfahren, oder?«

»Gewiss. Deshalb habe ich auch gleich daran gedacht, dass das Kind vielleicht bei einem Kloster ausgesetzt wurde. San Celso ist das erste, auf das jemand trifft, der aus dem Lambrogebiet in die Stadt kommt. Falls die Dienerin wirklich von diesem Meierhof geflohen war, hatte sie bestimmt den Weg nach Mailand eingeschlagen und die Kleine eventuell dort zurückgelassen. Ich weiß noch, dass ich lange mit dem damaligen Propst von San Celso gesprochen und ihn gebeten habe, der Sache nachzugehen, aber er hat mir keine Hoffnungen gemacht und gesagt, dass niemand das Mädchen mehr identifizieren könne, bei den vielen Neugeborenen, die jedes Jahr ausgesetzt werden. Enttäuscht bin ich wieder gegangen und habe nur eine Liste mit den Namen der Ammen mitgenommen, denen im Frühjahr 1226 Säuglinge anvertraut worden waren. Ich besitze sie immer noch, habe sie aber nie benutzt. Oh, ich weiß, ich hätte weitersuchen müssen, aber ich hatte Angst, dass meine Vermutungen an die Öffentlichkeit gelangen könnten. Es wird viel geredet, wisst Ihr … Wir leben zwar in einer großen Stadt, aber die Kunst des Klatsches wird hier sehr gepflegt, besonders hinter den Mauern der Klöster und Konvente, wo jede kleine Nachricht aus dem weltlichen Leben dazu beiträgt, die Einsamkeit weniger bedrückend zu machen. Und so habe ich klein beigegeben und mir eingebildet, ich könnte diese Fragen, die vielleicht ohne Grund zu einer Obsession geworden waren, in mir zum Schweigen bringen. Ich habe auch versucht, Schwester Benedicta von ihren schmerzlichen Grübeleien abzubringen, aber ohne Erfolg, wie Ihr bereits von Arnolfo wisst. Und nun, nach all diesen Jahren, an der Schwelle des Todes, sehe ich mich wieder gezwungen, Rechenschaft über diese schwerwiegende Unterlassung abzulegen. Wie soll ich mit dieser Last auf dem Gewissen vor das Antlitz Gottes treten? Wie soll ich meine Trägheit rechtfertigen, wenn ich mit ein wenig mehr Beharrlichkeit vielleicht ein Menschenleben hätte retten können?«

Das Gesicht der Äbtissin war bleich geworden, und ihre halb geschlossenen Augen blickten starr zu Boden. Ihre Arme lagen schlaff in ihrem Schoß wie zwei abgebrochene Äste, die bloß noch durch einen dünnen Streifen Rinde mit dem Stamm verbunden waren. Nur ihre Fußspitzen, die kaum bis auf den gefliesten Boden reichten, strichen nervös über die Fugen.

Matthew sah sie nachdenklich an und wusste nicht, ob er mit einer tröstlichen Bemerkung auf diese mittlerweile nutzlose Reue antworten sollte. Nach einem langen Moment des Schweigens hob Eufrasia wieder den Blick.

»Das ist alles, was ich Euch sagen kann, und ich bezweifle, dass diese Auskünfte Arnolfo genügen werden. Doch da der

Abt nun einmal solch lebhaftes Interesse an dieser Angelegenheit zeigt, nehme ich dies zum Anlass, eine Bitte an ihn zu richten. Er soll die Suche nach dem Kind fortsetzen, er soll es finden und ihm die Stellung zurückgeben, die ihm per Geburtsrecht zusteht. Ihr habt keine Ahnung, wie schwer das Leben in Mailand für ein Geschöpf ohne Schutz und Protektion ist! Falls die Kleine überlebt hat, ist sie inzwischen fast eine erwachsene Frau und könnte überall sein, in einem Hospital, um die Kranken zu pflegen, in einem Kloster, wo sie die Böden fegt, oder – Gott möge es verhüten! – auf der Straße, um ihren Körper zu verkaufen. Findet sie, Bruder, ich flehe Euch an, findet sie …«

Eufrasia sah ihn mit fieberhaftem Ausdruck an, und ihre Lippen bebten. Dann stützte sie sich mühsam auf die Armlehnen ihres Stuhls und stand auf, doch bei der Anstrengung gab eines ihrer Knie nach, sodass sie gefährlich taumelte. Matthew sprang vor, um sie aufzufangen, und verhinderte um ein Haar einen schlimmen Sturz. Die Äbtissin dankte ihm, und nachdem sie sich wieder gefasst hatte, begleitete sie ihn zur Tür ihrer Zelle. Dort holte sie nach kurzem Zögern eine kleine, zerknitterte Schriftrolle aus der Tasche ihrer Ordenstracht, legte sie in die Hände des Mönchs und erklärte, dass es sich um die Namen der Ammen handele. »Der Abt wird Gebrauch davon zu machen wissen«, fügte sie hinzu. Nach einem neuen Moment der Unentschlossenheit sprach sie weiter.

»Richtet ihm auch noch etwas anderes aus: Falls das Mädchen gefunden wird, wird es noch nicht einmal ein Grab vorfinden, an dem es seine Mutter beweinen kann. Die Tote ist zwar auf unserem Klosterfriedhof begraben worden, aber wie Euch Arnolfo vielleicht schon gesagt hat, musste Lentasio einige Jahre nach diesen Ereignissen seinen Sitz verlegen. Wir befanden uns früher nahe der Hauptbasilika, doch als der Broletto angelegt und die umliegenden Gebäude errichtet wurden, ist das Kloster in diesen Bezirk bei der Stadtmauer verlegt worden. Von dem alten Kloster ist kein Stein übrig geblieben, der ganze Bau wurde abgerissen, um Platz für die neuen Paläste des Podestà und seiner Regierung zu schaffen. Auch der Friedhof existiert natürlich nicht mehr. Wer weiß, wo die armen Gebeine hingeschafft wurden ...«

Ein Schauder durchlief den vertrockneten Körper der alten Äbtissin, und ihre Augen verrieten eine uralte und nicht mehr zu heilende Müdigkeit. Matthew nickte respektvoll und versprach, die Liste dem Abt zu übergeben und ihm jedes Wort dieser Audienz zu berichten. Als die Äbtissin ihn schließlich verabschiedete, schlug die kleine Glocke der Kapelle die sechste Stunde. Eufrasia richtete den Brustschleier ihres Gewands und ging mit kleinen Schritten in den Gang hinaus. Dort wurde sie von einer Novizin erwartet, die sie über die Treppe in die Kapelle führen würde, wo die Psalmen gelesen wurden.

Der Luftzug beim Öffnen der Tür störte die Legionen von Ameisen wenig, die inzwischen den ganzen Zinnteller bedeckten. Birnen, Kerngehäuse und Brot waren vollkommen schwarz. Sie hätten geradezu verkohlt ausgesehen, wenn das Gewimmel der Insekten im Halbdunkel des Zimmers den leblosen Dingen auf dem Teller nicht den Anschein von Bewegung gegeben hätte.

KAPITEL 7

»Was ist das für ein Gestank, Vater?«

Bartolomeo reckte die Nase in die Luft und sah sich neugierig um, wobei er angewidert den Mund verzog. Auch seinem Pferd schien der Geruch nicht zu behagen. Die Nüstern des Tieres bebten, und sein Schwanz, der aus der fein bestickten Schabracke ragte, wedelte kräftig hin und her, als wollte es diese unangenehmen Ausdünstungen vertreiben.

Aimone lächelte. Sein Sohn, der die Ebene kaum kannte, war noch nie mit den Gerüchen der Städte in Berührung gekommen.

»Dieser Gestank, wie du es nennst, kommt aus dem Handwerksbetrieb, den du dort unten siehst. Dort werden Flachsstängel gewässert, rösten nennt man das. Damit man Leinen daraus machen kann, müssen die Pflanzen zuerst in Wasser eingeweicht werden, und wenn sie mürbe und faserig genug sind, werden sie getrocknet. Erst dann kann man Garn daraus gewinnen und es zu Knäueln aufwickeln und verweben.«

Bartolomeo nickte und tat, als gebe er sich mit der Antwort zufrieden. Schön, er hatte jetzt verstanden, wie Flachs verarbeitet wurde, aber ihm war immer noch nicht klar, weshalb dieser Prozess einen derart ekelhaften Geruch hervorrief. Doch weil er seinem Vater nicht weiter auf die Nerven gehen wollte, versuchte er, durch den Mund zu atmen und an etwas anderes zu denken.

Sie waren beinahe schon in Mailand, hatte ihm Aimone kurz zuvor erklärt. Der Ort, wo sie angehalten hatten, damit die Pferde sich stärken konnten, hieß San Pietro all'Olmo, ein kleiner Flecken, der aus einer Hand voll Hütten, einer Kirche und einem Flussufer bestand, an dem die Flachsfabrik und ein Stückchen weiter eine Getreidemühle lagen. Das Wasser war nicht mehr als ein trübes Rinnsal, ganz das Gegenteil des klaren, munteren Flusses Dora, an dem Bartolomeo so oft mit seinem Vater entlangzureiten pflegte.

Aimone war der Burgherr von Graines im Augusta-Tal, und obwohl sein Lehen gering schien im Vergleich zu den Besitzungen der Herren von Challant, bestimmten doch vielerlei Aufgaben und Sorgen seine Tage. Bartolomeo, sein einziger Sohn, war erst elf Jahre alt, ein aufgeweckter, verständiger Junge, der auch ohne die mütterliche Fürsorge gut heranwuchs. Aimones Frau war kurz nach der Geburt gestorben, weshalb sich zuerst eine Amme und dann verschiedene Hauslehrer um das Kind gekümmert hatten. Der Burgherr selbst hatte ebenfalls zu Bartolomeos Unterweisung beigetragen und ihn die Künste des Rittertums und, was noch wichtiger war, respektvolles Verhalten gegenüber jedem Menschen gelehrt, egal ob Adeliger oder Gemeiner. Aimone hatte nicht wieder geheiratet, er hatte den Tod seiner Frau nie wirklich verwunden. Keine andere, sagte er sich, könnte ihren Platz in seinem Herzen einnehmen, und also verwendete er seine ganze Kraft auf die Verwaltung seines Lehens und die Erziehung seines Sohnes. In diesen Tagen war er im Auftrag Gotofredos von Challant, des wichtigsten Fürsten im Augusta-Tal, unterwegs nach Mailand. Gotofredo hatte ihm eine schwierige Mission anvertraut, die mit viel Klugheit und Diskretion durchgeführt werden musste. Challant, der seine Macht nach und nach auf sämtliche Lehen des Tals ausdehnte, war besorgt über die ständigen feindlichen Übergriffe am Rande seines Herrschaftsgebietes durch kaiserliche Soldatenhaufen oder andere Lehnsherren, die gegen die neue Unabhängigkeit der Stadtstaaten in der Ebene zu Felde zogen. Grenzüberschreitungen und Scharmützel zwischen den Verbündeten Kaiser Friedrichs und denen Mailands störten den Frieden auf den Straßen, die das Tal mit der übrigen Lombardei verbanden, und behinderten den Handelsverkehr in südliche und östliche Richtung. Viele Kaufleute aus Venedig, die gewöhnlich den Hof des Visconte belieferten, hatten ihn wissen lassen, dass sie ihre Waren lieber zu anderen Märkten trügen, falls die Handelsrouten in das Tal weiterhin so gefährlich und unsicher blieben. Gotofredo vermutete zwar, dass die beklagten Reiseschwierigkeiten der Kaufleute nichts anderes waren als ein Vorwand, um die Preise in die Höhe zu treiben, aber er wollte die beträchtlichen Einnahmen durch die Straßenzölle nicht aufs Spiel setzen, die seinem Lehen aufgrund des florierenden Warenaustauschs Reichtum bescherten. Der Visconte war ein viel zu geschickter Politiker, um sich ganz auf die Seite einer der beiden gegnerischen Parteien zu schlagen. Mailand stellte ein wichtiges Macht- und Handelszentrum dar, zu dem er gute Beziehungen pflegen musste. Dazu kam noch etwas anderes: Die Mailänder wurden zwar von einer unabhängigen Regierung gelenkt, die auf ganz anderen Grundlagen beruhte als die Feudalherrschaft, aber er selbst hatte Gerüchte über eine baldige Wiederherstellung der Adelsmacht gehört, geschürt von der Unzufriedenheit der aristokratischen Familien, die von den Patriziern der Stadt ins Exil gezwungen worden waren. Friedrich II. dagegen war nur der Letzte in der langen Abfolge deutscher Kaiser, die es nach der Herrschaft über ganz Italien gelüstete. Er war zwar auf italienischem Boden geboren, blieb aber trotzdem ein Deutscher und war außerdem ein Nachfahre jenes anderen Friedrich, der einst so große Grausamkeit gegenüber Mailand und der Lombardei hatte walten lassen. Es bestand also vorerst kein Grund, sich den Reihen seiner Vasallen anzuschließen. Die Zeit würde ihm den richtigen Weg schon weisen, dachte sich Gotofredo. Die Kaiser kamen und gingen, während seine Ländereien Bestand hatten und darauf warteten, noch von seinen Söhnen und Enkeln regiert zu werden.

Mit Aimone stand er in einem vorsichtigen, aber gutnachbarschaftlichen Verhältnis. Ein paar Jahre zuvor hatte ein Streit, der von einem unbedachten Einfall seines Bruders Bosone in das Gebiet des Burgherrn von Graines ausgelöst worden war, beinahe zu gefährlichen Reibungen zwischen den beiden Lehen geführt, aber durch eine Reihe glücklicher Umstände konnte schnell eine gütliche Einigung erzielt werden. Die gegenwärtige Notwendigkeit, die verworrene Situation in Mailand zu klären, hatte Gotofredo veranlasst, Aimone um Hilfe zu bitten, den er als einen fähigen und besonnenen Verhandlungsführer kannte. Der Auftrag, den er ihn zu übernehmen gebeten hatte, war in Wirklichkeit eine Verpflichtung, der sich der Burgherr nicht entziehen konnte, ohne die guten Beziehungen zum Visconte erneut zu gefährden. Weil er sich seiner Macht über Aimone bewusst war, hatte Gotofredo ihn entsandt, sich mit dem Podestà, dem Stadtvogt von Mailand, zu treffen, und wenn möglich auch mit dem Erzbischof, um aus ihren Worten auf die zukünftigen Schritte der Stadtregierung gegenüber dem Kaiser und dem Papst schließen zu können.

Obwohl ihm klar war, dass der Visconte ihn im Grunde erpresste, hatte Aimone gute Miene zum bösen Spiel gemacht. Hätte er abgelehnt, wäre ihm das Wohlwollen Gotofredos auf unbestimmte Zeit entzogen worden, und außerdem, so klein sein Lehen war, die strategisch wichtige Lage seiner Burg könnte irgendwann einmal durchaus den Appetit des Visconte oder eines seiner Brüder erregen. Also hatte er sich gottergeben auf die Reise nach Mailand gemacht. Um nicht so allein zu sein und um seinem Sohn eine Abwechslung zu bieten, hatte er

Bartolomeo vorgeschlagen, ihn zu begleiten, und der Junge hatte begeistert zugestimmt. Bisher war er bei seinen Ausritten mit dem Vater nicht über Augusta hinausgekommen, und die Aussicht, eine der großen Städte der Ebene zu besuchen, hatte ihn ganz aus dem Häuschen geraten lassen.

Doch als er jetzt den fauligen Flachsgestank nicht aus der Nase bekam, war Bartolomeo nicht mehr ganz so sicher, dass er die Reise fortsetzen wollte. Der Weg bis hierher war nicht ohne Hürden gewesen: überall Soldaten, durch Axthiebe zerstörte Brücken, lange Umwege durch Seitentäler, niedergebrannte Dörfer und verstreute Leichen. Sein Vater hatte zwar versucht, seine Aufmerksamkeit auf etwas anderes zu lenken, als sie an den traurigen Kadavern auf den Feldern vorbeikamen, doch der Knabe war mehr als einmal vor Entsetzen erschauert, als er von der Höhe seines Pferdes herab auf tote Augen und verdrehte Gliedmaßen blickte, tragische Puppen aus Fleisch und Knochen. Einmal hatten sie in der Nähe eines Weilers, dessen Namen er nicht mehr wusste, vier Kinder gesehen, die erbarmungslos abgestochen worden waren. Neben ihnen lag die Mutter, enthauptet. Bartolomeo hatte seinen Vater nach dem Grund für diese furchtbaren Grausamkeiten gefragt, aber Aimone, den der Anblick genauso erschüttert hatte, wusste keine Antwort und befahl stattdessen zwei Dienern, die Ärmsten zu begraben. Nach dieser mitleidsvollen Tat waren sie schnell und schweigend weitergeritten.

»Wir bleiben heute Nacht in einem Gasthaus, Bartolomeo, die Pferde sind erschöpft. Morgen früh machen wir uns bei Sonnenaufgang auf den Weg und werden in kaum mehr als einer Stunde in Mailand sein. Siehst du die Tür mit dem Haselnusszweig darüber? Dorthin wollen wir. Während die Diener die Pferde in den Stall bringen, werden wir etwas essen und dann schön schlafen gehen. Wie gefällt dir das, mein Sohn? Im Gasthaus wird man den Gestank wahrscheinlich nicht mehr riechen, weil es dort nach Suppe und gebratenem Fleisch duftet! Also steig ab und komm mit!«

Aimone half Bartolomeo vom Pferd, doch kaum hatte der Knabe wieder festen Boden unter den Füßen, fing er an zu schwanken. Der Hintern tat ihm weh, und er hatte kein Gefühl mehr in den Beinen. Sein Vater stützte ihn, bis er das Gleichgewicht wiedergefunden hatte, dann legte er ihm eine Hand auf die Schulter und führte ihn zum Gasthaus. Auf der Schwelle erwartete sie schon eine füllige Frau, die hastig ihre zerzausten Haare in Ordnung brachte. Heute war ein guter Tag für sie. Innerhalb weniger Stunden waren gleich mehrere vornehme Gäste eingetroffen, eine Ehre, die ihrer Taverne nur selten zuteil wurde: zuerst ein Arzt, in sein feierliches purpurnes Gewand gekleidet und von drei bewaffneten Leibwachen eskortiert, und jetzt dieser Mann von fürstlicher Erscheinung in Begleitung eines Knaben, der vermutlich sein Sohn war. Sie bedauerte, am Morgen kein frisches Kleid angezogen zu haben, und versuchte schnell, ihrer zerknitterten groben Schürze ein anständiges Aussehen zu verleihen. Dann ging sie den beiden Neuankömmlingen mit einem servilen Lächeln entgegen.

»Ihr seid also der Burgherr von Graines?«, brummte der Arzt mit noch halb vollem Mund.

Aimone, der bereits fertig gegessen hatte, nippte lustlos an einem Becher mit fadem, säuerlichem Wein. Nur sie beide saßen noch am Tisch des Wirtshauses, denn Bartolomeo und die Diener waren schon in den großen Raum im ersten Stock hinaufgegangen, wo die Wirtin die Strohlager bereitet hatte. Der Burgherr war neugierig geworden auf diesen kräftigen Mann, der den Speisen ordentlich zusprach und gar nicht mehr mit Essen aufhören wollte. Er hatte dichtes Haar und buschige, angegraute Augenbrauen über zwei dunklen, durchdringend blickenden Augen. Seine Hände, die gerade das Wildbret zum

Mund führten, waren groß, aber von einer gewissen Feinheit in den Bewegungen. Er hatte sich als Enrico da Bergognone, Arzt aus Lucca, vorgestellt und befand sich auf der Rückreise von Montpellier, wohin er sich vor einem halben Jahr begeben hatte, um einige Kenntnisse seines Berufes zu vertiefen. In dieser französischen Stadt, erzählte er, gab es schon lange eine ausgezeichnete Schule der Medizin, wo arabische, spanische, französische und sogar englische Ärzte zusammenkamen, um Neues zu lernen, ihre Methoden zu verbessern und Erfahrungen auszutauschen. Er selbst habe während seines Aufenthalts dort eine neue nützliche Technik kennen gelernt und ausprobiert, durch die der Schmerz bei Operationen mit dem Messer, wie zum Beispiel der Amputation von Gliedmaßen, nicht zu spüren war. Man nenne sie Anästhesie, sagte er, und sie bestehe darin, den Patienten vor dem Eingriff mit den Instrumenten an einem Schwamm riechen zu lassen, der mit Opium und Bilsenkraut in hohen Dosen getränkt war. Er heiße der »Schlaf bringende Schwamm«, und die Gerüche, die ihm entströmten, ließen den Kranken in einen künstlichen Schlaf fallen und für eine gewisse Zeit das Bewusstsein verlieren, sodass der Chirurg in Ruhe an den schmerzunempfindlich gewordenen Muskeln, Sehnen und Knochen arbeiten könne. Dem verblüfften Aimone erklärte er weiter, dass die Schwierigkeit im genauen Abmessen der beiden Heilmittel liege, denn ein Zuviel an einer der beiden Substanzen könne den Tod hervorrufen. Zufrieden hatte er hinzugefügt, dass er keinen einzigen Patienten bei seinen Experimenten verloren habe und die neue Methode nun auch in seiner Heimatstadt einführen wolle, zu der er unterwegs sei. Zuvor müsse er jedoch für ein paar Tage nach Mailand, denn der Stadtvogt, der wohl von seinen Fähigkeiten als Arzt und Chirurg gehört hätte, habe ihn zu sich gebeten. Er habe ihm extra einen Boten nach Magenta entgegengeschickt und ihm einen Brief überbringen lassen. Der Podestà schreibe, dass er ihn so bald wie möglich zu einer Konsultation erwarte, da er schon lange an einer unbekannten Krankheit leide, mit der die Mailänder Ärzte nicht fertig würden.

Aimone, den die Großtuerei des Arztes etwas verärgerte, hatte ihm geduldig zugehört, obwohl das schmerzhafte Knirschen seiner Gelenke ihn gemahnte, sich schleunigst neben Bartolomeo aufs Lager zu strecken. Weil er fürchtete, dass sich an Enricos Frage bezüglich seiner Eigenschaft als Burgherr weitere neugierige Erkundigungen über den Grund seiner Reise nach Mailand anschließen könnten, antwortete er nur kurz angebunden und schob Müdigkeit vor. »Wenn Ihr den Rest der Strecke mit uns gemeinsam zurücklegen wollt, können wir uns weiter unterhalten, doch jetzt muss ich zu meinem Sohn und seinen Schlaf bewachen. Es ist das erste Mal, dass er mich auf eine so lange Reise begleitet, wisst Ihr, und wie Ihr gesehen habt, ist er noch ein Kind und braucht Gesellschaft.«

Der Arzt lächelte nachsichtig, und Aimone wünschte ihm eine gute Nacht. Sie würden sich bei Morgengrauen wiedersehen und zusammen den kurzen Weg in die große Stadt zurücklegen. Während die Holztreppe zum oberen Stockwerk unter dem Gewicht des Burgherrn knarrte, rechnete die Wirtin, die halb verborgen im hintersten Winkel der Gaststube saß, sich an den Fingern aus, was sie den beiden Herren am nächsten Morgen abknöpfen würde. Wenn sie das Wildbret, Brot und Wein sowie die Miete für die Strohsäcke zusammenrechnete, kam sie auf ein hübsches Sümmchen. Und in Anbetracht der vornehmen Erscheinung ihrer Gäste konnte sie ruhig noch etwas draufschlagen, denn sie würden bestimmt ohne mit der Wimper zu zucken zahlen. Zufrieden stand sie auf und ging in die Küche, wo sie sehr sorgfältig die Glut löschte, die noch zwischen den Holzscheiten auf der Feuerstelle glomm. Es war Wind aufgekommen, und schon die kleinste entfachte Flamme konnte den Holzwänden ihrer Taverne gefährlich werden.

Nachdem sie die Haustür verriegelt hatte, kehrte sie das schmutzige Stroh auf dem Boden zu einem Haufen in der Ecke zusammen. Dann gähnte sie laut und suchte ihren eigenen Strohsack auf, wo sie erschöpft in den Schlaf fiel.

KAPITEL 8

Aimone öffnete die kleine Fensterluke, die auf die Loggia hinausging. Es wurde gerade erst Tag, aber der Himmel war schon hell und klar. Auch wenn die Luft hier in Mailand nicht so rein war wie die, die er in Graines zu atmen gewohnt war, blähte ein willkommener Windhauch den Vorhang vor dem Fenster und machte die schon sommerliche Wärme angenehmer. Direkt vor ihm auf dem Geländer der Veranda stand ein Käfig aus Binsen, in dem ein Vögelchen sich in lautem, melodiösem Getriller erging. Nicht weit davon hing ein Korb an einem Hanfseil über der Gasse, in die er bei Bedarf hinuntergelassen wurde, und dahinter, am äußersten Rand der Loggia waren einige Decken zum Lüften ausgebreitet.

»Guten Morgen, Herr!«, rief eine junge, durchaus nicht schüchterne Dienerin, die aus einer Seitentür herausgetreten war. Mit einem offenen Lächeln auf ihrem roten Gesicht deutete sie eine Verbeugung an, sammelte die Decken in ihren kräftigen Armen zusammen und verschwand wieder im Innern der Herberge. Das Haus, in dem Aimone wohnte, gehörte dem Hauptkloster der Stadt und nahm einen Teil des Grundstücks von Santa Maria al Circo ein, einer Kirche, die diesem Kloster unterstand. Es lag in einer dicht bevölkerten Gegend und war nicht weit von einem Fluss entfernt, den sie hier Nirone nannten und an dem er bereits zwei Kornmühlen gesehen hatte. »Die stinken wenigstens nicht so«, hatte Aimone gedacht und sich lächelnd an das angeekelte Gesicht seines Sohnes beim Gestank in San Pietro all' Olmo erinnert. Als sie vor drei Tagen angekommen waren, hatte er sich darüber gewundert, von wie vielen Wasserläufen Mailand umgeben und durchzogen war. Der große Ringgraben um die Stadtmauern wurde immer wieder von anderen Flüsschen, Bächen und Kanälen durchschnitten, die in Windungen zwischen den vielen Kirchen und Gassen verliefen. Kleine Gemüsegärten und Weideflächen bedeckten jeden freien Platz zwischen den Häusern. Von der Loggia aus konnte man das Viertel gut überblicken, und Aimone sah einen großen eingefriedeten Bereich, in dem ordentlich gepflanzte Reihen von Obstbäumen sich mit Weinstöcken abwechselten. Schon zu dieser frühen Stunde herrschte auf den Straßen unter ihm reger Betrieb: Bedienstete, die zum Markt eilten, Lastkarren, die sich mühsam durch die engen Gassen quälten, Pferde, die gestriegelt wurden, Hunde, die an jeder Ecke stehen blieben, um die Duftmarken ihrer Artgenossen zu beschnuppern …

Vielleicht kam dieses Gewimmel auch daher, dass sich in der Nähe der Fleischmarkt befand, an dessen Ständen angeblich das wohlschmeckendste Fleisch der Stadt feilgeboten wurde. Man hatte ihm gesagt, die Fleischer von der Porta Vercellina füllten sämtliche Mägen in Mailand, vom Podestà bis hin zu denen, die sich nur ein Huhn im Monat leisten konnten. Er überlegte, ob sich auch das Hauptkloster von außen mit Nahrungsmitteln versorgen musste, kam aber zu dem Schluss, dass es dies wohl kaum nötig hatte, wenn es so reich war, dass es ein ganzes Stadtviertel mit Häusern besaß, die an Fremde vermietet wurden. Der Arzt Enrico da Bergognone war ebenfalls Gast des Klosters und nicht weit entfernt in einem Haus neben der Kirche von Santa Valeria untergebracht. Es war ein herrschaftliches Haus, fast schon ein Palazzo. Offenbar hatte sein Berufsstand in Verbindung mit seinem stolzen Auftreten die Nonnen, die ihn in Empfang genommen hatten, dazu bewogen, ihm eine Unterkunft anzubieten, die zu seiner Respekt gebietenden Gestalt passte.

An diesem Nachmittag würde er sich mit dem Arzt treffen; er war mit ihm auf dem Broletto verabredet. Enrico da Bergognone hatte seinen hochgestellten Patienten bereits untersucht, musste aber, wie er Aimone am Vorabend erklärt hatte, erneut in den Palast, um mit der Behandlung zu beginnen. Er war sehr zurückhaltend gewesen, was die Art der Erkrankung des Stadtvogts betraf, und hatte alle Erklärungen auf den nächsten Tag verschoben. Aimone wusste, dass das Berufsethos der Ärzte es ihnen untersagte, über den Zustand ihrer Patienten zu sprechen, und dass dies ein wichtiger Bestandteil ihres Eides war. Dessen ungeachtet hatten er und Enrico sich ein wenig miteinander angefreundet, was möglicherweise durch die offenen und nüchternen Worte begünstigt worden war, mit denen er den Alltag auf seinem Lehen und seine Sorgen hinsichtlich der Zukunft seines Sohnes beschrieben hatte. Vielleicht, weil er in ihm eine verwandte Seele sah, oder vielleicht auch, weil er sich einen Adeligen nicht zum Feind machen wollte, der seinem Ruf als Arzt nützlich sein konnte, hatte Enrico etwas von seinem hochmütigen Gehabe abgelegt und sich wieder mit Leidenschaft über Diagnosen und Heilmethoden ausgelassen.

An diesem Morgen nun, während sein Blick über die Dächer, Loggien, Gassen und Gärtchen der großen, fremden Stadt schweifte, füllte sich Aimones Herz mit neuer Zuversicht. Im Grunde, sinnierte er, blieb ihm noch viel zu tun im Leben, und nicht nur die immer gleichen Dinge. Diese Reise konnte ihm neue Horizonte eröffnen, konnte seine Überzeugungen verändern und möglicherweise sogar seine Kümmernisse zerstreuen. Ein verträumtes Lächeln erhellte sein Gesicht, und er stieß einen befreienden Seufzer aus. Dann drehte er sich um und ging ins Zimmer zurück, um Bartolomeo zu wecken.

»Löwenzahn, stellt Euch vor! Seit Monaten behandeln sie ihn mit Löwenzahn! Lieber Gott, wie kann man nur so dumm sein und nicht kapieren, dass diese Pflanze zwar ein gutes harntreibendes Mittel ist, aber überhaupt nicht gegen die Gicht hilft! Klar, dass der arme Mann inzwischen völlig geschwächt ist, weil er den ganzen Tag pinkeln muss! Was sind das bloß für Ärzte in dieser Stadt? Und dabei ist sie voll von Krankenhäusern ...«

Enrico da Bergognone machte seiner Verärgerung wild gestikulierend Luft. Die Taverne, in die er und Aimone gegangen waren, um sich zu unterhalten, lag in der Nähe der Schlupfpforte von Bottonuto, dicht an der Stadtmauer. In diesem Lokal wurden allerdings nicht nur Wein und Speisen angeboten, sondern auf Nachfrage auch Prostituierte, die die ganze Gegend bevölkerten, und Aimone hatte den Verdacht, dass die Wahl des Arztes nicht zufällig auf dieses Wirtshaus gefallen war. Vielleicht wollte er sich nach seinem Gespräch mit ihm ein Schäferstündchen gönnen, oder er dachte daran, sich als Vermittler anzubieten, weil er von Aimones Einsamkeit erfahren hatte und davon ausging, dass der Burgherr zur Abwechslung mal einen fröhlichen Abend in weiblicher Gesellschaft verbringen wollte.

»Brennnesseln braucht man, sage ich!«, fuhr der Arzt fort und redete sich immer mehr in Rage. »Die Einnahme von Brennnesselsaft regt die Bildung der gelben Gallenflüssigkeit an und lindert die Beschwerden. Wenn der Saft oder Aufguss noch durch einen Breiumschlag auf dem betroffenen Gelenk ergänzt wird, ist das von der Pflanze verursachte Brennen so stark, dass man den eigentlichen Schmerz nicht mehr spürt.«

»Aber was ist denn eigentlich diese Gicht?«, fragte Aimone interessiert. »Wodurch wird sie hervorgerufen?«

Die Frage befeuerte Enrico noch mehr, und er nahm wieder etwas von seinem besserwisserischen Gehabe an. Er stellte seinen Trinkkrug auf dem Tisch ab, verschränkte die Hände unterm Kinn und setzte zu einer Antwort an.

»Die Gicht ist eine Männerkrankheit und betrifft vor allem mächtige Männer, die zu viel Fleisch essen und zu viel Wein trinken. Seht Ihr, Aimone, bei einem gesunden Menschen sind die Körpersäfte im Gleichgewicht. Doch wenn das richtige Verhältnis zwischen ihnen durch falsche oder übermäßige Ernährung gestört wird oder wenn die Melancholie alle anderen Gefühle beherrscht, gewinnt einer dieser Säfte die Oberhand und löst die Krankheit aus. Im Falle des Podestà«, fügte er mit gesenkter Stimme hinzu und sah sich vorsichtig um, ob auch niemand mithörte, »ist die Gicht mit Sicherheit von zu üppigem Essen ausgelöst worden. Ich habe heute mit eigenen Augen gesehen, wie viele Speisen auf seinen Tisch kommen! Rindfleisch, Schweinefleisch, Wild, Weichkäse und dazu jede Menge Wein. Die Folge ist, dass sich die Körpersäfte, insbesondere die gelbe Galle, in den Zwischenräumen zwischen Knochen und Knorpel ablagern, vor allem der Arme und Beine, und Schwellungen hervorrufen, die das Gehen und andere Bewegungen erschweren oder unmöglich machen. Das Schlimmste ist, dass die Gicht, wenn sie nicht richtig behandelt wird, nach einigen Jahren zu dauerhaften Verkrümmungen führt …«

Verblüfft darüber, dass der Arzt ihn genug schätzte, um ihn nicht nur an seiner Gelehrsamkeit, sondern auch an der Diagnose des Podestà teilhaben zu lassen, starrte Aimone Enrico an. Der zeigte sich verlegen, als er das Erstaunen seines Gegenübers bemerkte, und fürchtete wohl, zu viel gesagt zu haben. Er beugte sich mit verschwörerischer Miene über den Tisch und legte den Finger auf den Mund. »Ihr müsst aber Schweigen bewahren über das, was ich Euch gesagt habe«, flüsterte er. »Falls herauskommt, dass ich Euch über den Gesundheitszustand einer Persönlichkeit des öffentlichen Lebens informiert habe, kriegen wir beide Scherereien, das garantiere ich Euch.«

Aimone versicherte ihm, dass er mit niemandem darüber reden werde, und dankte ihm ausdrücklich für die Achtung, die er ihm durch seine vertraulichen Mitteilungen erwiesen hatte.

»Apropos vertraulich«, fügte der Arzt hinzu, »ich wollte Euch auf etwas aufmerksam machen, dass Eure Person betrifft. Ihr habt doch nicht vor, in den Kleidern, die ihr gerade tragt, bei den Stadtoberen vorstellig zu werden, oder? Versteht Ihr, Aimone, in den großen Städten wird viel Wert auf die äußere Erscheinung gelegt. Ich will damit nicht sagen, dass Euch Eure Kleidung nicht als Adeligen ausweist, aber ein klein wenig mehr Eleganz …«

Der Burgherr war verwirrt und sah ihn fragend an.

»Also, nehmt es mir bitte nicht übel … Euer Überkleid ist zum Beispiel aus Wolle, aus feiner Wolle zwar, aber dennoch aus Wolle. Hier braucht ihr einen schönen Rock aus Seide, abgestimmt auf einen Umhang in einer auffallenden Farbe, möglichst auch noch bestickt und mit einem silbernen Gürtel gehalten. Wenn Ihr wollt«, fügte er augenzwinkernd hinzu, »kann ich Euch einen Schneider hier in der Stadt empfehlen, der Kleider von Patriziern, die nur eine Saison getragen wurden, speziell für Euch abändert. Wisst Ihr, ich bin nicht zum ersten Mal in Mailand, ich weiß mittlerweile, wie es hier zugeht, und kenne viele Leute.«

Auch wenn ihm das Demütigende des Ratschlags sauer aufstieß, begriff Aimone, dass der Arzt Recht hatte. Seine Kleidung war zwar vornehm, passte aber nur in sein Tal und nicht nach Mailand, wo die Adeligen so herausgeputzt herumliefen, als gehörten sie zum Gefolge des Papstes! Obwohl ihm diese Zurschaustellung von Reichtum und Macht zutiefst unangenehm war, sah er ein, dass er genauso fein und affektiert auftreten musste wie die anderen, wenn er Gotofredos Auftrag zu dessen Zufriedenheit ausführen wollte. Also nahm er dankbar Enricos Angebot an und bat ihn um die Adresse des Schneiders.

Mit einem Stückchen Kohle kritzelte der Arzt etwas auf ein zerknittertes Blatt, das er aus den tiefen Taschen seines Gewands hervorgezogen hatte. Er reichte es Aimone über den Tisch und empfahl ihm, sich möglichst bald zu dem Schneider zu begeben, da ein neues Kleid Zeit brauche. Die Wahl des Modells, die Anproben und die abschließenden Stickereien würden einige Tage in Anspruch nehmen. Wenn seine Unterredung mit den Würdenträgern bald bevorstand, müsse er sich also beeilen.

Aus seinen letzten Worten schloss Aimone, dass Enrico den Rest des Nachmittags und den Abend lieber allein verplanen wollte. Erleichtert, kein eventuelles Beisammensein mit irgendwelchen Dirnen ablehnen zu müssen, verabschiedete sich der Burgherr. Sie würden sich morgen bei Enrico wieder sehen und sich gegenseitig über ihre Pläne für die kommenden Tage in Kenntnis setzen.

Es war schon beinahe die Stunde der Vesper, und das morgendliche Lüftchen war aufgefrischt und hatte sich in einen regelrechten Wind verwandelt. Aimone schloss halb die Augen, um nicht den Staub hineinzubekommen, der von der gestampften Erde der Gassen aufgewirbelt wurde. Auf dem Weg zur Werkstatt des Schneiders, die nicht weit vom Krankenhaus Sant' Antonio entfernt lag, stieß er auf eine Rotte Schweine. Ungestört grunzend verschlangen sie jeden Abfall, den sie auf der Straße fanden. Niemand kümmerte sich um sie, noch nicht einmal die Hunde, die sich zahlreich unter den Torbögen und in den Hauseingängen tummelten. Offenbar hielt die schiere Masse der Schweine sie davon ab, ihnen die Essensreste streitig zu machen. Aimone, der nicht verstand, warum diesen unflätigen Tieren so viel Bewegungsfreiheit zugestanden wurde, nahm sich erneut vor, eine der Nonnen des Klosters danach zu fragen, und sei es nur, um Bartolomeo eine Erklärung geben zu können. Er war sicher, dass sein Sohn sich über das nahe Beieinander von Menschen und Schweinen verwundern würde, nicht zuletzt, weil er Angst vor diesen Tieren hatte. Seit er vor drei Jahren einmal einen heftigen Rüsselstoß von einer Muttersau abbekommen hatte, die ihren Wurf gegen seine tapsige kindliche Neugier verteidigte, machte Bartolomeo immer einen großen Bogen um die Schweinekoben zu Hause. Sie waren mit dicken Brettern eingezäunt und befanden sich neben den Hütten der Bauern im tiefstgelegenen Teil des Lehens, nahe der Dora.

In Gedanken darüber versunken, wie verschieden doch die Lebensgewohnheiten in der Stadt und auf dem Land waren, erreichte Aimone die Wohnung des Schneiders, der gerade einen anderen Kunden an der Haustür verabschiedete. Kaum hatte der Schneider erkannt, dass dieser gut gekleidete, aber eindeutig ortsfremde Mann seine Dienste in Anspruch nehmen wollte, bedachte er ihn mit einem breiten Lächeln und lud ihn ein hereinzukommen.

KAPITEL 9

Dieser Schneider ist ein Halsabschneider, das wissen alle in der Stadt!«

Die spindeldürre, asketische Gestalt der Schwester Pförtnerin bildete einen Gegensatz zu ihrer Stimme, die rau und volltönend war wie die eines Marktweibs. Aimone war Schwester Eleonora nach dem erfolglosen Besuch in der Schneiderwerkstatt buchstäblich auf der Schwelle seiner vorübergehenden Behausung begegnet. In einer Anwandlung von Höflichkeit gegenüber diesem ungewöhnlich gekleideten Adeligen hatte die Frau ihn nach dem Verlauf seines Aufenthaltes in der Stadt gefragt. Aimone, der nicht an die oberflächliche Freundlichkeit in Mailand gewöhnt war, hatte wahrheitsgetreu geantwortet, dass er auf der Suche nach einem Schneider sei, der seine Garderobe aufbessern sollte. Er konnte ja nicht ahnen, was für eine Schimpfkanonade er damit auslösen würde. Schnell hatte er seine Offenheit bereut und festgestellt, dass seine Verwunderung und sein Befremden mit jedem Tag in dieser Stadt zunahmen. Mailand war reich an Kirchen und Klöstern, doch die weltlichen Beschäftigungen und Gedanken übertrafen die religiösen bei weitem: Äbte, die in politische Geschäfte verwickelt waren, Erzbischöfe, die Krieg führten, Mönche, die große Vermögen verwalteten, Nonnen von adeliger Herkunft, die sich bemühten, ihr Leben Gott zu widmen, aber im Grunde ihrer hohen Stellung nachtrauerten … Aimone staunte immer mehr über den großen Unterschied zwischen diesen Nonnen hier und den bescheidenen Schwestern, die auf seinem Lehen lebten und arbeiteten. Er antwortete Schwester Eleonora mit einem unsicheren Lächeln und hoffte, dass sie mit ihrer Schmährede gegen die Schneider fertig wäre – doch vergebens. Die Frau nahm ihn beiseite, sah sich verstohlen um und senkte ihre Stimme.

»Ihr kennt Euch nicht aus, Ihr könnt das nicht wissen … Wenn die Mailänder Handwerker einen Fremden sehen, vor allem, wenn es sich um einen Adeligen handelt, versuchen sie immer, ihn übers Ohr zu hauen. Sie schlagen auf die Preise auf oder drehen ihm schlechte Ware an, weil sie darauf bauen, dass er bald wieder abreist und sich nicht mehr über sie beschweren kann. Ah, wenn Ihr wüsstet, Herr, wie gnadenlos diese Stadt ist! Aber ich kann Euch einen guten Rat geben: In der Via Porticata, nicht weit von der Stadtmauer und kurz vor dem Lentasio-Kloster, befindet sich die Werkstatt von Amizone Laudesi. Ich weiß, dass die Äbtissin dieses Klosters hin und wieder Ordenstrachten von verstorbenen Mitschwestern für die Novizinnen bei ihm ändern lässt. Außerdem habe ich gehört, dass dieser Schneider über eine ausgezeichnete Stickerin verfügt, die für wenig Geld kostbare Arbeiten ausführt. Ich bin sicher, dass er einen ehrlichen Lohn fordern wird, und so könnt Ihr eine gute Figur bei den Stadtoberen machen, die Ihr treffen wollt …«

Aimone klappte die Kinnlade herunter. Woher wusste diese Nonne, was ihn nach Mailand geführt hatte? Wer konnte ihr davon erzählt haben? Enrico kannte als Einziger seine Pläne, aber er wohnte woanders und war Schwester Eleonora sicher noch nie begegnet. Bartolomeo hatte er den Grund ihrer Reise zwar erklärt, aber ihm gleichzeitig befohlen, mit niemandem darüber zu sprechen. Hatte sein Sohn ihm etwa nicht gehorcht? Er wollte schon böse auf den Jungen werden, als die Nonne bemerkte, dass sie mit den Vertraulichkeiten zu weit gegangen war, und sittsam die Augen niederschlug.

»Verzeiht mir, ich wollte nicht aufdringlich sein. Ich habe kein Recht, Euch mit meiner Neugier zu belästigen, Herr. Ich dachte nur … nun ja, ein Adeliger von Eurem Rang, was macht der hier in Mailand, wenn er sich nicht mit einem Gleichgestellten zu einer Unterredung trifft? Außerdem«, stammelte Schwester Eleonora, die sich immer mehr verhedderte, »kommt es nicht oft vor, dass ein wichtiger Fürst wie Ihr so umgänglich ist und sich persönlich mit seinem kleinen Sohn abgibt! Ich dachte, dass … oh, verzeiht mir!«

Die Nonne drehte sich schamesrot um und floh ins Haus. Aimone, der nun über Bartolomeos Gehorsam beruhigt war, musste lächeln und stieg die Außentreppe ins obere Zimmer hinauf, wo sein Sohn ihn erwartete.

Durch einen kleinen Schlitz in der Wand des Arbeitszimmers, in dem er ihn in Kürze empfangen würde, beobachtete der Sekretär des Podestà Aimone von Graines. Der Lehnsherr war gut von den anderen Bittstellern durch seine schlichte Kleidung zu unterscheiden. Er sah sich bewundernd in dem großen Audienzsaal um und betrachtete die Fresken an den Wänden und die klare Eleganz der Einrichtung. An diesem Tag waren die Schmerzen in den Beinen des Podestà noch schlimmer als sonst, weshalb Catelano de' Carboni seinen Privatsekretär gebeten hatte, für ihn die Audienz abzuhalten. Baldo Oldrati genoss das volle Vertrauen Catelanos. Die vergangenen Monate waren besonders arbeitsreich gewesen, und Baldo hatte sich als sehr fähig darin erwiesen, die Entscheidungen des Podestà nach außen zu vermitteln. Sein diplomatisches Geschick würde es ihm erlauben, noch lange für die Stadtregierung zu arbeiten, da war er sicher, auch wenn die Führung bald wieder wechseln sollte. Die Podestà kamen nämlich immer aus anderen Städten, eine Regel, die vor vielen Jahren festgelegt worden war, um die politische Unabhängigkeit der Regierungsspitze sicherzustellen. Ihre Amtszeit dauerte maximal ein Jahr, und danach nahm ein anderer Außenstehender den Sitz am Broletto ein und verkörperte die oberste Autorität in Mailand. Auch wenn die Podestà alle Jahre wechselten, galt das nicht unbedingt auch für ihre Mitarbeiter. Baldo, der innerhalb der Stadtmauern in der Nähe der Porta Orientale wohnte, hatte seine Laufbahn im Vorjahr unter Luca Grimaldo begonnen, einem Genueser, der Catelano in seinem Amt vorausgegangen war. Als sein Mandat ablief, hatte Grimaldo den Sekretär seinem Nachfolger wärmstens empfohlen, der ihm nach einer kurzen Probezeit den Posten erneut übertragen hatte. Sich seiner Fähigkeiten bewusst und voller Zuversicht, dass diese noch viele Jahre lang Verwendung finden würden, hatte Baldo das Pergament bereits gelesen, mit dem Aimone seinen Besuch ankündigte. Mit diesem Burgherrn würde er vorsichtig umgehen müssen. Er wusste, dass das Haus der Challant, das über einen großen Teil des Augusta-Tals herrschte, von der klugen und ehrgeizigen Hand Gotofredos gelenkt wurde. Wenn er Aimone von Graines als seinen Abgesandten nach Mailand schickte, bedeutete dies, dass der Burgherr über einiges Verhandlungsgeschick verfügte, sonst hätte der Visconte ihm nie eine solch heikle Mission anvertraut.

Baldo seufzte geräuschvoll und richtete sich aus seiner unbequemen Position auf. Er strich sein Gewand glatt, gab seinem Gesicht den gewohnt hochmütigen Ausdruck und befahl dann dem Bediensteten, der an der Tür des Empfangszimmers wartete, den Burgherrn von Graines hereinzubitten.

Verwundert, dass er vor den anderen, die schon länger warteten, zum Sekretär des Podestà vorgelassen wurde, trat Aimone mit vorsichtiger Bedächtigkeit über die Schwelle. Die Erscheinung des Mannes, dem er nun gegenübertrat, ließ ihn gleich darauf noch mehr auf der Hut sein. Sein kleiner, zerbrechlich wirkender Körper wölbte sich am Rücken zu einem so deutlichen Halbmond von einem Buckel, dass der rückwärtige Saum seines kostbaren Gewandes aus bestickter Seide gut eine Spanne über dem Boden endete. Sein großer Kopf mit den spärlichen, in den Nacken fallenden Haaren wurde von einem kurzen Hals getragen, der wie eine Verlängerung des Rückens wirkte. Der grotesken Erscheinung des Mannes, die Aimone an einen Hoffnarren erinnerte, stand jedoch sein Blick entgegen: Die kleinen, stechenden Augen funkelten kalt wie die eines Bären kurz vorm Angriff und saßen dicht über der Nasenwurzel; die Nase selbst war gekrümmt wie der Schnabel eines Falken. Seine Lippen, fast unsichtbar unter dieser vorspringenden Spitze, bildeten eine schmale Linie.

»Seid gegrüßt, Aimone von Graines«, schmeichelte der Sekretär mit hoher Stimme, während er die grauen Augen von Aimone erforschte. »Ich habe Euren Brief erhalten und beschlossen, Euch sofort zu empfangen, wie Ihr seht! Ich weiß, dass die Savoyer und Euer Visconte viel Wert auf gute Beziehungen zu Mailand legen, und glaubt mir, auch unser Podestà wünscht sich seine guten Verbündeten entlang der Alpenübergänge zu erhalten …«

Aimone hielt seinem Blick stand und unterdrückte den Schauer, den Baldos honigsüßer Ton ihm über den Rücken jagte. Dieser Mann erinnerte ihn an eine dieser Schlangen, die zwischen zwei Steinen unbeweglich in der Sonne liegen und mit dem Boden zu verschmelzen scheinen, bis ihnen eine Hand oder ein Fuß zu nahe kommt. Dann schnellen sie wie eine Peitsche hervor und graben einem ihre Giftzähne ins Fleisch. Der Sekretär verzog den Mund zu einem heuchlerischen Lächeln, während er weiter auf seinen Gast einredete und ihm bedeutete, ihm zu einem hohen Stuhl zu folgen. Dort ließ er sich nieder und drückte seinen knochigen Hintern in ein rotes Seidenkissen mit weißen Quasten an den Ecken. Aimone nahm ihm gegenüber Platz, auf einem quadratischen Sitz aus schön geschnitzter Eiche.

»Denn seht Ihr«, fuhr Baldo fort und strich sich unwillkürlich die wenigen Haare im Nacken glatt, »wir müssen uns in diesen Tagen auf die Verteidigung der Stadt gegen die kaiserlichen Truppen vorbereiten und brauchen die Unterstützung aller Verbündeten. Ich weiß natürlich, dass der Graf von Savoyen schon genug andere Sorgen hat. Die Nachricht ist bis zu uns gedrungen, dass Visconte Gotofredo vor etwas weniger als einem Jahr die Burg Bard eingenommen und ihren Herrn – Ugo hieß er, glaube ich – enteignet hat. Ich weiß auch«, fuhr er fort und fixierte Aimone dabei unverwandt, »dass diese Burg eine wichtige Eroberung für Gotofredo darstellt, da sie eine stete Einnahmequelle für Wegzölle ist, vor allem aufgrund des Transports von schweren Mühlsteinen, mit denen die Steinbrüche des Augusta-Tals die Mühlen in der ganzen Lombardei beliefern. Wir haben viel zu viel Achtung vor der politischen Klugheit des Visconte, um zu befürchten, dass er sich gegen uns und auf die Seite Friedrichs stellt. Ich denke, ein Krieg auf Euren Ländereien würde niemandem nützen, weder Mailand noch dem Grafen. Wie Euch sicher zu Ohren gekommen ist, hat vor kurzem einer unserer Verbündeten, der Marchese von Monferrato, die Burg Rivoli besetzt, um den Fluss Dora unter Kontrolle zu haben. Wir wissen beide, dass es viele danach gelüstet, den Zugang zu diesem Fluss zu kontrollieren, weil er eine schnelle Verbindung nach Frankreich und ins Cenisio garantiert. Aber wir wissen auch, dass unsere Anwesenheit an seinen Ufern nur durch die Erfordernisse der Verteidigung gerechtfertigt werden kann. Auch die Belagerung von Turin, die unsere Verbündeten derzeit unternehmen, dient nur dazu zu verhindern, dass der Sohn des Kaisers, Friedrich von Antiochien, dort einen Stützpunkt errichtet. Wenn Ihr wüsstet, wie dieses ganze Aufgebot an Männern und Kriegsgerät Mailands Finanzen ausblutet! Und alles wegen eines fremden Herrschers, der sogar dem Papst ungehorsam ist und schon zweimal mit dem Bann belegt wurde, aber es sich in den Kopf gesetzt hat, ganz Italien besitzen zu wollen!«

Während er diesen scheinbar leidenschaftlichen Redeschwall von sich gab, blieb das Gesicht des Sekretärs undurchdringlich; seine Stimme verriet keinerlei Gefühl und seine Augen blickten unverändert hart und distanziert. Aimone hörte schweigend zu und wagte nicht, ihn zu unterbrechen, weil er nicht wusste, wann die Rede als beendet betrachtet werden konnte.

»Ihr müsst verstehen«, hob Baldo nach einem verärgerten Seufzer wieder an, »dass Mailand sich niemals einem Barbaren unterwerfen kann, der es vor sechs Jahren gewagt hat, unseren Podestà Pietro Tiepolo an den Fahnenwagen zu ketten und von den Elefanten seiner Menagerie durch Cremonas Straßen schleifen zu lassen! Mailand ist eine freie Stadt und nicht das Lehen irgendeines habgierigen Königs, der sein Herrschaftsgebiet ausdehnen will!«

Einen Moment lang funkelten die Augen des Sekretärs vor echter Empörung, aber es war nur eine kurze Entgleisung. Als hätte er unbeabsichtigt seinem Herzen Luft gemacht, senkte Baldo die Lider und legte eine Pause ein. Dann erhob er sich, setzte wieder die ausdruckslose Maske des Diplomaten auf und ließ noch einige Worte folgen.

»Überbringt Gotofredo von Challant folgende Botschaft: Mailand wird auf dem Weg weitergehen, der uns von der Geschichte zugewiesen worden ist. Gott ist in Gestalt des Papstes auf unserer Seite, und niemand wird sich seinem Willen widersetzen können. Wir haben treue Verbündete, wir sind stolz auf unsere Freiheit, und unsere Mitbürger haben eine blühende und mächtige Stadt aufgebaut. Das lassen wir uns von keinem räuberischen Eindringling nehmen, und wir werden nicht zulassen, dass irgendein machthungriger Feudalherr diese scheinbar unsichere Situation ausnutzt, um neue Allianzen zu knüpfen, welche die Grenzen der Lombardei zu unserem Nachteil verändern.«

Letzteres stieß er fast wütend hervor und sah Aimone dabei herausfordernd an, als erwartete er eine unbesonnene Antwort. Doch der Burgherr war viel zu erfahren, um in die Falle zu tappen, und beschränkte sich auf ein respektvolles Nicken. Zufrieden mit dem Ergebnis, ließ sich der Sekretär beim Abschied zu einem gefälligen Lächeln herab. Aimone deutete eine Verbeugung an und ging.

Obwohl die Luft auf dem Broletto schon fast sommerlich stickig war und schwer von einer Mischung unangenehmer Gerüche, atmete Aimone sie dankbar ein. Der Besuch beim Sekretär des Podestà hatte ihm die Brust eng gemacht, so als wäre sie in einen Schraubstock eingespannt. Hinter der falschen Höflichkeit dieses Mannes war eine einschüchternde, ja geradezu drohende Haltung zum Vorschein gekommen. Aimone bedauerte es, dass er nicht mit dem Podestà persönlich hatte sprechen können, der im Ruf stand, ein umgänglicher und ruhiger Mensch zu sein, und fragte sich, wie er weiter vorgehen sollte. Baldo hatte eines deutlich gemacht: Falls der Graf von Savoyen und sein Vasall Gotofredo beabsichtigten, den Kaiser zu unterstützen, wäre das Augusta-Tal das nächste Kriegsziel der Mailänder und ihrer Verbündeten. Exakt das hatte Challant befürchtet und ihn deshalb nach Mailand geschickt, um das Terrain zu sondieren. Er sollte auch mit dem Erzbischof sprechen, von dem der Visconte wusste, dass er sehr einflussreich war. Aimone war sich jedoch sicher, dass diese Unterredung mehr oder weniger gleich verlaufen würde. In Anbetracht der kaum verhohlenen Verachtung, mit der ihn der Sekretär behandelt hatte, überraschte er sich plötzlich dabei, dass er seine

Eignung für diese Aufgabe in Frage stellte. Er musste über sich selbst, über sein kleines Lehen und auch über den Visconte den Kopf schütteln. Was bildeten sie sich eigentlich ein, die sie in ihren fernen, gut befestigten Burgen im Augusta-Tal saßen – glaubten sie etwa, das gleiche politische Gewicht zu besitzen wie die großen Städte der Ebene, die seit Jahrhunderten im Geschäft der Macht und Intrigen geübt waren? Glaubten sie vielleicht, der »longa manus« des Papstes zu entrinnen, wenn sie Mailand bekämpften und sich Friedrich anschlossen? Die geringe Kenntnis der tatsächlichen Verhältnisse, dachte er, bringt überzogene Erwartungen hervor, die sich in bittere Enttäuschung verwandeln, wenn sie mit der Wirklichkeit konfrontiert werden.

Als er eilig dem Broletto den Rücken kehrte und sich einen Weg durch die übliche Menschenmenge in den Gassen bahnte, rempelte er unabsichtlich einen alten Mönch an, der ihm aus der anderen Richtung entgegenkam und daraufhin über seine Kutte stolperte. Nachdem er sich entschuldigt und ihm wieder auf die Beine geholfen hatte, sah er ihm mit wehem Herzen nach und dachte an jenen anderen Mönch, mit dem er einen guten Teil des vergangenen Jahres verbracht hatte. Er hatte nichts mehr von Pater Matthew gehört – wo mochte er wohl abgeblieben sein? War er vielleicht nach Rom gepilgert, um die Reliquien des Heiligen Petrus zu besuchen? Oder war er am Ende in seine Heimat zurückgekehrt? Wo konnte er bloß nach ihm forschen lassen? Die Gesellschaft dieses Mannes fehlte ihm, aber noch mehr fehlte sie seinem Sohn, dessen Lehrer der Mönch für einige Monate gewesen war. Hin und wieder fragte der Knabe nach ihm, aber Aimone konnte ihm nie eine zufrieden stellende Antwort geben. Noch bedrückter als zuvor eilte er weiter. Bartolomeo hatte ihm das Versprechen abgerungen, an diesem Abend endlich die Schachpartie auszutragen, die sie schon so lange immer wieder aufschoben. Er durfte ihn nicht enttäuschen. Obwohl die Bediensteten ihn den ganzen Tag beschäftigten und mit ihm die Stadt besichtigten, hatte der Junge seinem Vater bereits zu verstehen gegeben, dass er die gewohnten Ausritte entlang der Dora diesen Ausflügen in der Stadt vorzog, so interessant sie auch waren. Aber ihr Aufenthalt in Mailand würde sich noch eine Weile hinziehen, also tat er besser daran, seinen Sohn nicht zu vernachlässigen. Das neue Gewand, das er für das Gespräch mit dem Erzbischof brauchte, musste eben warten. Er würde sich morgen in die Via Porticata begeben und die Werkstatt des Schneiders Laudesi aufsuchen, doch jetzt erwartete ihn erst einmal eine wichtigere Verabredung.

KAPITEL 10

Der Falke rüttelte unruhig auf der Faust seines Herrn und grub die Krallen tiefer in das dicke Leder des Handschuhs.

»Ruhig, blödes Vieh!«, rief Lanfranco und verstärkte seinen Griff um das Glöckchen, das an einem Fuß des Tieres hing. Er ging viel zu schnell, sodass der Greifvogel keinen richtigen Halt fand und Mühe hatte, die Bewegungen seines Herrn auszugleichen.

Das Reitpferd, das an einem Baum am Waldrand angebunden war, schnaubte nervös. Dicke Atemwolken quollen aus seinen Nüstern und lösten sich in der feuchten Morgenluft auf. Hinter den höchsten Haselnusssträuchern, die kreuz und quer in diesem Pappelwald wuchsen, öffnete sich eine Lichtung.

Lanfranco näherte sich ihr vorsichtig und verlangsamte seinen Schritt, bis er fast stehen blieb. Das Gras war hoch und glitzerte noch von den Regentropfen des nächtlichen Gewitters. Weil er wusste, dass sich zwischen den dicht stehenden, scheinbar reglosen Halmen jede Menge Beutetiere verbargen, spähte der Mann aufmerksam über die grüne Fläche, um auch die kleinste Bewegung in diesem Grasmeer zu erhaschen. Es herrschte nicht die vollkommene Stille, die ein Jäger sich wünscht, denn neben den Geräuschen des Waldes waren auch gedämpft, aber unverkennbar die Schreie der Fuhrknechte zu hören, die ihre Pferde auf der nahe am Quadronno-Wald verlaufenden Straße nach Lodi antrieben.

Er bereute es schon fast, sich ausgerechnet diese Stelle ausgesucht zu haben, um der Kunst der Falkenjagd nachzugehen. Schließlich hätte er sich auch weiter von der Stadt entfernen und in östliche Richtung am Ufer des Lambro entlangreiten können, wo Wälder, die reicher an Wild und ungestört von herrschaftlichen Vergnügungen waren, ihm fette Jagdbeute beschert hätten. Aber dieser Fluss machte ihm Angst, auch wenn er sich das selbst kaum eingestand. Er hatte zwar versucht, ihn aus seinen Gedanken zu verbannen, doch die Erinnerung an jene Nacht vor vielen Jahren kehrte übermächtig wieder zurück, wenn er nur die Brücke sah, die Weiden, deren Zweige über die Wellen strichen, oder die Pfähle zum Festmachen von Booten, die in der Strömung standen. Nein, das wäre keine gute Gegend für die Jagd gewesen. Seine Nervosität hätte sich auf den Falken übertragen, und dieser hätte die Beute mit Sicherheit verfehlt. Außerdem war sein Können als Falkner noch nicht ausgereift, und er tat besser daran, zuerst noch allein weiterzuüben, fern von neugierigen Blicken. Hier im Wald von Quadronno begegnete man höchstens mal einem Diener, der die Hunde des Podestà ausführte, oder auch, wenn man dem Gerede der Klatschweiber aus dem Umland Glauben schenken wollte, der einen oder anderen Hexe, die sich mit ihrem lüsternen höllischen Liebhaber vereinte. Hexen in Mailand, was für eine Idee! Lanfranco musste bei der Vorstellung von Orgien unter diesen unschuldigen Haselnusssträuchern und den hohen Wipfeln der Pappeln grinsen. Vielleicht hatte einmal eine Bäuerin, die noch naiver war als die anderen, hier eine besonders wilde Zusammenkunft zwischen einer Dirne und ihrem Kunden beobachtet und das für einen Hexensabbat gehalten.

Seine Gedanken wurden von einem plötzlichen Rucken des Falken unterbrochen. Lanfranco beobachtete gespannt die

Lichtung und bemerkte eine leichte, unregelmäßige Bewegung im Gras, die sich vom Boden bis zur Spitze der Halme fortsetzte und sie kaum merklich erzittern ließ. Nicht der kleinste Windhauch regte sich, also musste es sich um ein Wildtier handeln. Er beschloss, den Falken fliegen zu lassen. Mit einer Geste, die weniger fließend gelang als beabsichtigt, hob er seinen Arm, und nach einem Moment der Unsicherheit flog der Greif auf und erhob sich über die Baumwipfel. Nach etwa zehnmaligem Kreisen über der Lichtung veränderte er abrupt seine Position, legte die Flügel an und stieß kopfüber in das hohe Gras. Lanfranco verfluchte sich, weil er den Hund nicht mitgenommen hatte, und rannte atemlos auf die Stelle zu, wo der Falke verschwunden war. Er musste sich beeilen, wenn er nicht wollte, dass er die Beute zerriss. Bis jetzt waren nämlich all seine Versuche, ihn dazu abzurichten, zu ihm zurückzukehren, fehlgeschlagen. Normalerweise holte sein Hund das erlegte Wild, doch der war an diesem Tag zu Hause geblieben, weil ihn ständige Brechanfälle quälten. Gewiss, wenn er einen Wanderfalken besäße statt dieses bescheidenen und ein wenig blöden Turmfalken, hätte er diese Schwierigkeiten bei der Abrichtung erst gar nicht. Aber der hier war die einzige Sorte, die ihm seine nicht gerade üppigen finanziellen Mittel erlaubten.

Er stieg über einen abgefallenen Ast hinweg, der ihn beinahe zum Stolpern gebracht hätte, und erreichte das südliche Ende der Lichtung. Ein paar Schritte vor ihm wirkte eine Grasfläche weniger einheitlich als der Rest der Wiese. Bestimmt befand sich der Falke dort. Lanfranco bog mit den Händen die hohen Halme auseinander und ging gebückt voran, bereit, dem Greifvogel die Beute zu entreißen. Und richtig: der Falke hockte auf dem Boden und bedeckte das Beutetier, dem er mit dem Schnabel die Kehle aufgerissen hatte, mit seinen Flügeln. Eine frische Blutlache tränkte das Erdreich ringsum und Lanfranco vermochte nicht festzustellen, um was für ein Tier es sich handelte. Er hielt den Falken mit der behandschuhten Linken zurück und beugte sich hinunter. Der Kopf eines kleinen Kätzchens lag halb verborgen und fast völlig abgetrennt im Gras, während sein Rumpf von den Klauen zerfetzt war; hier und dort flogen Büschel von schwarzem Fell herum.

»Eine Katze!«, ächzte Lanfranco. Seine vor Verblüffung großen Augen blickten zwischen der ungewöhnlichen Beute und dem unbedachten Jäger hin und her, und sein Erstaunen verwandelte sich schnell in Wut. Als er sich aufrichtete, war sein Gesicht krebsrot, und seine Beine zitterten.

»Eine Katze, Herrgott noch mal!«, schrie er so laut, dass es über die Lichtung hallte und ein kleiner Schwarm von Finken aufflog. Seine behandschuhte Hand, die den Falken hielt, schloss sich um dessen Hals, und er schüttelte den Vogel zornesblind hin und her. Der Falke stieß raue Schreie aus und wehrte sich, indem er vergeblich versuchte, seine Klauen in den Arm seines Herrn zu schlagen, wobei zahlreiche Federn aufstoben. Nach einem letzten kräftigen Zudrücken schwang Lanfranco das Tier zwei- oder dreimal über seinen Kopf und schleuderte es ans andere Ende der Lichtung. Dann versetzte er dem Kadaver des Kätzchens einen Fußtritt und ging zurück zu dem Baum, an dem er sein Pferd angebunden hatte.

Die Frau wartete. Erst als Lanfrancos massige Gestalt hinter den Bäumen verschwunden war, kam sie unter dem Busch hervor, unter dem sie gehockt hatte, und ging gebückt zur Mitte der Lichtung. Ihr Blick schnellte sichernd hin und her für den Fall, dass noch andere Jäger in der Nähe herumstrichen. Als sie überzeugt war, allein zu sein, ließ sie jede Vorsicht fahren und begann zu rennen. Es war nicht schwer, die Stelle zu finden, wo ihre Katze getötet worden war. Gras, Steine und Boden waren ringsum voller Blut. Die Frau beugte sich weinend über das tote Tier, zog ihre Schürze aus und wickelte es darin ein. Nachdem sie sich noch einmal umgesehen hatte, drückte sie das traurige Bündel an ihre Brust und rannte schnell zu ihrer Kate zurück. Die Behausung war aus Brettern und Lehm gebaut und stand gut verborgen im dichtesten Teil des Waldes, nicht weit von einem kleinen Bach, der ein Stück weiter nördlich in den tiefen Wassergraben um die Stadtmauer mündete. Das Tageslicht drang nur mühsam durch die hohen Baumkronen. Im Schutz des Halbschattens ging die Frau zur Rückseite der Hütte, wo eine Schaufel an der Wand lehnte. Sie legte die Schürze mit dem makaberen Inhalt auf den Boden, entfernte sich ein paar Schritte mit der Schaufel und begann, ein kleines Loch zu graben. Schmerz und Wut verdoppelten ihre Kräfte, sie packte fest den Griff des Werkzeugs und ihre Armmuskeln wölbten sich deutlich unter dem leichten Stoff des Hemdes. Der Schweiß, der ihr von der Stirn rann, vermischte sich mit ihren Tränen, und ihr Mund war vor Trauer grimassenhaft verzogen. Als ihr das Loch tief genug erschien, legte sie das Schürzenbündel hinein, nicht ohne vorher noch einmal mitleidig über die Überbleibsel ihrer Katze gestreichelt zu haben. Nachdem sie das kleine Grab zugeschaufelt und mehrere Steine darauf gelegt hatte, damit die Raubtiere des Waldes es nicht wieder aufscharrten, wandte sie sich in Richtung Lichtung um. Dann hob sie langsam ihre Arme, Stück für Stück, bis sie mit ihrem Körper ein Kreuz bildeten. Die Handflächen zum Himmel gerichtet, begann sie zu sprechen, und ihre Stimme, die zuerst noch leise klang, wurde immer kräftiger, bis sie zu einem lang gezogenen Schrei anschwoll.

»Morgen oder in einem Monat oder in einem Jahr wird der grausame Herrscher der Hölle unter allen Menschen das Opfer aussuchen, das ihm zusteht, und dann wirst du, unbekannter Jäger, seine Beute sein. Du wirst sein Hase sein, sein Wildschwein, sein Hirsch … Welches Tier du auch sein wirst, wenn Satan dich findet, sei gewiss, dass seine Hörner sich in dein

Fleisch bohren werden, seine Hufe dein Herz zerquetschen werden, bis es entzweibricht, und seine gespaltene Zunge das Blut lecken wird, das aus deinen aufgeschlitzten Adern sprudelt! In alle Ewigkeit wirst du dem Menschengeschlecht entrissen sein!«

Ihre hasserfüllte Tirade verklang in einem Schluchzen. Die Frau drehte sich um, trocknete sich die Tränen mit dem Ärmel ihres langen Hemdes und ging zurück in die Hütte, deren Tür schief hinter ihr zuschlug.

Ein Stück weiter weg, zwischen den kräftigen Wurzeln einer Pappel, die sich unter dem Stamm durchs Erdreich zogen, lag reglos der Falke. Aus seinen zerzausten weißen Brustfedern ragten die kurzen gelben Beine hervor. Eine Ratte näherte sich ihm, schnupperte mit bebender Nase und stieß an das Glöckchen, das nutzlos im Gefieder hing. Bei dem unerwarteten Geräusch machte sie einen Satz rückwärts und flüchtete durch das hohe Gras in ihre Höhle.

KAPITEL 11

Allegranza tauchte das Leinenläppchen in den Eimer mit Wasser, das jetzt ganz trüb war. Sie würde zum Brunnen gehen und neues holen müssen. Als sie den weichen Stoff auswrang, schoss es ihr durch den Kopf, dass das der einzige Luxus war, der den Kranken des Brolo-Hospitals zugestanden wurde. Um Gesicht und Körper der Leidenden zu waschen, konnte man auf keinen Fall Hanfstoff benutzten, der viel zu kratzig war für die schon von der Krankheit wunde und empfindliche Haut.

Die alte Frau vor ihr lag im Sterben. Ihre Augen blickten leer und ein ständiges Zittern schüttelte ihre welken Glieder in dem zerrissenen und viel zu großen Hemd. Das Mädchen tupfte mit dem nassen Läppchen die Stirn der Frau ab, wischte zart über die verkrusteten Augenwinkel und befeuchtete die trockenen, rissigen Lippen, aus denen ein heiseres, immer mühseligeres Röcheln drang.

Nachdem sie mehr schlecht als recht das mottenzerfressene Tuch glatt gezogen hatte, das als Decke diente, nahm Allegranza den Eimer und den bis zum Rand mit dunkler Flüssigkeit gefüllten Nachttopf und ging hinaus. Am Kanal, der an der Vorhalle des Hospitals vorbeifloss, leerte sie beides aus und spülte mehrmals nach. Dann stellte sie sich am Ziehbrunnen an, wo bereits andere Mägde warteten. Das Quietschen der Laufrolle, über die das Wasser nach oben geschafft wurde, riss niemals ab, und ihre Gefährtinnen nutzten die kurze Arbeitspause, um ein paar Worte miteinander zu wechseln.

»Habt ihr schon gehört?«, fragte eine. »Man sagt, dass ein neuer Papst gewählt werden soll.«

»Na endlich!«, sagte eine andere. »Aber … der Kaiser? Was wird Friedrich jetzt unternehmen? Der neue Papst wird uns doch nicht diesen heiligen Mann, den Gesandten Montelongo wegnehmen, von dem alle reden, als wäre er unsere einzige Rettung vor dem vermaledeiten Deutschen?«

»Aber nein«, mischte sich eine andere ein. »Ich glaube, das würde niemandem nützen. Ich habe gestern bei einem Gespräch zwischen dem Chirurgen Obizone und dem neuen Arzt mitgehört, der im Gefolge des Marchese von Monferrato aus Vercelli gekommen ist. Der Arzt meinte, dass Montelongo der Stadt Vercelli die Erlaubnis gegeben hat, über das Tal des Po, der Dora und des Sesia zu herrschen, und das alles im Namen des Papstes. Mailand hat jetzt eine Menge Verbündete gegen den Kaiser, und Obizone hat noch gesagt, dass der neue Papst, egal, wer es wird, keinerlei Grund hätte, die Lombardei in die Hände des Staufers fallen zu lassen. Zu diesem Zeitpunkt wäre das schon eine Frage des Prinzips, meinte er.«

»Ach, was das angeht«, ließ sich eine Frau vernehmen, die älter war als die übrigen, »ich habe gehört, dass auch Novara und die Biandrate dem Städtebund beigetreten sind …«

»Jetzt reicht es aber! Was soll dieses Geschwätz hier, wenn im Saal die Kranken auf eure Pflege warten?«, polterte eine dicke Nonne, die schnaufend aus der Vorhalle gestürzt kam. »Dort drin liegen Menschen, die vor Schmerzen schreien und sich erbrechen und sterben! Und ihr steht hier rum und schwatzt wie die Marktweiber! Schämt euch! Mit dem Wasser, das ihr geholt habt, könnte man den Ticinello füllen. Los, los, zurück an die Arbeit!«

Die Nonne klatschte in die Hände, als wollte sie eine Schar

flatternder Hühner auseinander treiben, und die Mägde lösten erschrocken ihr Beisammensein auf und eilten hinein.

Allegranza, die nur zugehört hatte, ohne selbst am Gespräch teilzunehmen, strebte ebenfalls dem Krankensaal zu, wobei sie mit der freien Hand ein paar lose Haarsträhnen zurückstrich, die unter ihrer Haube hervorgequollen waren. Das Grau des billigen Flanellstoffs, der ihr Gesicht umrahmte, betonte erstaunlicherweise die goldenen Einsprengsel in ihren kastanienbraunen Augen, und ihre langen, dichten Wimpern beschatteten rosige Wangen. Sie hatte eine kleine, aber entschieden wirkende Nase und volle Lippen, die in diesem Moment jedoch sorgenvoll verkniffen waren. Wie das Wasser, das bei jedem Schritt aus ihrem Eimer schwappte, überschlugen sich die Gedanken in ihrem Kopf. Was würde bei einem Angriff mit der Stadt passieren – würde sie zerstört werden, wie es nach den Erzählungen der Alten schon einmal vor vielen Jahren durch einen anderen Kaiser mit demselben Namen geschehen war? Was würden die Menschen tun, würden sie kämpfen oder die Flucht ergreifen, und wohin sollten sie fliehen? Wie würden der Podestà, der Erzbischof, die Befehlshaber der Wachen reagieren? Und was würde aus all den Kranken werden, die bettlägerig waren und nicht weglaufen konnten, was würden die Eindringlinge mit ihnen machen? Sie riss sich zusammen, doch trotz ihrer Erschöpfung und der Inanspruchnahme durch das menschliche Elend um sie herum hörte ihr Verstand nicht auf, nach Antworten auf diese drängenden Fragen zu suchen. Es war nicht das erste Mal, dass sie von dem Krieg zwischen Papst und Kaiser hörte, von dem mehrfachen Kirchenbann, den Rom verhängt hatte, und von den erbitterten, blutigen Schlachten. Obwohl sie noch sehr jung war, verfolgte Allegranza aufmerksam die Nachrichten, die in der Stadt kursierten. Durch die Via Porticata, die sie jeden Tag entlangging, kamen viele Menschen, die stets irgendwelche Neuigkeiten mitbrachten, manche aus dem Umland, andere von weiter her. Kaufleute, Pilger und Soldaten, die von Süden kamen, betraten die Stadt durch die Porta Romana, und jeder betrachtete es als Ehrensache, von dem zu berichten, was er unterwegs gesehen und gehört hatte. Auch ihre Eltern sprachen oft über die Lage in der Stadt. Ihr Vater Graziolo de' Compagnoni war einer der Bediensteten des Podestà und brachte seine Tage in den Gemächern des Palastes am Broletto zu, wo er einfache Hausarbeiten verrichtete, von der Pflege der Garderobe bis zum Ausleeren des Abfalls in die große, aus Ziegeln gemauerte Grube direkt hinter dem Palast. Aufgrund des ständigen Kommens und Gehens von Leuten, darunter einige von politischer Bedeutung, war der Palazzo natürlich ein Sammelpunkt für die unterschiedlichsten Meinungen und Gerüchte. Manche entbehrten jeder Grundlage, doch andere waren ganz und gar glaubhaft. Und da die Wände in jedem herrschaftlichen Palast Augen und Ohren haben, war es nur natürlich, dass die Bediensteten, egal, welcher Art und welchen Ranges, unter den Ersten waren, die all diese Neuigkeiten erfuhren. Allegranzas Vater war ein ausgeglichener Mann, der wenig Neigung zum Klatsch besaß, aber sie hatte schon öfters gehört, wie er des Nachts, in der Dunkelheit des Lagers, ihrer Mutter flüsternd seine Sorge um das Schicksal der Stadt anvertraut hatte. Ihre Mutter versuchte stets, ihn zu beruhigen, indem sie ihm klar machte, dass sie in jedem Fall nichts anderes tun konnten, als auf den Willen Gottes zu vertrauen. »Wir sind keine Herren«, sagte sie oft, »uns kann man nichts rauben, es sei denn das Leben. Beten wir zu Gott, dass uns der Tod erspart bleiben möge, zumindest so lange, bis wir all unsere Sünden gebeichtet haben.«

Ihre Mutter hieß Angiolina und war in Wirklichkeit gar nicht ihre Mutter, genauso wenig, wie Graziolo ihr Vater war. Sie hatten ihr die Wahrheit erzählt, als sie sieben Jahre alt wurde.

Früher, sagten sie, hätten sie einmal im Umland gewohnt, in der Nähe von Parabiago, wo Angiolina ein Kind geboren hatte, das jedoch nur einen Monat alt wurde. Wie oft in solchen Fällen, war sie daraufhin zu einem der städtischen Klöster gegangen, die ausgesetzte Kinder aufnahmen, und hatte sich als Amme angeboten. Die Summe, die sie dafür bekam, war zwar gering gewesen, aber damit hatten sie und ihr Mann genug Geld beisammen gehabt, um die Miete für eine Wohnung in der Stadt bezahlen zu können. Denn nachdem eine gewaltige Flut zum zweiten Mal seine Mühle zerstört hatte und vor allem nach dem vorzeitigen Tod seines Kindes, hatte Graziolo beschlossen, seinen Beruf und seine Heimat aufzugeben. In Mailand, hatte er zu Angiolina gesagt, würde er jede Arbeit annehmen, auch als Diener, vorausgesetzt, dass er dazu nicht zuerst ein bestimmtes Kapital aufbringen musste. Sie hatten eine Wohnung direkt vor der Porta Romana gefunden, nicht weit von der Basilika San Calimero. Dorthin hatte Angiolina dann das neugeborene Mädchen gebracht, das ihr vom Kloster San Celso anvertraut worden war. Die Kleine hatte sie bald den Schmerz über den Verlust des eigenen Kindes, das lieben zu lernen ihr nicht einmal die Zeit geblieben war, vergessen lassen. Die Nonnen hatten sie auf den Namen Allegranza, Fröhlichkeit, getauft, und kaum ein Name hatte sich je als passender erwiesen. Von Anfang an hatte das Mädchen Lebensfreude und Heiterkeit verbreitet, und sein zahnloses Lächeln überstrahlte Angiolinas Tage, die mit dem Einverständnis ihres Mannes bald darum bat, es in Pflege nehmen zu dürfen, was ihr nach einiger Zeit auch gewährt wurde. Ihre Aufgabe erschöpfte sich folglich nicht im Ammendienst, sondern ging in die Pflichten einer normalen Mutter über. Allegranza wusste, dass Angiolina und Graziolo später erneut versucht hatten, Kinder zu zeugen, jedoch vergeblich. Aus diesem Grund hatten sie vor sieben Jahren ein zweites Kind in ihr Haus aufgenommen, das ihnen diesmal von dem Diener eines Richters übergeben worden war. Der Kleine hatte arabische Gesichtszüge, und es hieß, er sei der Sohn einer Konkubine Kaiser Friedrichs, die mit vielen anderen in Lucera ausgewählt worden war, wo der Kaiser eine große sarazenische Gemeinde angesiedelt hatte. Die Frau, die dem kaiserlichen Hof während seiner vielen Umzüge quer durch Italien gefolgt war, war bei Ferrara an einem Fieber gestorben, und das Kind, das niemand wollte, hatte schließlich das Mitleid einer Händlersfrau auf dem Weg nach Mailand erregt. Sie hatte sich bis zur Ankunft in der Stadt seiner angenommen und es dann den barmherzigen Händen eines Dieners im Haus von Adeligen übergeben, mit dem ihr Mann seit Jahren befreundet war. Das war zumindest die Geschichte, die man Graziolo erzählt hatte, und er, der weder die Möglichkeit noch das Interesse besaß, sie zu überprüfen, hatte großherzig beschlossen, auch dieses hungrige Maul zu stopfen. Der Kleine würde Angiolina über ihre vielen Fehlgeburten hinwegtrösten, und wenn er heranwuchs, konnte er seinem Pflegevater bei seinen Pflichten helfen. Graziolos Arbeit im Rathaus wurde zum Glück gut entlohnt, und auch seine Frau, die hin und wieder als Wäscherin für die nahe gelegene Kirche San Calimero arbeitete, brachte ein paar Soldi nach Hause. Alles in allem verlief ihr Leben in ruhigen, geordneten Bahnen. Allegranza hatte in Hamid einen lebhaften Spielgefährten gefunden und lernte ihn mit der Zeit wie einen leiblichen Bruder zu lieben. Von Anfang an hatte sie ihn gegen den Spott der anderen Kinder des Viertels in Schutz nehmen müssen, die ihn gnadenlos wegen seiner bernsteinfarbenen Haut und seiner krausen, kohlrabenschwarzen Haare aufzogen. Auch die Erwachsenen waren dem kleinen Sarazenen anfangs mit Misstrauen begegnet und hatten eine unfreundliche Haltung gegenüber Graziolo und Angiolina an den Tag gelegt, weil sie ihn bei sich aufgenommen hatten. Doch nach und nach hatten ihn alle akzeptiert, nicht zuletzt wegen seines sanftmütigen und sonnigen Wesens und seiner munteren Art.

Ganz in ihre Gedanken versunken, merkte Allegranza nicht sofort, dass sie gerufen wurde. Sie fuhr erschrocken herum, als sie die strenge Stimme hinter sich hörte.

»Bist du jetzt auch noch taub geworden, Mädchen, zusätzlich zu deinen verkrüppelten Fingern?«, zischte die Nonne und sah sie strafend an.

Allegranza errötete heftig und verbarg unwillkürlich ihre linke Hand unter der Schürze.

»Verzeiht, Schwester, ich habe Euch nicht gehört …«

»Das habe ich wohl gemerkt! Aber vielleicht ist neben deinem Gehör und deinen Händen ja auch deine Sehkraft beeinträchtigt. Warum hast du niemanden über den Tod der alten Frau dort benachrichtigt? Worauf hast du gewartet? Dass der Arzt vorbeikommt und die Leiche selbst entdeckt? Du weißt doch, wie Ambrogio de Berasio sich aufregt, wenn wir einen Platz hier im Krankenhaus nicht rechtzeitig räumen. Und was ist mit dem Priester? Die arme Frau hat noch nicht einmal einen Priester an ihrem Sterbelager gehabt!«

»Verzeiht, Schwester, aber vor kurzem, als ich sie gewaschen habe, war sie noch am Leben, und ich konnte doch nicht wissen …«

»Vor kurzem, vor kurzem … Das ist mindestens eine halbe Stunde her! Wenn ihr Mägde statt euren mildtätigen Aufgaben nachzukommen euch lieber beim Schwatzen am Brunnen ergötzt, sterben die Kranken natürlich unterdessen! Los jetzt, beeil dich. Dieses Strohlager muss noch vor der sechsten Stunde gesäubert und erneuert sein.«

Die Nonne drehte sich um und stapfte aufgebracht davon. Betreten sah ihr Allegranza einen Moment lang nach, dann strich sie ihr Kleid glatt und ging zum Lager der Alten, wo zwei andere Famulas schon dabei waren, die Leiche fortzutragen.

Während sie durch den lang gestreckten Krankensaal ging, versuchte sie, ihre Ohren gegen die vielen klagenden Stimmen zu verschließen, die bei jedem Schritt um Hilfe flehten. Sie bedauerte es, nicht jedem dieser armen Leidenden ein Wort des Trostes spenden zu können, aber sie musste sich sputen. Wenn sie nicht gleich gehorchte, lief sie Gefahr, von der Nonne oder einem Arzt erneut den Kopf gewaschen zu bekommen. Außerdem war ihr Dienst im Brolo-Hospital für diesen Tag fast beendet, und sie wollte pünktlich Schluss machen. Ihre Mutter hatte eine wichtige Verabredung zur neunten Stunde und wollte gern, dass Allegranza sie begleitete.

Sie unterdrückte eine Welle der Übelkeit, die sie unerwartet bei dem doch inzwischen vertrauten Geruch des Todes überkam, und ergriff den Strohsack mit beiden Händen, um ihn umzudrehen. Eine Wolke aus Staub und Stroh, die aus den vielen Rissen im Sack aufstieg, brachte sie ausgiebig zum Husten. Nachdem sie den Eimer mit Wasser auf dem Fliesenboden ausgeleert hatte, kehrte sie den schwärzlichen Brei, der sich daraufhin bildete, mit einem Reisigbesen zusammen und wischte ihn anschließend auf Knien mit einem Lappen auf. Dann brachte sie ihre Gerätschaften in eine Kammer neben der Vorhalle und ging zum Ausgang. Die Sonne dieses klaren Tages stach ihr schmerzhaft in die Augen nach dem bedrückenden Halbdunkel im Krankensaal. Mit einem Lächeln wischte sie sich die Hände an der Schürze ab und ging leichten Schrittes nach Hause.

KAPITEL 12

Die Luft war stickig geworden in dem kleinen Saal, und die einzeln eingetroffenen Besucher hatten schon alle Bänke besetzt, die an den Wänden aufgestellt waren. Umgeben von ihren Getreuen saß Guglielma auf einem Schemel und lehnte ihren Rücken an die Steinmauer. Der kleine Palazzo San Pietro all' Orto in der Nähe der Neuen Pforte war ihr von den Zisterziensern von Chiaravalle zum Gebrauch überlassen worden, die ihn vor noch nicht langer Zeit zusammen mit anderen Gebäuden im selben Viertel erworben hatten. Es war ein wertvolles, aus Stein gebautes Haus, bei dem nur das Dach und die auf die Straße hinausgehenden Balkone aus Holz bestanden. Trotz ihrer anfänglichen Proteste wegen der übermäßigen Eleganz des Hauses hatten die Mönche Guglielma schließlich überreden können, dort zu wohnen.

Da ihre wöchentlichen Zusammenkünfte viele Menschen anzogen, hatten sie argumentiert, benötige sie ausreichend Raum, um alle aufnehmen zu können. In der Stadt gab es in der Tat nur wenige Häuser, die über einen Saal verfügten. Normalerweise diente ein einziger Raum als Küche und Arbeitsbereich, während in einem kleineren Zimmer geschlafen wurde. Hier jedoch gab es über den beiden Zimmern im Erdgeschoss noch zwei weitere Stockwerke, in denen Guglielma ihr eigenes Lager sowie einige zusätzliche Strohsäcke ausgebreitet hatte, um Gäste von außerhalb beherbergen zu können. Eine Außentreppe verband die verschiedenen Räume, und der Hinterausgang führte in einen kleinen Hof, hinter dem sich die üppige Vegetation eines Nutzgartens erahnen ließ.

Angiolina und Graziolo saßen zusammen mit Allegranza und Hamid in der Nähe der Tür. Der Knabe, der erst zum zweiten Mal an diesen Treffen teilnahm, sah sich neugierig um und hielt nach bekannten Gesichtern Ausschau, die er mit einem entwaffnenden Lächeln begrüßte. Seine Füße, die nicht bis ganz auf den Boden reichten, baumelten ungeduldig hin und her. Er konnte es kaum erwarten, Guglielma sprechen zu hören. Diese ungewöhnliche Frau, die stets in ein aschfarbenes Gewand gekleidet war, faszinierte ihn. Ihre Haare, die nicht wie üblich von einem Schleier oder einer Haube bedeckt wurden, waren im Nacken zu einem Knoten geschlungen und hatten eine seltene Farbe – noch heller als das neue Stroh, mit dem seine Mutter die Säcke des Schlaflagers füllte. Ihr rundes, eigentlich gütiges Gesicht strahlte etwas Beunruhigendes für Hamid aus, denn ihre Augen, grün wie frisch gesprossenes Gras, schienen immer vor Fieber zu glänzen und schlugen jeden Gesprächspartner in ihren Bann. Er war gleich beim ersten Mal, als Angiolina ihn mitgenommen hatte, ihrem Zauber erlegen, und obwohl die Begegnung mit einem Lächeln und einem Streicheln von Seiten Guglielmas geendet hatte, hatte Hamid doch ein wenig Angst vor ihr gehabt. Ihr forschender Blick, der jeden durchdrang, hatte ihn innerlich aufgewühlt, bis in die Tiefen seiner Gedärme, und zu seiner großen Beschämung war ihm ein Windchen entfleucht, das sich jedoch zum Glück leise verhalten hatte.

Ein gedämpftes Gemurmel erfüllte den Saal, während die Teilnehmer die gewohnten Höflichkeiten austauschten. Allegranza begrüßte mit einem respektvollen Nicken den Arzt Giacomo da Forno, der ihr oft im Hospital begegnete. Auch er nahm, wie der Richter Pagano da Garbagnate, ein Mann namens Bonadeo Corentano und seine Frau Bellacara, der Bäcker Amizone Aicardo, Giovanni Gerusio und wie viele andere, regelmäßig an den Versammlungen teil. Als das Treffen beginnen sollte, flüsterte Guglielma den beiden Gehilfen zu ihren Seiten etwas zu. Dann hob sie eine Hand, um die Leute zum Schweigen zu bringen, und begann zu sprechen.

»Danke, dass ihr gekommen seid. Heute werden wir wie immer über die Güte Gottes sprechen, die unsere Seele erquickt und sich uns in so vielen Ereignissen und Begebenheiten zeigt, auch wenn wir diese oft verkennen. Doch zuvor gestattet mir, mich um eine junge Frau zu kümmern, die hierher geführt wurde, weil sie schwer krank ist.«

Auf ein Zeichen von ihr erhob sich Bellacara von der Bank und führte ein Mädchen, das neben ihr saß, sanft am Ellbogen zu Guglielma. Die junge Frau zitterte sichtlich, und ihre schlaffen Arme baumelten unkontrolliert hin und her. Ihr Gesicht war zu einer Grimasse verzogen: Die starren Lippen schimmerten blau und sabberten Speichel, die geblähten Nasenlöcher sogen gierig die Luft ein, und ihre Augen schnellten verängstigt umher wie die eines gehetzten Tieres.

Guglielma stand auf, sodass ihre hoch gewachsene Gestalt den Raum beherrschte. Als das Mädchen vor ihr stand, legte sie ihm die Hände auf die Schultern und sah ihr fest in die Augen.

»Wie heißt du?«, fragte sie.

»G… Giacoma«, stammelte die Arme und senkte den Blick.

»Giacoma, du wirst jetzt genesen, mit der Hilfe des Vaters, des Sohnes und des Heiligen Geistes. Und falls ein Dämon deine Krankheit ausgelöst hat, wird er aus dir herausfahren. Nun knie nieder und senke den Kopf.«

Mit großer Mühe beugte Giacoma die Beine auf den Fliesenboden herab, während Bellacara ihre Arme auf dem Rücken festhielt, um die Zuckungen zum Stillstand zu bringen. Guglielma schloss die Augen und atmete tief ein und aus, dann legte sie ihr in der fast greifbaren Stille die Hände auf den Kopf. Die Haube des Mädchens aus Wolltuch verrutschte ein Stück und enthüllte dichtes, schönes Haar, das kastanienbraun glänzte. Guglielmas Lippen bewegten sich und murmelten ein unverständliches, sehr langes Gebet. Nach und nach ließ das Zittern in Giacomas Gliedern nach, bis sie am Ende schwer wie ein Sack Sägemehl zu Boden kippte. Bellacara bückte sich, um sie zu stützen, und zog sie dann mit Bonadeos Hilfe wieder auf die Sitzbank. Alle Augen waren auf das Mädchen gerichtet, außer Guglielmas, die geschlossen blieben. Nach einer endlosen Weile bewegte Giacoma zuerst ein Bein, dann einen Arm. Schließlich hob sie den Kopf und sah sich um. Ihr Blick wirkte verwirrt, und aus ihrer Kehle kam ein erstickter Laut, der gleich darauf zu einem Stöhnen wurde und dann zu einem herzzerreißenden Weinen. Bellacara umfing Giacomas zierlichen Körper mit den Armen, drückte ihren Kopf zärtlich an ihre Brust und flüsterte ihr tröstende Worte zu. Allmählich hörte das Schluchzen auf, und das Mädchen beruhigte sich. Unsicher ließ es den Blick über die Versammlung schweifen, aber seine Verlegenheit war zu groß, sodass es schnell wieder die Augen schloss und sich in Bellacaras Arme flüchtete.

»Wir wollen dem Allerhöchsten für die Gnade danken, die er uns soeben erwiesen hat …«

Alle Blicke wandten sich erneut Guglielma zu, die sich hingesetzt hatte, um zu ihnen zu sprechen. Sie sah erschöpft aus, als hätte sie gerade eine große Kraftanstrengung unternommen, und selbst ihre Stimme mit dem leichten ausländischen Akzent klang müde. Als sie sich etwas erholt hatte, fuhr sie fort.

»Dieses Mädchen ist geheilt worden, doch das ist keineswegs mir zu verdanken. Ich bin nur das Werkzeug, das Gott auserwählt hat, um sein Wunder zu vollbringen. Unsere Gebete müssen weiter zu ihm aufsteigen, damit die Gesundheit, die diesem unglücklichen Mädchen wiedergegeben wurde, ihr erhalten bleibt. Darum wollen wir nun gemeinsam beten, und jeder von uns wird auch morgen und übermorgen beten und jeden Tag, bis wir wieder hier zusammenkommen. Niemand von euch soll vergessen, dem Höchsten für das zu danken, was heute in diesem Haus geschehen ist! Denkt daran: Der Herr hat gesagt, dass wir einander lieben und achten sollen. Diese gegenseitige Liebe ist es, die das Wohlwollen Gottes auf sich zieht, unsere gemeinsame Liebe ist es, die die Seele und mit ihr auch den Körper heilt …«

Niemand wagte zu atmen, alle sahen Guglielma unverwandt an und waren begierig, keines ihrer Worte zu verpassen. Die Stimme der Böhmin gewann langsam ihre gewohnte Kraft zurück, und ihr durchdringender Blick wanderte von einem zum anderen, ohne jemanden auszulassen. Sogar der kleine Hamid, der an Allegranzas Seite geschmiegt saß, erhielt seinen Teil ihrer Aufmerksamkeit.

»Das eine sage ich euch: Ich bin nicht Gott! Ihr kennt mich alle als Guglielma, und nichts anderes bin ich. Ich habe nie behauptet, den Heiligen Geist zu verkörpern, ich habe nie irgendwelche Stigmata erhalten, und ich bin von keinerlei Aura der Heiligkeit umgeben! Niemand, niemand, sage ich, darf mir einen Verdienst zuschreiben, der mir nicht gebührt! Unsere Zusammenkünfte sind ins Leben gerufen worden, um dem Herrn zu danken und um sein Wort zu verbreiten und über seine unendliche Güte nachzudenken, die zu verdienen unsere Pflicht ist. Mein bescheidenes irdisches Leben ist ganz dieser Aufgabe gewidmet. Auch wenn ich die Gabe besitze, um die ich nie gebeten habe, den Höchsten um Erbarmen für die Kranken, die Schwachen und die Einsamen anflehen zu können, so macht das aus mir noch lange keine Heilige! Mir ist zu Ohren gekommen, dass irgendjemand behauptet hat, ich verkörpere den Heiligen Geist. Aber ich sage euch: Wenn ihr nicht Buße tut für diese gotteslästerlichen Worte, werden euch bald die Teufel in der Hölle zuhören! Ich bin nicht Gott, ich bin nicht der Heilige Geist, und ich bin auch keine Heilige! Ich bin nur Guglielma. Das sind die Worte, die ihr in der Stadt verbreiten sollt, das ist die Wahrheit …«

Erstaunen und Verwirrung drückten sich in den Gesichtern der Anwesenden aus. Noch nie hatten sie einen solchen Zornesausbruch von Guglielma erlebt, und sie fragten sich mit Blicken, was ihn wohl hervorgerufen haben mochte. Keiner von ihnen hatte diese Frau je als Heilige bezeichnet, auch wenn ihre Handlungen das als gerechtfertigt erscheinen lassen mochten. Höchstens war in der Stadt ab und zu die Rede von einer Heilerin oder von einer, »die Gott gezeichnet hatte«. Wer also konnte so etwas verbreitet haben? Solche Behauptungen brachten Guglielma am Ende den Vorwurf der Ketzerei ein! Angiolina und Graziolo sahen sich besorgt an und verstanden zum ersten Mal, wie gefährlich ihnen die eifrige Teilnahme an diesen Zusammenkünften werden konnte. Der gleiche Gedanke ging vermutlich auch Giacomo da Forno durch den Kopf, der mechanisch den Ärmel seines Gewands glatt strich und auf seine Schuhspitzen starrte, während eine tiefe Sorgenfalte sich auf seiner Stirn eingrub.

Guglielma stand auf und begab sich zu dem kleinen, in einer Nische aufgebauten Altar. Dabei gingen ihr zwei fromme Anhänger voraus, die eine besondere Vertrautheit mit ihr demonstrierten. Da haben wir zwei, die für die erzürnte Ansprache der Böhmin verantwortlich sein könnten!, dachte Graziolo. Die beiden waren, nach dem Geschwätz zu urteilen, das er in den Räumen des Palastes aus ihrem Mund gehört hatte, zwei ehrgeizige Emporkömmlinge, die sich Guglielmas Gaben zu Nutze machen wollten, um Ruhm und Reichtum zu erlangen. Und er selbst war trotz seiner langjährigen Arbeit in den Palästen der Macht zu einfältig gewesen, um auf diese Reden zu achten und zu begreifen, wie leicht das weltliche Streben, als religiöser Eifer getarnt, jede göttliche Botschaft in den Schmutz zog! Von einer Furcht erfasst, die ihm den Magen zusammenschnürte, nahm Graziolo nur unachtsam an den Gebeten teil. Es drängte ihn auf einmal, diesen Saal so schnell wie möglich zu verlassen, weshalb er am Ende der Anrufungen sofort Angiolinas Arm nahm und der Tür zueilte. Allegranza wollte ihnen gerade folgen, als ihr jemand leicht auf die Schulter tippte. Sie drehte sich um und sah sich dem ernsten Gesicht Guglielmas gegenüber, die sie mit ihren fiebrigen Augen musterte. Verwundert fragte sie sich, was sie falsch gemacht hatte, aber die Frau kam ihr zuvor, ehe sie ihre Frage aussprechen konnte.

»Zeige mir deine Hände, Allegranza«, befahl Guglielma.

Das Mädchen wurde über und über rot und sah ihr Gegenüber erschrocken an.

»Hab keine Angst, Allegranza. Nicht ich bin es, die du fürchten musst. Zeige mir deine Hände.«

Mit einer Kraftanstrengung, als müsse sie einen schweren Heuballen heben, führte das Mädchen seine Hände an die Brust. Guglielma nahm sie sanft und betrachtete sie.

»Diese verachtete Hand«, sagte sie und deutete auf das Stückchen Haut, das die beiden letzten Finger der linken Hand verband, »wird deine Rettung sein. Solche Merkmale, die die Menschen als Geburtsfehler bezeichnen, sind Siegel Gottes. Er hat es dir gegeben zum Zeichen, dass du unversehrt an Leib und Seele aus der Gefahr hervorgehen wirst …«

Allegranza hörte der Böhmin mit ungläubig aufgerissenen Augen zu und verstand kein Wort. Wie sollte diese Behinderung, die sie stets zu verbergen versuchte und die selbst von den Kranken und Unglücklichen im Brolo-Hospital nur schwer akzeptiert wurde, zu ihrer Rettung werden? Was wusste diese Frau schon von der tiefen Scham, die ihre ganze Kindheit begleitet hatte, von dem Spott ihrer Spielkameraden und von der

Schwierigkeit, manche Bewegungen auszuführen, die für andere Menschen völlig natürlich waren? Ihr ganzes bisheriges Leben lang hatte sie diese verunstaltete, dumme Hand unter der Schürze, hinter dem Rücken oder zwischen den Falten ihres Kleides versteckt. Und jetzt redete diese Frau von einem »Siegel Gottes«! Allegranza ertappte sich bei dem Gedanken, dass der Willen des Allerhöchsten doch sehr sonderbar sein musste, wenn er seine Erwählten dadurch auszeichnete, dass er ihnen das Erbarmen ihrer Mitmenschen entzog. Doch sie bereute diese Schlussfolgerung sofort und wollte den Allmächtigen gerade um Vergebung bitten, als Guglielma wieder zu sprechen anhob, diesmal allerdings im Flüsterton.

»Hör mir zu, Allegranza, und merke dir gut, was ich dir zu sagen habe. Ich kenne einen Arzt, einen Juden, der sich hier in der Stadt aufhält. Nein, unterbrich mich nicht …«, erstickte sie Allegranzas Widerspruch im Keim, »… er ist Jude, ja, und er ist sehr kundig. Er kommt aus Salerno, wo es eine berühmte Schule für Medizin gibt. Er hat eine lange, mühselige Reise hinter sich und wird eine Zeit lang in Mailand bleiben, ehe er nach Frankreich weiterreist. Man hat mir gesagt, dass er selbst erkrankt ist, aber ich hoffe, dass Gott ihm das Leben erhält. Sieh mich nicht so an, Allegranza! Glaubst du vielleicht, der Allmächtige macht einen Unterschied zwischen Christen, Juden und Arabern, wenn er bestimmt, wer die Pforten seines Reichs durchschreiten darf? Oh, ich weiß, dass viele diese Ansicht als Ketzerei bezeichnen würden, aber du wirst mich bestimmt nicht anzeigen. Und selbst wenn ich von dir oder anderen auf den Scheiterhaufen geschickt würde, wären die irdischen Flammen doch besser als das ewige Feuer der Hölle! Mein Glaube steht fest, und meine Überzeugung, dass wir alle denselben Gott haben und seine Barmherzigkeit alle Geschöpfe umfängt, ohne nach ihrem Glauben zu unterscheiden, ist unerschütterlich. Du siehst also, es tut nichts zur Sache, dass dieser Arzt Jude ist. Er heißt Isaac Ben David und wohnt mit seiner Tochter nicht weit vom Hospital von San Lazzaro. Gehe zu ihm, aber ohne dass jemand etwas davon erfährt, denn wie du weißt, dürfen jüdische Ärzte hier in der Stadt nicht praktizieren. Vor allem sage niemandem im Brolo-Hospital, wo du arbeitest, etwas davon. Wenn es den falschen Leuten zu Ohren kommt, dass Isaac eine Christin behandelt, wäre das sein Verderben und auch deines. Aber ich fordere dich nicht umsonst auf, dieses Risiko einzugehen, denn dieser Mann ist nicht nur Arzt, sondern versteht sich auch auf die Chirurgie und wird einen Weg wissen, um deine Finger zu trennen. Das ist kein Widerspruch zu dem, was ich dir vorher über den Willen Gottes und das, was er mit dir vorhat, gesagt habe. Seine Pläne für dich schließen auch Isaac und seine Tochter mit ein ... Frag mich nicht, woher ich das weiß«, fügte sie, verärgert über die wachsende Ungläubigkeit, die sich auf Allegranzas Gesicht abzeichnete, hinzu, »ich weiß es eben und basta. Wenn du tust, was ich dir sage, wirst du gerettet. Es liegt bei dir.«

Guglielma ließ Allegranzas Hände los, die sie bis dahin fest zwischen ihren eigenen gehalten hatte. Eine tiefe Müdigkeit zog ihre Gesichtszüge herab, und einige Haarsträhnen, die sich aus dem Nackenknoten gelöst hatten, hingen ihr rebellisch um die Wangen. Allegranza zog ihre Hände zurück und versteckte sie wie immer unter der Schürze. Sie brannten, und die Hitze, die von Guglielma auf sie übergegangen war, schien der angefachten Glut einer Feuerstelle zu entsteigen, wenn die Flamme noch verborgen unter dem Holz züngelt.

»Ich werde tun, wie Ihr gesagt habt, Domina Guglielma, ich werde gehorchen ...«, wisperte das Mädchen unsicher.

»Du sollst nicht gehorchen«, erwiderte die Böhmin sanfter und freundlicher, »du sollst verstehen. Ich bin sicher, dass der Allerhöchste dich erleuchten wird. Sein Friede sei mit dir.«

Guglielma wandte sich ab und trat zu ihren Gehilfen, die sie schon unruhig erwarteten und sich über ihr langes Zwiegespräch mit der jungen Magd verwunderten. Allegranza ging, immer noch rot im Gesicht und mit wild klopfendem Herzen, nach draußen, wo Hamid auf sie wartete. Vor Ungeduld hatte er mit einem Stöckchen Schnörkel in den Kies neben dem Haus gezeichnet.

»Was hat sie zu dir gesagt? Was hat die Böhmin gesagt?«, bestürmte er sie aufgeregt, kaum dass er sie auf der Schwelle erblickt hatte. Während der Kleine um sie herumsprang und auf eine Antwort wartete, versuchte Allegranza, sich zu beruhigen. Das Herzklopfen ließ allmählich nach, aber jetzt zitterten ihre Beine, sodass sie kaum gehen konnte.

»Nichts Wichtiges, Hamid, nichts Wichtiges …«

Der Knabe sah sie enttäuscht an und glaubte ihr kein Wort. Mit beleidigtem Schnauben warf er ein paar Kieselsteine nach ihr, die er noch in der Hand hatte, und rannte nach Hause.

Die Sonne ging gerade unter. In der Gasse leuchteten hier und da die ersten Kerzenflammen auf, die im Luftzug der offenen Türen flackerten und seltsame Schatten auf die Wände warfen. Allegranza überlief ein Schauer, und sie lenkte ihre Schritte eilig auf die Via Porticata zu.

KAPITEL 13

Matthew blieb abrupt stehen. Auf der linken Straßenseite, vor der kleinen Gedächtniskapelle San Satiro, versperrte eine lange Schlange von Büßern fast vollständig den Durchgang, der in die Gassen der Waffenschmiede führte. Arnolfo hatte ihn schon vorgewarnt, sich nicht zu wundern, wenn er an dieser Ecke auf eine wartende Menschenmenge treffe, denn das Gedränge habe einen bestimmten, wenn auch recht absonderlichen Grund.

Alles habe vor etwa einem Jahr angefangen, und zwar mit einem angeblichen Wunder. Ein Geistesgestörter, ein gewisser Massazio da Vigonzone, hatte mit einem Messer auf das Bild der Heiligen Jungfrau eingestochen, das vor der Tür der Kapelle ausgestellt war, worauf das Abbild der Muttergottes stark zu bluten begonnen hatte. Die Mönche, die sich um die Kirche und die angrenzende Fremdenherberge kümmerten, hatten sofort von einem Wunder geredet, und nun pilgerten jeden Tag viele Menschen nach San Satiro, um Geld zu opfern und den Ablass zu erflehen. Arnolfo wusste nicht, was aus Massazio geworden war, aber es ging das Gerücht, er sei in irgendeinem Kloster aufgenommen worden, um seine Schuld abzubüßen und zu bereuen. Der Abt hatte hinzugefügt, dass dies das erste Wunder seit langer Zeit gewesen sei. Das Ereignis habe wahrscheinlich gerade wegen des chronischen Mangels an Wundern in der Stadt solches Aufsehen erregt und ziehe daher immer mehr Gläubige an.

Arnolfo hatte in nüchternem Ton von dem Wundergeschehen erzählt, so als stünde er ihm eher skeptisch gegenüber. Matthew wunderte sich nicht weiter darüber, denn er hatte in ihm einen Mann von scharfem Verstand und praktischer Lebenshaltung kennen gelernt. Er selbst wusste, dass auch in England die Leichtgläubigkeit des Volkes gefördert wurde und man alle Arten von Wundern und Reliquien dazu benutzte, um den Zustrom der Gläubigen in die Kirchen zu sichern und zu mehren. Außerdem hatte er erfahren, wie gerade mit den Reliquien ein schändlicher Handel getrieben wurde. Betrüger jeglicher Couleur behaupteten einfach, sie von irgendwelchen aus dem Heiligen Land zurückgekehrten Kreuzrittern erhalten zu haben und verkauften sie gegen klingende Münze an Äbte und Bischöfe. Trotz Arnolfos misstrauischer Haltung, die er aus seinen Worten herausgehört hatte, wagte er nicht, ihn zu fragen, ob auch in Mailand solche dunklen Geschäfte gemacht wurden. Aber falls er noch länger in der Stadt blieb, würde er sicher bald selbst dahinter kommen.

Nachdem es ihm endlich gelungen war, sich durch das Gedränge zu wühlen und den Bogengang zu durchqueren, der ins Waffenviertel führte, wurde Matthew von einem ohrenbetäubenden Lärm empfangen. Dutzende von Hämmern schlugen auf Metall, Funken stoben aus den dunklen Korridoren, wo die Ambosse aufgestellt waren, und gut versorgte Feuer prasselten in den Schmiedeöfen. An den Außenwänden der Werkstätten waren Waffen und andere Kriegsausrüstung offen zum Verkauf ausgestellt, allerdings gut bewacht von den Knechten der Waffenschmiede: Schwerter, Dolche, Schilder, Helme, Ketten, Knüppel, Sporen, Kettenhemden, Beinschienen und jedes erdenkliche andere Kampfgerät. Zu diesen Gegenständen, die dem Angriff oder der Verteidigung dienten, kamen noch andere Stücke von größeren Ausmaßen hinzu, wie Kupplungen für Streitwagen, tödliche Sichelkarren, die in der Schlacht eingesetzt wurden, oder dicke Holzpfähle mit scharfen Metallspitzen, die als mobile Festungsanlage zur Verteidigung von Burggräben nützlich waren.

Auch hier drängte sich eine große Anzahl von Menschen in jedem Winkel der Gassen, aber diesmal handelte es sich fast ausschließlich um Männer. Waffenschmiede, Ritter, Patrizier, Heerführer, alle begutachteten sie die ausgestellten Waren; einige wogen Materialbeschaffenheit und Qualität ab, andere verhandelten über den Preis, und wieder andere gaben Bestellungen auf. Matthew erinnerte diese laut herumschreiende, durcheinander wuselnde Menge an eine Bande spielender Jungen, die stolz darauf waren, jedes weibliche Wesen ausgeschlossen zu haben, und sich nun ganz ihrem wilden Ungestüm hingeben konnten. Offenbar weckte der Anblick so vieler Waffen auf relativ kleinem Raum ihre kindliche Begeisterung für das Kriegsspiel. Der Mönch wunderte sich immer wieder darüber, wie sehr das Verhalten von Männern davon abhing, in welcher Gesellschaft sie sich befanden. Wenn sie allein waren oder mit wenigen guten Freunden zusammen, zeigten sie sich von ihrer besten oder ihrer schlechtesten Seite, aber jedenfalls als eigenständiger Charakter. Waren die Einzelnen dagegen, aus unterschiedlichsten Gründen, Teil einer größeren Gruppe von Gleichgesinnten, veränderte sich ihr Benehmen und damit ihre Persönlichkeit. Matthew hatte das schon bei seinen Mitbrüdern in England beobachtet, dann bei den Siedlern und Kaufleuten, denen er auf dem Weg durch das Augusta-Tal begegnet war, und auch bei den Mailändern, egal, ob es Männer aus dem Volk, Kirchenleute oder Adelige waren. Ihr Verhalten wurde überheblicher, Blick und Stimme wurden sicherer, als ob die Zugehörigkeit zu einer Gruppe jede Handlung rechtfertigte, und sei sie auch noch so tadelnswert. Diese Verschmelzung, dachte Pater Matthew, war in der Schlacht sicher nützlich, wo sie den Zweck hatte, viele verschiedene Männer einem gemeinsamen Ziel unterzuordnen. Aber außerhalb des Schlachtfeldes? Was sollten all die obszönen Witze, die Flüche und vulgären Ausdrücke, die sie hier in der Gruppe von sich gaben, aber zu Hause vor Frau und Kindern niemals wiederholen würden? Er verstand es nicht, doch er war sich auch bewusst, dass das lange Getrenntsein von seiner Heimat und ihren Lebensgewohnheiten ihn seines Urteilsvermögens und seiner heiter-gelassenen Einstellung beraubt hatte. Er hatte eine lange und beschwerliche Reise quer durch Europa hinter sich, er hatte Gefahren und dramatische Ereignisse mit fremden Menschen durchgestanden und viele treue Freunde gefunden. Aber er hatte auch mit der Boshaftigkeit und dem Hass von Feinden fertig werden müssen, denen er lieber nicht begegnet wäre. Er war müde und verwirrt, und die Atmosphäre der Stadt verstörte ihn.

Mailand war ein großes, vielschichtiges Ballungszentrum, in dem Menschen wie Dinge oft ganz anders waren als sie schienen. Wie Arnolfo ihm bereits erklärt hatte, besaßen die herausragenden Persönlichkeiten der Stadt und mit ihnen die Geschehnisse, bei denen sie eine Hauptrolle spielten, die Eigenschaft, sich mit beeindruckender Geschwindigkeit zu verwandeln; die Leute wechselten ständig die Seiten. Aus diesen wie auch aus anderen Gründen, die er nicht so klar benennen konnte, hätte Matthew Mailand gern den Rücken gekehrt, aber der Auftrag des Abtes und die Tatsache, dass er im Moment kein anderes Ziel vor Augen hatte, hielten ihn in der Stadt fest. Also versuchte er, die immer häufigeren Anfälle von Heimweh nach dem Kloster St. Albans zu unterdrücken, aber auch gegen die jüngere und unerwartete Sehnsucht nach dem Augusta-Tal anzukämpfen, das er vor etwas weniger als einem Jahr verlassen hatte. Obwohl er zu dieser Reise über hohe Berge und tiefe Täler durch Gottes undurchschaubaren Willen gezwungen worden war und auch wenn sein Aufenthalt dort von erschütternden Begebenheiten begleitet gewesen war, überraschte sich Matthew neuerdings oft dabei, dass er der Stille dieser Orte und der schlichten Aufrichtigkeit ihrer Menschen nachtrauerte. Vielleicht, überlegte er, begann auch sein Glaube zu wanken und verlor sich in der großen Zahl der Vorkommnisse, denen er in den letzten zwei Jahren unfreiwillig die Stirn hatte bieten müssen. Im Grunde, rechtfertigte er sich, waren es seine Eltern gewesen, die bestimmt hatten, dass sein Leben Gott geweiht sein sollte, indem sie ihn als Oblaten den guten Brüdern des Klosters übergeben hatten. Und auch wenn er die Bildung, die er dort erhalten hatte, zu schätzen wusste, blieb er doch immer ein einfacher Mönch, ein Bauernsohn. Irgendwie spürte er, dass die Müdigkeit, die sich auf seiner endlosen Bußpilgerschaft angesammelt hatte, ihn ungeeignet für den Kampf gegen die Intrigen, Doppelzüngigkeiten und Strategien machte, mit denen er es ohne Zweifel zu tun bekommen würde, wollte er Arnolfos Auftrag ausführen.

Ganz in seine Grübeleien versunken, hatte Matthew nicht bemerkt, dass er schon am Broletto angekommen war. Dort wurde seine Aufmerksamkeit von einer weiteren lärmenden Menschenmasse angezogen, die im Kreis um den großen Brunnen stand und den Gegenstand all dieses Aufsehens seinen Blicken entzog.

Neugierig geworden, ging er näher, drängte sich zwischen zwei Mägden hindurch, die angeregt schwatzten, und konnte schließlich sehen, um was es sich handelte. Ein Mann, dessen Hosen bis zu den Knöcheln heruntergelassen waren, saß auf dem Boden. Sein weiches, weißes Hinterteil quoll über einen quaderförmigen Stein, während seine Hände vorne mit einem Hanfseil gefesselt waren und kaum seine Scham bedeckten. Seine Fußknöchel waren an zwei Holzpflöcke gebunden, die seitlich vor dem Stein in den Boden eingelassen waren, sodass seine unnatürlich gespreizten Beine das Obszöne der Position noch betonten. Der Mann hatte sein schamrotes Gesicht auf seine Brust gesenkt, die von stummen Schluchzern geschüttelt wurde.

»Siehst du, Mönch«, sagte eine der beiden Mägde, als sie Matthew neben sich entdeckte, »was mit den unehrlichen Kaufleuten passiert?«

»Aber warum?«, fragte Matthew. »Was hat er denn getan?«

»Er ist bankrott, siehst du das nicht? Siehst du nicht, dass er die Hosen runterlassen musste und mit nacktem Arsch auf einem Stein sitzt? Woher kommst du eigentlich?«, fragte die Frau, der sein ausländischer Akzent aufgefallen war. »Weißt du nicht, was sie hier in Mailand mit bankrotten Kaufleuten machen? Sie stellen sie an den Pranger, jawohl! Geschieht ihnen recht! Dieser Spitzbube hat sich einen Sack Geld geliehen, um Baumwolle zu kaufen, aber nachdem er sie an die Drillichweber weiterverkauft hatte, hat er den ganzen Gewinn in Bordellen und Tavernen verjubelt, ohne einen Soldo zurückzuzahlen! Und dann wollte er auch noch aus der Stadt fliehen, das Schwein! Zum Glück haben sie ihn aber erwischt. Stell dir vor, er war schon fast aus dem Stadttor, als die Wachen ihn mit dem Haftbrief des Richters gefasst haben! Wenn alle Händler in Mailand es so machen würden wie er, wäre es schön um uns bestellt! Sollen die Gauner sich doch ihren Hintern auf dem Stein platt sitzen, dann lernen die anderen wenigstens, sich besser zu benehmen. Mein Herr sagt immer: Finde einen ehrlichen Kaufmann, und du hast einen Schatz gefunden …«

»Und wie lange lässt man ihn dort so sitzen? Was passiert dann mit ihm?«

»Er wird heute den ganzen Tag dort bleiben, und heute Abend bringen sie ihn in den Kerker von Malastalla. Wann ihm der Prozess gemacht wird, weiß man nicht, aber ich glaube, bald …«

Verwundert über die Aufgebrachtheit der Frau, betrachtete

Matthew den Kaufmann. So gerechtfertigt ihr hartes Urteil sein mochte, empfand er doch Mitleid mit diesem Mann, dessen nicht mehr junge Gestalt durch die Schmach dieser obszönen Zurschaustellung noch ältlicher und verlebter wirkte. Betroffen dachte er darüber nach, dass die Menschen die Entblößung des Leibes zu ganz unterschiedlichen Zwecken benutzten. Auf der einen Seite stellten die Prostituierten ihre Brüste und Schenkel an jeder Straßenecke zur Schau, um ihr trauriges Geschäft anzukurbeln, und auf der anderen stiftete der nackte Körper eines Übeltäters oder jedenfalls eines Verurteilten die Schaulustigen zu gemeinen Witzen und ordinären Bemerkungen an. Aber worin lag der Unterschied, welche Bedeutung kam eigentlich der Schamhaftigkeit zu, wenn es nur die jeweilige Situation war, die ihren Wert bestimmte? Denn die Gleichheit der Menschen, dachte er, liegt ja eigentlich in ihrer Nacktheit, und es ist nur die mehr oder weniger wohlhabende Kleidung, die den Burgherrn vom Bauern unterscheidet. Nur ein Stück Stoff ist es letztendlich, das, schlicht zusammengenäht oder reich bestickt, das Verhalten der Leute gegenüber ihren Mitmenschen bestimmt. Die Kleidung diktiert das Benehmen, den Respekt. Denn wer würde je einen abgerissenen Mann aus dem Volk, der in Lumpen geht, mit der gleichen Ehrerbietung ansprechen wie einen Adeligen oder einen reichen Kaufmann?

Weiter darüber nachsinnend, wie sehr das menschliche Handeln an nichtige Gepflogenheiten gebunden ist, machte Matthew sich schleunigst auf den Weg zum Kloster San Simpliciano. Zur neunten Stunde sollte er bei Arnolfo vorsprechen, um weitere Anweisungen für seinen Auftrag zu empfangen.

KAPITEL 14

»Immerhin wissen wir jetzt, dass wir nach der Amme suchen müssen …«

Matthew blickte in Arnolfos aufgeregtes Gesicht. Nachdem er ihm Magistra Eufrasias Bericht getreulich wiedergegeben hatte, hatte er gehofft, dass der Abt die Suche nach der Tochter Caterinas aufgeben würde. In Anbetracht der vielen Jahre, die vergangen waren, und der Größe der Stadt, hielt er es für ausgeschlossen, das Mädchen zu finden, wenn es überhaupt noch lebte oder je geboren worden war. Diese ganze Geschichte, die ihm noch erschütternd real vorgekommen war, während er der Äbtissin gelauscht hatte, erschien ihm jetzt, ein paar Wochen später, als das Hirngespinst einer greisen Nonne und eines Abtes, der Visionen hatte.

»Das wird nicht einfach sein«, wandte Matthew ein, »auch weil die Frau inzwischen recht alt sein dürfte und sich vielleicht an nichts mehr erinnert. Normalerweise versorgt eine Amme nicht nur ein Kind in ihren fruchtbaren Jahren, und die Ammen von San Celso können sich bestimmt nicht an all die Kleinen erinnern, die sie mal gesäugt haben …«

Arnolfo musterte Matthew mit hartem Blick.

»Ihr haltet mich für einen Narren, stimmt's, Bruder? Ihr habt bloß nicht den Mut, mir zu sagen, dass Ihr meine quälende Besorgnis für Zeitverschwendung haltet, für die fixe Idee eines Abtes, der nichts Besseres zu tun hat. Aber Ihr irrt Euch! Es gibt noch einen anderen, schwerwiegenderen Grund, weshalb ich das Schicksal dieses Sprosses der Gisalbertini in Erfahrung bringen muss. Ich wollte Euch nichts davon sagen, bis Ihr die Nachforschungen abgeschlossen habt, aber jetzt zwingt mich Eure offensichtliche Ungläubigkeit dazu, Euch ins Bild zu setzen ...«

Arnolfo unterbrach sich und schloss die Augen. Er stützte die Ellbogen auf die von seiner dunklen Kutte bedeckten Beine und massierte sich das Gesicht mit den langen, schmalen Händen. Verunsichert von dem aufgewühlten Verhalten des Abtes, wartete Matthew ab.

Nach einer Weile, die ihm wie eine halbe Ewigkeit erschien, richtete Arnolfo seinen Rücken langsam an der Stuhllehne auf. Sein Gesicht war blass, zeigte aber eine ruhige Entschlossenheit.

»Jetzt hört mir gut zu, Bruder Matthew, und versucht genau zu verstehen, um was es hier geht. Auch wenn Ihr Ausländer seid und diese Stadt nicht kennt, glaube ich kaum, dass es in Eurer Heimat England keine politischen Intrigen und keine Machtgier gibt oder dass Ihr in der friedlichen Abgeschiedenheit Eures Klosters nie etwas von derartigen Dingen mitbekommen habt. Deshalb bin ich sicher, dass Ihr mich verstehen werdet. Vergesst für einen Moment die Sache mit Caterina und ihrer Tochter. Ihr wisst doch, dass sowohl ich als auch die Äbtissin von einem gewissen Lanfranco Calgario gesprochen haben? Gut. Der Notar Bonprando, mit dem ich in ständigem Kontakt stehe, weil er die Finanzen des Klosters verwaltet, hat mir gesagt, dass dieser Mann noch immer in der Stadt lebt und mit unwürdigen Machenschaften darauf hinarbeitet, zum obersten Richter ernannt zu werden. Im Rathaus will ihn im Grunde niemand haben, weil er als unmoralischer und manchmal gewalttätiger Mensch bekannt ist. Wie Ihr Euch vorstellen könnt, erfordert dieses Amt jedoch ein hohes Maß an Unvoreingenommenheit und Ausgeglichenheit von seinem Träger. In diesen unruhigen Zeiten genügt ein einziger ungeeigneter Mann an der Macht, um Chaos und Aufruhr zu provozieren! Zwar tut Lanfranco alles, um seine Vergangenheit zu verbergen und stellt einen Reichtum zur Schau, den er in Wirklichkeit gar nicht besitzt, aber dem Notar sind Gerüchte über eine lange zurückliegende Verstrickung in dunkle Affären zu Ohren gekommen, die genügen würde, seinen Aufstieg in ein solches Amt zu verhindern. Nichts als Gerede bis jetzt, versteht mich recht, und ohne eine Spur von Beweisen, doch frage ich mich nun, ob es sich dabei möglicherweise um sein Verhältnis mit Caterina Gisalbertini handelt. Gibt es vielleicht noch jemand anders, der ihn des Mordes verdächtigt? Kann es sein, dass eine Person, die weder ich noch Eufrasia kennen, über Umstände Bescheid weiß, die ihn mit dem Verbrechen in Verbindung bringen? Versteht Ihr jetzt, warum es so wichtig ist, dass wir Caterinas Tochter finden, falls sie noch lebt? Wenn wir ihre Identität zweifelsfrei feststellen könnten, wäre sie der lebende Beweis für seine Untat! Schon ein einziger Fleck auf Lanfrancos weißer Weste würde verhindern, dass er oberster Richter wird und obendrein den Podestà dazu veranlassen, ihn der Stadt zu verweisen.«

Arnolfo holte Luft und studierte die Miene seines Gegenübers, um zu sehen, ob seinen Erklärungen angemessene Aufmerksamkeit geschenkt wurde. Das sichtliche Erstaunen des Mönches überzeugte ihn von der Wirksamkeit seiner Worte. Matthew versuchte derweil, Ordnung in seine Gedanken zu bringen. Er war verärgert darüber, dass der Abt ihm die ganze Geschichte nur häppchenweise erzählte; offensichtlich ging sein Vertrauen zu ihm doch nicht sehr weit, und das störte ihn.

Andererseits war er, der selbst aufgrund einer ähnlichen Vision wie die Arnolfos seinem Leben eine unerwartete Wendung gegeben und eine düstere Prophezeiung in ein fremdes

Land getragen hatte, wohl kaum der beste Richter über das Verhalten anderer. Seine Pilgerreise ins Augusta-Tal lag noch nicht so lange zurück, dass er sich nicht mehr an die ausgestandenen Ängste erinnern würde, an seine Furcht davor, mit anderen über seine Vorahnung zu reden und an seinen Schrecken, als die Prophezeiung sich prompt erfüllte. Daher konnte er Arnolfos Zögern gut verstehen und auch seine Angst, dass ihm nicht geglaubt wurde, obwohl sein Traum in Eufrasias Bekenntnissen und den laufenden Ereignissen eine erstaunliche Bestätigung gefunden hatte.

»Gut, Arnolfo«, sagte Matthew und hob ergeben die Hände, »ich habe verstanden. Ich werde die Nachforschungen nach der Amme fortsetzen, aber ich bitte Euch um eines: Habt Vertrauen zu mir. Es steht mir nicht zu, über Euch zu urteilen, und wenn es der Allerhöchste war, der Euch diese Vision geschickt hat, so wird er uns auch helfen, Caterinas Tochter zu finden. Sagt mir also, was ich tun soll.«

Ein verhaltenes Lächeln erhellte ganz unerwartet die stolzen Züge des Abtes. Ermutigt von Matthews entschiedenem Ton, setzte er eine verschwörerische Miene auf, faltete die Hände wie zum Gebet und begann zu sprechen.

Ohne etwas von dem Gespräch zu wissen, das sich einige Zellen weiter zutrug, setzte sich eine der Tauben, die mit Hingabe von den Mönchen von San Simpliciano gezüchtet wurden, auf das Fensterbrett vor Matthews winziger Kammer. Sie trippelte bis zum inneren Rand der Fensterluke und sah sich um. Da sie keiner menschlichen Anwesenheit gewahr wurde, begann sie, ihre Rücken- und Schwanzfedern mit dem Schnabel zu bearbeiten, um sie von Staub und Insekten zu säubern. Als sie damit fertig war, hockte sie sich auf die äußere Kante des Fensterbretts und flog nach einem kurzen Augenblick zum Dach der Basilika auf. Leicht wie ein Grashalm, der von einem kaum spürbaren Windhauch davongetragen wird, löste sich eine Feder von ihr und segelte über den Steinfußboden bis zum Reisesack von Pater Matthew, der offen unter dem Fenster lag. Die Feder glitt zwischen die wenigen Kleidungsstücke des Mönchs und blieb in den Falten des Ledersacks liegen, direkt neben einem Wacholdersträußchen, mit dessen inzwischen trockenen Zweigen sie ihren Kiel verflocht.

Rachele beobachtete ihren Vater. Er war vor kurzem eingeschlafen, nachdem er den ganzen Nachmittag gehustet und sich erbrochen hatte. Sein Atem ging mühsam und unregelmäßig und hörte sich rasselnd und katarrhisch an. Manchmal schien er ganz auszusetzen, um kurz darauf pfeifend wieder anzuheben. Das Mädchen saß auf einem Schemel am Fußende der Lagerstatt und hatte ein dickes, hebräisches Buch auf den Knien, dessen Seiten sie langsam umblätterte, auf der Suche nach etwas Hilfreichem. Isaac hatte es selbst schon unzählige Male konsultiert, wenn eine Krankheit ihm Kopfzerbrechen bereitete und er sie nicht allein aufgrund seiner Erfahrung heilen konnte. Sie wusste, dass dieses umfangreiche Buch das Werk eines berühmten jüdischen Arztes aus Cordoba war, eines gewissen Moshe Ben Maimon, und dass ihr Vater es wie ein Heiligtum behandelte. In Salerno, wo sie geboren worden war, hatte Rachele eine gute Ausbildung durch einen jüdischen Hauslehrer erhalten, den ihr Vater eingestellt hatte, damit er ihr Grundkenntnisse in Hebräisch, Latein und Griechisch beibrachte. Sie wusste, dass sie sich glücklich schätzen konnte, weil es einem Mädchen nur selten vergönnt war, ein so breites Wissen in Schrift und Sprache zu erwerben. Wohl hatten auch ihre Spielfreundinnen in Salerno auf Hebräisch Lesen und Schreiben gelernt, in einer kleinen Schule, die von einer Frau aus ihrer Gemeinde geleitet wurde. Aber Racheles Beherrschung der Schriftsprache ging weit über die wenigen Kenntnisse hinaus, die ihren Kameradinnen zugestanden wurden und die höchstens dazu dienten, Briefe an Verwandte schreiben zu können. Das Erlernen der klassischen Sprachen hatte es ihr ermöglicht, die lateinischen und griechischen Autoren zu entdecken, deren Werke sie begeisterten und dazu anregten, mehr über die Geschichte dieser alten Völker zu erfahren, die sich des Öfteren mit der ihres eigenen Volkes gekreuzt hatte. Sie hätte auch gerne die *Thora* gelesen, aber dieser Text war den Frauen verboten, wie sie wusste. Ihr Vater hatte ihr das mehrmals eingeschärft, wenn auch immer mit einem Anflug von Bedauern. Um sie über ihre Enttäuschung hinwegzutrösten oder vielleicht auch, um seine große Liebe zu seinem Beruf an sie weiterzugeben, hatte Isaac ihr stattdessen geholfen, die Lehren Moshe Ben Maimons zu studieren und zu verstehen und hatte ihr die Bedeutung all der schwierigen Ausdrücke in dem medizinischen Band erklärt, den sie nun in den Händen hielt.

Während das Talglicht auf dem Tisch neben ihr langsam herunterbrannte, strengte Rachele ihre Augen an, um die Zeilen des langen Kapitels über Symptome zu entziffern. Wenn sie nur eine Diagnose der Krankheit stellen könnte, die ihren Vater verzehrte! Es lag an der Melancholie, da war sie fast sicher, und sie wusste, dass dieser Zustand andere schwere Krankheiten zur Folge haben konnte, wie zum Beispiel Krebs oder Wahnsinn. Doch wenn die Melancholie von einem Übermaß an schwarzer Galle ausgelöst wird, fragte sie sich und blätterte fieberhaft in dem Buch, und wenn die Galle eine der vier Körperflüssigkeiten ist und diese Flüssigkeit Trockenheit bewirkt, wie mir Vater beigebracht hat, warum sind dann seine körperlichen Anzeichen alle von Feuchtigkeit bestimmt? Schweiß, Katarrh und starker Harnfluss waren doch Anzeichen von Nässe? Und wenn die Ursache eher im Körpersaft des Blutes zu suchen war, der mehr als alle anderen Feuchtigkeit hervorrief? Aber wenn es nicht an der Melancholie lag, woran dann? Könnte sie doch nur einen anderen Arzt zu Rate ziehen! Doch soweit sie wusste, praktizierten nur christliche Ärzte in der Stadt, die ihre jüdischen Kollegen nicht nur verachteten, sondern auch ihre und Isaacs kaum gelittene Anwesenheit in Mailand bei der Obrigkeit anzeigen konnten. Dann müssten sie ihre Siebensachen packen und würden erbarmungslos aus dieser elenden Hütte geworfen, die sie mit Mühe und Not gefunden hatten. Nein, so wie es im Moment um ihren Vater stand, konnten sie keine Reise unternehmen, ausgeschlossen. Sie würde allein versuchen müssen, ihn zu heilen, und dabei das beherzigen, was sie sich in all den Jahren bei ihm abgeguckt hatte. Sie würde sich weiter kundig machen, die Symptome beobachten und versuchsweise eine Diagnose stellen. Dann, wenn sie zu einer Schlussfolgerung gekommen war, die ihr vernünftig erschien, würde sie nach einem Heilmittel suchen. Schließlich quoll die Tresortruhe ihres Vaters über von Pasten und Pillen, Schröpfköpfen, Schälchen für den Aderlass und Abführmitteln. Irgendetwas würde sich schon finden, irgendetwas musste helfen.

Rachele rieb sich die Augen, die müde waren von der Lektüre bei schwachem Licht, ordnete die Seiten und band sie mit dem festen Hanfseil, das außen an dem ledernen Bucheinband angebracht war, zusammen. Dann stellte sie das Buch in ein kleines Schränkchen aus Eichenholz zurück und näherte sich dem Lager, um nach ihrem Vater zu sehen. Isaac schlief jetzt tief und fest, sein Atem war gleichmäßiger geworden. Beruhigt ging die junge Frau zu ihrem Strohsack, jedoch nicht ohne vorher den Kerzenstumpf zu löschen. Der Hund, der die ganze Zeit zu ihren Füßen gelegen hatte, folgte ihr schwanzwedelnd. Weil er die Absicht seiner Herrin ahnte, sprang er ihr mit einem geschickten Satz aufs Lager voraus und rollte sich zufrieden am Fußende des Sacks zusammen.

KAPITEL 15

Dunkle, schwere Regenwolken trieben schnell von Süden nach Norden und schufen einen einzigartigen Gegensatz am Himmel: Es war, als würde ein schwarzer Vorhang zugezogen, der bereits die eine Hälfte bedeckte, während die andere noch im schönsten Lapislazuliblau erstrahlte. Das unerklärliche Fehlen von Wind unten auf der Erde verlieh der Stimmung zusätzlich etwas Unwirkliches. Matthew, der unter der schwülen Hitze litt, zumal ihm schon die Kutte am Körper klebte, war gezwungen, direkt hinter einem Karren mit Bauholz stehen zu bleiben. Der Bauer, der ihn lenkte, schrie einigen Männern etwas zu, die sich über Schaufeln und Spaten beugten und den Weg vor ihnen versperrten.

»Seid ihr noch ganz bei Trost, ausgerechnet jetzt die Straße zu reparieren? Wie soll ich denn hier durchkommen, hä? Könnt ihr mir mal sagen, wie ich hier durchkommen soll?«

Die Männer verteilten weiter Kies auf dem festgestampften Boden und gaben etwas zur Antwort, das Matthew nicht verstand, aber anscheinend nicht besonders höflich war, weil der Bauer fuchsteufelswild wurde. Er schnellte von seinem Karren hoch, zog ein armdickes Kantholz hinter sich aus dem aufgeschichteten Haufen und schleuderte es unter schrecklichem Fluchen auf den Fahrweg. Der Balken fiel einem der Männer direkt vor die Füße und wirbelte Kies und eine Staubwolke auf. Verblüfft von der heftigen Reaktion des Bauern legte der Mann seine Schaufel ab und starrte ihn an. Dann wurde er zornesrot im Gesicht und ging auf den Karren zu, bereit zum Kampf. Seine Kameraden unterbrachen die Arbeit und verfolgten, auf ihre Spaten gestützt, mit finsteren Blicken die Szene.

»Na, na, was soll denn das Theater hier? Seht ihr nicht, dass gleich ein Gewitter losgeht? Bewegt euch, auf, ihr müsst fertig werden, ehe es zu regnen anfängt, sonst rutscht der ganze Kies in die Seitengräben. Beeilt euch also! Und du, hast du nichts Besseres zu tun als Leute zu beschimpfen, die für das Kloster arbeiten, und sämtliche Heiligen des Paradieses zu verfluchen?«

Die resoluten Worte kamen von einem Priester, dessen kleine, magere Gestalt im Widerspruch zu seinem Ton und der gebieterischen Haltung stand. Obwohl der Zorn des Bauern noch lange nicht verraucht war, musste er klein beigeben. Er setzte sich wieder auf seinen Karren und wandte dem Priester ostentativ den Rücken zu, wobei er Matthew entdeckte, der hinter ihm stand und wartete.

»Mönche, nichts als Mönche, Priester, Nonnen und Huren in dieser Scheißstadt! Mir langt's, ich komme nie wieder nach Mailand und lass mir die Taschen und die Seele ausnehmen …«, brummte er und rückte wütend die Holzklötze auf dem Stapel zurecht.

Während die Männer eilig weiter Kies verteilten und glatt klopften, ging Matthew vorsichtig an dem Karren vorbei, wobei er darauf achtete, nicht in den Seitengraben abzurutschen.

»Ah, endlich, du musst Bruder Matthew Willingtham sein, stimmt's? Wie schwer dein Name auszusprechen ist! Verzeih mir, aber ich bin mit der Sprache Englands nicht vertraut, mir kommen viel leichter diese fürchterlichen deutschen Schimpfnamen über die Lippen, die die Soldaten des Kaisers uns seit Jahren um die Ohren hauen. Ich habe dich erwartet, Arnolfo da Sala hat mir deinen Besuch angekündigt. Komm, gehen wir hinein ins Kloster.«

Obwohl der Geistliche in seinem Redeeifer seinen Namen nicht genannt hatte, ging Matthew davon aus, dass es sich um Cosimo da Landriano handelte, den Probst von San Celso. Seine Annahme bestätigte sich bald, denn nachdem sie über eine kleine Holzbrücke gegangen waren, die auf das Grundstück des Konvents führte, geleitete ihn der Priester zu einem Seitenschiff der Basilika, wo, angrenzend an die Südwand, ein niedriger Bau aus Holz und Stein stand.

»Wie du siehst«, sagte er, während er Matthew hineinführte, »verfügen wir nicht über den Luxus und die Bequemlichkeit von San Simpliciano. Das hier ist ein armes Kloster, wir ernähren uns nur von den Feldern des Umlandes. Ansonsten unterhalten wir seit vielen Jahren ein Hospital, das Kranken Heilung für Seele und Körper bietet und nebenbei auch durchreisende Pilger beherbergt. Wenn du wüsstest, wie viele Menschen auf ihrer langen Reise nach Rom oder ins Heilige Land hier bei uns eine Lagerstatt und ein wenig Erquickung suchen. Und dann sind da noch die Kinder. Arme Geschöpfe, die niemand will, einfach in einem Körbchen bei uns abgestellt, wo sie darauf warten, dass eine gute Frau ihnen die Brust gibt! Ach, wir haben viel zu tun, Bruder Matthew, viel zu tun. Wo wir gerade davon sprechen«, fuhr Cosimo fort und lud Matthew ein, sich auf einen Schemel neben dem Tisch zu setzen, »bist du nicht gekommen, um dich nach unseren Ammen zu erkundigen? Oder habe ich den Brief von Arnolfo falsch verstanden?«

Matthew, der von Natur aus und aufgrund erworbener Vorsicht ein Thema eher besonnen anging, war überrascht von der Direktheit des Probstes und musste sich einen Ruck geben, um ihm die Antwort nicht schuldig zu bleiben.

»Doch, Ihr habt ihn sehr gut verstanden«, erwiderte er, seine Worte sorgsam wählend. »Der Abt von San Simpliciano hat den Auftrag bekommen, ein Mädchen zu suchen, das vermutlich bei Euch ausgesetzt wurde. Nur sind seitdem leider viele Jahre vergangen, und da man nichts Genaues über die Kleine weiß, die inzwischen eine erwachsene Frau sein müsste, bleibt Arnolfo nur die Möglichkeit, die Amme ausfindig zu machen und zu hoffen, dass die sich an sie erinnert.«

»Oho, das wird nicht einfach sein, Bruder! Weißt du, wie viele Kinder wir schon an Ammen vermittelt haben …«

»Sicher, aber der Abt hofft, dass die Amme des Mädchens später um die Pflegschaft gebeten hat. Dann wäre es doch möglich sie aufzufinden, oder?«

»Das stimmt, aber da du von weither kommst, ist dir vielleicht nicht bekannt, wie das mit den Ammendiensten bei uns gehandhabt wird. Lass es mich dir erklären: Das ausgesetzte Kind wird einer Amme übergeben, meistens der Frau einer unserer Pächter, und bleibt bei ihr auf dem Land, bis es zwei oder drei Jahre alt ist. Dann, wenn der Vertrag abgelaufen ist, kommt das Kleine hier zurück zu uns ins Hospital, wo die guten Nonnen ein Heim eingerichtet haben, in dem es zusammen mit all den anderen versorgt und ernährt wird, bis es alt genug ist, um auf eigenen Füßen zu stehen. Wenn sie etwa zehn Jahre alt sind, werden einige der Jungen als Hilfskräfte zur Arbeit in unser Hospital oder in eines der anderen Krankenhäuser geschickt oder von einem Handwerker als Lehrling aufgenommen. Was die Mädchen angeht, so unterscheidet sich ihre Zukunft nicht sehr von einem üblichen Leben als Magd bei irgendeiner Familie, es sei denn, die Äbtissin entscheidet, sie auf das Klosterleben vorzubereiten. Und manchmal, aber das geschieht nur sehr selten, versichere ich dir, ersucht die Amme um die Pflegschaft für das Kind, das heißt, sie will es bei sich behalten und es aufziehen wie ein eigenes. Das ist immer eine gute Sache, weil es dem Kind nicht nur eine anständige Zukunft garantiert, sondern ihm auch erlaubt, ein fast normales

Leben zu führen. Für die Mädchen bedeutet das zum Beispiel, dass sie eine Mitgift bekommen, mit der sie, sei sie auch noch so bescheiden, einen Ehemann finden können. Du siehst also, Bruder, wie schwierig das Leben für diese Kleinen ist, die niemand haben will …«

Während er darauf wartete, in der Rede des Probstes ein Stichwort zu erhaschen, auf das er seine wichtigste Frage einflechten konnte, dachte Matthew wieder einmal über den unergründlichen göttlichen Willen nach. Wie bei dem abscheulichen Kartenspiel Biscazza gab er den einen und nahm den anderen, ohne eine Erklärung dafür zu liefern, warum manche mit Glück überhäuft und andere ins Unglück gestürzt wurden. Gleich darauf bereute er diese weltliche Bewertung, die so weit von den Lehren der Kirche entfernt war, und richtete seine Aufmerksamkeit wieder auf Cosimos Ausführungen.

»Also, um auf Arnolfos Anfrage zurückzukommen … Wenn du, wie mir mitgeteilt wurde, über eine Liste der Ammen von vor zwanzig Jahren verfügst, kann sich vielleicht Magistra Isabella, die sich damals um die ausgesetzten Kinder gekümmert hat, an etwas erinnern. Vielleicht wenigstens an die, die in Pflegschaft übernommen wurden.«

Matthew stieß endlich den Seufzer aus, der ihn in der Kehle drückte, und unterbrach schnell den Redefluss des Propstes.

»Ja, ja, ich habe die Liste hier in der Hand, und wenn ich mit der Äbtissin sprechen könnte …«

Erstaunt über die Ungeduld des Mönches, musterte Cosimo ihn eine Weile nachdenklich. Dann wurde ihm klar, wie groß das Unbehagen des Engländers darüber sein musste, eine solch schwierige und ungewöhnliche Mission in einem fremden Land zu erfüllen, wo er so vieles nicht verstand und alles verdächtig erschien. Er bedachte ihn mit einem herzlichen Lächeln, das seinem hageren Gesicht etwas Drolliges gab, als wäre er ein Hanswurst oder fahrender Sänger.

»Komm, Bruder, komm mit mir. Gehen wir in den Kräutergarten, Magistra Isabella erwartet uns dort. Heute ist Erntetag für die Heilkräuter, und die Äbtissin bringt den Novizinnen bei, die Pflanzen zu unterscheiden.«

Als Cosimo aufstand, ertönte ein ferner, aber schon bedrohlich klingender Donner.

»Rasch, Pater, rasch, sonst wird aus dem Garten ein Sumpf! Oje, hoffen wir, dass die Nonnen rechtzeitig mit ihrer Arbeit fertig werden. Wir brauchen die Kräuter dringend. Es gilt zahllose Absude zu kochen, und einige Arzneipflanzen müssen unbedingt jetzt geerntet werden, auf dem Höhepunkt der Blütezeit. Sind Blätter und Blüten erst einmal nass, dauert es viel länger, sie nach den richtigen Regeln zu trocknen!«

Der Probst lenkte seine Schritte geschäftig zur Tür, gefolgt von Matthew. In der Stille des Zimmers war das Rascheln ihrer Kutten das einzige Geräusch. Draußen erwartete die stehende Luft das Gewitter wie eine Befreiung.

Das, was Cosimo als Kräutergarten bezeichnet hatte, erwies sich vor Matthews staunenden Augen als eine ausgedehnte Anlage. Auf einer Fläche von circa zwanzig Klaftern erstreckten sich fünf lange Beete, die durch ordentliche Reihen in die Erde gesteckter Steine voneinander getrennt waren und eine große Anzahl der verschiedensten Pflanzen enthielten. Der Garten lag hinter dem Klosterbau, auf dem Gelände, das diesen von der kleinen Apsis der Kirche trennte. Er war von Osten nach Westen angelegt und von nicht allzu ausladenden Bäumen mit viel Platz dazwischen umgeben. Eine etwa drei Ellen hohe Trockenmauer verstellte den Blick auf das Umland.

Die Äbtissin stand am Rand des letzten Beetes und war von vier Novizinnen umringt, die sich über die Büsche beugten und vorsichtig Blätter, Blüten und Wurzeln sammelten, die sie anschließend in zwei geräumige Körbe legten. Als sie näher kamen, hörte Matthew die Stimme der alten Nonne, noch ehe er ihre Gesichtszüge erkennen konnte. Mit festen, aber freundlichen Worten unterwies Magistra Isabella die Mädchen, korrigierte sie und erklärte.

»Aufgepasst, Schwester Maddalena! Das ist keine Schafgarbe! Siehst du nicht, dass die Blüten zwar ähnlich, die Blätter aber ganz anders sind? Die Schafgarbe hat zarte Stängel mit fadenförmigen, nebeneinander stehenden Blättchen, während der Kümmel, den du gerade mit ihr verwechselst, so kleine Blätter hat, dass sie wie Nadeln erscheinen. Weißt du nicht mehr, dass man beim Kümmel die Früchte verwendet, während es bei der Schafgarbe die Blätter und die Stängel sind? Man darf die Kräuter nicht verwechseln, Schwestern, denn sonst bekommen unsere Kranken am Ende das falsche Heilmittel. Und die falsche Arznei kann mehr Schaden anrichten als die Krankheit selbst, merkt euch das!«

Cosimo ging Matthew voraus, vorbei an einem Beet dicht wachsender Heckenrosen, deren leuchtend rote Blüten und Knospen durch das trübe Licht des bleiernen Himmels eine violette Färbung angenommen hatten. Als sie den Probst herankommen sah, schickte die Äbtissin ihre Novizinnen fort, die mit ihren Körben zum Gästehaus gingen, wo sie die gesammelten Kräuter in der großen Küche sortieren sollten. Matthew blieb zurückhaltend ein paar Schritte abseits stehen und sah Cosimo mit Magistra Isabella sprechen, bis diese sich umdrehte und den Neuankömmling neugierig betrachtete. Ihre Augen, die fast in dem runden Gesicht versanken, funkelten immer noch in einem unglaublich lebhaften Blau, und ihre Hände, die beim Sprechen eifrig gestikulierten, waren klein und kräftig und passten zu ihrer untersetzten, tonnenförmigen Gestalt. Der Gesamteindruck war der einer gutmütigen, mütterlichen älteren Frau.

Auf einen Wink des Probstes hin trat Matthew zu ihnen.

Nach dem gegenseitigen Vorstellen forderte die Äbtissin ihn auf, ihr in das Skriptorium zu folgen, wo, wie sie sagte, alle Schriftstücke des Klosters aufbewahrt wurden, einschließlich der Dokumente über Pflegschaften für die ausgesetzten Kinder und der Ammenverträge.

»Ihr sucht also einige unserer Ammen von vor zwanzig Jahren, hat mir der Probst erzählt …«

»Eigentlich geht es um mehr als das«, erwiderte Matthew. »Ich habe gehofft, dass Ihr Euch an ein bestimmtes Mädchen erinnern könnt. Wie Euch vielleicht gesagt wurde, besitzt auch Magistra Eufrasia vom Kloster Lentasio eine Liste von Pflegemüttern, und wenn wir die Namen mit Eurem Verzeichnis vergleichen, können wir vielleicht die Richtige finden und mit Hilfe Eures Gedächtnisses auch das in Pflege gegebene Mädchen aufspüren.«

Schweigend musterte die Nonne den fremden Mönch, als wollte sie seine Ehrlichkeit prüfen. Dann, anscheinend zufrieden mit dem Ergebnis, lächelte sie und lud ihn ein, sich auf einer der Sitzbänke an den langen Schreibtischen niederzulassen. Sie selbst ging mit kleinen, flinken Schritten auf einen Bücherschrank aus dunkler Eiche zu. Darin befanden sich ordentlich aufgeschichtete Reihen von Pergamenten, die mit Schnüren aus Hanf oder Leder zusammengebunden waren. Während Matthew darauf wartete, dass die Suche der Äbtissin das erhoffte Resultat zeitigte, schweifte sein Blick über die Blätter auf den Tischen, die bereitlagen, um von den Mönchen des angrenzenden Männerklosters beschrieben und mit Miniaturen verziert zu werden. Fast alle trugen schon eine fertige Vignette, einen großen Anfangsbuchstaben, der kunstvoll gestaltet und in kräftigem Rot ausgemalt war. Am Seitenrand wechselten sich Verzierungen, die Blätter, Blumen und Früchte darstellten, mit würdevollen Heiligenfiguren und Engeln ab. Die Bilder waren mit Ruß aus Tiergalle skizziert, um später mit indigoblauer und karminroter Tinte koloriert zu werden, die in kleinen Fässchen am Rand der Tische stand.

»Ah, ich hab's gefunden!«, rief Magistra Isabella aufgeregt und reckte sich wackelig auf die Zehenspitzen, um einen dicken Pack Pergamente aus dem obersten Schrankfach zu ziehen. »Das sind sie, darin stehen alle Namenslisten aus jenen Jahren und auch die Aufzeichnungen über die Pflegschaften.«

Mit einem strahlenden Lächeln und leicht außer Atem kehrte die Nonne zum Tisch zurück, ihren Schatz vor der Brust haltend.

»So, Bruder, jetzt zeigt mir Euer Papier, und mit etwas Geduld können wir alle Namen vergleichen und, wenn es Gott gefällt, auch das Mädchen wiederfinden.«

Als Matthew und Isabella sich nacheinander die Pergamentblätter vornahmen und Daten abhakten und Namen ausstrichen, brach das angekündigte Gewitter los. Die anfangs nur vereinzelten Regentropfen verwandelten sich innerhalb kürzester Zeit in einen rauschenden Wasserfall, und das Prasseln des Regens auf dem Holzdach verursachte ein solches Getöse im Skriptorium, dass Matthew einen Augenblick lang befürchtete, das Dach könnte einstürzen. Als ahnte sie seine Gedanken, obwohl sie weiter eifrig die Listen durchging, beruhigte ihn die Nonne.

»Habt keine Angst, Bruder Matthew, das Haus ist solide gebaut und das Dach wird regelmäßig von unserem Zimmermann überprüft. Ein Sommergewitter wird uns und unsere wertvollen Dokumente bestimmt nicht verschütten! Aber lasst mich eine Mitschwester rufen«, sagte sie, sich von der Bank erhebend, »damit sie uns einen Span von der Feuerstelle in der Küche bringt. Es ist zu dämmerig hier, wir brauchen mehr Licht.«

Die Nonne begab sich zum Eingang des Skriptoriums, neben dem eine Glocke hing. Sie läutete dreimal, worauf eine junge

Novizin an die angelehnte Tür klopfte. Das Mädchen nahm die Bitte der Äbtissin entgegen und verschwand in Richtung der Küchenräume. Während sie auf ihre Rückkehr wartete, trat Isabella an eines der Fenster des Saals, die breiter und höher waren als alle anderen im Konvent, damit genug Tageslicht für die geduldige Arbeit der Mönche an den Manuskripten hereinfiel. In diesem Moment jedoch drang nur ein bläuliches, kränkliches Licht durch die großen Öffnungen nach innen, das die Schatten in den dunklen Ecken beunruhigend in die Länge zog.

Die Hände auf ihren dicken Bauch gelegt, beobachtete die Äbtissin Matthew, der trotz der Düsternis weiter die Pergamente entzifferte.

»Wartet, Bruder, bei dieser Dunkelheit kann man doch nichts lesen! Es dauert nur eine Minute, bis die Novizin wiederkommt. Erzählt mir solange lieber, seit wann Ihr Euch schon auf Pilgerschaft befindet und was Ihr für eine Schuld auf Euch geladen habt, um eine so schwere Buße leisten zu müssen.«

Wie vor den Kopf geschlagen blickte Matthew auf und sah der Äbtissin ins Gesicht. Ihr Ausdruck war mitfühlend, und ein wohlwollendes Lächeln kräuselte ihre faltigen Lippen. Er überlegte, was diese Frau wohl von seinem mühseligen Leben ahnte, und wollte gerade mit einer Gegenfrage antworten, als Isabella ihn zurückhielt.

»Lasst es gut sein, Bruder, lasst nur ... Ich bin alt und habe viel gesehen, wie Ihr Euch vorstellen könnt. Ich will nichts über Euch wissen, ich habe kein Recht, Euch auszuhorchen, nur um meine Neugier zu befriedigen. Die Jahre, die ich auf dem Buckel habe, haben mich jedoch gelehrt, menschliches Leid zu erkennen, wenn ich es sehe, und Ihr habt genug durchgemacht, dass es aus Euren Augen blickt. Aber was auch Euer Schicksal sein mag, Bruder, seid gewiss, dass Gott mit Euch ist und es immer sein wird. Der Allerhöchste schickt manchmal gerade denen Leid und Schmerz, die stark genug sind, die Last zu tragen, während er mit den Schwachen und Unfähigen nachsichtig ist. Es ist denn auch die Aufgabe der Tapferen und Geduldigen, die Schwachen zu trösten und ihnen zu helfen. Doch die Teilnahme an der Qual anderer macht müde und erschöpft und trübt oft den rechten Blick auf die Dinge. Ach, wenn Ihr wüsstet, wie viel Nächstenliebe ich schon gespendet habe, ohne einen Lohn dafür zu erwarten. Wir wissen beide, dass es auf dem Lebensweg, den wir gewählt haben, vor allem um Barmherzigkeit und Mitleid geht. Das Problem ist nur, dass die Jahre dahinfliegen und die Kräfte nicht mehr das sind, was sie einmal waren …«

Die gramerfüllte Rede der Äbtissin wurde von der zurückkehrenden Novizin unterbrochen. Sie hielt ein brennendes Scheit in der rechten Hand, das sie mit der linken gegen die Windstöße schützte, die unerwartet und plötzlich durch den Seitengang des Skriptoriums fuhren. Isabella nahm das kleine Scheit und zündete mit der Flamme ein Talglicht an, das sie vor die noch zu lesenden Seiten auf den Tisch stellte.

»Gut, wo waren wir stehen geblieben? Ah, hier, im Jahr 1226. Ich erinnere mich noch gut an diesen Frühling, weil damals gerade der Bund gegen den Kaiser geschlossen worden war. Überall Waffenknechte, Pilger, die zu uns ins Kloster flüchteten, und Kinder, so viele Kinder, die von ihren hungernden Familien oder von armen Frauen, die von Soldaten vergewaltigt worden waren, ausgesetzt wurden. Seht hier, Bruder«, sagte Isabella und ließ ihren dicken Finger über die Seite gleiten, »neunundzwanzig ausgesetzte Kinder zwischen Januar und Dezember. Davon waren siebzehn Mädchen! Und nun sagt mir einmal, wie wir die Kleine finden sollen, die Ihr sucht! Also, lasst mich nachdenken«, fuhr sie fort und konzentrierte sich auf die Namen und Orte, die säuberlich in einer Spalte an der Seite aufgeführt waren. »Von diesen Mädchen wurden nur vier nach der Ammenzeit als Pflegekinder angenommen, die anderen sind zu uns ins Heim zurückgekehrt. Sehen wir einmal nach: Zwei davon sind, wie Ihr hier lesen könnt, nach Vaprio gekommen, zu ihren jeweiligen Pflegefamilien, eines ist von einem Müller namens de' Compagnoni aus Parabiago als Mündel angenommen worden, und das Letzte wurde von einer Amme an der Porta Orientale in Mailand in Pflege genommen, ist aber, wie hier steht, nach wenigen Jahren verstorben. Wie sollen wir Euer Mädchen nun herausfinden? Und ist es nur dieses Jahr, das Euch interessiert, oder auch das folgende?«

Matthew war völlig verwirrt von all diesen Namen und Angaben und sah die Äbtissin ratlos an.

»Ich weiß es nicht ... was soll ich Euch sagen, wie soll ich ...?«

»Abwarten, so leicht wollen wir nicht aufgeben!«, entgegnete die Nonne resolut. »Der Probst hat mir berichtet, dass Arnolfo da Sala, für den Ihr diese Nachforschungen anstellt, vermutet, dass das gesuchte Mädchen etwas jünger als achtzehn Jahre sein müsste. Wenn dieses Jahr hier also nicht das richtige ist, wird es das nächste sein, meint Ihr nicht? Habt Ihr nicht vielleicht noch einen anderen Hinweis auf die mögliche Identität des Mädchens, der meinem Gedächtnis auf die Sprünge helfen könnte?«

Das bläuliche Zucken eines Blitzstrahls erhellte plötzlich den Saal, begleitet von einem trockenen, ganz nahen Donnerkrachen. Matthew und die Äbtissin fuhren gleichzeitig bei diesem Geräusch zusammen, das unerwartet das gleichmäßige Rauschen des Regens, den monotonen Chor zu ihrem Gespräch, zerrissen hatte. Der Mönch überlegte schnell, was er preisgeben durfte und was nicht, und wagte schließlich eine Antwort.

»Es besteht die Möglichkeit, dass das Mädchen, das wir suchen, die Tochter einer Edeldame ist.«

Isabellas blaue Augen, die bis dahin vor neugierigem Interesse geleuchtet hatten, funkelten auf einmal ärgerlich und zogen sich kaum wahrnehmbar zusammen. Sie musterte

Matthew in Erwartung weiterer Angaben, die nicht kamen. Dann stieß sie ein Schnauben aus und sprach mit einer Empörung, die er ihr gar nicht zugetraut hätte.

»Ich hätte es mir denken können, dass es sich um das Kind einer Adeligen handelt! Warum sonst diese Suche nach fast zwanzig Jahren? Seit wann setzen sich Äbte dafür ein, die Kinder von Bauern, Mägden oder Prostituierten wiederzufinden? Als ob diese kleinen Geschöpfe das Merkmal derjenigen trügen, die sie gezeugt haben! Ich verstehe das nicht, Pater. Welcher Unterschied soll zwischen dem Weinen eines Säuglings bestehen, den eine einfache Frau aus dem Volk geboren hat, und dem, der von einer Aristokratin ausgesetzt wurde? Wer entscheidet, welches der beiden Kleinen mehr Mitleid erregt?«

Die Wangen der Äbtissin hatten sich vor Entrüstung gerötet. Matthew traute sich nicht, etwas zu entgegnen, und blickte mit gesenkten Augen zu Boden. Nach einer Weile des Schweigens ergriff Magistra Isabella wieder das Wort.

»Verzeiht mir meinen Zorn, Pater. Ich werde auch Gott dafür um Vergebung bitten. Es wäre nicht angemessen, mich mit den Demütigungen und der Wut zu rechtfertigen, die ich in meinen langen Jahren des Dienstes am Nächsten erlitten habe. Und es wäre ebenso wenig angemessen, Euch an dem Schmerz teilhaben zu lassen, den ich so oft empfunden habe, wenn ich ein kleines schreiendes Wesen in den Armen hielt, dem ich nicht erklären konnte, warum seine Mutter es nicht bei sich behalten wollte. Ich war selbst nie Mutter, Pater, und doch ist es, als sei ich es mein ganzes Leben lang gewesen. Ich kann das Leid dieser unglücklichen Frauen, die ihre Kinder verlassen mussten, nachempfinden. Sie konnten sich nie an ihren ersten Schritten, ihren ersten Worten erfreuen ... Und deshalb regt es mich auf, dass ein Unterschied gemacht wird zwischen namenlosen Bastarden und den Erstgeborenen irgendeines vornehmen Hauses! So, nachdem ich nun meinem Herzen Luft gemacht habe«, fuhr sie fort und strich fahrig ein paar eingebildete Falten in ihrer Tracht glatt, »können wir zu unserem Problem zurückkehren. Eine Adelige, sagt Ihr … Lasst mich nachdenken …«

Die Äbtissin faltete die Hände über der Brust, schloss die Augen und schien sich zu sammeln. Draußen strömte weiter der Regen herab, und von den Simsen der offenen Fenster liefen kleine Bäche herein und ergossen sich auf den Steinfußboden. Matthew, der den Mund nicht wieder aufgemacht hatte, beobachtete das Talglicht, das langsam niederbrannte und dabei dunkle Kringel aus Fett um sich herum bildete. Auf einmal schlug Isabella die Augen auf und sah ihn an.

»Vielleicht … aber ich bin nicht sicher, dass es wirklich in diesem Jahr war … Jedenfalls war es Frühling, das weiß ich noch, weil die Tage endlich wieder länger wurden, und eines Morgens fanden wir vor der Tür des Waisenheims ein Neugeborenes. Ich erinnere mich, dass es furchtbar weinte, wie alle ausgesetzten Kinder, aber dieses beruhigte sich im Unterschied zu den anderen sofort, sobald ich es in den Arm nahm. Es war sehr klein, höchstens einen Monat alt, und man hatte es in einen Wollschal gewickelt. Sowohl dieser Schal als auch das lange Hemdchen, das es trug, fielen mir auf, weil sie besonders fein gearbeitet waren. Die Wolle war gut gezwirnt und sehr weich, und das Kleidchen war aus Leinen und an den Rändern reich bestickt. Es ist selten, dass ein Findelkind so gut gekleidet ist, normalerweise haben sie nur ein Stück Tuch oder zwei Fetzen am Leib. Deshalb erinnere ich mich noch an dieses Kind, und jetzt, wo Ihr es sagt, bin ich sicher, dass ich auch damals schon den Verdacht hatte, es könnte sich um die Tochter einer Adeligen aus Mailand handeln. Aber wie das so geht, über der Notwendigkeit, die Kleine zu füttern und schnellstmöglich eine Amme zu finden, habe ich jeden Gedanken über ihre Herkunft vergessen. Dieses Kind hatte jedoch noch eine andere Besonderheit, falls ich es nicht mit einem anderen verwechsele: Die beiden letzten Finger der einen Hand, ich weiß nicht mehr, welcher, waren durch ein Stück Haut verbunden. Wie bei den Enten, wisst Ihr, wie heißt das doch gleich?«

»Meint Ihr Schwimmhäute?«, fragte Matthew.

»Ja, genau! Es hatte eine Schwimmhaut zwischen den Fingern, und ich erinnere mich, dass ich Angst hatte, die Amme könnte das Kind ablehnen, als wir es ihr übergaben.«

»Ablehnen, wieso?«, wunderte sich der Mönch.

»Na, weil Dummheit und Aberglaube stärker sind als die Nächstenliebe, Bruder Matthew! Wisst Ihr nicht, dass jeder kleine Geburtsfehler als Zeichen dafür ausgelegt wird, dass der Teufel die Lagerstatt mit den Eltern geteilt hat? So ist es leider«, fuhr Isabella mit einem Seufzer angesichts der fassungslosen Miene des Mönches fort, »so ist es, und wir beide werden diesen Wahn nicht aus den Köpfen der Leute vertreiben können. Jedenfalls war die Amme gutmütig und nahm das Mädchen an, vielleicht brauchte sie auch dringend Geld, ich weiß es nicht. Das ist alles, woran ich mich erinnere, und ob wir über das Kind sprechen, das Ihr sucht, vermag ich nicht zu sagen.«

»Und der Name?«, fragte Matthew vorsichtig mit vor Rührung trockener Kehle.

»Der Name … nein, den weiß ich nicht mehr. Aber wartet, vielleicht steht er ja in unserem Register …«

Sie führte ihren Zeigefinger über das Pergament und hielt etwa in der Mitte inne. Die Flamme des Talglichts flackerte in den Windstößen vom Fenster und erschwerte das Lesen der winzigen Schrift, mit der das Blatt bedeckt war.

»Hier, hier ist es … Könnt Ihr das lesen, Bruder? … cui nomen datur: Dorothea, Hortensia, Allegrantia, Abundantia … Allegranza! So haben wir sie getauft, Allegranza! Jetzt erinnere ich mich, wir haben die arme Kleine so genannt, weil sie bereits alle anlächelte, obwohl sie noch so winzig war. Wer sie auch nur ein bisschen liebkoste, bekam ein Lächeln und fröhliches Glucksen zum Dank!«

Magistra Isabellas Stimme brach, und Tränen liefen ihr über die rosigen Wangen. Sie schluckte, als wollte sie sie zurückhalten, aber es gelang ihr nicht. Matthew war verlegen und hätte die alte Frau gern getröstet, die ihre Kinderlosigkeit und ein Leben, das sie vermutlich nicht selbst gewählt hatte, betrauerte, auch wenn sie es gut in ihrem Herzen zu verbergen wusste. Die Äbtissin trocknete sich das Gesicht mit dem Rand ihres Ärmels, versuchte, ihre Aufgewühltheit durch einen Hustenanfall zu verbergen und hob wieder an zu sprechen.

»Entschuldigt meinen Gefühlsausbruch, Bruder, aber wie man weiß, schwächt das Alter nicht nur den Körper, sondern auch den Geist. Ich habe meine Aufgabe als Betreuerin der ausgesetzten Kinder sehr geliebt, vielleicht weil sie eine Art Ersatz für die Mutterschaft war. Als ich zur Leiterin dieses Klosters berufen wurde, musste ich diese Arbeit anderen überlassen, und obwohl ich mein Amt gern im Dienste des Herrn ausübe, vermisse ich doch die Kinder. Sie im Arm zu wiegen, ihnen Schlafliedchen vorzusingen … Ihr seht, wie weichlich mein Herz geworden ist, dass ich einen Mitbruder, dem ich zum ersten Mal begegne, mit meinen albernen Sentimentalitäten belästige. Verzeiht mir, Bruder Matthew, verzeiht. Aber um zum Anlass Eures Besuchs zurückzukommen, glaubt Ihr, dass wir das richtige Mädchen gefunden haben? Ich bin mir keineswegs sicher, vielleicht habe ich es ja mit einem anderen verwechselt.«

»Ich weiß nicht«, antwortete Matthew, »aber auf der Liste, die Ihr mir gerade gezeigt habt, steht doch auch der Name der Amme, oder?«

»Ja«, sagte Isabella und konsultierte das Pergament, »es handelte sich um die Frau des Müllers de' Compagnoni, eine gewisse Angiolina. Allerdings hat das Kloster nach der Übergabe der Pflegschaft nichts mehr von ihnen gehört. Seht Ihr – hier steht nichts, sie sind nie wieder nach San Celso gekommen, um zu berichten, wie es der Kleinen geht.«

Als sie die Enttäuschung auf dem Gesicht des Mönches las, erlangte die Äbtissin augenblicklich ihre ganze Entschlossenheit und Charakterstärke wieder. Sie sah ihn stirnrunzelnd an und wies ihn mit einem Anflug von Strenge in der Stimme zurecht.

»Ihr wollt Euch doch wohl nicht so schnell geschlagen geben, Pater? Wir haben schließlich einen Namen, und wir haben einen Ort. Sucht weiter, und wenn Ihr meinen Rat wollt, sucht auch direkt in Mailand. In den vergangenen zwanzig Jahren sind viele Familien aus dem Umland in die Stadt gezogen, und wer weiß, vielleicht lebt das Mädchen noch bei seinen Pflegeeltern. Mehr kann ich nicht für Euch tun, aber ich schlage vor, dass Ihr Euch weiter umseht. Redet mit den Leuten, fragt auf dem Markt nach, auf dem Broletto, auf der Straße ... Wenn das Schicksal es will, dass das Mädchen wiedergefunden wird, wird der Allerhöchste Eure Schritte lenken.«

Matthew, den dieses letzte Jahr seiner Pilgerreise in einem fremden Land gelehrt hatte, Menschen und Zeitabläufe richtig einzuschätzen, begriff, dass seine Unterredung mit der Äbtissin beendet war. Er stand auf, bedankte sich und versprach ihr, nichts unversucht zu lassen. Er würde das Ergebnis seiner Nachforschungen dem Abt von San Simpliciano berichten und nach dessen Befehlen entscheiden, wie er weiter vorgehen sollte.

Magistra Isabella verabschiedete ihn mit einem Lächeln. »Passt gut auf Euch auf, Bruder Matthew, und überbringt Arnolfo da Sala meine Grüße.«

Das Gewitter hatte fast aufgehört, und der Regen war feiner, fast novemberlich geworden. Hinter der Holzbrücke knirschte der frisch gestreute Kies auf der Straße unter seinen Füßen. Die Männer des Klosters hatten gute Arbeit geleistet, denn die Gewalt des Gewittersturms hatte der ebenen Oberfläche nichts anhaben können. Matthew hielt sich am Straßenrand, um nicht von den Karren umgefahren zu werden, die wieder hin und her rollten, und machte sich auf den Weg nach Mailand hinein.

KAPITEL 16

In dem überdachten Gang, der in die Straße der Waffenschmiede führte, drängten sich die Menschen. Allegranza wusste, dass man sich an dieser Ecke immer einen Weg durch die Menge bahnen musste, aber an diesem Tag war es noch schlimmer als sonst. Edelleute, Ritter, Knappen und einfache Waffenknechte nahmen die ganze Straße ein, und zu dem üblichen Gehämmer aus den Werkstätten kam noch das Getöse der metallenen Gegenstände hinzu, die in die Hand genommen, gegeneinander geschlagen und wieder fallen gelassen wurden. Während sie sich fragte, was der ganze Menschenauflauf sollte, schlug sie sich mühsam bis zum Ende der Straße durch. Sie musste ins Rathaus zu ihrem Vater, um ihm eine Nachricht zu überbringen, die ihr der Probst von San Calimero an diesem Morgen anvertraut hatte. Der Priester hatte sie gebeten, gleich zu ihm zu gehen, und obwohl sie den Inhalt der kleinen Pergamentrolle nicht kannte, schloss sie daraus, dass es sich um etwas Wichtiges handelte. Sie hoffte, dass der Brief keine Ermahnung im Zusammenhang mit ihren Treffen bei Guglielma enthielt, und obwohl sie versuchte, diese Befürchtung aus ihren Gedanken zu verbannen, plagte sie doch ein ungutes Gefühl in der Magengegend. Auch der Anblick der vielen Männer, die sich mit Waffen ausstatten wollten, trug nicht gerade zu ihrem Gleichmut bei. Es ging das Gerücht, dass der Marchese von Monferrato, ein Verbündeter Mailands, mit der Belagerung von Turin begonnen habe, wo Enzo, der Sohn des Kaisers, sich auf die Schlacht vorbereite. Wahrscheinlich war das der Grund, weshalb so viele Bewaffnete in den Straßen zu sehen waren. Vielleicht brauchten die Mitglieder des Städtebundes Verstärkung, und die Stadt war dabei, sich auf eine neue Phase des Krieges vorzubereiten.

Mit diesen düsteren Gedanken beschäftigt, kam Allegranza nur mühsam voran und erhielt von allen Seiten Ellbogenstöße und Schubser. Als sie an einer Werkstatt vorbeigehen wollte, die ihre Warenauslage fast bis zur Mitte der Straße ausgedehnt hatte, sprang ihr ein dicker Mastiff knurrend zwischen die Beine, nachdem es ihm gelungen war, sich von der Leine seines adeligen Herrn loszureißen. Ehe sie wusste, wie ihr geschah, fiel Allegranza hin und spürte den heißen Atem und den schleimigen Geifer des Tieres im Gesicht. Entsetzt fing das Mädchen an zu schreien. Nach einem Moment, der ihr wie eine Ewigkeit vorkam, ging das tiefe Knurren des Hundes in ein ersticktes Winseln über. Seine Schnauze wurde ruckartig von seinem Herrn zurückgerissen, der ihn am Halsband packte und mit der Reitpeitsche schlug. Benommen blieb Allegranza auf dem Boden liegen und rührte sich nicht, während eiskalte Wogen durch ihren Körper liefen und ihr den Atem raubten.

»Seid Ihr verletzt? Könnt Ihr aufstehen?«

Allegranza schlug die Augen auf und blickte in die grünen Augen eines jungen Mannes, der sie besorgt ansah. Ein Kranz aus pechschwarzen, zerzausten Locken umgab sein Gesicht, und auf seinem schön geschwungenen Mund lag ein unsicheres Lächeln.

»Ja«, brachte sie heiser heraus, »alles in Ordnung. Ich habe nur einen Riesenschreck gekriegt …«

»Gott sei Dank!«, rief der Junge aus. »Diese Hunde sind gefährlich, das sage ich auch meinem Vater ständig, der so gerne einen haben möchte. Seit die Mönche von Chiaravalle sie für den Podestà züchten, sind sie in Mode gekommen, und jetzt gibt es keinen Patrizier in Mailand mehr, der nicht wenigstens ein Paar davon besitzen will! Dabei sind Windhunde viel besser. Viel ruhiger und gehorsamer, sie brauchen nur jede Menge Auslauf und sind überhaupt nicht bösartig …«

Ohne zu antworten rappelte Allegranza sich auf die Knie und versuchte aufzustehen. Plötzlich verlegen geworden, weil er eine Unbekannte mit seinem zutraulichen Geplapper überhäuft hatte, sah der junge Mann ernster drein, was ihm jedoch nur den komischen Ausdruck eines Kindes verlieh, das man bei einem Lausbubenstreich erwischt hatte.

»Wartet, ich helfe Euch …«, sagte er errötend und stützte sie vorsichtig am Ellbogen. Allegranza war verwirrt über diese Freundlichkeit, die sie von den jungen Männern der Stadt nicht kannte. Sie klopfte sich schnell den Staub aus dem Kleid und sah nach, ob das Pergament noch in dem kleinen Ledersäckchen an ihrer Taille steckte. Ihre Beine zitterten, und weil sie den Schrecken noch nicht ganz überwunden hatte, vergaß sie für einen Augenblick, ihre Hand zu verbergen. Als sie merkte, dass der Junge sie noch immer musterte, fielen ihr ihre Finger wieder ein, und sie versteckte sie rasch in den Falten ihres Kleides. Der junge Mann hingegen war völlig von Allegranzas Schönheit eingenommen und achtete gar nicht auf ihre Hände, sondern bewunderte ihr Gesicht und ihre grazile Figur. Große, kastanienbraune Augen mit dichten Wimpern, eine hübsche kleine Nase und ein sinnlicher Mund. Eine Haut, die zwar jetzt bleich war von der ausgestandenen Angst, aber den klaren Schimmer von Perlen hatte. Ihre Gestalt war schlank und mit einem wohlgeformten Busen ausgestattet, der sich unter dem billigen Stoff des Mieders erahnen ließ.

»Gut«, sagte Allegranza etwas unbehaglich unter dem forschenden Blick des Jungen, »danke für Eure Hilfe, aber jetzt muss ich weiter …«

»Wartet!«, rief er hastig. »Ich habe mich noch gar nicht vorgestellt. Ich heiße Damiano Martinengo und bin der Sohn von Gerardo, dem Waffenschmied. Ich arbeite hier in dieser Werkstatt mit meinem Vater, und wenn Ihr wieder einmal hier vorbeikommt … herrje, ich weiß noch nicht einmal Euren Namen?«

»Ich heiße Allegranza«, antwortete das Mädchen.

Auf einmal erscholl eine raue, ärgerliche Stimme aus der Werkstatt, die sogar den Lärm auf der Straße übertönte. »Was ist, Damiano, gehst du wieder an die Arbeit oder hast du vor, den ganzen Tag schwatzend auf der Straße herumzustehen?«

Der junge Mann wurde knallrot, drehte sich zur Werkstatt um und schrie zurück: »Ich komme ja, Vater, ich komme schon!« Dann sah er Allegranza mit hektisch glänzenden Augen an und murmelte: »Wann kann ich Euch wiedersehen?«

Das Mädchen wollte antworten, aber es kam kein Ton über ihre Lippen. Ihre Herz klopfte heftig, aber nicht mehr aus Angst vor dem Hund. Eine unbekannte Hitze breitete sich in ihrer Brust aus und stieg langsam in ihre Kehle hinauf, die ganz trocken und zugeschnürt war. Sie gab sich einen Ruck, versuchte, die Röte zurückzudrängen, die gewiss ihr Gesicht überzog, und antwortete endlich.

»Vielleicht komme ich in zwei Tagen wieder hier vorbei, wenn ich noch mal zum Broletto muss. Aber Ihr …«

Damiano reagierte mit einem strahlenden Lächeln, und seine grünen Augen leuchteten. Mit einer scherzhaften Verbeugung sagte er: »Ich werde hier sein und Euch erwarten.« Dann eilte er zurück in die Werkstatt.

Allegranza sah ihm nach, wie er zwischen den Waffen und Rüstungen, die zuhauf auf den Tischen lagen, verschwand, und setzte ihren Weg fort. Ihr Schritt war ganz leicht geworden, es schien ihr, als würde sie über dem Boden schweben, sie stolperte nicht mehr und stieß auch nicht mehr mit anderen Leuten zusammen. Sie hörte noch nicht einmal die Entschuldigung, die der Herr des Mastiffs ein paar Meter weiter vorn an sie richtete. Er hielt seinen Hund jetzt fest an der Leine, der sich ruhig an der Mauer einer Werkstatt zusammengerollt hatte. Als sie den Broletto erreichte, zupfte sie ihr Kleid und die Bänder ihrer Haube zurecht, ehe sie zum Podestà-Palast hinaufstieg. Es war schon fast Mittag, die sechste Stunde, und Graziolo würde damit beschäftigt sein, der Dienerschaft Anweisungen für das Servieren des Mittagessens für den Podestà und seine Gäste zu geben, sodass das unerwartete Auftauchen seiner Tochter ihm sicher ungelegen kam. Sie musste sich beeilen, denn zur neunten Stunde hatte sie sich im Krankenhaus einzufinden, um ihren Dienst zu beginnen.

»Ich habe Angst, Graziolo, ich habe große Angst ... Hast du gehört, was man über Guglielma sagt? Sogar in der Waschküche haben sie heute von nichts anderem geredet, und alle haben sie als eine Ketzerin hingestellt! Oh Gott, Graziolo, was wird mit uns geschehen? Sie werden uns suchen, sie werden uns den Prozess machen und uns auf dem Scheiterhaufen verbrennen!«

Angiolinas entsetzte Stimme drang, obwohl sie durch den schweren Stoffvorhang um das elterliche Lager gedämpft wurde, bis an Allegranzas Ohren. Das Mädchen stützte sich auf einen Ellbogen, um besser hören zu können, und brachte durch die Bewegung ihren Strohsack zum Rascheln.

»Pst, sprich leise, Angiolina«, flüsterte Graziolo, »du weckst noch die Kinder auf. Beruhige dich! Meinst du, es kümmert jemanden, wenn er uns beim Betreten von Guglielmas Haus gesehen hat? Wie viele sind wir denn bei ihren Zusammenkünften? Zwanzig, dreißig? Außerdem sind wir kleine Leute, für uns interessiert sich niemand. Der Arzt oder der Richter müssen sich vielleicht Gedanken machen, sie kennt man in der

Stadt. Aber wenn sie sich nicht fürchten, brauchen wir das erst recht nicht zu tun. Du hast doch gehört, was die Böhmin gesagt hat? Dass sie sich weder für Gott hält noch für den Heiligen Geist. Na also! Welcher Ketzerei sollte man sie denn beschuldigen, wenn es in ihrer Predigt immer nur um die Liebe Gottes geht?«

»Ihre Predigt, das ist es eben. Du weißt doch, dass die Priester und Mönche, weil sie von Rom gelenkt werden, die Einzigen sein wollen, die das Wort Gottes verbreiten dürfen. Und Guglielma nimmt sich heraus, es zu deuten und uns zu ermahnen, sogar Kranke zu heilen … Wie soll die Kirche das dulden? Sag mir das, mein lieber Mann!«

Froh, dass die Dunkelheit seine sorgenvollen Züge verbarg, zögerte Graziolo mit der Antwort. Er hatte Angiolina nichts von dem Brief erzählt, den er vom Probst von San Calimero bekommen hatte, weil er sie nicht beunruhigen wollte. Mit ernsten Worten, die seine ganze Beunruhigung zeigten, bat ihn der Probst darin, auf der Hut zu sein. Der alte Priester, der die Familie seit vielen Jahren kannte und über ihre Verehrung Guglielmas Bescheid wusste, teilte ihm mit, dass man in der Stadt begann, von dieser Frau als einer Ketzerin zu sprechen. Auch habe er gehört, dass die Minoriten und die Dominikaner diskrete Nachforschungen über ihre Lehre und ihre Gefolgschaft anstellen ließen. Graziolo war zwar sicher, dass die Lehren der Böhmin nicht weit vom Dogma der Kirche entfernt waren, aber er wusste sehr wohl, dass seine und Angiolinas Anhängerschaft sie in ernsthafte Schwierigkeiten bringen konnte. Die Kirche verstand keinen Spaß bei Abweichlern. War es nicht der Podestà Bonaccorso gewesen, der vor vierzehn Jahren extra eine Kommission ins Leben gerufen hatte, um die katharische Häresie verfolgen zu lassen, die sich damals im Umland ausbreitete? Und hatte nicht sein Nachfolger Oldrado da Tresseno einige der so genannten Ketzer in Mailand festnehmen und verbrennen lassen? Ein kalter Schauer lief ihm über den Rücken. Mit einem unwillkürlichen Zittern in der Stimme, das er durch Räuspern zu verbergen suchte, antwortete Graziolo seiner Frau.

»Mach dir keine Sorgen, Angiolina. Uns wird nichts passieren, glaub mir. Aber für alle Fälle werden wir vorläufig nicht mehr an Guglielmas Versammlungen teilnehmen, bis die Wogen sich geglättet haben. Möge Gott uns unsere Undankbarkeit und unsere Feigheit verzeihen.«

Stille kehrte in das kleine Zimmer zurück, und Allegranza legte sich geräuschlos wieder hin. Sie drehte sich auf die Seite und stellte sich schlafend, doch ihre Gedanken irrten unruhig hin und her. Die Begegnung mit Damiano am Vormittag hatte in ihr ein Feuer entzündet, von dem sie vorher nichts geahnt hatte. Sie wollte ihn wiedersehen, länger mit ihm sprechen, mehr über ihn und seine Familie erfahren. Aber sie hatte auch Angst, denn was sollte dann weiter geschehen? Sie bildete sich doch wohl nicht ein, dass der Sohn eines reichen Waffenhändlers sich ausgerechnet in sie, die Adoptivtochter eines Bediensteten, verlieben könnte? Wahrscheinlich wollte er bloß ihren Körper besitzen. Die anderen Krankenhausmägde hatten ihr unter Kichern und schelmischem Augenzwinkern erklärt, dass die jungen Männer nur darauf aus waren, Brüste und Hintern zu begrapschen und die Frauen für dieses groteske Ding zu gebrauchen, das sie zwischen den Beinen hatten. Aber sie konnte sich Damiano einfach nicht in diesen obszönen Posen vorstellen, in denen sie ihre Eltern manchmal durch einen Spalt in dem Vorhang um ihr Lager erblickte. Ihre Eltern … Da war noch etwas, was sie beschäftigte: Die Worte, die sie gerade belauscht hatte, und das, was Guglielma ihr vor wenigen Tagen gesagt hatte – was sollte sie davon halten? War diese Frau wirklich eine Ketzerin, trotz der Nächstenliebe, die sie anderen erwies? Und wenn sie es war, was konnte ihre böse Absicht sein?

Den Antichrist zu verbreiten, den Papst in Rom zu stürzen oder sonst etwas Schlimmes? Aber zu ihr war sie so verständnisvoll, fast mütterlich gewesen. »Meine Mutter«, dachte sie, schon fast am Einschlafen, »wer ist wohl meine echte Mutter? Wo mag sie jetzt sein? Ob ich sie eines Tages wiederfinden werde?«

Die Müdigkeit legte sich wie ein schwerer Mantel um sie, ihr fielen die Augen zu und ihre gerade noch ineinander verkrampften Hände erschlafften auf ihrem Bauch. Allegranza schlief ein und wusste nichts mehr von der Welt. Neben ihr schnarchte Hamid leise und träumte davon, in den Gassen der Stadt hinter einem Ball herzujagen.

KAPITEL 17

Das Klopfen an der Tür wurde immer lauter und ungehaltener. Bella, die ahnte, welcher Kunde sie zu dieser ungewöhnlich frühen Morgenstunde aufsuchte, wollte zuerst nicht öffnen und so tun, als wäre sie nicht zu Hause. Leise sperrte sie den Hund in den Garten aus, damit er ihre Anwesenheit nicht durch wachsames Bellen verriet, aber es nützte nichts. Der Hund schlug trotzdem an, und gleichzeitig hallte die wütende Stimme dieses Mannes durch die Gasse, der wieder anfing, die Tür mit Fäusten zu bearbeiten.

Schließlich machte sie auf. Lanfrancos stattliche Gestalt nahm die ganze Schwelle ein, sein Gesicht war rot vor Wut, und aus seinen Augen schossen Blitze.

»Kannst du mir mal verraten, was du die ganze Zeit gemacht hast?«, schnauzte er sie an und drang mit einer Unverschämtheit in das kleine Zimmer ein, als wäre er bei sich zu Hause.

»Ich war im Garten, ich habe Euch nicht gehört …«, murmelte Bella und deutete auf die geschlossene Tür.

»Ach ja? Dein Hund hat mich aber gehört, scheint mir.«

Er riss die Tür zum Garten auf, und das Hündchen, das bis zu diesem Moment nervös geknurrt hatte, setzte zum Sprung auf die Beine des unwillkommenen Gastes an. Lanfranco war jedoch schneller, packte es am Nacken und schleuderte es in einer einzigen Bewegung hinaus. Das Tier landete krachend im Gebüsch und Bellas Schrei übertönte für einen Augenblick sein

Winseln. Sie wollte hinausstürzen und ihm helfen, aber Lanfranco packte sie mit eisernem Griff am Arm und knallte die Tür zu.

»Du willst mich meine Zeit doch nicht mit einem blöden Hund vertun lassen, oder?«, schrie er und stieß Bella durchs Zimmer. »Du bleibst schön hier und ziehst dich geschwind aus. Ich habe es eilig heute, ich muss zum Rathaus und mit dem Sekretär des Podestà reden. Und was gibt es für eine bessere Stärkung auf dem Weg zu einem wichtigen Gespräch als eine schöne morgendliche Rammelei? Beweg dich, Bella, und zieh alles aus. Ich habe keine Lust, den Gestank der elenden Lumpen zu riechen, die du am Leib trägst.«

Ihr Schluchzen unterdrückend, gehorchte die Prostituierte. Sie bebte am ganzen Körper, ihr war eiskalt, und ihre Arme wurden von Krämpfen geschüttelt, die ihre Bewegungen verlangsamten.

»Du hast Angst vor mir, was, du hässliche Hure?«, rief Lanfranco erfreut, der vor ihr stand und sie nicht aus den Augen ließ. »Umso besser, dann habe ich noch mehr Vergnügen dabei!«, fügte er hinzu und reizte ihre Brustwarzen mit den Fransen seiner Reitpeitsche.

Bella merkte gleich, dass ihre Zusammenkunft an diesem Morgen anders verlaufen würde als sonst. Die stickige Luft im Zimmer wurde immer mehr von einem säuerlichen Geruch durchdrungen, der, wie sie aus Erfahrung wusste, einem Akt der Gewalt vorausging. Sie kannte diesen Geruch von ihren bezahlten Begegnungen mit Soldaten, die gerade vom Schlachtfeld zurückkamen. Die Körpersäfte, die von der Hitze des Gefechts und der Aussicht auf die bevorstehende Unzucht angeregt waren, vermischten sich mit dem Schweiß der Männer und riefen diesen wilden, tierhaften Gestank hervor. Voller Furcht, dass dieser morgendliche Besuch ihrem schon reichlich unglücklichen Dasein noch weitere Freveltaten hinzufügen könnte, schwieg Bella, sah Lanfranco ins Gesicht und erwartete seine Befehle.

Der Mann musterte sie von Kopf bis Fuß. Sein Blick wanderte ihre dünnen Beine hinauf, blieb am dunklen Busch ihrer Scham und an ihren runden Hüften hängen und verweilte lange auf ihren schweren Brüsten und der zart geschwungenen Linie ihres Halses. Gerade noch gierig und lüstern, wurde er plötzlich kalt und hart, als er Bellas angstvollen Augen begegnete.

»Irgendwoher«, sagte er und ließ die Knöchel seiner Finger knacken, »kenne ich dein Gesicht. Ich komme nun schon seit Jahren zu dir, aber seit unserem ersten Beisammensein habe ich mich immer wieder gefragt, wer du bist und wo ich dich schon einmal gesehen habe ...«

Bellas Lippen zitterten. Mit enormer Anstrengung zwang sie ihre Gesichtsmuskeln zu einem Lächeln, und ihre Stimme war fest, als sie ihm antwortete.

»Wir sind uns zum ersten Mal vor vier Jahren begegnet, und davor habe ich Euch noch nie gesehen. Vielleicht verwechselt Ihr mich mit einer anderen.«

Lanfranco sagte nichts. Er bohrte seinen Blick noch immer in die Augen der Frau, auf der Suche nach einer Bestätigung für seinen vagen Argwohn. Aus dem Garten drang das schwache, klagende Winseln des Hündchens herein. Bella bemühte sich, es zu überhören, und ging mit hängenden Armen und einer gespielt gelassenen Haltung, die sie ihre ganze Geistesgegenwart kostete, auf ihn zu.

»Sagt mir, was soll ich heute für Euch tun?«

Lanfranco, der in seinem Gedächtnis nach einer Erinnerung kramte, die nicht zum Vorschein kam, wurde durch ihre Worte in die Gegenwart zurückgeholt. Ohne zu antworten, warf er seine Reitgerte auf den Strohsack und begann sich auszuziehen. Er legte den silberbeschlagenen Ledergürtel ab und das Obergewand aus grüner Seide, das er sorgfältig über einen

Schemel breitete. Dann löste er die Schleife am Kragen seines Hemdes und zog die Leinenhose aus, sodass er nur noch die langen Strümpfe für besondere Gelegenheiten anhatte. Sein Glied, das schon steif und violett war, ragte ungeduldig zwischen seinen Beinen hervor.

Mit einer Geste bedeutete er Bella, zu ihrem Strohsack zu gehen, doch als sie sich auf den Rücken legen wollte, packte er sie grob und stieß sie auf alle viere nieder. Sie verstand, dass er sie an diesem Tag nehmen wollte, wie es die Hunde tun, und gehorchte. Zwar verabscheute sie es, ihren Körper auf diese Weise darzubieten, weil sie dann nichts sah und keine Kontrolle über die Situation hatte, aber da sie sich ihre Kunden nicht aussuchen konnte, musste sie auch solche Wünsche befriedigen. Besonders wenn sie diesem Mann ausgeliefert war, vor dem sie Angst hatte.

Sie wollte gerade die üblichen Bewegungen der Lust mimen, als ein heftiger Schmerz sie aufschreien ließ. Etwas anderes als das Erwartete war in ihr Geschlecht eingedrungen. Sie beugte mühsam den Kopf, um zwischen ihren Schenkeln hindurchzusehen. Lanfrancos unnachgiebige Hand drückte auf ihren Rücken, und sie erblickte den Griff der Reitpeitsche, der aus ihrer Vagina herausragte. Der Mann schob ihn mit seiner rechten Hand brutal vor und zurück, während seine Linke nun damit beschäftigt war, sein dickes Glied kräftig zu reiben.

Bella schrie und versuchte, sich ihm zu entwinden, aber Lanfranco hielt sie fest, indem er ihr ein Knie in die Lenden rammte. Als sie sich wehrte und darum kämpfte sich aufzurichten, warf ein derber Hieb auf den Hintern sie auf den Strohsack zurück. Stöhnend wollte sie sich auf etwas abstützen, doch ihre Ellbogen versanken in dem löcherigen Sack, der ihren Händen keinen Halt bot. Lanfranco ließ nicht ab von seiner barbarischen Vergewaltigung. Sein Keuchen, das von einem gutturalen Lachen durchsetzt war, kam immer schneller. Bella hatte jede Gegenwehr aufgegeben, denn der Schmerz war so schlimm, dass sich all ihre Sinne auf die Stelle zwischen ihren Beinen richteten. Ihre Gedärme fühlten sich an wie ein Haufen nasser Lappen, der gegen eine Wand geschlagen wurde, und schienen aus ihrem Körper herauszudrängen. Allmählich verlor sie das Bewusstsein und hörte nur noch wie von fern den heiseren Schrei, der Lanfrancos Höhepunkt verkündete. Sie merkte nichts mehr von dem warmen Strahl, der auf ihren nackten Rücken spritzte und auch nichts von dem letzten Stoß der Reitpeitsche in ihr Fleisch.

Der Mann richtete sich auf, immer noch keuchend, und zog die Gerte mit einem Ruck aus seinem Opfer. Ein Blutschwall schoss zwischen den Beinen der Frau hervor und breitete sich auf dem Strohsack aus. Nachdem er sich wieder angezogen hatte, beugte sich Lanfranco über ihr Gesicht und sah, dass sie die Augen geschlossen hatte und ihre Haut aschfahl war. Sie schien nicht mehr zu atmen. Er packte sie an der Schulter und schüttelte sie.

»Wach auf, los! Du bist doch nicht tot, oder? Wach auf!«

Bella rührte sich nicht, worauf Lanfranco sich in der elenden Behausung nach Wasser umsah. Da er keines fand, öffnete er die Tür zum Garten und entdeckte am anderen Ende, vor der angrenzenden Kate, einen Brunnen. Er fluchte vor sich hin ob dieses lästigen Ärgernisses, zog aber den vollen Eimer hoch und trug ihn hinein. Der Hund, der schon seit einer Weile keinen Laut mehr von sich gegeben hatte, lag zusammengekauert im Gras und hechelte mit heraushängender Zunge, wobei ein gelblicher Schaum aus seinen Lefzen rann. Lanfranco achtete nicht auf ihn, sondern ging ins Zimmer und leerte den Eimer über den reglosen Körper der Frau aus. Das trübe Wasser platschte auf den Fußboden, floss zu der Treppenstufe in den Garten und troff hinaus.

Bella kam wieder zu Bewusstsein, konnte sich aber nicht bewegen. Ihr benommener Blick traf auf die höhnische Fratze Lanfrancos, der sich über sie beugte und einige Geldstücke zwischen den Fingern hielt.

»Hier ist dein Lohn, Bella. Du siehst, wie großzügig ich bin. Ich bezahle meine Huren immer, auch wenn ich mir die Befriedigung mit eigener Hand verschaffen muss!«

Lachend warf Lanfranco die Münzen auf den Tisch, die dumpf klingend von dort auf den Boden rollten.

Bella hörte die Tür zuschlagen; ihr morgendlicher Kunde war gegangen. Mühsam setzte sie sich auf, obwohl der reißende, furchtbare Schmerz zwischen ihren Beinen sie beinahe wieder ohnmächtig werden ließ. Sie versuchte trotzdem, die Füße auf den Boden zu stellen, aber ein plötzlicher Schwindel überkam sie, sodass sie sich an ihrem Strohsack festhalten musste und damit auf den Fliesenboden rutschte. Heftige Übelkeit stieg in ihr auf, aber sie unterdrückte den Brechreiz und kroch zum Tisch, wo sie sich an der Kante festklammerte und nach oben zog. Doch das Zimmer drehte sich um sie und ihre Beine trugen sie nicht. Sie stützte sich an der Wand ab, schleppte sich wieder zum Strohsack und ließ sich schwer darauf fallen. Dann tastete sie nach der Decke, die aufgerollt daneben lag, zog sie über sich und schloss die Augen.

»Ich muss schlafen«, murmelte sie, »ich muss schlafen …«

Es war zur Vesperstunde, als Remigio nach Hause zurückkehrte. Der Anblick, der sich ihm beim Eintreten bot, kam seiner Vorstellung von der Hölle ziemlich nahe. Bella lag zusammengekauert unter der Decke auf dem Boden und hielt das zitternde Hündchen in den Armen, wobei sie selbst mit den Zähnen klapperte und den Kopf hin und her rollte. Ihr leerer Blick irrte im Zimmer umher; der Boden war nass und auf dem Strohsack prangte ein großer, dunkler Fleck.

Entsetzt stürzte Remigio zu seiner Gefährtin.

»Was ist passiert, um Himmels willen? Was ist passiert?«

Bella, die ihn erst jetzt wahrnahm, sah ihn an und wollte etwas sagen, aber es kam nur ein lang gezogenes Röcheln heraus. Erschrocken über diesen ungewohnten Laut, kämpfte sich der Hund aus den starren Armen der Frau und glitt humpelnd auf den Fußboden. Remigio kniete sich neben Bella und nahm ihr Gesicht in die Hände.

»Wer hat dir das angetan? Wer war das?«

Sie schloss die Augen und kniff die Lider zusammen, während ihr dicke Tränen über die Wangen liefen. Über Gesicht und Hals, wo sie sich in den vergangenen Stunden immer wieder mit blutigen Händen berührt hatte, zogen sich lange rote Streifen. Das Schluchzen jedoch befreite ihre Brust von einem lastenden Druck, sodass ihre Stimme langsam wiederkehrte, wenn auch nur schwach.

»Lanfranco«, murmelte sie. »Es war Lanfranco Calgario …«

Remigio merkte, wie sich seine Nackenhaare aufstellten und ein Ring aus Eis sich um seinen Kopf schloss. Eine unbändige Wut stieg in ihm auf und schüttelte seinen ganzen Körper. Remigio kannte die Geschichte von Lanfranco und Caterina. Als vor zehn Jahren bei ihm und Bella aus käuflicher Liebe echte Liebe geworden war und sie beschlossen hatten zusammenzuleben, hatte Bella ihm alles erzählt. Er wusste auch, dass dieser Mann durch eine grausame Fügung des Schicksals in ihrem Haus verkehrte. Sie hatten oft darüber gesprochen und Bella hatte ihn immer wieder mit ängstlicher Stimme gefragt, wie sie Lanfranco von sich fern halten könne, ohne dass er gewalttätig würde. Die einzige Möglichkeit, hatte Remigio jedes Mal geantwortet, bestand darin, ihr Gewerbe aufzugeben und Mailand gemeinsam zu verlassen, aber im Moment reichte das Geld nicht, um woanders hinzuziehen. Seine Arbeit als Bergmann war schlecht bezahlt, und der Besitzer der Mine, in der sie nach Silber schürften, konnte jederzeit einen anderen für ihn einstellen, falls er es wagen sollte, ein wenig mehr zu verlangen. Obwohl Remigio jeden Tag in den dunklen, tiefen Schächten im Bauch des Berges sein Leben riskierte, reichten die gesparten Münzen in dem Säckchen, das sie in der Mauernische hinter der Lagerstatt versteckten, nicht aus, um ein neues Leben anzufangen. Wenn er durch die Stollen kroch und um ihn herum die Erde gefährlich absackte, dachte er an Bella, die weit entfernt von diesem Schacht fremde Männer bei sich empfing und ihren Körper für Geld feilbot. Auch wenn er sicher war, dass sich eines Tages alles zum Besseren wenden würde, drückte ihn die Last ihres gegenwärtigen Lebens und erfüllte ihn mit Widerwillen. Und jetzt war zu dem täglichen Elend auch noch diese schändliche Gewalttat hinzugekommen …

Nach und nach, mit abgehackten Sätzen und von Tränen unterbrochen, berichtete Bella ihm schließlich, was sie von Lanfranco zu erleiden gehabt hatte. Während er ihr zuhörte, wurden Remigios Wut und Entsetzen immer mehr von Sorge abgelöst. Er streichelte seiner Gefährtin lange über die wirren Haare und stand dann auf, um den Strohsack wieder auf den Holzrahmen der Lagerstatt zu legen. Nachdem er Bella geholfen hatte, sich darauf auszustrecken, spreizte er vorsichtig ihre Beine und sah nach, ob sie noch blutete. Dunkles, geronnenes Blut klebte an ihren Oberschenkeln, aber es schien kein frisches mehr aus ihrem Körper zu fließen. Etwas erleichtert fragte Remigio sie, ob sie noch Schmerzen habe.

»Ja, es tut furchtbar weh, als ob eine große Fackel in meinen Eingeweiden brennt …«

»Du brauchst einen Arzt, Bella, du kannst nicht einfach so hier liegen bleiben.«

Bellas Mund verzog sich zu einer bitteren Grimasse.

»Ein Arzt? Welcher Arzt sollte sich um eine Hure kümmern? Du weißt nicht, was du redest, Remigio.«

Er konnte nicht leugnen, dass sie Recht hatte, und begann

fieberhaft nachzudenken. Bella ging ihrem Beruf schließlich nicht in einem offiziellen Bordell nach, wo ein von der Stadt beauftragter Arzt regelmäßige Kontrolluntersuchungen durchführte. Hier zu ihnen würde keiner kommen, um nach ihr zu sehen. Andererseits hatte die brutale Vergewaltigung möglicherweise lebensgefährliche Verletzungen verursacht. Er musste eine Lösung finden, und zwar schnell.

Als er seine schwieligen Hände knetete und überlegte, wo er Hilfe holen könnte, fiel sein Blick auf das Hündchen, das unruhig durchs Zimmer humpelte und mal den Strohsack, mal den Boden beschnupperte. Hin und wieder scharrte es auch am Rand des Strohsacks, um sein Frauchen auf sich aufmerksam zu machen. Auch noch dieser Köter!, dachte Remigio. Noch ein Maul zu stopfen, als ob wir nicht schon arm genug dran wären. Wenn es nach ihm ginge, hätte er die kleine Flohschleuder schon längst aus dem Haus gejagt, aber Bella wollte davon nichts hören. Sie hing an dem Tierchen, das eines Tages an ihrer Tür aufgetaucht war und nicht wieder gehen wollte. Seine Gesellschaft mache das Alleinsein und die Schande ihres Berufes erträglicher, sagte sie, und außerdem sei es ein guter Wächter. Mailand war voll von Hunden, dachte Remigio, Hunde auf den Straßen, in den Gemächern des Podestà, in den Palästen der Adeligen, in den Wäldern um die Stadt, wo sie für ihre Herren das Wild jagten. Hunde aller Größen und Rassen, Mastiffs und Windhunde, von edler Abstammung oder Promenadenmischungen wie Bellas Hündchen oder das der jungen jüdischen Näherin in ihrer Nachbarschaft, die mit ihrem Vater bei San Lazzaro wohnte … Die junge Rachele, genau! An sie konnte er sich um Hilfe für Bella wenden! Im Viertel erzählte man sich hinter vorgehaltener Hand, dass ihr Vater Arzt sei, und obwohl er als Jude seinen Beruf nicht ausüben durfte, gingen angeblich manchmal Leute in aller Heimlichkeit zu ihm, um sich behandeln zu lassen.

Ein Lächeln huschte über Remigios Gesicht, und Bella, die immer noch vom Schmerz benommen war, sah ihn ängstlich und verständnislos an.

»Ich gehe und spreche mit der jungen Jüdin! Ihr Vater ist Arzt, ich werde sie fragen, ob er kommen und dich behandeln kann! Nein, sei ganz ruhig«, sagte er, als Bella protestieren wollte, »ich werde die Vorsicht selbst sein. Niemand wird etwas erfahren, und das Mädchen, Rachele, hat selbst das größte Interesse daran, nichts durchsickern zu lassen. Man sagt zwar, dass sie mit ihrer Arbeit als Stickerin sich und ihren alten, kranken Vater durchbringt, aber ich weiß sicher, dass die beiden schon Leute kuriert haben. Was riskieren wir also, wenn wir sie um Hilfe bitten?«

Bella hatte keine Kraft zu widersprechen, sie zitterte und klapperte mit den Zähnen. Trotz der Wärme im Zimmer war ihr furchtbar kalt, auch die Decke, in die Remigio sie eingewickelt hatte, wärmte sie nicht. Sie fühlte sich nass und schmutzig und hätte sich gern gewaschen und das saubere Unterkleid angezogen, aber sie war sogar zu schwach, um den Kopf zu bewegen. Eine seltsame Schwere hüllte sie ein, und sie zog die Knie an die Brust und empfand keinen Schmerz mehr.

Nach einem langen, angstvollen Moment, in dem er schon fürchtete, sie könnte ihr Leben ausgehaucht haben, sah Remigio sie wieder schnell, aber regelmäßig atmen. Er bewachte noch eine Weile ihren Schlaf, dann legte er das Hündchen zu ihren Füßen auf den Strohsack, lehnte die Tür zum Garten an und ging hinaus, wobei er die Tür zur Straße sorgfältig verriegelte. Racheles Wohnung lag nur wenige Minuten entfernt, aber er sah sich immer wieder verstohlen um, während er eilig ausschritt. Falls er jemandem begegnete, der ihn kannte, würde er einen Umweg nehmen, niemand durfte ihn mit der Jüdin sprechen sehen, niemand durfte etwas von seinem Besuch erfahren.

KAPITEL 18

Die Ausstattung ergab ein umfangreiches Bündel. Neben dem langen Oberkleid aus Seide umfasste sie ein ärmelloses Unterkleid und eine Hose aus feinem Leinen, lange Strümpfe, einen kurzen Umhang und einen Gürtel aus geflochtenen Seidenbändern. An diesem Gürtel hatte Rachele eine besonders komplizierte Stickerei mit einem Motiv aus Efeublättern ausführen müssen. Der Silberfaden, mit dem sie gearbeitet hatte, war so fein, dass er bei der leichtesten Spannung riss, weshalb die Aufgabe viel mehr Zeit in Anspruch genommen hatte als vorgesehen. Sie hatte sogar des Nachts gestickt, bei flackerndem Kerzenlicht und mit dem keuchenden Atem ihres Vaters in den Ohren. Schließlich hatte sie die Kleidungsstücke sorgfältig übereinander gelegt, damit sie nicht knitterten, und als sie nun auf die Porta Vercellina zuging, achtete sie darauf, mit niemandem zusammenzustoßen. Ihre Arme wurden langsam taub unter dem Gewicht der Sachen, die sie ausgebreitet trug, um unerwünschte Falten und Knicke zu vermeiden und den guten Eindruck nicht zu schmälern. Nach all der Mühe wollte Rachele, dass ihre Arbeit von dem Edelmann geschätzt wurde, für den nach Auskunft des Schneiders Amizone diese erneuerte Garderobe gedacht war.

Kurz vor der Mühle am Nirone, nicht weit von der Kirche Santa Maria al Circo, warfen sich die Fuhrknechte zweier sich entgegenkommender Karren wüste Beschimpfungen an den

Kopf, anscheinend um auszumachen, wer von beiden Vorfahrt hatte. Rachele wartete, dass dieser Zank ein Ende fand, und lehnte sich solange an die Mauer einer Gasse, wobei sie ihr kostbares Bündel nach wie vor in die Höhe hielt. Ihr kleiner Hund, der ihr immer auf ihren Wegen durch die Stadt folgte, ließ sich hechelnd neben ihr nieder. Während sie über den Hang zur Gewalt nachdachte, der unter der Asche einer nur oberflächlichen Zivilisiertheit schwelte, fiel ihr ein anderes Hündchen ein, das viel übler dran war als das ihre. Sie hatte es hinkend und ganz durcheinander in Bellas Hütte vorgefunden. Remigio hatte ihr verzweifelt berichtet, was geschehen war, und sie gebeten, ein Heilmittel für seine Gefährtin zu finden. Zuerst hatte sie abgelehnt und auf die Verbote für Juden hingewiesen, doch angesichts von Remigios Tränen hatte sie schließlich nachgegeben und ihm versprochen, am darauf folgenden Abend zu Bella zu kommen, vorausgesetzt, dass er sie abholte und ihr Schutz bot. Es würde eine mondlose Nacht sein, sodass sie den kurzen Weg zwischen ihren Wohnungen in der Dunkelheit zurücklegen könnten.

Als sie bei einer ersten Untersuchung den Zustand der Prostituierten festgestellt hatte, war eine enorme Wut in ihr entstanden. Warum nur, fragte sie sich, wurde die Frau so selbstverständlich als Mittel zur Befriedigung der männlichen Lust angesehen, auch der gewaltsamen? Und warum musste sich ihr Leben, selbst wenn sie Vergewaltigung und Übergriffe vermeiden konnte, auf das Gebären von Kindern beschränken, die häufig starben, bevor sie das Spielalter erreicht hatten? Warum wurden die Wünsche der Frauen nie berücksichtigt? Egal, ob Adelige oder Magd, ihr Lebensweg wurde von unvorhersehbaren Umständen beziehungsweise vom Willen anderer bestimmt. Ehen oder lebenslanges Eingeschlossensein im Kloster wurden ohne Wissen der betroffenen Frauen vereinbart und ihr bedingungsloser Gehorsam als selbstverständlich vorausgesetzt. Auch ihre eigene Religion, die ihr Vater sie mit so viel Hingabe gelehrt hatte, sah für die Frau eine dem Mann untergeordnete Rolle vor, der bei bestimmten Gelegenheiten sogar den Körper seiner Ehefrau meiden musste, weil dieser als unrein angesehen wurde. Rachele war sich plötzlich bewusst geworden, dass ihr Zorn ihr Urteilsvermögen zu trüben drohte, und hatte sich wieder auf Bellas Verletzungen konzentriert. Die Frau wurde vom Fieber geschüttelt und sah sie mit großen, erschrockenen Augen an. Nachdem sie Remigio hinausgeschickt hatte, führte sie eine gründlichere Untersuchung durch, ähnlich wie es eine Hebamme getan hätte. Sie tastete mit den Händen die Wunden und Risse und austretenden Flüssigkeiten ab, aber zum Glück waren die Blutungen nur noch gering, und das Blut gerann schnell. Etwas beruhigt sagte sie sich, dass Ruhe und der eine oder andere Breiumschlag auf den Verletzungen die Vernarbung beschleunigen könnten. Sie strengte ihr Gedächtnis an und erinnerte sich, dass ihr Vater schon häufiger in der Schlacht verletzte Soldaten gesund gemacht hatte, indem er ihr zerfetztes Fleisch mit einer Paste aus in Aloesaft eingelegten Capsellablättern bestrich. Sie glaubte fest, dass Bellas Wunden mit diesem Mittel in relativ kurzer Zeit verheilen würden. Ihre einzige Sorge war, dass diese grausame Vergewaltigung die Körpersäfte vereitern ließ und ein inneres Übel verursachte, das schlimmer war als die äußerlich sichtbaren Wunden. Rachele hoffte, dass Bellas Konstitution kräftig genug war, damit sie überlebte, und empfahl Remigio für alle Fälle, sie zweimal am Tag einen Absud aus Ingwerwurzeln trinken zu lassen, der half, die Eingeweide zu reinigen. »Morgen Abend kommst du zu mir«, hatte sie ihm gesagt, »dann gebe ich dir die Heilpflanzen, die du brauchst, und zeige dir, wie du sie verwendest. Mein Vater hat in seinem Medizinschrank noch jede Menge nach den Arzneiregeln getrocknete Kräuter. Es ist besser, wenn ich sie dir selbst gebe, als wenn du in der Stadt herumläufst und danach suchst. Am Ende schöpft noch jemand Verdacht und stellt dir neugierige Fragen, warum du diese Heilpflanzen brauchst. Ich bitte dich nur, vorsichtig zu sein – niemand darf dich sehen, wenn du an meine Tür klopfst. Wenn sie herausfinden, dass ich den Arztberuf ausübe, werden mein Vater und ich davongejagt und vielleicht sogar gesteinigt und getötet ...« Remigio hatte auf sie gehört und war von niemandem entdeckt worden, als er Racheles Hütte betrat. Er hatte aufmerksam zugehört und mehrmals laut ihre Anweisungen wiederholt. Dann hatte er sich schüchtern bedankt und war mit seinem Säckchen voller Kräuter wieder gegangen. Isaac lag wach in dieser Nacht und war bei ungewöhnlich klarem Verstand, wovon seine Tochter allerdings nichts bemerkte. Er hatte sich schlafend gestellt und seine Atemnot bezwungen, obwohl es ihm bei Racheles Worten vor Furcht die Gedärme zusammenzog. Zwar bewunderte er die Kühnheit seiner Tochter und freute sich, dass seine Belehrungen nicht umsonst gewesen waren, aber er zitterte auch vor Angst, wenn er an das Risiko dachte, das sie eingingen. Er sorgte sich nicht so sehr um sein eigenes Leben als um das seiner Tochter, denn in den wenigen Momenten, in denen sein Verstand nicht umnebelt war und er aus seiner Benommenheit erwachte, wusste er ganz genau, dass seine Zeit auf dieser Erde sich ihrem Ende zuneigte. Was sollte nach seinem Tod aus Rachele werden? Was würde sie aus ihrem Leben machen? Würde sie sich ihren Traum, nach Montpellier zu gehen und die Kunst der Medizin zu erlernen, erfüllen können? Würde sie die Kraft haben, solange durchzuhalten, als allein stehende Frau und Jüdin? Die Sorge, die das heimlich mitgehörte Gespräch in ihm ausgelöst hatte, ließ ihn bald in einen unruhigen Halbschlaf fallen, in dem seine Gedanken sich wirr überschlugen. Schließlich war der Druck auf seiner Brust so groß geworden, dass es ihn seine ganze restliche Kraft kostete, die verbrauchte Luft des Zimmers einzuatmen.

Als Rachele tief in der Nacht noch einmal nach ihm sah, war er fest eingeschlafen; aus seinem halb offenen Mund kam das gewohnte Pfeifen, und seine Hände waren unter den Rippen zu Fäusten geballt.

Nun, da die beiden Streithähne ihre Auseinandersetzung dadurch beendeten, dass sie ihre Karren zähneknirschend von der Straßenmitte an die Seite fuhren, konnte die junge Frau endlich weitergehen. Das Haus, zu dem sie unterwegs war, lag nahe der Kirche Santa Maria al Circo und war nicht mehr weit. Sie hoffte sehr, dass die bestickten Kleider das Wohlgefallen des Adeligen fanden, der sie in Auftrag gegeben hatte, und er nichts gegen diese oder jene Verzierung auszusetzen hatte, was sie nur Zeit kosten würde. Zu Hause warteten ihr Vater, der etwas zu essen brauchte, und ein neues Gewand, das dringend begonnen werden musste. Amizone hatte sie zur Eile angetrieben und gesagt, er müsse sich notfalls eine andere Näherin suchen, falls sie nicht schnell genug arbeite, da die Zahl seiner Aufträge zunehme. Aus Angst, ihre Arbeit zu verlieren, hatte Rachele versprochen, die Nächte mit der Nadel in der Hand zu verbringen, falls die Tage nicht ausreichten. Die versteckte Drohung des Schneiders ging ihr zwar gegen den Strich, aber ihr war klar, dass seine Werkstatt die einzige Überlebensmöglichkeit für sie darstellte. Der Mann wusste über Isaacs Krankheit Bescheid und auch, dass sie Juden waren, wie er ihr flüsternd bedeutet hatte, als er sie anstellte. Er werde sie nicht verraten, hatte er mit einem heuchlerischen Lächeln hinzugefügt, vorausgesetzt, ihre Stickarbeiten stellten ihn zufrieden. Wenn sie jetzt an diese erste unschöne Begegnung mit dem Schneider zurückdachte, schnürte ihr ein Knoten die Kehle zu. Wie lange musste sie noch warten, bis sie endlich frei war? Würde es je dazu kommen?

Mit einer bewussten Willensanstrengung verscheuchte sie diese Gedanken und betrachtete nacheinander die Türen der

Wohnungen vor ihr. Amizone hatte ihr erklärt, dass die Tür des Hauses, in dem sein Kunde wohnte, mit einem vorspringenden Balken versehen war, auf dem die eingeschnitzten Worte *Ad Sanctam Mariam* standen. Als könnte er lesen, blieb ihr Hund vor einem der letzten Eingänge in der Gasse stehen und begann zu bellen. Rachele sah zu dem Holzbalken auf, las die Inschrift und verstand, dass sie ihr Ziel erreicht hatte. Sie klopfte höflich an und wartete.

Auf einem Schemel unter dem kleinen Fenster, das auf die Loggia hinausging, stand ein Schachbrett mit unordentlich darauf verteilten Figuren. Offenbar hatte sie eine Partie zwischen dem Edelmann und dem kleinen Jungen unterbrochen, der bei ihrem Auftauchen still aus dem Zimmer geschlüpft war. Rachele war von der Dienerin, die ihre Ankunft gemeldet hatte, an der Türschwelle stehen gelassen worden und zögerte nun einzutreten. Der Mann, ihr Kunde, stand über das Schachbrett gebeugt und war dabei, die Bauern wieder aufzustellen. Als er sich endlich zu ihr umdrehte und ihr bedeutete hereinzukommen, konnte sie nur seine große, kräftige Gestalt erkennen, die sich vor dem hellen Sonnenlicht, das durchs Fenster fiel, abzeichnete. Sie kniff ihre von den langen Stunden nächtlicher Arbeit müden Augen zusammen und legte die Kleider auf der großen Lagerstatt ab. Ein großes Tuch aus feiner Wolle, das in der Mitte bestickt war, fiel über drei Seiten des Holzgestells herab und endete in einer Reihe kleiner Troddeln aus roter Seide. Der Anblick dieser kostbaren Decke, die sicher dem Mann vor ihr gehörte, schüchterte sie plötzlich ein. Wenn dieser Adelige mit einer solchen Ausstattung reiste, was erwartete er dann wohl in der Kleiderlieferung des Schneiders zu finden? Würden ihm die Stickereien gefallen und vor allem, würde das Muster, das sie gewählt hatte, zu seinem Adelshaus passen? Amizone hatte ihr keinen Hinweis auf ein etwaiges Wappen gegeben, weshalb sie sich darauf beschränkt hatte, den Stoff mit Blumenmotiven und Mäandermustern zu schmücken.

Sie wagte es nicht, ihrem Auftraggeber ins Gesicht zu sehen und beschäftigte sich damit, die Knoten der Schnur zu lösen, mit der die Sachen zusammengehalten wurden. Ihre Hände zitterten, und das Schweigen ihm Raum machte sie noch nervöser. Sie wartete darauf, dass der Mann etwas sagte, irgendeinen Kommentar abgab, während sie das Tuch auseinander faltete, in das die Kleider eingewickelt waren. Mit fliegenden Fingern gelang es ihr endlich, das Hanfleinen zu entfernen und das Obergewand der Länge nach auf der Lagerstatt auszubreiten. Wie ein Schmetterling, der nach langer Gefangenschaft in seinem Kokon die Flügel in der Sonne entfaltet, erwachte der Stoff aus Japis-Seide in den Sonnenstrahlen vom Fenster zum Leben. Winzige Kreise im Plattstich lagen wie hauchzarte Schatten auf dem durchscheinenden Material, während saubere Linien aus Silberfäden ungewöhnliche Wege auf die Seide zeichneten, an deren Rändern hier und dort kunstfertig gestickte Blätter und Früchte sprossen.

Rachele zog auch den Umhang aus dem Bündel, der mit den gleichen Mustern wie das Gewand verziert war, und legte schließlich die Strümpfe und die Hose über das Bett, die letzten Bestandteile dieser behelfsweisen Ausstattung. Erst nachdem sie alles zu seiner Begutachtung ausgebreitet hatte, hob sie wieder ihren Blick zu dem Adeligen.

Das Gesicht des Mannes, das sie jetzt deutlich erkennen konnte, erschreckte sie. Seine weit aufgerissenen Augen waren nicht auf die Kleider gerichtet, sondern auf sie, und sein halb unter dem gepflegten Bart verborgener Mund stand weit offen. Um sein blasses, fast weißes Gesicht lockten sich dunkle, von wenigen grauen Fäden durchzogene Haare, und einen Moment lang schien es ihr, als besäßen sie ein Eigenleben und richteten sich zu einer irrwitzigen Krone auf seinem Kopf auf.

Seine Arme hingen schlaff an den Seiten seines Gewandes aus leichter Wolle herab, und er blieb reglos mitten im Zimmer stehen.

»Herr«, stammelte Rachele und konnte nicht verbergen, dass das dämonische Aussehen des Mannes ihr Angst machte, »Herr, das sind Eure Kleider. Ich wusste nicht, dass ich ungelegen komme. Wenn Ihr wünscht, kann ich Euch ein anderes Mal aufsuchen …«

Dabei entfernte sie sich unbewusst von der Lagerstatt und ging rückwärts auf die Tür zu, durch die sie eingetreten war.

Racheles offensichtliche Furcht rüttelte Aimone auf. Er holte geräuschvoll Luft, weil er die ganze Zeit den Atem angehalten hatte, und ein leichter Schwindel machte ihn taumeln.

»Verzeiht mir, ich wollte Euch nicht in Verlegenheit bringen«, brachte er mit rauer Stimme hervor. »Es ist nur … Euer Gesicht … Ihr seht jemandem sehr ähnlich, den ich vor vielen Jahren gekannt habe, und der unerwartete Anblick hat mich durcheinander gebracht.«

Unfähig fortzufahren, senkte Aimone die Augen und schüttelte den Kopf. Rachele, die schon fast im Hinausgehen begriffen war, blieb abwartend stehen. Nach einem unbehaglichen Moment des Schweigens hob der Burgherr den Blick und lächelte sie an. Dann ging er zu seinem Bett und versuchte, seine Aufmerksamkeit ganz auf die schönen Stickereien zu richten. Sein Blick wanderte geistesabwesend über das feine Tuch, als würde ihn eine andere, entrückendere Vision beschäftigen, und die Tränen, die sich hinter seinen Lidern angestaut hatten, stürzten plötzlich hervor und liefen ihm übers Gesicht. Aimone wischte sie schnell mit dem Handrücken ab und kehrte der Stickerin den Rücken zu, bis er sich wieder gefangen hatte.

»Ihr habt ausgezeichnete Arbeit geleistet«, sagte er und räusperte sich. »Aber sagt mir, seid Ihr schon lange hier in Mailand als Stickerin tätig?«

Rachele schwirrte der Kopf. Gerade noch war ihr dieser Mann als Verkörperung des Teufels erschienen, doch nun, nach wenigen hervorgestoßenen Worten, sah sie einen liebenswerten, freundlichen Menschen vor sich. Als sie ihn genauer betrachtete, kam es ihr sogar so vor, als hätte er gerade geweint. Wie war das möglich? Hatte sie sich, benommen vor Müdigkeit, wie sie war, angesichts seiner großen Gestalt in diesem zu kleinen Zimmer etwas eingebildet, oder stand ihr vielleicht ein Verrückter gegenüber?

»Ich sticke schon lange«, log sie unsicher, »aber ich wohne erst seit kurzem in dieser Stadt. Mein Vater und ich kommen aus Salerno.«

Aimone musterte sie forschend, während er mechanisch über das feine Tuch seines neuen Gewandes strich. Mit einer für seine Stellung ungewöhnlichen Behutsamkeit fragte er: »Darf ich Euren Namen erfahren?«

Racheles Herz blieb fast stehen. Wie sollte sie darauf antworten, ohne auch ihre Glaubenszugehörigkeit zu verraten? Jeder wusste, dass Rachele ein sehr gebräuchlicher Name für jüdische Mädchen war. Noch nie war es vorgekommen, dass einer der Kunden des Schneiders Interesse an ihr gezeigt hatte, und so hatte sich dieses Problem bisher nicht gestellt. In ihrem Wohnviertel, wo vorwiegend arme Leute und Prostituierte lebten, kümmerte sich von den wenigen, die sie kannten, niemand um ihre Herkunft oder Religion, weil man dort ganz andere Sorgen hatte. Aber hier? Was sollte sie jetzt tun? Was für Scherereien würde ihr dieser Adelige noch bereiten? Weil sie sich nicht verstellen konnte und schnell handeln musste, flüsterte sie die Wahrheit.

»Ich heiße Rachele.«

Aimone wollte gerade eine weitere Frage stellen, um das Gespräch fortdauern zu lassen, als Bartolomeo, angekündigt durch einen spitzen Schrei, der in lautes Lachen überging, zur offenen Tür hereinplatzte. Dicht auf den Fersen folgte ihm Racheles Hündchen, das mit langen Sätzen vergeblich versuchte, sein Unterkleid mit den Zähnen zu fassen.

»Aus, Nisan! Aus, habe ich gesagt!«, rief Rachele entsetzt.

Der Hund sah sie einen Moment mit gespitzten Ohren an und fuhr dann fort, im Kreis hinter Bartolomeo herzuspringen, der begeistert lachte und prustete.

Rachele, die befürchtete, dass die wilde Jagd auf dem Bett enden könnte, wo noch immer die neuen Kleider ausgebreitet lagen, riss diese schnell an sich – gerade noch rechtzeitig, ehe die beiden kleinen Übeltäter sich mitten auf die schöne Decke warfen.

»Nisan, komm sofort da runter!«, schimpfte sie, wobei sie sich hektisch nach einem Ablageplatz für die Kleider umsah. »Hierher, du dummer Hund!«

Weder Kind noch Hund gehorchten, sondern wälzten sich weiter glücklich auf der Decke herum, die bald verrutschte und auf einer Seite zusammengeschoben wurde. Sie war schon fast zu Boden geglitten, als eine der seidenen Quasten zwischen die Pfoten des Hundes geriet. Der hielt das für ein neues Spiel und begann eifrig auf ihr herumzukauen.

Rachele hatte gerade ihr Bündel sorgsam auf einem der beiden Stühle im Zimmer abgelegt, als sie aus dem Augenwinkel Nisan bei seinem zerstörerischen Werk ertappte. Mit einem Satz und einem empörten Schrei stürzte sie sich auf den Hund, entriss ihm die Quaste und packte ihn am Nackenfell, um ihn sich fest zwischen die Arme zu klemmen.

»Vergebt mir, Herr«, keuchte sie mit rotem Gesicht, »ich wusste nicht, dass der Hund mit ins Haus gekommen ist. Mein Gott, was habe ich getan! Verzeiht mir, ich werde Eure Decke flicken, ich werde sie waschen … Ach je, was soll ich tun?«

Aimone hatte die ganze Szene reglos verfolgt. Nach dem ersten Erstaunen über das plötzliche Auftauchen des Hündchens, war er vor allem von dem Ausdruck reinster Freude auf dem Gesicht seines Sohnes gefangen genommen worden. Schon lange hatte Bartolomeo nicht mehr so ausgelassen gelacht und sein Glücklichsein mit dem ganzen Körper ausgedrückt. Seine Augen leuchteten, sein Gesicht hatte Farbe bekommen, und er schlug sich mit den Händen auf die Schenkel, während er auf dem Bett hockte und versuchte, den Hund herbeizurufen.

Nisan reckte seinen Kopf dem Jungen entgegen und versuchte vergeblich, sich aus Racheles festem Griff zu befreien.

Ein unerklärliches, neues Glücksgefühl durchströmte Aimones Brust, der endlich aus seiner Starre erwachte und seinen Sohn mit einer wohlwollenden Geste aufforderte, vom Bett herunterzukommen. Dann wandte er sich lächelnd und mit sanfter Stimme an Rachele.

»Ihr braucht Euch nicht zu entschuldigen, Rachele. Euer Hund hat meinem Sohn Vergnügen bereitet, und das hatte er weiß Gott nötig! Macht Euch keine Gedanken um diese Decke – wegen eines kleinen Risses wird die Wolle nicht weniger wärmen. Wenn ich auf meine Burg zurückgekehrt bin, wird sie dort jemand flicken, obwohl ich sicher bin, dass die Fähigkeiten meiner Bediensteten nicht mit Eurer Kunst mithalten können. Das Gewand, das Ihr für mich geschmückt habt, ist wunderschön – selten habe ich eine so kunstvolle und saubere Stickerei gesehen. Wer hat Euch gelehrt, die Nadel so geschickt zu führen?«

Rachele, die mit einem Zornesausbruch und Beschimpfungen gerechnet hatte, war verwirrt. Er ersparte ihr nicht nur den Tadel wegen des ungezogenen Verhaltens ihres Hundes, sondern lobte auch noch ihre Arbeit! Mit dünner Stimme und gesenktem Blick antwortete sie: »Meine Mutter, als ich noch ein kleines Mädchen war …«

»Dann grüßt sie von mir und dankt ihr. Sie hat Euch Eure Zukunft gesichert, indem sie ihre Kunst an Euch weitergegeben hat.«

Rachele sah ihn an.

»Das geht nicht, Herr. Sie ist tot.«

Aimone sagte nichts darauf. Trauer und Schmerz spiegelten sich so deutlich im Blick der jungen Frau, dass jedes Wort zu viel gewesen wäre.

»Meine Mutter ist auch tot«, ließ sich Bartolomeo leise vernehmen. »Sie ist vor vielen Jahren gestorben, kurz nach meiner Geburt. Ich habe sie nie kennen gelernt.«

Erstaunt über diese Vertraulichkeit seines Sohnes gegenüber einer Fremden, sah ihn Aimone streng an, aber nur für einen kurzen Augenblick. Seine Missbilligung wurde sogleich von Mitleid mit dem stummen, scheuen Leid des Kleinen und der Erkenntnis seiner unvermuteten Reife abgelöst. Der Junge wusste, dass er nicht unaufgefordert sprechen sollte, und erhaschte noch den Schatten des Tadels auf dem Gesicht seines Vaters, aber dessen nachsichtiges Lächeln beruhigte ihn. Er ging zu Rachele hin und streichelte Nisans Kopf, der die Zärtlichkeit gleich mit freudigem Lecken erwiderte.

Aimone machte sich klar, dass er die Zusammenkunft beenden musste, auch wenn er sie gern noch lange fortgesetzt hätte. Also sagte er Rachele, dass er am nächsten Tag die Werkstatt des Schneiders aufsuchen und die Rechnung begleichen werde.

Rachele, die den Hund immer noch an die Brust gedrückt hielt, wollte gerade gehen, als Bartolomeo seinen Vater am Ärmel zupfte und ihm etwas zuflüsterte. Aimone zögerte zuerst, entsprach dann aber doch errötend der Bitte seines Sohnes.

»Und wenn …«, begann er unsicher, »wenn mein Sohn wieder einmal mit Eurem Hund spielen möchte, wo können wir Euch finden?«

Rachele blieb abrupt stehen und sah von einem zum anderen, ohne ein Wort herauszubringen. Dann unterdrückte sie mühsam den Schrecken, den diese Frage ausgelöst hatte, und antwortete schnell.

»Ich werde Euch aufsuchen, mein Herr.«

Ehe Aimone noch etwas erwidern konnte, drehte sie sich um und rannte die Treppe hinunter. Nisan, der dabei hin- und hergerüttelt wurde, jaulte seinen Protest und krallte sich in die Ärmel ihres Gewandes.

Verdatterte von der jähen Flucht der jungen Frau stand Aimone wie angewurzelt da. Dann murmelte er seinem Sohn eine Anweisung zu und eilte aus dem Zimmer. Bartolomeo, der die plötzliche Hast seines Vaters nicht verstand, fragte sich, was in ihn gefahren war. Er schien nicht böse auf ihn zu sein, und es gab eigentlich nichts, was er noch mit der Stickerin zu besprechen hätte. Mit einem enttäuschten Seufzer setzte er sich an das Schachbrett und begann eine einsame Partie gegen sich selbst. Irgendwo in der Nähe schlug die Glocke einer Kapelle die sechste Stunde.

Aimone war vollkommen außer sich. Später sollte er sich oft fragen, was für ein unbezähmbarer Drang ihn dazu getrieben hatte, Rachele zu folgen, und woher er den nötigen Mut genommen hatte. Es war gewiss nicht seine Art, ein Verhalten an den Tag zu legen, das dem Ungehobeltsten seiner Bauern Ehre gemacht hätte, und während er durch unbekannte Gassen und über kleine Plätze lief, begann die Scham allmählich, seine Schritte zu bremsen. Er wäre vielleicht stehen geblieben, wenn er kurz vor der Porta di San Michele al Gallo, die auf den Broletto führte, nicht Nisan entdeckt hätte, der gerade das Beinchen hob und an die Tür einer Bäckerei pinkelte. Er sah genauer hin, und es schien ihm, als könne er einige Schritte weiter vorn kurz das Bauschen von Racheles Gewand erspähen. Bei diesem Anblick warf er alle Bedenken über Bord. Er schritt kräftig aus, hielt sich im Schatten der Mauern und folgte ihr weiter durch die Menschenmenge, die wie immer den Hauptplatz der Stadt belebte.

Während er die Augen fest auf die Gestalt der jungen Frau gerichtet hielt, damit sie ihm nicht wieder entwischte, schalt ihn zugleich sein Verstand ob dieser Torheit. Seine Gedanken kehrten zu der gerade stattgefundenen Begegnung zurück, und er versuchte, alles in eine logische Reihenfolge zu bringen, aber in ihm ging es drunter und drüber.

Dieses Gesicht, oh Gott, dieses Gesicht … Im ersten Moment war Aimone überzeugt gewesen, einen Geist zu sehen, denn Rachele glich seiner verstorbenen Frau aufs Haar! Die gleichen schwarzen Augen, die gleichen schön gebogenen, langen Wimpern, der gleiche volle Mund, die gleichen kleinen Zähne, weiß wie Perlen. Und um das perfekte Oval ihres Gesichts die pechschwarzen Locken, die sich aus der grauen Haube gelöst hatten und ihren vom Unterhemd kaum verborgenen Hals streichelten …

Es war wie eine Erscheinung, die seinen Atem stocken ließ und seinen Körper mit kaltem Schweiß überzog. Noch nie in seinem ganzen Leben war er so von der Gegenwart seines Körpers getrennt gewesen. In diesem ersten Moment, während die Luft im Zimmer immer schwüler und erstickender wurde, hatte er jeden einzelnen Augenblick mit seiner Frau wieder durchlebt, bis hin zum letzten, als sie ihn mit blinden Augen von ihrem Totenbett aus ansah. Dieses traurige Bild, das so verschieden war von dem lebendigen vor ihm, hatte ihn aufgerüttelt und ihm klar gemacht, dass jenes schöne Gesicht, das ihn jetzt so ängstlich anschaute, nicht zu einem Geist gehörte. Doch auch als er wieder ganz bei sich war, hatte der Aufruhr in seiner Seele noch zugenommen und ein Ungestüm hervorgerufen, das des tumbsten Heranwachsenden würdig gewesen wäre und ihn zu dieser absurden Verfolgung angestiftet hatte.

Nachdem er die Via Porticata durchschritten hatte und an der Werkstatt des Schneiders Amizone vorbeigekommen war, ohne es zu merken, fand er sich plötzlich vor den Türmen der

Porta Romana wieder. Vom Fundament bis zur Spitze bestanden sie aus massigen, behauenen Steinquadern, vor denen Holzgerüste auf unterschiedlicher Höhe für die Patrouille der Wachsoldaten angebracht waren. Einer der beiden Türme schien höher zu sein als der andere, der sich vielleicht noch im Bau befand, und angrenzend an die Doppelbögen des Stadttores beherbergten zwei rechteckige Gebäude die Wachmannschaften. Vor dem Tor, inmitten der Menge, die darauf wartete, über die Brücke die Stadt verlassen zu können, und halb verdeckt von zwei Lastkarren, erblickte Aimone Rachele. Sie hielt ihr Hündchen auf den Armen, wohl damit es in dem Gedränge nicht verloren ging, und antwortete auf die Fragen eines Soldaten, der sie gleich darauf passieren ließ.

Um sie nicht aus den Augen zu verlieren, fiel der Burgherr in einen Trab und landete nach vielen Stößen und Flüchen, die von Fuhrknechten und Männern aus dem Volk auf ihn herabregneten, vor demselben Wächter wie das Mädchen. Schnell zog er seinen Passierschein hervor, zeigte ihn dem von so viel Ungestüm verblüfften Soldaten und überquerte die Brücke im Laufschritt und mit lang gerecktem Hals. Jenseits des Erdwalls, gleich hinter dem Stadtgraben, nahm ein Bienenstock aus heruntergekommenen Hütten die ganze Fläche ein und breitete sich ungeordnet zu beiden Seiten der Straße aus. Übel riechende Gässchen trennten eine Ansammlung von Katen von der anderen, und hier und da war ein kümmerliches Gemüsebeet hinter niedrigen Mauern aus Schlamm zu sehen. Zerlumpte Kinder schrien zwischen den in Ecken angehäuften Abfällen herum und spielten wilde Straßenspiele.

Rachele war verschwunden. Aimone blieb stehen und rang nach Luft; hier in diesem Gassenlabyrinth würde er sie nicht mehr finden, da war er sicher. Obendrein begann seine Anwesenheit die Blicke der Kinder auf sich zu ziehen, die nicht mehr herumrannten, sondern ihn neugierig beäugten. Verlegen wollte er gerade kehrt machen, als aus einer besonders engen Gasse Nisan hervorsprang. Mit aufgestelltem Schwanz und gespitzten Ohren machte er an der Ecke Halt und richtete seine großen braunen Augen auf Aimone. Nach einem Moment des Zögerns wedelte er vergnügt mit dem Schwanz und kam auf ihn zugetrottet. Der Burgherr dankte dem Himmel für seine Güte und bückte sich, um den Hund zu liebkosen. Enttäuscht über die banale Wendung des Geschehens nahmen die Straßenkinder ihr Spiel wieder auf, während Nisan, nachdem er seine Streicheleinheiten bekommen hatte, sich umdrehte und wieder zurücklief.

Aimone folgte ihm. Von Zeit zu Zeit blieb das Hündchen stehen und sah sich nach ihm um, als wollte es ihn auffordern mitzukommen. Hinter einem niedrigen viereckigen Bau, der ein Pilgerheim oder ein Krankenhaus sein musste, flankierte eine Reihe von kleinen, einstöckigen Hütten die Gasse. Nisan lief auf eine davon zu und verschwand durch die offen stehende Tür. Aimone ging vorsichtig weiter, bis er vor der armseligen Behausung stand, wo die Schatten der dicht aneinander gedrängten Häuschen sein Gesicht verdunkelten. Sein Blick durchdrang das dämmerige Innere der Hütte nicht, aber seine Ohren hörten Racheles Stimme, klar und süß wie eine schöne Melodie. Ihr antwortete mit matten Worten ein Mann, wahrscheinlich der Vater, von dem sie gesprochen hatte.

Aimones Herz schlug stolpernd in seiner Brust, und der Kopf schwirrte ihm.

Er hatte sie gefunden. Jetzt wusste er, wo Rachele wohnte.

Als wollte er ihn vor einer Gefahr warnen, erschien Nisan wieder an der Tür und bellte. Schnell zog sich der Burgherr auf der breiten Straße in die Stadt zurück, wo er die Kinder, die ihm entgegenkamen, wohlwollend anlächelte und in seinen Taschen nach ein paar Münzen für sie kramte. Nachdem er die kleinen Bettler zufrieden gestellt hatte, ging er beschwingten

Schrittes auf das Stadttor zu. Das Wasser des Ringgrabens leuchtete hell in der Sonne und blendete die Augen. Aimone ging über die Straße zurück, auf der er gekommen war, und erkannte zu seinem eigenen Erstaunen Weggabelungen, Durchgänge, Gassen und Plätze wieder. Als er vor seiner Wohnung angekommen war, sah er zur Loggia auf und erblickte Bartolomeo, der auf das Geländer gestützt nach ihm Ausschau hielt. Mit einem breiten Lächeln winkte er ihm zu und ging ins Haus. Beruhigt kehrte auch das Kind ins Zimmer zurück. Jetzt würden sie endlich ihre gewohnte Mahlzeit einnehmen können, und dann, wenn er Glück hatte, vielleicht noch eine Runde Schach spielen.

KAPITEL 19

Eine ekelhafte Dunstwolke stieg Matthew von irgendwoher in die Nase. Er sah sich erstaunt nach der Quelle dieses Gestanks um, konnte aber nichts entdecken. Die Straße wand sich nicht weit von der Stadtmauer zwischen Kirchen, Wohnhäusern und kleinen Nutzgärten dahin, die von der nahe gelegenen Vettabbia gut bewässert wurden und den üppigen Pflanzenwuchs des Frühsommers zeigten. Ein Stück weiter, wenn man dem Bogen der Befestigungsanlagen folgte, arbeiteten die Waffenschmiede mit voller Kraft, um das Kriegsgerät für die Mailänder Herren herzustellen, zu schleifen und zu polieren.

Matthew gelangte zur Chiusa-Pforte und ging hindurch. Hinter der Brücke begann schon das Umland, und als er den Blick über die ersten Felder schweifen ließ, verstand er, woher der üble Geruch von eben kam. Über einem Kanal ragte eine große Flachsmühle auf und verbreitete mit ihrem unaufhörlich sich drehenden Rad den fauligen Gestank, der in stoßartigen Wellen bis in die Stadt hineindrang. Rechts von ihm befand sich, halb unter Wasser im Wallgraben, ein großer Absperrschieber und regelte mit langsamen Bewegungen die Strömung, während etwas weiter weg eine gedrungene Festung eine Art Verlängerung der Stadtmauer darstellte. Arnolfo hatte ihm erklärt, dass dieses uralte Bauwerk »Torre dell'Imperatore« genannt wurde, Turm des Kaisers, nach einem byzantinischen Herrscher, der ihn als Bollwerk zur Verteidigung dieses Teils der Ringmauer vorgesehen hatte. Sobald er diesen Turm erblicke, hatte der Abt hinzugefügt, sei er schon fast am Ziel.

Nach dem Gespräch mit der Äbtissin von San Celso hatte Matthew dem Abt die Ergebnisse seiner Nachforschungen ausführlich berichtet, und Arnolfo hatte sich zufrieden gezeigt. Er solle weiter Augen und Ohren aufhalten, hatte er ihm aufgetragen, und auf der Straße herumfragen. Da er jetzt den Namen des Mädchens kenne und vor allem sein besonderes körperliches Merkmal, werde es ihm nicht schwer fallen, es zu finden, vorausgesetzt, es sei noch am Leben und befinde sich in Mailand.

Der Mönch, der mit dieser neuen Bitte des Abtes gerechnet hatte, hatte nur geduldig geseufzt und ihn um Rat für sein weiteres Vorgehen gefragt. Arnolfo hatte vorgeschlagen, die Suche am Fundort von Caterinas Leiche zu beginnen. »Ihr kennt Euch noch nicht so gut aus in der Stadt«, hatte er hinzugefügt, »und eine größere Vertrautheit mit den Straßen und Plätzen kann Euch bei Eurer Aufgabe nur nützlich sein. Wer weiß, vielleicht weckt ja das Wasser der Vettabbia, unterstützt vom Willen Gottes, eine Ahnung in Eurer Seele, wo Ihr das Mädchen finden könnt.« Matthew war skeptisch, was die wundersame Wirkung eines Flusses anging, und dieser Vorschlag hatte ihn eher erstaunt. Es war, als setze der Abt seine Hoffnungen, wie einst die Römer und Griechen, in das göttliche Wesen eines Wasserlaufs. Solcher Aberglaube ärgerte ihn, aber er hatte wohl oder übel gehorcht, wie er es schon seit vielen, vielleicht zu vielen Jahren tat.

So kam es, dass Matthew, während die mit vielerlei Waren beladenen Karren das übliche Getöse auf den losen Bohlen der Brücke veranstalteten, nun vorsichtig die Böschung hinunterstieg, um zum Wasser zu gelangen. Wellen, die von den Lastkähnen herrührten, verplätscherten als schaumiges Kielwasser im Uferkies.

Matthew raffte den Saum seiner Kutte hoch und hockte sich ins Gras. Vor ihm ließen sich große, bleigraue Fische dicht unter der Wasseroberfläche dahintreiben, doch sobald sie in Ufernähe kamen, schnellten sie jählings zur Flussmitte und verschwanden in der Strömung. Am Ufersaum, wo die trägen Ausläufer der Wellen den Boden tränkten, leuchteten hier und da die rosafarbenen Schalen kleiner toter Krebse in der Sonne.

Der Mönch nahm einen Stein, warf ihn von einer Hand in die andere und ließ ihn dann wieder in das schäumende Wasser fallen.

»Suffre that deade men birie ther deade, but go thou and tel the kingdom of God!«

Die Stimme traf ihn wie ein Peitschenhieb, und er fuhr herum.

Neben ihm stand aufrecht eine hoch gewachsene Frau und sah ihn an. Ihre grünen Augen stachen in dem blassen Gesicht hervor, und ihre Haare, von hellerer Farbe als der Weizen, waren im Nacken zusammengerollt und frei von jeder Kopfbedeckung. Nur ein großer beinerner Kamm steckte in den dichten Strähnen und hinderte sie daran, ihr über den Rücken zu fallen.

»Wer seid Ihr?«, keuchte Matthew, der so überrascht war, einen Satz in seiner Muttersprache zu hören, dass ihm die Luft wegblieb.

Die Frau musterte ihn, ohne zu antworten.

Da wurde er sich plötzlich seiner plumpen Haltung bewusst und stand auf. Der feste, durchdringende Blick dieser Frau fuhr ihm bis in die Eingeweide. Er schluckte schwer und wiederholte seine Frage.

»Wer seid Ihr?«

»Ich heiße Guglielma, genannt die Böhmin.«

Der Name sagte ihm nichts. Er dachte, dass er wohl eine etwas seltsame, aber harmlose Person vor sich hatte und versuchte, sich einen würdevolleren Anstrich zu geben.

»Ich kenne Euch nicht, und auch wenn Ihr meine Sprache sprecht, weiß ich nicht, wer Ihr seid und habe noch nie von Euch gehört.«

Die Frau lächelte rätselhaft und berührte ihn mit den Fingerspitzen an der Schulter.

»Sie nennen mich die Böhmin, Bruder Matthew, aber sie wissen nichts über mich. Ich komme aus Eurem Land, wenn auch aus einer anderen Grafschaft. Aus dem Norden.«

Bestürzt darüber, dass die Fremde seinen Namen kannte, wurde der Pater bleich. Von Guglielmas Hand ausgehend durchrann ihn ein warmes Gefühl, das in seinen Beinen endete und sie zum Zittern brachte.

»Ihr braucht keine Angst vor mir zu haben«, fuhr die Frau fort und zog ihre Hand weg. »Es gibt nichts zu fürchten. Jesus hat gesagt, wir sollen die Toten ruhen lassen und die Lebenden aufsuchen, um ihnen das Reich Gottes zu verkünden. Diese Worte habt Ihr gerade gehört. Habt Ihr unsere Sprache vergessen, oder ist Euch auf Eurer langen Pilgerreise die Botschaft des Evangeliums abhanden gekommen?«

Matthew riss die Augen auf. Woher wusste diese Guglielma von seiner Pilgerfahrt? Wie konnte sie ahnen, dass sein Stammkloster sich im Süden Englands befand? Immer verwirrter und leicht gereizt über die Strenge, die er aus ihrem letzten Satz herausgehört hatte, wollte er zu einer Antwort ansetzen, als die Frau sich bückte und fünf noch vom Wasser glänzende Kieselsteine aufhob, die sie ihm auf der flachen Hand reichte.

»Seht Ihr, Ihr seid wie diese Steine. Wer hat sie von dem Berg, von dem sie sich gelöst haben, bis hierher geführt? Wer hat sie gewaschen und von ihrer Unreinheit befreit? Wer hat sie rund geschliffen, damit sie ihrem unbekannten Ziel entgegenrollen können? Wer hat sie so hart gemacht, dass sie jedem

Sturm widerstehen, ohne zu zerbröckeln? Sagt mir, wer hat all das getan, wenn nicht der Allerhöchste?«

Die weißen, durchscheinenden Steinchen brannten ihm auf der Hand. Sie schloss seine Finger über den Kieseln und sprach weiter.

»Ihr habt bereits eine Mission erfüllt, Pater Matthew, aber es war noch nicht die letzte. Es gibt eine andere, noch schwierigere, die Ihr zu Ende bringen müsst. Tut es mit heiterer Seele und vertraut auf den Allmächtigen. Ihr werdet diejenige finden, die Ihr sucht, aber Ihr müsst Euch beeilen, denn ihr Leben ist in Gefahr. Der Friede sei mit Euch, Matthew Willingtham.«

Matthews Augen füllten sich unversehens mit Tränen. Verwirrt von diesem grundlosen Gefühlsausbruch, sah er Guglielma an und versuchte, etwas zu sagen.

»Ich … aber woher wisst Ihr … wer seid Ihr? Ich verstehe nicht …«

»Fragt nicht weiter, Bruder, fragt mich nichts. Wir werden uns wiedersehen.«

Schweigend drehte sie sich um und ging mit schnellen Schritten den Hang hinauf. Nach wenigen Augenblicken verschwand ihr graues Gewand hinter der Öffnung der Schlupfpforte.

Matthew folgte ihr mit dem Blick. Als seine tränenverschleierten Augen wieder klar sahen, öffnete er die Hand mit den Kieseln und betrachtete sie. Eine dünne Moosschicht bedeckte sie an der Seite, mit der sie auf der Erde gelegen hatten. Er reinigte sie sorgsam mit dem Finger, steckte sie dann mit einem langen Seufzer in die Tasche seiner Kutte und stieg ebenfalls die Böschung hinauf.

»Guglielma, habt Ihr gesagt? Guglielma, die Böhmin?«, fragte Arnolfo mit einem schrillen Ton in der Stimme, den Matthew noch nie bei ihm vernommen hatte. Seine großen Augen starrten ihn ungläubig an.

»So hat sie sich genannt. Eine große, schlanke Frau, die weder Schleier noch Haube trägt und in einfaches graues Tuch gekleidet ist, fast wie eine Nonne …«

»Das ist sie, kein Zweifel«, murmelte der Abt. »Aber was hat sie denn dort am Fluss gemacht, und warum hat sie ausgerechnet Euch angesprochen?«

Arnolfo erwartete keine Antwort, denn ihm war klar, dass Matthew über den Ruf dieser Frau nicht Bescheid wusste. Er hielt dem Blick des Mönches stand und bemühte sich, die Unruhe zu beherrschen, die diese neue Entwicklung in ihm auslöste. Er würde ihm zusätzliche Erklärungen geben, Positionen erläutern und ihn warnen müssen. Matthew wirkte verwirrt, und wenn er seinen Auftrag zu Ende führen sollte, durfte keine weitere Unsicherheit in seiner Seele nisten. Arnolfo schloss halb die Augen, richtete sich an der hohen Lehne seines Stuhls auf und atmete zweimal tief durch.

»Ich habe Euch doch von den Ketzereien erzählt, die seit vielen Jahren Mailand und die Lombardei heimsuchen? Einige davon werden seit langem vom Podestà und der Kirche bekämpft. Auch gegenwärtig, wie ich Euch wohl schon angedeutet habe, sind die Minoriten und die Dominikaner beauftragt, verdächtige Personen aufzuspüren und zu verfolgen. Vor etwa einem halben Jahr ist in der Via della Palla das Haus eines reichen Käsehändlers, der viele Meierhöfe im Umland besaß, dem Erdboden gleichgemacht worden. Es hieß, er sei ein aktiver Anhänger der katharischen Häresie gewesen und auf seinen Besitzungen hätten immer wieder Versammlungen dieser Irrgläubigen stattgefunden. Nach der Zerstörung seines Hauses, in dem sich auch sein Warenlager befand, hatte der Mann alles in der Stadt hier verloren und musste fliehen. Wäre er geblieben, hätten ihn die Minoriten gefangen nehmen und vor Gericht stellen lassen. Man sagt, er verstecke sich jetzt auf der Burg Gattedo, die unter dem Schutz von Roberto Patta di

Giussano steht, einem der Adeligen, die trotz des Verbotes der Mailänder Stadtregierung flüchtige Ketzer bei sich aufnehmen …«

»Ich habe schon von diesen Katharern gehört«, unterbrach ihn Matthew, »aber mir ist nicht ganz klar, worin ihre Ketzerei besteht.«

Arnolfo sah den Mönch einen langen Augenblick an und überlegte, ob er ihm eine Erklärung geben oder sein berechtigtes Interesse lieber übergehen sollte. In Anbetracht der scharfsinnigen Intelligenz seines Mitbruders entschied er sich für die erste Möglichkeit.

»Diese Häretiker halten sich für ›perfekt‹, das heißt für die einzigen Menschen, die von Christus von den Fesseln der Materie befreit wurden. Sie leben ein strenges Büßerleben, vollkommen abgekehrt von der Welt, sie sagen, die Kirche sei korrupt und bezeichnen sie sogar als ›die große Hure‹! Sie beten und fasten, essen kein Fleisch und meiden jeden Kontakt mit der politischen Macht wie die Pest. Sie predigen ihre Lehren überall, und obwohl sie keine feste Kultstätte besitzen, haben ihre Ideen Wurzeln geschlagen wie Löwenzahn. Noch nicht einmal der Tod auf dem Scheiterhaufen, den ihnen die Kirche angedroht hat, schreckt sie, weil sie im Martyrium die endgültige Befreiung ihrer im Stofflichen gefangenen Seelen sehen. Durch die Selbstopferung glauben sie, die Erbsünde abzubüßen und ihren göttlichen Anteil freizusetzen. Sie sind überzeugt, auf diese Weise das Himmelreich zu gewinnen. Versteht Ihr nun, wie schwerwiegend diese Ketzerei ist und wie gefährlich ihre Verbreitung werden kann, wenn sie nicht mit jedem Mittel niedergeschlagen wird?«

Matthew, der zuerst geduldig zugehört hatte, zeigte bei den letzten Worten des Abtes eine Anwandlung von Auflehnung, die Arnolfo nicht entging.

»Seht mal, Bruder Matthew«, fuhr er ruhiger fort, »mir ist

klar, dass diese und andere Ketzer niemandem Schaden zufügen. Sie führen ein Einsiedlerleben und praktizieren die Tugend der Rechtschaffenheit, sie stehlen nicht und töten nicht … aber sie predigen! Sie verbreiten eine andere Lehre als die der Heiligen Kirche in Rom, sie sprechen Bannflüche gegen sie aus und sind sehr überheblich in ihrer scheinbaren Milde. Sie sagen, sie wollen sich an keine weltliche Macht verkaufen, aber glaubt Ihr denn, dass es keine Machthaber gibt, die sich ihre Worte für ihre eigenen Zwecke zu Nutze machen möchten? Denkt nur einmal an die Adeligen, die in den letzten Jahren aus der Stadt gejagt wurden und die Katharer verstecken und auf eigene Kosten aushalten! Glaubt Ihr, sie machen das aus reiner Herzensgüte? Meint Ihr nicht, sie tun es vielmehr, um sich ein scheinbar friedliches Heer zusammenzustellen, dass gefährlicher ist als tausend Bewaffnete und sie unterstützt, sobald die Gelegenheit kommt, sich die Stadt wieder zu Eigen zu machen? Und die Kirche? Soll der Papst, das heißt der Vertreter des göttlichen Willens auf Erden, denn einfach dulden, dass jeder seinen Lehren widersprechen und sie durch andere ersetzen kann, wie es ihm gerade passt? Vergesst nicht, dass Christus zu dem Apostel gesagt hat: ›Du bist Petrus, und auf diesen Felsen will ich meine Kirche bauen.‹ Kann es eine sicherere Gewissheit für uns geben, dass die römische Kirche die einzig wahre Kirche ist?«

Arnolfo hatte anfangs noch ruhig und beherrscht gesprochen, doch im Laufe seiner Rede wurde sein Ton immer schärfer und schmähender. Matthew, der ihm aufmerksam zuhörte, wusste nicht, ob sich der wachsende Zorn des Abtes gegen die Häretiker oder gegen seine eigene Person richtete. Fühlte er sich verpflichtet, die Ketzerverfolgung der Kirche zu rechtfertigen, auch wenn er nicht ganz damit einverstanden war? Der Mönch erinnerte sich, dass Arnolfo ihn bei einer ihrer ersten Unterredungen vor der Aufdringlichkeit der Minoriten und

Dominikaner gewarnt und ihm geraten hatte, sie zu meiden. Was war nun die wirkliche Einstellung des Abtes? Hatte er seine früheren, besonneneren Worte ernst gemeint oder diese letzten, mit denen er die Inquisitoren von jeder Schuld freizusprechen und die Auswirkungen der Ketzerei zu verdammen schien? Matthew sagte sich, dass Arnolfos wichtige Stellung innerhalb der Mailänder Kirche ihm keine andere Haltung erlaubte als die orthodoxe, was immer seine persönliche Meinung zu den Ketzern sein mochte.

Als spürte er Matthews Zweifel, fuhr der Abt schnell mit seiner Rede fort.

»Ich habe Euch von den Katharern erzählt, damit Ihr die möglichen Folgen Eurer Begegnung mit Guglielma versteht.«

»Gehört sie denn auch zu ihrer Gemeinde?«, fragte Matthew dazwischen.

»Nein, aber lasst es mich Euch erklären. Man sagt, diese Frau sei die Tochter eines böhmischen Königs, und sie sei von einer Vision geleitet nach Mailand gekommen. Ein Engel sei ihr in ihrer Heimat im Traum erschienen und habe ihr befohlen, in unsere Stadt zu kommen und den Einwohnern das Evangelium zu predigen, weil diese zu sehr mit Handelsgeschäften und kriegerischen Unternehmungen beschäftigt seien, um der göttlichen Gnade teilhaftig zu werden. Das ist zumindest die Geschichte, die ihre Anhänger herumerzählen. Nichts Neues, im Grunde – in Mailand hat es schon immer von Verrückten, Betrügern, Ausgestoßenen und mehr oder weniger mildtätigen frommen Frauen gewimmelt. Das Problem ist, dass Guglielma die Christenlehre predigt, und Ihr wisst sehr gut, dass nur die Männer der Kirche Predigten halten und die Schrift verbreiten dürfen! Doch diese Person, noch dazu eine Frau, stellt sich hin und predigt und legt das Wort Christi auf ihre Weise aus! Schön, sie sagt vor allem, wie auch Jesus es uns gelehrt hat, dass wir einander lieben und Gutes tun sollen, aber sie behauptet auch, dass jeder, der seine Sünden bereut, ins Paradies eingehen kann, egal, ob er Christ, Jude oder Sarazene ist. Sie selbst stellt sich als eine bescheidene, vom Glauben durchdrungene Frau dar, aber ihre Anhänger sehen in ihr den Heiligen Geist! Dann ist da noch eine Sache: Man erzählt sich, sie sei eine Heilerin. Fragt mich nicht, wie und wann ich das erfahren habe, aber ich weiß aus sicherer Quelle, dass Guglielma bei den Zusammenkünften mit ihren Jüngern Kranken die Hände auflegt. Jemand, der es mit eigenen Augen gesehen hat, hat mir berichtet, dass die Hinfälligen ihr Haus genesen verlassen. Ich weiß nicht, Bruder, ich weiß nicht … Eines ist sicher: Was ich gehört habe, ist längst auch den Inquisitoren bekannt, die dabei sind, Informationen zu sammeln und die Namen ihrer Anhänger herauszufinden. Nun versteht Ihr, warum mir Eure Begegnung mit der Frau solche Sorgen macht. Guglielma, die mit einiger Sicherheit eine Ketzerin ist, im Gespräch mit einem Abgesandten des Abtes von San Simpliciano! Wie viele Augen mögen Euer Beisammensein beobachtet, wie viele Ohren Eure Worte gehört haben?«

Arnolfos Bedrücktheit, die er nun, da er Matthew ins Vertrauen gezogen hatte, nicht länger verbarg, grub sich in sein Gesicht. Dunkle Augenringe machten seinen Blick schwer und düster und die beiden tiefen Falten um seine Mundwinkel gaben ihm einen bitteren Zug. Matthew hätte ihn gern beruhigt und ihm erzählt, wie freundlich Guglielma mit ihm gesprochen hatte, aber er schwieg. Er hatte den Schauder nicht vergessen, den die Berührung ihrer Hand ausgelöst hatte, den Aufruhr in seinen Eingeweiden beim Blick ihrer fiebrigen Augen, die rätselhaften Sätze, die er aus ihrem Mund gehört hatte. Und warum nannten alle sie »die Böhmin«, wenn sie doch seine Sprache sprach und behauptete, Engländerin zu sein? Woher kannte sie seinen Namen? Zu viele Ereignisse waren ihm in den letzten zwei Jahren unerklärlich geblieben, und deren mysteriöse Abfolge hatte den Weg vorgezeichnet, den er gegen seinen Willen gegangen war. Jetzt kam eine neue seltsame Vision hinzu und war dabei, sein Leben zu bestimmen. Wie um sich zu vergewissern, dass er nicht geträumt hatte, tastete Matthew in seinen Taschen nach den Steinen. Nein, er hatte sich nichts eingebildet, die Kiesel waren da und drückten auf seinen Oberschenkel.

»Vielleicht habe ich einen Fehler gemacht«, fuhr Arnolfo fort und rieb sich nachdenklich das Kinn mit dem Handrücken. »Ich hätte nie mit diesen Nachforschungen anfangen sollen. Andererseits, was blieb mir übrig? Selbst wenn ich meine verrückten nächtlichen Erscheinungen ignoriert hätte, wäre diese Angelegenheit früher oder später ans Licht gekommen. Ich werde ständig von oben unter Druck gesetzt, dass ich Lanfranco Calgarios wahre Natur enthüllen und ihn in Misskredit bringen soll. Niemand will ihn auf dem Posten des obersten Richters sehen, und dieser mutmaßliche Mord an Caterina scheint die einzige Handhabe zu sein ihn aufzuhalten. Wir können jetzt nicht mehr zurück. Fahrt Ihr mit Eurer Suche fort, Pater, während ich zum Allerhöchsten beten werde, damit er über Euch wacht. Jetzt, da Ihr sehr viel mehr wisst als zuvor und die Gefahren und Fallstricke kennt, müsst ihr noch vorsichtiger sein. Ich hingegen werde versuchen, meine Verbindungsleute hinzuhalten, um so viel Zeit wie möglich zu gewinnen. Außerdem werde ich um eine Unterredung mit Pater Gaudenzio bitten, einem der Franziskaner, die sich mit der Ketzerei hier in der Stadt beschäftigen. Er ist einer der wenigen zuverlässigen Männer, die ich in diesem Orden kenne, und ich denke, ich kann mit ihm rechnen, auch weil er mir einen Gefallen schuldet. Bestimmt findet er sich bereit, mich über die Absichten seiner Oberen hinsichtlich der Böhmin auf dem Laufenden zu halten. Jetzt geht, Pater Matthew, und vermeidet gefährliche Begegnungen, wenn es Euch möglich ist.«

Arnolfos Gesichtszüge verrieten eine große Mattigkeit, und seine Gestalt war in sich zusammengesunken. Als er sich verabschiedete, empfand Matthew Mitgefühl für diesen Mann. Ihn drückte eine Verantwortung nieder, die er sich bestimmt nicht ausgesucht hatte und die eigentlich nicht zu seinen seelsorgerischen Aufgaben gehörte, und doch kam er seinen Pflichten nach, ohne zu wanken. Gehorsam, Gehorsam, immer wieder Gehorsam ... Das war der Dreh- und Angelpunkt des Ordenslebens, viel mehr als Glaube und Nächstenliebe, welche bei jedem Kirchenmann als selbstverständlich angesehen wurden. Der Gehorsam legte allen Fesseln an, vom einfachsten Mönch bis hin zum Abt; ein Gehorsam gegenüber einer Kirche, die sich oft mehr als strenge Matrone denn als gütige, verständnisvolle Mutter erwies. Der Gehorsam war das schwerste Joch, das es zu tragen galt, vor allem weil er in bedingungsloser Form gefordert wurde, auch angesichts offensichtlicher Ungerechtigkeiten.

Ein heftiges Gefühl der Auflehnung bemächtigte sich seiner. Er hatte es schon öfter während seiner langen Pilgerzeit erfahren, und obwohl er Gott jedes Mal stillschweigend um Verzeihung bat, konnte er diese Regung nicht wirklich ausmerzen. Wie ein Kind, das man bei einem Fehltritt erwischt und ausgeschimpft hat, zerknirscht verspricht, es nicht wieder zu tun, obwohl es im Herzen weiß, dass es wieder vorkommen wird, so wusste der Mönch, dass er für dieses Leben absoluten Gehorsams nicht geschaffen war. Immer häufiger bedauerte er es, dass ihm kein anderes Dasein in einem Umfeld mit weniger strengen Regeln beschieden war. Ärgerlich über sich selbst, ging Matthew schweren Schrittes auf seine Zelle zu, wo er sich vor das Kreuz knien und Gott wieder einmal um Nachsicht und um Kraft für die Bewältigung seiner Aufgabe bitten würde.

KAPITEL 20

Die drei Kinder spielten versteckt in einem dunklen Winkel der Gassen, die von der Via Porticata zum Brolo-Hospital führten. Eines von ihnen war in einen roten, verblichenen Lumpen gehüllt und hielt fein geschnittene Scheibchen von weißen Rüben in den Händen. Mit ernsthaftem Gebaren legte es sie auf die ausgestreckten Zungen der beiden anderen, die vor ihm knieten. Sie mussten lachen dabei, was aber nur als unterdrücktes Kichern herauskam, weil niemand sie bei diesem Spiel der »Rüben-Hostie« erwischen durfte, das von den Priestern streng verboten war. Die Nähe einer Basilika, der Apostelkirche, schreckte sie dabei keineswegs ab, sondern stachelte ihre Kühnheit nur noch an. Eine große Anzahl von Mönchen und Priestern kam ständig durch dieses Gassengewirr, und es erhöhte nur den Reiz des Spiels, ihre blasphemische Handlung vor ihnen geheim zu halten.

An diesem Morgen kam jedoch alles anders. Ein kleines Stückchen Rübe blieb einem der Jungen im Hals stecken, der krampfhaft husten musste, um nicht daran zu ersticken. Durch sein Geröchel wurde ein Priester aufmerksam, der gerade um die Ecke geeilt war. Er machte kehrt und schlug dem Jungen kräftig auf den Rücken, damit er das Verschluckte ausspucken konnte. Als er gerade weitergehen wollte, froh, dem Kleinen aus der Klemme geholfen zu haben, bemerkte er, dass die anderen beiden ihn stumm vor Schreck anstarrten, und begriff sofort, was sie gespielt hatten. Die Hälfte der klein geschnittenen Rübe lag noch auf dem Boden, und winzige Bröckchen hingen an dem elenden Lumpen, den der größte Junge um die Schultern trug. Der Priester stieß ein zorniges Gebrüll aus, doch sein Mund war schneller als seine Beine, die den Knaben nicht folgen konnten. Aus Angst vor seinem Geschimpfe und dem Gespött der anderen Kinder, dem sie bald darauf in der Kirche ausgesetzt sein würden, nahmen sie die Beine in die Hand und verschwanden in den umliegenden Gassen. Verärgert über seine langsame Reaktion und seine Einfalt, setzte der Priester seinen Weg zur Kirche fort, wobei er vor sich hin brummelte, dass jemand diesem Skandal endlich ein Ende setzen müsse. Dieses gotteslästerliche Spiel war bei den Kindern Mailands schon seit Barbarossas Zeiten beliebt, und keine noch so strenge Bestrafung hatte es bisher unterbinden können. Es bedurfte eines amtlichen Erlasses, dachte er, ähnlich dem, der die Spiele der Erwachsenen regelte. Er würde mit dem Abt darüber sprechen, und falls das nicht genügte, bis zum Erzbischof gehen. Dieser frevelhafte Ulk musste aufhören, dafür würde er persönlich sorgen …

Während der Priester in streitbarer Stimmung die Basilika betrat, endete die überstürzte Flucht eines der drei Knaben zwischen den Beinen Lanfrancos, der mit seinen besten Gewändern angetan auf dem Weg zu den Gärten des Erzbischofs war. Dort erwartete ihn dessen Sekretär, den er um ein Gespräch gebeten hatte. Es würde ein wichtiger Tag werden, sagte er sich, ein wichtiger Schritt auf dem Weg zu seinem Amt, das ihm niemand mehr verweigern konnte, wenn erst einmal klar wurde, was er der Kirche und der Stadt für ein Geschenk zu machen beabsichtigte. Seine Gedanken wurden jedoch abrupt von einem kräftigen Tritt gegen die Schienbeine unterbrochen, den ihm der kleine Flüchtling beim Zusammenstoß verpasste.

»Wo guckst du denn hin, verdammt? Hast du keine Augen

im Kopf? Warum wirfst du dich nicht in den Stadtgraben, damit dich die Fische fressen?«, schrie er außer sich vor Wut und sah nach, ob sein seidener Umhang Schaden genommen hatte. Der Knabe rappelte sich vom Boden auf und wagte aus Furcht vor dem brutalen Blick des Mannes noch nicht einmal sich zu entschuldigen, sondern nahm schleunigst die Flucht wieder auf. Er hoffte, dass seine Freunde auch davongekommen waren, und beschloss, nach Hause zu laufen. Das war kein guter Tag, vielleicht brachte das Hostien-Spiel, das sie schon so oft gespielt hatten, ja wirklich Unglück, vielleicht sollte er seine Kameraden davon überzeugen, es nicht mehr zu spielen. Außerdem war er jetzt eigentlich groß genug, um mit dem Würfelspiel zu beginnen. Wie oft schon hatte er seinen Vater die städtischen Bestimmungen unterlaufen sehen, die jedes nächtliche Spiel verboten. Im Schutz der Dunkelheit kam er abends mit seinen Freunden in seiner Behausung zusammen, in der Kammer unter der Treppe, wo er beim Licht eines Kerzenstummels bis tief in die Nacht würfelte, ohne auf die besorgten Proteste seiner Frau zu achten. Der Junge wollte es seinem Vater gleichtun, aber bei Tag und gut versteckt. Er wusste, wo der Vater die Würfel aufbewahrte, und würde sie heimlich an sich nehmen und ihren Gebrauch erlernen. Getröstet von diesem Gedanken grinste er in sich hinein und eilte nach Hause, ohne auf seine brennenden, aufgeschürften Knie zu achten.

»Der Schleier von Sant' Agata, sagt Ihr?«

Ugone Balbo, der Privatsekretär des Erzbischofs, drehte vorsichtig ein abgenutztes Stück Leinen in den Händen. Der Lappen, kaum größer als eine Hand, war schmutzig grau und an mehreren Stellen angesengt, wobei er sich an einer Seite zu einer langen verkohlten Franse verlängerte.

»Ja, Exzellenz, es handelt sich tatsächlich um eine Reliquie!«, antwortete Lanfranco süßlich. »Wie Ihr sicher wisst, erlitt die Heilige das Martyrium des Feuers, nach all den anderen furchtbaren Qualen, denen sie ausgesetzt war. Es heißt, dass die Flammen zwar ihren Körper verzehrten, nicht aber den Schleier, in den sie eingehüllt war. Dieser wurde von ihren Mitschwestern aufbewahrt und wie ein Augapfel gehütet. Er ist zu einem Gegenstand der Verehrung im fernen Sizilien geworden, und die Leute sagen, wenn man ihn bei einer Prozession zu dem Berg trägt, der Teufel spuckt …«

»Ich brauche wohl kaum über das Leben der Heiligen belehrt zu werden!«, rief Ugone verärgert aus und musterte Lanfranco streng. Dieser Mann gefiel ihm nicht; hinter seiner höflichen, servilen Art war eine ganz andere Natur zu erahnen. Ugone pflegte den Menschen ohne Vorurteile zu begegnen, doch er besaß ein feines Gespür für ihre Charaktereigenschaften, und was von diesem Lanfranco ausging, war eine nur notdürftig unterdrückte Grausamkeit. Außerdem mangelte es ihm an Respekt, oder er war nicht genug mit den Kirchenhierarchien vertraut, wenn er sich erlaubte, ihm, dem Sekretär der höchsten religiösen Autorität Mailands, zu erklären, wer die Heilige war und wie sie zu Tode gemartert wurde! Und dann noch der Berg, der Teufel spuckte, also wirklich! Wen meinte er, vor sich zu haben, einen abergläubischen Bauern? Jeder Mann von ein wenig Gelehrsamkeit wusste, dass der Ätna ein Vulkan war, aus dessen Eingeweiden Feuer und Lava strömten. Ugone versuchte, seine wachsende Gereiztheit zu beherrschen, legte das Stück Leinen wieder in den kleinen Schrein zurück und sah Lanfranco forschend in die unsteten Augen.

»Sagt, von wem habt Ihr diese Reliquie erhalten?«

»Das ist eine lange Geschichte«, erwiderte Lanfranco, der seine gewohnte Dreistigkeit schnell zurückgewann. »Ich weiß selbst nicht genau, woher sie stammt, aber derjenige, der sie mir gegeben hat, behauptet, sie sei aus dem Grab der Heiligen geraubt worden, und zwar von einigen Sarazenen, die vom Hof

Kaiser Friedrichs davongejagt wurden. Anscheinend haben diese Ungläubigen aus Rache für das erlittene Unrecht dieses und andere Märtyrergräber geschändet, ehe sie sich aus dem Staub machten …«

»Aber das ist ja ein Sakrileg! Und Ihr wagt es, mir die Frucht eines solchen Frevels anzubieten?«, unterbrach ihn Ugone empört.

»Wartet, wartet, die Geschichte ist noch nicht zu Ende. Die Flucht dieser Sarazenen geriet zu einer Katastrophe, denn sie kamen alle ums Leben: Manche ertranken im Meer, andere wurden vom Blitz getroffen, wieder andere von Felsbrocken erschlagen. Der Letzte dieser Männer erkannte, ehe er unter schrecklichen Qualen starb, dass die geraubte Reliquie einen Fluch ausgelöst hatte, dem sich keiner von ihnen entziehen konnte. Mit seinem verbliebenen Lebensodem gestand er das begangene Verbrechen dem vorbeikommenden Diener eines Kaufmanns und bat ihn, die Reliquie wieder an ihren Ursprungsort zurückzubringen. Was dieser Diener dann damit gemacht hat, weiß ich nicht, aber man erzählt sich, dass der Schleier der Heiligen Wunder zu wirken begann, als er von Hand zu Hand wanderte. Kranke, die ihn berührten, wurden wieder gesund, überflutende Sturzbäche hielten mitten im Lauf inne, wenn man ihn am Ufer ausbreitete, Brände erloschen von allein, ohne dass man Wasser darauf schütten musste. Ihr seht also, dass es sich um eine echte Reliquie handelt …«

»Ihr habt mir immer noch nicht verraten, wie Ihr in den Besitz gelangt seid«, unterbrach ihn Ugone erneut, dem der schmeichlerische Ton seines Gegenübers immer mehr auf die Nerven ging.

»Ich habe sie von einem Bettelmönch, dem ich vor kurzem auf der Straße nach Lodi begegnet bin. Er war gerade einer der üblichen Verwüstungen entronnen, die die Soldaten des Kaisers in unserer Region anrichten, und hatte seit Tagen nichts gegessen. Der arme Mann tat mir Leid, und so habe ich ihm etwas zu essen und ein Lager in einer Herberge verschafft. Um mich für meine Großzügigkeit zu entlohnen, hat er mir diese Reliquie anvertraut und mir ihre Herkunft erklärt, wie ich es Euch eben berichtet habe. Er selbst, sagte er, habe sie von einem Pilger auf dem Weg nach Santiago de Compostela erhalten.«

Die offensichtliche Verlogenheit dieser Behauptungen verursachte dem Sekretär körperliches Unwohlsein. In seinem Magen rumorte es, und seine zu Fäusten geballten Hände begannen unter den Falten seiner Kutte zu zittern. Ugone wusste, dass diese Anzeichen einem Wutanfall vorausgingen, und um seiner Gefühle Herr zu werden, setzte er sich auf den hohen Sitz unter dem Fenster des Arbeitszimmers und schloss die Augen. Es mangelte an Luft in diesem Zimmer, in dem die beiden Wände neben der Tür von oben bis unten mit hohen Schränken voller Pergamente, Bücher und Register bedeckt waren. Auf einem Pult neben dem Stuhl lagen zwei kostbare, mit Miniaturen verzierte Kodizes, die bei den Psalmen aufgeschlagen waren, während an den übrigen Wänden wertvolle Wandteppiche mit biblischen Szenen hingen. Der vertraute, schwere Pergamentgeruch in dem kleinen Raum wurde heute von einem süßlichen Parfüm überlagert, das gewiss von Lanfranco ausging. Angeekelt von der Vorstellung, dass dieser Mann sich wie eine Dirne parfümierte, atmete Ugone tief durch und schlug die Augen auf.

»Und was wollt Ihr nun genau von mir oder besser gesagt vom Erzbischof?«

Lanfranco ließ sich von dem schneidenden Ton des Sekretärs keineswegs entmutigen. Unterwürfig lächelnd reichte er Ugone den kleinen Schrein mit der Reliquie.

»Ich möchte diese Reliquie der erzbischöflichen Kirche und der Stadt zum Geschenk machen in der Hoffnung, dass die

Heilige Agata sie vor Unglück, Krieg, Feuer und Hungersnot bewahren möge. Das war mein Wunsch von dem Moment an, als dieser heilige Schleier in meine bescheidenen Hände geriet. Wenn ich zum Richter ernannt werde, wird das Wissen darum, dass ich das Schicksal der Stadt günstig beeinflusst habe, mir dabei helfen, meine Aufgaben besser zu erfüllen.«

Aha, jetzt hatte er es also ausgespuckt! In seiner grenzenlosen Überheblichkeit hatte dieser Mann nun endlich auch seine ganze Dummheit vorgeführt. Er war also dieser niedere Adelige, dieser großtuerische Gewaltmensch, von dem man in den Palästen am Broletto redete! Sein Instinkt hatte ihn also nicht getrogen, als er diesen Calgario als unzuverlässig eingeschätzt hatte. Was sollte er jetzt tun? Leone da Perego war nicht in der Stadt und würde erst in zwei Wochen wiederkommen, und er selbst durfte sich nicht die Macht anmaßen, dieses Gewürm ohne triftigen Grund vom erzbischöflichen Sitz zu verjagen. Außerdem, auch wenn Lanfranco sich mit der falschen Reliquie die Unterstützung der Mailänder Kirche für die Erlangung eines öffentlichen Amtes sichern wollte, lag die endgültige Entscheidung doch bei der weltlichen Regierung. Die Stadtoberen hatten über sein Begehren zu entscheiden, und er, Ugone, würde baldmöglichst mit Baldo Oldrati sprechen, dem Sekretär des Podestà, um ihn vor diesem Mann zu warnen.

Ugone stand auf, nahm schweigend den Schrein entgegen und stellte ihn auf das Pult neben die Kodizes, wobei er den Abscheu zu verbergen suchte, den die bloße Berührung dieses Gegenstands in ihm auslöste.

»Sobald der Erzbischof wieder in Mailand ist, werde ich ihm Eure Reliquie zeigen. Wenn es ihm angebracht erscheint, wird er Euch zu sich bestellen. Für jetzt habe ich Euch nichts weiter zu sagen. Gehet in Frieden.«

Enttäuscht über diese eilige Verabschiedung, verbeugte Lanfranco sich und verließ das Arbeitszimmer, ohne die Zornesröte ganz verbergen zu können, die ihm ins Gesicht stieg.

Ugone warf noch einen Blick auf die billige Seide des Umhangs seines Bittstellers und machte dann schleunigst das Fenster auf. Anschließend beugte er sich über den silbernen Schrein, auf dem bunte Steine funkelten, die kostbar erscheinen sollten. Er öffnete ihn und betrachtete das Stück Tuch darin. Nach allem, was er wusste, konnte es sich ebenso gut um einen Fetzen vom Hemd einer der vielen Prostituierten der Stadt handeln.

Lanfranco hatte seine Kleider zu Boden geworfen, ohne sich um den Dreck zu kümmern, den sein Diener noch nicht aufgefegt hatte. »Dieser Kerl arbeitet immer weniger!«, schimpfte er vor sich hin. Auch wenn er seit Monaten keinen Lohn bekommen hatte, durfte er sich wohl kaum beschweren. Schließlich hatte er ein Dach über dem Kopf und bediente sich reichlich aus der Speisekammer seines Herrn, wobei er auch den Wein nicht überging … Mit nacktem Oberkörper, nur mit den Beinkleidern angetan, die seine muskulösen Waden frei ließen, ging er zu der offenen Fensterluke. Die Luft an diesem frühen Nachmittag war feucht und schwül und jenseits der Stadtmauern kündigte eine scheinbar unbewegliche Wand aus bleigrauen Wolken ein neues Gewitter an. Durch die Tür zur Loggia seines schäbigen Palazzos konnte Lanfranco das übliche Kommen und Gehen von Lastkarren, Soldaten, Dienern und Herren beobachten, die von der Porta Orientale zur Stadtmitte und zurück strebten. Der Anblick dieses immergleichen geschäftigen menschlichen Treibens verursachte ihm Übelkeit. Er musste sauer aufstoßen und verspürte ein heftiges Brennen in seiner Kehle. Missmutiger denn je ging er zur Weinkaraffe, und nachdem er sich eingeschenkt hatte, merkte er, dass sein Trinkkrug angeschlagen war und aus einem feinen Riss am Boden Flüssigkeit auf den Tisch sickerte, wo sich bereits mehrere klebrige Kringel auf dem Holz gebildet hatten. Wütend schleuderte er ihn zu Boden, wo der Wein eine dunkle Pfütze bildete und sich mit dem dicken Staub auf den Dielen zu einem zähen Brei vermengte. Das saure Aufstoßen wiederholte sich, gefolgt von einem Hustenanfall. Lanfranco hielt sich die Brust und ging nach Luft schnappend zum Fenster. Als sein Atem sich beruhigt hatte, zwang er sich zur Ruhe und begann nachzudenken. Wann würde der Erzbischof nach Mailand zurückkehren? Warum hatte sein Sekretär ihn so herablassend behandelt – glaubte er vielleicht nicht an die Echtheit der Reliquie? Eine höhnische Grimasse erschien auf seinem Gesicht. Wenn Ugone wüsste, wie er an dieses elende Stück Stoff gelangt war, hätte er ihn mit Fußtritten aus dem Palast gejagt! Die Grimasse wurde zu einem Grinsen, das schließlich in lautes, heiseres Gelächter überging. Dieser »Schleier der heiligen Agata«, wie er ihn fantasievoll genannt hatte, war nichts anderes als ein Fetzen von Caterinas Hemd, der in der Nacht, als er sie umgebracht hatte, in seinen Händen zurückgeblieben war. Er hatte ihn sorgfältig aufbewahrt mit dem Hintergedanken, dass er ihm eines Tages vielleicht noch nützlich sein könnte. Und in der Tat – was wäre besser geeignet, sein Ansehen zu erhöhen, jetzt, da ein öffentliches Amt zum Greifen nahe war, als sich auch die kirchliche Macht geneigt zu machen, indem er ihr eine seltene Reliquie anbot? Mit äußerster Vorsicht hatte er die Ränder des Stoffstückes an einer Kerzenflamme angesengt und es dann im Garten vergraben, wo Würmer und Fäulnis ihm das Aussehen eines sehr alten, durch viele Hände gegangenen Gegenstandes gegeben hatten. Danach hatte er das silberne Kästchen von einem der mittelmäßigen Handwerker vor den Toren der Stadt ziselieren lassen. Das Ergebnis hatte seinen Erwartungen überhaupt nicht entsprochen, aber dafür war der Preis gering gewesen, und so hatte er sich dennoch zufrieden gegeben, allerdings nicht ohne den Goldschmied für seine schlechte Arbeit zu beschimpfen. Wie lange hatte er an dieser Geschichte gefeilt, die er dem Erzbischof über die Reliquie erzählen wollte! Seiner Ansicht nach hatte er einen plausiblen Hergang erfunden, hatte ihn immer wieder verändert und verbessert, bis die überzeugendste Version herausgekommen war. Er war sicher, dass man ihm glauben würde, denn diese Dummköpfe von Priestern waren so gierig nach Wundern und Heiligengeschichten, dass sie die Reliquie wie Manna vom Himmel annehmen und dem Schatz einer der zahlreichen Kirchen der Stadt hinzufügen würden. Er musste nur noch ein wenig Geduld haben, dann würde sich mit der Rückkehr des Erzbischofs und des Podestà alles zum Besten regeln. Niemand konnte ihm dieses Amt mehr verweigern, niemand kannte seine Vergangenheit …

Ermuntert von diesen Gedanken, legte Lanfranco sich auf sein Lager. Weil er verschwitzt war, riss er sich auch die Hose vom Leib, und als seine halb geschlossenen Augen seinen nackten Körper hinunterwanderten, verweilten sie bei seinem Penis. Auch im schlaffen Zustand war ihm seine Größe und Potenz anzusehen. Zufrieden grinsend drehte Lanfranco sich zur Wand und schlief ein.

Am anderen Ende des Zimmers war ein Rinnsal des vergossenen Weins über den schief geneigten Boden bis zu dem Gewand gelaufen, das zerknüllt auf den alten Kirschholzdielen lag. Ein großer, rosafarbener Fleck breitete sich nach und nach auf der Seide aus und schuf ein neues, ungewöhnliches Muster.

KAPITEL 21

Ich kann das nicht tun, versteht Ihr nicht? Ich kann so etwas nicht machen, ich bin dazu nicht in der Lage. Ich bin kein Chirurg!«

Racheles mitleidsvolle Augen richteten sich auf Allegranza. Die tränennassen Wangen des Mädchens glänzten im Kerzenlicht und waren gerötet. Ihre untätig im Schoß liegende Hand ließ erkennen, dass die beiden letzten Finger durch eine feine Haut verbunden waren, milchig und durchscheinend wie ein Schleier. Die so zusammengewachsenen Fingerglieder bildeten eine Art winzigen Fächer.

»Aber diese Frau hat mich zu Euch geschickt und mir versichert, dass Ihr es tun könnt! Lieber Gott, Ihr seid es, die nicht versteht ... Ich kann diese Hand nicht länger verstecken. Bis vor kurzem war mir diese Missbildung zwar peinlich, das gebe ich zu, aber ich hatte mich langsam an die Behinderung und an den Spott der Leute gewöhnt. Aber jetzt ... jetzt kann ich nicht mehr ...« Allegranzas Worte gingen in einem herzzerreißenden Schluchzen unter.

»Weil Ihr jetzt verliebt seid, nicht wahr?«, fragte Rachele sanft und strich ihr über die zerzausten Haare. Allegranza sah sie an und nickte nur, während ihr noch mehr Tränen übers Gesicht strömten.

»Glaubt Ihr denn, der Mann, den Ihr liebt, wird Euch wegen dieses kleinen Schönheitsfehlers ablehnen? Oder weiß er noch gar nichts davon? Sagt, habt Ihr die Hand in seiner Gegenwart bisher immer versteckt?«

Allegranza schluckte und antwortete schluchzend, dass sie zwar versucht habe, ihre Schwimmhaut zu verbergen, ihr Liebster sie aber schon bei ihrer zweiten Begegnung entdeckt habe.

»Und jetzt will er nichts mehr von Euch wissen?«, fragte Rachele besorgt.

»Nein, im Gegenteil, er sagt, dass er mich liebt und mich immer lieben wird und dass meine Hand ein Zeichen des Himmels sei. Dass meine Finger verbunden sind, wie wir es durch das heilige Band der Ehe sein werden.«

»Aber warum seid Ihr dann so mutlos?«

»Ihr müsst wissen«, fuhr Allegranza fort, der es endlich gelang, ihre Tränen zu trocknen, »dass er der erstgeborene Sohn eines bekannten Händlers ist, und ich bin so gut wie sicher, dass dieser Mann mich nicht als Braut seines Sohnes akzeptieren wird. Sie sind wohlhabende Leute, gehören der Zunft der Waffenschmiede an, während ich nur über eine bescheidene Mitgift verfüge, die meine Eltern gerade erst unter Mühen und Entbehrungen zusammengetragen haben. Wir sind zu verschieden, was das Vermögen anbelangt, als dass ich hoffen könnte, in diesem Haus wohlwollend aufgenommen zu werden. Und dann habe ich noch diese Missbildung – sie werden sagen, es sei das Merkmal des Teufels, ich sei eine Hexe … Versteht Ihr jetzt, warum ich hergekommen bin? Ich kann mich seiner Familie doch nicht mit dieser Hand vorstellen. Sein Vater wird ihm verbieten, mich weiter zu sehen, und er wird ihm gehorchen. Unsere Liebe wird im Keim erstickt werden, statt zu wachsen. Deshalb habe ich gehofft, dass Ihr wenigstens dieses Hindernis …«

Das Schluchzen hatte wieder eingesetzt, wenn auch unterdrückt, und begleitete ihren erregten Redeschwall. Rachele schwieg machtlos angesichts ihrer Verzweiflung.

Sie machte sich Sorgen. Innerhalb weniger Wochen waren gleich zwei Menschen zu ihr gekommen, um sie um Hilfe zu bitten. Zuerst Remigio und jetzt diese unglückliche junge Frau. Das bedeutete, dass jemand im Viertel über ihre gelegentlichen Behandlungen Bescheid wusste. Obwohl sie jeden beschwor, Stillschweigen zu bewahren, hatte irgendein unbedachter Mensch offensichtlich zu viel geredet. Ihre Lage wurde immer prekärer; sie würde damit aufhören müssen, die Ärztin zu spielen, und sich ganz auf ihre Arbeit als Stickerin konzentrieren. Die bittere Wahrheit war, dass sie den ersehnten Beruf niemals würde ergreifen können. Auf einmal vermischte sich ihr Mitgefühl für dieses Mädchen, das kaum jünger war als sie selbst, mit ihrer eigenen Traurigkeit, und Rachele fand keine Worte des Trostes für sie beide.

Plötzlich, als sie sich umdrehte, um sicherzustellen, dass der Kerzenstummel nicht ganz ausging, nahm sie eine Bewegung im Zwielicht des Zimmers wahr. Erschrocken sprang sie auf. In der Tür zum hinteren Zimmer zeichnete sich Isaacs Gestalt ab, die gebeugt und auf einen Stock gestützt auf sie zuschlurfte.

»Vater! Was macht Ihr denn? Ihr wisst doch, dass Ihr nicht kräftig genug seid!«

Isaac sah sie wortlos an, bezwang sein Keuchen und setzte seinen mühseligen Gang fort. Auch Allegranza stand verwundert auf und strengte ihre noch vom Weinen trüben Augen an, um die Gesichtszüge des Juden zu erkennen. Ein langer, fast weißer Bart umrahmte sein Gesicht, und seine ebenfalls weißen, wirren Haare reichten bis zum Halsansatz. Die dunklen Augen, die das hohe Alter wässerig gemacht hatte, waren von geschwollenen, geröteten Lidern umgeben. Mit der rechten Hand, die mager und knotig war, umklammerte er den Stock, während die linke vorsichtig nach anderen Stützen in der Umgebung tastete, um das Gleichgewicht zu halten. Sein verschlissenes Gewand hing schlackernd um seinen skeletthaften Körper.

Nach einer endlos scheinenden Weile erreichte Isaac den Schemel, auf dem Rachele gesessen hatte, und ließ sich mit Hilfe der Tochter darauf nieder. Die Anstrengung dieses kurzen Weges hatte ihn erschöpft, sodass er für einen Moment die Augen schloss und seine restliche Kraft darauf richtete, wieder gleichmäßig zu atmen. Dann machte er Allegranza ein Zeichen, sich vor ihn zu setzen und ihm ihre Hand zu zeigen. Eingeschüchtert ließ die junge Frau es zu, dass er sie ergriff.

»Rück die Kerze näher heran, Rachele.«

Isaacs Stimme klang heiser und röchelnd, und seine Tochter war so verblüfft, dass sie keine Einwände mehr erhob. Er betrachtete Allegranzas Finger eingehend, wendete sie hin und her, krümmte sie, bog sie übereinander, drehte ihr Handgelenk und schloss die Hand zu einer Faust. Schließlich sah er die junge Frau mit seinem scharfsichtigen Blick an, den die Krankheit noch nicht hatte erlöschen lassen.

»Ich habe einen solchen Eingriff schon vorgenommen, vor vielen Jahren, in Salerno. Ein arabischer Chirurg hat mir eine Technik beigebracht, bei der man kein Messer, sondern ein Kauterium verwendet. Auf diese Weise können die Finger sauber voneinander getrennt werden und sind danach einzeln voll beweglich. Da ich diese Methode bereits ausprobiert habe, sehe ich keinen Grund, es nicht erneut zu versuchen. Ich werde Euch selbst operieren, da meine Tochter noch nicht die nötigen Fähigkeiten besitzt.«

Die Ungeheuerlichkeit dessen, was sie gerade gehört hatte, ließ Rachele auffahren.

»Aber Vater, dass könnt Ihr nicht tun, Ihr seid krank! Ich werde einen anderen Arzt suchen, der die Operation ausführen kann. Ihr dürft das nicht, Vater …«

Isaac wandte sich schwerfällig zu seiner Tochter um. Seine Augen funkelten und Rachele glaubte, jene lebhafte Intelligenz wieder in ihnen leuchten zu sehen, die schon vor vielen

Jahren ihre Kinderträume beflügelt hatte. Überwältigt von ihren Gefühlen gab sie sich der absurden Hoffnung hin, er könne die Krankheit überwunden haben und wieder ganz der Alte werden.

»Kein anderer Chirurg würde es tun«, sagte Isaac streng zu ihr. »Glaubst du denn, in dem Krankenhaus, in dem sie als Famula arbeitet, hat noch kein Arzt ihre Hand bemerkt? Unser Eid verpflichtet uns, jedem ärztliche Hilfe zu gewähren, der sie braucht. Wenn sich also bisher niemand erboten hat, dieses Mädchen zu operieren, kann das nur zweierlei bedeuten: Entweder hat sie nicht danach gefragt, weil sie nicht genug Geld hat, oder es gibt hier in der Stadt keinen Chirurg, der den Eingriff vornehmen kann.«

Die Strapaze, sich klar und überzeugend zu äußern, hatte Isaac wieder in Atemnot gebracht, aber nur vorübergehend. Als hätte die Aussicht, seinen Beruf noch einmal ausüben zu können, ihm plötzlich neue Kraft und Energie gegeben, stand der alte Mann auf seinen Stock gestützt auf und gab seiner Tochter Anweisungen.

»Sieh nach, ob in meiner Medizintruhe noch genug Leinenläppchen sind. Wenn nicht, besorge dir eine Spanne Tuch und schneide sie in lange, schmale Streifen. Nachdem du sie abgekocht hast, lässt du sie in der Sonne trocknen und wickelst sie in einen sauberen Lappen ein. Du musst auch die chirurgischen Instrumente säubern, die sich in dem Holzschränkchen befinden. In der Medizintruhe findest du Opium und ätzende grüne Salbe als Antiseptikum sowie die Kräuter, die zur vollständigen Verheilung nötig sind: Schafgarbe, Capsella, Weidenrinde und Knoblauch. Und du«, wandte er sich an Allegranza, »kommst heute in einer Woche wieder, bei Morgengrauen. Sorg dafür, dass niemand dir folgt oder etwas davon erfährt.«

Ohne eine Antwort abzuwarten, drehte Isaac sich um und verschwand langsam wieder im Hinterzimmer.

Racheles Verstand arbeitete fieberhaft. Auf ihr erstes Erstaunen und ihre Sorge war eine neue Erkenntnis gefolgt: Ihr Vater würde nicht wieder gesund werden, das stand fest, aber vielleicht wollte er ihr mit dieser mutigen Demonstration ärztlicher Verantwortung eine letzte, liebevolle Lehre erteilen, ihr, der Tochter, die sich nichts sehnlicher wünschte, als in seine Fußstapfen zu treten. Es war, als wollte er sie mit den ernsten Worten von eben anspornen, ihr Ziel weiter zu verfolgen, ohne Angst vor Schwierigkeiten und Gefahren. So wie er, der dem Tode nahe das eigene Leiden hintanstellte, um einem Mitmenschen zu helfen, so sollte auch sie zum Wohle anderer handeln, wenn er nicht mehr da wäre. So sehr sie den Mut ihres Vaters bewunderte, hatte Rachele doch auch Angst. Wer wollte garantieren, dass Isaac am Tag der Operation nicht eine Krise hatte, die schlimmer war als alle zuvor, vielleicht noch begünstigt durch die Aufregung vor dem schwierigen Eingriff? Wie konnten sie sicher sein, dass seine vom Alter verformten Hände noch fähig waren, an der richtigen Stelle zu kauterisieren? Wie groß war das Risiko, das sie alle eingingen?

Ihre wild durcheinander wirbelnden Überlegungen und Bedenken kamen sofort zum Stillstand, als ihr Blick auf Allegranza fiel, die übers ganze Gesicht strahlte. Das Mädchen hing seinen eigenen Gedanken nach und betrachtete lächelnd die missgebildete Hand in ihrem Schoß.

»Danke«, murmelte sie und sah zu Rachele auf. »Wie kann ich mich je erkenntlich zeigen? Ich kann nichts bezahlen, wie Ihr wisst, zumindest jetzt nicht …«

»Niemand hat etwas von Euch verlangt, Allegranza, seid deswegen ganz beruhigt. Mit der Bezahlung hat es Zeit, keine Sorge.«

Das Mädchen stand auf und wollte sich verbeugen, doch Rachele hielt es davon ab.

»Die Böhmin hat gesagt, dass Ihr mir helfen könnt«, flüsterte

Allegranza, »aber sie hat nichts davon gesagt, wie gut und großzügig Ihr und Euer Vater seid.«

Eine Welle der Rührung überkam die beiden jungen Frauen, die nun jede Zurückhaltung über Bord warfen und sich fest umarmten. Nisan, der die ganze Zeit in einer Zimmerecke gedöst hatte, sprang auf und zog Rachele beunruhigt mit einer Pfote am Kleid. Beim Anblick des Hundes mussten beide Frauen lachen und schüttelten ihre Schwermut ab.

Allegranza verabschiedete sich und verschwand in der dunklen Gasse. Nachdem Rachele die Tür für die Nacht abgeschlossen hatte, ging sie leise zum Lager ihres Vaters. Isaac war schon eingeschlafen und atmete regelmäßig. Rachele deckte ihn richtig zu, dann zog sie sich aus und legte sich auf ihren eigenen Strohsack. Nisan dagegen ging erst einmal zu seiner Wasserschale und trank gierig, kratzte sich anschließend ausgiebig und sprang dann ans Fußende des Sackes, wo er sich zufrieden zusammenrollte.

KAPITEL 22

habeat cirotecam in manu, super quam portare debet falconem, longam usque ad cubitum et amplam, ut cito possit indui et extrai. Que debet esse de corio crosso, nam falco cum unguibus suis minus adherebit cirotece, et cum rostro et unguibus minus eam poterit penetrare …«

Die Sonne ging gerade auf. Der Mann legte die lange Gänsefeder ab und stand von der Steinbank auf, die in die Fensterleibung eingehauen war. Er sah hinaus. Das Morgenlicht, das schon die Hügel und die Ebene erhellte, fiel nun auch sanft in sein Arbeitszimmer. Nach und nach trat jeder Gegenstand aus dem Schatten heraus und nahm seine gewohnte Gestalt an. Die Lagerstatt, über die ein kostbares Tuch aus feinster Seide gebreitet war, trug noch den Abdruck ihres Besitzers. Auf dem mit zierlichen Schnitzereien versehenen Eichentisch stand ein kleiner Elefant aus Bronze und trug die Öllampe auf dem Rücken, die bis vor kurzem das Zimmer erleuchtet hatte. Daneben lag auf einem Klappstuhl ein beachtlicher Stapel Pergamentblätter, die ordentlich aufeinander geschichtet waren.

Der Mann streckte seine steifen Glieder und gähnte herzhaft. Er hatte letzte Nacht nicht einschlafen können, und nachdem er sich einige Stunden unter seinen edlen Decken hin und her gewälzt hatte, war er wieder aufgestanden, um mit der Niederschrift des Traktats fortzufahren. Normalerweise schlief er nicht im Arbeitszimmer, da ihm bequemere und besser eingerichtete Zimmer zur Verfügung standen, doch am Vorabend hatte er es nach einer langen Sitzung mit dem Reichskämmerer vorgezogen, hier zu bleiben, um die Schriftstücke allein und in Ruhe zu studieren. Vielleicht war es ja auch all dieses Blättern in den Unterlagen gewesen, das ihn nervös gemacht und den erholsamen Schlaf fern gehalten hatte. Doch die durchwachte Nacht beunruhigte ihn nicht weiter; es war nicht die erste und würde auch nicht die letzte sein. Durch sein ständiges Umherreisen in den Provinzen des Reiches und in ganz Italien war er daran gewöhnt, immer nur stundenweise zu schlafen.

Er fuhr sich mit der Hand durch die langen, rotblonden Haare und blinzelte in den klaren Himmel. In der Ferne flogen vereinzelte Zugvögel, die Nachhut des Hauptheeres, das jene Hügel schon längst passiert hatte, nach Norden. Mit einem bedauernden Seufzer, weil er die geliebte Residenz schon wieder verlassen musste, wenn auch nur für kurze Zeit, ging er zur Tür und zog kräftig an der Glocke für die Dienerschaft. Tarik, ein Sarazene aus Lucera und seit vielen Jahren sein treuer und tüchtiger Leibdiener, erschien sofort. Nachdem er Anweisung gegeben hatte, sein tägliches Bad einzulassen, nahm er das Pergament zur Hand, das er in der Nacht beschrieben hatte, und legte es zu den anderen auf den Stapel, den er anschließend mit einer Hanfschnur zusammenband und in seinen Reisetresor legte. Niemand außer ihm durfte es anfassen. Dieses Traktat folgte ihm überall hin, er wollte vermeiden, dass es während seiner häufigen Abwesenheiten in einer seiner vielen Burgen Staub ansammelte. Die Abhandlung würde noch viel Zeit in Anspruch nehmen, und wenn er sie vor dem Ende seines Lebens fertig stellen wollte, musste er jeden freien Moment nutzen, den ihm seine militärischen und repräsentativen Pflichten ließen. Deshalb würde er das Traktat auch diesmal, auf einer

Reise, die anders sein würde als die anderen, in seinem Gepäck mitführen. Von Tarik sorgsam bewacht, würde es ihn in die Lombardei begleiten, wohin er sich unerkannt, in strengem Incognito, zu begeben gedachte. Die widersprüchlichen Auskünfte seiner Informanten über die Lage in Mailand hatten ihn zu dieser waghalsigen Entscheidung bewogen. Als einfacher Pilger verkleidet und nur von einigen verschwiegenen Rittern begleitet, wollte er diese Stadt nun selbst aufsuchen. Wenn er das Umland, ihre Stadtmauern und Häuser mit eigenen Augen sah, konnte er sich vielleicht ein besseres Bild vom Charakter ihrer Menschen machen und eine geeignete Strategie finden, um sie sich endlich zu unterwerfen.

Sein Diener kehrte zurück und meldete, dass das Bad bereit sei. Der Mann lächelte in sich hinein, weil er daran denken musste, welche Verwunderung seine absonderliche Gewohnheit der täglichen Reinigung zu Beginn seiner Regentschaft hervorgerufen hatte. Doch inzwischen wussten alle darüber Bescheid, denn wo immer er zu Gast war, versäumte es niemand, ihm die Bequemlichkeit einer Badewanne zur Verfügung zu stellen, und sei es nur ein Bottich, der mit über dem Kohlenbecken erhitztem Wasser gefüllt war.

Er zog ein Paar Holzschuhe an und ging zu dem kleinen Nebenturm, in dem sich das Badezimmer befand. In der morgendlichen Stille, die nur von den gedämpften Geräuschen aus den Küchenräumen im Keller gestört wurde, hallten seine Schritte auf dem rosafarbenen Marmor der Galerie wider.

Im Arbeitszimmer richtete sein Leibdiener derweil das Lager und sah nach, ob die Öllampe wirklich ganz gelöscht war. Dann schloss er den Reisetresor mit einem langen Schlüssel ab und führte vier dicke Lederriemen unter ihm hindurch, die er miteinander verflocht. Damit war das kostbarste Gepäckstück seines Herrn bereit, aufs Pferd geladen zu werden.

»Ich habe beschlossen, dass du mich auf dieser Reise begleiten wirst.«

Die Sarazenin, die dabei war, ihrem Herrn sanft den Rücken abzureiben, beugte sich vor und sah ihn an. Ihre großen, dunklen Augen in dem schönen, olivbraunen Gesicht weiteten sich, und der sinnliche Mund stand vor Erstaunen offen. Der Mann lächelte und strich mit seinen nassen Fingerspitzen über ihre großen Brustwarzen, die sich unter dem leichten, kaum die Hüften bedeckenden Leinenhemd abzeichneten.

»Du wirst mit mir kommen, Aisha, und du wirst für mich tanzen.«

Zufrieden mit seinem spontanen Entschluss, ließ der Mann sich in die große Wanne aus grünem Marmor gleiten, die in den Boden eingelassen war. Sein Körper brachte sie zum Überlaufen. Ohne auf ihr durchnässtes Hemd zu achten, fuhr die Sarazenin mit ihrer Arbeit fort, wobei ein kleines Lächeln ihre Lippen umspielte.

KAPITEL 23

»Was sagst du da, Hamid?«

Angiolinas schrille Stimme übertönte die letzten genuschelten Worte des Jungen. Er wurde von Schluchzern geschüttelt und wischte sich hastig die Tränen von den Wangen.

»Ich … ich hab keine Schuld … ich musste Allegranza schwören, dir nichts zu sagen …«

Angiolina war weiß geworden wie ein Leintuch, und ihre Augen, die noch tiefer in den Höhlen lagen als sonst, sandten wütende Blitze aus. Hamid wagte es nicht, sie anzusehen, und wartete ängstlich auf eine Ohrfeige. Seine Mutter legte zwar nur selten Hand an ihn, aber ihr Gesicht ließ das Schlimmste befürchten. Er fand es eine himmelschreiende Ungerechtigkeit, dass sie auf ihn losging, denn was hatte er schon Schlechtes getan? Er hatte nur Allegranza gehorcht und ihr versprochen, nichts zu verraten. Wem sollte er denn nun mehr gehorchen, seiner großen Schwester oder seiner Mutter? Und überhaupt, warum musste er eigentlich immer nur gehorchen? Was wollten sie denn bloß alle von ihm? Mutlos ließ er sich auf den Boden sinken, wo er seine Knie mit den Armen umschlang und vor sich hin weinte.

Angiolina betrachtete die zusammengekauerte kleine Gestalt und begriff, wie nutzlos ihr Zorn war, denn den Knaben traf keine Schuld. Sie zwang sich zur Ruhe, setzte sich auf die Bank, lehnte den Kopf an die Wand und atmete tief durch.

»Hör auf zu weinen, Hamid, und sag mir lieber, wo Allegranza jetzt ist. Aber drück dich klar aus, denn sie braucht wahrscheinlich unsere Hilfe, auch wenn sie es noch nicht weiß.«

Es war vor allem ihr veränderter Ton, der Hamid veranlasste, zu seiner Mutter aufzusehen. Ihr Zorn schien verflogen, und ihre Augen blickten wieder sanft und wohlwollend wie sonst. Er nahm seinen ganzen Mut zusammen, zog schniefend die Nase hoch und versuchte, alles zu erklären. »Allegranza ist im Haus der beiden Juden, gleich vor der Porta Romana, du weißt doch, die Stickerin und der Arzt … Also, sie ist dorthin gegangen, weil ihr jemand gesagt hat, dass der alte Mann ihre Finger trennen kann. Ich hab sie beschworen, es nicht zu tun, aber sie war fest entschlossen, und heute bei Morgengrauen habe ich gehört, wie sie heimlich aufgestanden ist. Bestimmt ist sie zu ihnen gegangen. Ich hab ihr gesagt, sie soll warten und zuerst mit dir sprechen, aber sie wollte nicht auf mich hören! Ich hab ihr auch gesagt, dass du bestimmt böse wirst und sie bestrafst, wenn sie das auf eigene Faust macht, aber nichts, sie hat mir noch nicht mal zugehört. Sie war wie ausgewechselt, als sie mit mir gesprochen hat, ganz ruhig und sicher und kein bisschen furchtsam. Sie hat sich sogar mit einer der Nonnen im Hospital angelegt, als sie ihr Bescheid gesagt hat, dass sie ein paar Tage nicht zur Arbeit kommen kann. Stell dir vor, diese alte Schachtel wollte sie tatsächlich beim Verwalter anschwärzen! Und diesen ganzen Schlamassel hat sie innerhalb einer Woche angerichtet! Neulich abends hat sie mich beiseite genommen, hat mir alles erzählt und mich feierlich schwören lassen, dass ich nichts sage, bis sie wieder zurück ist. Ich … Was sollte ich denn tun? Du hast mir beigebracht, dass ein Meineid eine schwere Sünde ist, und ich wusste nicht …«

Hamids Augen quollen von neuen Tränen über, und er fing wieder leise zu weinen an.

Angiolina überlegte schnell. Das Mädchen war seit dem frühen Morgen von zu Hause fort. Als sie Allegranza wecken wollte, hatte sie ihr Lager leer, aber noch warm vorgefunden. Sie musste sich noch bei Dunkelheit aus dem Haus gestohlen haben. Angiolina vertrieb schnell die Vorstellung, wie ihre Tochter allein durch die Nacht huschte, eine leichte Beute für alle Bösewichter, die sich in den Gassen vor der Stadtmauer herumtrieben, und versuchte, klar zu denken. Es war fast die dritte Stunde nach Sonnenaufgang, und da eine solche Operation gewiss einige Zeit in Anspruch nahm, ging sie davon aus, dass Allegranza sich noch im Haus des jüdischen Arztes befand. Sie sprang entschlossen auf, doch ihre Rückenmuskeln waren vor Sorge so verspannt, dass sie ein stechender Schmerz durchfuhr. Hamid, der immer noch auf dem Boden hockte, sah benommen zu seiner Mutter auf, und weil er einen neuen Rüffel befürchtete, kauerte er sich noch mehr zusammen und hielt schützend die Arme über den Kopf. Aber Angiolina würdigte ihn keines Blickes, sondern ging zu der Stange, an der die Kleider hingen, nahm einen Schal und ihre Haube und zog sie hastig über.

»Du bleibst hier«, befahl sie dem Jungen. »Wenn jemand nach mir fragt, und sei es dein Vater, sagst du, dass ich einen Auftrag für den Probst von San Calimero erledigen muss und bald zurück bin.« Ihr Ton ließ weder Fragen noch Widerrede zu, aber Hamid war aufgeweckt genug, um zu verstehen, dass seine Mutter zu dem Juden gehen würde. Er nickte und stand auf, wischte sich die von Tränen und Rotz verschmierten Hände am Kittel ab und folgte ihr zur Tür, wo er ihrer davoneilenden Gestalt nachblickte.

Es waren nur wenige Schritte von ihrem Wohnviertel zu dem des Juden, aber die Straße wurde von einem Reitertrupp versperrt, der aus Lodi kam. Die Pferde, die in Viererreihen gingen, nahmen den ganzen Raum ein und streiften mit ihren mächtigen Flanken sogar die Hauswände. Hinter ihnen kam ein langer Zug Fußsoldaten, die sich in ihren schweren, verstaubten Rüstungen humpelnd dahinschleppten. Die dürftigen Verbände, die viele von ihnen um Kopf, Arme und Beine trugen, sprachen von einer gerade geschlagenen Schlacht. Angiolina versuchte, sich an einer Kate entlang an ihnen vorbeizudrücken, doch nachdem sie nur knapp einem Pferdehintern hatte ausweichen können, der sie beinahe zerquetscht hätte, sah sie ein, dass sie es nicht schaffen würde. Sie würde warten müssen wie alle anderen auch. Seufzend lehnte sie sich an einen Türrahmen und verlor sich in ihren Gedanken. Warum hatte ihre Tochter sich ihr nicht anvertraut, ehe sie diese Entscheidung traf? Fürchtete sie etwa ein Verbot? Herrgott, wie konnte sie nur denken, dass sie, ihre Mutter, noch nichts gesehen, nichts mitbekommen hatte … Schon oft, in den überdachten Durchgängen, auf dem Ringwall und in den dunkelsten Ecken der Gassen, hatte sie Allegranza mit diesem hübschen jungen Mann gesehen, der ihr bereits in der Werkstatt des Waffenschmiedes aufgefallen war. Sie hatte sich für sie gefreut und war glücklich, dass ihrer Tochter endlich die Liebe begegnet war. Sie verdiente es, das arme Mädchen, sie verdiente es weiß Gott! Schon kurz nach der Geburt weggeworfen wie ein alter Lappen und dann noch diese missgebildete Hand! Sie konnte gut verstehen, dass Allegranza in einem solch entscheidenden Moment ihres Lebens ihre Schwimmhaut mehr hasste denn je! Sie hatte sogar selbst schon an einen Chirurgen gedacht und mit Graziolo darüber gesprochen, der zwar die Notwendigkeit einer Operation nicht ganz einsah, aber dennoch seine Zustimmung gegeben hatte. Er hatte ihr vorgeschlagen, den Arzt Giacomo da Forno um Rat zu fragen, den sie oft bei Guglielmas Zusammenkünften trafen, und sich dabei gleich diskret nach dem Preis für einen solchen Eingriff zu erkundigen. Wenn er zu hoch war, konnten sie sich die Sache sowieso nicht leisten. Schließlich mussten sie noch Allegranzas Mitgift zusammentragen, die zwar klein war, es ihr aber erlauben würde, sich zu verheiraten. Vielleicht hatte sie einen Fehler gemacht. Vielleicht hätte sie offen mit ihrer Tochter sprechen und ihr eröffnen sollen, dass sie von ihrem Liebsten wusste und schon Pläne wegen ihrer Hand geschmiedet hatte. Sie hätte ihr die Zuneigung und das Verständnis ihrer Eltern versichern sollen ... »Ich bin bloß eine arme, dumme Bäuerin«, dachte sie erbittert, »die nichts als sauber machen und Wäsche waschen kann! Wieso habe ich mir eingebildet, ich könnte Kinder in einer großen Stadt wie dieser auf anständige Weise aufziehen, wo jeder Tag ein Kampf ist und die Verachtung der anderen einen umgibt wie die Luft zum Atmen? Was weiß ich schon von den Demütigungen, dem Spott und den Beschimpfungen, die Allegranza in all diesen Jahren wegen ihrer Hand ertragen musste? Oh mein Gott, verzeih mir, liebste Tochter, vergib mir ...« Angiolinas Augen verschleierten sich mit Tränen, sodass die vorbeiziehenden Soldaten zu einer verschwommenen Masse wurden und nur das Klirren ihrer Kettenhemden und ihr Wehklagen in ihr Bewusstsein drangen.

Ein scharfer Geruch rüttelte sie schließlich auf. Das letzte Maultier des Zuges, das mit einem riesigen Packsattel beladen war, blieb direkt vor ihr stehen und ließ einen Haufen dampfenden Mist zu Boden fallen. Angewidert trat Angiolina beiseite und sah, dass die Straße endlich frei war und sie weitergehen konnte. Erleichtert machte sie sich auf den Weg zum Haus des Juden.

Die vier Kerzen auf dem Schemel neben dem Bett beleuchteten Allegranzas Hand, die von Rachele festgehalten wurde.

»Nicht zittern, meine Tochter, halte die Hände schön ruhig, sonst kann ich das hier nicht zu Ende bringen.«

Isaac flüsterte nur, aber sein Ton war fest. Rachele presste ihre Ellbogen gegen die Rippen und gehorchte. Der Schnitt war perfekt ausgeführt worden; zwei fast unsichtbare Hautstückchen hingen noch an den Innenseiten der Finger, die jedoch schon getrennt waren. Nachdem er das Kauterium in eine Bronzeschale gelegt hatte, nahm ihr Vater eine randvolle Schüssel mit Essig vom Tisch und goss die Flüssigkeit vorsichtig über die Wunde, sodass der Essig auf den strohbedeckten Boden tropfte. Dann bestrich er die Finger schnell, ehe sie wieder trockneten, unter Zuhilfenahme eines Spatels mit einer Salbe aus Kupfersulfat.

»So«, murmelte Isaac vor sich hin, »dieses Mittel wird die Wunde schnell verheilen lassen. Jetzt müssen die Finger vorsichtig verbunden werden, und zwar so, dass sie beweglich bleiben, denn wenn der Verband zu fest sitzt, erfüllen die Muskeln und Sehnen nicht mehr ihre Funktion.«

Bei aller Vorsicht waren die Bewegungen des Arztes ruhig und sicher. Rachele, die kaum atmete, um die Wunde nicht mit ihren Körpersäften zu verunreinigen, hielt immer noch Allegranzas Hand fest und ignorierte geflissentlich ihr aufgeregt klopfendes Herz. Zwar hatte sie als Kind ihren Vater oft heimlich bei seiner Arbeit beobachtet, aber es war doch etwas ganz anderes, selbst bei einer solchen Operation dabei zu sein. Aber ihr Vater brauchte ihre Hilfe bei diesem schwierigen Eingriff, und sie konnte sich keine Gefühle und Empfindlichkeiten leisten, wenn sie seinen Erfolg nicht gefährden wollte. Sie befahl sich, nicht auf den Geruch von verbranntem Fleisch zu achten und ihre Aufmerksamkeit ganz auf die Handgriffe ihres Vaters zu richten.

Allegranza stöhnte leise. Sie lag ausgestreckt auf dem Rücken und hatte die Augen offen, nahm jedoch nichts von ihrer Umgebung wahr und regte sich nicht. Nur ihre Brust hob und senkte sich im Rhythmus der Atmung. Der Trank auf Opiumbasis, den Isaac ihr vor Beginn verabreicht hatte, hatte sie ihres Bewusstseins beraubt. Nur ein heiseres Ächzen kam von Zeit zu Zeit über ihre trockenen Lippen, als wäre sie in einem beunruhigenden Traum gefangen.

Nachdem er die beiden Finger einzeln bandagiert hatte, legte der Arzt noch einen lockeren Verband um die ganze Hand. Als würde sie plötzlich erwachen, schlug Allegranza die Augen auf und drehte ihren Kopf zu dem flackernden Kerzenlicht.

»Mutter«, murmelte sie mit belegter Stimme, »seid Ihr hier, Mutter? Mutter, was ist das für ein Licht?«

Doch der Wachzustand dauerte nur einen kurzen Moment an, dann wurde der Blick des Mädchens wieder leer, und ihr Kopf blieb bewegungslos auf dem Strohsack liegen.

»Sie wird noch eine Weile schlafen und dann allmählich aufwachen. Wenn es so weit ist, lass sie an dem Essig riechen, der noch in der Schüssel ist, auf diese Weise kommt sie schneller zu sich. Sie sollte aber auf jeden Fall bis zur sechsten Stunde hier bleiben, damit du überprüfen kannst, ob ihre Sinne wirklich alle wach sind. Ehe du sie verabschiedest, sag ihr, dass sie während der folgenden Woche noch einmal täglich herkommen muss, um den Verband wechseln und sich neue Medizin geben zu lassen. Sag ihr auch, dass sie regelmäßig die Tränke einnehmen muss, die ich für sie bereitet habe, und keinen auslassen darf. Das ist wichtig, um zu vermeiden, dass die inneren Körpersäfte zu warm werden und sie Fieber bekommt.«

Obwohl Isaac deutlich und entschieden sprach, klang seine Stimme immer schwächer. Rachele sah, dass seine geröteten, fiebrigen Augen eine tiefe Erschöpfung verrieten und seine Hände, die die chirurgischen Instrumente so ruhig geführt hatten, zu zittern begannen. Mit einer Anstrengung, die ihn für einen Moment schwindelig werden ließ, erhob sich der Arzt von seinem Schemel und schleppte sich zu seinem Lager im Nebenzimmer.

Allegranza wurde von Kälteschauern geschüttelt, worauf Rachele sie mit der einzigen Wolldecke, die sie besaßen, bis zum Kinn zudeckte. Dann legte sie die Instrumente in ein Gefäß voller Wasser, in dem sie abgekocht werden sollten, und fegte das durchtränkte Stroh zu einem Haufen bei der Tür zusammen. Von draußen war ein hektisches, unablässiges Scharren zu hören, das von Nisan kam, der vor der Operation aus hygienischen Gründen ausgesperrt worden war. Jetzt schien der Hund am Ende seiner Geduld zu sein und verlangte empört, wieder eingelassen zu werden. Nach einem letzten Blick auf Allegranza machte Rachele auf und fing Nisans freudig springendes Ungestüm mit ihrem Körper ab. Der Hund war so dankbar, wieder ins Haus zu dürfen, dass er ihr Gesicht und Hände ableckte, doch dann hielt er gleich wieder inne und witterte aufgeregt. Seine feine Nase hatte einen unvertrauten Geruch wahrgenommen. Nisan sprang von Racheles Arm und beschnupperte den Strohhaufen interessiert von allen Seiten. Er nieste heftig, lief zu der Lagerstatt, die er verwundert untersuchte, kratzte sich mit der Pfote an der Schnauze und rollte sich unter dem Tisch zusammen. Rachele machte die Hintertür auf und ließ endlich Licht ins Zimmer. Bis jetzt hatte sie alle Fenster und Türen geschlossen gehalten, damit neugierige Augen nicht erspähten, was in der Hütte des jüdischen Arztes vor sich ging. Mit der letzten Kerzenflamme zündete sie dann das Feuer an, über dem sie die chirurgischen Gerätschaften abkochen wollte. Trotz des Knisterns der brennenden Reisigbündel konnte sie den Atem ihres Vaters hören, der immer mühsamer und keuchender ging. Ihr Magen krampfte sich vor Angst zusammen, und sie ging in das enge Nebenzimmer, wo Isaac schnell die Augen schloss und sich schlafend stellte. Aber er konnte seine Tochter nicht täuschen. Sein schmerzverzerrtes Gesicht und die gegen den Brustkorb gepressten Hände sagten Rachele, dass das kurze Zwischenspiel der Normalität vorbei war. Bedrückt fragte sie sich, ob die ungeheure Anstrengung der Operation seine schwache Gesundheit noch mehr unterhöhlt hatte, doch sie versuchte, ihre Sorge schnell abzuschütteln und ging zurück zum Feuer.

»Sie wohnen dort drüben, die beiden Juden. Seht Ihr das Haus direkt hinter dem Hospiz für Leprakranke, das niedrige mit dem Dach, das fast bis auf die Straße abfällt? Dort ist es …«

Das runzelige, schmutzige Gesicht, das sie mit aufdringlicher Neugier musterte, verursachte ihr einen Schauder. Angiolina bedankte sich schnell und eilte auf die Kate zu, ohne sich noch einmal umzudrehen. Sie als »Haus« zu bezeichnen, wie es der zahnlose Alte getan hatte, war eine glatte Übertreibung. Das Dach reichte tatsächlich fast bis auf die Gasse, sodass die überhängenden wackeligen Ziegel den Boden streiften. Die schiefe Holztür hatte einen Riss auf einer Seite und war faulig und abgeblättert, und das einzige Fenster war weniger als zwei Ellen breit. Ängstlich geworden, ging Angiolina darauf zu und spitzte die Ohren, ob drinnen etwas zu hören war. Aber nichts, nur Stille. Verwirrt klopfte sie an, worauf das Bellen eines Hundes ihr sagte, dass die Hütte nicht unbewohnt war. Sie klopfte wieder, zuerst leise, dann immer lauter, und als sie sich gerade verärgert mit ihrem ganzen Gewicht gegen die Tür werfen wollte, wurde diese einen Spaltbreit geöffnet. Im Zwielicht erblickte sie das Gesicht einer jungen Frau mit ausgeprägten, aber feinen Gesichtszügen und einer dichten Masse schwarzer Haare, die zu einem Knoten geschlungen waren. Zwei große dunkle Augen blickten ihr wachsam entgegen.

»Ich bin Angiolina, die Mutter von Allegranza. Ich weiß, dass meine Tochter hier ist und will sie sofort sehen!«

Ihre Aufgebrachtheit erschreckte Rachele, die schnell die Gasse hinunterblickte und dann die Tür etwas weiter öffnete. Doch ehe Angiolina einen Fuß über die Schwelle setzen konnte, baute sich Nisan mit gesträubtem Fell und angelegten Ohren vor ihr auf und knurrte.

»Nisan! Kusch, sei still!«, zischte Rachele. Der Hund gehorchte und zog sich bis zum Tisch zurück, wo er sich auf die Hinterbeine setzte und eine wachsame Haltung annahm. Angiolina, die der feindselige Empfang des Hundes doch etwas eingeschüchtert hatte, trat vorsichtig ein. Sie konnte nicht viel unterscheiden, weil nur wenig Licht durch die kleine Hintertür hereinfiel, und sah sich suchend nach ihrer Tochter um. Rachele wusste später nicht zu sagen, ob Allegranza gerade in diesem Moment das Bewusstsein wiedererlangte und die Gestalt ihrer Mutter vor dem hellen Rechteck der Tür erkannte oder ob sie ihre Gegenwart aufgrund irgendeiner magischen Verbindung zwischen ihnen spürte. Jedenfalls stieß das Mädchen einen langen Seufzer aus und rief mit rauer Stimme: »Mutter, seid Ihr hier? Mutter?«

Angiolina, die in dem unförmigen Bündel auf dem Strohlager kein menschliches Wesen vermutet hatte, stürzte zum Lager hin, kniete sich daneben und zog sanft die Decke beiseite. Allegranzas Hand lag schlaff an ihrer Seite und war mit einem dicken Verband umwickelt. Angiolina strich ihr zärtlich über die Haare, worauf das Mädchen sich zu ihr umdrehte und noch benommen etwas stammelte.

»Der Arzt … meine Finger sind getrennt … endlich, Mutter. Verzeiht mir … wer hat es Euch gesagt?«

Die Anstrengung, ihre Gedanken in Worte zu fassen, erschöpfte sie, sodass sie die Augen wieder schloss und ihr Mund in der Entspannung des Schlafes halb geöffnet blieb.

»Das liegt am Opium«, flüsterte Rachele, die neben Angiolina getreten war. »Es wird noch ein, zwei Stunden dauern, bis die Wirkung der Droge ganz nachlässt. Habt keine Angst um Eure Tochter, der Eingriff ist gelungen. Man muss jetzt nur noch abwarten, dass die Wunden verheilen. Ich bin sicher, dass die Medizin, die der Arzt verordnet hat, ihre Wirkung tun wird. Sie wird kaum Schmerzen haben und bald genesen.«

Angiolina sah sie forschend an.

»Ist Euer Vater der Chirurg?«, fragte sie.

Von dieser persönlichen Frage überrascht und von dem strengen Blick der Frau verlegen gemacht, nickte Rachele nur.

»Und Eure Mutter?«

Rachele öffnete den Mund zu einer Antwort, aber es kam nichts heraus. Sie schluckte schwer und konnte endlich sagen: »Sie ist tot.«

Angiolina musterte sie lange und ausgiebig. Dann stand sie schweigend auf, holte eine Geldbörse unter ihrem Kleid hervor, band sie unbeholfen auf und kramte darin herum.

»Was schulden wir dem Chirurgen für die Operation?«, fragte sie nüchtern.

»Mein Vater hat nichts von einem Honorar gesagt … Ich weiß nicht, ich werde ihn fragen. Im Moment schläft er, aber wenn er aufwacht …«

Angiolina ließ ihren Blick durch die enge Behausung wandern. Alles, die ganze Einrichtung und der Hausrat, sprach von einer Armut, die trotz Ordnung und Sauberkeit doch sehr dem Elend glich. Sie fragte sich anfänglich nach dem Grund, da der Hausherr doch einen hoch angesehenen Beruf ausübte, aber dann fiel ihr die Religion des Arztes und seiner Tochter wieder ein und sie begriff. Wortlos holte sie einige Münzen aus ihrer Börse und legte sie auf den Tisch.

»Dieses Geld genügt sicher nicht, um Euren Vater für seine Kunst zu entlohnen«, sagte sie, »aber betrachtet es einfach als Anzahlung. Mein Mann und ich haben beide Arbeit und werden das, was noch fehlt, nach und nach hinzufügen. Niemand wird aus meinem Mund erfahren, dass ein jüdischer Arzt meine Tochter geheilt hat. Ich kenne eine Frau, die sagt, dass Gott uns alle als seine Kinder liebt und keinen Unterschied zwischen Christen, Juden und Arabern macht. Falls ich bis gestern noch Zweifel an ihren Worten hegte, habt Ihr und Euer Vater mich nun eines Besseren belehrt …«

Allegranza wehklagte leise. Angiolina ging ruhig zu ihr hin und setzte sich auf den Schemel neben dem Bett.

»Darf ich hier bleiben, bis sie wieder ganz wach ist? Ich habe zu Hause Bescheid gesagt, dass sie nicht auf mich warten sollen, und sobald Allegranza wieder auf eigenen Beinen stehen kann, begleite ich sie zurück.«

Rachele nickte. Ein Kloß der Rührung saß in ihrer Kehle und hinderte sie am Sprechen. Durch die offene Hintertür wehte ein Windstoß eine wirbelnde Staubwolke ins Zimmer.

KAPITEL 24

Das Kloster lag im Halbschatten. In einem Säulengang mit Blick auf einen großen, blühenden Garten waren zwei Gestalten zu erkennen, die angeregt miteinander sprachen. In seinem Traum, der so lebhaft und wirklichkeitsnah war, erkannte Matthew die vertraute Erscheinung des Klosters St. Albans nicht wieder. Statt der grauen Steine gab es hier und da rötliche Ziegelmauern, und die Blumen im Gras wuchsen sehr viel üppiger, als er es in Erinnerung hatte. Doch er hielt sich nicht mit dem seltsamen Aussehen des Klosters auf, sondern verfolgte das Tun der beiden Personen im Hintergrund. Er näherte sich ihnen wie ein Windhauch; seine Füße berührten den Boden nicht und seine Ohren nahmen kein Geräusch wahr. Plötzlich drehte sich eine der beiden Gestalten zu ihm um, und Matthew entrang sich ein verblüfftes Ächzen. William of Trumpington, der Abt von St. Albans, sah ihm ins Gesicht. Mit einem spöttischen Lächeln auf den Lippen zog er die Kapuze, die das Gesicht der jungen Frau neben ihm bedeckte, zurück. Ein Kranz von roten Haaren fiel über ihre Schultern und sie musterte den Mönch mit ihren goldfarbenen Augen.

Matthew schrie, doch in der Trägheit des Traums drang seine Stimme nur matt aus seiner Kehle. Er wollte etwas sagen, Fragen stellen, aber es kam kein Laut heraus. Seine Beine waren auf einmal aus Blei und konnten sich nicht bewegen. Schließlich war es die Frau, die auf ihn zuging, und während sie sich ihm näherte, veränderte sich ihr Aussehen: Die kupferfarbenen Locken wurden hellblond wie Stroh, die leuchtende Farbe der Augen verwässerte sich zu einem blassen Blau, und die zarte, strahlende Haut wurde grober. Das Bild der jungen Frau verschwand nach und nach und verwandelte sich in das ernste Gesicht der Böhmin, die ihn schweigend ansah. Matthew blickte sich unbehaglich um, doch in der wunderlichen Logik des Traumgeschehens war sonst niemand mehr da. Guglielma sah ihn weiter wortlos an, dann holte sie einen ledernen Beutel aus ihrem Gewand und gab ihn ihm. Das unerwartete Gewicht des kleinen Säckchens ließ ihn schwanken, sodass er den Blick auf seine Hände senkte, um zu sehen, um was es sich handelte. Als er wieder aufsah, war die Frau verschwunden. Vor ihm erstreckte sich die Klosteranlage leer und verlassen.

Mit unsicheren Fingern löste Matthew die Schnur des Beutels und leerte den Inhalt auf den Boden. Eine Kaskade von kleinen, weißen Kieselsteinen fiel zu seinen Füßen nieder und bildete einen unregelmäßigen Haufen. Als er sich bückte, um sie anzusehen, öffneten sich die Mauern um ihn herum und gaben den Blick auf ein Flussufer frei. Verwundert betrachtete er die langsame Strömung, und als er wieder nach den Kieseln auf dem Boden sehen wollte, waren diese verschwunden. An ihrer Stelle saß eine weiße Taube, die ihn mit schräg geneigtem Kopf beäugte. Nach einem Augenblick des Zögerns flatterte sie auf und flog davon, wobei ihr leiser Flügelschlag das einzige hörbare Geräusch war. Wie selbstverständlich schwang Matthew sich in die Lüfte, um ihr hinterherzufliegen. Unter ihm wechselten sich Dächer, Straßen, Kirchen, Kanäle und Mühlen ab. Auf einmal ließ sich die Taube auf dem Fenstersims eines Hauses nieder, das aus hellem Stein gebaut war und sich von den umliegenden durch eine gewisse Vornehmheit unterschied. Der Mönch, der nun plötzlich durch eine staubige Gasse ging, die ihm bekannt vorkam, sah nach oben, und sein Blick fiel auf den Eingang des Palazzos. In die Tür aus Eichenholz waren tiefe Quadrate geschnitzt, in denen sich reliefartig reich verzierte Rhomben abhoben. Im oberen Querbalken des Rahmens stand eine Inschrift zu lesen: *Domus Claravallensis MCC …*

Matthew konnte das Datum nicht zu Ende lesen. Ein jäher Luftzug fuhr über sein schweißgebadetes Gesicht und weckte ihn auf. Die dunkle Zelle wurde nur vom Mondlicht erhellt, das blass durch die offene Fensterluke schien. Es fiel ihm schwer, nach diesem merkwürdigen, intensiven Traum in die Wirklichkeit zurückzufinden, doch er setzte sich auf und trocknete sich die nasse Stirn. Die Sommerhitze machte sich langsam bemerkbar, schwül und erstickend. Er wollte gerade aufstehen, um aus dem Wasserkrug zu trinken, als er aus dem Augenwinkel eine flüchtige Bewegung links von sich erhaschte. Eingerahmt von der Fensteröffnung saß eine kleine Taube auf dem Sims und putzte sich das Gefieder. Der Mönch stand auf, aber das Rascheln seines Hemdes erschreckte den Vogel, der davonflog.

Matthew trank gierig, und das Wasser, obwohl inzwischen lauwarm, tat seiner trockenen Kehle gut. Eingehüllt in die nächtliche Dunkelheit dachte er über seinen Traum nach. Was mochte nur diese wirre Abfolge von Gesichtern, Orten und Gegenständen zu bedeuten haben? Erst einmal zuvor hatte er Mary im Traum gesehen, die junge Frau aus St. Albans, die fälschlich der Hexerei angeklagt worden war und trotz seiner Bemühungen, sie zu entlasten, auf dem Scheiterhaufen hatte sterben müssen. Diese unbedachte Tat der Nächstenliebe war es gewesen, die seinem Leben eine völlig neue Wendung gegeben hatte, denn sein Abt hatte ihn aus dem Kloster verbannt und ihm eine lebenslange Bußwallfahrt auferlegt. Als ihm Mary wenige Tage nach seiner Abreise aus England im Traum erschienen war, um ihm eine schreckliche Prophezeiung zu verkünden, die sich später erfüllen sollte, hatte ihn das Schicksal erneut in andere Gegenden verschlagen. Deswegen drehte sich ihm nun aus Angst, auch diese zweite Vision könnte Unheil verkünden, der Magen um. Andererseits, überlegte er, hatte niemand im Traum etwas zu ihm gesagt, niemand hatte ihn ermahnt, nur Gesichter, Straßen, Kieselsteine … Von plötzlicher Unruhe ergriffen, stand er auf und suchte tastend in seinem Reisesack nach Guglielmas Steinen, bis er sie ganz zuunterst fand, wohin ihr eigenes Gewicht sie gezogen hatte. Als er die Hand wieder herauszog, wurden seine Finger von etwas Leichtem gekitzelt, und er entdeckte verwundert, dass am Ärmel seines Hemdes eine weiße Feder hängen geblieben war. Er hielt sie ins Mondlicht: eindeutig die Feder einer Taube, vielleicht von der, die gerade in seinem Fenster gesessen hatte. Ein Lächeln huschte über sein Gesicht. Ob diese so liebevoll im Kloster San Simpliciano gezüchteten Vögel tatsächlich so etwas wie Vorboten waren? Arnolfo hatte ihm erzählt, dass vor einem knappen Jahrhundert drei solcher Tauben vom Dach der Basilika aufgeflogen waren und lange über dem Kriegswagen gekreist hatten, mit dem die Mailänder und ihre Verbündeten gegen jenen anderen Kaiser, Barbarossa genannt, in die Schlacht gezogen waren. Der unerwartete Sieg nach so vielen vernichtenden Niederlagen hatte die Lombarden zu der Überzeugung gebracht, dass sie unter dem besonderen Schutz Gottes standen, der sich wundersamerweise im Flug dieser sanften Vögel gezeigt hatte. Zum Gedenken an dieses Ereignis hatten die Mönche drei weiße Tauben auf die rote Fahne des Klosters gemalt, die von da an das Wappen der Basilika darstellten. Wie war es möglich, dass es in dieser Stadt mit ihren anscheinend so gewitzten Bewohnern doch so viel naive Leichtgläubigkeit gab, dass ein Bedarf nach diesen abergläubischen Wunderdingen herrschte? Dass die Leute sichtbare und greifbare Beweise für ihren Glauben brauchten, der zu schwach war, um sich allein auf die Worte der Apostel zu stützen? Wie viel leichter wäre es zu glauben, wenn Christus noch unter den Menschen weilte, wenn seine Füße noch den Staub der Straßen spürten! Andererseits waren die verführerischen Schmeicheleien des Teufels eine alltägliche Gefahr, wie er selbst in den vergangenen beiden Jahren fern von seinem Kloster erfahren hatte. Deshalb verstand er gut, dass jedes Zeichen der Nähe Gottes, auch wenn es noch so sehr auf Einbildung beruhte, die Menschen tröstete und ihrem Glauben den Zweifel und die Ermüdung nahm. Die Tauben von San Simpliciano, das Wunder von San Satiro, die Reliquien, die überall in Europa auftauchten, der wundersame Wachholderzweig, der ihn auf seiner Bußpilgerschaft begleitet hatte, das unverständliche Geschenk der Kieselsteine von Guglielma, die nächtlichen Visionen, die seinen gequälten Geist mit dem Arnolfos verbanden … Was hatte diese Anhäufung von rätselhaften, übernatürlichen Ereignissen zu bedeuten?

Matthew schüttelte den Kopf, als wollte er sich von der Kapuze einer fremden Kutte befreien. Dann stützte er die Hände auf den Fenstersims und sah hinaus. In der Ferne, dort, wo die fruchtbare Erde des Umlandes mit dem Himmel verschmolz, erstreckte sich ein schmaler, heller Streifen. Bald würde die Sonne aufgehen. Doch statt ihn zu beruhigen, erfüllte ihn dieses Versprechen von Licht nur mit neuer Unruhe. Eilig zog er sich an, obwohl es noch viel zu früh war für die Morgenandacht. Sobald er mit den anderen Mönchen daran teilgenommen hatte, würde er sich wieder auf den Weg in die Stadt machen und seine Suche mit größerem Eifer fortsetzen. Dieses Mädchen musste gefunden werden, und zwar schnell. Arnolfos Drängen war bestimmt mehr als gerechtfertigt, aber auch er selbst sehnte den Moment herbei, in dem er endlich wieder frei über sein Handeln bestimmen konnte. Solange er den Auftrag des Abtes nicht erfüllt hatte, würde er jedenfalls nicht aus Mailand weggehen können.

Er trank noch einen großen Schluck Wasser, bevor er seine Zelle verließ und leise die Tür hinter sich schloss. Der lange Gang lag noch im Dunkeln. Er musste sich an der Wand entlangtasten, um nicht die Orientierung zu verlieren und zu der schmalen Treppe zu gelangen, die hinunter in die Kapelle führte. Es war immer noch Zeit bis zur Andacht, und er beschloss, im Klostergarten zu warten und die morgendliche Frische zu genießen. Die Stille dort würde ihm beim Nachdenken helfen.

»Ich bin zu Ugone Balbo, dem Sekretär des Erzbischofs, bestellt worden. In seinem Brief ist die Rede von Lanfranco und einer angeblichen Reliquie, die er der Mailänder Kirche stiften will. Der Ton seines Schreibens lässt kein Hinhalten zu, und die Dringlichkeit, mit der er mich herbeizitiert, erregt in mir den bösen Verdacht, dass meine Schwierigkeiten gerade erst begonnen haben. Außerdem teilte er mir mit, dass die Rückkehr des Erzbischofs und des päpstlichen Legaten aus Vercelli, die für die kommenden Tage erwartet wurde, sich um ein paar Wochen verzögern wird. Das lässt nichts Gutes ahnen. Ich hoffe nur, dass er nicht die unangenehme Aufgabe, diesen verdammten Calgario loszuwerden, auf mich abwälzen will!«

Arnolfo da Salas Stimme bebte vor Empörung und Sorge, und sein Blick irrte im Skriptorium umher, ohne irgendwo innezuhalten. Matthew, der dieses Gefühl der Ohnmacht und der Unzulänglichkeit aus eigener Erfahrung kannte, stand vor ihm und schwieg.

»Zu allem Übel«, fuhr der Abt fort, während er den Saal mit langen Schritten durchmaß, »wird auch noch meine Teilnahme an einer Versammlung der kirchlichen und städtischen Würdenträger verlangt, bei der über eventuelle Maßnahmen gegen die Ketzer gesprochen werden soll. Aber das ist noch nicht alles! Als Reaktion auf die Gerüchte um Guglielma haben die Zisterzienser von Chiaravalle deutlich gemacht, dass diese Frau unter ihrem besonderen Schutz steht und sie unter keinen Umständen zulassen werden, dass man sie der Ketzerei anklagt, sonst stehe ein ernstes Zerwürfnis mit dem Erzbischof ins Haus. Du kannst das nicht wissen, aber diese Mönche sind sehr mächtig und besitzen viele Ländereien, die sie bestens zu bewirtschaften wissen. Sie züchten Hunde, Falken und Pferde, bauen jeden Tag einen neuen Meierhof und machen Geschäfte mit halb Mailand! Als ob es nicht genügte, dass ich all meine Kraft und Sorge für das Kloster aufwende und tagtäglich allen Rechenschaft schuldig bin, vom einfachsten meiner Mitbrüder bis hin zum Erzbischof. Nein, es muss auch noch dieser nicht erklärte Krieg zwischen den religiösen Orden hinzukommen, und obendrein soll ich mithelfen, das Problem Lanfranco zu lösen!«

Obwohl er sie fest gegen ein langes Schreibpult stemmte, war zu sehen, dass Arnolfos Hände zitterten. Sein anfänglicher Gram hatte sich im Laufe seines Ausbruchs in Entrüstung und Wut verwandelt. Sein Gesicht war bleich, seine Haltung starr. Wenn er den Mut dazu gehabt hätte, hätte Matthew den Abt, wie so oft auch sich selbst, daran erinnert, dass Gottes Wille unergründlich war und jeder Mensch seine Last tragen musste, wollte er darauf hoffen, einst vor das Antlitz des Allmächtigen zu treten. Doch so sehr ihn Arnolfos Pein berührte, wagte er es nicht, etwas zu sagen. Sie standen nicht auf so vertrautem Fuß miteinander, dass er, ein bescheidener Benediktinermönch, einem Höhergestellten Dinge sagen durfte, die zwar tröstlich gemeint waren, aber auch als unverschämt aufgefasst werden konnten. Nach langem Schweigen drehte sich der Abt zu ihm um. Sein Gesicht hatte wieder Farbe angenommen, und seine Miene wirkte ruhiger.

»Ich danke Euch, Bruder Matthew, ich danke Euch für das Mitleid, das Ihr in Eurem Herzen hegt, selbst für jemanden wie mich. Ich bin ein Abt, das ist wahr, ich übe eine gewisse Macht aus und genieße den Respekt vieler Leute. Doch nur wenige können wirklich verstehen, wie belastend dieses Amt oft ist, weil derjenige, der es ausfüllt, letztendlich auch nur ein Mensch mit seinen Ängsten und Unsicherheiten ist. Vielleicht ist Euer Glaube fester als meiner, Bruder, und ich danke dem Höchsten, dass er Euch zu mir geführt hat. Euer Schweigen gegenüber meinem Kleinmut ist sprechender als viele Worte … Geht nun hin, Bruder Matthew, und fahrt mit Eurer Aufgabe fort. Ich werde versuchen, die meine zu erfüllen und mir ein Beispiel an Eurer Stärke nehmen.«

Von diesem Ausdruck der Demut verlegen gemacht, wollte Matthew zu einer Erwiderung ansetzen, aber Arnolfo ließ ihm keine Zeit dazu. Ohne ihn noch einmal anzusehen, eilte er aus dem Skriptorium, und der Mönch blieb allein zurück. Nach einer Weile hallte das Läuten der Glocke, die zur Laudes rief, durch das Kloster. Matthew machte sich zur Kapelle auf und nahm sich vor, nach der Andacht endlich in die Stadt zu gehen. Der Traum von letzter Nacht und Arnolfos Worte hatten ihn irgendwie getröstet und ihm mehr Klarheit verschafft. Das Mädchen, das sie suchten, hielt sich in Mailand auf, dessen war er sich jetzt sicher. Was sollten sonst diese ganzen Geschehnisse, die so verworren zu sein schienen, für einen Sinn haben, wenn nicht dafür zu sorgen, dass ein Stück Gerechtigkeit wiederhergestellt wurde? Nichts geschah zufällig im göttlichen Plan, das wusste er. Wenn der Allmächtige von ihm verlangte, dass er einen Teil dieses Knäuels entwirrte, dann würde er sich fügen. Er würde sich der Barmherzigkeit des himmlischen Vaters anvertrauen und weitersuchen und seinen Auftrag erfüllen – so wie er es bereits im vergangenen Jahr an anderen Orten getan hatte und wie er es während seines ganzen bisherigen Lebens versucht hatte. Mochte es eine Woche dauern oder ein Jahr, am Ende würde er Allegranza finden.

KAPITEL 25

Der lange Pilgerzug war fast vorüber. Die letzten von Kapuzen bedeckten Büßer schritten langsam voran und wurden vom klagenden Klang des Tintinnabulum begleitet. Ein buckeliger, humpelnder Spielmann schüttelte die Schellen des Instruments und durchsetzte sein rhythmisches Läuten mit den Rufen »Nach Compostela, nach Compostela!«

Matthew war dieser Prozession schon vor den Toren der Stadt begegnet, und beim Anblick der nach Santiago wandernden Pilger hatte sich ihm das Herz zusammengezogen. Vor etwa einem Jahr war er selbst kurz davor gewesen, sich einem Pilgerzug zu diesem Wallfahrtsort anzuschließen, doch aufgrund von Umständen, die er auch im Nachhinein nicht ganz durchschaute, hatte er es nicht getan. Sein Weg hatte eine andere, unbekanntere Richtung genommen.

Er verscheuchte die düstere Vorahnung, dass die Begegnung mit dieser Prozession sein Schicksal erneut beeinflussen könnte, und ging auf die Stadtmitte zu. Wie immer zwang ihn die Menschenmenge, seine Schritte zu verlangsamen. In der Absicht, das Gedränge um den Broletto zu vermeiden, bog er in unbekannte Gassen ein, die ihn seiner Vermutung nach auf einem kleinen Umweg zu seinem Ziel, der Hauptbasilika, führen müssten.

Unterwegs wurde seine Aufmerksamkeit von einer großen, blühenden Wiese in Anspruch genommen, auf der zwei Mühlen und zahlreiche andere Gebäude standen. Viele Mönche liefen geschäftig zwischen ihnen hin und her. Die Fassade einer kleinen Kirche grenzte direkt an die Gasse, und Matthew ging neugierig darauf zu. Als er die Inschrift über dem Portal gelesen hatte, kam er zu dem Schluss, dass er auf das Kloster der Umiliati gestoßen war. Arnolfo hatte mehr als einmal von ihnen gesprochen und erwähnt, dass sie Meister in der Verarbeitung von Wolle seien. Wie um seine Vermutung zu bestätigen, fuhren in den wenigen Minuten, die er vor der umfriedeten Wiese stand, etwa zehn von Pferden und Maultieren gezogene Karren hinein und hinaus, die mit Ballen von ungesponnener Wolle und aufeinander gestapelten, riesigen Rollen von Tuch beladen waren.

Er wollte gerade weitergehen, als ihm jemand auf die Schulter tippte. Ein blutjunger Mönch stand schüchtern vor ihm, und sein Kindergesicht wurde von Röte überzogen, als er ihn ansprach.

»Entschuldigt, Bruder, wenn ich Euch belästige … Ich wollte Euch um einen Gefallen bitten. Die Ordensbrüder haben mir nämlich aufgetragen, diese Wollballen zu einem Händler in der Nähe der Via Porticata zu bringen. Ich weiß zwar, wie ich dort hinkomme, aber … Seht, es ist das erste Mal, dass sie mir diesen Auftrag geben und der Karren ist übervoll beladen. Ich habe Angst, dass die Ballen herunterfallen, und deshalb dachte ich, ob Ihr vielleicht hinten aufsteigen und dafür sorgen könntet, dass die Ware an ihrem Platz bleibt? Ich will nichts verlieren und keinen Tadel bekommen, wisst Ihr, aber wenn Ihr es eilig habt, ist es nicht schlimm, ich schaffe es auch allein …«

Der Junge hatte seine Bitte nur so hervorgesprudelt und schien sie schon wieder zu bereuen, kaum dass sie heraus war. Er hielt die Augen auf seine Sandalen gesenkt und traute sich nicht mehr, Matthew anzusehen. Gerührt von der Unbeholfenheit und Verlegenheit des Mitbruders, der ihn an seine ersten Jahre als Oblate in St. Albans erinnerte, lächelte er ihn an.

»Natürlich helfe ich dir. Lass mich nur aufsteigen, dann kannst du dem Pferd die Zügel geben.«

Das Gesicht des jungen Mönches erstrahlte vor Dankbarkeit, und während Matthew sich hinten niederließ und versuchte, das Gleichgewicht zu halten, fuhr er langsam los. Wie üblich herrschte in den Straßen und Gassen dichtes Gedränge, und der Junge musste mehrmals anhalten und anderen, noch höher beladenen Karren den Vortritt lassen. Nachdem sie durch Bezirke gefahren und an Kirchen vorbeigekommen waren, die Matthew nicht kannte, gelangten sie zu einer Straßenerweiterung, welche auf beiden Seiten von Gemüsegärten flankiert wurde.

»So, wir sind fast da!«, rief der junge Mönch und drehte sich zu ihm um. »Es ist nicht mehr weit zur Via Porticata!«

Bedauernd musste Matthew feststellen, dass er vollkommen die Orientierung verloren hatte. Als er sich umsah, um herauszufinden, welche Gassen er nehmen musste, um zur Hauptbasilika zu gelangen, verweilte sein Blick bei einem Palazzo, der ihm nicht ganz fremd vorkam. Wahrscheinlich war er schon durch dieses Viertel gegangen und hatte das Gebäude nebenbei wahrgenommen, ohne weiter darauf zu achten. Doch jetzt konnte er die Augen nicht von dem hellen Stein und dem Portal aus geschnitzter Eiche lösen. Nach einem Moment des Nachdenkens ging ihm ein Licht auf: Es war der Palazzo aus seinem Traum.

»Halt, halt, bleib stehen!«, schrie er.

Der Junge, der glaubte, es sei einer seiner kostbaren Wollballen heruntergefallen, zügelte das Pferd und sprang vom Bock, um nachzusehen. Matthew war schon vor ihm vom Karren gehüpft und hatte einige Schritte auf das Haus aus hellem Stein zu gemacht. Als er sah, dass er keinen Ballen verloren hatte und sein Begleiter sich ohne Erklärung entfernte, wusste der junge Mönch zuerst nicht, was er tun sollte. Doch weil er es eilig hatte, seine Ware abzuliefern, schnaubte er nur, stieg wieder auf und lenkte den Karren in die engen Gassen, die ihn noch von seinem Ziel trennten.

Matthew hingegen hatte alles um sich herum vergessen und stand wie gebannt vor dem Portal. *Domus Claravallensis MCCXXXII.* Jetzt, im Wachzustand, konnte er das Datum vollständig lesen, welches ihm sagte, dass der Palazzo vor elf Jahren von den Zisterziensern von Chiaravalle erbaut worden war. Neben der Verwunderung darüber, diesen Moment schon im Traum erlebt zu haben, machte sich langsam ein bestimmter Verdacht in ihm breit. Arnolfo hatte ihm erzählt, dass die Mönche von Chiaravalle Guglielma unter ihren Schutz gestellt und ihr ein Haus in Mailand angeboten hatten, das an einer breiten Straße nahe der Kirche San Pietro »all' Orto«, also »beim Garten« stand. Die Gewissheit, vor dem Haus der Böhmin zu stehen, traf ihn wie ein Schlag. Ihm schwindelte, und er musste sich mit einer Hand an der Mauer abstützen. Dann sah er hinauf und suchte die Fenster nach einem Lebenszeichen ab, aber der Palazzo schien verlassen. Es schoss ihm durch den Kopf, an die schwere Tür zu klopfen, doch er widerstand der Versuchung. Es gab keinen Grund, mit Guglielma zu sprechen, sagte er sich. Der Abt hatte ihm ausdrücklich von ihrer Gesellschaft abgeraten, und sie selbst hatte ihn um nichts gebeten. Sie hatte zwar behauptet, sie würden sich wiedersehen, aber das hieß noch lange nicht, dass er sie aufsuchen sollte.

Nach einem letzten Blick auf den Palazzo und die Straße drehte Matthew sich um und ging mit langsamen Schritten ziellos weiter, um wieder ruhiger zu werden. Als er zur Stadtmauer kam, setzte er sich auf einen Haufen loser, alter Steine vor der Schlupfpforte von Bottonuto. Um ihn herum wühlte grunzend eines der Schweine im Boden, die von den Mönchen der nahe gelegenen Kirche Sant' Antonio aufgezogen wurden. Weitere Schweine bewegten sich seelenruhig durch die Gassen des Viertels und fügten sich wendig und ungestört in den ständigen Strom von Stadtbewohnern, Karren und Soldaten ein. Von Arnolfo wusste er, dass diese Tiere, so hässlich und abstoßend sie sein mochten, in der Stadt hohes Ansehen genossen. Die Mönche züchteten sie, weil es hieß, dass man mit ihrem Hautfett eine schwere Hautkrankheit heilen könne, die »das Antoniusfeuer« genannt wurde. Wer eines der Schweine stahl, dem wurde der Prozess gemacht, und wer dabei ertappt wurde, sie in irgendeiner Form zu belästigen, musste eine hohe Geldstrafe bezahlen.

Das dicke, schmutzig graue Tier blieb vor Matthew stehen und starrte ihn mit schnupperndem Rüssel an, als wollte es ihn zu einer Reaktion herausfordern. Enttäuscht von der Reglosigkeit des Mönchs ließ es jedoch bald von ihm ab und entfernte sich zu vielversprechenderen Ecken.

Erleichtert stand Matthew auf und schlug den Weg zum Brolo-Hospital ein. Von dort aus, dachte er, würde er leicht die Straße finden, die ihn zur Basilika führte. Er hatte gerade erst ein paar Schritte getan, als ihn plötzlich jemand am Ärmel seiner Kutte zog. Links von ihm, an die Wand einer verfallenen Hütte gedrückt, stand ein kleiner Junge. Er hatte braune Locken und ein aufgewecktes Gesicht, aus dem ihn große Augen unsicher ansahen. Aufgrund seiner dunklen Haut hätte man ihn für einen Sarazenen halten können.

»Bist du der englische Mönch?«, fragte das Kind schüchtern.

»Ja«, antwortete Matthew verblüfft, »ich bin Engländer, aber woher …?«

»Und du heißt … Matiù?« Der Kleine zögerte bei der Aussprache des unvertrauten Namens.

»Na ja, so ähnlich«, sagte der Mönch lächelnd. »Ich heiße

Matthew, ein wenig anders ausgesprochen, aber das ist nicht wichtig. Aber sag mir, woher weißt du denn, wer ich bin?«

Das Kind sah sich vorsichtig um, bedeutete Matthew, ihm zu folgen und verschwand durch die Tür der Hütte. Neugierig ging Matthew ihm nach. Was von außen wie eine beschädigte, aber noch vollständige Behausung gewirkt hatte, stellte sich als eine freie, von drei Wänden umgebene Fläche heraus, auf der Gras und Brombeersträucher zwischen geschwärzten Brettern, zerbrochenen Balken und wenigen Steinen wucherten. Das Dach war vollkommen eingestürzt und trug noch die Spuren des verheerenden Brandes, der das arme Haus vor langer Zeit zerstört haben musste.

Das Kind ging mit sicheren Schritten durch das Gestrüpp und blieb vor den Überresten eines alten Brunnens stehen, wo es mit einem Fuß die Festigkeit der Steine um die Öffnung prüfte und sich setzte. Matthew raffte seine Kutte um die Beine zusammen und ließ sich gespannt neben ihm nieder.

Der Knabe musterte ihn einen Augenblick lang, dann senkte er den Blick und begann.

»Eine Frau hat mir gesagt, dass ich dir folgen soll, sie heißt Guglielma. Sie ist so eine Art Nonne und wohnt hier in der Nähe. Ich kenne sie, weil ich schon ein paar Mal in ihrem Haus gewesen bin. Sie ist ein bisschen merkwürdig und hat Augen, die einen verbrennen können, wenn man sie ansieht. Am Anfang hatte ich Angst vor ihr, aber jetzt nicht mehr, weil alle sagen, dass sie großherzig ist und den Menschen Gutes tut. Als ich eben unter ihrem Balkon vorbeigekommen bin, hat sie mich gerufen. Sie hat mir eine Münze gegeben und gesagt, dass ich dir nachgehen und dir etwas ausrichten soll.«

Das Kind achtete nicht auf die Fassungslosigkeit des Mönchs, sondern kniff die Augen zusammen bei der Anstrengung, alles richtig zu wiederholen.

»Du wirst einem Mann begegnen, der den Läufer gegen den

König antreten lässt, doch es wird die Königin sein, die das Geschick des Kampfes bestimmt. Nachdem du ihm begegnet bist, werden alle Knoten sich lösen, und die einzelnen Stränge werden übersichtlich nebeneinander liegen wie Korngarben auf dem Feld.«

Er hatte alles in einem Atemzug herausgebracht, um kein Wort der Botschaft zu vergessen. Nun strahlte er den Mönch stolz an. Matthew war blass geworden und blickte durch den Knaben hindurch, ohne ihn zu sehen. Der Kleine bekam es mit der Angst zu tun, stand geräuschlos von den Steinen auf und entfernte sich. Er begriff das nicht. Gerade eben noch hatte der Mönch so einen freundlichen, väterlichen Eindruck gemacht, und jetzt sah er plötzlich aus, als wäre er vom Teufel besessen …

Er musste von hier weg, und zwar schnell. Doch das Rascheln im Gestrüpp weckte Matthew aus seiner Erstarrung. Er merkte, dass er den Jungen erschreckt hatte, und rief ihn zu sich.

»Warte, geh nicht weg!«, rief er. »Sag mir wenigstens, wie du heißt.«

Der Kleine blieb zögerlich stehen und schien zu überlegen, ob er antworten sollte. Die Augen des Mannes sahen eigentlich gütig aus; vielleicht hatte ihn nur Guglielmas Botschaft so verstört, dass er böse wirkte. Hamid hatte keine Ahnung, was dieser merkwürdige Satz bedeutete, den er gerade von sich gegeben hatte. Vielleicht war es eine Drohung, vielleicht eine schreckliche Prophezeiung. Dann wäre das Entsetzen des Mönchs verständlich. Er warf seine Angst über Bord und murmelte:

»Ich heiße Hamid.«

Matthew versuchte, sich seine Erschütterung nicht weiter anmerken zu lassen, ging auf das Kind zu und hockte sich vor ihm nieder, sodass ihre Augen auf gleicher Höhe waren. Dann strich er ihm über die Haare und lächelte es an.

»Du bist ein guter Junge, Hamid, und hast einen schönen Namen. Ich danke dir für deine Nachricht und würde dir gern etwas dafür geben, aber ich habe leider nichts.«

Matthew sah sich im Gebüsch um und entdeckte einen abgebrochenen Zweig, der vermutlich einmal zu einem kümmerlichen Bäumchen gehört hatte, das den Garten dieses Hauses zierte.

»Warte einen Moment«, sagte er und bückte sich, um ihn aufzuheben. Nachdem er mit einem trockenen Knacken die dünne Spitze abgeknickt hatte, brach er ihn in zwei Teile, die er in Form eines Kreuzes übereinander legte. Dann kramte er in seinen Taschen nach etwas Schnurähnlichem und fand einen langen Streifen Stoff, der von seinem Hemd abgerissen war. Er rollte ihn mit den Fingern auf, wickelte ihn anschließend mehrmals um die Verbindungsstelle der beiden Zweigstücke und machte ihn mit einem Knoten fest.

»Hier«, sagte er und gab Hamid das selbst gebastelte Kreuz, »das ist mein Geschenk für dich. Es ist nicht viel, aber immerhin das Zeichen Christi. Du glaubst doch an Christus, oder?«

Der Gedanke, dass der kleine Sarazene vielleicht nicht getauft sein könnte, war ihm gerade erst gekommen. Als hätte er seinen Zweifel erraten, antwortete das Kind beleidigt:

»Natürlich glaube ich an Christus! Und auch an den Vater und den Heiligen Geist!«

Matthew lächelte.

»Kann ich jetzt gehen?«, fragte Hamid, der das kleine Kreuz an seine Brust drückte. Auch wenn er keine Furcht mehr vor dem Mönch hatte, wollte er jetzt nach Hause. Seine Schwester hatte immer noch Fieber, und seine Mutter brauchte ihn.

»Lauf, Kleiner, Gott segne dich und … danke.«

Der Knabe lief davon, ohne sich noch einmal umzudrehen.

Matthew lehnte sich an den halb verrotteten Türrahmen und ließ dem Zittern seiner Glieder, das er bis zu diesem Moment beherrscht hatte, freien Lauf. Sein Atem ging schwer und ihm schwirrte der Kopf. Er hob den Blick zu dem Stück Himmel über dem eingestürzten Dach und schrie:

»Warum, Vater, warum schon wieder?«

Seine Stimme brach, und Tränen verschleierten seine Augen. Ohne es zu merken, ließ er sich langsam zu Boden sinken, wo er die Arme um die Knie schlang und rückhaltlos zu weinen begann. Er hörte nichts mehr, weder die Amsel, die neugierig auf ihn zuhüpfte, noch das übliche Stimmengewirr auf der Gasse.

Er hätte nicht sagen können, wie lange er dort gehockt hatte. Irgendwann stand er auf, trocknete seine Augen mit dem Ärmel der Kutte und versuchte sich zu fassen. Seine Gedanken, denen er eine klar erkennbare Form geben wollte, stoben in alle Richtungen, um schließlich immer wieder zu derselben Frage zurückzukehren: Wie sollte es mit ihm weitergehen? Seit zwei Jahren befand er sich auf der Flucht vor anderen und vielleicht auch vor sich selbst. Bei jeder neuen Begegnung wurden Verständnis und Gehorsam von ihm verlangt, Tugenden, die nach vorherrschender Meinung unauflöslich mit der Würde seines Gewandes verbunden waren. Und er? Wer würde ihm je die Barmherzigkeit und Nächstenliebe erweisen, die alle von ihm erwarteten? Die erschreckende Wahrheit war, dass die Erschöpfung die Oberhand über seine Seelenstärke und vielleicht auch über seine Glaubenskraft gewonnen hatte. Ein verwegener Gedanke schoss ihm durch den Kopf: Er konnte die Kutte ablegen, seiner Berufung widersagen und seinen Auftrag ablehnen. Von der Ungeheuerlichkeit dieser Vorstellung erschüttert, schnappte er nach Luft. Dann griff er mit bebenden Fingern nach dem Kreuz um seinen Hals und bat Gott für seine Furchtsamkeit und Dummheit um Verzeihung. Nach einem tiefen Seufzer besah er sich seine Kutte, die mit trockenen Grashalmen übersät und am Saum mit Erde beschmiert war. Er versuchte, den Dreck mit den Händen abzuwischen, aber das Ergebnis war wenig befriedigend. Trotz seiner ungebührlichen Erscheinung wollte er zur Basilika gehen, denn das Bedürfnis, zum Allerhöchsten zu beten, damit er ihm wieder einmal den rechten Weg wies und seinen Geist erleuchtete, war stärker als alle Bedenken.

Er ging hinaus in die Gasse. Im Gras, das gerade von ihm niedergetreten worden war, schlüpfte eine Eidechse vorsichtig unter einem Stein hervor und schnellte hinauf auf den Brunnenrand, wo sie ungestört in der Sonne badete.

KAPITEL 26

Aimone ging durch die Porta Romana. Der Morgen war windig wie schon seit Tagen nicht mehr, und das bewegte Wasser des Stadtgrabens spiegelte verzerrt die große rote Fahne wider, die auf dem Wachturm wehte.

Nun, da er Racheles Haus fast erreicht hatte, konnte der Burgherr seine Aufregung kaum noch unterdrücken. Mehr als eine Woche hatte er darüber nachgegrübelt, was er tun sollte. Er hatte ernsthaft versucht, das Mädchen aus seinen Gedanken zu verbannen, hatte sich zur Ordnung gerufen und sich Vorwürfe gemacht, weil er sich von einer solch albernen Schwärmerei hinreißen ließ. Sein Aufenthalt in Mailand, sagte er sich immer wieder, hatte einen klar umrissenen Zweck, der noch längst nicht erfüllt war. Die Tage vergingen, aber der Erzbischof kehrte nicht zurück. Alle Audienzen waren verschoben worden, und er selbst konnte nicht mehr viel länger in der Stadt verweilen. Zwar wurde seine Burg ausreichend von einer tüchtigen Wachmannschaft und treuen Waffenknechten geschützt, doch länger als bis zur Mitte des Sommers durfte er ihr auf keinen Fall fernbleiben. Er ermahnte sich ständig, dass dies die einzigen Sorgen waren, die ihn beschäftigen sollten, aber sein Geist strebte in andere Richtungen, und die Kräfte des Verstandes konnten die Erregung des Herzens nicht zügeln. Schließlich hatte er beschlossen, zu Rachele zu gehen und sie zu bitten, ihr Hündchen noch einmal zu seinem Sohn zu bringen, damit Bartolomeo mit ihm spielen könne. Vielleicht würde es ihn ernüchtern, wenn er sie wiedersah, und er würde endlich begreifen, dass das, was er für Leidenschaft gehalten hatte, nichts anderes war als die flüchtige Grille eines Mannes, der schon viel zu lange allein lebte.

Die Tür der Kate war nur angelehnt. Nach einem Moment des Zauderns klopfte Aimone an. Von drinnen antwortete ihm das Bellen des Hundes, dem Rachele vergeblich befahl, still zu sein. Kurz darauf war Nisan an der Tür, und als er Aimone erkannte, wurde aus seinem wütenden Bellen ein erfreutes Winseln. Er drückte die Tür entschieden mit der Schnauze auf und stürzte hinaus, wo er spielerisch um den Burgherrn herumsprang.

»Also wirklich, was ist denn da los?«

Rachele blieb abrupt auf der Schwelle stehen. Ihr tadelnder Gesichtsausdruck, mit dem sie gerade den Hund ausschimpfen wollte, erstarrte zu einer Maske der Verblüffung.

Beim Anblick der jungen Frau setzte Aimones Herz einen Schlag lang aus. All seine vernünftigen Vorsätze und Selbstermahnungen zerplatzten wie Schaumbläschen in der Sonne, und sein trockener Mund weigerte sich, die Sätze herauszubringen, die er sich am Morgen so sorgfältig zurechtgelegt hatte. Rachele war rot geworden und sagte ebenfalls nichts. Schließlich erlöste Nisan sie aus ihrer Verlegenheit, indem er wie ein Blitz ins Haus sauste und mit einem Ball aus Lumpen zwischen den Zähnen wieder herauskam. Er legte ihn zu Füßen des Burgherrn nieder und wartete hechelnd und schwanzwedelnd darauf, dass sein neuer Spielgefährte ihn warf. Lächelnd fand Aimone seine Stimme wieder.

»Seid gegrüßt, Rachele. Ich bin gekommen, um Euch zu fragen, ob Ihr mich in den nächsten Tagen einmal besuchen wollt. Bartolomeo liegt mir ständig damit in den Ohren, dass ich Euch und Nisan einladen soll, mal wieder mit ihm zu spielen. Wenn Ihr bereit seid, ein paar Stunden bei uns zu verbringen, wäre es mir eine Ehre, Euch an unserem Tisch zu Gast zu haben …«

Er konnte nicht weitersprechen. Das Herz klopfte ihm bis zum Hals, schnell wie ein Trommelwirbel, und hinderte ihn am Atmen. Er fühlte sich wie der letzte Schwachkopf. Wo war Aimone von Graines geblieben, der besonnene Politiker und tüchtige, weitsichtige Lehnsherr? Wer befand sich gerade in diesem vor Angst schlotternden Körper?

Rachele entging der innere Aufruhr des Burgherrn nicht. Wenn sie weniger müde gewesen wäre nach den beiden letzten durchwachten Nächten am Lager ihres Vaters, hätte sie seine Verlegenheit vielleicht verstehen und ihm darüber hinweghelfen können. Aber Erschöpfung und Sorge hatten sie reizbar gemacht, und deshalb fiel ihre Antwort auf Aimones Einladung nicht gerade entgegenkommend aus.

»Wie zum Teufel habt Ihr mich gefunden? Ich erinnere mich nicht, Euch gesagt zu haben, wo ich wohne! Habt Ihr mich etwa verfolgen lassen?«

Aimone, der mit einer solchen Abfuhr nicht gerechnet hatte, taumelte zurück, als hätte sie ihn geohrfeigt. Er machte den Mund auf, um sich zu rechtfertigen, schloss ihn aber gleich wieder. Wie ein zerknirschtes Kind stand er da und wusste nicht, was er sagen sollte. Rachele las die Demütigung in seinem Blick, strich sich die zerzausten Haare glatt und versuchte, sich zu beruhigen. Sie wollte gerade einlenken, als ein lang gezogener, klagender Laut von drinnen an ihre Ohren drang, worauf sie herumfuhr und in der Hütte verschwand.

Der Burgherr wusste nicht, was er tun sollte. Seine erste Regung war, sich schleunigst wieder davonzumachen, da der Empfang hier nicht besonders ermutigend gewesen war. Andererseits wurde das Stöhnen und Wehklagen im Innern immer lauter, Rachele brauchte vielleicht Hilfe. Er zögerte. Nisan, der in seinen Hoffnungen auf ein Ballspiel enttäuscht worden war, stand unbeweglich vor der Tür und sah ihn mit schräg gelegtem Kopf an. Er beschloss hineinzugehen und betrat so leise wie möglich das Zimmer. Auf einem Schemel lag ein halb besticktes Gewand aus Seide, ähnlich seinem eigenen, und Nadel und Faden waren unordentlich auf den Stoff geworfen. Ein wackeliger Tisch, zwei Stühle und eine Truhe, über die ein purpurnes Arztgewand gebreitet war, bildeten die gesamte Einrichtung. Auf dem gemauerten Rand der Feuerstelle standen zwei Töpfe, einige Zinnteller, zwei Becher und ein Krug. Durch eine Hintertür konnte man einen winzigen Gemüsegarten erkennen. Eine andere Tür, niedrig und schmal, führte offenbar in ein zweites Zimmer, das schwach durch einen Schlitz in der Mauer erhellt wurde. Auf Zehenspitzen ging Aimone darauf zu und blieb auf der Schwelle stehen. Ehe seine Augen etwas erkennen konnten, sagte ihm seine Nase, was dort drinnen vor sich ging. Ein feuchter, drückender Geruch nach Urin, Erbrochenem und Schweiß schlug ihm entgegen. Rachele beugte sich über ein Lager, auf dem ein alter Mann halb aufgerichtet saß und seine Hände an die Brust drückte. Seine wirren weißen Haare fielen ihm in das blau angelaufene Gesicht, und sein Mund stand offen und schnappte nach Luft. Das Mädchen stützte ihn an den Schultern und murmelte unverständliche Worte, die beruhigen sollten.

»Wer ist dieser Mann?«, ächzte Isaac, wobei er, ohne den Kopf zu drehen, mit knochigem Finger auf die Tür zeigte. Rachele wandte sich überrascht um, denn sie hatte nicht damit gerechnet, dass der Edelmann ihr folgen würde. Zu erschöpft, um ihn davonzujagen, bedeutete sie ihm schweigend, ihr die Schüssel zu reichen, die nicht weit von der Lagerstatt auf dem Boden stand. Aimone gab sie ihr und sah, dass auf der trüben Flüssigkeit darin eingeweichte Blätter und Fettaugen schwammen.

»Wer ist dieser Mann, frage ich?«, wiederholte der alte Jude verärgert, doch seine Frage ging in einem schweren Hustenanfall, gefolgt von schier endloser Atemnot unter. Ein heiseres Röcheln kam aus seiner Kehle, und an den Seiten seines rissigen Mundes lief zäher Schleim in seinen struppigen Bart.

»Beruhigt Euch, Vater, beruhigt Euch«, flüsterte Rachele so sanft, als spräche sie mit einem Kind. »Er ist ein Kunde des Schneiders Amizone, der zufällig hier vorbeikam. Er wird gleich wieder gehen …«

Während sie ihm gut zuredete, entnahmen ihre geübten Hände etwas von dem Kataplasma aus der Schüssel und rieben damit die keuchende Brust ihres Vaters ein. Dann bedeckte sie den Sud mit einem dicken Stück Wolle und bettete ihren Vater mit dem Rücken gegen ein Strohkissen, das am Kopfende des Bettes lehnte.

»So, Vater, jetzt ruht Euch aus. Wenn ihr etwas braucht, bin ich sofort da. Ich werde jetzt diesen Herrn verabschieden und dann im Nebenzimmer weiterarbeiten. Ihr braucht mich nur zu rufen.«

Der Alte nickte nur und konnte wegen seiner Atemnot nichts sagen, aber seine immer noch wachsamen Augen musterten Aimone eindringlich. Schließlich fielen seine Lider herab und er sank mit dem Kopf auf der Schulter in den Schlummer.

Rachele wartete noch einen Moment vor dem Lager, dann drehte sie sich um und machte ihrem Besucher ein Zeichen, ihr in das andere Zimmer zu folgen. Aimone war verstört von dem, was er gesehen hatte, und fühlte sich unbehaglich. Seine erregte Vorfreude von vorhin hatte sich in Scham und Verlegenheit verwandelt, weil er Rachele so einfach bei sich zu Hause überfallen hatte. Als er vor ihr stand, sah ihn das Mädchen lange an. Nach einer Weile strich sie müde ihre Haare zurück und setzte sich.

»Ich kenne den wahren Grund nicht, der Euch hergeführt hat, Herr, aber ich kann ihn mir denken. Es war dumm von mir, Euch meinen Namen zu sagen, denn nun wisst Ihr, dass wir Juden sind. Außerdem habt Ihr an dem purpurnen Gewand, das ich aus der Truhe geholt habe, gesehen, dass der todkranke Mann dort drüben Arzt ist und seinen Beruf bis vor kurzem noch ausgeübt hat. Wir dürften eigentlich nicht hier sein, Juden werden in dieser Stadt nicht gern geduldet und jüdischen Ärzten ist es verboten, ihren Beruf auszuüben. Deshalb müssen wir unserem Vermieter für seine geldgierige Gleichgültigkeit gegenüber den Vorschriften dankbar sein. Wenn er uns diese Wohnung nicht gegeben hätte, würden wir immer noch in der Lombardei herumirren, und vielleicht wäre mein Vater dann schon tot. Die Leute in diesem Viertel sind gut zu uns, obwohl sie vermutlich wissen, wer wir sind. Vielleicht ist ihre Toleranz nur Mitleid, aber jedenfalls hat uns bisher niemand verraten. Falls Ihr gekommen seid, um unsere Religionszugehörigkeit bestätigt zu finden und uns bei den Behörden anzuzeigen, geht nur hin und tut es. Mein Vater hat nicht mehr lange zu leben, ihm wird diese letzte Schande erspart bleiben. Ich hingegen werde fortgehen, denn ich bin allein auf der Welt und muss niemandem Rechenschaft ablegen. Ich werde einen Ort finden, wo ich leben kann …«

Ihre Stimme versagte, und Tränen stürzten aus ihren Augen. Rachele verbarg ihr Gesicht in den Händen und weinte leise.

Aimone war sprachlos. Er starrte die junge Frau beschämt an, während es in seinem Kopf drunter und drüber ging. Wie hatte ihm das passieren können? Was für ein schreckliches Missverständnis hatte ihn hierher geführt? Wie viel Leid und Angst hatte sein arrogantes Auftauchen bei diesem Mädchen ausgelöst! Er musste mit ihr reden, musste ihr alles erklären, ehe seine Unbesonnenheit noch weiteren Schaden anrichtete.

Er zwang sich, eilig seine Gedanken zu sammeln, damit er die misstrauische junge Frau von seinen guten Absichten überzeugen konnte. Ohne auf den heißen Schmerz in seiner Brust zu achten, kniete er vor Rachele nieder und begann zu sprechen. Er erzählte ihr von sich und seinem Lehen, von seiner Frau, die er vor vielen Jahren verloren hatte, von seinem Sohn und seiner Reise nach Mailand. Während er sprach, versiegten Racheles Tränen allmählich. Sie streichelte Nisan, der auf ihren Schoß gesprungen war, und sah Aimone forschend an, vielleicht weil sie nach einem Hinweis auf Falschheit in seinen Worten suchte.

»Was den Grund angeht, der mich zu Euch geführt hat«, fuhr Aimone errötend fort, »also, außer Bartolomeos Wunsch, mit Eurem Hund zu spielen, wollte ich … Verzeiht meine Narretei, aber Euer Gesicht … Eure Züge erinnern mich sehr an die Mutter meines Sohnes, und ich habe mir eingebildet … Oh Gott, vergebt mir bitte …«

Aimones Stimme verklang in einem Flüstern. Er schloss die Augen und merkte, dass er nichts weiter zu sagen wusste. Sein Verhalten war unangemessen und dumm gewesen, würdig eines hitzköpfigen Knaben. Er wünschte sich weit fort von hier. Diese Reise brachte sein Leben durcheinander, und all seine Gewissheiten zerbröckelten nach und nach in der merkwürdigen Atmosphäre dieser fremden Stadt.

Er stand auf. Rachele sah ihn immer noch an, doch statt Misstrauen zeigte ihr Gesichtsausdruck jetzt Verwunderung.

»Aber was sagt Ihr da, Herr? Ich dachte, Ihr …«

Aus dem anderen Zimmer war ein beängstigendes Röcheln, gefolgt von einem Hustenkrampf, zu hören. Rachele sprang auf und lief zum Krankenbett des Vaters. Nisan, der unsanft zu Boden gefallen war, jaulte beleidigt auf. Aimone blieb, wo er war, und wagte nicht, sich zu rühren, während er dem geräuschvollen Ringen des alten Mannes ums Überleben lauschte.

Er musste von hier fort. Sobald dieser Anfall vorbei war, würde er sich noch einmal entschuldigen und endgültig verabschieden. Bartolomeo würde enttäuscht sein, aber er musste lernen, dass man im Leben nicht immer das bekommt, was man möchte, ob es sich um die Gesellschaft eines Hündchens oder die einer Frau handelt …

»Herr, ich bitte Euch … oh, mein Gott! Könntet Ihr einen Moment herkommen, Herr?«

Trotz der trennenden Wand drang Racheles Stimme laut und klar an seine Ohren. Mit vier langen Schritten war Aimone im Nebenzimmer, und was er dort sah, erschreckte ihn: Der Alte wurde von Krämpfen geschüttelt; sein gebeugter Rücken zuckte heftig, er schlug mit den Armen um sich, und die Pupillen waren stark geweitet. Seine Augen versanken fast in dem bläulichen Gesicht, und aus seinem Mund kam abwechselnd ein Schwall von Erbrochenem und gelblicher Schleim. Rachele bemühte sich, ihn zu stützen, konnte den Körper ihres Vaters aber nicht richtig halten. Aimone ging hin und half ihr, ohne sich um die widerlichen Flüssigkeiten zu kümmern, mit denen Isaac sein Gewand beschmutzte. Während er mit seinen starken Armen den Oberkörper des Alten festhielt, steckte das Mädchen ihrem Vater die Finger in den Mund und drückte seine Zunge herunter, die starr zurückgerollt war und ihn fast erstickte. Ihr keuchender Atem vermischte sich mit dem Röcheln von Isaac, der nicht merkte, was um ihn herum vorging, und weiter konvulsivisch auf dem Strohsack zuckte. Doch dann war die Krise, so plötzlich wie sie gekommen war, vorüber. Mit einem langen, abgehackten Seufzer fiel der Alte aufs Lager und bewegte sich nicht mehr. Rachele erschrak und streifte seine blauen Lippen mit den Fingern, auf denen sie einen leichten, warmen Hauch spürte. Erst da, mit der Gewissheit, dass ihr Vater noch am Leben war, sah sie Aimone an. Auf seinem Gewand aus feiner Wolle breiteten sich rötliche

Flecken wie welke Blumen aus, von denen lange, feuchte Streifen bis zum Saum liefen. Sie schämte sich für dieses Unheil, das sie selbst mit ihrer unbedachten Bitte um Hilfe angerichtet hatte, und wollte gerade angemessene Worte der Entschuldigung finden, als ihr Blick dem Aimones begegnete. Nur wenige Male zuvor hatte Rachele so viel Mitgefühl und Teilnahme im Gesicht eines anderen Menschen gesehen. Sie fragte sich verstört, wem diese Regung galt, ob ihr selbst, ihrem Vater oder dem ganzen Elend in dieser Hütte. Unversehens kamen ihr wieder die Tränen. Sie versuchte beschämt, sie zu unterdrücken, aber es gelang ihr nicht. Aimone ging auf sie zu und nahm sanft ihre Hände.

»Weint nicht, Rachele«, sagte er freundlich, aber entschieden. »Euer Vater braucht Eure Pflege, nicht Eure Tränen. Vergesst bitte meine närrischen Worte von vorhin, die eines reifen Mannes in meinem Alter nicht würdig sind. Verzeiht mir meine Überheblichkeit und Dummheit und erlaubt, dass ich Euch helfe. Dieser Mann braucht einen Arzt, man kann ihn nicht so leiden lassen …«

Rachele schüttelte mutlos den Kopf. Sie unterdrückte ihr Schluchzen und antwortete flüsternd, um Isaac nicht zu wecken.

»Glaubt Ihr, es würde sich jemand hierher bemühen, um einen Juden zu heilen? Ihr wisst doch, was die christlichen Ärzte für Lügen über ihre jüdischen Kollegen verbreiten! Sie behaupten, sie seien böse Zauberer, die ihre Brunnen vergiften, um die Christen zu töten. Nein, Herr, niemand darf von uns wissen, niemand wird diese Hütte betreten. Meine Familie ist wie die vieler anderer Juden von Agrat, der Unheil stiftenden Königin der Dämonen, verflucht worden. Kein Amulett, keine *Mesusa* wird meine Mutter ins Leben zurückbringen oder meinen Vater heilen können.«

Racheles Augen waren inzwischen ganz trocken. Ihre eigene

bittere Resignation hatte sie wie gegen ihren Willen ernüchtert. Ohne ihre Hände loszulassen, sah ihr Aimone ins Gesicht.

»Nein, Rachele, kein Dämon wird Euch mehr verfolgen, solange mein Gott, der auch der Eure ist, mir meine Kräfte und den Verstand erhält. Ich kenne einen ausgezeichneten Arzt, für dessen Stillschweigen ich die Hand ins Feuer lege. Mit Eurer Erlaubnis werde ich mit ihm sprechen und ihn bitten, hierher zu kommen.«

In der dringenden Hoffnung, dass sein Vertrauen in Enrico da Bergognones Verschwiegenheit gerechtfertigt war, erwartete der Burgherr Racheles Antwort. Sie sah ihn lange an, und nachdem sie sich noch einmal besorgt zu Isaac umgedreht hatte, nickte sie stumm.

Aimone verabschiedete sich und versprach, in den nächsten Tagen wiederzukommen und Bescheid zu geben. Als sie allein war, ließ Rachele sich auf ihren Strohsack fallen. Nisan beobachtete sie neugierig, als sie die Augen schloss und nachzudenken versuchte. Dieser letzte Anfall ihres Vaters war sehr ernst gewesen, und wenn dieser Mann ihr nicht geholfen hätte, wäre Isaac vielleicht erstickt. Wer war dieser Aimone von Graines? Welche Laune des Schicksals hatte ihn in ihr Leben gebracht? Konnte sie ihm wirklich vertrauen? Und wie sollte sie weiter für den Schneider Amizone arbeiten und ihre Stickereien rechtzeitig abliefern, wenn der Zustand ihres Vaters sich nun rasch verschlechterte? Er brauchte ständige Pflege, und niemand konnte sie an seinem Krankenlager ersetzen.

Wie hohe Wellen, die auf einem Sandstrand aufschlagen und dann zurückrollen, nur um noch höher und bedrohlicher wiederzukehren, um den Strand abzutragen, so baute Racheles Verstand immer größere Probleme vor ihr auf. Doch allmählich machten sich die Müdigkeit nach den durchwachten Nächten und die eben ausgestandene Anspannung bemerkbar. Ihr Kopf sank seitlich auf den Strohsack, und der erholsame Schlaf stellte sich ein. Nisan, der diese Ruhestunde zu ungewöhnlicher Zeit nicht begriff, betrachtete seine Herrin noch eine Weile und streckte sich dann unter dem Tisch aus, um Wache zu halten.

Aimone ging mit schnellen Schritten, bei denen seine Füße kaum den Boden berührten. Ohne auf die neugierigen Blicke der Passanten zu achten, die sein beflecktes Gewand musterten, eilte er zu seiner Herberge. Er fühlte sich so leicht wie schon lange nicht mehr, und obwohl seine Erlebnisse von eben das nicht gerade rechtfertigten, empfand er eine Art von Euphorie. Er würde Enrico aufsuchen und ihm von dem alten jüdischen Arzt erzählen. Obwohl er da Bergognone noch nicht lange kannte, sagte ihm sein Gespür, dass er auf ihn zählen konnte. Und wenn es Gott gefiel, schafften sie es vielleicht gemeinsam, Racheles Vater zu retten. In seine Gedanken versunken, bemerkte er die Frau in dem grauen Kleid nicht, die vor einem Laden in der Via Porticata stand und ihn von ferne beobachtete. Als er aus ihrem Blickfeld verschwunden war, lächelte sie. Die Schachfiguren waren aufgestellt, dachte sie, und mit dem Wohlwollen des Allmächtigen würde sich die Partie zum Sieg des Guten entwickeln. Dankbar für die Gabe, die ihr zuteil geworden war, machte sich die Frau auf den Heimweg.

KAPITEL 27

In dem Lokal war die Luft zum Ersticken. Obwohl Eingangstür und Hintertür offen standen, hing ein Gemisch verschiedenster Gerüche in der Luft. Der appetitliche Duft gebratenen Fleisches wurde vom säuerlichen Geruch des Fisches überlagert, und über allem breiteten sich die schweren, feuchten Dämpfe einer zu lange gekochten Suppe aus. Enrico da Bergognone starrte vor sich auf den Tisch. Ganz gegen seine Gewohnheit hatte er seine Mahlzeit nicht aufgegessen, deren fettige Reste noch auf dem Teller aus Steingut schwammen. Als er den Trinkkrug an den Mund führte, verzog er angewidert das Gesicht.

»Der Wein in dieser Taverne schmeckt wie Katzenpisse! Wenn man bedenkt, dass man bis vor zwei Jahren hier noch ausgezeichnet gegessen hat – Flusskrebse, Rebhühner, schön bissfest gedünstetes Gemüse und ein Wein –, Ihr glaubt nicht, wie gut der Wein hier war! Die Wirtin hatte mir mal erzählt, dass er vom Weinberg San Colombano kam, der in der Nähe des Lambro liegt, fast schon dort, wo er in den Po mündet. Jetzt ist dieser Landstrich wahrscheinlich von den ständigen Streifzügen der kaiserlichen Soldaten zerstört und wird nicht mehr bestellt, denn der Wein ist auf jeden Fall nicht mehr derselbe.«

Aimone hörte ihm zu und fragte sich, warum Enrico, statt auf seine Bitte zu antworten, sich in diesen überflüssigen Betrachtungen erging. Beim Essen hatte er ihm alles ruhig erklärt und darauf geachtet, sich keine Unruhe oder sonstigen Gefühle anmerken zu lassen. Er hatte ihm von Rachele und ihrem Vater berichtet und ihn gefragt, ob er ausnahmsweise einmal die Rivalität zwischen christlichen und jüdischen Ärzten beiseite lassen und etwas für Isaac tun könne. Er hatte ihm geschmeichelt, an seine Eitelkeit appelliert, ihn aber auch eindringlich gebeten, die Anwesenheit der beiden Juden in der Stadt nicht zu verraten. Enrico hatte sich alles angehört, zuerst überrascht, dann augenscheinlich verärgert. Er hatte nichts dazu gesagt, sondern weiter lustlos in den Speisen herumgestochert, die die Wirtshausmagd vor ihm abstellte. Aimone hatte es sich aus Angst vor einer Ablehnung verkniffen, ihn zu einer Antwort zu drängen, doch als er ihn jetzt von solchen Belanglosigkeiten reden hörte, wurde er unruhig. Möglicherweise war es ein Fehler gewesen, diesen Mann ins Vertrauen zu ziehen, und sein Versuch, Rachele zu helfen, schadete ihr mehr als er nützte.

»Sagt mir«, platzte Enrico plötzlich heraus und richtete seinen Blick vom Weinkrug auf Aimone, »haltet Ihr mich vielleicht für einen Dummkopf?«

Der Burgherr sah ihn verständnislos an.

»Nein«, fuhr der Arzt wie zu sich selbst fort, »sonst hättet Ihr mir nicht dieses Geheimnis anvertraut, das sich für beide Seiten als gefährlich erweisen könnte. Wenn Ihr ausgerechnet mich um eine Meinung und ein wenig Hilfe bittet, kann Eure Wahl nur zwei Gründe haben: Entweder bin ich der einzige Arzt, den Ihr hier in der Stadt kennt, oder Ihr haltet große Stücke auf meine Fähigkeiten. Ich vermute mal, der erste Grund trifft eher zu. In jedem Fall geht Ihr ein ganz schönes Wagnis ein, denn woher wollt Ihr wissen, dass ich hiernach nicht schnurstracks zum Broletto gehe und die beiden Juden anzeige? Ich bin zu alt und habe zu viel erlebt, mein Freund, um Schmeicheleien nicht zu erkennen, die mit einer bestimmten Absicht an mich gerichtet werden.«

Aimone traute seinen Ohren nicht. Was war das denn für eine Antwort, die dieser Mann ihm da gab? Und wieso nahm er sich heraus, ihn zu tadeln wie ein ungezogenes Kind? Schließlich sprach er mit dem Regenten einer Burg und nicht mit einem dahergelaufenen Bauern! Wie konnte er es wagen, so über sein Ansinnen zu reden, das ruhig und vernünftig vorgebracht worden war?

Der Arzt sah ihm forschend ins umwölkte Gesicht und lächelte spöttisch.

»Ich habe Euch verärgert, was, Burgherr? Fühlt Ihr Euch von den Worten eines Arztes in Eurer Aristokratenehre gekränkt? Was sind diese Ärzte schon anderes, denkt Ihr, als dahergelaufene Quacksalber und Alchimisten! Wie können sie sich mit der Streitkraft der Ritter oder den politischen Fähigkeiten der Fürsten messen? Ja, gewiss, wir bieten unsere Dienste denen an, die uns am besten bezahlen, wie es auch die Straßendirnen tun, aber das ist auch schon unsere einzige Gemeinsamkeit mit ihnen. Der Rest ist Studium, ist Kunst und Anwendung! Habt Ihr eine Vorstellung davon, wie viele Jahre wir über den Büchern und mit unbezahlten praktischen Übungen zubringen, ehe wir auch nur die Harnflüssigkeit richtig untersuchen und beurteilen oder einen Aderlass durchführen können? Hippokrates, der Vater aller Ärzte, hat unseren Beruf als die ›lange Kunst‹ bezeichnet, weil wir unser ganzes Leben damit verbringen, zu forschen, nachzudenken, abzuwägen und zu vergleichen.«

Obwohl er nur halblaut sprach, war Enrico seine Rage anzumerken. Aimone unterbrach ihn nicht und überlegte, wie viele Demütigungen dieser Mann im Laufe seines Lebens erlitten haben musste, um so empfindlich gegenüber jemandem zu reagieren, den er kaum kannte.

»Im Übrigen, was Eure Juden angeht«, fuhr der Arzt fort und senkte seine Stimme noch mehr, »so gehört es nicht zu meinen

Gewohnheiten, andere Leute anzuzeigen. Noch nie habe ich unseren beruflichen Eid gebrochen, der uns dazu verpflichtet, Stillschweigen über unsere Patienten zu bewahren, und ich gedenke nicht, jetzt damit anzufangen. Außerdem habe ich die jüdischen Ärzte, auch wenn ich diese Meinung für mich zu behalten pflege, noch nie für gefährlich oder verachtenswert gehalten. In Lucca, meiner Heimatstadt, gibt es eine große jüdische Gemeinde, darunter auch zahlreiche Ärzte und Chirurgen, und obwohl ich selbst noch nie mit einem von ihnen zusammengearbeitet habe, habe ich doch nur das Beste über sie gehört. Ich denke nicht, dass ein anderer Glaube eine Diagnose oder eine Heilmethode beeinflussen kann. Es gibt immer vier Körpersäfte, egal, ob ich Christ oder Jude bin, genauso wie auch die Zahl der Knochen, der Zähne und der Adern gleich bleibt. In Montpellier, von wo ich gerade komme, gibt es seit fast einem Jahrhundert eine blühende Schule der Medizin, zu deren Lehrern wir alle als eine unerschöpfliche Quelle des Wissens aufsehen. Auf dieser Universität werden keine Unterschiede im Glauben gemacht, es gibt arabische, jüdische und christliche Gelehrte, denen es allen nur um die Vermittlung der ärztlichen Kunst geht, um den Austausch von Erfahrungen und die Entdeckung neuer Heilmethoden und Arzneien.«

Während seiner letzten Worte hatte sich Enricos Ton verändert. Sein Zorn von vorhin war verraucht, und an seine Stelle war eine fast schwärmerische Leidenschaft getreten. Als er merkte, dass er zu lange am Stück geredet hatte, ohne seinem Gegenüber Gelegenheit zur Erwiderung zu geben, strich sich der Arzt über das glatt rasierte Kinn und verstummte.

Aimone, der immer noch nicht sicher war, was er für eine Antwort erhalten würde, obwohl das Ende der Rede ihm Hoffnung machte, beschloss abzuwarten.

Enrico stieß einen langen, geräuschvollen Seufzer aus und sah seinen Tischgenossen an. »Geht zu dieser jungen Jüdin und sagt ihr, dass ich ihren Vater morgen zur Stunde der Komplet aufsuchen werde. Das Tageslicht wäre zwar besser für eine gründliche Untersuchung, aber unserer Sicherheit wegen ist es angeraten, die Dunkelheit zu nutzen, wenn die Bewohner dieser engherzigen Stadt schon auf ihren Strohsäcken schnarchen. Schärft ihr ein, genug Kerzen bereitzuhalten und Fenster und Türen gut zu verriegeln, denn niemand darf mich sehen. Nicht, dass ich für meine Person etwas zu fürchten hätte, denn mein Ruf schützt mich, und der Podestà braucht meine Behandlung. Ich mache mir eher Sorgen um die beiden Juden und um Euch. Sagt mir, Aimone, was verbindet Euch mit diesen Menschen? Seid Ihr sicher, dass Ihr ihretwegen ein solches Wagnis eingehen wollt?«

Von der Frage überrascht, zögerte Aimone kurz und nickte dann nur stumm, ohne die Neugier des Arztes zu befriedigen. Es war nicht nötig, sagte er sich, dass jemand anders von seinen Gefühlen zu Rachele erfuhr, die er selbst reichlich lächerlich und unbegründet fand. Wie würde er dastehen, wenn er Enrico in sein Herz blicken ließe?

Nachdem er ihn noch eine Weile ratlos gemustert hatte, warf der Arzt ein paar Münzen auf den Tisch und stand auf. Aimone tat es ihm nach und sie verließen die Taverne.

»Wir sind uns also einig, zur Stunde der Komplet. Erwartet mich vor der Apostelkirche, an der Via Porticata. Von dort werdet Ihr mich zur Wohnung der Juden führen. Gehabt Euch wohl, Aimone, bis morgen.«

Sein eiliger Abschied verwunderte den Burgherrn nicht mehr wie anfangs, denn er wusste, dass Enrico an diesem Nachmittag wieder zum Podestà musste. In der Stadt erzählte man sich, dass dessen Gesundheitszustand sich stetig bessere, seit Enrico ihn mit neuen Methoden behandelte.

Er überlegte, ob er zu Bartolomeo nach Hause zurückkehren oder gleich Rachele benachrichtigen sollte, und entschied sich für die zweite Möglichkeit. Sein Sohn konnte warten, zumal er sich wieder auf einem seiner Besichtigungsausflüge in der Stadt befand. An diesem Tag wollte ihn ihr getreuester Diener zur Kirche von San Simpliciano begleiten, die zu den ältesten der Stadt zählte, wie ihnen die Schwester Pförtnerin erklärt hatte. Aimone hoffte, dass das kostbare Sakramentar auf dem Altar ausgestellt sein würde, das reich mit Miniaturen verzierte Messbuch, damit Bartolomeo es bewundern konnte. Das wachsende Interesse seines Sohnes für die Künste und die Schrift machte ihn stolz. Es war ein weiterer Grund dafür gewesen, ihn in die Stadt mitzunehmen, die sie in wenigen Wochen wieder verlassen würden. Der Gedanke daran drückte ihm fast das Herz ab: Wenn sie von hier fortgingen, nachdem seine diplomatische Mission beendet war, würde Rachele für immer aus seinem Leben verschwinden. Er blieb stehen. Nein, nein, das ging nicht, er konnte nicht einfach auf sie verzichten, nun, da das Schicksal ihn mit ihr zusammengeführt hatte. War es nicht Seneca gewesen, fragte er sich, verblüfft über diesen unverhofften Geistesblitz, der geschrieben hatte: *Ducunt fata volentem, nolentem trahunt?* Na also – wenn das Schicksal seine Schritte lenkte, warum sich ihm widersetzen, warum die Zeichen übersehen? Vielleicht war es verrückt, vielleicht hatte die zu lange unterdrückte Leidenschaft die Herrschaft über seinen Verstand übernommen, aber in Ermangelung von Gewissheiten wollte er ausnahmsweise einmal seinem Gefühl folgen. Falls seine Handlungen sich als unbedacht erwiesen, wollte er demütig die Konsequenzen tragen.

Mit entschlossenen Schritten ging er auf die Porta Romana zu. In der Nähe schlug die Glocke der Apostelkirche die neunte Stunde.

KAPITEL 28

Der Maulesel scheute nervös. Dieser erzwungene Halt am Rande eines von Mücken wimmelnden Sumpfes gefiel zwar auch seinem Reiter nicht, aber er ließ sich nicht vermeiden. Der Mann hatte Kundschafter vorausgeschickt, die eine Möglichkeit suchen sollten, die Muzza zu überqueren, indem sie querfeldein ritten, statt der Straße nach Melegnano zu folgen. Denn dort, wusste er, waren die Mailänder dabei, Gräben und Kanäle zu befestigen, um das Vorrücken der kaiserlichen Truppen zu verhindern. Die vielen Soldaten auf den Straßen würden es erschweren, unerkannt durchzukommen. Zwar glaubte er nicht, dass alle Soldaten des Städtebundes sein Gesicht kannten, aber Vorsicht war besser als Leichtfertigkeit. Der Maulesel schüttelte sich wieder.

Der Mann seufzte. Wenn seine Knie doch nur die kräftigen Flanken seines Rappen Dragone drücken könnten statt dieses elenden Packesels!

Allerdings würde er wohl kaum als Pilger durchgehen, wenn er ein edles Rassepferd ritt, und für das Gelingen seines Vorhabens war es unerlässlich, dass er keine Aufmerksamkeit erregte.

Einer der Packsäcke an den Seiten des Maulesels bewegte sich unruhig, als wäre er plötzlich lebendig geworden. Der Mann, der das Zucken an seinen Beinen spürte, drehte sich um und strich zärtlich über den groben Stoff.

»Ist ja gut, hab noch ein wenig Geduld. Bald machen wir Rast, dann kannst du jagen, so viel du willst.«

Beruhigt von der vertrauten Stimme, hörte der Falke auf, sich zu bewegen. Als der Mann den Sack zurechtrückte, damit er beim Weiterreiten nicht gegen die Flanken des Maulesels schlug, sah er Tarik zurückkommen, gefolgt von den anderen beiden Dienern.

»Es wimmelt von Soldaten, Herr«, stieß dieser außer Atem hervor, während er von seinem Reittier stieg, »aber es sind alles kaiserliche. Sie ziehen von Lodi nach Salerano am Fluss Lambro, wo sie, wie man sagt, sich eine Schlacht mit dem Städtebund liefern werden. Bis dorthin dürften wir also keine Schwierigkeiten haben. Die Bauern sind alle geflohen, man sieht nur noch Kühe und Schafe und den einen oder anderen Alten, der verwirrt über die Felder streift. Wenn wir den Fluss überquert haben, können wir die Straße nach Vidigulfo nehmen und dann, von Landriano aus, das nicht weit entfernt liegt, die Straße nach Mailand …«

»Du meinst die Straße, die von Pavia herkommt?«, fragte der Ritter dazwischen.

»Genau die«, antwortete Tarik. »Ich dachte, da sich der Großteil der Mailänder und ihrer Verbündeten auf der Straße nach Lodi bewegt, wird die Gegend um Pavia weniger bewacht sein …«

»Und daher sicherer«, schloss sein Herr. »Tarik, ich bin wirklich zufrieden mit dir. Du bist ein ausgezeichneter Kundschafter, vielleicht mache ich dich sogar zu meinem militärischen Berater! Auf jetzt, verschwinden wir von diesem stinkenden Sumpf. Ich möchte noch vor Einbruch der Dunkelheit in Vidigulfo ankommen.«

Er trieb seinen Maulesel an, zog die Kapuze über die Augen und ritt seinen Gefährten in den dichten Wald voraus, der den Sumpf von Selvagreca säumte. Hinter ihm trabte Aisha auf ihrem Reittier einher. Auch ihr Gesicht war, wie das ihres Gebieters, von einer Kapuze bedeckt, sodass niemand, der sie sah, in ihr eine Sarazenin erkennen konnte.

KAPITEL 29

Bella nahm zum zweiten Mal an diesem Tag ihren Heiltrank zu sich. Er schmeckte bitter und brannte in den Eingeweiden, hatte sie aber in einer Woche vom Fieber befreit. Auch der Absud aus Capsella, mit dem sie jeden Tag die Wunden wusch, tat seine Wirkung. Sie konnte sich jetzt aufsetzen und normal umhergehen, ohne diesen stechenden Schmerz zwischen den Beinen zu spüren. Sie wurde wieder gesund, das merkte sie, und auch ihre Kräfte kehrten allmählich zurück. In alle Ewigkeit würde sie der jungen Jüdin dankbar sein, die sie so kundig geheilt hatte, denn ohne ihre Hilfe wäre sie wahrscheinlich am Fieber und an den Blutungen gestorben. Remigio hätte Rachele gern in irgendeiner Form bezahlt, aber sie hatte jeden Lohn abgelehnt. »Ich bin kein Arzt«, hatte sie gesagt, »und kann daher kein Honorar für meinen Besuch bei Bella fordern.« Sie hatte lediglich die beiden Münzen angenommen, die Remigio ihr für die Heilkräuter gegeben hatte, und ihm nochmals ans Herz gelegt, sie richtig anzuwenden. »Sagt Eurer Gefährtin, dass sie die Mengen genau nach meinen Anweisungen abmessen soll. Wenn man die falsche Dosis nimmt, kann aus einer Arznei ein Gift werden.«

Nachdem er Bella das ausgerichtet hatte, hatte er die elenden Bedingungen geschildert, unter denen das Mädchen lebte. Sein Vater schien noch dazu, nach allem, was er mitbekommen hatte, schwer krank zu sein oder lag sogar im Sterben. »Was soll aus ihr werden, wenn sie eine Waise ist?«, hatte er gefragt. »Wie soll eine junge Jüdin, die ganz allein auf der Welt ist, in dieser Stadt überleben? An wen soll sie sich wenden, außer an die wenigen anderen Juden, die Leihhäuser hier betreiben? Meinst du vielleicht, die nehmen sie auf, nur weil sie zu ihrem Volk gehört? Die denken doch nur an ihre Geschäfte mit den Christen, egal, ob diese Adelige oder Speichellecker des Podestà sind. Sie würden sie zu ihrer Dienerin machen, sonst nichts, nur zu ihrer Dienerin!« Obwohl sie zu dem Zeitpunkt noch im Fieberwahn lag, hatte Bella die Situation Racheles begriffen und deren zukünftiges Leben als heimatlos Umherstreifende mit ihrer eigenen elenden Existenz verglichen. Wie sie würde auch diese unglückliche junge Frau auf ihre Träume verzichten und sich mit Gleichgültigkeit, Grausamkeit und Knechtschaft abfinden müssen. Gemeinsam mit Remigio hatte sie beschlossen, zu Racheles Wohnung zu gehen, sobald sie wieder bei Kräften war, und ihr Hilfe und Unterstützung anzubieten. Denn welcher Unterschied bestand schon zwischen einer christlichen Prostituierten und einer allein stehenden Jüdin, wenn beide unter derselben Not und Armut litten?

Daneben lebte Bella in der ständigen Angst, dass es an der Tür klopfen könnte. Seit ihrer brutalen Vergewaltigung war sie nicht mehr aus dem Haus gegangen; sie hatte verbreiten lassen, dass sie krank sei und eine Zeit lang keine Kunden empfangen könne, und baute darauf, dass die Nachricht auch Lanfranco zu Ohren kam. Er hatte sich zwar bisher nicht wieder blicken lassen, aber die Aussicht, ihn plötzlich wieder vor sich zu sehen, machte ihr schreckliche Angst. Remigio hatte gehört, dass Calgario Fäden spann, um ein wichtiges öffentliches Amt zu erringen, und sie hoffte, dieses neue Ziel werde ihn vorsichtiger machen und ihn für eine Weile von seinen gewalttätigen Gewohnheiten abbringen. Oft schon hatte sie mit der Idee gespielt, ihn anzuzeigen und jenes lange zurückliegenden Mordes zu beschuldigen, aber sie hatte sich immer dagegen entschieden, denn wer würde schon einer Straßendirne glauben? Und selbst wenn man ihr glaubte, bestand immer noch die Gefahr, dass Lanfranco nicht verurteilt würde und auf freiem Fuß bliebe. Dann würde er sie mit Sicherheit umbringen, so wie er es mit Caterina, den beiden armen Pächtern und bestimmt auch mit dem Diener gemacht hatte, der ihm damals bei seiner Untat geholfen hatte. Dann war da ja auch noch Dorotea. Bella dachte oft an das Mädchen und sah das kleine Bündel in dem Wollschal vor sich, das seinen Hunger und seine Verzweiflung auf der Straße nach Mailand herausgeschrien hatte. Als sie es vor der Pforte von San Celso abgelegt hatte, hatte sie lange geweint und ihm zum Abschied das Köpfchen und die beiden winzigen, zusammengewachsenen Finger geküsst. Was war wohl aus Dorotea geworden? Ob sie noch lebte? Ob sie jemals erfahren würde, wer ihre Mutter war? Doch selbst wenn sie es irgendwann herausbekam, wie sollte sie den Schmerz darüber ertragen, dass ihre Mutter so barbarisch ermordet worden war?

Als sie ihre Arznei ausgetrunken hatte, ging Bella in den Garten hinaus. Die Hitze wurde immer drückender und das rechteckige Stück Himmel über den Dächern der umstehenden Häuser war von einer dichten Dunstglocke überzogen, die das sommerliche Azurblau auslöschte. Sie zog den Eimer aus dem Brunnen hoch und goss mühsam Wasser auf die trockene Erde, in der Rüben und ein paar kümmerliche Salatköpfe wuchsen. Der Hund, der wie immer jede Bewegung seiner Herrin aufmerksam verfolgte, wurde von einem im Gras landenden Sperling abgelenkt. Mit einem Satz und einem lauten »Wuff« versuchte er, ihn zu fangen, aber der Vogel war schneller und flatterte davon.

»Wie ich sehe, geht es dir auch wieder besser …« Bella streichelte ihm lächelnd den Kopf.

An diesem Nachmittag wollte sie zum ersten Mal wieder

ausgehen und den kleinen Markt besuchen, der einmal in der Woche in den Gassen ihres Viertels abgehalten wurde. Es handelte sich nicht um einen der offiziell erlaubten Märkte, wie sie jeden Tag innerhalb der Stadtmauern stattfanden, sondern nur um ein paar wenige ärmliche Stände, an denen einige Bauern versuchten, ihre geringen Einkünfte aus der Arbeit auf den Feldern und in den Ställen etwas aufzubessern. Die Stimmung dort war von Unruhe und Wachsamkeit geprägt. Bella selbst hatte schon mehr als einmal erlebt, dass plötzlich Amtsdiener des Podestà aufgetaucht waren und Händler und Kunden mit Gefängnis und hohen Geldstrafen bedroht hatten, damit diese sich an die städtischen Vorschriften für Märkte und Messen hielten. Dann sackten die Bauern schnell ihre Waren ein und zerstreuten sich, während die Käufer zusahen, dass sie nach Hause kamen. Dennoch hatten diese Übergriffe der gesetzlichen Autorität bisher nichts ändern können. Bella lächelte erbittert, als sie daran dachte, dass der Stadtstaat sich zwar seine eigenen Gesetze gegeben hatte, aber trotzdem jeder in der Stadt zusehen musste, wie er sich am besten durchschlug. Sie zum Beispiel übte ihren Beruf nicht in einem organisierten Bordell aus, sondern empfing ihre Kunden entgegen den Vorschriften bei sich zu Hause. Alle wussten darüber Bescheid, genauso wie alle wussten, dass jenseits des Ringwalls einmal wöchentlich Markt abgehalten wurde. Was für einen Sinn hatten diese ganzen Verbote, wenn niemand, der überleben wollte, sich daran halten konnte? Welche Bedeutung sollte man einer Obrigkeit beimessen, die sich in siebzehn Jahren keine Fragen nach dem Verbleib einer jungen Adeligen gestellt hatte und der anscheinend nie der leiseste Verdacht gekommen war, dass ihr unerklärliches Verschwinden auf einen Mord zurückzuführen sein könnte? Wer sollte Lanfranco Calgario je entlarven, zumal er jetzt auch noch Zutritt zu den höchsten Kreisen der Macht begehrte?

Ein plötzlicher Stich in der Bauchgegend unterbrach ihre Gedanken, und Bella setzte sich. Sie musste ruhig bleiben und durfte nicht zulassen, dass das nie überwundene Entsetzen über das Schicksal ihrer Herrin sich in Wut auf die ganze Welt verwandelte. Im Grunde war sie noch jung und hatte noch viele Jahre vor sich. Wenn es ihr und Remigio gelang, noch mehr Geld zu sparen, konnten sie bald aus der Stadt fortziehen und sich vielleicht an den Hängen der Berge niederlassen, wo er nach Silber schürfte. Dort würden sie sich ein kleines Haus bauen, Hühner und ein paar Schafe halten und endlich frei sein. Auf einmal überkam sie das Bedürfnis zu beten.

»Ave Maria, gratia plena, benedicta tu in …«

Wie ging dieses Gebet weiter? Wie lauteten doch gleich die Worte, die ihre Großmutter ihr in falsch ausgesprochenem Latein beigebracht und die sie später von Caterinas Mutter richtig gelernt hatte? Lange Zeit hatte sie kein *Ave Maria* oder *Pater Noster* mehr gebetet und noch länger war sie in keiner Kirche mehr gewesen.

Entschlossen stand sie auf und strich ihr Kleid glatt. Sie wollte später zur Vesper nach San Calimero gehen, der nächstgelegenen Kirche hier vor der Stadtmauer. Dort würde sie sich in eine dunkle Ecke des Kirchenschiffs stellen, wo sie niemand sah. Sie würde sich an die Worte erinnern, würde beten und sich von den Gesängen und den Anrufungen umfangen lassen, mit denen auch die anderen den Allerhöchsten um Schutz anflehten.

KAPITEL 30

Die vier Kerzen beleuchteten das Zimmer, und auf dem Tisch, den Rachele und Aimone neben den Strohsack ihres Vaters gezogen hatten, wartete der Nachttopf mit dem Urin darauf, von Enrico untersucht zu werden. Der Widerschein der Flammen tanzte unruhig über das Gesicht des Arztes, der Isaacs Körper aufmerksam betrachtete. Er hatte ihm den Bauch abgetastet, hatte mit einem Ohr Rücken und Brust abgehorcht, hatte Arm- und Beingelenke bewegt, Zunge und Augen eingehend untersucht und seinen Atem geprüft. Der alte Jude, der wusste, dass ein berühmter und fähiger Kollege zu ihm gekommen war, hatte all diese fachmännischen Handgriffe über sich ergehen lassen und das seiner Schamhaftigkeit entsprungene Unbehagen unterdrückt. Isaac kannte Enrico da Bergognone vom Hörensagen, und als Rachele ihm vor zwei Tagen angekündigt hatte, dass ausgerechnet dieser Arzt sich an sein Krankenlager begeben werde, hatte er heftig protestiert: Er brauche niemand anderen zu konsultieren, er habe sich seine Diagnose schon selbst gestellt, und die Pflege und die Heilmethoden seiner Tochter seien vollkommen ausreichend, um ihn gesund zu machen. Erst Racheles Tränen hatten ihn beschwichtigt. Das Mädchen, das sehr wohl begriff, dass sein Vater sich längst aufgegeben hatte, war in untröstliches Weinen ausgebrochen. Erweicht von der Verzweiflung seiner Tochter, hatte er dem Besuch schließlich zugestimmt, aber nur unter der

Bedingung, dass Rachele nicht dabei war. Er hatte Gründe der Sittsamkeit ins Feld geführt, aber in Wahrheit wollte er nicht, dass Rachele aus dem Mund des christlichen Arztes ein Urteil vernahm, das keine Hoffnung zuließ.

Während sein Kollege sich nun daranmachte, seine Harnflüssigkeit zu inspizieren, schloss Isaac abwartend die Augen. Nachdem er die bernsteinfarbene Flüssigkeit in dem Gefäß beschnüffelt hatte, tauchte Enrico zwei Finger hinein und prüfte die Konsistenz zwischen den Kuppen. Dann gab er einen Tropfen auf seine Zunge und testete den Geschmack, und zum Schluss hob er den Topf näher ans Kerzenlicht und besah sich Farbe und Klarheit.

»Safrangelber Urin, merkwürdig«, murmelte er vor sich hin.

Ohne die Flüssigkeit zu schütteln, hob er den Nachttopf noch einmal an und sah hinein.

»Man sollte doch meinen, dass die Mitte trüber ist als der Untergrund oder die Oberfläche …«

Isaac öffnete die Augen, stützte sich mühsam auf dem Strohsack auf und wagte es endlich, Enrico anzusprechen.

»Ich bitte Euch«, flüsterte er, »teilt Eure Diagnose niemand anderem mit außer mir, vor allem nicht meiner Tochter. Ich glaube den Schluss schon zu kennen, zu dem Ihr gekommen seid, er lautet sicher genauso wie der meine.«

Enrico stellte schweigend den Nachttopf ab, setzte sich auf den Schemel vor dem Bett und sah Isaac an, der seinen Blick fest erwiderte.

»Meiner Ansicht nach«, begann der christliche Arzt, »ist das Leiden von der gelben Galle ausgelöst worden. Das Problem liegt darin, dass sie vermutlich schon viele Eingeweide durchdrungen hat und die Krankheit bereits die Akme erreicht hat. Ich weiß nicht, ob zu diesem Zeitpunkt eine Chalasis erzielt werden kann …«

»Mit anderen Worten«, ergänzte Isaac, »Ihr seid nicht sicher, ob die Krankheit heilbar ist. Nun ja, gestattet ausnahmsweise einmal, dass der Patient die Diagnose bestätigt: Ich werde nicht wieder gesund werden. Ist es nicht seltsam?«, fuhr der Alte mit einem ironischen Lächeln fort. »So oft schon habe ich das Sumpffieber bei anderen geheilt, und nun ist es gerade diese Krankheit, die mir den Tod bringt. Auf unserer Reise von Salerno hierher haben wir viele Sümpfe und Moraste durchquert, und wie Ihr sicher wisst, ruft der Aufenthalt an diesen ungesunden Orten oft Erbrechen, Durchfall und Fieber hervor. Ich habe mich oft gefragt, was die Ursache dieser Fieber ist, doch obwohl ich lange studiert und viele medizinische Schriften zu Rate gezogen habe, weiß ich es noch immer nicht. Was ich bei meinen Patienten und nun auch bei mir selbst beobachten konnte, ist, dass die Fieberkrankheit, wenn sie nicht innerhalb weniger Wochen abklingt, die inneren Organe immer mehr auszehrt. Die Milz schwillt an, und die Leber, die Lunge und selbst das Blut erfüllen ihre Funktion nicht mehr richtig. Die Körpersäfte vergiften den gesamten Organismus, und der Kranke stirbt. Es ist fast, als würde der Körper zu seinem eigenen Schaden einen bösartigen, gefräßigen Sumpfdämon in sich beherbergen und nähren. Sagt, wisst Ihr vielleicht mehr als ich über dieses bestimmte Gebiet der Medizin?«

Die Atemnot kehrte zurück, denn die geistige Klarheit, mit der Isaac seinen Gedanken Ausdruck gegeben hatte, entsprach nicht seinen körperlichen Kräften. Während er auf eine Antwort von Enrico wartete, streckte er die Arme nach hinten und beugte sich vor, um leichter Luft zu bekommen.

Beeindruckt von dieser scharfsinnigen Analyse eines Schwerkranken, sah der Arzt den Alten voller Respekt an und schüttelte nur verneinend den Kopf.

»Ihr seht also«, fuhr Isaac mit heiserer Stimme fort, »dass jede Behandlung zwecklos ist. Jeder Breiumschlag, jedes Kataplasma, jedes Mittel, das ich kenne, ist inzwischen angewandt worden. Rachele hat mir sogar das Allheilmittel Theriaca verabreicht, doch selbst diese starke Arznei hat keine Wirkung gezeigt. Nichts kann mehr helfen. Ich weiß, dass der Tod nahe ist. Ich sehne ihn nicht herbei, nein, aber ich fürchte ihn auch nicht. Ich hatte ein langes Leben und habe meinen Beruf immer gewissenhaft ausgeübt. Das Einzige, was ich bedauere, ist, dass ich meine Frau so früh verloren habe und meine Tochter allein zurücklassen muss. Sie möchte gern unsere Kunst erlernen, wusstet Ihr das? Sie hoffte, an der Schule in Montpellier angenommen zu werden, wohin wir eigentlich unterwegs waren, aber jetzt … ich weiß nicht. Ohne die Fürsprache eines erfahrenen Arztes hat sie wenig Chancen. Bitte sagt Ihr nicht, wie nahe mein Ende ist, ich flehe Euch an, lasst ihr noch ein wenig Hoffnung.«

Isaacs Mund blieb offen, als wollte er noch etwas sagen, aber es kam kein Laut mehr über seine Lippen. Seine Augen schlossen sich, und sein Leib, der von einem heftigen Erschauern geschüttelt wurde, sank schlaff auf den Strohsack zurück. Enrico wartete noch einen Moment, dann deckte er ihn zu, legte ihm die Hand auf die Stirn und fühlte seinen Puls. Das Fieber war zurückgekehrt und der Pulsschlag stark erhöht, auch wenn er ihn unter der dünnen Haut kaum spüren konnte.

Nachdem er drei der vier Kerzen ausgeblasen hatte, öffnete der Arzt die schmale Tür ins Nebenzimmer. Rachele stand blass und starr davor, und als Enrico ihr angstvolles Gesicht sah, fürchtete er, dass sie alles mitgehört hatte. Vielleicht hatte die lange Gewohnheit, auf den leisesten Atemzug ihres Vaters zu lauschen, ihr Gehör geschärft, oder sie hatte einfach an der Tür gehorcht, weil sie wusste, dass Isaac sie über die Diagnose im Dunkeln lassen wollte.

Aimone, der Enrico begleitet hatte, war aus Diskretion an der Eingangstür stehen geblieben und hatte während der ganzen Untersuchung kein Wort gesagt. Zwar drängte es ihn, auf

Rachele zuzugehen und sie zu trösten, doch Besonnenheit und Respekt bewogen ihn dazu, sich fernzuhalten.

Rachele blickte dem Arzt suchend ins Gesicht und sprach dann mit bebender Stimme.

»Herr, ich weiß, dass Euer ärztlicher Eid es Euch verbietet, über die Diagnose zu sprechen, aber da ich es bin, die meinen Vater pflegt, würde ich zumindest gern Eure Meinung hören und wissen, ob die Heilkräuter, die wir bisher angewendet haben, einer Besserung förderlich sind …«

Enrico betrachtete das Mädchen, das mit banger Erwartung seiner Antwort harrte. Eine für ihn ungewöhnliche Welle des Mitgefühls überkam ihn, und er räusperte sich und wählte seine Worte mit Sorgfalt.

»Die Krankheit Eures Vaters ist, wie Ihr schon selbst erkannt habt, sehr ernst. Die Behandlung, die Ihr ihm bisher habt angedeihen lassen, ist vollkommen angemessen und lindert auf jeden Fall die Beschwerden und verringert die Anfälle. Was Ihr noch zusätzlich zu den anderen Arzneien anwenden könnt, ist die Berberitzenwurzel, die nach meiner Erfahrung ein wirkungsvolles Mittel gegen das Fieber der gelben Galle darstellt. Die safrangelbe Farbe des Urins, den ich gerade untersucht habe, entspricht in etwa der Farbe der Berberitzenblüten. Wie Ihr sicher wisst, soll das Erscheinungsbild des Heilmittels der Krankheit gleichen, auf dass Ähnliches mit Ähnlichem geheilt werde. Verwendet aber nicht die Blüten der Pflanze, sondern die Rinde der Wurzel, die, wenn man einen Aufguss daraus bereitet, einen dicken gelben Saft ergibt. Diesen Trank verabreicht Ihr ihm beim Morgengeläut, zur neunten Stunde und zur Komplet, also dreimal täglich. Ihr werdet sehen, dass er in Verbindung mit den anderen Arzneien Erleichterung bringt und hinauszögert, was unvermeidlich ist …«

Ihm fehlten die Worte, um diese fachliche Erörterung angemessen zu beenden, denn Racheles forschender Blick verstörte ihn. Über sich selbst und diesen geringen Beweis seiner rednerischen Fähigkeiten verärgert, wollte er den Faden gerade wieder aufnehmen, als die junge Frau ihm zuvorkam.

»Ihr meint den Todeskampf, nicht wahr?«, fragte sie mit leiser, doch fester Stimme. Ihre Augen glänzten von den zurückgehaltenen Tränen, blieben aber unverwandt auf ihn gerichtet.

»Herr«, fuhr sie entschieden fort, »Euer Mitgefühl mit uns ist groß, und ich werde Euch immer dafür dankbar sein. Ihr seid ein guter Arzt, genauso wie mein Vater, und Eure berufliche Tüchtigkeit zeigt sich auch in der Barmherzigkeit, die ihr zwei fremden Juden erweist. Nichts hat Euch verpflichtet, in diese Hütte zu kommen, aber Ihr habt es dennoch getan und Eure Sicherheit und Euren guten Ruf aufs Spiel gesetzt. Es tröstet mich zu wissen, dass es unter den christlichen Ärzten zumindest einen gibt, der seine Kunst über den Neid und den Aberglauben stellt und in erster Linie Krankheiten erforscht, egal, ob sie einen christlichen oder einen jüdischen Leib befallen haben. Mein Vater hat mich viel gelehrt, und in all den Jahren konnte ich mir einiges von ihm abgucken und neue Methoden mit ihm erproben. Ich bin zwar noch jung, aber ich habe gelernt, eine heilbare von einer verhängnisvollen Krankheit zu unterscheiden. In diesem Fall wird der Kranke nicht genesen, der Gifthauch der Sümpfe ist in ihn eingedrungen und hat schon die Leber, die Eingeweide und das Herz erreicht. Führt mich also nicht mit einer gnädigen, aber unwahren Diagnose hinters Licht, sondern sagt mir lieber, wie lange Eurer Meinung nach mein Vater …«

Rachele verstummte und senkte den Blick, als würde sie eine lange vorausgesehene Verurteilung erwarten. Enrico, der kaum glauben konnte, dass eine so ruhige, kluge Rede von einer so jungen Frau kam, sah Rachele mit neuer Hochachtung an. Ehe er antwortete, warf er einen Blick auf Aimone und las in seinen

Augen dieselbe Bewunderung. Der Burgherr hatte in seiner Ecke alles verfolgt und mit angehört.

»Hört Ihr das, Rachele?«, begann er und deutete mit der Hand nach draußen. »Die Glocken eines nahen Klosters verkünden die Nokturn, und morgen werden sie die Laudes und die Vesper und wieder die Nokturn läuten. Wie viele Tage werden noch vergehen, wie oft werdet Ihr noch die Stunden zählen, ohne zu wissen, welche es sein wird, die Euch Euren Vater nimmt? Ihr wisst es nicht, und auch ich kann es nicht wissen. Ich glaube nicht, dass irgendeine Wissenschaft, einschließlich der meinen, es uns gestattet, den Moment unseres Todes vorherzusehen. Überlassen wir diese Entscheidung unserem Gott beziehungsweise dem Euren, dessen Namen man nicht aussprechen darf, und tun wir nicht so, als könnten wir alles wissen. Bleibt in der Nähe Eures Vaters und versucht, vor allem das Leid seines Herzens zu lindern, und nicht nur das des Körpers. Mehr kann ich Euch im Augenblick nicht sagen.«

Rachele nickte. Dann wandte sie sich zu der Tresortruhe um und holte eine kleine Lederbörse heraus, der sie einige Münzen entnahm. Unsicher hielt sie diese Enrico hin. Verwundert über die angebotene Bezahlung, die er nicht gefordert hatte, wollte der Arzt gerade ablehnen, doch Aimone kam ihm zuvor. Er ging mit großen Schritten durchs Zimmer, stellte sich neben Rachele und forderte sie auf, das Geld wieder einzustecken.

»Der Arzt hat kein Honorar verlangt«, sagte er schnell. »Sein Besuch geschah aus Höflichkeit. Behaltet die Münzen, Rachele, sie können Euch noch bei anderer Gelegenheit nützlich sein.«

Das Mädchen wurde rot, stammelte eine Entschuldigung und legte die Börse an ihren Platz zurück. Dann öffnete sie vorsichtig die Tür zum Hinterzimmer, wobei sie versuchte, sie nicht in den rostigen Angeln quietschen zu lassen, und lauschte auf den Atem ihres Vaters.

»Er schläft jetzt, Rachele, macht Euch keine Sorgen«, sagte Enrico, der die Besorgnis auf ihrem Gesicht las. »Sein Schlaf wird für ein paar Stunden ruhig sein, und wenn er aufwacht, gebt ihm den ersten Trank von der Berberitze. Hier«, fügte er hinzu und wühlte in seiner geräumigen Arzttasche, »das ist die Wurzel der Pflanze. Mehr habe ich im Moment leider nicht, aber sie wird für zwei bis drei Tage reichen. Ich werde mir neue in der Brolo-Apotheke besorgen und sie Euch mitbringen, wenn ich den Kranken wieder besuche.«

Rachele nahm die knorrige Knolle mit offener Handfläche entgegen und strich über die raue Rinde. Dann sah sie zu Enrico auf und lächelte ihm stumm ihren Dank zu. Von ihren ausdrucksvollen Augen und ihrer ungewöhnlichen Schönheit berührt, die auch die Erschöpfung nicht hatte trüben können, drehte der Arzt sich schnell um und ging zur Tür.

»Ich werde noch ein paar Wochen in Mailand bleiben«, sagte er mürrisch, ohne die junge Frau noch einmal anzusehen. »In einigen Tagen komme ich wieder, um zu sehen, ob die Behandlung anschlägt.« Mit einer raschen Abschiedsgeste trat er hinaus auf die Gasse. Aimone wandte sich an Rachele.

»Wenn Ihr es gestattet, komme ich morgen oder übermorgen wieder her. Vielleicht könnt Ihr meine Hilfe gebrauchen.«

Der bittende Blick des Burgherrn sagte mehr als seine Worte, und Rachele verstand. Sie nickte schüchtern, murmelte ein Dankeschön und begleitete ihn zur Tür. Draußen war es stockdunkel. Nur in der Ferne blinkten die Fackeln der Soldaten, die auf der Stadtmauer ihre Runden drehten. Der Arzt, der schon ungeduldig auf seinen Begleiter wartete, spähte zum Wallgraben hinüber, um zu sehen, ob es trotz der späten Stunde noch möglich war, in die Stadt zu gelangen.

Die Glocken hatten gerade aufgehört, die Mitternacht zu läuten, und die beiden Männer beeilten sich. In wenigen Minuten würde die Porta Romana geschlossen werden, und dann kam niemand mehr hindurch, ob mit einem Schutzbrief ausgestattet oder nicht.

Nisan, der endlich wieder ins Haus durfte, nachdem er während Enricos Visite in den Garten ausgesperrt worden war, rannte sofort zu Isaacs Lager und beschnupperte es. Von dem Ergebnis beruhigt, wandte er sich Rachele zu und leckte ihr schwanzwedelnd die Hände. Als er den unbekannten Geruch an ihren Fingern witterte, nieste er herzhaft. Lächelnd nahm Rachele ihn auf den Arm, legte ihn auf ihren Strohsack und ließ sich darauf fallen, ohne sich auszuziehen. Sie war todmüde und fiel sogleich in den Schlaf. Der Rest der Nacht würde kurz sein.

KAPITEL 31

Die Ohren des Pferdes waren nach vorn gerichtet, auf die lange weiße Blesse zu, die unter dem schwarzen Pony begann und sich zwischen seinen großen Mandelaugen verlor. Sein Fell war von einem schönen Goldbraun und glänzte noch vom gerade beendeten Galoppritt. Durch die kräftigen Schenkel über den schmalen Fesseln zogen sich verzweigte, dicke Adern bis unter den Bauch. Hin und wieder schlug es beim Grasen mit dem schwarzen Schweif durch die Luft und streifte dabei die Büsche des Unterholzes.

Damiano hockte zwischen den Sträuchern zu Füßen einer großen Pappel und war dabei, ein großes Fladenbrot aus Roggen zu zerteilen. Vor ihm saß Allegranza, die ausgelassen lachte und darauf wartete, bedient zu werden. Ihre verbundene Hand ruhte in ihrem Schoß, während sie mit der anderen die Stücke entgegennahm, die ihr Liebster ihr reichte. Ein paar Spatzen hüpften um die beiden herum auf der Suche nach ins Gras gefallenen Krumen.

»Jetzt fehlt nur noch, dass ich dich füttere wie ein Kleinkind!«, rief Damiano schmatzend. Aus seinem Mund, der gleichzeitig mit Lachen, Kauen und Sprechen beschäftigt war, spritzte ein Bröckchen auf Allegranzas Kleid. Als sie das aufgeweichte Stück Focaccia auf ihrem Mieder sah, brach das Mädchen in ein haltloses Lachen aus und steckte damit Damiano an, der zuerst ganz beschämt geguckt hatte. Ihre glücklichen Stimmen hallten auf der Lichtung wider.

Aus seinem friedvollen Grasen aufgeschreckt, hob das Pferd den Kopf, stellte die Ohren auf und schüttelte seine Mähne. Ein nervöses Wiehern zerriss die Stille des Waldes, in der bis dahin nur das Zwitschern der Vögel zu hören gewesen war.

»Still, Fulmine!«, rügte Damiano. »Halt die Klappe, sonst entdeckt uns noch jemand!«

Das schöne Tier sah seinen Herrn leicht beunruhigt an, senkte dann aber wieder das Maul ins Gras.

»Wir können sowieso nicht mehr lange bleiben«, sagte Allegranza, die aufstand und sich die Krümel vom Kleid klopfte. »Meine Mutter weiß nicht, dass ich mich heute mit dir treffe, und selbst wenn sie etwas ahnt, würde sie nie darauf kommen, dass wir bis zum Quadronno-Wald geritten sind. Wir sollten uns besser auf den Weg machen, Damiano. Ehe ich nach Hause gehe, brauche ich noch etwas Zeit, um den Geruch deines Pferdes loszuwerden, sonst weiß Angiolina gleich Bescheid.«

Der Junge drückte einen zarten Kuss in die Innenfläche ihrer verbundenen Hand und fasste sie um die Taille. Sie sahen sich in die Augen, die vor Verlangen glänzten.

»Nein, warte …«, flüsterte Allegranza atemlos. »Wir können nicht, das weißt du. Wir haben noch genug Zeit, ich darf nicht …«

Damianos Lippen verschlossen ihr den Mund. Er drückte sie gegen den Stamm der Pappel, und seine Hände begannen, ihr Kleid zu erforschen, streiften zaghaft über ihre Brüste und Hüften und glitten wieder zu ihrem zarten Hals und den langen, seidigen Haaren hinauf.

»Hör auf, ich bitte dich, hör auf … Wir müssen gehen!«, keuchte Allegranza und löste sich mit einem Ruck aus den Armen ihres Liebsten. Damiano, der rot im Gesicht und etwas unsicher auf den Beinen war, sah sie schweigend an, bevor er die Satteltasche vom Boden aufhob und zu seinem Pferd ging. Allegranza folgte ihm und wartete darauf, dass er ihr beim Aufsteigen half, doch Damiano ließ sich Zeit bei seinen Verrichtungen, als wollte er den Heimritt hinauszögern. Endlich, als Allegranza schon etwas befremdet dreinsah, stieß er erregt die Worte hervor, die er lange zurückgehalten hatte.

»Ich liebe dich, weißt du das nicht? Ich liebe dich und begehre dich über alles! Du musst verstehen, dass … mein Körper mir nicht mehr gehorcht. Wie soll ich noch länger warten? Warum willst du nicht?«

Allegranzas Augen wurden groß, und in einem einzigen Moment wurde aus ihrem Befremden ein uraltes Wissen, das durch Generationen von Frauen vor ihr gereift war. Auf ihrem Gesicht zeichnete sich ein komplizenhaftes und dabei zugleich mütterliches Lächeln ab.

»Ich liebe dich auch, mehr als ich meine Mutter oder meinen Vater oder meinen Bruder liebe. Was ich für dich empfinde, ist etwas ganz Neues für mich, und ich weiß nicht, wie ich es beschreiben soll. Du weißt, dass Angiolina und Graziolo nur meine Pflegeeltern sind und auch Hamid von ihnen an Kindes statt angenommen wurde. Aber ich respektiere sie und mache mir Sorgen um sie, also denke ich, dass ich sie liebe. Und dennoch … manchmal frage ich mich, wie ich wohl meine leibliche Mutter und meinen leiblichen Vater geliebt hätte. Wie soll ich die verschiedenen Abstufungen der Liebe unterscheiden, wenn ich die Liebe der Frau nicht erfahren habe, die mich geboren hat? Wie kann ich sichergehen, dass mein Hingezogensein zu dir nicht nur von einer vorübergehenden Verwirrung der Sinne herrührt? Lass uns deshalb noch warten, Damiano. Lass uns noch ein bisschen warten, wenigstens so lange, bis du die Zustimmung deiner Familie zu unserer Heirat hast. Schließlich haben mich deine Eltern bisher noch nicht einmal kennen gelernt und wissen nicht, dass ich aus einer einfachen Familie von Dienstboten stamme. Dann ist da auch noch meine Hand. Wird die Wunde ganz verheilen, werde ich wirklich vor der Welt verbergen können, dass der Teufel bei meiner Geburt meine Finger berührt hat?«

Allegranzas Augen, die bis dahin fröhlich geblickt hatten, füllten sich mit Tränen. Damiano nahm sie fest in die Arme und küsste sie zärtlich. Dann hob er sie, ohne noch etwas zu sagen, aufs Pferd und stieg selber auf. Gelenkt von den Knien seines Reiters, drehte das Tier sich um und trabte durch das hohe Gras aus dem Wald und auf die Stadt zu.

Juditha wartete, bis auch der letzte Sperling von dem grasbewachsenen Platz unter dem Baum weggeflogen war. Dann sah sie sich wachsam um, lauschte dem Atem des Waldes und kam aus dem Haselgebüsch hervor, hinter dem sie sich versteckt hatte. Als sie unter der Pappel angekommen war, deren dichtes Laubwerk seinen Schatten auf die Lichtung warf, blieb sie unbeweglich stehen. Sie schloss die Augen, atmete nur noch ganz flach und drehte die Handflächen nach unten zum Boden. Nach einer Weile durchfuhr sie ein Schauder, und ihr Gesicht verzog sich zu einer Maske des Entsetzens. Ein Schrei stieg in ihrer Kehle auf, doch Juditha drückte schnell ihren Unterarm vor den Mund. Schließlich holte sie einen Wachholderzweig aus der Tasche ihrer Schürze, den sie ausgestreckt vor sich hielt, und ging damit dreimal um die Stelle, wo kurz zuvor die beiden jungen Leute gesessen hatten.

»Hemen Aquerra hetan! Hemen Aquerra hetan!«, skandierte sie mit gesenkter Stimme, damit niemand sie hörte. »Satan, du ruchloser Engel, es wird dir nicht gelingen, dieser Jungfrau das Leben zu nehmen! Ich, Juditha vom Quadronno-Wald, werde deinen bösen Geist von ihr und von diesem Ort verjagen! Verschwinde, verdammter Bock, und kehre zu dem zurück, den du schon besitzt und der geboren wurde, um Tod und Schrecken

zu verbreiten! Geh! Mögen deine Hörner das Herz desjenigen durchbohren, der deine Ausgeburt ist! *Har goteh damal!*«

Die letzte Verwünschung kam heiser heraus. Juditha befeuchtete ihre trockenen Lippen und kniete sich hin. Nachdem sie einige Grasbüschel ausgerissen hatte, zeichnete sie mit dem angespitzten Ende des Wachholderzweiges eine eng gewickelte Spirale in den Boden. In die Mitte der Spirale grub sie ein kleines Loch, in das sie neun Nadeln und sieben Beeren eines Wachholderstrauchs legte. Dann schaufelte sie die kleine Höhlung wieder zu und bedeckte auch die Spirale mit Erde, sodass sie nicht mehr zu sehen war. Zum Schluss bestreute sie alles noch mit Gras und Blättern und erhob sich. Der Schweiß lief ihr übers Gesicht und ließ ihre langen rötlichen Haare an Stirn und Hals ankleben, wodurch sie aussahen wie ein mit Getreide gefärbtes Hanfknäuel. Plötzlich wehte ein Windhauch von irgendwoher herbei und zerzauste die feuchten Strähnen, und Juditha lächelte zum Dank für dieses Zeichen, dessen Bedeutung nur sie allein kannte. Sie strich über ihr Kleid und ging mit langen, entschlossenen Schritten zurück zu ihrer Hütte.

Zwei Sperlinge, die sich beim Auftauchen der Frau auf einen nahen Ast verzogen hatten, kamen erneut herbeigeflogen, um nach den letzten Krümeln zu suchen, flatterten aber gleich wieder davon. Der Wind legte sich so jäh wie er gekommen war und überließ den Wald wieder der feuchtschwülen Sommerhitze.

»Na, dann wollen wir uns mal deine Finger ansehen.«

Als sie vorsichtig den Verband um Allegranzas Hand abwickelte, musste Angiolina lächeln. Ein herber Pferdegeruch ging von den Kleidern ihrer Tochter aus, und obwohl sie gesehen hatte, wie diese kräftig ihren Rock ausschüttelte, ehe sie ins Haus kam, hingen immer noch ein paar Grashalme an seinem Saum. Vor ihrer feinen Nase und ihren scharfen Augen konnte das Mädchen den Ort seines Stelldicheins mit Damiano nicht verbergen. Angiolina ließ sich jedoch nichts anmerken, obwohl sie sich selbst über diese neue Nachsichtigkeit gegenüber ihrem Kind wunderte. Vielleicht, dachte sie, hatte Allegranzas Entschlossenheit, mit der sie sich an den jüdischen Arzt gewandt hatte, ihre Einstellung gegenüber ihrer Tochter und ihrer eigenen Rolle als Mutter verändert. Auch wenn sie sich wie jede andere Mutter immer um ihre Kinder sorgen würde, war doch ihre Aufgabe als Erzieherin fast beendet, zumindest, was Allegranza betraf. Das Mädchen, das sie aufgezogen hatte, war dabei, sich als eine selbstbewusste Frau zu entpuppen, die ihr eigenes, unabhängiges Leben führen wollte, und diese Stadt konnte starke Persönlichkeiten weiß Gott gebrauchen! Angiolina hatte sich sehr diskret über den jungen Damiano und seine Familie erkundigt und zum Glück nur beruhigende Auskünfte erhalten. Obwohl er ein wohlhabender Handwerker und Händler war, schien der Vater bekannt dafür zu sein, nicht die übliche Dünkelhaftigkeit der Angehörigen der Kaufmannszünfte an den Tag zu legen. Möglicherweise hatte das damit zu tun, dass sein mit der Zeit gewachsener guter Ruf als Waffenschmied sich allein auf seine handwerklichen Fähigkeiten gründete. Gerardo Martinengo war ein einfacher Mann aus dem Volk, der sich im Laufe der Jahre nie mit einer der verschiedenen politischen Richtungen des Stadtstaates gemein gemacht hatte. Das unterschied ihn von den anderen Händlern, die sich bei der ersten Gelegenheit dieser oder jener Partei anschlossen, um ihre Reputation und ihren Reichtum zu mehren. Nach diesen Informationen war Angiolina einigermaßen zuversichtlich, was Allegranzas Aufnahme in Damianos Familie betraf. Schließlich waren auch sie und Graziolo anständige Leute, die immer hart gearbeitet hatten, um sich und ihren Kindern die Achtung der Gemeinschaft zu sichern.

Während sie nun die Finger ihrer Tochter von der schützenden Binde befreite, gab sie sich in Gedanken der Hoffnung hin, dass Allegranza durch diese Heirat vielleicht ein leichteres Leben beschert sein würde als ihr selbst.

»Oh Mutter, seht nur, wie gut die Wunde verheilt ist!«

Allegranza betrachtete mit leuchtendem Gesicht ihre Hand, hielt sie gegen das Licht, drehte sie hin und her und spreizte die Finger.

»Langsam, Allegranza, nicht so hastig mit den armen Fingern, lass mich erst mal sehen …«

Von dem Häutchen zwischen den Finger war nur noch ein winziges Fetzchen geblieben, welches eingerollt und fast völlig vertrocknet am unteren Glied hing. Die Haut drumherum wirkte noch durchscheinend, aber fest und elastisch.

»Du hast die Hand einer Marchesa, liebe Tochter!«, rief Angiolina aus und bewunderte den unglaublich sauberen Schnitt des Chirurgen. »Ich glaube, du kannst den Verband jetzt weglassen. Die junge Rachele hat mir gesagt, dass du die Finger nicht länger als zwanzig Tage bedeckt lassen sollst. Sobald die Überreste der Schwimmhaut sich abzulösen beginnen, sollen Licht und Luft an die Hand. Du musst nur noch ein wenig vorsichtig sein«, fügte sie augenzwinkernd hinzu, »und die Finger nicht in die Brombeerhecken stecken oder anfangen, Pferde zu striegeln.«

Allegranza sah ihre Mutter erschrocken an, doch deren freundlich-wohlwollendes Gesicht beruhigte sie wieder. Sie lächelte schüchtern und warf ihr mit spontaner Zärtlichkeit die Arme um den Hals. Angiolina drückte ihre Tochter gerührt an ihre Brust und streichelte ihr übers Haar.

»Mutter, Mutter, was ist denn los?«, rief Hamid, der gerade von der Gasse hereinkam und wie angewurzelt an der Tür stehen blieb. Er keuchte noch vom schnellen Laufen und machte große Augen, als er Mutter und Schwester so eng umschlungen erblickte.

»Komm her, Hamid, komm zu uns«, sagte Angiolina, löste sich aus der Umarmung und wischte sich die feuchten Augen. »Sieh dir nur die Hand deiner Schwester an!«

Obwohl er immer noch nicht verstand, was der Grund für die Aufregung war, gehorchte Hamid.

»Oh, jetzt ist sie so schön wie meine!«, freute sich der Knabe und legte seine Hand neben die von Allegranza. Das Gelächter der beiden Frauen beruhigte ihn. Er wusste zwar nicht, was diese Heiterkeit ausgelöst hatte, aber offenbar war wohl doch nichts Schlimmes passiert. Munter lief er zu seinem Strohsack und holte einen Stoffball darunter hervor, den er genau untersuchte und dann zu Angiolina brachte.

»Mutter, hier ist ein Riss in dem Ball, man sieht schon einen Strohhalm hervorgucken. Wenn der Riss größer wird, fällt das ganze Stroh heraus. Meine Freunde und ich können doch nicht mit einem kaputten Ball spielen!«

»Lass ihn mir da«, antwortete seine Mutter. »Ich flicke ihn dir bis heute Abend, aber für jetzt müsst ihr euch erst einmal einen anderen Zeitvertreib suchen. Oder«, fügte sie schelmisch hinzu, »du kannst mir auch dabei helfen, Asche für die Wäsche zusammenzutragen …«

Bei diesen letzten Worten wirbelte der Knabe herum und rannte flink wie eine Ratte aus dem Haus, worauf die beiden Frauen erneut in Gelächter ausbrachen.

»Der Arbeitseifer deines Bruders lässt doch sehr zu wünschen übrig!«, gluckste Angiolina vergnügt. »Aber da wir gerade von Arbeit sprechen, was hat dir der Verwalter Aicardo über deine Aufgaben im Krankenhaus gesagt? Kannst du weiter den Nonnen in der Apotheke zur Hand gehen wie in den letzten Wochen oder musst du in den Krankensaal zurück?«

»Nein, Mutter, ich darf bleiben und weiter Heilkräuter in die Gefäße sortieren, zusammen mit Schwester Giuliana. Sie ist sehr zufrieden mit meiner Arbeit und hat sich wohl beim Verwalter für mich eingesetzt. Ich glaube, sie hat wegen mir sogar eine Auseinandersetzung mit dieser launischen Nonne gehabt, die mich im Krankensaal jeden Tag nur angeschrien hat. Ich verstehe nicht, warum sie mich unbedingt bei sich behalten wollte, wenn ich ihr doch nur ein Dorn im Auge bin!«

»Na, damit sie jemanden hat, an dem sie ihre schlechte Laune auslassen kann, ist doch klar! Wer sich den ganzen Tag um Kranke und Sterbende kümmern muss, wird nun mal leicht mürrisch und hartherzig. Und wenn dazu noch das Alter und die Einsamkeit kommen ... Es gibt nur wenige echte Heilige auf dieser Welt, meine Tochter, und glaub mir, das ganze Leben im Dienst von Menschen zuzubringen, die sich mit ihrem eignen Erbrochenen und ihren Exkrementen beschmutzen oder dir mit unmenschlichen Klagelauten die Ohren voll jammern, macht das Gemüt nicht gerade heiterer. Wer weiß, was diese arme alte Nonne sich vom Leben erhofft hat, ehe sie ins Kloster eintrat. Auch sie war einmal eine junge Frau mit Träumen, genau wie du. Und jetzt, da sich nichts davon erfüllt hat und ihr Leben zur Neige geht, kann man kaum von ihr verlangen, anderen Menschen ein Wohlwollen zu zeigen, das sie nicht einmal für sich selbst empfindet. Man darf keinen Groll gegen jemanden hegen, Allegranza. Versuche, Mitgefühl mit dieser Frau zu haben, auch wenn sie dir das Leben schwer gemacht hat. Bete für sie und für uns alle.«

Angiolina stand auf und ging zur Tür. Draußen auf der Gasse stand ihr Sohn an eine Hauswand gelehnt und leierte mit geschlossenen Augen einen Kinderreim herunter, während zwei andere Jungen um ihn herumschlichen und nach einem Versteck suchten. Ein heißer, feuchter Wind hatte sich erhoben; bald würde wieder ein Gewitter niedergehen.

KAPITEL 32

»Vater, Ihr müsst mir glauben! Warum wollt Ihr mir denn nicht glauben?«

Bartolomeos Kinderstimme war schrill geworden, und sein Mund verzog sich weinerlich, während seine Augen sich mit Zornestränen füllten. Die Ungläubigkeit, die der Knabe immer wieder im strengen Gesicht seines Vaters las, brachte ihn zur Verzweiflung. Wie konnte Aimone nur denken, dass er ihm drei Tage lang hintereinander dieselbe Lüge erzählte? Was hätte das für einen Sinn? Als er nach seiner Rückkehr von San Simpliciano auf den Vater zugestürzt war, um ihm zu erzählen, wen er im Kloster der Kirche gesehen hatte, war er ganz sicher gewesen, dass dieser seine Überraschung und Freude teilen würde. Doch stattdessen hatte er ihm nur skeptisch zugehört und ihn danach harsch wegen seiner angeblichen Lügengeschichte getadelt. Er dürfe sich keine Märchen ausdenken, hatte er gesagt, die außerdem ihren Aufenthalt in Mailand nicht verkürzen würden. »Es ist nicht meine Schuld, wenn der Erzbischof, den ich um eine Audienz bitten muss, noch nicht in seinen Palazzo zurückgekehrt ist. Ich habe selbst nicht gedacht, dass unsere Reise sich so lange hinziehen würde, und es tut mir Leid, wenn du dich inzwischen in der Stadt langweilst. Aber wir können nicht von hier fort, ehe ich meinen Auftrag erledigt habe, basta.« Auf die Enttäuschung, dass ihm nicht geglaubt wurde, war bei Bartolomeo am nächsten Tag Empörung gefolgt, als er seine Geschichte mit demselben Ergebnis wiederholt hatte. Und nun, nachdem er dem Vater zum dritten Mal seine Beinahe-Begegnung in San Simpliciano erzählt hatte und dieser ihm immer noch nicht glaubte, konnte er Wut und Tränen nicht mehr zurückhalten.

Aimone, der sich nun doch über die Wirkungslosigkeit seiner Ermahnungen wunderte, sah seinen Sohn nachdenklich an. Es war noch nie vorgekommen, dass Bartolomeo nach einem Tadel hartnäckig auf einer Unwahrheit beharrt hatte. Außerdem passte absichtliches Lügen, das bei anderen Kindern seines Alters sehr verbreitet war, eigentlich nicht zu seinem Wesen. Im Gegenteil, er war manchmal beinahe schon zu gewissenhaft für seine Jahre. Hatte Bartolomeo etwa durch einen glücklichen, wenn auch sehr unwahrscheinlichen Zufall tatsächlich die Person gesehen, von der er sprach? Aimone setzte sich auf einen Hocker, zog den Knaben zu sich heran und forderte ihn auf, ihm alles noch einmal genau zu schildern.

»Unser Leibdiener hat mich zu der Kirche begleitet«, begann Bartolomeo, den Blick zu Boden gerichtet, »um mir das Sakramentar zu zeigen, aber wir konnten uns nichts angucken, weil alles voller Gerüste und Zimmerleute und Handlanger war, die Arbeiten am Deckengewölbe ausführen. Der Altar war ganz abgeräumt, und ein Maler und seine Gehilfen waren dabei, die Wände der Kirchenschiffe mit Fresken zu bemalen. Der Diener wollte die Mönche fragen, ob das Sakramentar vielleicht in der Kapelle zu besichtigen sei, aber die Handwerker sagten uns, dass dort gerade eine Messe stattfände. Also hat unser Diener beschlossen, dass wir ein anderes Mal wiederkommen würden. Wir sind aus der Basilika gegangen und einen Augenblick am Portal stehen geblieben, um uns wieder an das Tageslicht zu gewöhnen, denn drinnen war es sehr dunkel, und die Morgensonne hat uns geblendet. Ich habe die Augen zusammengekniffen, und da sah ich …«

Bartolomeo schluckte schwer und holte tief Luft.

»Da habe ich jemanden gesehen, der mir bekannt vorkam. Er ging schnell um die Ecke der Kirche und wollte zum Kreuzgang des Klosters. Er hatte kurze, rotblonde Haare, einen Bart mit ein wenig mehr Grau darin als früher und die gewohnte schwarze Kutte, die ihm um den Körper schlotterte. Es war …«

»Ja?«, fragte Aimone ruhig.

»Es war Pater Matthew, Vater! Ich bin ganz sicher, ich würde ihn überall wiedererkennen. Es war Pater Matthew!«

Angst und Herausforderung mischten sich im Blick des Jungen, und seine Stimme, die bis zu diesem Punkt der Erzählung noch eintönig geklungen hatte, wurde hell und aufgeregt.

»Und er, der Mönch, hat er dich auch gesehen?«, fragte der Burgherr.

»Nein, Vater, das glaube ich nicht. Er ging zu schnell, und wir standen im Schatten unter den Säulen des Portals. Gewiss hat er mich nicht gesehen, sonst hätte er mich doch begrüßt! Er hätte sich gewundert, was ich in Mailand mache, und hätte mich umarmt …«

Bartolomeo verstummte. Die Frage seines Vaters hatte ihn verunsichert. Sollte er sich geirrt haben? Hatte er vielleicht einen Mönch gesehen, der Matthew von ferne ähnlich sah? Außerdem, woher wollte er wissen, dass der Pater sich nach all diesen Monaten noch an ihn erinnerte oder er ihn beim Wiedersehen sogar umarmt hätte? Vielleicht hatte ihn die Sehnsucht nach diesem Mann Gespenster sehen lassen. Beschämt senkte er wieder die Augen.

Der Schmerz und der Zweifel in seinem Gesicht überzeugten Aimone endgültig: der Junge log nicht. Möglich, dass er es sich nur eingebildet hatte, Matthew zu sehen, aber auf jeden Fall hatte er die Geschichte nicht frei erfunden. Er machte sich im Stillen Vorwürfe, weil er zu streng gewesen war, und überlegte, wie er es wieder gutmachen konnte. Die Ereignisse der vergangenen Tage, und vor allem der Gedanke an Rachele, hatten ihn von seinen Vaterpflichten abgelenkt und sein Einfühlungsvermögen gegenüber seinem Sohn beeinträchtigt. Er biss sich auf die Lippe und wandte sich an den Knaben.

»Weißt du, was wir tun? Wir gehen zusammen noch einmal nach San Simpliciano und fragen die Mönche dort, ob zufällig ein englischer Benediktinerbruder bei ihnen zu Gast ist.«

»Oh ja, wann gehen wir?«, fragte Bartolomeo überschwänglich. Das zurückgewonnene Vertrauen seines Vaters und die Aussicht, Matthew wiederzusehen, ließen ihn aufleben.

Wie wenig doch nötig war, um ein Kind zu versöhnen, dachte Aimone und schämte sich noch mehr. Er nahm zärtlich Bartolomeos Hände und lächelte ihn an.

»Wir können noch heute Nachmittag gehen, wenn du möchtest, zur neunten Stunde. Das Gewitter von gestern hat die Luft ein wenig abgekühlt, sodass es nicht zu heiß sein wird.«

Bartolomeo strahlte vor Freude. Weil er nicht an sich halten konnte vor Aufregung, machte er einen Luftsprung und drehte sich einmal um sich selbst, nuschelte dann ein schnelles Dankeschön und stürmte aus dem Zimmer.

Aimone blieb sitzen und starrte zur offenen Tür. In alter Gewohnheit stützte er das Kinn in die Hand und dachte über seine Einsamkeit nach. Was hätte er dafür gegeben, dass die Erscheinung seines Sohnes Wirklichkeit wurde! Die Anwesenheit Pater Matthews in Mailand hätte ihn sehr getröstet. Er hätte ihm seine Unsicherheiten in seiner Rolle als Erzieher anvertrauen und ihn vielleicht, falls er in der Lage wäre, seine Verlegenheit zu überwinden, sogar wegen seiner sinnverwirrenden Begegnung mit Rachele um Rat fragen können. Zwar würde er dabei seine Geltung als Mann mit Macht und Einfluss aufgeben und sich als der einsame, von Zweifeln geplagte Mensch erweisen, der er war, aber er hatte keine Angst, vor Matthew seine

Seele zu entblößen. In den Monaten, die der Mönch bei ihm auf Burg Graines zugebracht hatte, war er ihm ein respektvoller, treuer und in vielen Dingen ähnlich denkender Gefährte gewesen.

Seufzend stand er auf und ging hinaus in die Loggia. Aus den Küchenräumen, wo die Nonnen dabei waren, das Mittagessen für ihre Pensionsgäste zuzubereiten, wehte ein köstlicher Duft nach Suppe herauf. Bestimmt war neben Gemüse auch Poleiminze darin, deren unverwechselbares Aroma sich in der Luft verströmte. Aimone lächelte und nahm sich wieder einmal vor, Teodoro, dem Almosenier von Graines, aufzutragen, dieses Kraut im Garten des Gästehauses auszusäen.

Ein junger Novize fegte den Steinfußboden vor dem Waschplatz. Je mehr er sich dem Eingang zum Refektorium näherte, der nur wenige Ellen vom Brunnen entfernt lag, desto schneller wurden seine Bewegungen. Aimone stand leicht verlegen an der Pforte zum Kreuzgang, und hinter ihm spähte Bartolomeo hoffnungsvoll in jede Ecke, als könnte die gesuchte Person plötzlich hinter einer Säule auftauchen. Der Novize sah sie und kam herbei.

»Wartet Ihr auf jemanden?«, fragte er freundlich.

»Nein, das heißt, vielleicht doch«, antwortete der Burgherr zögerlich. »Wir würden gern mit dem Abt sprechen, wenn das möglich ist, aber er weiß nicht, dass wir hier sind. Eigentlich suchen wir nämlich jemanden, der sich möglicherweise hier im Kloster aufhält …«

Der Novize warf einen Blick auf Aimones Kleidung. Es musste sich um einen Adeligen handeln, dachte er, und auch der Knabe in seiner Begleitung war gewiss nicht wie ein Bauer angezogen. Möglicherweise waren es wichtige Persönlichkeiten, und er würde eine Strafpredigt vom Abt bekommen, wenn er sie abwimmelte. Der Bruder Kellermeister hatte ihm zwar nahe gelegt, seine täglichen Obliegenheiten flott zu verrichten, aber die Arbeit konnte ruhig einen Moment warten.

»Wenn Ihr möchtet, kann ich meinen Superior fragen. Falls der Abt da ist, wird er Euch sicher empfangen.«

Aimone dankte ihm. Der Novize lehnte den großen Reisigbesen an die Wand und verschwand flink durch eine der niedrigen Türen, die in einen Seitengang führten. Die Sonne stand immer noch hoch am Himmel und ließ die rosaroten Ziegelsteine der gesamten Anlage leuchten, wodurch die Apsis und der Glockenturm eine feierliche Erhabenheit erhielten.

Entlang einer Seite des Brunnens, der in der Mitte des Klosterhofes stand, rankte sich eine reich verzweigte Clematispflanze mit üppigen weißgrünen Blüten. Um den Brunnen herum standen kreisförmig angeordnete Heckenrosensträucher, deren hellrote Knospen einen hübschen Kontrast zu dem immer noch satten Grün des Rasens bildeten. In einer Ecke beschattete ein junger Kirschbaum, dessen Früchte längst abgeerntet waren, den kleinen Garten.

Während Aimone noch den Flug zweier Tauben verfolgte, die von den äußeren Strebepfeilern der Basilika anmutig auf die Brunnenbrüstung segelten, kam aus dem Gang zum Besuchszimmer ein alter Mönch auf ihn zu.

»Seid gegrüßt, Herr. Der Novize hat mir ausgerichtet, dass Ihr mit dem Abt sprechen wollt. Ich bin Pater Giustino, der Kämmerer von San Simpliciano. Darf ich erfahren, mit wem ich die Ehre habe zu sprechen?«

»Seid gegrüßt, Pater. Ich bin Aimone von Graines, und das ist mein Sohn Bartolomeo. Wir kommen aus dem Augusta-Tal und sind auf der Durchreise in Mailand. Um die Wahrheit zu sagen, wollen wir nicht nur dem Abt unseren Respekt erweisen, sondern auch nach einem Mönch Eures Ordens fragen, der möglicherweise zu Gast bei Euch ist. Er ist Ausländer und ...«

»Ausländische Mönche haben wir zur Zeit viele hier im Kloster«, unterbrach ihn der Kämmerer. »Kein Wunder, bei all diesem Kommen und Gehen von Delegationen zwischen dem Papst, dem Erzbischof und dem Kaiser. Wir haben vor allem französische Mitbrüder zu Gast, aber es gibt auch einen Deutschen und sogar einen Engländer …«

Aimones Herz tat einen Sprung. Neben ihm schnappte Bartolomeo nach Luft und sah den Bruder Kämmerer mit weit aufgerissenen Augen an. Ohne die Wirkung zu bemerken, die seine letzten Worte auf Vater und Sohn hatten, fuhr Pater Giustino mit seiner Rede fort.

»Dieses ist eines der größten Klöster der Stadt, und es geschieht oft, dass Mitbrüder aus anderen Gegenden zu Besuch kommen, wenn sie einen Aufenthalt in Mailand einlegen. Unser Abt Arnolfo da Sala weist niemanden ab, sei es ein Mönch aus einem kleinen unbedeutenden Kloster oder ein Abgesandter des Erzbischofs. Jedenfalls befindet sich der Abt im Moment im Kapitelsaal bei einer Besprechung mit dem Notar des Klosters. Sobald er seine Unterredung beendet hat, werde ich ihm von Eurer Anwesenheit berichten. Meint Ihr, Ihr könnt solange warten?«

Aimone nickte nur und brachte keinen Ton heraus. Der Mönch, der stolz war, einen vornehmen Aristokraten derart beeindruckt zu haben, fügte noch einen Ratschlag hinzu.

»Ihr könntet Euch die Zeit damit vertreiben, unseren Märtyrern Sisinio, Martirio und Alessandro Eure Ehrerbietung zu erweisen, deren Reliquien seit Jahrhunderten in der Gedächtniskapelle hinter dem Querschiff der Basilika aufbewahrt werden. Wenn Ihr wollt, kann ich Euch dorthin begleiten, und sobald der Abt Zeit für Euch hat, rufe ich Euch.«

Aimone dankte ihm, legte Bartolomeo seine feste Hand auf die Schulter und schickte sich an, ihm zu folgen.

»Aber Vater«, murmelte Bartolomeo, »wäre es nicht besser,

hier im Kreuzgang zu bleiben, für den Fall, dass er vorbeikommt …«

»Still!«, flüsterte Aimone und schob seinen Sohn voran. »Der Kämmerer ist sehr freundlich zu uns gewesen, und wir dürfen ihn nicht beleidigen, indem wir seine Kirchenschätze ignorieren. Jetzt gehen wir erst einmal mit ihm, und wenn wir mit dem Abt gesprochen haben, sehen wir weiter.«

Enttäuscht senkte der Knabe den Kopf und gehorchte. Nachdem sie außen um das Querschiff herumgegangen waren, fanden sie sich vor einem kleinen Ziegelbau wieder. Der von einem niedrigen Tonnengewölbe überspannte Eingang führte in einen Raum, der in Form eines griechischen Kreuzes angelegt war und auf der anderen Seite von einer winzigen Apsis abgeschlossen wurde. In der Mitte, auf dem Boden aus gestampfter Tonerde, erhob sich ein steinerner Sockel mit einem reich behauenen Sarkophag. Mattes Licht fiel durch die schmalen Fensteröffnungen der Apsis auf ihn.

»So«, sagte Pater Giustino halblaut, »ich lasse Euch jetzt allein. Die Heiligkeit dieses Ortes wird Euch bestimmt das Warten verkürzen.«

Zufrieden mit sich, weil er seinen Empfangspflichten so gut nachgekommen war, entfernte sich der Kämmerer.

Bartolomeo, den die gespenstische Atmosphäre in der Kapelle beunruhigte, hielt sich am Gewand seines Vaters fest und wagte nicht, sich zu rühren.

»Komm, mein Sohn«, ermunterte ihn Aimone, »lass uns zu den Reliquien gehen und ein Gebet sprechen. Wer weiß, vielleicht legen diese Märtyrer Fürsprache für uns ein und helfen uns, deinen Mönch wiederzufinden.«

Sie knieten vor dem Sarkophag nieder und begannen mit gefalteten Händen und gesenktem Kopf zu beten. Trotz der Inbrunst ihrer Bitten schweiften ihre Gedanken bei den ständig wiederholten lateinischen Worten von Zeit zu Zeit ab. Aimone dachte an Rachele, während Bartolomeo sich an die langen Nachmittage mit Pater Matthew vor einem Jahr erinnerte, als er ihn die Sprache der Römer und ihre Geschichte gelehrt hatte.

Die stille Feierlichkeit des Ortes versetzte sie in eine Art Trancezustand, und sie beteten weiter, bis ihnen ein zunehmender Mangel an Licht auffiel. Sie wussten nicht, wie lange sie dort verweilt hatten, aber auf einmal befanden sie sich im Dunkeln. Bartolomeo sah seinen Vater ängstlich an, und Aimone, dem selbst nicht ganz wohl war, stand auf und nahm ihn bei der Hand.

»Gehen wir, Bartolomeo, wir haben genug gebetet. Wenn Pater Giustino uns noch nicht gerufen hat, bedeutet das wohl, dass wir heute nicht mehr zum Abt vorgelassen werden. Wir suchen jetzt den Kämmerer und bitten ihn, in den nächsten Tagen eine Audienz für uns zu vereinbaren. Du wirst sehen, früher oder später ...«

Er wurde durch zwei erregte Stimmen von draußen unterbrochen, die immer näher kamen und deutlicher wurden. Verwundert über diese plötzliche Störung der klösterlichen Stille, gingen Aimone und sein Sohn zum Ausgang der Kapelle, wo sich zwei Gestalten unter dem Gewölbe aus Ziegelsteinen abzeichneten. Obwohl die Sonne schon tief hinter den Klostermauern stand, blendete das restliche Tageslicht ihre an das Dunkel der Kapelle gewöhnten Augen. Bartolomeo erholte sich als Erster. Für den Moment die guten Manieren eines Edelmannes vergessend, die sein Vater ihm beigebracht hatte, machte er einen Satz auf eine der beiden Gestalten zu.

»Pater Matthew!«

Die drei Männer erstarrten. Aimone stand mit hängenden Armen wie eine Statue auf der steinernen Schwelle, während Pater Giustino mit offenem Mund und zerzausten schütteren Haaren von einem zum anderen blickte und nichts verstand.

Matthew war ganz rot im Gesicht und umfasste das kleine silberne Kreuz um seinen Hals, als hätte er eine Erscheinung. Bartolomeo, der nach der juchzend hervorgesprudelten Begrüßung abrupt stehen geblieben war, machte ein paar vorsichtige Schritte auf ihn zu, und Matthew öffnete den Mund zum Sprechen, musste aber mehrmals schlucken, ehe ein Ton aus seiner Kehle kam.

»Bartolomeo! Was machst du denn hier? Und Ihr, Herr«, rief er, und sah den Burgherrn mit vor Verblüffung hervortretenden Augen an, »seid Ihr es wirklich? Hier, in Mailand?«

Aimone räusperte sich und fand seinen Atem wieder, der für eine Weile in seiner Brust eingeschlossen gewesen war. Mit einem breiten Lächeln ging er auf Matthew zu und schloss ihn wortlos in die Arme.

»Ja, Mönch, wir sind es, und wir sind wegen dir in dieses Kloster gekommen, um dich zu suchen! Bartolomeo hat mir erzählt, dass er dich hier gesehen hat, und ich wollte ihm nicht glauben, aber er hat so lange darauf beharrt, bis ich Zweifel bekommen habe und dachte, er sagt vielleicht doch die Wahrheit …«

Aimones Worte überstürzten sich, sodass niemand daraus schlau wurde, weder Matthew noch der Bruder Kämmerer, der die beiden Männer fragend anstarrte.

»Aber was führt Euch denn hierher nach Mailand?«, fragte Matthew schließlich, ohne auf Pater Giustinos verdutztes Gesicht zu achten.

»Das ist eine komplizierte Angelegenheit, die ich dir unterwegs erklären werde. Und du, solltest du nicht schon längst auf dem Weg nach …«

Aimone unterbrach sich gerade noch rechtzeitig. Seine aus dem Überschwang geborene Frage hätte Matthew vor dem Kämmerer in Verlegenheit bringen können, denn er wusste nicht, wie der Mönch seinen Aufenthalt in der Stadt gegenüber seinen Gastgebern begründet hatte. Matthew sah ihn dankbar an und zerzauste statt einer Antwort liebevoll Bartolomeos Haare.

»Na, Bartolomeo, wie kommst du mit dem Lernen voran? Und das Schachspiel? Gelingt es dir inzwischen, deinen Vater zu schlagen?«

»Ja, manchmal«, antwortete der Knabe mit einem schüchternen Grinsen, »aber meistens gewinnt er, und wir haben ja auch nicht so viel Gelegenheit zu spielen …«

»Nun ja«, schaltete sich Aimone vergnügt ein, »was gäbe es für einen besseren Anlass als dieses unerwartete Wiedersehen mit Pater Matthew, um eine schöne Partie auszutragen? Vielleicht kannst du dir ja von ihm ein paar neue Züge beibringen lassen, um meine Strategien zu durchkreuzen. Im Übrigen hoffe ich«, fuhr er an den Mönch gewandt fort, »dass deine Aufgaben hier in der Stadt dir genug Zeit lassen, um häufig an unserem Tisch zu Gast zu sein!«

Pater Giustino hatte den Wortwechsel schweigend verfolgt und inzwischen immerhin so viel verstanden, dass der Adelige wohl keine Unterredung mit dem Abt mehr brauchte, weil er den ausländischen Mönch, den er suchte, gefunden hatte. Froh, dass er auch dieses Problem gelöst hatte, wollte er sich gerade verabschieden, als er den Abt aus der Tür des Stiftskapitels kommen sah.

Arnolfo erblickte den englischen Mönch in fröhlichem Beisammensein mit einem unbekannten Mann und einem Kind und ging neugierig auf sie zu.

Unterdessen beobachtete ein Unbekannter von einem schattigen Seitengang aus jede seiner Bewegungen. Er lehnte mit dem Rücken an der bogenförmigen Eingangspforte zum Querschiff und hielt sein Gesicht unter einer schweren Pilgerkapuze verborgen. Reglos stand er da, nur seine Hände, die aus den weiten Ärmeln der Kutte herausschauten, verrieten ein leichtes

Beben. Dann stieß er sich auf einmal von der Pforte ab und glitt geräuschlos an der Ziegelmauer entlang bis zum offenen Ende der Galerie, das nicht weit von der Reliquienkapelle entfernt lag. Im gedämpften Licht des späten Nachmittags warf der Kirchenbau lange Schatten auf den Boden.

»Da ist ja der Abt!«, rief Bruder Giustino an Aimone gewandt aus. »Auch wenn ich glaube, dass Ihr seine Hilfe jetzt nicht mehr benötigt«, fuhr er nüchtern fort, »wäre es doch zu unhöflich, ihn nicht zu begrüßen, zumal Ihr ein Freund von Bruder Matthew seid.«

Leicht belustigt von dieser überflüssigen Lektion in Sachen Höflichkeit von Seiten des Kämmerers, lächelte Aimone nachsichtig und ging Arnolfo mit Bartolomeo an der Hand entgegen.

Der Unbekannte glitt aus dem Halbdunkel des Gangs und bewegte sich unauffällig in dieselbe Richtung, wobei er dem Burgherrn etwa zwanzig Schritte voraus war. Mit seinem gebeugten Rücken und der ins Gesicht gezogenen Kapuze glich er vollkommen einem der vielen Büßer, die im Gästehaus des Klosters Unterkunft fanden. Arnolfo schritt mit wohlwollendem Gesichtsausdruck auf die neuen Besucher zu und bemerkte den Pilger noch nicht einmal, der dabei war, seinen Weg zu kreuzen.

Erst als der Unbekannte vor ihm stand, wurde er seiner Anwesenheit gewahr. Er wollte gerade einen Gruß murmeln, als der Mann seine Kapuze zurückschlug, sich zu voller Höhe aufrichtete und den rechten Arm hob.

Er hielt ein Stilett in der Hand.

Arnolfos Augen weiteten sich vor Entsetzen, doch ehe er etwas sagen konnte, stach der Unbekannte zu. Mit einem erstickten Schrei fiel der Abt zu Boden und hielt sich die Brust.

»Heilige Jungfrau, was passiert denn da?«, rief Pater Giustino. Fast gleichzeitig mit ihm schrie Bartolomeo auf.

»Du lieber Himmel«, stammelte Matthew und stolperte über seine eigenen Füße.

Der unbekannte Mann stand über den Abt gebeugt und wollte gerade wieder zustechen, als starke Arme ihn von hinten packten.

»Was machst du da, du Bastard?«, zischte Aimone und hielt den falschen Pilger fest.

Flink wie eine Schlange entwand sich der Mann seinem Griff und richtete die Waffe gegen ihn.

Doch Aimone war schneller. Im Nu tauchte ein kurzer Dolch in seiner Hand auf und drang in den Rücken seines Gegners ein, der schlaff zusammensackte. Der Burgherr beugte sich über ihn und musterte sein Gesicht.

»Vater, oh Gott, Vater, was habt Ihr getan?«

Das Entsetzen seines Sohnes ließ ihn auffahren. Bartolomeo stand hinter ihm und starrte auf die große Blutlache, die sich unter dem Gewand des Mannes im Gras ausbreitete.

»Heilige Maria, Abt, sagt bitte etwas, oh Abt …« Pater Giustino kauerte neben Arnolfo und hob dessen Kopf auf seine Knie. Der Abt öffnete die Augen und den Mund und wollte etwas sagen, aber es kam nur ein heiseres Röcheln über seine Lippen.

»Um der Barmherzigkeit Gottes willen, ruft Hilfe herbei!«, schrie der Kämmerer zu niemand Bestimmtem. »Lauft und ruft den Bruder Krankenpfleger, schnell!«

Matthew, der Bartolomeo an seine Kutte gedrückt hatte, ließ ihn los und stürzte auf das Gästehaus zu. Der tröstenden Stütze des Mönches beraubt, sank das Kind schlaff wie ein leerer Sack zusammen. Aimone, der immer noch den bewusstlosen Attentäter betrachtete, drehte sich zu seinem Sohn um.

»Es ist alles gut, Bartolomeo«, sagte er, obwohl seine atemlose Stimme die Worte Lügen strafte. »Es ist alles gut. Wir kennen den Grund für diesen Anschlag nicht, aber keine der beiden

Wunden ist lebensgefährlich. Gleich wird jemand kommen und sich um die Verletzten kümmern.«

Wie um seine Rede zu bestätigen, liefen aus einer Seitenpforte des Kreuzgangs zwei Mönche herbei, gefolgt von Matthew. Während die beiden Benediktiner den Abt aufhoben, um ihn in seine Wohnung zu tragen, drehte Giustino den falschen Pilger um und untersuchte seine Wunde am Rücken.

»Du wirst es überleben, du verdammter Hundesohn …«, murmelte er mit vor Wut blau angelaufenem Gesicht. Als er merkte, dass Matthew, der neben ihm hockte, seinen Fluch gehört hatte, sagte er: »Verzeiht mir meinen Zorn, Bruder, aber der Abt ist für uns alle wie ein Vater, und ihn so brutal niedergestreckt zu sehen … Ich verstehe das nicht. Wie kann man nur einen heiligen Mann wie Arnolfo attackieren? Diese Wunde ist nicht sehr schlimm. Sie blutet zwar stark, aber der Dolch hat keine lebenswichtigen Organe verletzt. Wie Ihr seht, geht der Atem dieses Schurken nur ein wenig schneller, und obgleich er das Bewusstsein verloren hat, wird er wohl nicht sterben. Helft mir bitte, ihn ins Krankenzimmer zu tragen. Dort werden wir ihm das Gewand ausziehen, die Wunde säubern und einen festen Verband anlegen, um die Blutung zu stillen. Dieser Mensch muss bald wieder gesund werden, damit wir ihn befragen und seine Erklärungen hören können.«

Aimone, der weiß war wie eine Leinwand, setzte sich ins Gras und zog seinen Sohn an sich. Bartolomeo klapperte mit den Zähnen und klammerte sich an seinen Vater. Er verbarg sein kleines Gesicht in dessen Gewand und ließ den Tränen freien Lauf, die jetzt krampfartig und unkontrollierbar kamen. Aimone drückte ihn wortlos an sich, während eine tiefe Müdigkeit sich seiner bemächtigte. Die Ungeheuerlichkeit dessen, was gerade geschehen war, schmetterte ihn nieder. Es war gewiss nicht das erste Mal, dass er den Dolch gezogen hatte, um sich oder jemand anderen zu verteidigen. Neben den politischen und verwalterischen Talenten verlangte seine Stellung als Burgherr auch eine gewisse Befähigung zum Kampf. Aber er hätte nie gedacht, dass er während seines Aufenthalts in Mailand zur Waffe greifen müsste. Jetzt bereute er es bitter, dass er Bartolomeo mit in diese erbarmungslose Stadt genommen hatte. Der Knabe war überhaupt nicht darauf vorbereitet, die kriegerische Seite seines Vaters kennen zu lernen und noch viel zu jung, um sie zu verstehen. Jetzt würde er sich rechtfertigen und seinem Sohn erklären müssen, dass es im Leben oft komplizierter und grausamer zugeht, als er es in der friedlichen Umgebung ihrer Burg bisher erfahren hatte. Bedrückt fragte er sich, was nun weiter geschehen würde. Wie sollte er seine diplomatische Mission zu Ende führen, nachdem er einen Mann niedergestochen hatte, wenn auch nur zur Verteidigung? Bestimmt würde ihn jemand bei der Obrigkeit anzeigen, und er würde seine Handlungen vor einem Richter begründen müssen … Seine Gedanken wanderten zu Rachele. Nach dem, was hier in San Simpliciano passiert war, würde er sie vielleicht nicht wiedersehen und sich noch nicht einmal von ihr verabschieden können. Der Arzt Enrico! Ja, mit ihm musste er sprechen. Er würde ihn anflehen, sich um das Mädchen und seinen Vater zu kümmern; schließlich hatte dieser Mann sich als großzügiger und toleranter Mensch erwiesen, er würde etwas für sie tun können …

Während die abendlichen Schatten die Klostermauern mit einem einheitlichen Aschgrau überzogen, läutete die Glocke der Kapelle die Vesper ein.

KAPITEL 33

In der Zelle herrschte Dämmerlicht, denn der Fensterladen war halb geschlossen, um Arnolfos Genesungsruhe zu schützen. Auf einem kleinen Schreibpult vor der nackten Wand stand eine halb mit einer dunklen Flüssigkeit gefüllte Zinnschüssel, von der ein herber Geruch ausging. Auf einem Schemel daneben bildeten blütenweiße, frische Verbandsstreifen einen kleinen Turm. Die Augen des Abtes, von noch dunkleren Ringen umgeben als gewöhnlich, waren unverwandt auf Matthew gerichtet. Der Mönch saß auf dem Rand eines Hockers neben dem Bett und hörte ihm zu, wobei er seinen Blick über die Fugen im Steinfußboden wandern ließ.

»Versteht Ihr, Bruder Matthew?«, hakte Arnolfo nach und strich die leichte Decke über seinen Beinen glatt. »Versteht Ihr jetzt, was ich meine? Warum ich Euch bei unseren Gesprächen immer dringend zur Vorsicht geraten habe? Nun habt Ihr mit eigenen Augen gesehen, wie weit das überhebliche Machtstreben der Inquisitoren gehen kann.«

»Aber, Abt«, wagte Matthew einzuwenden, »es kommt mir so abwegig vor, dass die Minoriten einen Anschlag auf Eure Person geplant haben sollen. Die Minoriten, die Nachfolger des heiligen Franziskus, der die Liebe zu allen Lebewesen gepredigt hat! Ich kann einfach nicht glauben, dass ...«

»Der heilige Franz würde sich in der Tat im Grabe umdrehen«, polterte Arnolfo, »wenn er wüsste, was aus seinen Lehren geworden ist! Wollt Ihr es jetzt einsehen oder nicht, dass die Minoriten gemeinsam mit den Dominikanern zum bewaffneten Arm der römischen Kirche im Kampf gegen die Ketzerei geworden sind? Dass der letzte Papst, um jeden Anschein von Abtrünnigkeit im Verhalten der Franziskaner auszumerzen, gerade sie damit beauftragt hat, alle zu verfolgen, die sich auch nur ein wenig vom Dogma Roms entfernen? Und sie verfolgen nicht nur die Ketzer, sondern wollen auch diejenigen vernichten, die angebliche Ketzer nicht anzeigen! Was hat denn dieser Antonino da Lurate gestanden, dieser verdammte Kerl, der es gewagt hat, seine Waffe gegen mich zu erheben? Er sagt, er sei von einem nicht näher benannten Bettelmönch beauftragt worden, mich zu ermorden, und dieser habe ihm eine hohe Bezahlung und eine sichere Unterkunft in einer weit entfernten Gegend versprochen. Wer soll dieser Bettelmönch Eurer Meinung nach gewesen sein, wenn nicht ein Abgesandter der Minoriten? Antonino hat ihn vorher nicht gekannt, sagt er. Und kommt es Euch nicht auch merkwürdig vor, dass Bruder Gaudenzio am Tag nach dem Attentat, als er noch gar nichts davon wusste, zu mir geeilt kam, um mich zu warnen? Der arme Mann, ich weiß noch, wie verstört er geguckt hat, als er sah, dass das Unglück schon geschehen war. Bruder Gaudenzio ist ein guter Freund, auch wenn wir nicht demselben Orden angehören, und wir haben die Liebe zur Schrift und zu den Künsten gemeinsam. Er ist ein ausgezeichneter Miniaturenmaler, seine Hand gleitet fein und sicher über das Pergament, wenn er die Seiten der Psalmen mit Karminrot und Indigoblau schmückt …«

»Aber«, warf Matthew verständnislos ein, »gehört nicht auch Euer Erzbischof, diese Leone da Perego, der soeben in die Stadt zurückgekehrt ist, dem Orden der Minoriten an? Wie ist so etwas möglich? Ihr wollt mir doch nicht weismachen, dass der Erzbischof selbst den Befehl gegeben hat …«

»Schweigt, Bruder Matthew!«, rief der Abt und streckte eine Hand nach dem Mönch aus. »Lasst uns keinen Unsinn reden. Gewiss kann dem Erzbischof nicht das Dingen von Meuchelmördern angelastet werden! Leone stammt aus einer adeligen Familie, hat sich aber die Achtung aller Milanesen erworben, auch des einfachen Volkes und der Entrechteten, und wisst Ihr, warum? Weil er ein außergewöhnlich guter Prediger ist. Seine überzeugenden Worte des Glaubens haben ihn in Verbindung mit seiner politischen Weitsicht nicht nur zu einem offensichtlichen Kandidaten für den Stuhl des Erzbischofs gemacht, sondern auch das Ansehen des Minoritenordens sehr gestärkt.«

»Aber dann ...«, murmelte Matthew, der immer verstörter wurde.

»Nun, auch wenn Leone zweifellos ein schätzenswerter Mann ist, kommt sein Kreuzzug gegen die Ketzerei doch auch vielen sehr gelegen. Ihr wisst ja, Bruder Matthew, dass eine Rede verschieden ausgelegt werden kann, je nachdem, wer sie hört. Nehmen wir einmal an, ich bin irgendjemandem an entscheidender Stelle der weltlichen oder kirchlichen Macht unbequem, sei es wegen meines Charakters oder meiner Art, das Kloster zu leiten. Was gäbe es für einen besseren Vorwand, mich loszuwerden und durch einen willfährigeren Abt zu ersetzen, als zu behaupten, ich wüsste von Ketzern, die ich nicht angezeigt habe? Es war sicher nicht der Erzbischof, der Antoninos Hand bewaffnet hat – allein schon, weil er ja lange nicht in der Stadt war, wie Ihr wisst. Doch es könnte jemand aus seinem Umfeld gewesen sein, der seine kraftvolle Predigt gehört und beschlossen hat, auf der Welle der Empörung gegen die Häretiker zu reiten, um jemanden, der seinen Plänen im Weg steht, zu beseitigen. Im vorliegenden Fall wäre ich das Hindernis. Es ist Euch vielleicht nicht bekannt, Matthew, aber dieses Kloster genießt seit vielen Jahren besondere Vorrechte durch die weltliche Macht und den Schutz und die Nachsicht der kirchlichen

Autorität. Seit mehr als zwei Jahrhunderten erhält San Simpliciano regelmäßige Schenkungen, mit denen wir Armen und Kranken helfen können, und viele Wohltäter haben uns ihre Güter und Ländereien im Umland vermacht. Mit einem Wort: wir sind reich. Und wie Ihr sicher wisst, löst Reichtum bei vielen Neid und Missgunst aus und bringt auch bei manch unverdächtiger Person die schlimmsten Seiten zum Vorschein. Wir Kirchenmänner müssten gegen solche menschlichen Schwächen gefeit sein, ich weiß, aber leider sind wir es nicht immer. Wenn es nicht um Geld geht, ist es der Machthunger, der den einen oder anderen zu den abscheulichsten Taten treibt, und in diesem Fall glaube ich, dass jemand aus dem Orden der Minoriten den Blick für das rechte Tun verloren hat.«

Die lange, betrübte Rede hatte den Abt entkräftet. Seine tief liegenden Augen schimmerten zwar vor Entrüstung, aber sein Leib war schmerzlich zusammengekrümmt. Unter dem langen, weiten Hemd, das er trug, zeichnete sich die Wölbung des dicken Verbandes um seine Brust ab. Nachdem der Bruder Krankenpfleger den Abt verarztet hatte, hatte er ihm geraten, seine Kutte nicht wieder anzulegen, weil der schwere Stoff auf die Wunde drücken würde. Daher hing das Gewand seit fünf Tagen an einem Haken neben der Tür der Zelle, aus der der Abt sich noch nicht wieder fortbewegt hatte. Die Mahlzeiten wurden ihm von einem Novizen gebracht, den der Kellermeister schickte. Doch obwohl Arnolfo immer noch sehr schwach war, hatte er den Bruder Krankenpfleger bereits wissen lassen, dass er dieser Isolation in ein paar Tagen ein Ende setzen und zu seinen gewohnten Pflichten zurückkehren werde. Das Kloster brauche ihn, hatte er gesagt, und auch die Mitbrüder.

Von Müdigkeit überwältigt, schloss er nun lange die Augen. Matthew, der annahm, dass das Gespräch, zu dem er ihn bestellt hatte, beendet war, stand leise auf und wollte die Zelle verlassen.

»Ich muss Euch noch etwas sagen«, hob Arnolfo wieder an und hielt ihn mit einer Geste zurück. »Richtet diesem tüchtigen Aimone von Graines aus, dass ich ihm ewigen Dank schulde, weil er mir das Leben gerettet hat. Sagt ihm auch, dass ihn niemand wegen seiner tapferen Handlung anzeigen wird. Ich habe dafür gesorgt, dass nichts von dem Angriff, dessen Opfer ich geworden bin, aus den Mauern dieses Klosters hinausdringt. Ich habe mit den Mönchen, die Zeugen des Vorfalls waren, gesprochen, und ich kann Euch versichern, dass keiner von ihnen den Mund aufmachen wird. Ihr habt mir berichtet, dass der Burgherr in einer heiklen diplomatischen Mission für den Visconte Gotofredo hier ist. Umso mehr Grund, ihn nicht mit unnötigen Gerüchten und Verleumdungen zu belasten. Und was Euch angeht ... Seid Ihr der Böhmin noch einmal begegnet?«

»Nein, Abt«, antwortete Matthew, der schon die ganze Zeit auf diese Frage gewartet hatte. »Ich habe sie nicht wieder gesehen ...«

Sein unsicherer Ton ließ Arnolfo aufhorchen, der ihn durchdringend ansah, als wollte er in seinen Augen die Spur einer Lüge erkennen.

»Hütet Euch, Bruder Matthew«, ermahnte er ihn ernst, »etwas vor mir zu verbergen. Wie Ihr inzwischen wohl selbst vermutet, haben die Inquisitoren eine Untersuchung über Guglielma und ihre Anhänger eingeleitet. Das Motiv für den Überfall auf mich könnte auch die Überzeugung irgendeines Individuums sein, dass ich nicht pflichtgemäß bei den Ermittlungen über ihre Lehre mitgewirkt habe. Falls Euch zu allem Unglück dann noch jemand im Gespräch mit ihr gesehen hat, wäre es nahe liegend ... Wie auch immer«, fuhr er fort und strich sich müde mit der Hand über die Augen, »wenn Ihr bei Euren Nachforschungen über die junge Gisalbertini noch einmal auf die Böhmin trefft, richtet ihr bitte aus, dass der Abt von San Simpliciano mit ihr sprechen möchte. Wann und wo, ob bei Tageslicht oder im Verborgenen, können wir dann später sehen. Und jetzt geht, Bruder, ich muss mich ausruhen.«

Arnolfo ließ sich aufs Bett zurückfallen. Obwohl sein Rücken von einem weichen Federkissen gestützt wurde, verzog er das Gesicht vor Schmerz.

Matthew stand auf, schloss sachte die Tür hinter sich und ging zu seiner Zelle.

Er begriff die Welt nicht mehr. Zwar hatte er die lange Rede des Abtes wohl verstanden, doch im Grunde konnte er nicht fassen, was er gerade gehört hatte. War es tatsächlich möglich, dass eine außer Kontrolle geratene, radikale Minderheit eines religiösen Ordens den Mord an Arnolfo in Auftrag gegeben hatte? Und wenn es sich so verhielt, wie oft noch und auf welche andere Weise würden diese Personen versuchen, ihre Ziele durch Gewalt zu erreichen? Was ging er selbst, der unfreiwillig vom Willen des Abtes abhängig war, für ein Risiko ein? Er dachte an seine einzige Unterlassungssünde gegenüber Arnolfo und fragte sich, ob es richtig gewesen war, ihm nichts von Guglielmas Botschaft aus dem Mund des kleinen sarazenischen Jungen zu sagen. Er hatte entschieden, dieses Geheimnis für sich zu behalten, zum Teil, weil er sicher war, dass der Abt wegen seiner Einfältigkeit böse auf ihn werden würde, aber vor allem, weil die Begegnung mit dieser Frau ihn tief bewegt hatte. Er hätte sie gern wiedergesehen und von ihr wieder diese Worte gehört, die von einem großen, unangreifbaren Glauben zeugten. Aber das alles wollte er mit sich selbst abmachen, ohne jemandem Rechenschaft über seine Beweggründe ablegen zu müssen. Vielleicht hatte er einen Fehler gemacht, hatte aus Eigensinn und Kopflosigkeit gehandelt. Matthew ließ die Kieselsteine in der Tasche seiner Kutte durch seine Finger gleiten und richtete ein stummes Gebet zum Allmächtigen, damit er ihn auf den rechten Weg führe und ihm die Gnade eines festeren Glaubens gewähre.

Antonino lag auf seinem Strohsack in der Krankenabteilung; bei jedem Atemzug taten ihm die Rippen weh. Der Bruder Krankenpfleger hatte zwar seine Wunde genäht und seinen Oberkörper mit einem festen Verband umwickelt, aber die Schmerzen wollten nicht aufhören. Als er vor fast einer Woche vom Stiftskapitel zu einem zwangsweisen Verbleib im Kloster verurteilt worden war, hatte er sich gesagt, dass er alles in allem mit einem blauen Auge davongekommen war. Der Abt hatte zwar angeordnet, dass er nach seiner Genesung in ein Kloster der Region eintreten und den Rest seiner Tage mit Buße, Arbeit und Gebet zubringen müsse, aber er war sicher, dass er dieser wenig verlockenden Zukunft irgendwie entgehen konnte. Sobald er wieder bei Kräften war, würde er aus seinem klösterlichen Gefängnis fliehen. Das Einzige, was ihn wurmte, war, dass er den versprochenen Lohn nicht erhalten hatte. Wie konnte er nur so dumm gewesen sein, nicht wenigstens einen Vorausanteil zu verlangen, ehe er diese schmutzige Arbeit übernahm? Nun, beim nächsten Mal würde er schlauer sein und erst einmal Geld sehen wollen, bevor er handelte. Außerdem würde er den Ort besser auswählen; es musste eine Straße, eine gut bevölkerte Gasse sein, wo er nach der Tat in der Menge untertauchen konnte, und kein abgegrenzter Bereich wie ein Klosterhof. Wenn es dieser Bettelmönch nicht so verdammt eilig gehabt hätte, hätte er erst einmal in Ruhe die Methode und den richtigen Zeitpunkt festlegen können. Aber wer hätte auch gedacht, dass dieser Adelige mit dem gutmütigen Gesicht ihm in die Quere kommen könnte! Er hatte ganz schön Mut gehabt, den Abt auf diese Weise zu verteidigen, noch dazu vor den anderen Mönchen und einem Kind. Antonino rieb sich die Hand, die durch den engen, auch um die Schulter verlaufenden Verband taub geworden war, und nickte wieder ein.

An der Tür des Krankenzimmers wartete der junge Oblate,

bis er Antonino schnarchen hörte. Als er sicher war, dass er fest schlief, stellte er eine Schale mit inzwischen kalter Suppe neben seinem Strohsack ab. Er blickte sich um, verdeckte sein Tun mit dem eigenen Körper und streute eine Hand voll dunkles Pulver in die dicke Flüssigkeit. Dann huschte er leise hinaus, ohne sich um den anderen kranken Mönch zu kümmern, der unruhig im Schlaf jammerte.

»Er ist tot! Schnell, kommt schnell! Antonino ist tot!«

Die schrille Stimme des Krankenwärters hallte durch den Gang zum Refektorium. Arnolfo, der gekrümmt und sich die Seite haltend auf einer Bank in der Bibliothek saß und die Buchführung des Klosters überprüfte, hörte sie wie alle anderen Mönche. Mühsam erhob er sich und ging zur Tür. Der Bruder Krankenwärter war weiß wie die Wand und wollte gerade ins Refektorium stürzen.

»Was ist denn los, Bruder Andrea?«, hielt er ihn an.

»Er ist tot, Abt, Antonino ist tot! Ich habe ihn gerade gefunden, ausgestreckt auf seinem Lager. Die Augen quellen ihm aus dem Kopf, und die Zunge ist ganz geschwollen und hängt aus seinem Mund! Arme und Beine sind verdreht, als hätte er mit einer wilden Bestie gekämpft …«

»Aber«, unterbrach ihn der Abt, »habt Ihr mir nicht gesagt, dass dieser Mann auf dem Weg der Genesung sei?«

»Ja, das war er auch. Nichts deutete darauf hin, dass so eine gravierende Verschlechterung eintreten könnte. Ich verstehe das nicht, es sieht fast so aus, als wäre er unter Krämpfen gestorben, aber ich habe ihm bestimmt keine falsche Arznei gegeben. Ich kann das nicht glauben … ich habe doch sogar …«

Aus Angst vor einem Tadel des Abtes stammelte der Mönch nur noch und wedelte erregt mit den Armen.

»Beruhigt Euch, Bruder, und führt mich zu seiner Lagerstatt. Ich will ihn mit eigenen Augen sehen.«

Auf Andreas Arm gestützt, schleppte sich Arnolfo mit mühseligen Schritten zur Krankenabteilung.

Der süßliche Geruch des Todes hatte bereits den Raum durchdrungen, vermischt mit den Ausdünstungen von Urin und Exkrementen. Der andere Kranke, der auf einem Strohsack nicht weit von dem Toten lag, hatte sich einen Zipfel seines Hemdes über das Gesicht gelegt, um den Gestank nicht einatmen zu müssen. Als er den Abt erblickte, fing er an zu lamentieren.

»Bringt mich fort von hier, habt Erbarmen, bringt mich fort! Ich will das Krankenzimmer nicht mit einer Leiche teilen! Wenn Ihr wüsstet, wie sehr der arme Kerl gelitten hat, ehe er seine Seele Gott überließ. Er wand sich hin und her und brüllte und hielt sich den Bauch, als wollten seine Gedärme daraus hervorbrechen! Zum Schluss hat er keine Luft mehr bekommen, er hat die Augen verdreht und mit Armen und Beinen um sich geschlagen. Oh Heilige Jungfrau, noch nie in meinem Leben habe ich so etwas Schreckliches gesehen!«

Arnolfo hörte sich sein Gekreische an, ohne etwas zu sagen. Er ging zu Antoninos Lager und untersuchte die Leiche, wobei er es vermied, die toten Augen anzusehen, die ihn anstarrten. Im Todeskampf hatte der Mann sich den Verband abgerissen, sodass die mittlerweile getrocknete Wunde am Rücken deutlich zu sehen war.

»Ich verstehe das einfach nicht«, murmelte Bruder Andrea händeringend. »Das gibt es doch nicht. Was kann das verursacht haben?«

»Was war hier drin?«, fragte der Abt und zeigte auf die halb volle Suppenschale, die noch wackelig am Fußende des Strohsacks stand.

Der Krankenwärter nahm sie in die Hand und drehte sie hin und her.

»Die Suppe, Abt, das ist Suppe. Aber wartet mal …« Er

schüttelte vorsichtig die verbliebene Flüssigkeit. »Was ist das denn für ein schwarzer Bodensatz?«

Beunruhigt hielt er sich die Schale dicht unter die Nase. Sein durch den langjährigen Umgang mit Heilkräutern und Arzneien geschärfter Geruchssinn nahm sofort einen wohl bekannten, üblen Gifthauch wahr.

»Oh mein Gott! Heilige Jungfrau! Das ist ja ... nein, nicht möglich! Das ist ... blauer Eisenhut!«

Bruder Andrea war am Boden zerstört. Sein Blick schnellte zwischen der Suppenschale und dem fahlen Gesicht des Abtes hin und her.

»Das ist ein Gift, nicht wahr?«, fragte Arnolfo seltsam ruhig.

»Ja, Abt, ein sehr starkes Gift. Die Wurzeln dieser Pflanze führen zu einem qualvollen Tod, wenn man sie verzehrt. Aber es gibt keinen Eisenhut in unserem Kräutergarten. Wir achten streng darauf, ihn sofort auszurupfen, wenn er sich zwischen den anderen Kräutern ansät, um Verwechslungen mit ähnlich aussehenden Sträuchern zu vermeiden. Oh Gott, Abt, es wird doch kein ...«

»Doch, Andrea«, erwiderte Arnolfo, »es war Mord. Jemand wollte diesen Mann für immer zum Schweigen bringen. Könnt Ihr mir sagen«, fügte er hinzu, »wer Zugang zu den Küchenräumen hat?«

Bruder Andrea starrte den Abt mit vor Schreck weit aufgerissenen Augen an. Nachdem er sich etwas gefangen hatte, antwortete er, dass im Prinzip jeder Novize vom Kellermeister beauftragt werden könne, den Kranken das Essen zu bringen, aber da dieser Tage nur zwei Personen im Krankenzimmer gelegen hätten, sei bloß ein einziger junger Mönch mit dieser Aufgabe betraut worden.

»Gut, bestellt ihn gleich zu mir, und sagt dem Kellermeister, dass er mich in einer halben Stunde im Kapitelsaal findet.«

Nachdem er noch einen letzten, mitleidsvollen Blick auf den

Toten geworfen hatte, verließ Arnolfo langsam das Krankenzimmer.

Während der Abt im Kapitelsaal mit dem Kellermeister und einem verängstigten Novizen sprach, betrachtete einer der Knechte der Mühle, die zum Kloster gehörte, verwundert die durchnässte Kutte vor sich. Er hatte sie gerade am Ufer des Kanals gefunden, wo sie offenbar angespült worden war. Es schien sich um das Gewand eines Mönches zu handeln, aber da er nicht verstand, wie es dorthin kam, drehte der Junge es unschlüssig hin und her. Er überlegte lange, ob er aus dem Stoff vielleicht einen Arbeitskittel für sich machen könnte, beschloss dann aber, dass es besser war, die Kutte den Mönchen zurückzugeben. Schließlich arbeitete er noch nicht lange für das Kloster, und der Diebstahl eines Ordenskleides wäre gewiss keine gute Empfehlung. Er pfiff sich ein Liedchen, das er als Kind gelernt hatte, und machte er sich auf zur Klosterpforte.

KAPITEL 34

Der Zorn des vorigen Tages war verraucht, und Lanfranco hatte die halbe Nacht mit Grübeln zugebracht. Die drückende Hitze, die seit einigen Tagen über der Stadt lag, hinderte ihn nicht daran, unruhig im Zimmer auf und ab zu gehen. Zwar hatte er die Tür zur Loggia weit aufgemacht, aber von Abkühlung war dennoch nichts zu merken gewesen. Auf dem Tisch neben dem Weinkrug stand der kleine Schrein mit der Reliquie und war nachlässig in ein Stück Hanfleinen gehüllt.

Als ihm am vergangenen Nachmittag ein Bediensteter des erzbischöflichen Palastes das Kästchen zurückgebracht hatte, begleitet von einem eigenhändigen Brief Ugones, war seine erste Reaktion Fassungslosigkeit gewesen, zu der sich nach und nach Empörung und Wut gesellt hatten. Er brauchte fast eine halbe Stunde, um ihn zu lesen, denn der schwülstige Stil des erzbischöflichen Sekretärs erging sich in vielen umständlichen Wendungen, die jedoch nichts anderes bedeuteten als eine klare Ablehnung. Ugone teilte ihm mit, dass Leone da Perego sein großzügiges Angebot zwar zu schätzen wisse, es aber trotzdem leider ablehnen müsse. Der Erzbischof sei dieser Tage zu sehr mit dringlicheren Angelegenheiten beschäftigt, da er gemeinsam mit dem päpstlichen Legaten Montelongo und allen Verbündeten eine wirkungsvolle Strategie gegen die Pläne des Kaisers entwickele. In diesen schwierigen Zeiten, fügte Ugone hinzu, müsse sich die Willenskraft der Stadtbevölkerung ganz auf den Kampf gegen Friedrich richten, ohne von anderen Dingen abgelenkt zu werden. Darüber hinaus würde die Erwerbung einer neuen Reliquie durch die städtische Kirche eine feierliche Zeremonie erfordern, zu deren Vorbereitung im Moment niemand genügend Zeit habe. Der Brief schloss mit der Bemerkung, dass es dem Erzbischof eine Ehre sei, die Reliquie zu gegebener Zeit und unter ruhigeren Umständen entgegenzunehmen, allein schon, um sie erfahrenen Vertretern der römischen Kirche zur Prüfung übergeben zu können, die sicher geeigneter seien, ihre Echtheit festzustellen.

Als er das abgenutzte Blatt Pergament mehrmals durchgelesen hatte, verstand Lanfranco. Weder Leone noch sein Sekretär hatten je auch nur für einen Augenblick geglaubt, dass es sich bei dem Geschenk um den Schleier der Heiligen Agata handelte. Sie würden die Reliquie nie annehmen, genauso wenig wie sie ihn zum obersten Richter machen würden. Verärgert über sich selbst, weil er sich wie ein Depp benommen und die falschen Leute angesprochen hatte, begann er sogleich, neue Pläne zu schmieden. Wenn er nicht wollte, dass seine Anstrengungen nutzlos verpufften, musste er sich einen anderen Protektor suchen, der vielleicht auf etwas niedrigerer Stufe der städtischen Hierarchie stand, aber nicht weniger einflussreich war.

Nachdem er stundenlang Mücken auf seiner Haut zerquetscht hatte, die in Wolken von der Loggia hereinkamen, war er schließlich zu einer Entscheidung gelangt. Er würde zu Aicardo da Alzate gehen, dem Verwalter des Brolo-Hospitals, der ein alter Freund von ihm war. In ihrer Jugend hatten sie gemeinsam an Treibjagden teilgenommen und es auf Festen hoch hergehen lassen. Aicardo, Spross einer Familie von edlerem Geblüt als die seine, hatte später ein Studium der Rechtswissenschaften begonnen, das es ihm nach einigen Jahren erlaubte, Streitigkeiten beizulegen und beratend bei den Verwaltungsangelegenheiten von Kirchen und Klöstern tätig zu sein.

Im Jahr 1240 hatte er die Verwaltung des Brolo-Hospitals übernommen, und Lanfranco wusste vom Hörensagen, dass er es dank seiner guten Kontakte zu den höchsten kirchlichen und weltlichen Stellen zu Macht und Einfluss gebracht hatte. Konnte es einen besseren Fürsprecher in seiner Sache geben? Außerdem brauchte die trostlose und nur von verlassenen Hinfälligen aus dem Krankensaal besuchte Kapelle des Hospitals dringend neues Kirchengerät und etwas, das mehr Menschen in die Gottesdienste lockte. Die Nachricht von einer seltenen Reliquie wäre das ideale Mittel, um diesem Ort des Gebets wieder Glanz zu verleihen, und mit den herbeiströmenden Gläubigen würde auch mehr Geld in die Kasse des Krankenhauses gespült. Aicardo wäre ihm zu Dank verpflichtet und würde zweifellos alle Hebel in Bewegung setzen, um ihm sein Amt zu verschaffen.

Lanfranco überlegte sich seine nächsten Schritte und trat dann hinaus in die Loggia. Die Stadt unter ihm lag im Dunkeln, und nur die Fackeln auf der Brüstung der Stadtmauer blinkten von fern, gaben aber lediglich im Umkreis von zwei Ellen Licht. Er ging wieder hinein ins Zimmer und warf sich angekleidet auf den Strohsack, wo er bald einschlief.

Kurz darauf flog eine junge Fledermaus, deren Orientierungssinn noch nicht voll ausgeprägt war, zum offenen Fenster herein, flatterte verwirrt herum und gelangte schließlich zum Tisch. Dort hängte sie sich vorsichtig in eine Ecke unter der alten Tischplatte und gedachte, so den Rest der Nacht zu verbringen.

»Ich weiß nicht, Lanfranco, ich muss zuerst darüber nachdenken. Diese Reliquie könnte nicht nur der Kapelle, sondern dem gesamten Krankenhaus nützlich sein. Der Schutz einer heiligen Märtyrerin ist schließlich immer gut! Die einzige Schwierigkeit stellen die Dekane und der Erzbischof dar. Du weißt ja, wie heikel die Beziehungen zu diesen gesegneten Kirchenmännern sind, die hier drinnen für gutes oder schlechtes Wetter sorgen! Auch wenn wir weltlichen Mitarbeiter das Vermögen des Hospitals verwalten, halten sie doch ihre Finger darüber und stecken überall ihre Nase hinein. Stell dir vor, sie achten sogar darauf, die Almosen und Spenden einzuschränken – es darf nur so viel angenommen werden, wie für die Versorgung der Kranken nötig ist. Ist das nicht unglaublich? Und mit den Geldhinterlassenschaften dürfen wir nichts anschaffen, was nicht direkt den Zwecken des Krankenhauses dient. Wir können zum Beispiel keine Häuser kaufen, und wenn ein Wohltäter uns seinen Palazzo hinterlässt, müssen wir zuerst feststellen, ob es sich lohnt, ihn zu behalten, oder ob es nicht besser ist, ihn zu veräußern. Bisher war ich fast immer gezwungen, auf die zweite Möglichkeit zurückzugreifen. Und was ist mit dem Erlös, wirst du fragen? Der fließt ins Umland, in die Gutshöfe und in alles, was einen sicheren Ertrag abwirft. Du siehst also, wie schwierig für mich die Annahme einer Schenkung ist, selbst wenn es sich um eine heilige Reliquie handelt. Und in Zeiten, in denen der Erzbischof sich von einem Mann der Kirche in einen Kriegsherrn verwandelt und sämtliche Kirchenoberen damit beschäftigt sind, sich gegen Friedrich zusammenzuschließen, interessiert sich niemand mehr sonderlich für die Reliquie einer Märtyrerin, die noch dazu aus dem fernen Sizilien kommt, der Wiege der kaiserlichen Macht! Konntest du denn keinen Heiligen aus unserer Gegend finden, einen Lombarden oder wenigstens einen Genueser …?«

»Aicardo«, fiel ihm Lanfranco hart ins Wort, »willst du mir etwa sagen, dass du die Reliquie nicht haben möchtest? Dass dieser kostbare Schleier der heiligen Agata dir nicht wichtig genug ist?«

Lanfranco war rot geworden vor Zorn und funkelte Aicardo aus zu schmalen Schlitzen verengten Augen an.

Der Verwalter wusste, welche Gefahr von diesem Blick ausging. Er erinnerte sich noch gut an die rasenden Wutausbrüche seines ehemaligen Jugendgefährten und verspürte keine Lust, einen solchen über sich ergehen zu lassen. Er hatte sich mit der Zeit verändert, das Leben hatte ihn gelehrt nachzudenken, abzuwägen und gegenüber anderen duldsam zu sein, während die Jahre bei Lanfranco offensichtlich nicht die gleiche Wandlung bewirkt hatten. Er zwang sich zu einem wohlwollenden Lächeln und antwortete:

»Nein, mein Lieber, das habe ich nicht gemeint. Lass deine Reliquie ruhig hier. Ich verspreche dir, dass ich sie so bald wie möglich dem Dekan zeigen und alles tun werde, um ihn zu überzeugen. Was dein angestrebtes Amt betrifft, so werde ich persönlich mit dem Podestà darüber sprechen. Jetzt, da seine Gesundheit wiederhergestellt zu sein scheint, wird er jedem Anliegen sicher wohlgesinnt gegenüberstehen. Ich muss ihn demnächst sowieso aufsuchen und kann dir im Vertrauen sagen, dass Catelano mir einen Gefallen schuldet. Die Gelegenheit ist also äußerst günstig, deine Sache voranzutreiben.«

Lanfrancos Gesichtsmuskeln entspannten sich. Das Misstrauen war zwar nicht ganz aus seinem Blick verschwunden, aber Aicardo wusste, dass er ihn sich fürs Erste vom Leib gehalten hatte.

»Ich werde dir Bescheid geben lassen«, schloss er und begleitete ihn zur Tür. »Sobald ich etwas Sicheres in beiden Fragen weiß, schicke ich dir eine Nachricht.«

Mit einer Herzlichkeit, die er nicht mehr empfand, umarmte er Lanfranco und verabschiedete ihn.

Nachdem er die Tür hinter ihm geschlossen hatte, lehnte er sich mit ganzem Gewicht dagegen und schloss die Augen. Als er sie wieder aufmachte, fiel sein Blick auf den Reliquienschrein, der immer noch auf seinem Schreibpult stand. Mit dem Gedanken, wie einfallsreich doch die Methoden Luzifers waren, das Böse unter den Menschen zu verbreiten, stellte er ihn schnell, als könnte er sich die Finger daran verbrennen, in das unterste Fach eines Schrankes. Dann bedeckte er das Kästchen wieder mit dem Hanftuch und schloss den Schrank mit einem langen Schlüssel ab, den er in die Tasche seines Gewandes gleiten ließ. Es erwartete ihn ein arbeitsreicher Nachmittag, und um dieses lästige Problem konnte er sich noch am nächsten Tag kümmern.

Ungehalten, weil er wieder keine eindeutige Antwort bekommen hatte, verließ Lanfranco das Hospital und ging auf die nahe Taverne zu, die an einem kleinen Platz mit Namen »del Pantano« – »am Sumpf« – lag. Dort wollte er sich mit ein paar Bechern Wein die quälende Unruhe vertreiben. Die Zeit wurde knapp, um sich als Kandidat für das Amt des obersten Richters zu präsentieren, und bist jetzt hatten all seine Bemühungen um eine feste Zusage zu nichts geführt.

Er stapfte gerade durch den kleinen Torbogen am Eingang, als er ein geräuschvolles Stolpern hörte und mit einer jungen Frau zusammenstieß. Sie kam aus dem Heilpflanzengarten hinter dem Haus und wollte zu den Räumlichkeiten der Apotheke, die neben dem Arbeitszimmer des Verwalters lagen. Weil sie es eilig hatte und sich ganz auf den großen Korb in ihren Armen konzentrierte, aus dem haufenweise Blätter, Blüten und Wurzeln ragten, hatte sie nicht auf die niedrige Stufe vor dem Torbogen geachtet und war gestolpert. Sie wäre hingefallen, wenn nicht dieser Adelige um die Ecke gekommen und ihren Sturz mit seinem Körper aufgefangen hätte.

»Oje, verzeiht mir, Herr!«, stammelte Allegranza und bückte sich, um die herausgefallenen Kräuter wieder einzusammeln. »Entschuldigt bitte, ich hatte Euch nicht …«

Jähzornig wie er war, wollte Lanfranco sie gerade mit Schimpfworten überhäufen, als er ihr Gesicht sah und erschrocken zurückwich. Er stützte sich mit einer Hand an der Mauer ab und betrachtete das Mädchen eingehender, das schamesrot vor ihm stand. Die Ähnlichkeit war frappierend: dasselbe ovale Gesicht, dieselbe Nase, dasselbe Grübchen neben dem Mund. Als Allegranza schließlich ihre Verlegenheit überwand und ihn anblickte, stockte Lanfranco der Atem. Ihre dichten Wimpern überschatteten kastanienbraune Augen mit goldenen Einsprengseln.

Caterinas Augen.

Neuer Schwindel befiel ihn und er wurde blass.

»Herr, ist Euch nicht wohl? Soll ich einen Arzt rufen? Mein Gott, hoffentlich bin ich nicht daran schuld! Habe ich Euch vielleicht mit dem Korb getroffen, Euch wehgetan?«

Selbst die Stimme. Klar und leicht singend, genau wie Caterinas.

Lanfranco atmete tief durch. Allmählich wurde der Boden unter seinen Füßen wieder fest, und die Wände hörten auf zu schwanken. Das Mädchen sah ihn besorgt an.

»Nein«, brachte er endlich heraus, »es ist nichts, ich bin nur müde. Aber sag mir …«

»Allegranza! Wie lange soll ich denn noch auf dich warten?«

Der Vorwurf in Schwester Giulianas Stimme war nicht zu überhören. Die Hände auf die Hüften gestemmt stand sie in der Tür zur Apotheke, und ihr Gesichtsausdruck verhieß nichts Gutes.

»Ich komme schon, Schwester, ich komme! Verzeiht mir, Herr, ich muss weiter …«

Mit einem anmutigen Hüftschwung ging Allegranza um Lanfrancos ausladende Gestalt herum und verschwand in Begleitung der Nonne in der Apotheke.

Immer noch wie vom Donner gerührt, blickte Lanfranco ihr nach. Allegranza – das war doch nicht der Name, den Caterina ihrem Kind geben wollte? Wenn ihn sein Gedächtnis nicht trog, hatte sie ihm vor seiner Abreise nach Genua erzählt, sie wolle es Dorotea nennen, falls es ein Mädchen würde. Später hatte sein Diener ihm bestätigt, dass es eine Tochter geworden war, und obwohl er das Kind nie zu Gesicht bekommen hatte, sah er keinen Grund, weshalb Caterina ihre Namenswahl geändert haben sollte. Wieso sah diese Allegranza seiner ehemaligen Geliebten dann so ähnlich? Diese Augen, die Nase, der Mund – nein, dieser Mund, der ein wenig furchtsam gezittert hatte, war sein eigener Mund! Diese vollen, sinnlichen Lippen kamen nicht von den dünnblütigen Gisalbertinis, sondern von den Calgarios! Ihm drehte sich der Magen um. Dieses Mädchen war seine Tochter! Es konnte nicht anders sein. Er rechnete schnell nach und kam zu dem Schluss, dass auch das Alter passen konnte. Das Mädchen musste ungefähr siebzehn sein – so viele Jahre waren seit dem Mord vergangen.

Kalter Schweiß rann ihm über den Rücken. Das Neugeborene war in jener Nacht im Haus der Gutspächter nicht gefunden worden. Er hatte eine Zeit lang Nachforschungen über seinen Verbleib anstellen lassen, aber es schien sich in Luft aufgelöst zu haben, und nach ein paar Wochen der Besorgnis hatte er es aufgegeben. Vielleicht war die Kleine ja längst an einem Fieber gestorben, hatte er sich gesagt, oder vor einem Kloster ausgesetzt worden … Ein Kloster … bei Gott, das war des Rätsels Lösung! Das Mädchen musste einem Kloster übergeben und von irgendeiner Amme gesäugt worden sein. Wie dumm war er doch gewesen! Wie hatte er Caterina aus dem Weg räumen können, ohne ganze Sache zu machen? Ohne das Kind und auch die Dienerin auszulöschen, die ihr immer wie ein Schatten gefolgt war? Die Dienerin … Was war aus der Dienerin geworden? War es möglich, dass sich alle beide in dieser verfluchten Nacht nicht im Haus befunden hatten? Wieso hatte er es bloß nicht gründlicher durchsucht? Das Kind war noch zu klein gewesen, um etwas mitzubekommen, aber die Dienerin …

Vielleicht hatte sie aus einem Versteck alles mit angesehen, konnte die Tat bezeugen …

Er beruhigte sich mit dem Gedanken, dass man niemanden wegen eines so lange zurückliegenden Verbrechens vor Gericht stellen würde. Andererseits konnte der leiseste Verdacht, das kleinste Gerücht über ihn die Erlangung seines ersehnten öffentlichen Amtes gefährden. Er musste etwas unternehmen. Er würde das Mädchen erneut aufspüren und wenn nötig beseitigen. Niemand durfte sich ihm und seinen Plänen in den Weg stellen, so viel stand fest. Er hatte schon mehr als einmal getötet und würde es ohne weiteres wieder tun.

In diese finsteren Überlegungen versunken, merkte er nichts von dem ständigen Kommen und Gehen der Mönche, Krankenhausdiener und Nonnen, die ihn beim Passieren des Torbogens neugierig musterten. Erst als ein Laienbruder ihn ansprach und fragte, ob er auf jemanden warte, wurde er sich wieder seiner Umgebung bewusst. Er murmelte etwas Unverständliches und verließ schleunigst das Krankenhaus. Der Laienbruder, der sich über seine düstere Miene wunderte, sah ihm kopfschüttelnd nach, bis er um die Ecke verschwand.

KAPITEL 35

Auf dem Broletto standen die Menschen immer noch dicht gedrängt. Die Sänfte des Erzbischofs, die gerade durch das Spalier der Menge getragen worden war, hielt nun auf die Hauptkirche zu. Hin und wieder zeigte sich Leone da Perego an den großen Sehschlitzen in den Holzwänden der Sänfte. Sein strenges Gesicht deutete ein gütiges Lächeln an, während er mit der rechten Hand, die den »Carbunculum«, den Rubinring der erzbischöflichen Würde, trug, die umstehenden Stadtbewohner segnete. Eine glänzende Drapierung aus roter Seide verhüllte Dach und Längsseiten der Sänfte und endete in kostbaren Silbertroddeln, die so lang waren, dass sie auf dem Boden schleiften.

Vor und hinter der Sänfte ging ein langer Zug aus Mönchen, Priestern und Nonnen, dem Podestà mit seinen Stadtoberen, Rittern und Soldaten zu Pferde, Hausangestellten und Dienern, der sich mühsam durch die Menge schob. Das Fest an diesem Morgen war erst vor zwei Tagen von den Ausrufern der Stadt angekündigt worden. Sie hatten in jeder Gasse, jeder Straße und auf jedem kleinen Platz Halt gemacht, um die Mailänder aufzurufen, Leone nach seiner triumphalen Rückkehr aus Vercelli zu huldigen, wo er gemeinsam mit dem päpstlichen Legaten Montelongo einen wichtigen Einigungsvertrag zwischen jener Stadt und Mailand abgeschlossen hatte.

Wo der festliche Zug voranschritt, füllte sich der freie Platz dahinter gleich wieder mit Menschen, die jetzt nicht mehr in Reihen standen, sondern ungeordnet umherschwärmten, Gruppen bildeten und vergnügt durcheinander riefen.

In einer Ecke des Platzes, fast schon vor der Porta Cumana, führten ein Mann und eine Frau einen merkwürdigen Tanz auf, bei dem sie von einer Laute und dem gleichmäßigen Schlagen eines Tamburins begleitet wurden. Die Frau balancierte auf den Schultern ihres Partners und bewegte sich im Rhythmus der Musik, wobei sie anmutig den Kopf und die Arme drehte. Nicht weit davon schritt ein Junge auf zwei hohen Stelzen über den Köpfen der Leute dahin, während ein anderer, der festlich herausgeputzt war wie ein Bischof, einen Reifen in der Hand hielt, durch den er einen gezähmten Fuchs springen ließ. Auf der anderen Seite, in der Nähe der Porta Ferrea, war ein fahrender Sänger von einer Gruppe Menschen umgeben, die ihm andächtig zuhörten, verzaubert von seiner schönen Stimme. Er sang ein altes Lied, das alle Mailänder kannten.

Come diruto Mediolano
de Barbarossa com la mano
li militi se botano a Maria
ke laudata sia.
Questi erano li militi humiliati
quali in epsa civitati
solvono li boti sinceri
dicete un' ave, o passeggeri.

»Was bedeutet das, Vater?«, fragte Bartolomeo, der den Sänger aufmerksam musterte und versuchte, die Strophe in der veralteten Sprache zu verstehen.

»Ich weiß es nicht, Bartolomeo, aber nach dem traurigen Klang und dem Namen Barbarossa zu schließen, ist das Lied wohl vor vielen Jahren entstanden, als Kaiser Friedrich die Stadt Mailand dem Erdboden gleichgemacht hat.«

»Aber Vater, wie kann das sein? Ich denke, Kaiser Friedrich ist gerade erst dabei, gegen die Stadt zu kämpfen.«

»Nein, mein Sohn«, lächelte Aimone und fuhr Bartolomeo liebevoll durch die Haare, »das war nicht derselbe Kaiser. Dieser andere Friedrich, genannt Barbarossa, war der Großvater des heutigen und hasste Mailand vielleicht noch mehr als sein Enkel. Weißt du, wenn ein Herrscher es sich in den Kopf gesetzt hat, ein ganzes Land wie Italien zu erobern, stellt der Widerstand einer mächtigen Stadt wie dieser eine Gefahr dar, einen Stachel in seinem Fleisch. Mailand ist reich, und seine Regierenden sind entschlossen, frei und unabhängig zu bleiben. Das hier ist ein Stadtstaat, es gibt keine Feudalherren wie bei uns, sondern Vertreter des Volkes, die vom Podestà angeführt werden. Auch die Kirche spielt eine wichtige Rolle bei der Verteilung der weltlichen Macht.«

»Apropos, das wollte ich dich noch fragen«, warf Bartolomeo ein. »Sollte der Erzbischof nicht nur ein Hirte und das Oberhaupt der Mailänder Kirche sein? Unsere Diener haben mir aber erzählt, dass er mit Soldaten und Unterhändlern nach Vercelli gegangen ist und dass man ihn den ›Kriegermönch‹ nennt. Warum ist das so, Vater?«

Bartolomeo hatte seine Fragen zwar nur halblaut gestellt, doch sie entgingen nicht den gespitzten Ohren zweier Kaufleute, die neben Aimone standen und dem Bänkelsänger zugehört hatten. Sie musterten den Edelmann und seinen Sohn neugierig, ohne die Sprache der beiden ganz zu verstehen, die dem Französischen sehr ähnlich war. Aimone bemerkte den Anflug von Misstrauen in ihren Blicken und zog seinen Sohn am Ärmel weiter.

»Du musst aufpassen, was du sagst, Bartolomeo, wenn wir unter Leuten sind. Zur Zeit sind Adelige in dieser Stadt nicht besonders beliebt, und ich will nicht, dass meine Erklärungen auf deine Fragen falsch ausgelegt werden. Glaub ja nicht, dass uns hier niemand versteht, bloß weil wir eine andere Sprache sprechen. Hier gibt es jede Menge Kaufleute, die zwischen den verschiedenen Ländern hin und her reisen und auch unsere Sprache gut beherrschen. Wir müssen vorsichtig sein, mein Sohn. Wie du selbst in San Simpliciano erlebt hast, gehört nicht viel dazu, um meinen Auftrag scheitern zu lassen, der ja noch nicht beendet ist. Ich habe es nur diesem guten Abt zu verdanken, dass niemand von dem Vorfall erfahren hat und ich noch frei durch die Straßen laufen kann. Ich will dir nachher alles erklären, Bartolomeo. Ich werde dir sagen, was der Unterschied zwischen dem Regieren eines Lehens wie des unseren und dem einer großen Stadt wie Mailand ist, aber innerhalb der sicheren Wände unserer Wohnung. Und jetzt lass uns gehen, die sechste Stunde ist schon vorüber, und unser Mittagessen wird längst fertig sein. Hast du denn keinen Hunger?«

Nachdenklich gemacht von den Worten seines Vaters, nickte der Knabe nur und stellte keine weiteren Fragen.

Sie bahnten sich einen Weg durch das Gedränge, kamen an den Werkstätten der Goldschmiede vorbei und gelangten schließlich wieder zu der Straße, dic in ihr Viertel führte.

Während sein Leibdiener ihm half, das Gewand anzulegen, strich Aimone mit der Hand über die Seide. Er erschauerte leicht, als berührten seine Finger nicht das feine Tuch, sondern die Haut derjenigen, die es bestickt hatte. Wie viele Tage waren vergangen, seit er Rachele zum letzten Mal gesehen hatte? Die ganze Zeit über hatte er sich bemüht, sie aus seinen Gedanken zu verbannen, doch trotz der dramatischen Ereignisse, bei denen er eine Hauptrolle gespielt hatte, war ihm das nur schlecht gelungen. Enrico hatte auf seine Bitte hin noch einmal nach Isaac gesehen und ihm berichtet, dass der Zustand des Kranken zwar stabil sei, seiner Erfahrung nach aber jeden Moment eine Verschlechterung eintreten könne. Der Arzt hatte hinzugefügt, dass sein Aufenthalt in Mailand dem Ende zugehe und nach seiner Abreise sich außer der Tochter niemand um den alten Juden kümmern werde. »Geht Ihr also hin und besucht dieses Mädchen ab und zu. Was soll sie denn machen, so ganz allein, wenn ihr Vater dahingeschieden ist? Sie wird ihm noch nicht einmal ein anständiges Begräbnis nach den Vorschriften ihrer Religion ausrichten können. Und es kommt ja wohl nicht in Frage, dass sie ihn in einem städtischen Sammelgrab zusammen mit den Christen beerdigt, oder? Sie wird Unterstützung brauchen, damit sie sich fern von neugierigen Blicken angemessen von ihm verabschieden kann. Wenn Euch an der jungen Frau und ihrem Wohlergehen etwas liegt, habt Ihr die Pflicht, ihr zu helfen. Ihr seid fremd hier und werdet bald auf Euer Lehen zurückkehren. Was kümmert es Euch also, wenn irgendein besonders naseweiser Mailänder davon erfährt, dass Ihr Euch für zwei Juden einsetzt?« Der feste Blick, mit dem Enrico ihn bei seiner Rede ansah, verriet Aimone, dass der Arzt sehr viel mehr begriffen hatte, als zwischen ihnen zur Sprache gekommen war. Waren denn seine Gefühle für Rachele so offensichtlich? Wo waren seine Klugheit und Zurückhaltung geblieben, all die Selbstbeherrschung, die er sich stets abverlangte? Auch wenn er sich in gewissem Maße von Enricos Verständnis getröstet fühlte, machte ihm doch die Veränderung, die mit ihm in den letzten Wochen geschehen war, langsam Sorgen.

Er zwang sich, nicht mehr an Rachele zu denken und sich stattdessen auf die bevorstehende Begegnung mit dem Sekretär des Erzbischofs vorzubereiten. Seiner Bitte um eine Unterredung war endlich stattgegeben worden und danach würde er seine Mission in Mailand als beendet betrachten können.

Bartolomeo, der in der hintersten Ecke des Zimmers saß, beobachtete seinen Vater schweigend. Er war müde und wollte gern auf die Burg zurückkehren, um die frische Luft von Graines zu atmen, statt noch länger in dieser großen Stadt zu bleiben, wo die schwüle Hitze einem die Kleider am Leib durchnässte. Der ausgestandene Schrecken bei dem Mordanschlag saß ihm noch in den Gliedern und hatte ihm alle Begeisterung und Entdeckungslust genommen. Selbst seine Hoffnung, noch einmal mit dem Hündchen der Stickerin spielen zu können, war enttäuscht worden. Rachele war nicht wiedergekommen, und sein Vater schien sein Versprechen vergessen zu haben. Die einzige Freude in den letzten Tagen war das Wiedersehen mit Pater Matthew gewesen. Bartolomeo hatte sich noch nicht getraut, Aimone danach zu fragen, aber er wünschte sich, dass der englische Mönch mit ihnen ins Augusta-Tal zurückkehrte.

Als sein Vater mit einem eiligen Gruß das Haus verlassen hatte, stellte der Knabe die Schachfiguren auf. Er würde gegen sich selbst spielen und so tun, als hätte er es mit einem mit allen Wassern gewaschenen Gegner zu tun, der seine Fähigkeiten auf eine harte Probe stellte. Das würde ihn beschäftigen und den Rest des Tages schneller vergehen lassen.

Der Audienzsaal war wie immer voller Menschen. Mittendrin stand Aimone, an der Seite von Arnolfo. Der Burgherr war vor Aufregung über dieses möglicherweise schwierige Gespräch viel zu früh gekommen und hatte sich verlegen hinter einen dicken Ziegelpfeiler gestellt und auf ein langes Warten eingerichtet. Wie groß war sein Erstaunen, als er nach einer Weile den Abt von San Simpliciano hatte hereinkommen sehen. Auch Arnolfo sollte vom Sekretär des Erzbischofs empfangen werden; Ugone hatte anscheinend den größten Teil der anstehenden Audienzen auf diesen Nachmittag gelegt. Der Abt hatte ihn ohne besondere Herzlichkeit, nur mit der angemessenen Höflichkeit begrüßt, doch sein warmer Blick und der feste

Händedruck sagten Aimone mehr als Worte und überschwängliche Gesten. Keiner von den Umstehenden hätte mehr als eine oberflächliche Bekanntschaft zwischen ihnen vermutet, und aus dem distanzierten Verhalten des Abtes zog Aimone den beruhigenden Schluss, dass das Geheimnis des Attentats bei ihm sicher war.

Arnolfo wurde als einer der Ersten hereingerufen, und seine Besprechung mit dem Sekretär dauerte eine gute halbe Stunde. Als er aus dem Audienzzimmer kam, näherte er sich Aimone noch einmal unauffällig und lud ihn, ohne dass jemand mithören konnte, ins Kloster ein. Pater Matthew werde auch zugegen sein, sagte er, und sie würden Gelegenheit haben, über die vielen noch ungeklärten Dinge zu sprechen. Danach eilte er hinaus. Während er darauf wartete, dass er an die Reihe kam, fiel Aimone ein Dominikanermönch auf, der nach seiner gebieterischen Haltung und der Zahl der Mitbrüder in seinem Gefolge zu schließen eine wichtige Persönlichkeit war. Er fragte sich gerade, wer das wohl sein mochte, als der Türsteher ihn aufrief. Aimone gab sich einen Ruck und ließ sich zum erzbischöflichen Sekretär führen.

»Ihr seid also Aimone von Graines«, sagte Ugone und kam ihm ein paar Schritte entgegen. »Ich habe schon von Euch gehört. Seid Ihr vielleicht der Neffe von Nantelmo, dem Abt von Saint Maurice im Wallis? Liegt Eure Burg im Augusta-Tal?«

»Ja, Sekretär, das ist richtig …«

»Und Ihr kommt mit einer Botschaft von Eurem Onkel?«

»Nein, ich bin im Auftrag des Visconte Gotofredo aus der Familie Challant hier.«

»Und was möchte der Visconte von Leone da Perego wissen?«

Aimone, der diese Direktheit schon vom Sekretär des Podestà kannte, schluckte nur kurz und ließ sich nicht aus dem Konzept bringen.

»Nun, der Visconte hat mich beauftragt, dem Erzbischof und dem Podestà von Mailand seine Grüße zu übermitteln. Gotofredo weiß, wie schwierig sich zur Zeit die Regierungsgeschäfte wegen des herrschenden Krieges zwischen Kaiser Friedrich und dem Städtebund gestalten. Er möchte jedoch die höchsten Würdenträger Mailands wissen lassen, dass Amedeo von Savoyen, als dessen Vasall er über das Augusta-Tal herrscht, sich zwar nicht den nötigen militärischen Operationen entgegenstellen will, die ihn im Übrigen nicht betreffen, aber dennoch besorgt ist über die lange Dauer des Konfliktes. Denn wie Ihr Euch denken könnt, verursacht der Krieg nicht nur Verluste an Menschen, sondern auch andere Schäden im Augusta-Tal, das nahe den Kampfgebieten liegt und eine wichtige Durchgangsstrecke für den Handel mit den nördlichen europäischen Ländern ist …«

Er hielt einen Moment inne, um Luft zu holen, doch Ugone nutzte die Gelegenheit, sich einzuschalten.

»Sagt mir, war es nicht Graf Amedeo, der dem Kaiser vor acht Jahren die Treue geschworen hat? War er es nicht, der in Friedrichs Namen einen Duldungsvertrag mit Turin unterzeichnet hat, in dem er sich obendrein verpflichtete, dieser Stadt zweimal im Jahr sechzig Ritter zu schicken? Die Savoyer haben sich nie gegen Mailand gestellt, das ist wahr, aber sie haben sich bis heute auch nie offen dem Kaiser widersetzt. Mir ist nicht klar, auf welcher Seite sie stehen, auf der des Staufers oder auf der des Papstes. Ich weiß, dass Amedeo im Januar dieses Jahres den Chorherren der Kathedrale von Augusta eine Urkunde übergeben hat, mit der er sie unter seinen Schutz stellt und seine Lehnsherren im Tal anweist, ihre Besitztümer und Personen zu verteidigen. Aus dieser Vorkehrung könnte man schließen, dass der Graf gegenüber der Kirche nun mehr Anteilnahme zeigt, aber ansonsten? Wo stehen diese Savoyer, auf der Seite des Papstes oder auf der eines schon mehrfach mit dem Bann belegten Kaisers?«

Aimone zögerte. Es war klar, dass diese schnell abgeschossenen Fragen des Sekretärs eine Provokation darstellten. Wenn er ihm in die verbale Falle ging, würde er zugeben müssen, was er unbedingt verbergen sollte, nämlich dass Gotofredo und vermutlich auch Graf Amedeo nicht die Absicht hatten, sich gegen eine der beiden Kriegsparteien zu stellen, weil es ihnen nur um die Souveränität ihrer Herrschaftsgebiete und den Schutz der einträglichen Handelsrouten ging. Zwar stimmte es, dass die Savoyer vor einigen Jahren den Kaiser unterstützt hatten, aber nun, da sie erkannten, wie stark der Städtebund geworden war und wie entschlossen der Papst Friedrichs Pläne durchkreuzen wollte, waren sie nicht erpicht darauf, sich in einen Krieg hineinziehen zu lassen, der lang und zermürbend zu werden versprach.

»Ich denke, Ihr wisst selbst, dass die Treue des Grafen zur Kirche und zum Papst nicht in Frage gestellt zu werden braucht. Sicher ist Euch auch bekannt, dass seine Beziehungen zu dem gerade gewählten Papst Innocenz IV. von höchster Ergebenheit geprägt sind. Amedeo hat ihm bereits angeboten, ihn mit allen gebührenden Ehren zu empfangen, falls er in naher Zukunft beabsichtigen sollte, sich in die Länder Frankreichs zu begeben. Ihr seht also, dass der Graf keineswegs vorhat, die Politik des Papstes gegen den Kaiser zu unterlaufen …«

»Im Grunde«, unterbrach ihn Ugone barsch, »möchte Gotofredo also eine Art Zusicherung von den Städten des Bundes, dass seine Besitzungen nicht von Grenzüberschreitungen, Überfällen und Plünderungen in Mitleidenschaft gezogen werden. Eine nicht unbescheidene Bitte, das muss man sagen! Die Frage ist, warum wird dieses Gesuch nicht auch an Friedrich gerichtet? Ist es vielleicht zu gefährlich, ihm derartige Botschaften zukommen zu lassen? Wisst Ihr eigentlich, dass unser Erzbischof in den vergangenen Monaten Schlachtfelder überquert und zähe Verhandlungen auf sich genommen hat, dass er sein

Leben und sein Ansehen aufs Spiel gesetzt hat, um Mailand und die Lombardei zu retten? Und Euer Visconte, der auf seinen sicheren Burgen sitzt und durch die Wegzölle reich geworden ist, die die Mailänder Kaufleute an ihn entrichten müssen, um ihre Reise fortsetzen zu dürfen, schickt Euch hierher und will eine Versicherung, dass er seinen Geschäften weiter ungestört nachgehen kann! Ich sehe mich nicht in der Lage, Euch diese Gewissheit zu geben, Aimone von Graines, sagt das dem Herrn von Challant. Wir sind es, die schon länger eine Zusage von Euch erwarten, wir warten auf ein konkretes Zeichen Eurer Loyalität. Die Stadtstaaten sind keine Lehen, hier entscheidet der Wille des Volkes und nicht der mehr oder weniger weise Ratschluss eines einzelnen Fürsten. Nehmt folgende Botschaft mit Euch nach Hause: Mailand wird seinen Kampf gegen den Kaiser ungebeugt fortsetzen, Seite an Seite mit dem Papst und allen, denen ihre Freiheit am Herzen liegt. Es liegt an Euch zu entscheiden, wem Ihr Euch anschließen wollt, aber wir können dem Grafen nichts versprechen. Wenn Ihr uns Eure Unterstützung gewährt, wird der Städtebund sich gewiss dankbar zeigen. In diesen Tagen, in denen von allen Seiten versucht wird, die Fundamente der Kirche zu unterhöhlen, können der Papst, der Erzbischof und die Städte nichts anderes tun, als eine starke, unverbrüchliche Einheit zu bilden. Wir werden unermüdlich gegen den Kaiser kämpfen, so wie wir rastlos gegen die Ketzerei kämpfen. Wenn Gotofredo uns in diesem Kampf beistehen will, werden wir auch ihn und seine Lehen zu verteidigen wissen. Falls er dagegen beschließt, sich aus allem herauszuhalten und abzuwarten, wer am Ende den Sieg davonträgt, steht es ihm frei, das zu tun. Wir jedenfalls werden Euch nichts garantieren.«

Aimone, der dem echauffierten Sermon Ugones entgeistert zugehört hatte, fand keine Worte der Erwiderung. Dieser Mann hatte, wie schon zuvor der Sekretär des Podestà, sofort begriffen, was der Zweck seines Besuches war. Die Tatsache, dass er ein religiöses Gewand trug, hinderte ihn nicht daran, klar und deutlich seine Meinung zu sagen. Wieder einmal musste Aimone sich seine Unzulänglichkeit eingestehen, auch was seine Redekunst betraf. Er beschloss, Gotofredo die genauen Worte seiner beiden Gesprächspartner wiederzugeben, ohne sie durch artigere Formulierungen zu beschönigen. Der Visconte musste verstehen, mit wem er es zu tun hatte, und einsehen, dass es ihm nicht erspart bleiben würde, früher oder später eine Entscheidung zu treffen.

»Ich danke Euch, dass Ihr mir Eure Zeit gewidmet habt. Gotofredo von Challant wird sicher mit Eurer Antwort zufrieden sein. Im Moment möchte ich Euch nur noch bitten, diese kleine Spende für die Basilika von ihm anzunehmen.«

Aimone holte einen silbernen Hostienteller hervor, der in ein Tuch aus feinstem bestickten Leinen eingewickelt war. Der Rand des liturgischen Gegenstandes trug ein Muster aus fein ziselierten Blättern, während in der Mitte ein eingetriebenes, rundes Motiv mit acht Ausbuchtungen prangte.

Ugone drehte das unerwartete Geschenk in seinen Händen herum und bewunderte die ausgezeichnete Arbeit. Dann ließ er sich zum ersten Mal zu einem Lächeln herab und dankte seinem Besucher.

»Ich hätte nicht gedacht, dass die Gold- und Silberschmiede des Augusta-Tals zu solch außergewöhnlich feinem Handwerk imstande sind! Das ist eine wunderbare Patene, und ich bin sicher, dass Leone sie bei einem der nächsten feierlichen Gottesdienste in der Basilika zur Schau stellen wird. Richtet dem Visconte unseren Dank aus und sagt ihm, dass wir uns über seinen Besuch freuen würden, wenn er einmal nach Mailand kommt. Seid gegrüßt, Aimone von Graines. Der Friede sei mit Euch.«

Nachdem er einen eiligen Segen angedeutet hatte, rief Ugone den Türsteher, der sofort erschien und Aimone hinausbegleitete. Draußen im Saal war die Zahl der Wartenden noch angewachsen. Der Burgherr ging schnell zwischen ihnen hindurch und verließ den bischöflichen Palast, ohne sich noch einmal umzusehen. Er fühlte sich leicht, als wäre ihm eine schwere Last von den Schultern genommen worden. Er hatte seine Pflicht getan, seinen Auftrag erledigt. Jetzt konnte er endlich an sich selbst, an seinen Sohn und an ihre Rückkehr nach Graines denken. Nein, dachte er mit einem schmerzlichen Stich in der Brust, da war noch Rachele ... Enrico hatte Recht, er durfte das Mädchen und seinen Vater nicht ihrem Schicksal überlassen, er musste ihnen irgendwie helfen, ehe er die Stadt verließ. Er versuchte, sich selbst davon zu überzeugen, dass seine Sorge um Rachele der reinen Nächstenliebe und nicht einem leidenschaftlicheren, eigennützigeren Gefühl entsprang, und ging mit flotten Schritten auf den Broletto zu. Auf dem Platz wurden die Überreste des Festes vom Vortag zusammengefegt. In den Ecken, wo die Gassen einmündeten, waren Pferdeäpfel aufgehäuft, die noch vor der Vesper eingesammelt würden, um die Gemüsegärten der Stadt zu düngen.

KAPITEL 36

Der Pilger saß in der dunkelsten Ecke der Taverne. Seine blauen Augen unter der tief ins Gesicht gezogenen Kapuze wanderten durch das Lokal und musterten die anderen Gäste. Er war allein und niemand achtete auf ihn. Während er mit den Fingern die letzten Fleischreste aus dem Knorpel eines ledrigen Stück Hasenbratens löste, fielen ihm zwei Männer auf, die in der Nähe seines Tisches die gleichen mittelmäßigen Speisen aßen. Ihren Kleidern nach zu urteilen handelte es sich um zwei Adelige, und sie schienen in ein hitziges Gespräch vertieft zu sein. Der ältere der beiden redete sehr schnell und unterstrich seine Worte mit ausladenden Gesten. Neugierig geworden, versuchte der Pilger, ein paar Fetzen ihrer Debatte aufzuschnappen, aber das laute Stimmengewirr in der vollen Taverne hinderte ihn daran. Eine junge Schankmagd, die mit einem großen Weinkrug umherging, kam auf ihn zu, um seinen Becher zu füllen. Als sie sah, dass er noch fast voll war, starrte sie ihn verwundert an, worauf er seine Kapuze noch tiefer über die Augen zog.

»Was ist, schmeckt dir unser Wein nicht? Ist er nicht gut genug für deine feine Büßerzunge?«, fragte das Mädchen frech.

»Ich trinke keinen Wein!«, entgegnete der Pilger barsch. »Bring mir Wasser.«

Verblüfft über den harten Ton, zögerte die Magd und dachte

daran, genauso unfreundlich zu antworten, machte dann aber kehrt und ging vor sich hin grummelnd zur Küche.

Der Mann schob seinen Teller weg, angewidert von dem fettigen Geschmack des minderwertigen Wildbrets, das er sich hineingezwungen hatte. Seit einigen Tagen plagte ihn ein Unwohlsein, das ihn schon häufiger befallen hatte: Ein brennender Schmerz unterhalb des Brustkorbs strahlte bis in den Rücken aus und ließ ihn manchmal gequält aufstöhnen. Er fühlte sich, als hätte er Fieber, und obwohl er an lange Reisen gewöhnt war, schien ihn der Weg diesmal erschöpft zu haben. Vielleicht lag es daran, dass die Jugend ihn verließ, dachte er, oder seinen Gliedern, die sich sonst in frischerem Klima zu bewegen pflegten, bekam die stickige Luft in dieser Stadt nicht.

Die Magd kehrte zurück, knallte einen Trinkkrug mit Wasser auf den Tisch und versuchte erneut, seine Gesichtszüge zu erkennen, aber vergebens. Mit einem enttäuschten Schnauben wandte sie sich den anderen Tischen zu. Der Pilger trank gierig, wobei er die Kapuze mit einer Hand festhielt, legte dann ein paar Münzen neben den Teller und ging. Kaum war er zur Tür hinaus, stand ein Sarazene, der am anderen Ende des Lokals vor einem Teller kalter Suppe gesessen hatte, ebenfalls auf und folgte ihm.

»Ist Euch schon mal aufgefallen, wie viele Sarazenen in dieser Stadt herumlaufen?«, fragte Enrico und deutete auf den dunkelhäutigen Mann, der gerade die Taverne verließ. »Merkwürdig, als ich das letzte Mal in Mailand war, schien mir ihre Zahl nicht so groß. Es sind fast alles Diener, und man sagt, dass viele von ihnen vom Hof Kaiser Friedrichs geflohen sind, um ihr Glück anderswo zu suchen. Man erzählt sich auch, der Kaiser springe sehr grausam mit der Dienerschaft um. Wenn einer seiner Bediensteten nicht sofort gehorcht, heißt es, wird er ihm vorgeführt, und falls er ihn der Nachlässigkeit für schuldig befindet, zum Tode verurteilt. Von den Dienerinnen wollen wir gar nicht erst reden! Friedrich steht in dem Ruf, ein lüsterner Genussmensch zu sein, und alle Sarazeninnen, die in seinen zahlreichen Residenzen dienen, werden angeblich früher oder später zu ihm gerufen, um sein Lager zu wärmen!«

»Aber das sind doch bestimmt bloß Gerüchte und Übertreibungen aus Hass auf ihn«, entgegnete Aimone zweifelnd. »Wie viel Zeit mag der Kaiser schon für Ausschweifungen haben, wenn man bedenkt, dass er ständig in seinem Reich umherreist, um Schlachten auszutragen und Verbündete zu suchen?«

»Ich weiß nicht, Aimone, ich weiß nicht. Des Menschen Seele ist unergründlich … Jedenfalls ist Friedrich eine sehr widersprüchliche Persönlichkeit, so viel steht fest. Einerseits liebt er die Schrift und die schönen Künste, was ihn zu einem sanften, feinsinnigen Mann machen müsste, doch andererseits legt er seinen Mitmenschen gegenüber eine seltene Gnadenlosigkeit an den Tag. Mit den Tieren geht er offenbar besser um. Man sagt, er kümmere sich eingehend um seine Menagerie, in der es viele wilde Raubtiere gibt, und züchte Hunde und Pferde und vor allem Falken. Sicher habt Ihr auch schon gehört, dass er ein Traktat über die Falknerei schreibt, in dem er die verschiedenen Greifvogelarten klassifiziert und ihr Verhalten und die Methoden zu ihrer Zähmung beschreibt. Ich für meinen Teil habe diese Neigung, engen Umgang mit Tieren zu pflegen, noch nie begriffen. Ich meine, sie sind doch schmutzig, haben immer Hunger und lassen überall ihre Exkremente fallen! Pferde, Maulesel, Ochsen und all diese Arbeitstiere sind eine Sache, aber eine ganz andere sind diese Schweine, die hier frei in der Stadt herumlaufen, oder diese räudigen Hunde, die in den Häusern der Christenmenschen leben, als gehörten sie zur Familie!«

Aimone wollte ihm widersprechen, weil er an das strahlende Gesicht seines Sohnes beim Spielen mit Racheles Hündchen dachte und gut verstehen konnte, dass die Gesellschaft von Tieren erfreute und so manche Einsamkeit erträglicher machte. Aber er verzichtete darauf, denn er sagte sich, dass der Arzt als ein Mann der Wissenschaft sicher bessere Argumente ins Feld führen konnte. Um nicht wieder an Rachele denken zu müssen, deren Bild mit Macht vor ihm aufgetaucht war, wechselte er schnell das Thema.

»Ihr wollt also morgen abreisen?«, fragte er Enrico.

»Ja, oder spätestens übermorgen. Meine Behandlung gegen das Leiden des Podestà scheint die gewünschte Wirkung zu zeitigen, sodass meine Anwesenheit hier nicht länger vonnöten ist. Meine Assistenten in Lucca haben mir eine Nachricht geschickt, in der es heißt, dass die Patienten vor meiner Tür Schlange stehen, und obendrein hat mich ein Kollege von der Schule in Bologna um eine Konsultation gebeten. Ich kann also nicht länger bleiben. Außerdem beginnt die Atmosphäre in dieser Stadt mich zu ermüden. Die feuchte Luft macht meinen Körper schlaff, und dieses ganze Getümmel von kriegerischen Priestern, Mönchen auf der Jagd nach Ketzern und Leuten aus dem Volk, die gegen die Adeligen kämpfen, bedrückt meinen Geist. Ich brauche ein heiteres Gemüt, Aimone, um meinen Beruf bestmöglich ausüben zu können, und hier in Mailand kommt es mir nach und nach abhanden. Ihr werdet genauso empfinden und Euch schon nach Eurer Burg sehnen, kann ich mir vorstellen. Sagt, wann gedenkt Ihr, nach Graines zurückzukehren?«

»Bald, sehr bald. Meine diplomatische Mission kann als beendet betrachten werden. Ich muss nur noch ein paar Fragen klären, dann reise auch ich ab.«

Enrico sah ihn prüfend an. Es war ihm vollkommen klar, um was für ungeklärte Fragen es sich handelte. Er hätte dem Burgherrn gern ins Gewissen geredet und ihn aufgefordert, seine Bedenken, Rachele seine Gefühle zu offenbaren, fallen zu lassen. Diese junge Frau brauchte einen Mann an ihrer Seite und Aimone wäre bestens geeignet: reif, erfahren, achtbar, klug und außerdem mächtig genug, um ihr ein gutes Leben in den schützenden Mauern seiner Burg bieten zu können. Auch der kleine Bartolomeo würde mit einer Frau im Haus unbeschwerter heranwachsen. Rachele hatte trotz ihrer Jugend schon viel durchgemacht, und das eigene Leid befähigte einen oft besser dazu, mit anderen mitzufühlen. Sicher würde sie dem Jungen eine verständnisvolle und nachsichtige Ersatzmutter sein können. Enrico war überzeugt, dass seine Argumente bei Aimone auf offene Ohren gestoßen wären, aber dennoch schwieg er. Wer war er schon, um anderen Ratschläge erteilen zu können? In seinem Beruf, ja, da konnte er Vorträge halten, ohne Widerspruch fürchten zu müssen, aber im Leben …

Die beiden Männer standen auf und beglichen die Rechnung für das dürftige Abendessen. Dann gingen sie hinaus in die Gasse, wo sie sich für den nächsten Morgen verabredeten, um endgültig voneinander Abschied zu nehmen.

Aisha zog die Kapuze über den Kopf und trat aus der schäbigen Herberge, in der sie Unterkunft gefunden hatte. Es war schon dunkel, und der von Schleierwolken verhüllte Mond erhellte kaum die Dächer der umliegenden Häuser. Ihr Herr hatte ihr aufgetragen, jemanden zu finden, der die üblen Schmerzen lindern konnte, die er in den vergangenen beiden Tagen ausgestanden hatte. Das Brennen um den Brustkorb hatte sich verschlimmert, und auf dem Rücken waren rote Flecken aufgetaucht, die sich nacheinander mit eitrigem Schorf überzogen. Dieses Leiden hatte ihn schon seit vielen Jahren nicht mehr befallen, und da er nicht damit gerechnet hatte, dass es ausgerechnet auf der Reise nach Mailand wieder auftreten würde, hatten weder er noch Tarik daran gedacht, die heilende Salbe gegen den schmerzhaften Ausschlag mitzunehmen. Wohl wissend, dass sie keinen der vielen Ärzte in der Stadt um Hilfe bitten durfte, weil dieser den Kranken erkennen könnte, hatte Aisha sich vorsichtig bei der Dienstmagd des Gasthauses erkundigt, ob es vielleicht eine Frau im Viertel gebe, die mit Kräutern zu heilen verstehe. Sie hatte behauptet, die Arznei sei für sie gedacht, weil ihre Eingeweide sich nach der langen Reise in ständigem Aufruhr befänden. Unter dem Siegel der Verschwiegenheit war ihr eine junge Jüdin empfohlen worden, die nicht weit weg wohnte, gleich neben dem Hospital für die Leprakranken. Ehe sie beschloss, die Frau zu Rate zu ziehen, hatte sie mit ihrem Herrn darüber gesprochen, der sie, von immer stärkeren Schmerzen gepeinigt, aufgefordert hatte, noch am selben Abend zu ihr zu gehen. Falls diese Jüdin meine Eiterblasen selbst sehen muss, um mich behandeln zu können«, hatte er hinzugefügt, »dann sag ihr, dass ich zu ihr kommen werde, und zwar bei Nacht. Die Leute sind neugierig, und hier in der Herberge darf niemand von mir und meiner Krankheit erfahren. Sag ihr auch, dass ich sie gut bezahlen werde.«

Die Sarazenin eilte durch die Gassen jenseits des Stadtgrabens. Sie versuchte, die Dunkelheit mit den Augen zu durchdringen und achtete darauf, die Abfallhaufen zu meiden, die sich hier und dort auf dem Weg türmten. Schließlich gelangte sie zu dem Haus, das ihr beschrieben worden war. Durch einen Spalt über der unteren Türangel drang schwaches Licht hinaus. Aisha klopfte an. Begleitet vom aufgeregten Bellen eines Hundes, öffnete eine junge Frau zaghaft die Tür und leuchtete der unerwarteten Besucherin mit einem Talglicht ins Gesicht.

»Seid Ihr die heilkundige Jüdin?«, flüsterte Aisha und schob ihre Kapuze zurück, damit man ihr Gesicht sehen konnte.

»Wer seid Ihr?«, antwortete Rachele wachsam.

»Ich heiße Aisha, und ich brauche Eure Hilfe.«

Rachele betrachtete sie. Die dunklen Augen der Sarazenin

erwiderten ihren Blick mit einem stummen Flehen. Ihr fein geschnittenes, braunes Gesicht schien irgendwie nicht zu der Ärmlichkeit ihrer Kleidung zu passen. Rachele sagte sich, dass sie sehr verzweifelt sein musste, um mitten in der Nacht in diese verrufene Gegend zu kommen, und schob Angst und Vorsicht beiseite, um sie hereinzubitten. Nisan beobachtete die beiden Frauen aus seiner Ecke und ließ ein leises Winseln vernehmen.

»Es geht nicht um mich«, begann Aisha, »sondern um meinen Herrn. Er befindet sich auf einer langen Pilgerreise nach Frankreich und leidet seit einiger Zeit unter einer Hautkrankheit, die furchtbare Schmerzen und Eiterbläschen verursacht.«

»Und warum kommt Ihr zu mir, statt Euch an einen Arzt zu wenden?«, fragte Rachele.

»Nun ja, mein Herr ist ein reicher Kaufmann und sehr bekannt in dieser Stadt. Er will nicht, dass außer seiner Familie jemand etwas von seiner Pilgerfahrt und seinem Aufenthalt hier in Mailand erfährt. Deshalb kann er keinen normalen Arzt aufsuchen, sondern hat mir befohlen, zu Euch zu gehen. Oh, ich weiß«, kam Aisha mit erhobener Hand Racheles Widerspruch zuvor, »die Juden dürfen keine Christen heilen, aber meinem Herrn ist das egal. Er macht keinen Unterschied nach dem Glauben bei den Menschen, die ihm dienen, und außerdem übt Ihr ja nicht die ärztliche Kunst aus, sondern erteilt nur Ratschläge zur Behandlung, richtig? Also gibt es keinen Grund, weshalb mein Herr nicht Eure Hilfe in Anspruch nehmen sollte. Er hat mir aufgetragen, Euch auszurichten, dass Eure Dienste gut entlohnt werden.«

Rachele dachte nach. Diese Geschichte überzeugte sie nicht: Warum sollte ein Kaufmann, der so reich war, dass er eine gebildete Dienerin mit derart guter Ausdrucksweise hatte, sich ausgerechnet an sie wenden? Und wenn dieser Mann Sarazenen in seinen Diensten beschäftigte, konnte er eigentlich nur aus Sizilien kommen. In Salerno hatte sie viele Mauren im Gefolge von Adeligen und Kaufleuten gesehen, doch auf ihrer Reise in den Norden Italiens waren ihr nur wenige begegnet. Wer mochte dieser Händler sein, der so wenig Wert auf Glaubensunterschiede legte und so angesehen war, dass er das Risiko eingehen konnte, Beziehungen zu einer Jüdin zu unterhalten? Und welchen Gefahren setzte sie sich selbst aus, wenn sie wieder einmal ohne offizielle Genehmigung jemanden behandelte, noch dazu einen kranken Christen? Wenn man sie erwischte, würde man sie wahrscheinlich der Hexerei anklagen und im schlimmsten Fall auf den Scheiterhaufen schicken. Nein, sie durfte ihr Leben nicht aufs Spiel setzen, denn Isaac brauchte sie. Obwohl sie daran dachte, dass das versprochene Geld ihnen vieles erleichtern konnte, beschloss sie abzulehnen.

»Ich kann das nicht tun«, antwortete sie hastig. »Sagt Eurem Herrn, dass man ihn falsch informiert hat, ich bin gewiss nicht in der Lage, mit Kräutern zu heilen. Ich bin eine einfache Stickerin, und die einzigen Arzneimittel, die ich kenne, sind die, die ich meinem Vater verabreiche, der sehr krank ist. Wer immer mir diese heilenden Fähigkeiten zugeschrieben hat, hat entweder gelogen oder sich geirrt. Ich kann nichts für Euch tun.«

Aisha, die in den Jahren der Knechtschaft gelernt hatte, all das in den Gedanken ihres Herrn zu lesen, was seine Lippen verschwiegen, erkannte, dass die junge Frau log. Aber sie erkannte auch, dass sie Angst hatte. Ihre großen Augen im Kerzenlicht und ihre bebenden Hände verrieten eine große Unruhe. Sie verfluchte im Stillen die Krankheit ihres Herrn, die nicht nur ihm, sondern auch ihr das Leben schwer machte, und lächelte Rachele müde an.

»Ich glaube nicht, dass Ihr die Wahrheit sagt, aber ich vermute, dass Ihr gute Gründe habt zu lügen. Ich werde Euch nicht weiter behelligen, doch ich kann nicht versprechen, dass mein Herr Euren Willen genauso respektieren wird. Er ist daran gewöhnt, dass man ihm bedingungslos gehorcht. Ich werde ihm sagen, dass ich Euch nicht gefunden habe, aber wer weiß, ob er mir glaubt. Falls er Euch tatsächlich selbst aufsucht, rate ich Euch dringend, Entgegenkommen zu zeigen. Glaubt mir, eine glatte Weigerung, seiner Bitte zu entsprechen, könnte Euer Leben gefährden.«

Die Sarazenin zog wieder die Kapuze herab, grüßte achtungsvoll und ging zur Tür. Rachele blieb reglos stehen und sah ihr nach. In der Stille des Hauses war Isaacs flacher, hastiger Atem das einzige Geräusch.

KAPITEL 37

Das Holz auf der Feuerstelle war fast heruntergebrannt, aber im Kessel über der Glut köchelte es noch. Die fertige Suppe verbreitete einen einladenden Duft nach aromatischen Kräutern im Raum, auf den jedoch niemand achtete. Es herrschte vollkommenes Schweigen, in dem nur das Blubbern der Suppe und das Summen einer einzelnen Fliege zu hören war, die sich immer wieder auf den Rand des Kessels setzte.

Angiolina und Graziolo sahen Giacomo da Forno mit erschrockenen Augen an. Er saß ihnen gegenüber und strich mechanisch über die Tischplatte, während er vergebens nach weiteren Worten suchte. Der Arzt, der das Ehepaar schon seit Jahren kannte und als Erster die Lehren Guglielmas zu ihnen gebracht hatte, konnte seine Rede nicht fortsetzen. Er teilte die Furcht, die er in ihren Gesichtern las. Obwohl er lange darüber nachgedacht hatte, wie er ihnen die schlechte Nachricht beibringen sollte, kamen die Worte jetzt nicht flüssig über seine Lippen, und jeder Versuch, logisch und vernünftig zu klingen, erschien ihm als aufgesetzt. Hier war kein philosophischer Diskurs gefragt – die einzig anerkannte wissenschaftliche Methode, Ursachen und Heilmöglichkeiten einer Krankheit zu erforschen, wie es die großen Lehrer der Medizin vormachten. Nein, hier ging es um Leben oder Tod für ihn und alle, die Guglielmas Predigten folgten. Er zwang sich, seine eigene Unruhe zu unterdrücken, um seine Glaubensbrüder nicht noch mehr zu verängstigen, und sprach weiter.

»Die Lage ist ernst, kein Zweifel, aber lasst uns einmal überlegen, was uns eigentlich passieren kann. Sie werden uns als Zeugen vernehmen, das stimmt, aber genügt das schon, um uns der Ketzerei anzuklagen? Was können sie uns schon vorwerfen? Dass wir den Worten einer weisen, frommen Frau zugehört und mit ihr gebetet haben? Auf welche Weise sind wir denn vom rechten Weg abgewichen, möchte ich wissen, wenn wir nur, wie es Christus und die Kirche predigen, unseren bedürftigen Nächsten geholfen haben und uns als Teil eines Auftrags der Liebe fühlen? Ist es möglich, dass die großen Prediger wie Pietro da Verona oder die Minoriten diese schlichte Wahrheit nicht einsehen und uns der Ketzerei beschuldigen? Das glaube ich einfach nicht. Ich bin sicher, dass unsere Antworten von ihnen richtig gedeutet werden. Also, Brüder, fassen wir Mut und stellen wir uns dieser Prüfung. Wenn wir befragt werden, muss jeder offen und ehrlich antworten. Wir haben nichts zu verbergen, unser Leben ist rein und klar, wie das der Böhmin.«

Angiolina sah den Arzt stumm an. Das Zittern ihrer roten, abgearbeiteten Hände ließ auch den Stoff des groben Gewandes erbeben, auf dem sie ruhten. Graziolo starrte blicklos auf die Wand gegenüber und schluckte ständig, um seine trockene Kehle zu befeuchten. Giacomo, den seine ohne innere Überzeugung vorgebrachte Ansprache entkräftet hatte, kratzte sich nervös an einem Nasenflügel. Würde die Untersuchung wirklich so verlaufen, wie er es prophezeit hatte, oder würden sie allesamt auf dem Scheiterhaufen enden? Und was würde mit Guglielma geschehen? Seine Grübeleien wurden von Angiolinas brüchiger Stimme unterbrochen, die von weither zu kommen schien.

»Wir werden uns so verhalten, wie Ihr gesagt habt, Giacomo, aber das Wichtigste ist, dass meine Kinder aus dieser ganzen Sache herausgehalten werden. Falls nötig, werde ich sie verstecken, ich werde den Probst von San Calimero um Hilfe bitten. Er weiß bestimmt einen Weg, er kann sie vielleicht ins Umland schicken, in ein weitab gelegenes Kloster ...«

Ihre bis eben noch vor Angst geweiteten Augen füllten sich mit Tränen, die ihr in Bächen über die Wangen liefen. Graziolo legte ihr einen Arm um die Schultern und zwang sich um seiner Frau willen zur Ruhe.

»Wann wird man uns rufen, um auszusagen?«, fragte er.

»In ein paar Tagen, denke ich. Man hat mir gesagt, dass die Minoriten und die Dominikaner dabei sind, eine Liste mit den Namen der Anhänger Guglielmas zusammenzustellen, die sie dann gruppenweise ins Kapitel von Sant' Eustorgio vorladen werden. Dort sollen sie von den Inquisitoren befragt werden. Jemand wird kommen und Euch holen, haltet Euch bereit.«

Damit stand Giacomo auf, hob die Hand zum Gruß und ging. Angiolina und Giacomo blieben kraftlos sitzen und hielten sich bei den Händen, ohne etwas zu sehen oder zu hören.

»Es soll morgen stattfinden. Der Sekretär von Leone da Perego hat mich als Beobachter nach Sant' Eustorgio bestellt. Er hat sich zwar sehr vorsichtig ausgedrückt bei unserer Zusammenkunft vor einer Woche, aber ich konnte heraushören, dass meine Anwesenheit im Kapitel nicht nur den Sinn der Zeugenschaft hat, sondern auch eine verstecke Rüge für mich und mein Handeln darstellt. Nachdem ich die Geständnisse von Guglielmas Anhängern gehört habe, denken die Inquisitoren, kann ich nicht mehr so tun, als wüsste ich nichts von dieser neuen Ketzerei. Auf diese Weise wollen sie mich dazu bringen, mit ihnen zusammenzuarbeiten und verdächtige Personen zu melden und anzuzeigen. Andernfalls ist die Weiterführung meines Amtes hier in San Simpliciano in Frage gestellt. So bekommen sie also am Ende doch, was sie wollen, auch von mir ...«

Arnolfo sah müde und resigniert aus. Seine dunklen Augenringe zeugten von einer schlaflosen, mit Nachdenken und Gebeten verbrachten Nacht. Matthew betrachtete ihn traurig und mitfühlend. Dieser Mann, der in seiner Intelligenz sofort begriffen hatte, was das gemeine Attentat auf ihn zu bedeuten hatte, tat ihm Leid.

Die neuesten Entwicklungen und die Vorladung durch die Inquisitoren ließen keinen Zweifel mehr daran, wer Antonino da Lurate gedungen und ihn kurz darauf beseitigt hatte. Arnolfo hatte herausgefunden, dass der Küchennovize nichts mit der Vergiftung des Attentäters zu tun hatte, während die von dem Müllersknecht übergebene Kutte seinen Verdacht bestätigte: Jemand hatte sich als Mönch verkleidet in die Krankenabteilung eingeschlichen und dem Verletzten die verderbliche Suppe verabreicht.

Matthew wunderte sich nach wie vor über die hohe Wertschätzung, die Arnolfo ihm zeigte. Er verstand immer noch nicht ganz, warum ein so mächtiger und angesehener Abt ausgerechnet ihn, einen einfachen und noch dazu ausländischen Mönch, an seinen Sorgen und Überzeugungen teilhaben ließ. Seine eigene Achtung vor Arnolfo jedenfalls wuchs von Tag zu Tag, und diese neue, drückende Aufgabe, mit der man diesen Mann gegen seinen Willen betraut hatte, steigerte sie höchstens noch. Während er noch zögerte, ob er die letzten Bemerkungen des Abtes kommentieren sollte, sprach dieser schon weiter.

»Ihr werdet es morgen selbst sehen, Bruder Matthew. Ich bin berechtigt, zwei Mitbrüder mitzubringen, und Ihr sollt einer davon sein.«

Dem Mönch blieb die Luft weg. Widerstand blitzte für einen Moment in seinen Augen auf, erlosch jedoch gleich wieder.

Das Gelübde des Gehorsams und das Wissen um die Ehre, die ihm zuteil wurde, ließen ihm keine andere Wahl, als auch diese Bürde fraglos zu schultern. Er senkte einwilligend den Kopf, sagte aber nichts weiter. Die Aussicht, an einer Inquisition teilnehmen zu müssen, bedrückte und entsetzte ihn. Mit roten Ohren, in denen das Blut pulsierte, erhob sich Matthew und wartete darauf, entlassen zu werden.

»Wir werden bei Morgengrauen aufbrechen, Bruder. Niemand soll davon erfahren. Die Reittiere werden schon aufgezäumt vor dem Stall stehen. Bis morgen, also.«

Als Matthew die Zelle verlassen hatte, ging der Abt mit schweren Schritten zu seiner Kniebank und ließ sich darauf sinken. Dann hob er die Augen zu dem Kruzifix an der Wand und begann zu beten.

Im Kapitelsaal war es dunkel. Durch die kleinen, schmalen Fenster in den Ziegelwänden fiel kaum genug Licht, um die Gesichter der anwesenden Personen erkennen zu können. An den vier Wänden des Saales waren Fackeln angebracht und verbreiteten einen harzigen, unangenehmen Geruch, der immer wieder zu Hustenanfällen reizte. Pietro da Verona saß auf einem hohen Stuhl aus Eichenholz und war von zahlreichen Brüdern seines Ordens umringt. Ihre weißen Kutten bildeten einen Kontrast zu den braunen der Minoriten, die in zwei langen, geordneten Reihen auf den Chorstühlen an den Längsseiten des Saales saßen. Nahe bei den sieben Personen, die verhört werden sollten und sich in der Mitte aneinander zu drängen schienen, saßen Arnolfo, Matthew und Pater Giustino auf einer langen Bank an der Wand. Diese Anordnung hatten ihnen die Minoriten aufgezwungen, als sollte dadurch schon eine Art Mitwisserschaft angedeutet werden.

»Es werden Angiolina und Graziolo de' Compagnoni aufgerufen, auszusagen!«

Die Stimme des Dominikanermönchs, der als Sekretär von Pietro da Verona fungierte, erhob sich klangvoll im Saal. Mit bleichen Gesichtern traten Angiolina und Graziolo vor ihren Inquisitor, der sie streng ansah. Er saß kerzengerade an der hohen Stuhllehne aufgerichtet und hatte die Hände im Schoß gefaltet.

»Ihr seid die Ersten, die verhört werden«, begann Pietro mit erhobenem Zeigefinger, »und deshalb werde ich euch erklären, was der Zweck dieser inquisitorischen Einberufung ist, damit es auch denen, die nach euch kommen, klar ist. Ehe wir zu der eigentlichen Befragung übergehen, sollt ihr uns Auskunft über euer Leben geben. Nicht über das gegenwärtige, über das wir bereits alles wissen, auch nicht über eure Teilnahme an den Versammlungen bei dieser Frau, genannt Guglielma, die Böhmin, von der wir ebenfalls Kenntnis haben, sondern über eure Vorgeschichte.« Die Stimme des Inquisitors wurde beim Sprechen immer höher und schriller, und sein harter Blick richtete sich nacheinander auf alle Versammelten. »Wir wollen wissen«, fuhr er fort, »wer ihr seid, wo ihr herkommt, wer eure Freunde sind und ob es eure Absicht ist, euch von nun an an die *Mandata ecclesiae,* die Weisungen der Kirche, zu halten und nicht mehr den Verführungen der Ketzerei zu erliegen. Denn wir haben den begründeten Verdacht, dass Guglielma, die Böhmin, in jeder Hinsicht als Ketzerin betrachtet werden muss, da sie sich in ihrem Wahn mit Jüngern und Gläubigen umgeben hat, als stünde sie einer eigenen Kirche vor! Uns ist bekannt, dass alle hier Vorgeladenen in ihrem Haus gewesen sind, ihren Wahnvorstellungen zugehört und mit ihr gebetet haben. Wegen dieses Tuns wird man über euch richten. Doch wenn ihr wahrheitsgemäß auf meine Fragen antwortet und nichts verbergt und wenn ihr euren Irrtum öffentlich eingesteht, sobald man euch dazu auffordert, wird euer Leben verschont werden.«

Pietro verstummte. Seine große Erfahrung als Prediger hatte ihn gelehrt, seine Reden mit langen Pausen zu durchsetzen, die bei den Zuhörern eine furchtsame Erwartung hervorriefen.

Nach einem tiefen, geräuschvollen Atemzug begann er von neuem und sah Graziolo dabei durchdringend an.

»Graziolo de' Compagnoni, seit wie vielen Jahren lebst du in dieser Stadt? Meine Informanten haben mir berichtet, dass du aus dem Umland stammst, ist das wahr?«

Graziolo bemühte sich tapfer um eine würdevolle Haltung und erzählte von seinem Geburtsort, von seiner alten Mühle und seiner gegenwärtigen Anstellung als Bediensteter. Er wollte gerade Einzelheiten über seine wichtigen Aufgaben im Palast des Podestà hinzufügen, als der Inquisitor ihn in scharfem Ton unterbrach.

»Sag mir, wer hat dich mit Guglielma, der Böhmin, bekannt gemacht?«

Graziolo zuckte zusammen. Sein angstvoller Blick schnellte zu Giacomo da Forno hin, der ein undurchdringliches Gesicht machte. Als er seinen unfreiwilligen Beschuldiger ansah, zeigte sich ein mattes Lächeln auf seinen Lippen. Graziolo, der wusste, dass er mit seinem unvorsichtigen Blick bereits eine Antwort gegeben hatte, konnte nur noch die Wahrheit sagen.

»Es war der Arzt Giacomo da Forno, Exzellenz, der auch als Zeuge hier anwesend ist.«

»Und wer hat sonst noch mit dir bei der Ketzerin verkehrt?«

Die ruhige Selbstgewissheit, die zu zeigen sich Graziolo fest vorgenommen hatte, machte nach und nach der Furcht Platz. Er merkte, dass die bohrenden Fragen des Dominikaners in erster Linie dem Zweck dienten, die Namen aller Anhänger von Guglielma zu erfahren. Sie wollten ihn zu einem Denunzianten machen; sie alle würden sich gegenseitig verraten müssen, wenn sie ihr Leben retten wollten! Verzweifelt sah er seine Frau an. Angiolinas immer noch schönes Bäuerinnengesicht war vor Angst verzerrt, und die Knöchel ihrer über dem Bauch gefalteten Hände traten weiß hervor.

»Nun, willst du nicht antworten?«, forderte Pietro ihn harsch auf.

Graziolo richtete seine feuchten Augen auf den Inquisitor und stammelte die Namen aller Personen hervor, denen er im Palazzo San Pietro all' Orto begegnet war, verschwieg aber die seiner Kinder.

»Und deine Frau«, fuhr der Dominikaner fort und bedeutete Angiolina vorzutreten. »Was hat deine Frau zu gestehen?«

»Ich komme aus Parabiago wie mein Mann«, sagte sie mit leiser, aber klarer Stimme. »Nachdem eine Überflutung vor achtzehn Jahren unsere Mühle zerstört hatte, bin ich ihm nach Mailand gefolgt. Anfangs habe ich mich als Amme verdingt, und später konnte ich durch die Barmherzigkeit des Probstes von San Calimero eine andere Arbeit zum Überleben finden. Ich wasche die Wäsche für ihn und alle Entrechteten der Gemeinde …«

Wie ein Blitz, der neben einem Baum einschlägt und einen unvorsichtigen, bei seiner Herde wachenden Schäfer auffahren lässt, so riss Angiolinas Bericht Arnolfo und Matthew gleichzeitig aus ihrer starren Ruhe. Bis dahin hatten sie unbeweglich in ihrer Ecke gesessen. Für beide war diese Inquisitionssitzung eine verstörende Erfahrung, und sie bemühten sich darum, inneren Abstand zu wahren und ihre Gefühle zu verbergen. Nun stockte Arnolfo der Atem, während Matthew bleich wurde und den Blick des Abtes suchte, als bräuchte er eine Bestätigung für das soeben Gehörte. Arnolfo sah ihn kurz an und gab ihm seine stumme Frage zurück: Sollte diese Frau etwa die Pflegemutter der jungen Gisalbertini sein? Die Jahre, die seit ihrer Ankunft in der Stadt vergangen waren, sowie ihr Herkunftsort passten zu den anderen zusammengetragenen Informationen. Falls sie es wirklich war, konnte es doch nur ein göttlicher Wink gewesen sein, der sie in diesen Saal und zu den beiden Menschen geführt hatte, denen am meisten daran gelegen war, die Identität ihrer Tochter aufzudecken! Ein schweigender, einvernehmlicher Gedankenaustausch fand zwischen den beiden Männern statt. Der Abt gewann als Erster seine Beherrschung zurück, unterbrach schnell den Blickkontakt und setzte eine ausdruckslose Miene auf.

Matthew, der begriff, dass Arnolfo von den Dominikanern und Minoriten genau beobachtet wurde und sich nichts anmerken lassen durfte, richtete seine Aufmerksamkeit wieder auf die Fragen des Inquisitors.

»Und eure Kinder? Ich habe gehört, dass ihr ein junges Mädchen und einen Knaben in Pflege habt. Sind sie je mit euch zu den Versammlungen bei Guglielma gegangen?«, fragte der Dominikanermönch streng.

Alles Blut wich aus dem Gesicht der Frau, kalter Schweiß lief über ihren Rücken, und sie hatte einen Augenblick lang das Gefühl, in Ohnmacht zu fallen. Dann nahm sie sich zusammen und versuchte, ihren Schrecken durch einen Hustenanfall zu kaschieren.

»Nein, Exzellenz, meine Kinder kennen die Böhmin nicht.«

»Und dieser Behauptung soll ich Glauben schenken? Ich denke, auch deine Kinder werden vor diesem Inquisitionsgericht erscheinen müssen …«

»Aber Exzellenz«, wagte Angiolina in ihrer Verzweiflung einzuwenden, »mein Sohn ist noch ein Knabe und meine Tochter …«

»Deine Tochter arbeitet im Brolo-Hospital als Famula!«, donnerte Pietro zornig. »Wenn sie alt genug ist, den Kranken und Sterbenden beizustehen, wird sie wohl auch in der Lage sein, meine Fragen zu beantworten, meinst du nicht? Ich allein entscheide, ob und wann sie verhört wird. Doch jetzt tretet ein paar Schritte zurück, für heute bin ich fertig mich euch.«

Es schlug schon fast die sechste Stunde, als die Inquisitoren die Verhöre beendeten. Die Befragten durften nach Hause gehen, aber mit der strikten Auflage, die Stadt nicht zu verlassen. Jede Übertretung dieses Verbots würde die sofortige Überstellung an die Wachen der Stadt zur Folge haben. In gedrücktem Schweigen verließen die Zeugen einzeln den Kapitelsaal. Angiolina und Graziolo stützten sich aufeinander, als lastete ein ungeheures Gewicht auf ihnen, und schlugen den Weg zur Stadtmauer ein. Arnolfo bat Bruder Giustino, schon einmal nach San Simpliciano vorauszugehen; er und Bruder Matthew würden in Kürze nachkommen. Giustino vermutete, dass der Abt noch ungestört mit dem englischen Mönch sprechen wollte, und willigte ein. Er fragte sich zwar manchmal, wie diese neue, aber anscheinend starke freundschaftliche Bindung zwischen seinem Abt und dem fremden Mönch zu Stande gekommen war, doch in diesem Moment war er zu aufgewühlt, um an etwas anderes zu denken, als so schnell wie möglich in die Geborgenheit seines Klosters zurückzukehren. Die Inquisitionssitzung hatte ihn zu Tode erschreckt, und er verspürte das dringende Bedürfnis, lange und ganz allein für sich in der Kapelle zu beten.

KAPITEL 38

Ihr seht also, Angiolina, dass dies die einzige Lösung ist.« Der Probst betrachtete mitfühlend die Frau ihm gegenüber. Angiolina saß zusammengesunken da und starrte auf den Steinfußboden der Sakristei. Neben ihr blickte Allegranza ängstlich von dem Priester zum Abt, der aufrecht daneben stand und Pater Giovannis Worten aufmerksam folgte.

»Glaubt mir«, fuhr der Probst fort, »das ist das Beste, was Ihr machen könnt. Das Kloster Lentasio ist ein sicherer Ort, und die Äbtissin Eufrasia, wie Ihr gerade vom Abt gehört habt, eine vertrauenswürdige Frau mit viel Lebenserfahrung. Dort wird Euch niemand suchen«, fuhr er an Allegranza gewandt fort, »weil die Dominikaner denken werden, dass Eure Mutter Euch im Umland versteckt hat. Auf diesen Ort werden sie nicht kommen. Ihr bleibt eine Weile dort, bis die Wogen sich geglättet haben und Eure Eltern aufgerufen werden, öffentlich ihre Reue zu bekennen. Danach sehen wir weiter. Wenn es Eurem Vater gelingt, eine andere Arbeit zu finden, könnt Ihr alle gemeinsam Mailand verlassen.

Tränen begannen über Allegranzas blasses Gesicht zu laufen. Sie würde alles verlieren, ihre Liebe, ihre Arbeit, die Freundinnen. Ihr Leben, das sie trotz aller Schwierigkeiten bis zu diesem Tag treu und gläubig gemeistert hatte, war dabei, zerstört zu werden. Würde sie je wieder mit Damiano zusammen sein können? Wie sollte er seiner Familie erklären, dass die Frau, die er heiraten wollte, wegen Ketzerei verhört wurde? Und was würde aus ihren Eltern und ihrem Bruder werden, der noch zu klein war, um das ganze Ausmaß des Unglücks zu verstehen?

Arnolfo, dem sein abtrünniges Handeln schwer zu schaffen machte, sah die beiden Frauen nachdenklich an. Sie alle, einschließlich er selbst, hatten einen fatalen Fehler begangen, indem sie den Hass der Kirche auf die Ketzer unterschätzten. Auch wenn er bezweifelte, dass die Lehren der Böhmin tatsächlich eine Gefahr darstellten, waren sie doch ein weiterer Stein der Häresie, der in den ruhigen Teich der Rechtgläubigkeit geworfen wurde. Allerdings fand er, dass die Ringe, die von diesem Steinchen ausgelöst wurden, äußerst klein waren im Vergleich zu den Strudeln, die schwerwiegendere Irrlehren verursachten.

Pater Giovanni sah ihn Hilfe suchend an. Sein Mitleid für diese beiden Frauen hinderte ihn daran, seine so sorgfältig vorbereitete Ansprache fortzusetzen. Arnolfo bemerkte seine Verlegenheit und sprach für ihn.

»Was den Knaben betrifft«, sagte er, »so werde ich ihn mit zu mir in mein Kloster nehmen. Wir werden ihn in der Zelle eines Mönches verstecken, zu dem ich das größte Vertrauen habe. Verzweifelt nicht, Angiolina. Es wird sich alles einrenken, und dann könnt Ihr wieder mit Euren Kindern zusammen sein. Und nun packt ein paar nötige Sachen ein«, wandte er sich an Allegranza. »Ich werde Euch selbst zum Lentasio-Kloster begleiten. Ich habe schon mit Magistra Eufrasia gesprochen und kann Euch versichern, dass sie sich darauf freut, Euch kennen zu lernen.«

Er erzählte nicht, wie sehr die Nachricht von der Auffindung Allegranzas die alte Nonne erschüttert hatte. Zu der Erleichterung, dass das Mädchen noch am Leben war, waren auch Traurigkeit und Bitterkeit hinzugekommen, weil ihre Befürchtungen hinsichtlich Caterinas Schicksal sich damit bestätigten. Eufrasia hatte ihren Gefühlen vor dem Abt freien Lauf gelassen, so sehr sie sich auch hinterher deswegen schämte. Als sie sich wieder gefasst hatte, hatte sie Arnolfo aus eigenem Antrieb vorgeschlagen, das Mädchen in ihrem Kloster zu verstecken, und der Abt hatte den Vorschlag dankbar angenommen.

Während Mutter und Tochter sich eng umschlungen ausweinten, hing Arnolfo seinen Gedanken nach. Er würde sehr vorsichtig sein müssen. Am besten wurde er wieder bei den Inquisitoren vorstellig und gab sich den Anschein, Hand in Hand mit ihnen zusammenzuarbeiten. Auf welche Weise das geschehen sollte und ob er dazu jemanden anzeigen musste, das war wieder eine andere Frage. Sein Gehorsam gegenüber der Kirche und ihren Führern stand außer Zweifel, aber wichtiger noch war sein Gehorsam gegenüber Christus, der sein Gewissen formte. Nur ihm war er letztendlich Rechenschaft schuldig. Jeder Fehler, jede Unsicherheit würde irgendwann von dem einzigen Richter beurteilt werden, den er bedingungslos anerkannte.

Hamid war zuerst ganz eingeschüchtert von der strengen, würdevollen Umgebung, in die man ihn führte. Doch dann machte er große Augen vor Überraschung, als er den Mönch sah, der ihn in seiner Zelle empfing.

»Aber du bist ja Matiù!«, rief er aus.

Auch Matthew war verblüfft, als er in dem kleinen Flüchtling, der ihm anvertraut werden sollte, Guglielmas Boten erkannte. Nie hätte er gedacht, dass sich ihre Wege noch einmal kreuzen würden, und vor allem wäre er nie darauf gekommen, dass dieser Junge Allegranzas Ziehbruder war. Er dankte dem Allerhöchsten für die Wunder, mit denen er seine Geschöpfe beschenkte, und lächelte das Kind freundlich an.

»Ja, der bin ich. Freust du dich, mich wiederzusehen?«

Hamid nickte unsicher und sah sich in der engen Zelle um, in der er die kommenden Tage verbringen sollte. Ein grobes Holzgestell, auf dem ein Strohsack und eine raue Decke lagen, bildete das Lager des Mönches. An der Wand gegenüber, auf dem bloßen Steinfußboden, lag ein zweiter Strohsack, flankiert von einem Tischchen und einem Schemel, auf dem ein großer Ledersack stand.

»Gehört der dir?«, wollte der Junge wissen und zupfte an den Schnüren zum Zubinden.

»Ja, darin sind meine wenigen Habseligkeiten. Möchtest du sie sehen?«

Froh, eine Ablenkung für den kleinen Unglücksraben gefunden zu haben, band Matthew den Sack auf und holte seine Besitztümer heraus. Aufgereiht auf dem Tisch erschienen zwei Hemden und zwei Paar Hosen aus grobem Leinen, ein Messer, ein winziges Schmuckkästchen, ein Holzkreuz mit unbeholfenen Schnitzereien, ein vertrockneter Wacholderzweig, eine Feder und ein paar weiße Steinchen.

»Das ist alles, was dir gehört? Mehr nicht?«, fragte Hamid erstaunt.

»Die Mönche meines Ordens legen ein Armutsgelübde ab und dürfen nur das Lebensnotwendige besitzen. Für alles andere sorgt der Allmächtige«, antwortete Matthew lächelnd.

»Und was ist das hier?«, erkundigte sich der Knabe neugierig und hielt das kleine Kästchen in die Höhe.

»Es enthält ein kostbares Kreuz«, sagte Matthew und öffnete es. »Ich habe es vor etwa einem Jahr von der Frau eines Kaufmanns bekommen. Sie war eine kluge und großzügige Frau …«

»Warum sagst du ›war‹?«, fiel ihm Hamid ins Wort, während er die funkelnden kleinen Rubine bewunderte.

»Weil sie gestorben ist, zusammen mit vielen anderen unschuldigen Menschen.«

»Aber warum?«, fragte der Junge, betroffen über die traurige Antwort des Paters.

»Das ist eine lange Geschichte. Ich werde sie dir nach und nach erzählen, denn wir haben ja jetzt genug Zeit, uns zu unterhalten, nicht wahr?«

Hamid nickte und betastete vorsichtig den Wacholderzweig, die Kieselsteine und die Feder. Weil er sich nicht traute, nach dem Ursprung dieser für den Reisesack eines Mönches ungewöhnlichen Gegenstände zu fragen, sah er ihn an und wartete auf eine Erklärung, die jedoch nicht kam. Matthew tat die Sachen sorgfältig in den großen Beutel zurück, setzte sich dann auf seinen Strohsack und forderte Hamid auf, es ihm gleich zu tun.

»Da wir beide nun für eine Weile hier zusammenbleiben werden«, sagte er, »sollten wir uns miteinander vertraut machen. Wenn du Lust hast, werde ich dir von dem Land erzählen, wo ich geboren bin, und von den anderen Ländern und Orten, die ich auf meiner Reise hierher gesehen habe. Dafür kannst du mir alles von dir erzählen, von deinen Eltern und deiner Schwester …«

Der Junge sah ihn zweifelnd an und wusste noch immer nicht, ob er diesem merkwürdigen Mönch trauen sollte, der Steine und Zweige als Schätze mit sich führte. Damals, in dem verfallenen Haus, wo er ihm Guglielmas Botschaft ausgerichtet hatte, hatte ihn sein gespenstischer Blick erschreckt. Jetzt hatte der Abt dieses Klosters ihn ausgerechnet wieder zu ihm geführt, und Hamid fragte sich, ob er ihm wirklich alles über sich und seine Familie verraten durfte. Andererseits kannte die Böhmin ihn, und das war ein gutes Zeichen. Wenn Guglielma ihm etwas ausrichten ließ, sagte er sich, konnte dieser Mann kein schlechter Mensch sein, also hatte er nichts von ihm zu befürchten. Was er jedoch überhaupt nicht verstand, war, warum man ihn und Allegranza an zwei verschiedenen Orten untergebracht und von den Eltern getrennt hatte. Angiolina hatte ihm nur sehr wirre Erklärungen gegeben und von einer Reise aufs Land gesprochen. Sie und Graziolo müssten für eine Weile weggehen, und deshalb würde seine Schwester in einem Frauenkloster zu Gast sein, während er nach San Simpliciano gebracht würde. Hamid verstand das nicht. Warum in dieses Kloster und nicht nach San Calimero, dessen Probst er so gut kannte? Da musste noch etwas anderes dahinter stecken; vielleicht hatte der Weggang seiner Eltern etwas mit der Böhmin zu tun. »Dass du ja nicht Guglielmas Namen erwähnst, solange wir nicht bei dir sind!«, hatte ihm seine Mutter ins Ohr geflüstert, als sie sich mit glänzenden Augen an der Klosterpforte von ihm verabschiedete. Und jetzt wollte dieser Mönch, dass er ihm von sich erzählte. Wie viel durfte er sagen, und was musste er verschweigen? Mit einem engen Gefühl in der Brust, das er in seinem kurzen Leben noch nie verspürt hatte, beschloss er, sparsam mit seinen Worten umzugehen. Erst wollte er einmal hören, was der Pater zu sagen hatte, und wenn ihm das ehrlich und glaubwürdig vorkam, würde er vielleicht auch etwas preisgeben.

Matthew beobachtete den Jungen und las Angst und Misstrauen in seinem Blick. Weil er verstand, dass er zuerst etwas von sich offenbaren musste, wenn er sein Vertrauen gewinnen wollte, lächelte er ihm zu und begann zu erzählen.

KAPITEL 39

Der Schmerz wurde immer unerträglicher. Bei jedem Atemzug, jedem Dehnen der Brustmuskeln, musste er mittendrin innehalten. Es war, als würden zugleich mit der Luft Dutzende von Messerklingen in seinen Körper eindringen und hin und her gedreht werden, bis ihm die Lunge platzte. Die Blasen auf der Haut waren purpurrot geworden, und einige bluteten sogar. Er konnte nicht länger warten. In einer Stunde, wenn es dunkle Nacht war, würde er zu der Jüdin gehen und sie zwingen, ihn zu behandeln. Als Aisha ihm vor zwei Tagen von der Weigerung dieser Frau berichtet hatte, war er zornig geworden und wäre auf der Stelle zu ihr gestürmt, wenn seine Dienerin ihn nicht davon abgebracht hätte. Die Sarazenin hatte geduldig gewartet, bis er mit seiner Schimpfrede fertig war, und ihm dann ruhig erklärt, dass die armseligen Hütten in der Gasse der Jüdin so eng beieinander standen, dass jeder einen lauten Wortwechsel sofort mitbekommen würde. »Ihr wollt doch nicht, dass die Leute herbeigelaufen kommen, um zu sehen, was sich bei der Jüdin abspielt, und Euch am Ende erkennen?«, hatte sie gefragt, und er hatte ihr Recht geben müssen. Diese schöne und kluge Frau, die ihm so treu diente und auf der Reise die Einsamkeit seines Lagers vertrieb, wäre jedem Mann eine ausgezeichnete Gefährtin. Wenn sie wieder in seine Burg zurückgekehrt waren, hatte er gedacht, würde er sie vielleicht freilassen und ihr erlauben, nach Lucera zurückzukehren. Mit zwei Ochsen und ein paar Schafen konnte sie dort ein Stück Land bestellen und ihre Mutter und die vielen Geschwister ernähren, die sie in jener Stadt zurückgelassen hatte.

Doch jetzt musste er erst einmal etwas gegen die Schmerzen unternehmen, die nicht abklingen wollten, und die Jüdin notfalls mit Gewalt dazu zwingen, ihm eine Salbe zu mischen. Er konnte nicht mehr lange in Mailand bleiben, und es war nicht daran zu denken, den anstrengenden Heimritt auf dem Rücken des Maultieres anzutreten, solange ihn diese Krankheit quälte.

Tarik hatte sich unauffällig über die Lage in der Stadt erkundigt und seine Befürchtungen bestätigt: Mailand war uneinnehmbar, zumindest für den Moment. Unter die Menschenmenge bei der Parade zu Ehren des Erzbischofs gemischt, hatte er sich selbst davon überzeugen können, wie sehr die Stadtbewohner ihre Kirchenfürsten verehrten, die wiederum dem Papst gehorchten, auch wenn sie sich eine gewisse Unabhängigkeit von Rom bewahrten. Die Mailänder nährten seit zu vielen Jahren ihren Hass auf den Kaiser, als dass er darauf hoffen konnte, sie in einem wehrlosen Augenblick zu überraschen. Obendrein hatten der päpstliche Gesandte und der Erzbischof gerade einen neuen Bündnispakt geschlossen, der den Städtebund gefährlich verstärkte. Seine Erkundungsreise hierher endete also mit einer Enttäuschung, doch insgesamt war sie sehr nützlich gewesen, denn er hatte jetzt ein klareres Bild. Er würde an dieser Front die Zeit für sich arbeiten lassen und auf die richtige Gelegenheit warten, die früher oder später kommen musste.

Er folgte Aisha, die schon an der Tür der Herberge auf ihn wartete, hinaus in die Dunkelheit, setzte seine Kapuze auf und ging mit ihr auf den Stadtteil San Lazzaro zu.

Rachele wurde von einem lauten Klopfen an der Tür geweckt. In dieser Nacht hatte ihr sonst so unruhiger, leichter Schlaf sie traumlos und schwer wie ein wollener Umhang eingehüllt. Die Stunden des Tages waren hektisch aufeinander gefolgt und mit der Pflege ihres Vaters und einer Stickerei, die bis übermorgen fertig sein musste, ausgefüllt gewesen. Gegen Abend hatte sie eine plötzliche Müdigkeit überfallen, sodass sie sich samt Kleidern auf ihren Strohsack geworfen hatte und sofort eingeschlafen war.

Obwohl die Schläge gegen die Türbretter fordernd im Zimmer widerhallten, hatte sie Mühe, aus ihrer ungewohnt tiefen Bewusstlosigkeit zu erwachen. Erst Nisans Winseln brachte sie ganz zu sich. Während der Hund völlig auf sein sonst ungestümes Verhalten verzichtete und sich unterm Tisch verkroch, stand Rachele schnell auf und zog die Haube über ihre wirren Haare. Dann strich sie das zerknitterte Kleid etwas glatt, zündete einen Kerzenstummel an und machte auf.

Ein Mann mit einer Kapuze über dem Kopf stürmte wie ein Besessener herein, gefolgt von der Sarazenin, die vor ein paar Tagen schon einmal da gewesen war. Ohne sie zu Wort kommen zu lassen, verlangte er eine Arznei gegen sein Leiden und behauptete, sicher zu wissen, dass sie sich auf das Heilen mit Kräutern verstehe. Rachele versuchte zu widersprechen, wurde aber sogleich mit einem Schwall von Drohungen überschüttet.

»Habt Ihr das verstanden? Ich werde dieses Haus nicht eher verlassen, bis Ihr mir die Salbe gegeben habt, die ich brauche! Und erzählt mir keine Märchen – Ihr konntet vielleicht meine Dienerin täuschen, aber mit mir macht Ihr das nicht! Alle hier im Viertel wissen, dass Ihr Krankheiten heilen könnt, genauso wie alle wissen, dass Ihr Jüdin seid. Glaubt Ihr denn, Ihr würdet hier geduldet, wenn die Leute nicht jemanden bräuchten, der Fieber, Husten und Durchfall behandeln kann, ohne dass sie gleich Geld für einen Arzt hinlegen müssen? Ihr seid sehr einfältig, wenn Ihr denkt, dass man Euch aus reiner Herzensgüte noch nicht verraten hat. In dieser Stadt sind Juden nicht gern gesehen, da gibt es weltoffenere Orte, an denen ihre Fähigkeiten geschätzt werden …«

Der Mann verstummte abrupt, als bereute er das soeben Gesagte. Der Widerschein der Kerzenflamme ließ seine hellen Augen unter der Kapuze funkeln, und sein schmallippiger Mund verzog sich zu einem Ausdruck der Bitterkeit.

»Hütet Euch, Jungfer«, fuhr er nach dieser kurzen Abschweifung fort. »Wenn Ihr nicht tut, was ich von Euch verlange, könnte ich Euren unerlaubten Aufenthalt hier anzeigen und Euch aus der Stadt jagen lassen.«

Rachele wagte nicht mehr, etwas zu entgegnen. Ohne dass sie ihn darum gebeten hätte, zog der Mann die Kapuze ab und enthüllte mit einer schnellen Bewegung seinen Brustkorb. Verwirrt von dieser schamlosen Zurschaustellung seines Körpers, zögerte sie hinzusehen.

»Was ist, wollt Ihr Euch den Ausschlag nicht ansehen, um die richtige Behandlung festzulegen?«

Mehr als von seiner mit roten Flecken übersäten Brust wurde Racheles Blick von seinen Haaren angezogen. Trotz des schwachen Lichts konnte sie dichte, rotblonde Locken erkennen, die ihm bis auf die Schultern fielen. Auch wenn sie von grauen Strähnen durchzogen waren, die das Rot etwas dämpften, erstaunte sie dieser für einen Mann ungewöhnliche Farbton. Wo hatte sie diesen Schopf schon einmal gesehen? Vage Erinnerungen aus ihrer frühen Kindheit tauchten in ihrem Kopf auf, ohne sich zu einem konkreten Bild zusammenzusetzen.

Der finstere Blick des Mannes riss sie aus ihren Gedanken. Sie führte die Kerze näher an die erkrankte Haut und zuckte zusammen. Der Brustkorb war voller Blasen, von denen einige dunkelrot und dick, andere gelblich und aufgeplatzt waren. Lange Streifen angetrockneter Eiterflüssigkeit liefen über seine Seiten und den Bauch.

»Nun? Habt Ihr ein Heilmittel gegen diese Krankheit oder nicht?«, fragte der Mann ungeduldig und bedeckte sich schnell wieder.

Rachele nickte. Sie ging zu der Truhe, in der ihr Vater Kräuter und Arzneien aufbewahrte, und holte eine kleine Zinnkanne, die bis zum Rand mit einer fettigen Salbe gefüllt war, sowie ein Leinenbündel heraus.

»Das ist das Heilmittel«, sagte sie und reichte ihm beides. »Die Salbe wird aus der Speckschwarte von Schweinen gemacht und von den Mönchen der Kirche Sant' Antonio hergestellt, in der Nähe des Brolo-Hospitals. Wenn man sie auf die Eiterblasen aufträgt, heißt es, soll sie diese innerhalb kürzester Zeit aufsaugen. Bei dem Kraut in dem Säckchen handelt es sich um Bärlauch, der mit der Salbe vermischt den Heilungsprozess noch wirkungsvoller machen soll.«

Ein Ausdruck heftigen Widerwillens zeichnete sich auf dem Gesicht des Mannes ab. Er balancierte das Zinngefäß und das Säckchen auf der flachen Hand und schnupperte daran, dann durchbohrte er Rachele mit seinem zornigen Blick.

»Ihr wollt also, dass ich eingefettet und gespickt wie ein Stück Wildbraten und stinkend wie ein Sack fauligen Getreides herumlaufe?«, brüllte er. Erschrocken wich Rachele gegen die Wand zurück. Obwohl Aisha ihrem Herrn besänftigend den Arm tätschelte, fuhr er fort zu schimpfen und zu fluchen, senkte dabei allerdings die Stimme zu einem Knurren.

»Ihr seid eine Närrin! Wer hat je von Schweinefett und Bärlauch als Mittel gegen diese Krankheit gehört! Früher sind mir ganz andere, weniger übel riechende Kräuter verabreicht worden. Ysop, wenn ich mich recht erinnere, und Majoran ... Aber natürlich«, fuhr er immer verärgerter fort, »wir sind ja hier in Mailand, der größten Stadt der Lombardei, in der sich alle mit allem auskennen und niemand Anleitung und Führung braucht …«

Beide Frauen wurden von Angst ergriffen, als sie ihn so toben hörten. Während Rachele befürchtete, dass der Mann gewalttätig werden könnte, zitterte Aisha bei dem Gedanken, dass er vor lauter Wut seine Identität preisgab.

In dem angespannten Schweigen, das auf seinen Ausbruch folgte, war auf einmal ein lautes, lang gezogenes Stöhnen wie von einem verwundeten Tier zu hören. Es kam aus dem Nebenzimmer und wurde immer lauter. Alle Augen richteten sich auf die schmale Tür zwischen den beiden Räumen, und Rachele, die sofort begriff, was geschah, stieß sich von der Wand ab und machte ein paar vorsichtige Schritte darauf zu.

Isaac erschien keuchend auf der Schwelle. Seine fieberglänzenden Augen durchforschten das Halbdunkel des Zimmers, und er stützte seinen schwachen, zitternden Körper auf einen Stock, der laut gegen den Steinfußboden stieß. Dem Mann blieb vor Verblüffung der Mund offen stehen, und Aisha, die weitere Schwierigkeiten befürchtete, drückte sich vorsorglich an die Eingangstür.

Der alte Jude ging unbeirrt weiter, bis er in der Mitte des Zimmers stand. Nur das rasselnde Geräusch seines Atems war zu hören. Mit einer auffordernden Kopfbewegung ließ er sich von Rachele die Kerze geben und leuchtete damit dem Eindringling ins Gesicht. Während er ihn eingehend musterte, zog er die Augenbrauen hoch und machte Miene, etwas zu sagen, aber es kam kein Ton heraus. Er schluckte mehrmals und sein skelettartiger Körper wurde von noch stärkerem Tremor geschüttelt als sonst, doch dann presste er die Worte aus seiner engen Kehle hervor.

»Wie kannst du es wagen, so mit meiner Tochter zu sprechen? Wer bist du, um über Heilmittel und die ärztliche Kunst urteilen zu können? Oh, ich weiß, dass die Ärzte an deinem Hof hoch geachtet sind und gut bezahlt werden, aber wir sind hier nicht in Melfi, wo alle an deinen Lippen hängen! Niemand«, fuhr er schwer atmend fort, »niemand könnte je dein Gesicht vergessen, der es einmal gesehen hat, und auch nicht deine Haare und deine Augen. Ich war noch sehr viel jünger, als du die Schule von Salerno besucht hast, wo ich unterrichtet habe, und wir alle, Ärzte und Praktikanten, haben der Parade zu deinen Ehren beigewohnt und voller Bewunderung deinen weisen Worte gelauscht. Sag mir, was ist aus deiner Weisheit geworden, wenn du jetzt als Pilger verkleidet in das Haus von Juden kommst und eine Arznei erbettelst? Wie sehr muss deine Macht geschrumpft sein, wenn du dein Gesicht verbirgst, um durch die Gassen dieser Stadt gehen zu können?«

»Vater, legt Euch wieder hin, ich bitte Euch …«

Racheles ängstliche Stimme drang als ein Flüstern an Isaacs Ohren, und er blickte mit trüben Augen zwischen dem Mann und ihr hin und her. Dann richtete er einen knochigen Finger auf ihn und röchelte:

»Du bist Kaiser Friedrich! Verlasse sofort dieses Haus, das Leben hat uns schon übel genug mitgespielt. Geh, Friedrich, um der Barmherzigkeit Gottes willen, geh!«

Nach diesen letzten Worten, die ihn eine ungeheure Anstrengung gekostet hatten, verlor Isaac das Bewusstsein. Seine Hand erschlaffte, der Stock rollte davon, und er sank entkräftet zu Boden. Rachele schrie auf und war sofort bei ihm. Sie hob seinen Kopf in ihren Schoß und fühlte seinen Pulsschlag. Als sie sich davon überzeugt hatte, dass das Lebenslicht noch in ihm brannte, wenn auch nur schwach, fasste sie ihn unter den Achseln und versuchte, ihn auf sein Lager zu ziehen. Aisha empfand Mitleid mit der verzweifelten jungen Frau und hätte ihr gern geholfen, wagte es aber nicht.

Friedrich stand stumm dabei und starrte auf das Geschehen,

während ihm alle möglichen Gedanken durch den Kopf schossen. So wie dieser Jude konnten ihn auch andere wiedererkennen. Er musste so schnell wie möglich die Stadt verlassen, wenn er nicht wollte, dass seine Anwesenheit hier bekannt wurde. Wer war nur dieser Arzt aus Salerno und warum war er bis hier herauf nach Mailand gekommen? Und er selbst, was hatte ihn, der sonst so vorsichtig war, dazu getrieben, sich derart gehen zu lassen? Es musste an diesem verfluchten Ausschlag und dem brennenden Schmerz liegen, der ihm den Geist verwirrte …

»Herr«, riss ihn Aisha flüsternd aus seinen Überlegungen, »Herr, wir sollten jetzt vielleicht besser gehen …«

Friedrich drehte sich wortlos um und legte eine Münze auf den wackeligen Tisch. Im schwachen Licht der Kerze, die ebenfalls dort abgestellt worden war, blitzte für einen Augenblick ein kleines, eingeprägtes Kleeblatt auf. Die Sarazenin öffnete die Tür, worauf ein Schwall feuchter Luft, heiß wie der Atem eines Drachens, hereinwehte. Der Kaiser verließ mit dem Zinngefäß und dem Kräuterbündel in der Hand die Hütte. Aisha folgte ihm und schloss leise die Tür hinter sich.

KAPITEL 40

Ein schwaches, bläuliches Morgenlicht fiel durch die Tür zum Gemüsegarten herein. Rachele hatte sie die ganze Nacht über offen gelassen, damit Isaac so viel frische Luft wie möglich bekam. Sie saß mit vor Anspannung steifen Gliedern an seinem Lager und bemerkte noch nicht einmal den hellen Streifen am Himmel, der den neuen Tag ankündigte.

Ihr Vater war nicht wieder aufgewacht. Seine Brust hob und senkte sich unregelmäßig, und sein Mund in dem weißen Vollbart stand offen und war von Speichelbläschen umgeben, die sich bei jedem Atemzug blähten. Schläfen und Stirn glänzten von kaltem Schweiß, den Rachele hin und wieder mit einem Leinenläppchen abwischte. Die Nacht war ihr endlos erschienen, und sie hatte lange geweint, während sie ganz allein Isaacs Todeskampf beiwohnte. Ihr Vater lag im Sterben, aber sie merkte auf einmal, dass sie überhaupt noch nicht bereit war, sich von ihm zu verabschieden. Die Aussicht, den Menschen zu verlieren, den sie am meisten geliebt hatte, und die Angst vor einer trostlosen Zukunft, in der sie auf alles verzichten musste, wovon sie seit ihrer Kindheit geträumt hatte, hatten sie in eine tiefe Verzweiflung gestürzt, in der ihr nur ihre Tränen eine vorübergehende Erleichterung verschafften.

Plötzlich hatte sie furchtbaren Durst und ging nach einem wachsamen Blick auf den Todkranken ins andere Zimmer. Sie wollte sich gerade aus dem Wasserkrug einschenken, als es leise an der Tür klopfte. Sie öffnete sie vorsichtig einen Spalt, worauf Nisan sich schnell wie der Blitz hindurchzwängte, vor Freude winselte und an dem Besucher hochsprang. Aimone sah sie lächelnd an, während er darauf wartete, dass der Hund mit seinen Zärtlichkeitsbezeugungen aufhörte.

»Kommt herein«, flüsterte Rachele, »kommt nur herein …«

Selbst im matten Licht des Morgengrauens sprach die Miene der jungen Frau Bände. Ohne ein Wort zu sagen ging Aimone sofort zu Isaacs Lager.

»Euer Vater …«, begann er mit einem Blick auf das leidende Gesicht des Alten. »Was ist passiert? Seit wann …?«

»Ja, mein Vater stirbt«, sagte Rachele leise. »Ihr seht es selbst. Schon vor zwei Tagen, bald nachdem Ihr wieder fort wart, sind die Anfälle immer häufiger geworden, und heute Nacht ist etwas Unglaubliches passiert.«

Mit heiserer, erschöpfter Stimme erzählte sie ihm vom Besuch Kaiser Friedrichs und Isaacs aufgebrachter Rede an ihn, auf die diese letzte, fatale Krise gefolgt war.

Aimone konnte es nicht fassen und blickte immer wieder von Rachele zu ihrem Vater, als suchte er nach einer Bestätigung für diese unglaubliche Neuigkeit.

»Friedrich hier in Mailand? Bei Euch? Aber wie ist das möglich?«, fragte er verwirrt.

Rachele wollte gerade verärgert auf diese zweifelnde Frage antworten, als ein besonders schweres Röcheln ihr Blut gefrieren ließ. Isaac hatte die Augen aufgeschlagen und sah sie an.

»Vater …«

Der Alte befeuchtete sich die trockenen Lippen mit der Zunge, rang nach Luft und begann mit rauer, kaum hörbarer Stimme zu sprechen.

»Ich muss sterben, Rachele … Bitte«, sagte er und drehte mühsam den Kopf zu Aimone, »bitte kümmert Euch um meine Tochter. Bringt sie von hier fort, ich bitte Euch …«

Isaacs Augen erloschen. Sie blieben weit geöffnet, waren aber leer und ohne Leben.

Rachele stieß einen Schrei aus.

Nisan sah seine Herrin mit gesträubtem Fell und eingezogenem Schwanz erschrocken an. Racheles Schrei wurde nach und nach schwächer und ging in ein untröstliches Klagen über. Aimone machte einen zaghaften Schritt auf sie zu, dann ließ er alle Zurückhaltung fallen und nahm sie in seine Arme. Die junge Frau sank langsam an seine Brust und begann schließlich zu weinen. Nisan ging vorsichtig auf Isaacs Strohsack zu, beschnupperte ihn ringsum und stützte sich mit den Vorderpfoten auf den Rand des Lagers. Seine braunen Augen blickten fragend in das Dämmerlicht, das den Alten umgab. Nach einer Weile sprang er wieder auf den Boden und versteckte sich hinter der Truhe mit den Arzneien.

Aimone und Rachele blieben in schweigender Umarmung sitzen, während immer helleres Licht durch die Tür zum Garten hereinfiel. Neben einer unerwartet schmerzlichen Trauer empfand der Burgherr auch große Dankbarkeit gegenüber dem alten Mann, der trotz seines schweren Leidens noch gespürt hatte, wie viel er für Rachele empfand. Isaac hatte ihm mit seinem letzten Lebensodem seine Tochter anvertraut und ihm damit Mut gemacht, ihr seine Liebe zu erklären. Aimone verschloss nicht die Augen vor den Schwierigkeiten, die es zu überwinden galt, aber er spürte in sich den Keim einer neuen, ungeahnten Kraft. Er zog Rachele noch fester an sich und versuchte, an nichts mehr zu denken.

Der *Tallit* hob sich weiß von dem dunklen Steinfußboden ab. Wie es der Brauch wollte, hatte Rachele die Fransen an einer Ecke des Gebetsschals abgeschnitten. Nach der rituellen Waschung hatte sie die Leiche ihres Vaters mit Leinenbinden umwickelt und dann mit Aimones Hilfe mitten auf den Schal gelegt. Als nun Isaacs Gesicht und seine Glieder nach und nach unter den Falten des wollenen Tuchs verschwanden, schien Racheles Geist klarer und ruhiger zu werden. Sie nahm die Leuchte vom Boden, die bis dahin die weißen Haare ihres Vaters beschienen hatte, und löschte sie. Dann ging sie mit schnellen Schritten zu der Wand, wo der einzige Spiegel der Hütte hing, und bedeckte ihn mit einem dicht gewebten Lappen aus Hanf. Sie nahm den Wasserkrug und Nisans Trinkschüssel, ging in den Garten und schüttete beides in den Brombeerbüschen aus. Aimone, der nichts über die Begräbnisrituale von Racheles Religion wusste, beobachtete sie stumm. Sie bemerkte seine Verwunderung über ihre Handlungen und erklärte: »Alles Wasser im Haus muss weggeschüttet werden, damit der Todesengel nicht die Spitze seines blutigen Schwertes hineintauchen kann. Diesen und einige andere Bräuche kann ich für meinen Vater einhalten, aber sagt mir, Aimone, wie soll ich ihn begraben, wo wird die Erde sein, die ihn aufnimmt? Wer wird in dieser Stadt, in der es keine jüdischen Friedhöfe gibt, die Erlaubnis für die Beerdigung eines Juden geben?«

Aimone wusste, dass Racheles Sorgen berechtigt waren, und überlegte eilig. Dieser Mann musste heimlich begraben werden, denn niemand hier würde es dulden, dass ein Jude neben einem Christen die letzte Ruhe fand. Während er noch nach einer Lösung suchte, klopfte es auf einmal an die Tür. Rachele sah ihn ängstlich an. Er bedeutete ihr, zu bleiben, wo sie war, und ging mit langen Schritten zur Tür, die er einen kleinen Spaltbreit öffnete.

»Seid gegrüßt, Herr. Äh, wir suchen Rachele ... wohnt sie vielleicht nicht mehr hier?«

Remigio sah den fremden Mann, dem er noch nie in diesem Viertel begegnet war, verwirrt an. Rachele aber hatte seine Stimme erkannt und kam zur Tür, wo sie auch Bella entdeckte, die mit verunsicherter Miene hinter ihrem Gefährten stand.

»Mein Vater …«, brachte sie heraus, »mein Vater ist …«

Die Worte blieben ihr in der Kehle stecken. Sie forderte die beiden mit einer Geste auf einzutreten, und Bella und Remigio schauten fassungslos auf das lange Bündel auf dem Boden.

»Oh mein Gott!«, hauchte Bella und schlug die Hände vors Gesicht. »Oh heilige Mutter Gottes!«

Hinter ihr faltete Remigio die Hände und senkte ehrerbietig den Kopf. Mit tränennassen Augen drehte Bella sich zu Rachele um und umarmte sie tröstend.

Auch wenn Aimone die beiden nicht kannte, schloss er aus ihrer Anteilnahme, dass es Freunde waren.

»Wer seid Ihr?«, flüsterte er Remigio freundlich zu.

Der Bergarbeiter zögerte. Wer war dieser Mann, der seinem Benehmen und der Kleidung nach ein Aristokrat zu sein schien, und was machte er in der Hütte zweier Juden? Er sah Rachele fragend an, erhielt aber keine Antwort. Weil er seine Verwirrung erkannte und Verständnis für sein Misstrauen hatte, nahm ihn Aimone beiseite und erklärte ihm in knappen Sätzen, wer er war und welche Umstände ihn hierher geführt hatten. Beruhigt von dem ehrlichen Eindruck, den der Burgherr auf ihn machte, stellte auch Remigio sich vor. »Ich heiße Remigio, und das ist Bella, mein Weib. Wir stehen in Racheles Schuld, weil sie Bella mit ihrer Behandlung das Leben gerettet hat. Wir wollten ihr nur kurz guten Tag sagen und hätten nie daran gedacht, dass sie ihren Vater beweinen muss! Wir wussten zwar, dass er krank war, aber dass er so schnell sterben würde … Herr«, fügte er plötzlich verlegen hinzu, »Ihr wisst doch, dass … na ja, dass sie Juden sind?«

Aimone nickte ernst, wollte den Mann aber nicht unterbrechen.

»Also«, fuhr Remigio mutiger fort, »dann wisst Ihr sicher auch, dass in dieser Stadt keine jüdischen Begräbnisse erlaubt sind. Wie sollen wir denn bloß diesen armen Alten beerdigen?«

Dankbar, dass der andere diese Frage angesprochen hatte, die ihn schon seit einer Stunde beschäftigte, ohne dass er sie mit Rachele zu besprechen wagte, antwortete Aimone: »Ich bin fremd hier und kenne Mailand nicht gut. Auf der Reise hierher in die Lombardei ist mir aufgefallen, dass jedes Hospiz, jede Pilgerherberge einen kleinen Friedhof besitzt. Aber Ihr habt natürlich Recht, das sind alles christliche Begräbnisstätten. Wie können wir es nur anstellen, einen Juden dort hinzubringen?«

Mit einem schnellen Blick zu den beiden Frauen, die ihn nicht hören sollten, senkte Remigio seine Stimme zu einem Flüstern, sodass Aimone ihn kaum noch verstehen konnte.

»Wie Ihr vielleicht wisst«, sagte er, »befindet sich hier hinterm Haus das Hospital für die Leprakranken. Es hat natürlich auch einen Friedhof, obwohl niemand Blumen für die Gräber dieser armen Toten bringt – abgesehen von denen, die die Mönche ansäen, die ihnen auch während ihrer Krankheit beigestanden haben. Alle haben Angst vor der Lepra und glauben, dass sie sich anstecken können, wenn sie einen Ort betreten, der möglicherweise von ihren Ausdünstungen verseucht ist. Das wäre ein Platz, an dem niemand die Leiche eines Juden vermuten würde! Man müsste ihn natürlich nachts begraben, im Schutz der Dunkelheit. Niemand darf davon erfahren, noch nicht einmal die guten Mönche des Hospizes. Wenn wir einen Verbindungsweg zwischen den Gemüsegärten hinter den Hütten hier und dem Friedhof finden könnten …«

Remigio strich sich nachdenklich über den Bart und beobachtete dabei verstohlen, wie der Adelige auf seinen Vorschlag eines ungesetzlichen Begräbnisses reagierte. Ohne eine Miene zu verziehen, fragte ihn Aimone, ob er es übernehmen könne, nach einem Weg zwischen den Gassen zu suchen. Falls er einen fände und dieser breit genug wäre, würden sie noch in derselben Nacht die Bestattung vornehmen.

Beeindruckt von der Kühnheit dieses Edelmannes, der bereit war, die Gesetze des Stadtstaates und seiner Kirche zu verletzen, nickte Remigio und ging hinaus, nachdem er Bella zuvor noch etwas zugemurmelt hatte.

»Wir waren eigentlich gekommen«, sagte Bella zu Rachele, »um uns von Euch zu verabschieden, weil wir in zwei Tagen die Stadt verlassen werden. Ich kann es Euch zwar nie vergelten, was Ihr für mich getan habt, aber ich wollte Euch doch sagen … Ich bin Eurer Freundschaft nicht würdig wegen des Gewerbes, das ich ausübe, aber wenn ich Euch irgendwie helfen könnte … wenn mein Leben anders verlaufen wäre …«

Sie konnte nicht weitersprechen und wurde von Tränen überwältigt. Rachele strich ihr zärtlich über die nassen Wangen.

»Seid ganz ruhig, ich bitte Euch. Ihr braucht Euch für nichts zu rechtfertigen, schon gar nicht bei mir, die sich wie Ihr ein anderes Leben erhofft hat. Sagt mir lieber, wohin wollt Ihr gehen?«

»Wir wollen nach Gromo ziehen«, antwortete Bella schluckend, »im Tal des Flusses Serio. In den Bergen dort gibt es eine große Silbermine, wo Remigio Arbeit finden kann. Ich werde ein paar Schafe und Hühner halten, und vielleicht braucht einer der Minenbesitzer ja auch eine Magd. Irgendwie werden wir uns schon durchschlagen.«

Was Bella nicht erzählte, war, dass ihr schon länger gefasster Entschluss, aus Mailand fortzugehen, eine neue Dringlichkeit bekommen hatte, als Lanfranco vor ein paar Tagen wieder bei ihr aufgetaucht war. Statt die gewohnten Dienste zu verlangen, hatte er sie nur mit seinen irren Augen angestarrt und ihr Fragen nach ihrer Herkunft und ihrer Vergangenheit gestellt. Unter dem Bann seines drohenden Blickes wurde Bella klar, dass er sie aus unerfindlichen Gründen schließlich doch als die Dienerin Caterinas wiedererkannt hatte. Sie hatte gelogen und behauptet, ein Findelkind zu sein, das seine Mutter nicht kannte. »Woher soll ich wissen, in welchem Dorf des Umlandes ich geboren bin, wenn meine erste Kindheitserinnerung mit einer staubigen Gasse in Mailand verbunden ist?«, hatte sie gespielt hochmütig geantwortet. Lanfranco hatte sie schweigend fixiert und endlich von ihr abgelassen. Als er gegangen war, war Bella zitternd vor Furcht auf ihren Strohsack gesunken. Noch am selben Abend hatten sie beschlossen, die Stadt zu verlassen. Der Minenarbeiter war schon mit einem Arbeitskameraden überein gekommen, dass sie nach Gromo gehen würden. Es kursierte das Gerücht, dass dort unten mehrere Silberadern entdeckt worden seien und der Besitz der Mine unter mehreren Herren aufgeteilt werden sollte. Bestimmt würden deshalb auch mehr Bergarbeiter gebraucht, und wenn Remigio und sein Freund unter den ersten Bewerbern waren, würden sie leicht Arbeit finden.

Rachele hörte Bella aufmerksam zu und ließ dabei den *Tallit* nicht aus den Augen, der die sterbliche Hülle ihres Vaters barg. Auch sie würde aus dieser Stadt fortgehen müssen, aber wohin? Wie konnte sie Isaac in einem unbekannten Grab zurücklassen, auf dem sie noch nicht einmal eine Blume niederlegen durfte? Bei ihrer Mutter hatte sie wenigstens den Trost gehabt, dass sie auf einem jüdischen Friedhof begraben war, wo ihre Glaubensbrüder an ihrer Stelle das *Kaddisch* beten würden … Als hätte er ihre Gedanken erraten, kam Aimone zu ihr und legte ihr sanft eine Hand auf die Schulter.

»Ihr seid nicht allein, Rachele. Solange die Bestattungszeremonien für Euren Vater nicht vollzogen sind, werde ich nicht von Eurer Seite weichen. Mein Sohn ist in guten Händen und daran gewöhnt, dass ich ganze Tage fortbleibe. Wenn dies alles hier vorüber ist, könnt Ihr mit mir auf meine Burg kommen. Ich werde Euch nicht allein in Mailand zurücklassen. Euer Vater hat mich selbst gebeten, mich um Euch zu kümmern, und wenn Ihr wollt …«

Aimone verstummte. Auch wenn ihm gewisse Worte schon länger auf der Seele lagen, begriff er, dass dies nicht der richtige Moment war. Dafür würde noch Zeit genug sein. Er dachte über den gewagten Schritt nach, den er zu machen beabsichtigte, und über die massive Mauer an Unverständnis, auf die er mit seinem Wunsch, eine Jüdin zu heiraten, stoßen würde. Weder die Kirche noch die weltliche Macht würden eine solche Ehe gutheißen. Ob Rachele bereit wäre, sich zum Christentum zu bekehren? Das bezweifelte er. Ob sie ihre Religionszugehörigkeit vielleicht irgendwie verheimlichen konnten? Das wäre vielleicht möglich, aber um welchen Preis? Und Bartolomeo, wie würde er wohl reagieren? Aimone wurde plötzlich schwindelig – was hatte er da vor? Was waren das für Schachzüge, die der Allerhöchste mit seinen Figuren vornahm, und welche Rolle sollte er, der Burgherr von Graines, bei dieser Partie spielen?

»Ich habe ihn gefunden! Ich habe einen Durchgang gefunden!«

Die atemlose Stimme riss ihn aus seinen Grübeleien. Remigio schloss die Tür hinter sich und erklärte, dass ein Stück der Gartenmauer neben dem letzten Haus vor dem Hospital zusammengefallen war. Von dort aus konnten sie mühelos zum Friedhof gelangen. Er selbst würde zwei Schaufeln besorgen und sich seine Erfahrung als Bergarbeiter zu Nutze machen, um eine Stelle mit lockerer, leicht auszuhebender Erde zu finden.

Alle nickten zustimmend und beschlossen, bei Einbruch der Dunkelheit wieder zusammenzukommen.

Niemand begegnete dem heimlichen Trauerzug. Die einzige Störung war die raue Stimme eines betrunkenen Soldaten, der eine Straße weiter einen Gassenhauer grölte und dabei immer wieder gurgelnd vor sich hin lachte.

Remigio hatte schnell ein geeignetes Terrain für das Begräbnis ausgemacht. Er tastete den Boden mit geübten Händen ab und wählte ein Stück Rasen direkt neben der Einfriedung des kleinen Friedhofs. Gleich daneben waren abgebrochene Zweige und getrocknete Blätter von den Mönchen des Hospizes zu einem Haufen aufgetürmt worden, sie sollten als Streu verwendet werden. Mit Aimones Hilfe hob Remigio ein ausreichend tiefes Grab aus, in das sie Isaacs Leiche hinabließen. Rachele hielt die Augen starr auf den *Tallit* gerichtet, der ihren Vater einhüllte, und regte sich auch nicht, als die Erde auf den Gebetsschal fiel und ihn nach und nach bedeckte. Das Mondlicht beleuchtete schwach die ordentlichen Reihen grober Holzkreuze, die fast den ganzen Friedhof einnahmen. Bella, die ein paar Schritte zurückgeblieben war, blickte sich ständig wachsam um. Zu ihrer Angst vor diesem unheimlichen Ort kam noch dic Furcht hinzu, dass sie durch diesen verflixten Mondschein entdeckt werden könnten.

Nachdem er den Boden mit dem Spaten eingeebnet hatte, streute Remigio Zweige und Blätter darüber, um den Umfang des Grabes zu verbergen.

Dann bat Rachele alle, sie für einen Moment allein zu lassen, und Aimone löste solange zwei Stückchen Erde aus dem Boden, an denen noch ein paar Grasbüschel hingen. Das war der einzige jüdische Begräbnisbrauch, den er kannte. Als Junge hatte ihm sein Hauslehrer davon erzählt und ihm erklärt, dass dieser Brauch dem christlichen Ritus, eine Hand voll Erde ins Grab zu werfen, sehr ähnlich war, wenn er auch eine etwas andere symbolische Bedeutung hatte. Nach dem Begräbnis ließen die Angehörigen des Toten diese Erdbatzen hinter sich fallen und drückten damit ihren Glauben an ein Leben nach dem Tod aus: So wie das Gras der Scholle sich wieder mit dem Erdreich verband, so würde die Seele des Verstorbenen sich bald mit ihren Vorfahren vereinigen.

Als Rachele sich umdrehte und zu ihnen kam, gab ihr Aimone eines der Erdstückchen. Gerührt von dieser Geste nahm die junge Frau es und ging mit Aimone zu der verfallenen Friedhofsmauer, wo sie die beiden Stücke nacheinander hinter sich ins Gras fallen ließen. Der Mond wurde gerade von einer einzelnen Wolke verhüllt, sodass die kleine Gruppe ihren Weg zurück im Dunkeln finden musste, wobei sie vom Plätschern des kleinen Kanals geleitet wurde, der am Friedhof vorbeifloss. Eine Ratte, die das Geräusch ihrer Schritte aufgeschreckt hatte, verharrte einen Augenblick im Ufergestrüpp und glitt dann mit einem behänden Satz ins Wasser.

KAPITEL 41

Von der Wasseroberfläche des Stadtgrabens stieg ein heller Dunst auf, in dem die Strahlen der hoch am Himmel stehenden Sonne bunte Lichtstreifen aufleuchten ließen. Lanfranco stand am Ufer und starrte ins Wasser, während ihm Schweißbäche über den Hals liefen. Er hasste den Sommer; die schwüle Hitze in Mailand schwächte den Körper und stumpfte den Geist ab. Dabei brauchte er nach dem, was er gerade erfahren hatte, einen wachen Verstand, um die richtigen Entscheidungen zu treffen. Doch diese verfluchte Hitze umhüllte ihn wie ein Leichentuch und machte seine Gedanken träge, die sich ineinander verschlangen wie die Algen am Flussufer.

Jetzt wusste er es sicher. Allegranza war seine Tochter.

Als er erneut zu Aicardo gegangen war, um mit ihm über die Reliquie zu sprechen, hatte er ihn als Erstes nach dem Mädchen gefragt, das er zufällig im Brolo-Hospital getroffen hatte. Der Verwalter hatte sich zwar über sein Interesse für eine Magd gewundert, ihm aber geantwortet, dass Allegranza vor den Toren der Stadt, in der Nähe von San Calimero wohne. Es heiße, das Mädchen sei ausgesetzt worden und die Familie, bei der es lebe, sei nur seine Pflegefamilie. »Wie es scheint«, fügte Aicardo vertraulich hinzu, »hatte die Kleine bis vor kurzem eine missgebildete Hand, die von irgendeinem Chirurgen, man weiß nicht, von wem, operiert wurde. Ich hätte Nachforschungen darüber anstellen lassen können, wer den Eingriff vorgenommen hat, aber ich dachte mir, dass der Betreffende es sicher heimlich getan hat. Das Mädchen ist bestimmt nicht reich, und wenn ein Arzt sich bereit erklärt hat, es zu operieren, dann entweder aus christlicher Nächstenliebe oder um neue Techniken an jemandem auszuprobieren, der sich über das Ergebnis nicht beklagen darf. Jedenfalls sieht man nichts mehr von einer Missbildung, und Allegranza ist eine tüchtige junge Frau. Sie arbeitet eifrig, lernt schnell und hat stets ein Lächeln für alle übrig. Ich hoffe nur, dass sie bald wiederkommt und Schwester Giuliana in der Apotheke hilft …«

»Warum?«, hatte Lanfranco hastig dazwischen gefragt. »Ist sie denn nicht mehr hier?«

Aicardo hatte ihn erstaunt angesehen und dann schnaubend mit einer Hand vor dem Gesicht herumgewedelt, als wollte er eine Fliege verjagen. »Man sagt, aber das sind nur Gerüchte, dass man sie in irgendeinem Kloster versteckt hat. Ihre Eltern sind nämlich der Ketzerei angeklagt worden, weil sie zusammen mit vielen anderen bei der Böhmin verkehrt haben. Die Mönche der Inquisition haben gerade eine Untersuchung eingeleitet, um alle ihre Anhänger zu identifizieren. Es ist möglich, dass eine mitleidige Äbtissin sie in ihrem Kloster aufgenommen hat, damit sie nicht gefunden wird und vor den Dominikanern aussagen muss. Ich weiß nicht, wo sie steckt, aber mein Verstand sagt mir, dass sie eigentlich nur in dem Konvent sein kann, bei dem man sie ausgesetzt hat. Welche Nonnen würden sich mit einer der Ketzerei verdächtigen jungen Frau abgeben? Doch nur die, unter denen sich eine an ›ihr‹ Neugeborenes mit der Schwimmhaut erinnert!«

Als er Lanfrancos Blick sah, bereute Aicardo es sofort, ihm so viel anvertraut zu haben. Er biss sich auf die Lippen wegen seiner Unvorsichtigkeit, lenkte das Gespräch schnell auf ein anderes Thema und verabschiedete seinen Besucher dann so schnell wie möglich.

Lanfranco hatte das Arbeitszimmer des Verwalters in höchster Erregung verlassen. Mit langen Schritten und alles um sich herum vergessend hatte er sich auf den Weg zur Stadtmauer gemacht. Er war durch die Schlupfpforte von Bottonuto gegangen, hatte die Holzbrücke überquert und war die Böschung hinunter zum Ufer geklettert, wo er sich, mit den Füßen fast schon im Wasser, an einen der Stützpfeiler lehnte. Dort hatte er versucht, wieder zu Atem zu kommen und seine Gedanken zu ordnen.

Es bestand kein Zweifel mehr an der Tatsache, dass Allegranza seine Tochter war. Die beunruhigende Ähnlichkeit mit Caterina hätte noch ein Zufall sein können, aber alles andere, vom Ausgesetztwerden bei einem Kloster an einer Hauptstraße bis hin zu dem Geburtsfehler an der Hand, schuf Gewissheit. Lanfranco hatte dieses Detail merkwürdigerweise aus seinem Gedächtnis gestrichen, aber als Aicardo es erwähnte, fiel ihm wieder ein, dass sein Diener damals davon gesprochen hatte. Als er ihm nach Genua nachgereist war und ihm die Nachricht von der Geburt einer Tochter überbracht hatte, hatte er auch von der Missbildung erzählt. »Man sagt«, hatte er gekichert, »dass der Teufel an Eurem Lager gewacht hat, als …« Lanfranco hatte laut in sein Lachen mit eingestimmt.

Jetzt konnte er sich seine Einfalt von vor zwanzig Jahren nur noch mit jugendlicher Unbekümmertheit erklären und dachte angestrengt nach. Wo mochte Allegranza sein? In welchem der zahlreichen Frauenklöster der Stadt? Und wenn es auch noch außerhalb der Stadtmauern lag? Wie sollte er das je herausfinden, zumal er keinerlei Umgang mit Mönchen und Nonnen pflegte? Sein einziger Kontakt mit Vertretern der Mailänder Kirche, wenn man einmal von den langweiligen Besuchen als Junge bei seinem entfernten Onkel, dem Erzbischof, absah, war diese wenig erquickliche Unterredung mit Ugone anlässlich der Reliquienbestechung gewesen … Die Reliquie – was kümmerte die ihn jetzt noch! Er hatte an Wichtigeres zu denken; vor allem musste er seine Tochter finden. Ein spöttisches Grinsen erschien auf seinem Gesicht: seine Tochter eine Ketzerin! Dann stimmte es also wirklich, dass der Apfel nicht weit vom Stamm fiel! Seine eigene verwegene Kühnheit, die er sein ganzes Leben lang mit Stolz gepflegt hatte, war also mühelos über die Körpersäfte auf seinen Sprössling übergegangen. Die Kleine war anscheinend aus anderem Holz geschnitzt als diese schwächliche, naive Caterina. Sie hatte nur die trügerische, äußere Ähnlichkeit mit ihr gemein. Ein Jammer, dass er sie nicht schon früher kennen gelernt hatte, und ein Jammer, dass er sie umbringen musste! Aber er durfte nicht riskieren, dass jemand in ihr früher oder später die letzte Gisalbertini erkannte und alte Verdachtsmomente wieder aufrührte, die bis zu ihm führten. Auch wenn er den Diener, der sein Komplize bei der Ermordung Caterinas gewesen war, längst beseitigt hatte und die übrigen Mitglieder der Familie Gisalbertini alle tot waren, bestand immer noch die Möglichkeit, dass irgendjemand etwas über seine Vergangenheit wusste.

Mit finsterer Miene richtete Lanfranco sich auf, warf einen letzten Blick auf das Wasser und kletterte die Böschung hoch. Sein Entschluss stand fest: Er würde mit den nächstgelegenen Klöstern beginnen, und wenn er sein Opfer in der Stadt nicht fand, würde er Schritt für Schritt das Umland absuchen. Irgendwann würde er das Mädchen finden.

Die Äbtissin schloss die Augen. Während ihrer langen, schwierigen Rede hatte sie manchmal eintönig, manchmal bewegt gesprochen, aber ihr Blick war stets auf die Gesichter der beiden Frauen gerichtet gewesen, die vor ihr saßen. Obwohl sie Befremden, Entsetzen, Verzweiflung und Angst in ihren Augen gelesen hatte, hatte sie nichts ausgelassen und alles wahrheitsgetreu berichtet. Das Leben der beiden war aus unterschiedlichen Gründen in Gefahr, und woher sollten sie den Mut nehmen, sich der Gefahr zu stellen, wenn sie die Vorgeschichte und die Ursachen nicht kannten?

Eufrasia versuchte, ihren Atem zu beruhigen, während kleine Glühfäden vor ihren geschlossenen Lidern tanzten. Ihre Hände schmerzten, weil sie die ganze Zeit die Armlehnen ihres Stuhls umklammert hatte, und ein Kribbeln, das ihre Fingerspitzen gefühllos machte, stieg bis zu den steifen Schultern hinauf.

Angiolina und Allegranza starrten sie an. Ihr Schweigen war schwer vor unausgesprochenen Fragen. Keine der beiden hatte es gewagt, sie in ihrer endlosen Chronik der Schrecken zu unterbrechen. Eingeschüchtert von der Autorität und Würde der alten Nonne, hatten sie nur fassungslos zugehört und waren dabei zusehends bleicher geworden.

Eufrasia schlug die Augen wieder auf.

»Ich glaube«, sagte sie, an Allegranza gewandt, »es war der Wille des Allerhöchsten, dass dein Leben im selben Moment verschont wurde, als es Caterina genommen wurde. Ich glaube außerdem, dass es seine große Barmherzigkeit war, die dich zu mir geführt hat. Neben dem Abt und einem sehr vertrauenswürdigen Mönch bin ich die Einzige, die von deiner Herkunft weiß. Es ist nun unsere Pflicht, dich zu beschützen. Lanfranco Calgario lebt, wie gesagt, immer noch in Mailand, und obwohl ich davon ausgehe, dass er nichts von deiner Existenz weiß, kann immer etwas Unvorhergesehenes passieren …«

Eufrasias Atem setzte für einen Augenblick aus.

»Nein«, fuhr sie fort, und zwang sich zu einem beschwichtigenden Lächeln, »es wird dir nichts Schlimmes geschehen, aber wir müssen eine Lösung finden. Was Euch betrifft«, sagte sie streng zu Angiolina, »so ist Euer Irrweg ja inzwischen entdeckt worden. Trotzdem braucht Ihr Euch nicht zu fürchten. Selbst wenn Ihr noch einmal vorgeladen werdet, um über Eure

Verbindungen mit der Böhmin auszusagen, so denke ich, dass die Dominikaner und die Minoriten Nachsicht walten lassen werden. Sagt mir, Angiolina«, fragte sie mit einem Anflug von Verärgerung, »wie seid Ihr nur darauf verfallen, dieser Frau Eure Verehrung zu erweisen? Wie konntet Ihr nur so unvorsichtig sein? Ist Euch nie der Gedanke gekommen, dass ihre Predigten der Beginn einer neuen, Unheil stiftenden Ketzerei sein könnten?«

Angiolina sah mit roten, verschwollenen Augen zu Boden. In die Scham darüber, so streng getadelt zu werden, mischte sich auch eine empörte Auflehnung gegen die Äbtissin. Was wusste sie schon, die in dem schützenden Kokon ihres Klosters lebte, von Guglielma? Was verstand sie mit ihrer adeligen Herkunft von der Liebe, die die Böhmin den Armen und Schwachen und überhaupt allen Geschöpfen erwies? Was hatte diese Frau denn Schlechtes getan, außer Verständnis für menschliches Leid zu zeigen und ihre Anhänger aufzufordern, sich dem himmlischen Vater anzuvertrauen und den Lehren seines Sohnes zu folgen? Was für einen ungeheuren Hochmut legten diese alte Nonne und alle Kirchenoberen an den Tag, wenn sie von einem »Irrweg« sprachen? Sie hatte sich keinem Irrglauben hingegeben, davon war Angiolina überzeugt. Auch wenn ihr Leben jetzt wegen ihrer Hingabe an Guglielma in Gefahr war, so würde sie sich doch immer wieder für sie entscheiden. Manche sagten sogar, die Böhmin sei eine Heilige. Sie wusste nicht, ob das stimmte, aber als Christus auf die Erde gekommen war, um den Menschen das Evangelium zu bringen, war er auch nicht als der wahre Messias empfangen worden. Im Gegenteil, man hatte ihn gekreuzigt und seine Jünger verfolgt, genauso wie es jetzt mit ihnen geschah. Auch damals hatten die Geistlichen von »Irrglauben« gesprochen. Trotz ihrer gerechten Empörung wusste Angiolina, dass sie ihre Beweggründe niemals vor Eufrasia darlegen konnte. Die Äbtissin war eine Vertreterin der kirchlichen Autorität, und sie musste jetzt vor allem daran denken, ihre Tochter zu schützen. Ja, Allegranza war nach wie vor ihre Tochter, auch wenn eine andere sie geboren hatte. Sie war es schließlich, die ihr die Brust gegeben hatte, die sie in ihren Armen gewiegt und getröstet hatte, wenn die Straßenkinder des Viertels sie wegen ihrer Hand verspotteten. Und jetzt, nachdem sie so viele Jahre hart gearbeitet hatte, um Allegranza und Hamid eine lebenswerte Zukunft bieten zu können, brach plötzlich all das mühsam Aufgebaute zusammen. Die leibliche Mutter ihrer Tochter ermordet, ermordet von ihrem Liebhaber, dem leiblichen Vater! Die Ungeheuerlichkeit dieser Ereignisse überwältigte sie. Angiolina fühlte sich von einer mächtigen Lawine, die alles Leben auf ihrem Weg in die Tiefe vernichtete, in einen dunklen, erstickenden Abgrund gerissen, aus dem es kein Entrinnen gab. Aber etwas konnte sie immer noch tun. Selbst wenn sie und Graziolo am Ende auf dem Scheiterhaufen sterben sollten, würde sie dafür sorgen, dass Allegranza sich rettete. Dieser tüchtige Junge, der Sohn des Waffenschmieds, liebte sie und würde ihr ein besseres Leben bieten können. Sie würde mit seiner Familie sprechen, würde ihre Zugehörigkeit zu Guglielmas Kreis eingestehen, aber vor allem die Herkunft ihrer Tochter betonen und erklären, dass deren leibliche Mutter eine Adelige war. Dann würden sie Allegranza sicher leichter akzeptieren. Was wog schon eine mögliche Anklage wegen Ketzerei der Pflegemutter, wenn die wahre Mutter aus einer der angesehensten und wohlhabendsten Familien der Region stammte! Denn den Palazzo, die Ländereien und Gutshöfe der Gisalbertini gab es ja noch, sagte sie sich, und da anscheinend keine anderen Erben vorhanden waren, würde der gesamte Besitz an Allegranza fallen …

Eine neue Entschlossenheit formte sich in ihr, und Angiolina hob den Kopf und sah die Äbtissin an. Eufrasia beobachtete sie aufmerksam, als würde sie in ihrem Herzen lesen.

»Ihr antwortet mir nicht, Angiolina. Vielleicht wisst Ihr die Antwort nicht, vielleicht ist Euch nicht klar, in was Ihr da hineingeraten seid. Doch was Ihr jetzt auch vorhabt, handelt mit Besonnenheit. Wenn Ihr Euch von Klugheit und Vorsicht leiten lasst, wird der Allmächtige in seiner Barmherzigkeit die verirrten Schafe gewiss zu seiner Herde zurückführen.«

Damit erhob sich dic Äbtissin.

»Darf ich wiederkommen, um meine Tochter zu besuchen?«, fragte Angiolina, wobei sie einen respektvollen Knicks machte.

»Im Moment solltet Ihr lieber darauf verzichten. Die Inquisitoren könnten Euch verfolgen lassen, und dann wäre Allegranzas Zufluchtsort entdeckt. Wir müssen auf der Hut sein, das versteht Ihr doch sicher. Fasst Euch in Geduld, Angiolina, fasst Euch in Geduld …«

Allegranza, die steif und aufrecht mitten in der Zelle stand, sah ihrer Mutter nach. Ihr Blick folgte ihrem gebeugten Rücken, bis sie hinter der Tür verschwunden war. Sie wollte ihr nachlaufen, wollte wieder ein kleines Mädchen sein und sich in ihre warmen, verständnisvollen Arme flüchten. Ihre Lippen zitterten vor Anstrengung, die Tränen zurückzuhalten. Jetzt war nicht die Zeit zum Weinen, von nun an würde sie auf eigenen Füßen stehen müssen.

Eufrasia musterte die junge Frau lange, dann ging sie auf sie zu und nahm teilnahmsvoll ihre Hände. »Komm, Allegranza, ich habe dir noch viel zu sagen …«

Damiano wartete draußen vor der Tür. Er scharrte unruhig mit den Füßen vor der Wand, die den Flur von dem Raum trennte, in dem seine Mutter Besucher zu empfangen pflegte. Die schwere Eichentür war geschlossen, und obwohl er schon mehrmals versucht hatte zu lauschen, war kein Wort an seine Ohren gedrungen. Seine Mutter sprach jetzt schon seit über einer Stunde mit Angiolina, und all sein Betteln, bei der Unterredung dabei sein zu dürfen, hatte nichts genützt. Fiordebellina war hart geblieben. Dieser Kindername, den sie immer noch mit Anmut trug, obwohl sie schon längst die Vierzig überschritten hatte, entsprach nur zum Teil ihrem Charakter. Ihre natürliche Sanftmut hatte zwar durch das Bestreben, das Gewerbe ihres Mannes in den Augen der Welt weniger bedrohlich erscheinen zu lassen, mit den Jahren noch zugenommen, doch dahinter verbarg sich der eiserne Wille, ihre Aufgaben als Frau und Mutter so vollkommen wie möglich zu erfüllen.

Der Junge wusste nicht, warum Angiolina am Vortag um dieses Gespräch gebeten hatte, und die Begegnung der beiden Frauen verursachte ihm großes Unbehagen. Neben dem niedrigeren Status der Compagnonis, der Fiordebellinas Erwartungen hinsichtlich ihrer zukünftigen Schwiegertochter kaum entsprechen dürfte, war es vor allem die Anklage wegen Ketzerei, die Damiano Sorgen machte. Er hatte seinen Eltern weder etwas von dem Prozess noch von Allegranzas geheimer Unterbringung gesagt, aber da er wusste, dass sich Gerüchte in Mailand wie ein Lauffeuer verbreiteten, vermutete er, dass zumindest sein Vater etwas gehört hatte. Seit einiger Zeit schon merkte er, wie er ihn in der Werkstatt heimlich beobachtete, als wartete er darauf, dass sein Sohn ihm etwas anvertraute. Dabei hoffte Damiano, auf ein gewisses Wohlwollen seines Vaters gegenüber Allegranza zählen zu können. Schließlich hatte er sie schon mehr als einmal in der Gasse der Waffenschmiede miteinander schwatzen sehen, und seine nachsichtigen Blicke schienen ihm von einem stillschweigenden Einverständnis zu sprechen. Außerdem hatte der Vater vor ein paar Wochen wie beiläufig ein Gespräch über seine Zukunft mit ihm begonnen und ihm geraten, alles, was er in der Familie gelernt hatte, zu beherzigen, nicht zuletzt die Achtung vor anderen Menschen. Der Junge hatte verstanden, dass er auf Allegranza anspielte und anscheinend fürchtete, sein Sohn könne in seiner jugendlichen Heißblütigkeit zu weit gehen. Damiano war rot geworden und hatte den Kopf gesenkt, aber zugleich war er stolz darauf gewesen, endlich wie ein Erwachsener behandelt zu werden. Doch jetzt beschlich ihn auf einmal die Angst, dass seine Eltern sich gegen seine Wahl sperren könnten. Was sollte er tun, wenn sie Allegranza ablehnten? Wie sollte er ohne sie weiterleben?

Er presste wieder ein Ohr an die Tür, aber das Einzige, was er hörte, war ein Stuhl, der über den Fliesenboden gerückt wurde. Weil er annahm, dass Angiolina dabei war, sich zu verabschieden, huschte er schnell zur Treppe, die in die Werkstatt im Untergeschoss führte.

Die Tür ging auf, und die beiden Frauen erschienen auf der Schwelle. Ein schüchternes Lächeln erhellte Angiolinas Gesicht, während seine Mutter ebenfalls nicht unfreundlich dreinblickte und zum Abschied die Hände ihrer Besucherin nahm. Doch als Angiolina auf dem Weg nach draußen an ihm vorbeiging, fiel Damiano auf, dass ihre Augen gerötet waren und sie hinauseilte, ohne ihn anzusehen.

Fiordebellina stand reglos und mit einem unergründlichen Ausdruck im Gesicht im Türrahmen. Stumm vor Schreck erwiderte der Junge ihren Blick.

»Komm her, mein Sohn«, sagte Fiordebellina mit leiser Zärtlichkeit. »Komm, ich muss mit dir sprechen.«

Damiano gehorchte, obwohl er sich kaum auf den Beinen halten konnte, die plötzlich butterweich geworden waren. Als er neben seiner Mutter stand, streichelte sie sein Gesicht und lächelte endlich.

»Sei ganz ruhig, niemand wird dir deine Allegranza wegnehmen. Doch es gibt noch einiges, was ich wissen muss, und anderes, das du erfahren sollst. Angiolina und Graziolo sind gute Leute, und ich habe keinen Grund zu der Annahme, dass ihre Tochter anders ist. Ein ehrliches, aufrichtiges Wesen findet man nur bei wenigen Menschen, merk dir das gut, und Angiolina hat bewiesen, dass sie diese Eigenschaften besitzt und noch dazu großen Mut, weil sie mich um dieses Gespräch gebeten hat. Dein Vater und ich haben diese Tugenden immer hoch geschätzt, umso mehr, wenn jemand durch ein offenes Eingeständnis das eigene Ansehen aufs Spiel setzt. Komm her, Damiano, setz dich zu mir. Die Arbeit kann warten, denn wir haben viel zu besprechen. Wenn dein Vater erfährt, warum du so spät in die Werkstatt kommst, wird er Verständnis haben.«

Mutter und Sohn ließen sich an einem von Böcken gestützten Tisch nieder, auf dem eine weiße Leinendecke lag. In der Mitte stand ein Teller voller Pflaumen und verbreitete ein leicht säuerliches Aroma in der warmen Luft dieses Sommernachmittags.

Fiordebellina nahm sich eine, kostete sie langsam und warf dann den Kern spielerisch nach ihrem Sohn, der ihn jedoch vor Überraschung nicht fing. Der Pflaumenkern hopste über den Tisch, wobei er einen gelben Streifen auf dem weißen Tuch hinterließ, und fiel auf den Boden.

KAPITEL 42

Matthew betrachtete den Jungen, der halb nackt auf seinem Strohsack schlief und Guglielmas Kieselsteine in der kleinen, dunklen Hand hielt. Nach dem Abendessen, das sie gemeinsam mit den anderen Pilgern im Gästehaus des Klosters verzehrt hatten, hatte Hamid dem Mönch gesagt, dass er an diesem Abend wach bleiben und auf ihn warten wolle, bis er nach der Komplet zurückkam. »Ich habe eine Überraschung für dich!«, rief er aufgeregt. Bei seiner Rückkehr hatte Hamid ihn mit den Steinchen in der Hand empfangen, und ehe er noch fragen konnte, was das werden sollte, hatte er sie nacheinander in der Luft kreisen lassen wie ein Jongleur. Nach ein paar Runden waren ihm durch seine noch ungeschickten Bewegungen ein paar entglitten und heruntergefallen. Aber er hatte sich nicht entmutigen lassen und mit vor Konzentration herausgestreckter Zungenspitze von vorn begonnen und diesmal mindestens acht Runden geschafft. Matthew hatte ihn beglückwünscht und ihn gefragt, wo er dieses schwierige Kunststück gelernt habe. »Allegranza hat es mir beigebracht«, antwortete der Knabe ernst. »Weißt du, als wir beide noch klein waren und die anderen Kinder in der Gasse sie wegen ihrer zusammengewachsenen Finger ausgelacht haben, hat sie ganz lange heimlich geübt, ohne dass sie jemand gesehen hat. Und am Schluss war sie trotz ihrer Behinderung die Einzige, die mit mehreren Steinen jonglieren konnte, ohne dass ihr einer herunterfiel. Ich weiß noch genau, wie blöd die anderen geguckt haben! Seitdem hat sich niemand mehr getraut, sie zu verspotten. Deshalb wollte ich das auch lernen, und jetzt bin ich schon richtig gut, was, Pater Matiù?«

Nach dieser stolzen Vorführung hatte Hamid sich zufrieden hingelegt und war gleich eingeschlafen, die Kieselsteine noch immer in der Hand. Matthew, den die innere Stärke des Jungen in dieser für ihn gewiss nicht leichten Lage rührte, blieb noch eine Weile bei ihm sitzen. Seine Gedanken wanderten zu Guglielma und dem, was sie gesagt hatte, als sie ihm diese Steine gab. »Wer hat sie gewaschen, wer hat sie so hart gemacht, dass sie jedem Sturm widerstehen?« So ähnlich waren ihre Worte gewesen. Und nun dienten genau diese Steine, diese unwissenden Gebilde einer wilden, jahrtausendealten Natur dazu, ein unschuldiges Kind für einige Augenblicke glücklich zu machen. War es ein Zufall, dass diese Kiesel von Guglielmas Händen in seine und dann in die des kleinen Sarazenen übergegangen waren? Oder handelte es sich um einen unergründlichen Zauber, so beunruhigend wie der Wacholderzweig, der ihn auf seiner ganzen Reise von England bis nach Mailand begleitet hatte?

Während Matthews müder Geist langsam in den erholsamen Schlaf glitt, drehte Hamid sich auf seinem Strohsack um. Seine Hand baumelte über den Rand und öffnete sich halb, worauf die fünf weißen Kieselsteine auf den Steinfußboden rollten und einen fast vollendeten Kreis bildeten.

Der Himmel war bleigrau, und die schwere, feuchte Luft kündigte baldigen Regen an. Das sonst so klare Wasser des Stadtgrabens hatte eine schlammige Farbe angenommen, was ein Zeichen dafür war, dass das Gewitter irgendwo im Umland schon zu Überschwemmungen geführt hatte.

Am Geländer der ungewöhnlich leeren Brücke stand Friedrich und sah in die Strömung, die hin und wieder einige entwurzelte Sträucher mit sich führte. Seit die Schmerzen nachgelassen hatten, konnte er wieder klarer denken. Die Arznei der jungen Jüdin tat ihre Wirkung, und selbst der widerwärtige Geruch, der von seinem Körper ausging, hatte sich als nützlich erwiesen: Niemand kam ihm zu nahe, was die Wahrscheinlichkeit, erkannt zu werden, deutlich verringerte. Aus diesem Grund und weil er zuerst vollkommen genesen wollte, hatte er die Abreise noch um ein paar Tage verschoben. Außerdem hatte Tarik ihm berichtet, dass sich auf der Straße nach Lodi neue Truppen der Mailänder sammelten, und dazu geraten, noch abzuwarten oder notfalls die Stadt in Richtung Pavia zu verlassen.

Die Kapuze wie immer tief in die Stirn gezogen, schielte er zu den schwarzen Wolken hinauf, von denen die niedrigsten die Stadtmauer zu berühren schienen. Drei oder vier einzelne Tropfen, die so groß waren wie Geldmünzen, trafen ihn ins Gesicht.

»Gleich geht das Gewitter los …«, murmelte er vor sich hin.

»Nein, das ist noch nicht der richtige Gewittersturm, das ist nur ein Vorspiel.«

Friedrich fuhr herum. Hinter ihm stand eine Frau mit Haaren so hell wie Stroh. Ihre Augen, die klar und ruhig waren wie Quellwasser, sahen ihn forschend an.

Mit einer hastigen Bewegung zog der Kaiser seine Kapuze noch tiefer übers Gesicht.

»Ihr braucht Euch nicht zu verstecken, Friedrich«, sagte die Frau lächelnd, »von mir habt Ihr nichts zu befürchten.«

»Wer seid Ihr?«, fragte Friedrich fordernd, wobei seine Stimme nicht so fest klang, wie sie sollte.

»Ich heiße Guglielma und …«

»Ihr seid die Böhmin?!«, rief der Kaiser mit großen Augen.

»Ihr kennt mich also. Wenn mein unverdienter Ruhm bis zu

Euch gedrungen ist, dann werdet Ihr auch wissen, dass der Allmächtige mich in meinem irdischen Leben in Gegenden führt, die nur ihm bekannt sind. Mein Wille wird von ihm gelenkt, meine Handlungen werden von seiner Gnade geleitet …«

Friedrich schob seine Kapuze ein Stück zurück und musterte die Frau eingehend. Schon seit einiger Zeit hatte er von einer Seherin reden hören, die im Ruch der Ketzerei stand und ihre Lehren in Mailand verbreitete. Man hatte ihm gesagt, es handele sich um eine Besessene, die die Leichtgläubigkeit der Leute ausnutze und sich hinter dem Rücken der Mönche einer Abtei des Umlandes bereichere. Doch der ruhige, heitere Blick, mit dem sie ihn ansah, ließ keine Spur von Überspanntheit erkennen. Etwas verärgert darüber, dass die Frau ihm gegenüber nicht die geringste Unterwürfigkeit zeigte, unterbrach Friedrich sie.

»Was wollt Ihr von mir? Und woher wisst Ihr, wer ich bin?«, flüsterte er barsch und sah sich dabei um, ob auch niemand mithörte.

Guglielma lächelte rätselhaft.

»Ein Toter hat Euch wiedererkannt, Friedrich, aber das wird Euch nicht schaden. Die wahre Gefahr stellt das eiserne Tor dar, neben dem Euch der Tod ereilen wird, an einem Ort, dessen Name an eine Blume erinnert. Keine Angst, es wird nicht in dieser Stadt passieren. Ihr sollt wissen, dass Ihr Mailand nie einnehmen werdet, aber Eure Anwesenheit hier hat dennoch einen höheren Zweck, wenn auch nicht den, den Ihr Euch für Eure Reise vorgenommen habt. In zwei Tagen wird das Feuer, das Euch die Haut verbrennt, ganz gelöscht sein, und Ihr werdet abreisen, ehe ein anderer, unabwendbarerer Brand Euch aufhält. Sobald Ihr die Stadtmauer durchschritten habt, folgt Ihr dem Flug einer Taube, die Euch zu einem Wald führen wird. Dort lasst Euren Falken frei, ohne ihn auf eine Beute anzusetzen, und wartet, dass das Schicksal seinen Lauf nimmt.

Der Falke wird das Raubtier vernichten, und die Taube wird verschont werden.«

Guglielma verstummte und wandte sich ab. Ihre Schritte waren auf den Bohlen der Holzbrücke kaum zu hören, und noch ehe der Kaiser etwas erwidern konnte, verschwand ihre Gestalt hinter der Pforte.

Friedrichs Gesicht war aschfahl geworden, und seine Hände, mit denen er die Kapuze unter dem Kinn festhielt, bebten leicht. Seine Kehle war wie zugeschnürt nach dieser düsteren Prophezeiung. Während er sich noch fragte, was diese dunklen Worte zu bedeuten hatten, stieg eine mit Beklemmung vermischte Wut in ihm auf. Was hatte diese vermaledeite Frau ihm sagen wollen? Und wie kam es, dass sie keine Angst vor dem Kaiser hatte, sondern er es war, der ihren Blick und ihre Worte fürchtete? Warum hatte er sie nicht zurückgehalten und sie ausgefragt, warum hatte er es nicht gewagt, sie mit den üblichen Drohungen einzuschüchtern, die ihm sonst so leicht über die Lippen kamen? Von was für einer Taube hatte sie da geschwafelt? Und wenn es am Ende stimmte, dass Guglielma eine Seherin war? Was wusste sie noch über ihn und seine Zukunft?

Ein Schauder überlief ihn, und Friedrich sah zum Himmel auf: Die Wolken verzogen sich, hier und da waren sogar schon blaue Lücken zu sehen. Diese Frau hatte die Wahrheit gesagt, das Gewitter würde nicht kommen. Der Kaiser hüllte sich fester in den leichten Umhang und ging auf seine Herberge zu. Nach der Vesper heute Abend würde er mit Tarik sprechen, damit der alles für die Rückreise vorbereitete. Diese verdammte Stadt bekam ihm einfach nicht. Er musste schleunigst von hier weg. Der Heimweg würde lang sein und nicht frei von Gefahren, aber am Ende würde der Anblick der Capitanata am Horizont seine Augen und sein Herz erfrischen.

»Also wirklich … so ein Tölpel!«

Die Dienstmagd bückte sich, um den am Boden verstreuten Inhalt ihres Korbes aufzusammeln. Dabei warf sie dem Novizen, der sie fast umgerannt hatte und nun davonlief, wütende Blicke nach.

»He, du, Bürschchen«, schrie sie ihm hinterher, »bekommt ihr in deinem Kloster keine Manieren beigebracht?«

Der Saum seiner Kutte verschwand hinter der nächsten Ecke. Entrüstet legte die Frau die nun zerdrückten Pflaumen in den Korb zurück, dazu ein Bund Möhren und ein Bündel aus dunklem Tuch, aus dem einige kleine Flussfische herausgefallen waren. Ein großer Laib Brot war ein Stück weit weggerollt. Schnaubend stand sie auf und machte sich wieder auf den Weg, wobei sie weiter vor sich hin schimpfte.

Der Novize hatte sein Ziel erreicht. Vor ihm erhob sich ein hoher, schmaler Palazzo aus hellem Stein. Er kramte in seinen Taschen, um sich zu vergewissern, dass er nichts von dem, was er gleich brauchen würde, verloren hatte. Dann versteckte er sich im dunkelsten Winkel eines Durchgangs, der auf halber Höhe der Straße in eine Seitengasse führte. Von diesem Beobachtungsposten aus konnte er das Haus der Böhmin gut überwachen und seinen Auftrag im geeigneten Moment ausführen, ohne selbst gesehen zu werden. In seinen Händen, die er unter der gestohlenen, viel zu großen Kutte verbarg, hielt er eine mit Nussöl getränkte Schnur und einen Feuerstein. Plötzlich kam ein heftiger Windstoß aus der Gasse und wirbelte um ihn herum. »Wind … genau das, was ich brauche!«, dachte er zufrieden, und das Grinsen auf seinem Gesicht verlieh seinen unreifen Zügen einen Ausdruck lüsterner Grausamkeit.

KAPITEL 43

Der Wind, der kräftig von Osten blies, hatte die Stadt sauber gefegt. Die Straßen schienen von dem üblichen Unrat gereinigt, und der klare Himmel über den abfallenden Dächern der Gassen war von einem leuchtenden Azurblau. Helles Sonnenlicht fiel auf die Ziegelmauern der Kirche und betonte ihr strenges Profil. Auf der Via Porticata öffneten die Händler ihre Läden, während eine Schar Soldaten, die nach Lodi unterwegs war, durch die Porta Romana zog.

Lanfranco blieb vor dem Kloster stehen. Neben dem schweren, halb geöffneten Eichentor hielt ein mit Bauholz beladener Karren. Der alte Gaul, der ihn zog, drehte seinen Kopf nach ihm um, glotzte ihn eine Weile an und stieß dann ein heiseres Wiehern aus.

»Was gibt es denn da zu jammern, du blödes Vieh! Bleib schön so stehen, wir sind bald fertig!«

Der Fuhrmann, der im Eingang des Klosters aufgetaucht war, ging zu seinem Karren und hob einen schweren Balken herunter. Lanfranco sprach ihn an.

»He, du da, kannst du mir sagen, wie man da reinkommt?«, fragte er grob.

Der Fuhrmann, dem der herrische Tonfall nicht passte, wollte gerade eine patzige Antwort geben, als die Schwester Pförtnerin aus dem Tor kam.

»Herr?«, fragte sie zuvorkommend mit einem Blick auf die

vornehme Aufmachung des Fremden. »Kann ich Euch behilflich sein?«

»Ja, Schwester«, antwortete Lanfranco mit bescheidener und respektvoller Miene, »ich würde gern mit Eurer Äbtissin sprechen. Die Dringlichkeit der Angelegenheit hat mich daran gehindert, meinen Besuch durch einen Diener ankündigen zu lassen, doch wenn es möglich ist, würde ich sie gern aufsuchen. Wenn Ihr sie fragen könntet, falls ich nicht ungelegen komme …«

»Kommt herein, Herr, kommt herein. Ihr könnt im Kreuzgang warten, während ich nachsehe, ob sie Euch empfangen kann. Ich würde Euch ja ins Besuchszimmer führen, aber dort werden gerade Zimmerarbeiten durchgeführt. Seht Ihr, wie viel Holz unser Eusebio abgeladen hat? Die Arbeiten sind recht langwierig, weshalb das Besuchszimmer für ein paar Tage nicht zur Verfügung steht. Im Kreuzgang wird Euch niemand stören. Die Arbeiter sind beschäftigt, und die Schwestern gehen ebenfalls ihren gewohnten Pflichten nach. Auch ich muss mich gleich wieder entfernen – wenn Ihr wüsstet, wie viel zu tun ist, damit alles im Kloster seinen reibungslosen Gang geht. Kommt mit, Herr, folgt mir …«

Lanfranco tat wie ihm geheißen. Der Fuhrknecht konnte kaum glauben, dass es sich bei dem Mann, der in diesem honigsüßen Ton mit der Schwester sprach, um denselben handelte, der ihn gerade angeherrscht hatte. Er schüttelte den Kopf, murmelte eine Verwünschung und nahm seine Arbeit wieder auf.

Die Tauben drängten sich umeinander, wobei ihre Schwanzfedern aus dem Gewirr von Flügeln nach oben ragten, während die Köpfe im Gras steckten und nicht zu sehen waren.

Lanfranco, den dieses gierige Schauspiel unwillkürlich anzog, hatte das Eintreffen der Äbtissin nicht bemerkt.

»Wenn mich jemand zu sprechen wünscht, nennt er normalerweise zumindest seinen Namen!«

Eufrasias strenger Ton traf ihn unvermutet. Er drehte sich um und sah eine alte, buckelige Nonne, deren greisenhafte Gestalt nicht zu ihrer herben, gebieterischen Stimme passte. In gespielter Zerknirschung senkte er den Kopf und setzte ein Lächeln auf.

»Verzeiht, Magistra, die Eile ist oft eine schlechte Ratgeberin. Ich heiße Lanfranco Calgario und bin gekommen, um mich nach jemandem zu erkundigen, den Ihr vielleicht gekannt habt.«

Eufrasia wurde grau im Gesicht, und ihr Mund öffnete sich zu einem stummen Schrei. In ihrem Kopf setzte ein Dröhnen ein, das dumpf in den Ohren widerhallte und für einen langen Moment jede andere Wahrnehmung ausschaltete. Als Lanfranco ihren benommenen Gesichtsausdruck sah, wurde er wachsam.

»Sind wir uns vielleicht schon einmal begegnet, Magistra?«

Eufrasia antwortete nicht. Ihr Blick war hart wie Stein geworden, und ein immer heftigeres Zittern schüttelte ihre schmalen Schultern. Verwundert über dieses seltsame Verhalten der Nonne, wollte Lanfranco gerade etwas hinzufügen, als zwischen den Säulen des Kreuzgangs eine Novizin erschien. Obwohl sie eine Ordenstracht trug und ihr Gesicht von dem Kopfschleier umrahmt wurde, erkannte er sie sofort. Eufrasias Herz schlug bis zum Hals, als sie seinem Blick folgte und sich umdrehte. Allegranza stand unbeweglich da und sah zu ihnen herüber.

»Geh weg! Geh sofort in deine Zelle zurück!«

Der geschriene Befehl der Äbtissin hallte im Kreuzgang wider. Einige Tauben flatterten, erschreckt von diesem ungewohnten Lärm, aufs Dach.

Allegranza zögerte, wie gebannt von der Furcht, die sie in Eufrasias Stimme hörte. Sie starrte den Besucher an, dessen

Gesicht ihr bekannt vorkam, aber sie erinnerte sich nicht, wo sie ihn schon einmal gesehen hatte.

»Was ist, hast du mich verstanden oder bist du taub geworden?«, brüllte Eufrasia und machte ein paar energische Schritte auf Allegranza zu.

Lanfranco fasste die Äbtissin am Arm und hielt sie zurück.

»Aber Magistra, wer wird denn so streng mit einer armen Novizin sein?«

Eufrasia packte seine Hand mit krallenartigen Fingern und entfernte sie angewidert von ihrem Arm.

»Wagt es nicht, mich anzufassen, Lanfranco! Ich will kein Wort mehr von Euch hören. Verschwindet sofort von hier. Das hier ist ein Kloster, ein geweihter Ort. Kein Ort für Vergewaltiger und Mörder! Verschwindet!«

Das falsche Lächeln auf Lanfrancos Gesicht verschwand. Er blickte stumm von der Äbtissin zu Allegranza und seine bis dahin geschickt bemäntelte Brutalität brach wie ein Sturzbach hervor. Eufrasia konnte sich kaum noch aufrecht halten und musste sich mit beiden Händen an einer Säule abstützen. Der Name, mit dem sie den Mann angesprochen hatte, war Allegranza nicht entgangen, und sie begriff langsam. Ein eisiger Ring aus Furcht und Entsetzen legte sich um ihren Körper und ließ ihr Blut gefrieren. Ihre Beine waren wie Blei, und selbst wenn sie den Willen aufgebracht hätte kehrtzumachen, hätte sie es nicht mehr gekonnt.

Lanfranco ging auf sie zu, die rechte Hand in der Tasche seines Gewandes vergraben. Eufrasia richtete sich auf und verbaute ihm mit einem katzenhaften Sprung, den niemand dieser Greisin zugetraut hätte, den Weg.

Lanfranco versetzte ihr mit der flachen Hand einen heftigen Stoß, sodass sie zurücktaumelte, und stampfte mit wutverzerrter Miene, in der sich nun seine ganze Grausamkeit abzeichnete, an ihr vorbei.

»Lauf, Allegranza, schnell, lauf weg, lauf!«

Was zuerst nur als verzweifeltes Flüstern aus Eufrasias Kehle gekommen war, wurde zu einem lauten, gebieterischen Schrei, der Allegranza endlich aus ihrer Erstarrung aufrüttelte. Das Mädchen sah sich nach Hilfe um, doch der Kreuzgang war verlassen, und so rannte sie auf die Klosterpforte zu.

Fluchend wollte Lanfranco die Verfolgung aufnehmen, doch Eufrasia war schneller. Mit einem verzweifelten Satz, der sie zu Fall brachte, packte sie den Saum seines Gewandes und klammerte sich daran fest. Lanfranco stolperte und stürzte ebenfalls zu Boden. Er kämpfte sich auf die Knie, zog mit einem zornigen Knurren ein Messer aus der Tasche und stach zu.

In einem einzigen Moment, der für sie sehr lang war, sah Eufrasia ihr Leben an sich vorbeiziehen. Ihr Geist richtete sich ganz auf Gott und bat ihn um Gnade und Vergebung für all ihre Sünden, sodass sie den Schmerz nicht einmal bemerkte. Die letzten Geräusche, die sie hörte, drangen wie aus großer Ferne an ihre Ohren, und die entsetzten Schreie der Mitschwestern erschienen ihr wie das Piepsen der jungen Spatzen im Nest. Dann wurde alles dunkel, und sie hauchte ihr Leben aus.

KAPITEL 44

Matthew lief verunsichert durch die Gassen, Straßen und Durchgänge, die in das Viertel der Böhmin führten. Die Wegstrecke zwischen seinem Kloster und diesem Stadtbezirk war nicht gering und von Läden, Kirchen und anderen Konventen gesäumt, die er immer noch nicht richtig voneinander unterscheiden konnte.

Sein Wunsch, Guglielma wiederzusehen, war immer dringender geworden. Er hatte lange in der nächtlichen Dunkelheit seiner Zelle darüber nachgedacht, während er Hamids leisem Schnarchen zuhörte, und sich wiederholt gesagt, dass er sie nicht aufsuchen durfte. Es wäre ein zu großes Risiko für ihn und damit auch für Arnolfo, der sich mit solcher Sorgfalt aus den Fallstricken der Inquisitoren zu befreien suchte. Andererseits war der Drang, der ihn zu ihr hinzog, wie die Strömung eines der breiten Flüsse seiner fernen Heimat: ruhig, aber unaufhaltsam.

Die Zeit, die er in der letzten Woche mit dem kleinen Hamid im Kloster verbracht hatte, hatte ihn zum Teil von seinem obsessiven Wunsch abgelenkt. Und doch war es gerade der Junge gewesen, der ihm an diesem Morgen zu einer Entscheidung verholfen hatte. Nach dem Frühstück im Gästehaus war Hamid in die Zelle gerannt gekommen und hatte ihm erregt erzählt, dass Guglielma ihm in der vergangenen Nacht im Traum erschienen sei und ihn von der Loggia ihres Hauses aus gerufen habe. »Sie hatte eine Kerze in der Hand«, berichtete er, »und während sie mit mir sprach, wurde die Flamme immer größer und hüllte ihren ganzen Körper ein. Am Ende war alles voller Feuer, aber sie blieb einfach stehen und lächelte, und ich sah, wie sie ihre Lippen bewegte, aber ich konnte nichts verstehen ...« Während Matthew noch nach Worten suchte, um den von seinem Traum verängstigten Knaben zu beruhigen, kam ihm der Gedanke, dass Hamids Vision eine Art Prophezeiung sein könnte, ein Aufruf, der eigentlich an ihn gerichtet war. Vielleicht hatte der kleine Sarazene wieder einmal als Bote gedient, vielleicht wollte die Böhmin ihn treffen ... Sagten nicht alle, dass diese Frau eine Seherin sei? Jedenfalls, hatte er gedacht, konnte ihm ein Spaziergang durch die Stadt nur gut tun und ihm helfen, einen klareren Kopf zu bekommen. Also hatte er nach der Morgenandacht mit verhaltener Zuversicht das Kloster verlassen und sich auf den Weg zum Broletto gemacht.

Doch je weiter er sich von San Simpliciano entfernte, desto wankelmütiger wurde er. Was tat er da? Welche Gefahren würde er mit seinem unvorsichtigen und impulsiven Naturell noch heraufbeschwören? Er wusste wohl, dass er sich auf ein Spiel einließ, dessen Ausgang er nicht kannte, aber was ihn wirklich beunruhigte, war noch eine andere Frage. Mehr als die eigene Waghalsigkeit fürchtete er Arnolfos Zorn, der sicher wie ein Hammer auf ihn niedergehen würde, wenn der Abt von seiner neuerlichen Begegnung mit der Böhmin erfuhr. Andererseits, dachte er mit einem Hauch von Bitterkeit, war Arnolfos Großzügigkeit der vergangenen Monate ja nicht ganz uneigennützig gewesen. Er hatte ihn für seine Zwecke benutzt, die zwar ehrenhaft und löblich waren, aber durchaus auch mit seiner Machtposition in Verbindung standen. Im Übrigen hatte Matthew nicht vor, in dieser Stadt den Rest seines Lebens zu verbringen, sondern er würde bald von hier fortgehen. Sein Auftrag war erledigt, sodass ihn nichts mehr in Mailand hielt.

Vielleicht würde er mit Aimone ins Augusta-Tal zurückkehren oder, wenn der Allmächtige es ihm gestattete, sich endlich auf die Rückreise in seine Heimat machen.

Ganz in seine Gedanken versunken, bemerkte er den aufgeweichten, fauligen Abfallhaufen am Straßenrand nicht. Er trat mit seinen bloßen, nur in Sandalen steckenden Füßen hinein und wäre beinahe ausgerutscht. Als er an sich hinunterblickte, sah er, dass der untere Rand seiner Kutte mit Schmutz besudelt war. Er griff nach einem Zipfel, um den Dreck abzuschütteln, jedoch ohne großen Erfolg. Seufzend sah er auf und erkannte, dass er an der Einmündung der Gasse in die breite Straße namens San Pietro all' Orto stand.

Er war immer noch unsicher, ob er weitergehen sollte, als er plötzlich Schreie und Rufe hörte und ihm ein beißender Brandgeruch in die Nase stieg. Neugierig bog er um die Ecke, hielt aber gleich wieder inne. Um Guglielmas Palazzo hatte sich eine kleine, wogende Menge gebildet, die angstvoll nach oben blickte. Aus den beiden Fenstern der Loggia quollen dunkle Qualmwolken hervor, die der böige Wind über die Straße verteilte. Entsetzt wollte Matthew näher herangehen, aber ein starker Hustenanfall hielt ihn zurück.

»Wasser, holt Wasser, schnell!«

Vor Angst schrille Stimmen riefen durcheinander, während aus den Seitengassen schon Männer, Frauen und Kinder mit Eimern, Töpfen, Fässern und Bottichen voller Wasser herbeieilten.

»Seht nur! Das Feuer breitet sich aus!«, rief eine Dienstmagd und zeigte auf die Tür eines Nachbarhauses, aus der ebenfalls Rauch kam.

»Oh Gott, was sollen wir jetzt tun? Jemand muss zum Broletto laufen, das Feuer melden und um Hilfe bitten!«

Die furchtsamen Schreie wurden von einem beharrlichen Läuten übertönt, denn die Glocken von San Pietro all' Orto schlugen bereits Alarm und wurden nach wenigen Augenblicken von denen der umliegenden Kirchen unterstützt. Matthew stand an eine Mauer gedrückt und starrte mit vom Qualm geröteten Augen auf die halb offene, brandgeschwärzte Tür des Palazzos. Dahinter waren hohe Flammen zu erkennen, deren rötliches Aufzucken auch durch die Ritzen der kleinen, verriegelten Fenster im Erdgeschoss drang, während ein von oben kommendes Prasseln darauf schließen ließ, dass das Feuer schon an den Bodendielen des ersten Stockwerks fraß.

Der Wind wurde stärker. Plötzlich schoss eine riesige Feuerzunge brüllend aus dem Dach, wurde von einer besonders heftigen Windbö vorangetrieben und berührte Wände, Flure, Ziegeln und Loggien der umstehenden Häuser mit ihrem zerstörerischen Schlag. Die Menschenmenge schrie auf. Wasserbehälter fielen zu Boden und rollten davon, während alle sich zu weiter entfernten Gassen und Plätzen flüchteten. Matthew war starr vor Entsetzen über dieses Schauspiel. Erst als ein flüchtender Mann ihn umstieß, rappelte er sich auf und wich zurück, gerade noch rechtzeitig, ehe Guglielmas hölzerne Loggia in lauter brennende Stücke zerbarst und kurz vor seinen Füßen niederkrachte.

Von der Menge mitgerissen, brachte auch er sich in Sicherheit, doch seine Gedanken kreisten um die Böhmin. Hatte sie sich retten können? Und ihre Anhänger? Hatten sich vielleicht noch mehr Menschen im Haus befunden, als der Brand ausbrach? Er betete zu Gott, dass es nicht so war, und fragte sich nach der Ursache des Feuers. Konnte es sein, dass am helllichten Tag, mitten im Sommer, wenn die Feuerstellen nur zum Kochen gebraucht und also gut bewacht wurden, ein überspringender Funke diese Katastrophe ausgelöst hatte? Vielleicht war der Brand ja absichtlich gelegt worden. Ein kalter Schauer lief ihm über den verschwitzten Rücken. Dann konnte sich der Anschlag nur gegen die Böhmin gerichtet haben!

Plötzlich fand sich Matthew vor der Fassade der Hauptbasilika wieder. Ihre Glocken läuteten ununterbrochen, und vom Broletto trabte eine Schar Soldaten auf San Pietro all' Orto zu. Obwohl zahlreiche Gassen den Bereich des Feuers von der Hauptkirche trennten, war der Brandgeruch schon bis hierher gedrungen, und als er sich umdrehte, sah er mit Schrecken, dass weitere Feuerzungen sich über den Dächern reckten.

»Was ist, erbärmlicher Mönch, was stehst du hier rum wie eine Heiligenstatue? Hilf mir lieber, diesen Eimer zu schleppen! Siehst du nicht, dass die ganze Stadt in Brand gerät?«

Matthew starrte den Mann, der ihn so rüde zurechtgewiesen hatte, mit leerem Blick an. Ohne etwas zu erwidern, drehte er sich um und rannte davon, von einer unbeherrschbaren Furcht getrieben. Er hörte die Beschimpfungen nicht, die ihm hinterhergerufen wurden, und lief weiter, bis er nicht mehr konnte. Keuchend stützte er die Hände auf die Knie und holte Atem. Als er seinen Weg nach San Simpliciano fortsetzte, liefen ihm heiße Tränen der Angst und Scham über die Wangen.

Juditha hielt eine Schüssel voll Wasser in den Händen. Auf der Oberfläche bildete ein Ölfilm undeutliche Schlieren, die nur sie zu lesen verstand.

Durch die angelehnte Tür ihrer Hütte fiel ein Sonnenstrahl herein, der eine lange, weiße Linie auf den Boden aus gestampfter Erde zeichnete und von zwei wackeligen Brettern der gegenüberliegenden Wand verschluckt wurde. Die Frau ließ die Schüssel aus dunkler Bronze vorsichtig kreisen, worauf das Wasser sich einen Moment lang kräuselte und dann wieder still wurde.

Juditha betrachtete mit halb geschlossenen Augen die Oberfläche, während ihr Körper ganz starr wurde. Ihr Atem ging schneller, und ihre Finger unter dem Boden der Schüssel begannen unmerklich zu zittern. Nacheinander fielen zwei

Schweißtropfen von ihrer Stirn in das Wasser und bildeten kleine, konzentrische Kreise, die beim Kontakt mit dem Ölfilm aufbrachen und neue, bizarre Muster bildeten.

Aus Judithas halb geöffnetem Mund drang ein Klagelaut, der leise begann und dann immer lauter wurde, bis er zu einem lang gezogenen Schrei anstieg. Eine Lerche flog erschreckt vom Ast eines nahen Baumes auf.

So plötzlich, wie er entstanden war, brach der schaurige Laut wieder ab.

Die Frau nahm die Schüssel, stieß mit dem Ellbogen die Tür ihrer Hütte auf und ging zu einem winzigen Schuppen. Dort kippte sie die Flüssigkeit in das wuchernde Unkraut, wo sie sofort von der trockenen Erde aufgesogen wurde. Sie richtete ihre grünen Augen auf die Wipfel der Bäume, und der böige Wind fuhr ihr in die roten Haare. Über den blauen Himmel, der durch das dichte Laubwerk nur in Ausschnitten zu sehen war, zog sich ein langer, schnell vorankommender grauer Streifen.

Juditha drückte die leere Schüssel an ihre Brust und murmelte einen einzigen Satz.

»Alles erfüllt sich nun.«

Dann stellte sie die Schüssel auf dem Boden ihrer Kate ab, schlang die Arme um ihr zerlumptes Kleid und ging auf die Lichtung zu.

KAPITEL 45

Nisan lief unruhig durchs Haus. Ab und zu senkte er den Kopf und schnupperte mit gerecktem Schwanz nach ungewohnten Gerüchen. In den Ecken des Zimmers roch es muffig nach Schimmel. Die Tresortruhe war an die Tür gezogen worden, und ein großes, unförmiges Bündel aus Hanftuch, das Racheles sämtliche Besitztümer enthielt, lag auf dem Boden. Durch die Lederriemen, die es zusammenhielten, war Isaacs Gehstock gesteckt. Der Silberspiegel, der immer noch in das Tuch eingehüllt war, hing nicht mehr an der Wand, sondern lehnte an der Truhe.

Als könne sie sich nicht von dieser elenden Hütte trennen, vollführte Rachele immer wieder die gleichen Handgriffe. Sie stellte das angeschlagene Geschirr neben der Feuerstelle zusammen, rückte die beiden Stühle an den Tisch und klopfte die Strohsäcke zurecht. Ihr olivfarbener Teint hatte eine graue Schattierung angenommen, und ihr altes Kleid hing lose um ihren abgemagerten Körper. Nur die pechschwarzen Haare, die noch nicht unter der Haube steckten, hatten nichts von ihrem natürlichen Glanz verloren und fielen ihr bei jeder Bewegung widerspenstig ins Gesicht.

Aimone, der ihr seit über einer Stunde geduldig zusah, konnte sein Missbehagen nicht länger verbergen.

»Rachele, wir müssen gehen. Hier gibt es nichts mehr, das Euch hält, und der Maulesel steht bereit vor der Tür. Kommt, lasst uns aufbrechen.«

Die junge Frau sah ihn mit tränenverschleierten Augen an, und Aimone nahm sie wortlos in die Arme. Sie lehnte sich an ihn, ließ endlich dem Schluchzen freien Lauf, das ihr seit Stunden die Brust eng machte, und weinte wie ein Kind.

Aimone wusste, dass jedes weitere Zureden zwecklos war und nahm einfach ihre Tränen in sich auf, wobei er versuchte, nicht auf die Erregung zu achten, welche die enge Berührung mit Racheles Körper ihm verursachte. Seine Gedanken zerstreuten sich und kehrten gleich wieder in die Gegenwart zurück. Die Erinnerung an das lange und so wichtige Gespräch, das er vor zwei Tagen mit Rachele gehabt hatte, trieb ihn noch immer um. Rachele hatte in diesem Zimmer, das noch durchtränkt war vom Geruch des Todes, vor ihm gesessen und ihm zugehört. Zuerst war sie sehr verwundert gewesen, doch nach und nach hatte ihr Gesicht einen neuen, forschenden Ausdruck angenommen, und sie hatte ihn lange ruhig betrachtet. In dem Gefühl, dass dieser Blick bis auf den Grund seiner Seele reichte, hatte er ihr das seltsame, unerwartete Glück gestanden, das er seit der ersten Begegnung in ihrer Gegenwart empfand. Er hatte Schamhaftigkeit und Zurückhaltung über Bord geworfen und ihr von seinem Leben und seiner Burg, von seinem Sohn und seiner viel zu früh verlorenen Frau erzählt. Am Ende hatte er sie gebeten, ihn nach Graines zu begleiten. Er könne ihr dort Schutz und Unabhängigkeit bieten, und wenn die Zeit ihre Wunden geheilt habe, würde er sie, wenn sie wollte, eines Tages zu seiner Frau machen. Rachele hatte nicht gleich geantwortet, sondern mit dem Gesicht zwischen den Händen, die Ellbogen auf die Knie gestützt, lange dagesessen. Dann hatte sie den Kopf gehoben und leise nur wenige Worte gesagt: »Einverstanden, ich werde mit Euch kommen.« Aimone, der mit Freuden sein Lehen und all seinen Besitz aufgegeben hätte, damit sie einwilligte, hatte sich vor sie niedergekniet und ihre Hände geküsst.

Auch Rachele musste, als sie nun in den Armen von Aimone lag, an dieses Gespräch denken. Noch nie war sie mit solchem Respekt und solcher Verehrung behandelt worden, sie konnte es nicht fassen. Dieser Mann, dieser fremde Edelmann, kniete hier vor ihr und bat sie, sein Leben mit ihm zu teilen. Warum? Was für Gründe konnte er haben, ihr ein so großes Geschenk zu machen? Ihre natürliche Skepsis riet ihr zur Vorsicht, und doch fühlte sie sich durch einen unerklärlichen Einklang der Gefühle zu Aimone hingezogen. Was faszinierte sie nur so an diesem Mann? Seine Seelenstärke in Verbindung mit einer außergewöhnlichen Sanftheit oder seine Leidenschaft, die er zwar streng zügelte, die sie aber seinen leuchtenden Augen und seinen verhaltenen Gesten deutlich anmerkte? Und sie selbst, die sie die Liebe noch nie erfahren hatte, was empfand sie für ihn? Konnte es sein, dass diese Mischung aus Zärtlichkeit und Dankbarkeit, dieses seltsame Schwächegefühl im Magen, das sie überkam, wenn sie ihm in die Augen sah, Liebe war? Was rechtfertigte diese Empfindungen? Wie konnte sie sich in so kurzer Zeit in einen Mann verlieben, der seiner Herkunft nach so verschieden von ihr war? Und wie wollte sie sicher sein, dass diese Verliebtheit sich nicht erschöpfte, wenn ihre Angst vor der Zukunft erst einmal durch die Sicherheit des Lebens mit dem Burgherrn gelindert worden war? Doch als sie Aimones feurigen und zugleich flehenden Blick sah, fühlte sie sich mehr und mehr zu ihm hingezogen; sie wollte ihm um den Hals fallen, wollte in seine starken Arme sinken und endlich die Ruhe und Heiterkeit finden, die ihr bisher niemand hatte geben können. Aber dann schob sie diese Anwandlung beiseite und lächelte ihn nur unsicher an. Sie würde ihre Gefühle verbergen und darauf warten, dass die kommenden Tage und Monate eine Wahrheit an den Tag brachten, die sie selbst noch nicht zu kennen wagte.

Sie hatten noch lange so dagesessen, und Aimone hatte ihr

mit den Fingerspitzen zart die Hände gestreichelt. Ehe er sich verabschiedete, hatte er gesagt, dass er ihre noch ausstehenden Schulden übernehmen werde; sie solle sich nur darum kümmern, ihre Sachen zu packen und sich reisefertig zu machen. In ein paar Tagen, sobald er seinen letzten Obliegenheiten in der Stadt nachgekommen sei, würden sie ins Augusta-Tal aufbrechen.

Nisan hatte sich nun endlich beruhigt und döste auf der Türschwelle. Plötzlich hob er jedoch die Schnauze und begann wie verrückt zu schnüffeln. Dann sprang er hinaus auf die Gasse, zögerte kurz und ließ ein lautes Winseln ertönen, gleichzeitig waren Stimmengewirr und Glockengeläut zu hören.

»Herr, kommt schnell heraus! Im Stadtzentrum muss ein Feuer ausgebrochen sein!«

Aimones Diener klopfte erschrocken an die angelehnte Tür. Rachele löste sich aus der Umarmung des Burgherrn und stürzte hinaus: Ein unverwechselbarer Brandgeruch lag in der Luft, und über den Dächern trieb der Wind eine lang gezogene schwarze Qualmwolke vor sich her.

»Schnell, Rachele, nehmt Eure Sachen! Und du, Joseph, hilf mir, die Truhe hinauszutragen. Wir müssen schleunigst von hier fort!«

Der Diener gehorchte dem knappen Befehl, ging ins Haus und packte die große Truhe an einer Seite. Rachele nahm ihr Hanfbündel und lud es auf die Kruppe des Maultiers. Dann hob sie Nisan auf den Arm.

»Sie sagen, dass der Brand in der Nähe der Hauptbasilika entstanden ist«, sagte Joseph keuchend. »Wir können auf keinen Fall durch die Porta Romana in Euer Stadtviertel gelangen, Herr, sonst treffen wir auf das Feuer! Wir müssen einen anderen Weg suchen, aber welchen? Wir kennen Mailand nicht gut genug, um …«

»Ich werde Euch den Weg zeigen«, schaltete sich Rachele

ein, »es gibt wahrscheinlich nur eine Möglichkeit. Wir müssen ein Stück um den Ringgraben herumgehen, bis wir zur Fabbri-Pforte kommen. Durch diese Pforte können wir in die Stadt gelangen und sind schnell in dem Viertel, wo Ihr Euer Quartier habt.«

»Aber müssen wir nicht einen großen Umweg machen, wenn wir diese Route nehmen?«, wandte Aimone ein. »Ich habe gehört, dass es auf der Straße nach Lodi von Soldaten nur so wimmelt, und ich möchte unter keinen Umständen etwas mit ihnen zu tun bekommen.«

»Nein, Aimone, wir dürften nicht mehr Soldaten vor den Stadtmauern begegnen als gewöhnlich«, erwiderte Rachele. »Wir werden durch ein paar Gassen gehen und dann an einigen Lagerhäusern, kleinen Meierhöfen und Mühlen vorbeikommen, die an den Zuflusskanälen des Stadtgrabens liegen, ohne uns jedoch wirklich bis hinaus aufs Land zu begeben.«

»Gut, dann soll es mir recht sein. Verlieren wir keine Zeit mehr!«, rief er Joseph zu.

Der Diener richtete den Packsattel des Maulesels und schnallte die Lederriemen, mit denen Racheles Hausrat auf seiner Kruppe angebracht war, unter seinem Bauch fest. Dann ergriff er die Zügel und führte das Lasttier vorwärts. Doch das unaufhörliche Glockengeläut und die Schreie der Menschen, die aus ihren Hütten gestürzt kamen und die enge Gasse verstopften, hatten den Maulesel nervös gemacht, sodass er sich nur widerstrebend bewegte. Auf einmal stemmte er bockend die Vorderhufe in den Boden und blieb vollends stehen. Isaacs Medizintruhe geriet gefährlich ins Schwanken, und nur Aimones Geistesgegenwart verhinderte, dass sie herunterfiel.

»Sieh mal!«, zischte eine Frau ihrem Ehemann zu, während sie wie alle anderen auf die Straßenerweiterung zuliefen, die zum Stadtgraben führte. »Die Jüdin geht fort! Und ihr Vater? Wo ist denn ihr Vater? Kennst du den Mann, der bei ihr ist?

Hast du seine Kleidung gesehen – er muss ein Adeliger sein! Was will er denn mit einer Bettlerin wie der?«

»Mein Gott, was kümmerst du dich denn jetzt um die Jüdin, wo ein Feuer in der Stadt wütet!«, entgegnete ihr Mann zornig und zog sie am Arm weiter. »Sehen wir lieber nach, ob wir helfen können, und lass uns hoffen, dass das Wasser des Stadtgrabens die Flammen aufhält, falls sie bis hierher kommen!«

Nisan saß zitternd auf dem Arm seiner Herrin und schnupperte unentwegt, wobei hin und wieder kleine Tropfen aus seiner feuchten Nase auf Racheles Ärmel fielen und einen nassen Fleck bildeten. Rachele ging einige Schritte vor Aimone und hatte sich seit ihrem Weggang aus der Hütte nicht mehr umgedreht.

In der vergangenen Nacht war sie heimlich auf den Friedhof der Leprakranken zurückgekehrt, um sich von ihrem Vater zu verabschieden. Sie hatte über die trockenen Blätter auf seinem Grab gestreichelt, und während sie lautlos das Gebet für die Toten rezitierte, hatte sie Isaac und sich selbst geschworen, dass seine Kunst nicht verloren gehen sollte. Eines Tages würde sie, Rachele, Tochter von Isaac Ben David, Ärztin werden, auch wenn sie noch nicht wusste, wie und wo das geschehen sollte.

Die kleine Karawane schritt langsam voran. Nachdem sie sich mühsam einen Weg durch die immer dichter werdende Menschenmenge gebahnt hatten, erreichten sie bald die Straße nach Lodi. Eine Gruppe bewaffneter Reiter in Rüstungen kam aus Richtung der Stadt auf sie zu.

»Überqueren wir schnell die Straße, sonst müssen wir wer weiß wie lange warten!«, rief Aimone und bedeutete Joseph, den Maulesel am Halfter hinüberzuziehen.

Der Diener tat, wie ihm geheißen, und als sie die sechs Klafter überwunden hatten, die sie von der anderen Straßenseite trennten, betraten sie einen anderen Bezirk. Hier verlief ein kleiner Kanal zwischen den dicht stehenden ärmlichen Hütten, der von einer wackeligen Holzbrücke überspannt wurde. Dahinter konnte man das Ufer des Ringgrabens erahnen, der sich um die Stadtmauern zog und die Begrenzungslinie zum Umland darstellte.

Aimone blickte nach oben und stellte fest, dass der schwarze Streifen, der bis vor kurzem noch drohend den Himmel zerfurcht hatte, dabei war, sich aufzulösen und in lange, hellere Zipfel auszufransen. Der Wind hatte ein wenig abgeflaut und trieb die Schwaden langsam nach Osten.

Die letzten Flammen erloschen im Palazzo San Pietro all' Orto. Das in Nussöl getränkte Leinentuch hatte ganze Arbeit geleistet.

KAPITEL 46

Völlig außer Atem nach diesem Lauf zur Porta Romana, drehte Allegranza sich um. Auf der Via Porticata drängten sich erschreckte Menschen, die auf die Gassen um den Brolo-Bezirk zueilten. Von den Laufgängen der Stadtmauer aus brüllten die Wachen einem in Formation aufgestellten Trupp Soldaten auf dem kleinen Platz darunter Befehle zu, während ein weiterer Trupp gerade zum Tor hinausmarschierte.

Allegranza suchte mit angstvollen Augen die Straße ab, doch selbst wenn der Verfolger ihr dicht auf den Fersen war, würde sie ihn in diesem Gewimmel nicht erkennen. Der beißende Rauch, der die Luft verpestete, musste von einem Feuer stammen, das irgendwo ausgebrochen war, und es schien ein großer Brand zu sein, nach dem Durcheinander zu schließen, das in der Stadt herrschte. Sie befahl sich, nicht an Eufrasia und den verzweifelten Schrei zu denken, mit dem diese sie zur Flucht aufgefordert hatte, und überlegte fieberhaft, was sie tun sollte. Wenn Lanfranco ihr Versteck im Lentasio-Kloster kannte, wusste er sicher auch, wo ihre Eltern wohnten; es wäre dumm, dorthin zu laufen. Doch wohin konnte sie fliehen? Sicher nicht ins Stadtzentrum, wo sie bei dem Gedränge kaum vorankam und niemand sie beschützen würde. Der Wald! Ja, dorthin musste sie laufen, in den Quadronno-Wald! Zwischen seinen Bäumen und Büschen würde es leichter sein, sich zu verstecken, und außerdem hieß es, in der Nähe der Lichtung wohne eine weise Frau, vielleicht konnte sie die um Hilfe bitten …

Nach einem ängstlichen Blick über die Schulter ging sie langsam weiter. Schließlich trug sie eine Nonnentracht, und eine Novizin, die wie eine Verrückte auf das Stadttor zurannte, würde nur Aufmerksamkeit erregen. Sie musste unbedingt Ruhe bewahren. Sie hielt den Schleier fest, der ihre Haare bedeckte, und näherte sich gemessenen Schrittes dem Turm. Die letzten Soldaten des Trupps auf dem Marsch nach Lodi waren schon über den Stadtgraben hinaus. Allegranza mischte sich unter ein Pilgergrüppchen und konnte die Brücke unbeobachtet überqueren.

Sie schlug nicht die gewohnte Richtung nach San Calimero ein, sondern bog nach links ab, lief durch eine gewundene Gasse und kam schließlich hinter dem Hospital von San Lazzaro heraus, nicht weit von dem Haus der Jüdin. Ihr Herz hämmerte in ihrer Brust, und sie blieb einen Moment stehen und lehnte sich an die schiefe Wand einer verfallenen Hütte, wo sie sich vorsichtig umsah. Der einzige Mensch weit und breit war ein kleines Kind, das halb nackt in der Tür seiner Wohnstatt stand und sie beobachtete.

Allegranza fing wieder an zu laufen. Sie überquerte die große Straße, wobei sie fast unter das Maultier eines Pilgers geriet, der in dieselbe Richtung wollte, und stürzte sich in die Gassen auf der anderen Seite. Der Wald war nun nicht mehr weit.

Wenn er nicht Wichtigeres im Kopf gehabt hätte, wäre es Friedrich sicher eingefallen, einen launigen Scherz über die junge Nonne zu machen, die rannte, als wäre der Teufel hinter ihr her, und sich beinahe vor sein Maultier geworfen hätte. Doch so beschränkte er sich auf ein Lächeln und fragte Tarik, der neben ihm ritt, ob es noch weit sei bis zur Straße nach Pavia. Die große Gruppe von Waffenknechten auf dem Weg nach Lodi, die sie gerade an sich vorbeiziehen lassen hatten, hatte ihn in seiner Entscheidung über die einzuschlagende Richtung bestätigt. Gut, dass er auf seinen Diener gehört hatte: Es wäre zu gefährlich gewesen, die kürzeste Route zu wählen, und auch wenn die Straße nach Pavia einen Umweg darstellte, war sie auf jeden Fall sicherer.

»Nein, Herr, es ist nicht mehr weit«, antwortete Tarik. »Seht Ihr die Bäume dort drüben? Das ist der Bosco del Quadronno. Die Straße, die wir nehmen müssen, beginnt direkt dahinter.«

Ein Wald ... Friedrichs Herz setzte einen Schlag lang aus. Er hatte die Prophezeiung der Böhmin fast vergessen. Nachdem er eine schlaflose Nacht mit Grübeleien über die Bedeutung ihrer Worte zugebracht hatte, hatte er beschlossen, nicht mehr an diesen Unsinn zu denken. Er hatte schließlich andere Sorgen, und es erschien ihm als pure Zeitverschwendung, auf die Wahnvorstellungen einer Besessenen zu hören, bloß weil sie ihn erkannt hatte und von seiner Krankheit wusste. Und doch – ein Teil der Stadt brannte, wie diese Frau es anscheinend vorausgesagt hatte, und als die Hufe seines Maultiers in das weiche Gras des Waldes traten, wurde Friedrich von einer großen Unruhe ergriffen. Er tastete nach dem Sack mit dem Falken, der gut befestigt und perfekt ausbalanciert auf der Kruppe des Reittieres saß und bei jedem Schritt leicht mitschaukelte. Der Kaiser sah nach oben. Unter der dünner gewordenen Rauchwolke, die immer noch den Himmel verdeckte, flog eine weiße Taube und begann weite Kreise über ihnen zu beschreiben.

Friedrich hielt an. Unter den erstaunten Blicken von Tarik und Aisha band er den Sack auf, zog seinen Lederhandschuh über und setzte den Falken auf seine Faust. Dann befahl er, in den Wald hineinzureiten.

Obwohl er das Gefühl hatte, dass sein Gesicht in Flammen stand, war Lanfranco leichenblass. Der Schweiß, den seine dichten, gerunzelten Brauen nicht mehr auffangen konnten, rann ihm in die Augen, und sein Gewand mit dem großen Blutfleck klebte ihm am Körper.

Wo war diese verfluchte Hündin abgeblieben? Wie hatte sie ihm nur entkommen können? Als er die Schreie der anderen Nonnen gehört hatte, war er aus dem Kloster gestürzt und hatte sich unter die Menschenmenge auf der Via Porticata gemischt. Das Feuer, das an diesem Morgen ausgebrochen war, kam ihm gut zupass. Niemand würde in einer solchen Situation Zeit und Lust haben, ihn zu verfolgen. Doch er hatte bald erkennen müssen, dass das Durcheinander, das seine Flucht begünstigte, auch Allegranza schützte. Überall hatte er nach ihr gesucht, in den Durchgängen, zwischen den Verkaufsständen der Läden, in den Hauseingängen, aber ohne Erfolg. Nun hatte er die verriegelte Tür von Angiolinas und Graziolos Haus mit der Schulter aufgestoßen und die Zimmer durchsucht, ohne jemanden zu finden. Er konnte sich vor Wut kaum noch beherrschen.

Tobend stampfte er wieder auf die Gasse hinaus und sah sich um. Er war außer Atem und bekam kaum Luft, sodass er sich auf die Brust klopfte und zu kühler Überlegung und Ruhe zwang. Wo konnte Allegranza sein, wenn sie sich nicht nach Hause geflüchtet hatte? An einem anderen Ort, an dem sie sich sicher und beschützt fühlte, aber an welchem?

Seine Augen suchten aufmerksam alle Türen in der Gasse ab, an deren Ende, wo sie sich zu einem kleinen Platz erweiterte, die Kirche San Calimero die Sicht versperrte. Hinter ihren Dächern waren hohe, dicht belaubte Baumkronen zu erahnen, die eine weite, grüne Kuppel bildeten. Der Wald … Der Quadronno-Wald! Dahin konnte Allegranza geflohen sein! Warum hatte er nicht gleich daran gedacht? Er stieß einen halblauten Fluch aus und eilte auf den kleinen Kanal zu, der neben der

Kirche verlief und das Viertel von den ersten Ausläufern des Waldes trennte.

Als er die kleine Holzbrücke über den schmalen Wasserlauf überquerte, kam es Lanfranco unwillkürlich in den Sinn, dass dieses verflixte Mädchen schlau war wie ein Fuchs. Wie sollte er es in diesem dichten Wald mit all seinen Bäumen und Sträuchern und Mulden finden, zwischen denen sich selbst sein Pferd kaum orientieren konnte? Er musste besonnen vorgehen. Statt offen hineinzustolzieren, würde er sich ganz vorsichtig bewegen, würde jeden Baumstamm und jeden Busch zur Deckung nutzen und wie eine Schlange durchs Gras schleichen. Und sobald er sie sah, würde er zuschlagen und sie töten. Er musste diese Geschichte hinter sich bringen, und zwar schnell. Der Brand in der Stadt würde bis zum Abend eingedämmt sein, und dann musste er sich in der Sicherheit seines Palazzos befinden. Falls jemand kam und ihn nach seinen Schritten an diesem Tag befragte, würde sein Diener alles bezeugen, was er ihm einschärfte. Mit einem tückischen Ausdruck griff er nach dem Dolch in seiner Tasche. Ja, morgen würde alles vorüber sein.

KAPITEL 47

Allegranza blieb keuchend stehen. Ihre Brust schmerzte vom schnellen Laufen. Sie versuchte, so viel Luft in die Lungen zu saugen wie möglich, und sah sich erneut um. Jenseits des dicken Baumstamms, hinter dem sie sich verbarg, wurde das Gehölz noch dichter. Obwohl die obersten Blätter der Büsche in der Sommerhitze vertrocknet waren, boten ihre Zweige immer noch genug Schutz. Ein plötzliches Rascheln schreckte sie auf, und als sie nach oben blickte, sah sie zwei Krähen, die sich auf demselben Ast niedergelassen hatten und sie anstarrten. Auf einmal merkte sie, wie still es ringsum war; keiner der zahlreichen Waldbewohner ließ seine Stimme hören. Das Rauschen eines Baches in der Nähe war das einzige Geräusch, das durch diese unheimliche Ruhe noch verstärkt wurde.

Allegranza kauerte sich noch tiefer unter den Baum und betrachtete den Boden. Bis jetzt deuteten keine Spuren darauf hin, dass jemand anderes vor ihr hier entlanggegangen war. Sie warf noch einen sichernden Blick über ihre Schulter und schlich sich zwischen den Brombeerhecken hindurch, wobei sie dem Gurgeln des Wassers folgte. Wenn es diese Kate, von der man ihr erzählt hatte, wirklich gab, musste sie in der Nähe eines Bachs oder Kanals liegen, denn niemand konnte ohne Wasser überleben.

Als sie auf allen vieren unter einem Heckenrosenstrauch

hindurchkroch, blieb ihr Schleier an einem dornigen Zweig hängen und riss entzwei. Hastig versuchte Allegranza, ihn von den Dornen zu lösen, aber es gelang ihr nicht, denn der leichte Stoff hatte sich so fest darumgewickelt, dass er wie eine neue, seltsame Blüte an dem Strauch wirkte. Sie betrachtete ihr zerkratzten, blutigen Hände und bekam es wieder mit der Angst zu tun. Dieser Schleierfetzen konnte ihren Verfolger auf ihre Spur bringen. Das Herz schlug ihr bis zum Hals, als sie bis zum nächsten Baum schlich, langsam aufstand und das Waldstück vor sich abschätzte. Allegranza nahm all ihren Mut zusammen und beschloss, es zu riskieren. Sie raffte ihr Kleid bis zur Taille hoch und rannte los, wobei sie von einem Baum zum nächsten schnellte wie ein Hase, der von den Hunden gehetzt wird.

Nicht weit von ihr hockte Juditha im hohen Gras. Ein Lächeln huschte über ihr Gesicht, als sie Allegranza näher kommen sah.

Friedrich stand am Rand der Lichtung und streichelte zerstreut den Rücken des Falken auf seiner Hand. Etwa dreißig Schritt hinter ihm hatten Tarik und Aisha die Reittiere am dünnen Stamm einer jungen Pappel angebunden und verhielten sich ruhig, wie er es ihnen befohlen hatte.

Die weiße Taube, die bis vor kurzem noch über ihren Köpfen geflogen war, schien verschwunden. Friedrich versuchte, das Stechen zu ignorieren, das er hin und wieder noch in seinem Brustkorb verspürte, und suchte das Gehölz nach einem Lebenszeichen ab. Alle seine Sinne waren hellwach. Die ungewöhnliche Stille im Wald konnte sein Jägerherz nicht täuschen; er spürte, dass hier bald etwas passieren würde. Seine Angespanntheit übertrug sich auch auf den Falken, der sein Gewicht auf dem Handschuh seines Herrn von einem Fuß auf den anderen verlagerte. Auf einmal tauchte die Taube wieder auf. Sie flatterte auf Friedrich zu und setzte sich auf den niedrigsten Ast eines Nussbaums, der unter ihrer Last lange auf und ab wippte. Friedrich ging langsam zu ihr hin. Die Taube plusterte ihr Gefieder auf, ruckte mit dem Kopf und flog über die Wipfel der Bäume davon.

Lanfranco starrte den Schleier an und riss ihn gewaltsam von dem Rosenstrauch.

»Jetzt hab ich dich, verdammte Hündin, jetzt hab ich dich endlich!«, murmelte er vor sich hin, während er den Boden nach weiteren Spuren absuchte. Einige Schritte vor ihm schien das Gras frisch niedergetreten zu sein. Das gleichmäßige Plätschern, das er schon seit einiger Zeit hörte, wurde lauter. Es musste sich um einen der vielen kleinen Kanäle handeln, die den Wald durchzogen und an denen er schon oft sein Pferd getränkt hatte. Mit gespitzten Ohren ging er weiter, bis er an einen kleinen Hang kam. Dort hockte er sich ins Gras und beobachtete die Lichtung unten.

Und dann sah er sie.

Sie hatte ihr Kleid bis zur Hüfte hochgerafft, rannte ein Stück, duckte sich dann wieder ins Gras und sah sich um wie ein gehetztes Tier. Trotz der Entfernung konnte Lanfranco das Zittern ihrer Glieder erkennen und grinste zufrieden.

»Warte auf mich, Allegranza, warte nur … Ich bin gleich bei dir«, flüsterte er mit boshaft verzerrter Miene. Er kroch leise durch das letzte Stück Unterholz, legte sich dann auf den Bauch und ließ sich den Abhang hinunter auf die Lichtung gleiten.

Allegranza erhob sich aus ihrem zeitweiligen Versteck. Es schien ihr, als sähe sie unter dichtem Laubwerk, gleich hinter den ersten Bäumen auf der anderen Seite der freien Fläche, das Dach einer Kate. Mit einem verzweifelten Ächzen rannte sie darauf zu, ohne sich noch einmal umzusehen.

Am Fuß des Hangs angekommen, suchte Lanfranco mit den

Augen den Wald ab und sah, dass er verlassen war. Er ging auf alle viere, hob den Kopf nur so weit, dass er seine Beute sehen konnte, und schlich auf sie zu.

Friedrich war vorsichtig auf die Lichtung getreten, weil eine unnatürliche Bewegung im Gras seine Aufmerksamkeit erregt hatte. Das Schwanken der Halme war zu deutlich, um von einem kleinen, huschenden Waldtier verursacht worden zu sein. Wie zur Bestätigung seiner Vermutung schoss jäh eine weibliche Gestalt aus einer Bodensenke hervor und rannte über die Wiese. Wenn es nicht zu abwegig gewesen wäre, hätte er geschworen, dass es sich um dieselbe Novizin handelte, die ihm kurz zuvor auf der Straße begegnet war. Er fragte sich gerade, ob die Hitze ihm vielleicht zu Kopf gestiegen war, als er aus dem rechten Augenwinkel eine plötzliche Bewegung erhaschte. Friedrich zog sich ein paar Schritte hinter eine Eberesche zurück und sah genauer hin, wobei er den Falken gut festhielt. Etwa dreißig Klafter entfernt sah er einen dunklen Lockenkopf in kurzen Abständen aus dem dichten Gras herauslugen und wieder abtauchen. Er blickte zum Himmel und entdeckte die Taube, die zurückgekehrt war und ruhig über die Lichtung segelte.

»Der Falke wird das Raubtier vernichten, und die Taube wird verschont werden …« Laut wie ein Echo, das in diesem Wald der Ebene gar nicht möglich war, hallte die Weissagung der Böhmin in Friedrichs Ohren wider. Er war nun sicher, dass diese Frau die Wahrheit gesagt hatte und gleich etwas Furchtbares geschehen würde.

Umsichtig verließ er seine Deckung und glitt, begünstigt von seiner nicht sehr hohen Statur, von Baum zu Baum, bis auch er im hohen Gras stand. Dort griff er nach den Riemen, mit denen der Falke gefesselt war, und harrte regungslos aus.

Allegranza kletterte die Böschung hinauf. Obwohl der Hang nicht steil war, bekam sie kaum noch Luft. Der herbe Geruch der Angst, der von ihr ausging, vermischte sich mit dem wilden Duft des Waldes, und Bäche von kaltem Schweiß verkrampften ihre Muskeln. Als sie vorhin durch das Dornengestrüpp gekrochen war, hatte sie ihre Hand auf einem spitzen Stein abgestützt, und die noch frische Narbe zwischen ihren Fingern war wieder aufgebrochen und hatte angefangen zu bluten. Der pulsierende Schmerz in ihrer Hand stieg den Arm hinauf und breitete sich im Kopf aus.

Sie hielt einen Augenblick inne. Während sie auf ihren keuchenden Atem lauschte, drang ein Rascheln an ihre Ohren. Vor Furcht wagte sie nicht, sich umzudrehen. Das konnte er nicht sein, er konnte sie nicht gefunden haben ... Langsam, ganz langsam bewegte sie den Kopf und blickte über ihre Schulter.

Dort stand er, nur wenige Schritte von ihr entfernt.

Sein aufgedunsenes Gesicht war eine Maske der Grausamkeit: Seine irren Augen starrten sie an, die fleischigen Lippen waren zu einem Strich geworden und verzogen sich zu einem dämonischen Grinsen.

Lanfranco richtete sich zu voller Höhe auf und machte zwei Schritte nach vorn. In der rechten Hand, die noch in den Falten seines Gewandes verborgen war, hielt er bereits den Dolch.

»Jetzt bist du dran, du elende kleine Hündin. Hier gibt es keine mitleidigen Nonnen, die dir das Leben retten! Jetzt wirst du sterben wie diese Hure von deiner Mutter!«

Lanfrancos Stimme hallte laut über die Lichtung. Allegranza starrte ihren leiblichen Vater an und war unfähig, sich zu bewegen. Der Himmel schien sich zu verdunkeln, und ein dichter Nebel senkte sich über ihre weit aufgerissenen Augen.

Langsam hob Lanfranco den Arm. Die Klinge des Dolches blitzte kurz in der Sonne auf.

Ein Schrei erschütterte den Wald, der als das Jaulen eines verwundeten Tieres begann und immer lauter und durchdringender wurde. Ohne zu merken, dass sie selbst diesen markerschütternden Laut von sich gab, sah Allegranza sich nach seinem Ursprung um. Sie erblickte nur eine Taube, die sanft herbeisegelte und sich neben Lanfranco niederlassen wollte. Mit wedelnden Armen und einem Fußtritt scheuchte er sie weg und machte einen weiteren Schritt auf Allegranza zu.

Friedrich schritt leise voran. Als er die Hälfte der Lichtung hinter sich gelassen hatte, hob er den Falknerhandschuh und ließ den Falken fliegen. In der Stille des Waldes, untermalt vom trägen Plätschern der Kanäle, war der rhythmische Flügelschlag des Raubvogels gut zu hören, der sich schnell in die Lüfte schwang und am Himmel zu kreisen begann. Er stieg so hoch, dass seine elegante Gestalt kaum noch zu erkennen war. Immer höher schraubte sich der Falke in immer weiteren Kreisen, bis man ihn nur noch als dunklen Punkt am Himmel wahrnehmen konnte. Friedrich, der ihm mit dem Blick gefolgt war, kniff die Augen zusammen, um besser sehen zu können. Das helle Sommerlicht trübte sich auf einmal, und die ersten Vorboten einer dichten Wolkenwand verdeckten die Sonne. Voller Sorge beschattete Friedrich seine Augen mit der Hand und suchte weiter den Himmel ab, von Nord nach Süd, bis er ganz in der Ferne einen kleinen schwarzen Tupfen zu sehen glaubte, der langsam näher kam. Ein Lächeln erschien auf seinem Gesicht. Sein Falke hatte noch nie eine Beute verfehlt und würde es auch diesmal nicht tun … Mit einem Seufzer der Erleichterung kauerte sich der Kaiser ins Gras und wartete ab, den Blick nach wie vor gen Himmel gerichtet. Nicht weit von ihm hoppelte ein erschrecktes Kaninchen, das die nahende Gefahr spürte, Haken schlagend ins Gebüsch.

Doch der Falke beachtete es gar nicht. Langsam senkte er

sich auf die Lichtung herab, bis seine ausgebreiteten, majestätischen Flügel wieder erkennbar wurden. Er schwebte in der Luft und schien einen Moment zu zögern. Dann drehte er eine große Runde über den höchsten Baumwipfeln, legte plötzlich die Flügel an und schoss nach unten.

Lanfranco merkte nicht, dass er starb. Er wollte gerade den Dolch mit erhobener Hand in Allegranzas Brust senken, als ein großer, schwarzer Schatten vor ihm auftauchte. Er spürte keinen Schmerz. Sein Bewusstsein registrierte nur einen heftigen Aufprall und eine jähe, feuchte Wärme, die sich von seinem Hals über Brust und Schultern ausbreitete. Sein Atem kam nur noch gurgelnd und setzte bald ganz aus, und während er Allegranza noch entgeistert anstarrte, sank er zu Boden und blieb leblos liegen. Aus einer klaffenden Wunde an seinem Hals sprudelte das Blut hervor und bildete in kürzester Zeit eine große, karmesinrote Pfütze, die sich auf dem Erdboden ausbreitete.

Der Falke hatte sich ein Stück entfernt niedergelassen und wartete mit aufgeplustertem Gefieder.

Friedrich eilte durch die Wiese zu ihm hin. Er bot ihm einen Bissen Fleisch an, den der Raubvogel ohne Zögern verschlang, und setzte ihn wieder auf seine Faust. Ehe er ging, warf er einen Blick auf Allegranza, die unbeweglich dastand und ihn fassungslos anstarrte. Ihr Todesschrei, der eben noch durch den Wald geschallt war, war in ihrer Kehle erstickt.

Der Kaiser streichelte seinen Falken, dann drehte er sich um und kehrte mit langen, resoluten Schritten zu seinem Reittier zurück.

Juditha ging gebückt durch die Büsche auf Allegranza zu, die sich immer noch nicht rührte und wie zur Salzsäule erstarrt an ihrem Platz verharrte. Nachdem sie gewartet hatte, bis der Pilger und sein Gefolge hinter den Bäumen verschwunden waren, richtete sich die Frau des Waldes auf, legte die Hände trichterförmig an den Mund und ließ einen melodiösen Laut ertönen, der wie der Gesang einer Lerche begann und als das Heulen eines fernen Windes endete.

Dieser ungewöhnliche Ruf weckte Allegranza aus ihrer Besinnungslosigkeit. Sie drehte sich um sich selbst, bis ihr Blick auf die grünen Augen Judithas traf. Die Frau lächelte und streckte die Hände nach ihr aus. Ohne ihren Blick loszulassen, stieg Allegranza den Rest der Böschung hinauf und ging auf sie zu, wie verhext von diesen klaren Augen, die sie zu sich riefen.

Als sie vor ihr stand, breitete Juditha die Arme aus und zog sie an sich. Erst in dieser mütterlichen Umarmung löste sich Allegranzas Starre und ein Schluchzen, das tief in ihrer Brust vergraben saß, kämpfte darum, nach oben zu steigen. Während sie in das Gesicht der Frau blickte, ohne sie wirklich zu sehen, durchzuckte ein schmerzhafter Krampf ihre Halsmuskeln, der ihr jedoch erlaubte, tief Luft zu holen und in ein befreiendes Weinen auszubrechen.

»Lass uns von hier fortgehen«, murmelte Juditha, legte ihr einen Arm um die Schultern und zog sie von der Lichtung. »Lass uns gehen, komm!«

Bald darauf wurden die beiden Frauen vom Blattwerk der Büsche und niedrigeren Bäume verborgen. Der in der Höhe immer noch starke Wind blies eine dichte, bleigraue Wolkenmasse herbei und verdeckte damit die Sonne. Die ersten Regentropfen fielen schwer auf den trockenen Boden.

Die Taube war von der Lichtung aufgeflogen und drehte mit schnellem Flügelschlag zu einem Dornbusch ab, in dessen Schutz sie sich niederließ und wartete.

KAPITEL 48

Das Rauschen des Regens war ohrenbetäubend. Matthew hatte den kleinen Fensterladen ganz aufgemacht, und der Wind, der nach wie vor böig blies, jagte nasse Schauer bis in seine Zelle hinein. Er hatte sich direkt vor die Fensterluke gestellt und ließ sich Gesicht und Kutte vom Wasser bespritzen. Das Rinnsal, das von der Fensterleibung tropfte, hatte bereits eine große Pfütze auf dem Boden gebildet, die sich langsam bis zu seinen Füßen ausbreitete. Matthew sog die feuchte Luft mit vollen Lungen ein und versuchte, sein inneres Gleichgewicht wiederzufinden.

Hamid hatte er gerade unter einem Vorwand zum Almosenier geschickt. Als er nach San Simpliciano zurückgekommen war, hatte der Knabe ihn sofort mit Fragen bestürmt. War er dabei gewesen, als das Feuer ausbrach? Was hatten die Leute getan? Hatte es Tote gegeben? Wie weit hatten sich die Flammen ausgebreitet? Matthew, der sich immer noch wegen seiner Feigheit und der überstürzten Flucht schämte, hatte auf Hamids Neugier nur mit spärlichen Antworten reagiert. Als der Junge ihn beharrlich nach weiteren Einzelheiten ausfragte, hatte er ihn ermahnt, sein übertriebenes Interesse für ein so schreckliches Ereignis zu zügeln. Um ihn loszuwerden, hatte er schließlich bemerkt, dass man im Gästehaus sicher seine Hilfe brauche, falls neue Pilger auf der Flucht vor dem Brand einträfen. Hamid hatte sich das nicht zweimal sagen lassen und war erfreut über die Aussicht auf mehr Neuigkeiten aus der Zelle gerannt.

Matthew brauchte Zeit zum Nachdenken. Sein erster Wunsch, kaum dass er das Kloster betreten hatte, war es gewesen, sich von Arnolfo empfangen zu lassen und ihn um Rat zu fragen. Er wollte ihm seinen unbesonnenen Entschluss, die Böhmin aufzusuchen, beichten und um Vergebung für seine Feigheit bitten. Demütig hätte er jede Buße, die er ihm auferlegte, angenommen. Doch es war ihm nicht vergönnt, sein Gewissen zu erleichtern, denn der Abt befand sich nicht im Kloster. Bruder Giustino hatte ihm berichtet, dass Arnolfo dringend in den Palazzo des Erzbischofs gerufen worden sei, entweder wegen des Brandes oder aus einem anderen Grund, den er nicht kenne.

Während Matthew durch den Kreuzgang auf die Treppe zugegangen war, die zu den Zellen führte, hatte es angefangen zu regnen. Dieses heftige Sommergewitter war ein Geschenk Gottes für die Stadt, hatte er erleichtert gedacht. Die Löscharbeiten der Bewohner mit ihren Eimern und Bottichen würden durch den wolkenbruchartigen Regen wirkungsvoll unterstützt und auch die letzten Brandherde in kürzester Zeit gelöscht werden.

Nun stand er am Fenster, ließ sich von den Regengüssen auspeitschen und betrachtete den Himmel. Er stützte sich mit den Ellbogen auf den Fenstersims, beugte sich so weit hinaus, wie die Mauer es erlaubte, und sah zu den weißlichen Wolken hinauf, die unter der dunklen, bis zum Horizont reichenden Gewitterfront dahinjagten, sich zusammenballten und neue bizarre Formen bildeten.

Was sollte er jetzt tun? Wer konnte ihm helfen, eine Entscheidung zu treffen? Wie sollte er seine Pilgerfahrt fortsetzen? Konnte er seine Buße als abgeschlossen betrachten oder würde sie ihn wie ein drückendes Gewicht für den Rest seines Lebens begleiten? Im Grunde war es zwecklos, Arnolfo um Rat und

Absolution zu bitten, überlegte er. Keiner konnte das Leben eines anderen leben, jeder musste seine eigene Verantwortung schultern, mit seinen eigenen Fehlern fertig werden und auf die Barmherzigkeit des Allerhöchsten vertrauen. »Aber wie lange bitte ich Gott schon, dass er mich erleuchtet und mir den Weg zeigt?«, dachte er niedergeschlagen. »Wie lange beschränke ich mich schon darauf, Gebete und Psalmen in den gewaltigen Schiffen Ehrfurcht gebietender Kirchen herunterzuleiern, die nichts mit meinen Wurzeln als bescheidener Benediktinermönch zu tun haben? Es ist nicht allein meine Schuld«, murmelte er und rang dabei die regennassen Hände. »Diese Stadt ist nicht gut für mich, sie verwirrt meinen Geist. Hier sind Geld und Macht wichtiger als die Achtung vor anderen Menschen und die stille Betrachtung der Wunder unseres göttlichen Vaters …«

Plötzlich musste er wieder an Guglielma denken, die ähnliche Auffassungen hatte und die Liebe zu allen Geschöpfen predigte. Mit einem gereizten Schnauben schloss er den Fensterladen. »Ich bin wirklich ein Narr!«, schimpfte er. »Schluss damit, ich darf mich nicht mehr mit dieser Frau beschäftigen und über ihre Worte nachgrübeln!«

Er setzte sich auf seinen Strohsack und fuhr sich mit der Hand durch die nassen Haare. In ein paar Tagen würde er zu Aimone gehen. Während seines Abschiedsbesuchs beim Abt am Anfang der Woche hatte der Burgherr verkündet, dass er bald nach Graines abreisen werde. Als sie später allein waren, hatte er hinzugefügt, dass Bartolomeo sich darauf freue, Matthew zu sehen, und dass er selbst bei ihrer nächsten Begegnung vielleicht große Neuigkeiten haben werde. Matthew war nicht weiter in ihn gedrungen, aber Aimones aufgeregtes Gesicht hatte ihn neugierig gemacht. Was konnte er ihm zu sagen haben? Was konnte ihm so Besonderes in Mailand begegnet sein, in einer Stadt, in der unter dem Deckmantel blühenden Wohlstands Engherzigkeit, Eigennutz und Intrigen regierten?

Der Regen prasselte weiter gegen den geschlossenen Fensterladen. Matthew stand auf und verließ seine Zelle. Er wollte zum Gästehaus gehen und den Almosenier fragen, ob er etwas für ihn zu tun hatte. Während er auf die Stufen der dunklen und steilen Treppe achtete, die zum darunter gelegenen Korridor führte, tastete er in der Tasche seiner Kutte nach den Steinen der Böhmin. Die Kiesel waren zu einer Art Glücksbringer für ihn geworden, und obwohl er sich seines Aberglaubens schämte, konnte er nicht umhin, sie immer bei sich zu führen.

»Da bist du ja, Pater Matiù!«, rief Hamid fröhlich, der am Fuß der Treppe auf ihn zugeschossen kam. »Ich wollte dich gerade suchen. Pater Giovanni hat mich beauftragt, dich zu bitten, zur Chiusa-Pforte zu gehen und nachzusehen, ob eine Weizenlieferung für das Kloster angekommen ist. Alle Mönche sind nämlich damit beschäftigt, die vielen eintreffenden Pilger in Empfang zu nehmen und unterzubringen. Das Feuer hat anscheinend ein schönes Durcheinander in ganz Mailand angerichtet, sogar in den Vierteln, die weit entfernt von dem ersten Brandherd liegen. Und die Handelskarawanen, die von Norden kommen, werden nicht in die Stadt gelassen, zumindest nicht, bis der Brand vollkommen gelöscht ist. Die Leute werden hier vor der Porta Comacina angehalten, da kannst du dir vorstellen, wie viel im Gästehaus zu tun ist! Außerdem wollte ich dich fragen, ob ich nicht mit dir kommen kann? Ich bin schon so lange hier drin eingesperrt …«

Matthew hatte während des ganzen Redeschwalls schon auf diese Bitte des Kindes gewartet. Er konnte Hamids Wunsch nach Abwechslung gut verstehen, aber Arnolfo hatte strikt verboten, dass der Kleine den Klosterbereich verließ, ehe er neue Befehle gegeben hatte. Also strich er ihm zärtlich über die Locken und dankte ihm für seine Nachricht, fügte aber hinzu, dass er ihn nicht mitnehmen könne, weil sie sonst beide vom Abt streng bestraft würden.

Hamids dunkle Augen sahen ihn traurig an.

»Na gut, Pater Matiù«, sagte er enttäuscht, »dann gehe ich jetzt wieder zu Pater Giovanni. Komm aber bald wieder – die anderen Mönche reden mit mir, als wäre ich schwachsinnig, niemand erzählt mir was. Alle achten nur darauf, dass ich nichts aus der Speisekammer stehle und ihnen nicht im Weg bin …«

Matthew versicherte ihm lächelnd, dass er sich beeilen werde, und ging zum Gästehaus, um seine Anweisungen zu empfangen.

Die Leiche lag ausgestreckt am Ufer. Einige Passanten und ein Wachsoldat von der Pforte hatten sie mit Haken und Stöcken herausgefischt, wobei sie selbst bis zu den Hüften gefährlich im Wasser der Vettabbia versanken. Es war alles blitzschnell gegangen: Der Novize wollte gerade die Brücke überqueren, als ein Pferd, das einen Karren voll Steine zog, plötzlich scheute, nach vorne ausschlug und den jungen Mönch an der Brust traf. Der Schlag war so heftig, dass er über das niedrige Brückengeländer in den Fluss fiel und ertrank. Seine Kutte verfing sich in einem Gewirr von Reisig und verhinderte, dass er von der Strömung fortgespült wurde.

Während der Knecht, der Matthew begleitete, die Weizensäcke zählte und ungehalten feststellte, dass zwei von der bestellten Lieferung fehlten, betrachtete der Mönch den Toten. Er trug zwar eine Kutte, doch seine zu langen Haare und das Fehlen eines Kreuzes oder anderen Zeichens, das ihn als Mitglied eines bestimmten Ordens auswies, erweckten Matthews Misstrauen.

Als der Wachsoldat den jungen Mann noch ein Stück weiter ans Ufer hievte, fiel aus seiner umgestülpten Tasche ein Feuerstein ins Gras.

»Was hat das denn in den Taschen eines Novizen zu suchen?«, brummelte der Wächter und drehte den Stein zwischen den Fingern herum. »Na, er wird vielleicht für den Küchendienst eingeteilt gewesen sein. He, ihr da«, rief er den anderen Männern zu, »kennt einer von euch vielleicht diesen Jungen und kann mir sagen, aus welchem Kloster er kommt? Du auch nicht, Pater?«

Alle, einschließlich Matthew, schüttelten den Kopf. Keiner hatte ihn schon einmal gesehen. Verärgert über diese neue Schererei, die ihm gewiss den Tag verderben würde, weil er zum Broletto gehen und Meldung machen musste, stapfte der Wachsoldat zur Stadtpforte zurück.

Unterdessen kam der Knecht, ein kräftiger junger Mann mit wachem Verstand, der sich nicht im Geringsten um die Aufregung wegen des Unfalls kümmerte, auf Matthew zu und sagte: »Die Lieferung stimmt nicht, Pater, jemand will den Abt betrügen. Entweder hat der Landpächter zu wenig geliefert und gehofft, es würde nicht bemerkt, oder der Fuhrmann hat unterwegs zwei Säcke verschwinden lassen. Machen wir es so: Ich laufe nach San Simpliciano und erstatte Bericht über diesen Vorfall, und Ihr bleibt hier und passt auf die Ladung auf. Pater Giustino wird mir sicher sagen, was zu tun ist.«

Ehe Matthew etwas erwidern konnte, war der junge Knecht schon durch die Stadtpforte verschwunden. Der Fuhrmann, dem weder der Verdacht, in dem er stand, noch der erzwungene Aufenthalt etwas auszumachen schien, setzte sich auf einen großen Stein, holte ein Stück Hartkäse aus seinem Reisesack und begann gemütlich daran zu knabbern.

Es hatte endlich aufgehört zu regnen. Der dunkle Wolkenvorhang, der die Stadt bis vor kurzem bedeckt hatte, verzog sich langsam nach Süden. Auch der Wind hatte sich bis auf ein paar restliche Böen gelegt, und die nasse Erde verströmte einen schweren, feuchten Duft.

Matthew war todmüde. Zu dem Schrecken über den Ausbruch und die rasende Ausbreitung des Brandes an diesem Morgen kam nun noch die Erschöpfung nach dem schnellen Lauf zur Chiusa-Pforte hinzu. Er lehnte sich an einen der massigen Steine im Sockel der Stadtmauer und versuchte, seine steifen Rückenmuskeln zu entspannen. Während er den Fuhrmann im Auge behielt und absichtlich das Geschehen um die Leiche des vorgeblichen Novizen übersah, wurde sein Blick von einer noch undeutlichen Gestalt angezogen, die vom anderen Ufer der Vettabbia herkam und offensichtlich die Brücke überqueren wollte. Je näher sie kam, desto klarer konnte er sie erkennen: den hohen Wuchs, die strohblonden Haare, die hellen Augen. In Begleitung von zwei Frauen und einem Mann ging sie langsam auf die Stadtmauer zu.

Mit klopfendem Herzen blinzelte der Mönch, um besser sehen zu können, doch er war sicher, dass es sich um die Böhmin handelte. Am liebsten wäre er weggelaufen, aber das ging nicht, da er hier Wache halten musste, bis der Knecht zurückkam. Er wandte sich zur Seite, zog seine Kapuze über und hoffte, dass Guglielma ihn in all diesem Durcheinander nicht bemerken würde. Aus dem Augenwinkel sah er sie in seine Richtung kommen. Er drehte sich noch weiter um und riskierte dabei sogar, den Fuhrmann aus dem Blick zu verlieren. Die Frau jedoch ließ ihre drei Weggefährten anhalten und blieb direkt vor ihm stehen. Der weiche Klang ihrer gemeinsamen Muttersprache traf Matthew direkt ins Herz.

»Warum tut Ihr so, als würdet Ihr mich nicht kennen, Bruder Matthew? Habt Ihr etwa Angst vor mir?«

Matthew sah auf und begegnete ihren klaren Augen. Einige Haarsträhnen hatten sich aus ihrem Nackenknoten gelöst und tanzten in den letzten schwachen Windstößen wirr um ihren Kopf. Ihr Gesichtsausdruck war heiter.

»Ich … ich wollte nicht … wie könnt Ihr denken, dass …?«

Sein Stammeln machte die Böhmin lächeln.

»Lügt mich nicht an, Pater, und schämt Euch vor allem nicht Eurer eigenen Verwirrtheit. Denkt daran, dass Christus uns aufgetragen hat, unseren Nächsten so zu lieben wie uns selbst. Wie sollen wir die Unzulänglichkeiten unserer Mitmenschen ertragen, wenn wir nicht einmal Mitgefühl mit uns selbst haben? Wie können wir bei anderen Wankelmütigkeit, Feigheit, Grausamkeit, Falschheit oder Habgier verstehen und verzeihen, wenn unser irdischer Leib nie eine Anwandlung dieser Laster erfahren hat? Wir sind alle schwache, sündige Menschen, Pater Matthew, auch die Törichten, die denken, dass sie ohne Fehl und Tadel sind, und auch die, die glauben, im Besitz der Wahrheit zu sein, nur weil sie ein religiöses Gewand tragen. Die Wahrheit – wie oft ist sie im Laufe der Geschichte nach dem Willen der Mächtigen oder Boshaften verbogen worden? ›Am Anfang war das Wort‹ – das ist die einzige Wahrheit, die zählt.«

Matthew hatte ihrer Ansprache mit wachsendem Widerspruchsgeist zugehört. So sehr er sich freute, dass sie dem Brand, dem sie höchstwahrscheinlich zum Opfer fallen sollte, entkommen war, ärgerte ihn diese Predigt doch. Was bildete diese Frau sich ein? Glaubte sie, dass er noch nie über die Worte des Evangeliums nachgedacht hatte? Dass er nie die Geschichte studiert und festgestellt hatte, wie oft die Bedürfnisse der Seele beim Streben nach Reichtum und Macht zu kurz kamen? Was wusste sie schon von ihm, von seiner qualvollen Suche nach einer Antwort auf sein ruheloses Umherirren, von der Last des allzeit geschuldeten Gehorsams und von der Mühe, die es kostete, ständig alle Begierden und Leidenschaften in sich zu ersticken?

Matthew befeuchtete sich die trockenen Lippen mit der Zunge, holte die Kieselsteine aus seiner Tasche und zeigte sie Guglielma.

»An dem Tag, als Ihr mir diese Steine gegeben habt, sagtet Ihr, dass ich einen Auftrag zu Ende führen muss. Später habt Ihr mich durch die Botschaft des kleinen Hamid daran erinnert, wenn auch in dunklen Worten. Bis heute verstehe ich nicht, wen Ihr mit dem Läufer, dem König und der Königin gemeint habt. Von was für einer symbolischen Schachpartie habt Ihr da gesprochen, und was ist meine Rolle dabei gewesen? Könnt Ihr, Guglielma, die die Leute eine Seherin nennen, mir den rechten Weg weisen? Wisst Ihr, aus welchem Grund ich gegen meinen Willen in dieses gefährliche Machtspiel hineingezogen worden bin? Schön, das Mädchen, das ich suchen sollte, ist gefunden worden, aber um welchen Preis? Jetzt sitzt die Kleine in einem Kloster fest, von den Inquisitoren gehetzt, als Ketzerin gebrandmarkt, und das alles, weil sie in Eurem Haus verkehrt hat. Was ist ihre Schuld, was hat sie getan? Tragt nicht Ihr selbst die Verantwortung dafür? Und was spiele ich für eine Rolle bei diesen ganzen Verwicklungen, deren Ende nicht abzusehen ist? Was für eine Aufgabe habe ich denn erfüllt, wenn das Leben des Menschen, den ich retten sollte, immer noch auf dem Spiel steht?«

Matthews Lippen zitterten, und in seinen Augen schwammen Tränen der Wut. Guglielma betrachtete ihn zunächst nur schweigend. Der Mönch wollte weiterreden, aber seine Stimme brach sich in einem rauen Schluchzen.

»Wir kennen die Gründe nicht, Bruder Matthew«, erwiderte die Böhmin sanft. »Niemand von uns weiß im Voraus, was der Allerhöchste über uns entschieden hat. Hegt keinen Groll gegen mich, denn ich bin nur ein Werkzeug in seinen Händen. Ich habe mir dieses Leben nicht ausgesucht, es war ein anderer, der es mir bestimmt hat. Ich habe nur seinem Willen gehorcht, und glaubt mir, das ist nicht immer leicht. Ihr könnt es noch nicht erkennen, aber durch Euer Eingreifen habt Ihr die Hindernisse aus dem Weg geräumt, die das natürliche Fließen vieler Lebensläufe blockierten. Wie ich es Euch vorhergesagt habe, sind nun alle Knoten gelöst. Kehrt in Eure Heimat zurück, Bruder Matthew, und nehmt mein Heimweh mit Euch, denn dieses ferne Land ist auch das meine.«

Guglielma verstummte und Matthew sah ihr ins Gesicht. Auch wenn er immer noch vieles nicht verstand, hatten ihn die gelassenen Worte dieser Frau ein wenig besänftigt. Er wollte ihr gern noch weitere Fragen stellen, wollte Tröstliches über die Zukunft von ihr hören, um den Mut zum Weitermachen zu finden, aber er wagte es nicht. Niemand konnte ihm die Last abnehmen, die er zu tragen hatte, er würde allein zurechtkommen müssen. Aber er nahm sich vor, in den schwärzesten Momenten der Verzweiflung, die ihn sicher wieder ereilen würden, an Guglielmas Beispiel zu denken, an ihre innere Kraft und Heiterkeit, die sie vermutlich aus einem stärkeren Glauben als dem seinen bezog.

Als hätte sie seine Gedanken gelesen, lächelte ihn die Böhmin freundlich an, wobei ihre gütigen Augen eine große Müdigkeit erkennen ließen.

»In vielen Jahren, wenn Ihr längst in Eure heimatlichen Gefilde zurückgekehrt seid und das Alter Eure Schritte mühsamer macht, werdet ihr noch einmal von mir reden hören, Bruder Matthew. Andere Flammen werden dann um mich lodern, aber es werden nicht die der Hölle sein. Das törichte Unverständnis der Menschen wird meinen Leib vernichten, aber kein Geschöpf dieser Erde kann meine Seele daran hindern, sich zum Vater aufzuschwingen und in seine Seligkeit einzugehen …«

Als wäre ihr graues Gewand plötzlich aus Eis, erschauerte Guglielma von Kopf bis Fuß. Sie senkte kurz den Blick, ehe sie ihre leuchtenden Augen wieder auf den Mönch richtete und unversehens vor ihm niederkniete.

»Segnet mich, Pater Matthew«, flüsterte sie, »ich bitte Euch um Euren Segen.«

Matthew war so erstaunt, dass er zuerst nicht reagierte, doch dann sah er das stumme Flehen in ihren Augen und kam ihrem Wunsch nach.

Guglielma stand auf, drehte sich ohne ein weiteres Wort um und kehrte aufrechten Gangs zu ihren Begleitern zurück.

Mit einem schmerzlichen Gefühl der Sehnsucht sah Matthew ihr nach. Er tastete in seiner Tasche nach den Kieseln und ließ sie langsam durch die Finger gleiten, weil er wusste, dass sie seine einzige greifbare Erinnerung an diese Frau bleiben würden.

KAPITEL 49

»Habt ihr gehört, was passiert ist? Im Broletto erzählt man sich, dass dieser Mann, dieser Calgario, von einem Falken angegriffen wurde! Hat man je davon gehört, dass ein Raubvogel einen Christenmenschen tötet? In diesen Tagen geschehen wirklich seltsame Dinge. Und auch noch am selben Tag wie der Brand! Jemand hat mir gesagt, dass der Unfall genau zu der Zeit passiert ist, als die Flammen aufloderten – wenn es überhaupt ein Unfall war. Man munkelt nämlich, dass der Calgario dort im Quadronno-Wald ein Mädchen umbringen wollte! Und wenn das alles – das Feuer, der Falke, der Mordversuch – schlechte Vorzeichen für die Stadt sein sollten? Vielleicht will der Kaiser wieder über Mailand herfallen, vielleicht ist er der Falke, der uns alle vernichten wird!«

Die Stimme der jungen Dienerin hallte erregt in einer Ecke des Durchgangs wider, gleich neben einem Fischgeschäft. Fünf oder sechs Personen standen um sie herum und hörten ihr gebannt zu, denn alle wussten, dass das Mädchen, das in den Küchen des Podestà-Palastes arbeitete, eine zuverlässige Nachrichtenquelle darstellte. Sobald irgendwelche Neuigkeiten den Dienstboten, Wachen und Stallburschen zu Ohren gekommen waren, verbreiteten sie sich in den Untergeschossen und Fluren des Palazzos von Mund zu Mund und anschließend in Windeseile in der ganzen Stadt. Die junge Magd ließ den Blick über ihre Zuhörer schweifen und senkte dann verschwörerisch die Stimme.

»Aber das ist noch nicht alles. Dieses Mädchen hat anscheinend eine haarsträubende Geschichte erzählt. Dieser Calgario soll ihr Vater gewesen sein und vor vielen Jahren seine Geliebte, die leibliche Mutter des Mädchens, umgebracht haben. Damit sein Verbrechen nicht ans Tageslicht kommt, hatte er wohl beschlossen, auch seine uneheliche Tochter, den lebenden Beweis des Mordes, aus dem Weg zu schaffen! Wie es scheint«, fuhr sie flüsternd fort, »ist das Mädchen die Tochter einer Adeligen, einer gewissen Gisalbertini aus Calepio …«

Remigio, der wie die anderen stehen geblieben war, um zuzuhören, riss die Augen auf. In den Händen hielt er einen Korb mit den gerade gekauften Vorräten für die bevorstehende Reise, und er umklammerte den Griff so fest, dass die Binsen krachten.

»Sie heißt Allegranza«, antwortete die Dienerin auf die neugierige Frage eines Beistehenden, »und ob ihr es glaubt oder nicht, sie ist die Pflegetochter von Graziolo, einem der Leibdiener des Podestà! Was das Leben doch für Überraschungen bereithält: ein Diener, der plötzlich eine adelige Tochter hat! Kann sein, dass ich sie schon mal im Palazzo gesehen habe, aber ich bin mir nicht sicher. Die Köchin meint, sie ist ein schönes Mädchen, und angeblich ist sie auch schon jemandem versprochen …«

Während die Magd, geschmeichelt vom Interesse ihres Publikums, weitererzählte, entfernte sich Remigio langsam und unauffällig. Er hatte genug gehört. Hin und her gerissen zwischen dem Wunsch, Bella sofort von dieser unglaublichen Neuigkeit zu berichten, und der vielleicht weiseren Entscheidung, sie ihr zu verschweigen, um sie nicht unnötig aufzuregen, ging er auf die Via Porticata zu. Falls Bella von anderer Seite davon erfuhr, würde sie ihm sein Stillschweigen nie verzeihen, dachte er. Seit Jahren schon quälte sie sich wegen des Schicksals der Kleinen, und nun, da die Ereignisse sie aus der Versenkung hervorgebracht hatten, würde Bella sie bestimmt treffen wollen, um ihr alles zu erklären und sie um Verzeihung dafür zu bitten, dass sie sie damals ausgesetzt hatte.

Ganz in seine Überlegungen versunken, hatte er gar nicht gemerkt, dass er schon zu Hause angekommen war. Bellas Hündchen, das am anderen Ende der Gasse gerade die Duftmarke eines Artgenossen beschnupperte, sah ihn und kam humpelnd auf ihn zugetrottet. Remigio verschwendete normalerweise keine Zeit damit, das Tier zu liebkosen, doch diesmal blieb er unschlüssig stehen. Der Hund setzte sich auf die Hinterbeine und sah zu ihm auf. Von einer ungewohnten Zärtlichkeit überkommen, stellte Remigio seinen Korb ab, hockte sich hin und streichelte Nisan zaghaft, worauf dieser sofort schwanzwedelnd und freudig winselnd um ihn herumsprang.

»Was ist denn hier los?«

Bellas Stimme hallte durch die Gasse. Sie beobachtete das ungewohnte Schauspiel von der Türschwelle aus, und ein verwundertes Lächeln erschien auf ihrem Gesicht. Remigio sah zu ihr hin, ohne mit dem Liebkosen des Hundes aufzuhören. Er hatte seine Entscheidung getroffen: Er würde ihr alles erzählen.

»Was los ist? Heute ist ein besonderer Tag, und ich habe dir etwas Aufregendes zu berichten. Komm«, befahl er dem Hund raubeinig, »gehen wir hinein zu deinem Frauchen.«

Bella betrachtete bestürzt das Medaillon, das Allegranza ihr in die Hand gedrückt hatte. Sie konnte ihre Augen kaum von der kleinen, emaillierten Scheibe lösen, die sie dem neugeborenen Kind vor vielen Jahren selbst umgehängt hatte. Schließlich überwand sie sich und sah zu Allegranza auf.

»Ja, das gehört Euch«, stammelte sie mit rotem Gesicht. »Als ich damals, an jenem Morgen … in der Eile der Flucht muss ich es vergessen haben. Wenn Ihr es über dem Hemdchen getragen hättet, hätten die Nonnen von San Celso vielleicht gleich erkannt, wer Ihr seid und ...«

Bella senkte den Blick und verstummte. Allegranza, die ihre eigene Erregung zu beherrschen versuchte, atmete tief durch und richtete das Wort an sie.

»Ihr habt Euch nichts vorzuwerfen, Bella, und braucht für nichts um Verzeihung zu bitten. Wenn Ihr mich nicht versteckt und Euer eigenes Leben aufs Spiel gesetzt hättet, wäre ich heute nicht hier. Ich glaube, wir müssen beide dem Allmächtigen danken, dass er uns wieder zusammengeführt hat. Es ist ein großer Trost für mich, Euch wiedergefunden zu haben, denn nun kann mir endlich jemand etwas über meine Mutter erzählen. Wenn Ihr wüsstet, wie oft ich mich gefragt habe, wer die Frau war, die mich zur Welt gebracht hat, und ob meine Geburt ein freudiges Ereignis oder ein Unglück für sie darstellte! Auch wenn ich jetzt meine Herkunft kenne, möchte ich doch noch viel mehr über Caterina wissen. Ihr wart mit ihr vertraut und könnt mir alles über sie berichten. Ich bitte Euch, Bella, erzählt mir von ihr, erzählt mir, wie sie war ...«

Bella gab Allegranza das Medaillon zurück und zwang sich, dem Blick dieser Augen standzuhalten, die denen ihrer ehemaligen Herrin so ähnlich waren.

Angiolina, die sich diskret ins Nebenzimmer zurückgezogen hatte, hörte nur einzelne Satzfetzen, ohne das gesamte Gespräch der beiden Frauen zu verstehen. Als Remigio am Abend zuvor an ihre Tür geklopft und um eine Unterredung mit ihr und Graziolo gebeten hatte, hatte sie zuerst neuen Ärger befürchtet. Dann, als er den Grund für seinen Besuch dargelegt hatte, wollte sie ihn am liebsten aus dem Haus jagen. Wie viel sollte Allegranza denn noch durchmachen? Es wäre sicher ungeheuer schmerzlich für sie, dem einzigen noch lebenden Menschen zu begegnen, der ihre leibliche Mutter gekannt hatte. Ihre Tochter hatte weiß Gott schon genug gelitten in ihrem jungen Leben. Der drängende Wunsch, all diesen Wirrnissen zu entfliehen, war über sie gekommen, und sie hatte Remigio böse angefunkelt, der ganz verlegen wurde und schon drauf und dran war, wieder zu gehen. Doch ihr Zorn hatte nicht lange angehalten. Sie wusste, dass es ihn große Überwindung gekostet haben musste, zu ihnen zu kommen, und hatte ihm resigniert zugehört. Selbst wenn sie beschlossen hätte, seine Neuigkeit vor ihrer Tochter geheim zu halten, wäre ihr das nicht gelungen. Als der Mann sich gerade verabschieden wollte, war Allegranza vom Brolo-Hospital zurückgekehrt, wohin sie Aicardo, der Verwalter, bestellt hatte. Als sie hörte, dass Caterinas Dienerin noch lebte und sich mit ihr treffen wollte, war sie ganz aus dem Häuschen geraten, und auch Remigios zartfühlend ausgedrückte Mitteilung, dass Bella dem Beruf einer Dirne nachging, hatte sie nicht abschrecken können. Nachdem sie Angiolina um Erlaubnis gebeten hatte, hatte sie ein Treffen für den folgenden Tag vereinbart. Sie wollte Bella bei sich zu Hause empfangen und aus ihrem Mund alles hören, was es über die Vergangenheit und ihre Mutter zu wissen gab.

Während Angiolina nun die Wäsche ganz langsam zusammenlegte, um sich noch länger im Nebenraum aufhalten zu können, wunderte sie sich erneut über Allegranzas Lebenstüchtigkeit und innere Stärke. Trotz all dem Leid, das ihr bisher zugestoßen war, hatte sie keinen Augenblick lang gezögert, noch mehr zu erfahren. Die Reife ihrer Tochter machte sie einerseits stolz, doch andererseits hatte sie Angst vor den möglichen Auswirkungen ihres Gesprächs mit Bella. Würde sich Allegranzas Verhalten ihr gegenüber verändern? Würde sie sich vielleicht dafür schämen, von einer Bäuerin aufgezogen worden zu sein, nun, da sie wusste, dass sie adeliger Herkunft war? Würde sie noch auf die Ratschläge und Ermahnungen ihrer

Pflegemutter hören oder würde sie sich hochmütig von ihr abwenden?

Ein schmerzhafter Stich im Rücken ließ sie aufstöhnen. Sie wurde langsam alt. Wie viele Jahre würde sie noch als Wäscherin arbeiten können, wie lange noch würde sie Mühsal und Sorgen ertragen können? Als sie das letzte zusammengefaltete Kleidungsstück auf einen Schemel legte, hörte sie, dass sie gerufen wurde.

»Mutter, kommt bitte her, kommt herüber ...«

Mit klopfendem Herzen ging Angiolina nach nebenan, wo ihre Tochter sie aufrecht stehend erwartete. Ihre geröteten Augen leuchteten von einer nur mühsam bezähmten Erregung. Bella dagegen schien alle Kraft verlassen zu haben. In ihrem zu tief ausgeschnittenen Kleid aus billigem Stoff zitterte und bebte sie am ganzen Körper.

»Mutter«, sagte Allegranza leise, »diese Frau braucht unsere Hilfe. Sie hat viel gelitten und viele Ängste ausgestanden, wir können sie jetzt nicht allein lassen ...«

»Aber«, unterbrach sie Angiolina verwirrt, »Remigio, der Bergarbeiter ...«

»Remigio lebt mit ihr zusammen, das ist wahr, aber ich habe eine andere Form von Einsamkeit gemeint, nämlich die des Herzens. Bella hat viele Jahre lang ein einsames Leben geführt, weil sie von Erinnerungen bedrückt wurde, die niemand mit ihr teilen konnte. Warum sollen wir uns jetzt, da wir uns endlich gefunden haben, wieder aus den Augen verlieren? Immerhin habe ich es ihr zu verdanken, dass ich noch am Leben bin, und sie ist im Grunde alles, was mir von meiner leiblichen Mutter geblieben ist. Nein«, fuhr sie erschrocken fort, als sie sah, dass Angiolinas Augen sich mit Tränen füllten, »weint nicht, ich bitte Euch. Nur weil ich dem einzigen Menschen zugeneigt bin, der Caterina gekannt hat, heißt das nicht, dass ich Euch weniger liebe. Ihr seid meine wahre Mutter und werdet es immer sein. Weint also nicht, sondern versucht zu verstehen, warum ich diese Frau in meiner Nähe behalten möchte.«

Beschämt über ihre Engherzigkeit ließ Angiolina sich auf einen Schemel sinken und sah ihre Tochter an, in deren klugem, selbstbewusstem Gesicht sie kaum das Mädchen wiedererkannte, das sie aufgezogen hatte.

Dann wanderte ihr Blick zu Bella, als könne die fremde Frau ihr ihre Ängste nehmen. Plötzlich verstand sie, dass diese Veränderung nur die erste von vielen war, die auf sie zukamen. Sie trocknete sich die Wangen mit dem Ärmel ihres Kleides und deutete ein zaghaftes Lächeln an.

Allegranza, die die ganze Zeit eine ablehnende Reaktion ihrer Mutter befürchtet hatte, ging erleichtert auf sie zu, kniete vor ihr nieder und umarmte sie. Angiolina drückte sie fest an ihre Brust, dann räusperte sie sich geräuschvoll und richtete das Wort an Bella.

»Remigio hat mir gesagt, dass Ihr bald die Stadt verlassen wollt, ist das richtig?«

»Nun ja«, fuhr sie fort, als die andere Frau nickte, »wir können Euch nicht daran hindern fortzugehen, nach allem, was passiert ist, aber Ihr sollt wissen, dass unsere Tür Euch immer offen stehen wird. So Gott will, könnt Ihr vielleicht nach Allegranzas Hochzeit zu ihr zurückkehren und ihr das sein, was Ihr für Caterina wart …«

Bellas Augen wurden groß, und ihre Kinnlade klappte herunter. Schwankend stand sie auf und ging auf Mutter und Tochter zu.

»Ihr wisst offenbar nicht …«, murmelte sie, »Ihr habt keine Ahnung … ich bin eine Prostituierte, die Leute würden reden … Ach herrje, wie könnt Ihr nur glauben, dass …«

»Die Leute wetzen immer ihr Maul«, unterbrach Angiolina sie entschieden, »egal, was man macht! Wenn ich mein Leben lang Angst vor dem Geschwätz der Leute gehabt hätte, wäre mir so manches Glück entgangen. Glaubt Ihr vielleicht, die Leute hätten Hamid mit offenen Armen hier in diesem Viertel empfangen? Denkt Ihr, es war einfach, ihnen beizubringen, dass unter der dunklen Haut eines Sarazenenkindes ein Herz schlägt wie jedes andere auch? Nein, Bella, Euer Beruf kümmert mich nicht, umso weniger, als ich sicher bin, dass Ihr ihn nur aus Not ausgeübt habt. Ich denke nicht, dass Ihr ihm weiter nachgehen wollt, und deshalb ... Wir werden wohl eine Weile abwarten müssen, bis alles wieder ins Lot kommt, aber mit Geduld und Gottes Hilfe wird sich Euer und unser Leben bald zum Besseren wenden.«

Angiolina drehte sich zur Seite, um ihre Augen zu verbergen, die wieder feucht zu werden drohten. Bella stand reglos mitten im Zimmer und konnte nichts sagen. Sie wollte gern ihre Dankbarkeit für die freundliche Aufnahme in diesem Haus ausdrücken, aber vor allem wollte sie ihre Freude darüber herausschreien, dass sie das Kind wiedergefunden hatte, das sie vor so vielen Jahren, wenn auch nur für kurze Zeit, wie ein eigenes umsorgt hatte. Allegranza, die durch ihr eigenes, stilles Leid gelernt hatte, vieles Ungesagte in den Augen der anderen zu lesen, ging auf sie zu und nahm ihre Hände. Nach einem kurzen, unschlüssigen Moment verschwand die Verlegenheit zwischen beiden, und sie besiegelten ihre neue Vertrautheit mit einer langen Umarmung.

Angiolina, die einen dicken Kloß im Hals hatte, trat hinaus in den Garten. Am mattblauen Himmel zogen hohe, weiße Haufenwolken gravitätisch nach Süden. Sie sah ihnen lange nach, dann ging sie zum Ziehbrunnen hinüber und ließ den Eimer über die Laufrolle ins Wasser hinab.

KAPITEL 50

Setzt Euch, Bruder Matthew, setzt Euch bitte.«

Arnolfos Stimme hörte sich müde an im verlassenen Skriptorium. Matthew begrüßte ihn mit einer kurzen Verbeugung und ging auf die ihm angewiesene Sitzbank zu. Statt ins Besuchszimmer, was ein passenderer Rahmen für ein Abschiedsgespräch gewesen wäre, hatte der Abt ihn hierher bestellt, als könnte die Gesellschaft der mit Miniaturen verzierten Pergamente, die er so sehr liebte, den Trennungsschmerz lindern.

Arnolfo verstand sich selbst nicht, denn es gab keinen ersichtlichen Grund, weshalb ihn die Abreise des englischen Mönches so betrüben sollte. Sicher, der Mann war ihm eine unschätzbare Hilfe gewesen, denn ohne seinen Einsatz hätten sie die junge Gisalbertini nie gefunden. Aber das war nicht alles. Obwohl sie erst seit ein paar Monaten vertrauten Umgang miteinander pflegten, spürte er, dass die kritische Intelligenz des Mönches ihm fehlen würde. Darüber hinaus besaß dieser Mann eine besondere Eigenschaft, etwas Ungreifbares, eine Art »Zeichen«, das seiner eigenen nüchternen Rationalität Unbehagen bereitete und zugleich die verborgeneren, weniger kontrollierbaren Seiten seines Geistes magisch anzog.

Der Abt stieß einen langen Seufzer aus und begann zu sprechen.

»Als Bruder Giustino den kleinen Hamid nach Hause gebracht hat, bin ich mit zu den Compagnonis gegangen, um ihnen selbst die gute Neuigkeit zu überbringen. Wie Ihr vielleicht schon wisst, haben die Inquisitoren die Ermittlungen gegen die Anhänger Guglielmas eingestellt, und ich habe Angiolina und Graziolo gesagt, dass sie von nun an nicht mehr unter Anklage stehen und sich als freie Leute betrachten können. Doch ich habe ihnen auch ans Herz gelegt, ihre Besuche bei der Böhmin vorsichtshalber einzuschränken. Sie waren so überglücklich und erleichtert, dass sie mich noch nicht einmal nach den Beweggründen für diese unerwartete Entscheidung der Patres gefragt haben. Mir war es ganz recht, nichts erklären zu müssen, aber ich glaube, dass der Übereifer der Minoriten und Dominikaner durch ein Machtwort von ganz oben unterbunden wurde. Vermutlich haben die Zisterzienser von Chiaravalle, unter deren Schutz Guglielma steht, einen Weg gefunden, beim Erzbischof zu intervenieren und ihn den Nutzen des ganzen Verfahrens überdenken zu lassen. In einem brenzligen Moment wie diesem, da der Kaiser wieder einmal droht, über Mailand herzufallen, kann es sich kein Regierender, egal, ob ein weltlicher oder kirchlicher, leisten, Kräfte mit einer Unternehmung zu vergeuden, die nicht unbedingt notwendig erscheint. Ich persönlich finde, dass die Form der Häresie der Böhmin harmlos genug ist, um zu einem günstigeren Zeitpunkt angemessen unterbunden zu werden. Der Sekretär des Erzbischofs hat mir keine Erklärungen bezüglich der Untersuchung gegeben und drückte sich überhaupt sehr vage bei unserem letzten Gespräch aus. Er hat mich aufgefordert, mich gut um das Kloster zu kümmern und meinen seelsorgerischen Aufgaben sorgfältig nachzukommen, aber die Inquisitoren hat er nicht mehr erwähnt …«

Arnolfo unterbrach sich ermattet. Matthew, der gleich gemerkt hatte, mit welcher Überwindung der Abt ihn über diese eher weltlichen als geistlichen Vorgänge in Kenntnis setzte, sah ihn besorgt an und senkte dann verlegen den Blick.

»Ich habe gehört, dass die junge Allegranza bald heiraten wird«, wechselte er das Thema.

Arnolfo nahm wieder seine übliche gelassene Haltung an und ging dankbar darauf ein.

»Ja, und Graziolo hat mir bestätigt, dass die Familie Martinengo die angebotene Mitgift akzeptiert hat. Sie ist zwar bescheiden, aber Damianos Eltern haben sich weder beklagt noch weitere Bedingungen gestellt, um ihr Einverständnis zu der Heirat zu geben. Der Allerhöchste muss ihren Geist erleuchtet haben, oder vielleicht hat sie auch die Aussicht, dass ihre zukünftige Schwiegertochter irgendwann das gesamte Vermögen der Gisalbertinis in die Familie mit einbringen wird, geneigter gemacht. Graziolo wusste nämlich auch zu berichten, dass Allegranza, nun da die Ereignisse zweifelsfrei gezeigt haben, dass sie Caterinas Tochter ist, den Besitz der Familie erben wird. Obwohl seit dem brutalen Mord viele Jahre ins Land gegangen sind, sind die Besitztümer alle noch vorhanden, wenn auch natürlich etwas vernachlässigt. Der Palazzo der Familie steht leer, zeigt aber keine Anzeichen von Verfall, und Land und Felder werden nach wie vor von den Pächtern bestellt. Compagnoni hat, wie er mir anvertraute, seine Verbindungen im Podestà-Palast spielen lassen und herausgefunden, dass der Notar der Gisalbertini, der inzwischen steinalt ist, noch alle Urkunden über die Besitzungen aufbewahrt und diese trotz seiner Gebrechlichkeit die ganzen Jahre treu verwaltet hat. Wie Ihr seht, wendet sich allmählich alles zum Guten. Wir müssen dem Allmächtigen für seine Gnade danken. Aber sagt, seid Ihr sicher, dass Ihr Allegranza nicht noch treffen wollt, ehe Ihr fortgeht? Schließlich habt Ihr es erst ermöglicht, sie wiederzufinden, und sie kennt Euch noch nicht einmal!«

»Nein, Abt, ich möchte lieber nicht. Ich denke, dass es sowohl für sie als auch für mich Zeit ist, einen Schlussstrich unter alles zu ziehen und zur Ruhe zu kommen. Wir sollten beide jetzt nach vorne schauen. Um Klarheit in uns selbst zu schaffen, müssen wir dafür sorgen, dass die Vergangenheit sich setzen kann, ohne immer wieder aufgewühlt zu werden. Ob Allegranza mein Gesicht kennt oder nicht, hat keine Bedeutung. Wir alle, ich, Ihr und Magistra Eufrasia sind nur Werkzeuge in den Händen des Allmächtigen gewesen, das wisst Ihr so gut wie ich, Arnolfo. Gott gewährt seine Gnade denjenigen, die er für würdig befindet, sie zu empfangen …«

Ein Schatten fiel über das Gesicht des Abtes, denn es schien ihm, dass Matthews freimütige Worte eine Spur von Tadel enthielten. Wie konnte es dieser Mönch wagen, seinen Glauben in Zweifel zu ziehen? Als hätte er seine Gedanken laut ausgesprochen, sah ihn Matthew offen an und griff in der gewohnten Geste nach dem Kreuz um seinen Hals.

»Verzeiht mir meine Weigerung und meine Überheblichkeit, Arnolfo. Ich bin sehr müde und auch sehr durcheinander. Der Wunsch, in meine Heimat zurückzukehren, wird immer stärker, und ich brauche eine Zeit der Einkehr und des Nachdenkens, die ich jedoch nicht hier verbringen möchte. Ihr seid sehr großzügig zu mir gewesen, und ich werde Euch immer dankbar sein für das Wohlwollen, das Ihr mir entgegengebracht habt. Mailand ist eine harte Stadt, die schwierige Zeiten durchmacht, und ich fühle mich dem Leben hier nicht gewachsen. Ich werde nie Eure Weisheit und Euer politisches und diplomatisches Geschick besitzen. Versteht Ihr jetzt, warum ich fortgehen muss? Versteht Ihr, warum ich mich manchmal wie ein Tor anhöre? Vergebt mir, Arnolfo, vergebt mir …«

Der Abt schwieg. Die Frage, die er dem englischen Mönch schon seit Monaten stellen wollte und auf die dieser ehrlich zu antworten gezwungen wäre, blieb ihm wieder einmal im Halse stecken. Warum war dieser Mann hier? Was hatte er für eine Schuld auf sich geladen, um mit einer so langen, mühseligen Bußwallfahrt bestraft zu werden? Und er selbst, warum hatte er bisher nicht den Mut gefunden, eine Erklärung zu verlangen, ja zu fordern?

Verärgert über sich selbst, stand Arnolfo auf, ohne ein Wort der Vergebung oder Absolution zu sprechen. Matthew, den sein Schweigen verunsicherte, erhob sich ebenfalls und wartete ab.

»Jeder von uns muss seinen eigenen Weg gehen, Bruder Matthew, und welcher Weg Euch auch vom Allerhöchste bestimmt worden ist, er wird Mittel finden, ihn Euch zu zeigen. Ich kann Euch nicht in San Simpliciano festhalten, wenn ich auch der Ansicht bin«, fügte er mit einem strengen Blick hinzu, »dass die Verbüßung einer Schuld gründlich und bis zum Ende geschehen sollte, ohne Rücksicht auf die Bitternisse und Unbequemlichkeiten, die diese unvermeidlicherweise mit sich bringt. Wenn wir es schaffen, unser Leiden Gott zum Geschenk zu machen, wird er uns reich dafür belohnen, und wir haben nichts mehr zu befürchten. Ihr habt selbst gesehen, wie ich die Mühsal und die überflüssigen Reden, die das Unkraut der Ketzerei hervorruft, über mich ergehen lassen muss. Dabei sollte es doch meine erste und einzige Pflicht sein, dieses Kloster nach bestem Wissen und Gewissen zu leiten. Ist das denn nicht auch eine Pilgerfahrt, eine Buße, auch wenn sie sich innerhalb der Mauern dieser Stadt vollzieht? Der Unterschied zwischen uns besteht darin, dass Ihr frei seid zu gehen, wann Ihr wollt, während ich Verpflichtungen gegenüber meinen Ordensbrüdern habe und bleiben muss, so sehr mich auch die Verantwortung und der zähe Kampf gegen die Ketzerei oft niederdrücken.«

Matthew sah den Abt während seines vorwurfsvollen Redestroms verblüfft an. Nie hätte er eine solche Zurechtweisung erwartet, nachdem sie über Monate so viele Gedanken, Sorgen und Pläne miteinander geteilt hatten. Er fühlte sich verraten, und eine dumpfe Wut, die von einem schmerzhaften Aufruhr in seinen Eingeweiden ankündigt wurde, stieg in ihm auf. Obwohl er wusste, dass er im Begriff war, einen schweren Fehler zu begehen, konnte er sich nicht zurückhalten.

»Die Ketzerei, Abt? Bedeutet denn das griechische Wort ›Airesis‹ nicht ›Wahl‹? Wenn es sich also nur um eine andere Wahl handelt, warum muss man sie dann mit solcher Härte verfolgen, bis hin zum Entzünden von Scheiterhaufen? Vielleicht nur, um ohne jeden Zweifel deutlich zu machen, wer die Macht hat. Der Gestank von verbranntem Menschenfleisch ist eine entsetzliche Mahnung, und niemand, der ihn einmal gerochen hat, vergisst ihn wieder. Es werden nicht die Scheiterhaufen sein, die diese Stadt groß machen, Abt, noch die internen Kämpfe zwischen den verschiedenen Parteien, egal, ob sie Teil der weltlichen oder der religiösen Führung sind. Ihr selbst habt mir einmal gesagt, dass Ihr die Böhmin gern treffen würdet, um mit ihr zu sprechen und sie zu verstehen. Warum habt Ihr Eure Meinung geändert – wegen der Drohungen von außen oder weil Ihr Angst habt, Euch in ihren Worten wiederzuerkennen und Eure Gewissheiten und Privilegien aufzugeben? Sprecht mit ihr, Abt, und Ihr werdet feststellen, dass ihre Predigt keine ›harmlose Form der Häresie‹ ist, wie Ihr es ausdrückt, sondern Ausdruck einer großen Liebe zu Gott und all seinen Geschöpfen. Guglielmas Glaube steht felsenfest, und ihre Weisheit bedarf keiner Bestätigung von Kirchengelehrten. Ich weiß nicht, wie es mit ihr weitergehen wird, doch ich bin sicher, falls je ein Scheiterhaufen unter ihr entfacht werden sollte, werden alle Wasser dieser Stadt ihren Lauf ändern und sich über das Feuer ergießen, um es zu löschen.«

Nach diesen letzten, mit Vehemenz vorgetragenen Worten senkte Matthew die Augen und verstummte.

Arnolfo war blass geworden und starrte ihn wie versteinert an. Nur ein Mundwinkel zuckte hin und wieder unwillkürlich. Nach einem langen Moment der Stille drehte er sich um und ging mit ausholenden Schritten zu einem der hohen Fenster des Skriptoriums. Matthew, der seinen unbesonnenen Ausbruch schon bereute, wagte nicht, den Blick vom Boden zu heben. Wieder einmal hatte er sich falsch verhalten, wieder einmal hatte er sich von seinen Gefühlen hinreißen lassen, ohne den Regeln des Anstands und der Pflicht des Gehorsams nachzukommen.

Zerknirscht wollte er sich gerade rechtfertigen und erneut um Vergebung bitten, als Arnolfo, ohne sich zu ihm umzudrehen, mit matter Stimme wieder das Wort ergriff.

»Ich danke Euch, Bruder Matthew. Wenn es mir gelingt, meinen Auftrag als Abt weiterhin zu erfüllen, so werde ich das Euch zu verdanken haben. Mein Glaube mag weniger fest sein als der der Böhmin und möglicherweise auch als der Eure, aber ich bin sicher, dass es der Allerhöchste war, der Euch zu mir geschickt hat. Ohne Eure Worte hätte ich nicht innegehalten, um in mich hineinzusehen, denn das ist nicht leicht in meiner Position, versteht Ihr. Niemand wagt es, mir zu widersprechen oder mir auch nur einen Rat zu geben, und die Folge ist eine schmerzliche Einsamkeit, die durch einen Mangel an Gesprächspartnern den Verstand trübt. Ihr habt Recht, ich muss mich mit Guglielma treffen und mit ihr sprechen, sie anhören. Doch nun ist es Zeit für Euch zu gehen. Ich möchte Euch nur noch bitten, mich in Eure Gebete einzuschließen. Wer weiß, vielleicht helfen uns unsere gemeinsamen Bitten, auf dem rechten Weg zu bleiben und das Ziel nicht aus den Augen zu verlieren.«

Der Abt kam auf Matthew zu und nahm zum Abschied seine Hände. Dann verließ er ohne ein weiteres Wort das Skriptorium. Als Matthew ihm nachsah, lief ein Schauer durch seinen Körper, und er schleppte sich mit Beinen, die auf einmal schwer waren wie Blei, zurück in seine Zelle.

KAPITEL 51

Der Reisesack war fast fertig gepackt. Die letzten Dinge lagen ordentlich aufgereiht auf dem Tisch der Zelle: der kleine Schmuckkasten mit dem Kreuz aus Rubinen, der trockene Wacholderzweig, die Taubenfeder und ein kleines Holzkreuz mit grober Schnitzerei. Matthew legte diese zerbrechlichen Gegenstände auf ein Leinentuch, wickelte sie sorgsam ein und knotete die Zipfel fest zusammen. Dann schob er das Bündel vorsichtig in den Sack, zuoberst auf die ordentlich zusammengefalteten Hemden und Hosen, die ganz unten lagen. Bei Morgengrauen würde er sich auf den Weg machen. Zwar war er sich noch nicht über sein endgültiges Ziel im Klaren, aber er hatte beschlossen, zumindest einen Teil der Wegstrecke gemeinsam mit Aimone zurückzulegen, der diesen Tag für die Heimreise nach Graines festgelegt hatte.

Matthew ließ seine Augen noch einmal durch die Zelle schweifen. Jetzt, da er fortging, kam ihm die Zeit, die er in diesen vier Wänden verbracht hatte, kurz vor. Vielleicht gaben ihm die immer gleichen alltäglichen Verrichtungen, die er hier ausgeführt hatte, dieses Gefühl. Oder die vielen sich überstürzenden Ereignisse während seines sechsmonatigen Aufenthalts in Mailand hatten sein Zeitgefühl verändert.

Auch wenn ihn die Aussicht auf eine erneute lange und beschwerliche Reise nicht erbaute, brannte er darauf, die Stadt zu verlassen. Er würde Mailand keine Träne nachweinen. Das hatte er auch zu Aimone gesagt, als er ihn vor ein paar Tagen in seiner Wohnung besucht hatte. Der Burgherr hatte verständnisvoll genickt, aber hinzugefügt, dass seiner Meinung nach die Vielschichtigkeit des Lebens in der Stadt, trotz all der Tücken und Schwierigkeiten, die sie beide erlebt hatten, eine nützliche Erfahrung darstellte, die zu einem umfassenderen Verständnis der Welt führe. »Ich zum Beispiel«, hatte er erläutert, »habe immer geglaubt, ein fähiger Politiker und ein geschickter Verhandlungsführer zu sein. Aber ich musste feststellen, dass es sehr viel leichter ist, diese Rolle auf meinem überschaubaren, kleinen Lehen zu spielen. Nachdem ich hier mit Machenschaften und Intrigen konfrontiert wurde, die über meine Vorstellung gingen, musste ich meine Selbsteinschätzung etwas zurechtstutzen. Überheblichkeit zahlt sich nie aus, Pater Matthew, wohingegen die Entdeckung der eigenen Grenzen immer ein Gewinn ist. Ich bin sicher, dass meine neuen Erkenntnisse dazu beitragen werden, mein Lehen besser zu führen.«

Matthew hatte ihm ohne Widerrede zugehört, denn warum sollte er den Enthusiasmus seines adeligen Freundes dämpfen? Wohl dachte er bei sich, dass die Ursache für diesen neuen Schwung des Burgherrn ganz woanders lag, aber er wollte sein Glück auf keinen Fall trüben. Aimones Liebe zu Rachele, so plötzlich und überraschend sie auch war, schien so tief zu sein, dass sie den Mann völlig umgekrempelt hatte. Eine seltsame Mischung aus Überschwang und Besonnenheit drückte sich in seinen Worten und sogar in seinen Gesichtszügen aus. Seine Haut wirkte frischer und seine grauen Augen blickten nicht mehr so ernst, sondern blitzten immer öfter in kindlicher Freude auf. Auch Bartolomeo hatte offenbar trotz seiner Jugend die Veränderung seines Vaters bemerkt und ahnte auch den Grund dafür. Er hatte Rachele gleich ins Herz geschlossen, was noch dadurch erleichtert wurde, dass er in Nisan einen wunderbaren Spielgefährten gefunden hatte. Als Aimone Matthew von dem Gespräch mit seinem Sohn berichtete, flocht er ein, dass der Knabe anscheinend mehr spürte als ihm gesagt wurde, er ihm aber aus Rücksicht auf seine Empfindsamkeit nicht alles erklärt hatte. Wenn der rechte Zeitpunkt gekommen wäre, würde seine Beziehung zu Rachele von alleine deutlich werden. Matthew hatte Aimones Zuversicht respektiert und keine Bedenken geäußert, obwohl er fürchtete, dass diese Verbindung nicht unproblematisch sein würde, vor allem, was Racheles Glaubenszugehörigkeit betraf. Aber wie sollte er Aimone ernüchtern, ohne seine Gefühle zu verletzen? Möglicherweise irrte er sich ja auch; vielleicht würde sich in Graines niemand an Racheles Herkunft stören, vielleicht würde man sie sogar mit allen der neuen Burgherrin gebührenden Ehren empfangen. Er selbst, der sich seiner Grenzen und Schwächen schon länger bewusst war, wurde immer verunsicherter. Trotz der beruhigenden Worte der Böhmin wusste er nach wie vor nicht, was sein nächstes Ziel sein sollte. Wohin sollte er gehen, und würde er je in sein Kloster zurückkehren können? Wie viele Prüfungen hatte der Allerhöchste ihm noch zugedacht?

Als das erste Licht der Morgendämmerung in die Zelle fiel, blies Matthew die Kerze aus und warf seinen Reisesack über die Schulter. Dann schloss er die Zellentür hinter sich und tastete sich leise durch den dunklen Korridor zum Ausgang des Klosters. Der Weg bis zur Porta Vercellina, wo ihn sein Reisegefährte erwartete, war nicht weit, doch um sich nicht in den Gassen zu verirren, wollte er an der Stadtmauer entlanggehen.

Sie ritten schon seit Stunden. Das Laubdach des Waldstreifens hatte sie bis jetzt vor der Hitze geschützt, die immer noch drückend über der Heide lag. Die schlanken Zweige der Birken reichten fast bis auf den Boden und verschränkten sich oft mit den Spitzen der Weißdornbüsche und anderer Dornensträucher, die teilweise so dicht standen, dass nur schwer durchzukommen war. Weiter vorn, am Ende des Pfades, lichtete sich die Macchia nach und nach und ließ helleres Sonnenlicht hindurchdringen.

»Das da ist der Ticino«, sagte Aimone zu Matthew, der an seiner Seite ritt. »Dort werden wir die Pferde tränken und eine kleine Rast einlegen, wenn die Wachen es erlauben. Danach werden wir ohne Aufenthalt weiterreiten, bis wir wenigstens den Sesia überquert haben. Man hat mir gesagt, dass König Enzo, der Sohn des Kaisers, vor etwa einem Monat die Brücke an der Einmündung des Baches Cervo in den Fluss abreißen ließ, damit die Verbündeten Mailands nicht mehr in das Vercelli-Gebiet gelangen können. Aber wie es scheint, haben die Soldaten des Städtebundes sie schon wieder aufgebaut, sodass man hinüberreiten kann. Ich hoffe nur, dass sie gut bewacht wird und dass es auf der Strecke, die uns noch vom Augusta-Tal trennt, einigermaßen ruhig bleibt. Bis jetzt sind wir ja nur wenigen Soldatentrupps begegnet, die alle in die entgegengesetzte Richtung marschierten. Das könnte bedeuten, dass die Lage an den Ufern des Sesia inzwischen unter Kontrolle ist …«

Matthew hörte ihm schweigend zu. Hinter ihm ritten Bartolomeo und Rachele, die Nisan in einem am Sattel befestigten Korb mit sich führte. Der Hund hechelte vor Wärme, und sein wackeliges, unbequemes Transportbehältnis behagte ihm gar nicht. Der Mönch hatte ihn erst beim Losreiten auf Racheles Pferd entdeckt. Lächelnd musste er daran denken, wie oft ihn schon eines dieser hilfsbereiten, intelligenten Tiere auf seiner Pilgerreise begleitet hatte. Bereits in Frankreich und auf seinen Wegen durch das Augusta-Tal hatte die stumme, aber tröstliche Gegenwart eines Hundes bewirkt, dass er sich weniger einsam fühlte.

Die Macchialandschaft dünnte aus, und hinter den letzten Bäumen war schon das Glitzern des Flusses zu sehen. Je näher sie dem Wasser kamen, desto leiser wurde der Hufschlag der Pferde, denn der zuvor harte und steinige Boden ging in sandiges Terrain über. Aimone ritt vorsichtig durch das restliche Gestrüpp voran. Ehe er den schmalen Pfad ausmachen konnte, der zur Brücke führte, hörte er bereits das Stimmengemurmel der ansehnlichen Wachmannschaft. Bald kam noch das Geklirr ihrer Kettenhemden und der Waffen hinzu.

»Haltet an und wartet hier. Ich werde dem Anführer der Soldaten unsere Ankunft melden.«

Von einem seiner Diener begleitet, ritt der Burgherr langsam auf das Ufer zu. Matthew und Bartolomeo stiegen ab, führten die Pferde zum Fluss und ließen sie trinken. Rachele holte Nisan aus dem Korb und setzte ihn sanft auf dem Boden ab. Das Hündchen schüttelte sich heftig und sah sich verwirrt um, dann schnupperte es gründlich die Luft und trottete zum Wasser.

»Was sind das für Bäume, Pater Matthew?«, fragte Bartolomeo und zeigte auf eine Gruppe, deren Äste sich bis zum feuchten Ufersand hinunterneigten.

»Das sind Flussweiden, die Feuchtgebiete lieben. Sie wachsen auch in meiner Heimat, fast an jedem Wasserlauf. Siehst du, wie ihre Kronen sich nach oben verbreitern, als wollte jedes einzelne Blatt die meiste Feuchtigkeit abbekommen? Der Stamm, den du kaum durch die Zweige hindurch erkennen kannst, hat eine Rinde mit ausgezeichneten medizinischen Eigenschaften, und man sagt, dass …«

»Hör mal, Pater Matthew«, unterbrach ihn Bartolomeo mit deutlichem Desinteresse an einer medizinischen Vorlesung, »ich muss dir noch etwas erzählen. Heute Morgen, als wir losgeritten sind, habe ich eine Frau auf der Brücke der Porta Vercellina gesehen; sie stand ganz still und war allein. Ihr Gesicht lag im Schatten, aber sie war groß, und im Morgenlicht sahen ihre Haare fast weiß aus, obwohl sie nicht die Gestalt einer Greisin hatte. Sie hat dich ganz lange angesehen, doch als du dich gerade in ihre Richtung drehen wolltest, hat sie schnell kehrtgemacht und ist weggegangen. Nach ein paar Schritten hat sie sich noch einmal umgedreht und mir zugelächelt und gewunken. Wer kann das gewesen sein, Pater, kennst du diese Frau vielleicht?«

Matthew öffnete den Mund, um zu antworten, doch es kam nur ein unartikulierter Laut aus seiner Kehle. Der Knabe starrte ihn neugierig an und verstand nicht, warum der Mönch plötzlich so blass geworden war und nach Atem rang. Als er merkte, dass Bartolomeo ihn verwundert beobachtete, gab Matthew sich einen Ruck und antwortete voller Scham: »Nein, ich kenne sie nicht, ich weiß nicht, wer das ist.«

Bartolomeo sah ihn noch einen Moment zweifelnd an, doch dann lenkte ihn Nisans aufgeregtes Bellen ab, und er hatte nur noch den Hund im Kopf.

Er hatte sie verleugnet. Wie der Apostel Petrus Christus verleugnet hatte, so hatte er geleugnet, Guglielma zu kennen. Wie konnte er nur so feige sein? Andererseits, wie sollte er dem Jungen erklären, wer die Böhmin war und wofür sie stand? Er hatte kein Recht, ihn mit Berichten über Ketzerverfolgung, Inquisitionsprozesse und auf öffentlichen Plätzen errichtete Scheiterhaufen zu verstören. Nein, das war Aufgabe seines Vaters; Aimone würde ihm zu gegebener Zeit alles erklären. Dennoch konnte Matthew nicht umhin sich zu fragen, was die Böhmin ihm mit diesem letzten, heimlichen Abschiedsgruß hatte sagen wollen. Vor einiger Zeit hatte sie ihn aufgefordert, in seine Heimat zurückzukehren, und vielleicht war das die Botschaft, die sie ihm, wie schon einmal, durch die unschuldigen Lippen eines Kindes mitteilen ließ. Vielleicht hatte diese gerade begonnene Reise tatsächlich sein altes Kloster zum Ziel ... Wie viele Monate oder Jahre würden bis dahin noch vergehen? Wie viele Schwierigkeiten, Unsicherheiten und Ängste würde er noch durchstehen müssen, ehe er in die Geborgenheit von St. Albans zurückkehren durfte?

Er setzte sich auf einen Felsblock am Ufer und strich über den Stein, der sich warm und glatt anfühlte. Der Fluss machte an dieser Stelle eine breite Schleife, in der das Wasser ruhig dahinfloss. Hier und da schauten kleine Sandbänke aus dem Wasser, auf denen niedrige, ineinander verzweigte Wacholderbüsche wuchsen.

Eine besonders große Uferwelle überspülte Matthews Füße. Er sah nach unten, entdeckte das Ende eines Astes, das aus dem Boden ragte, und zog ihn heraus. Als hätte Nisan ihn die ganze Zeit beobachtet, stürzte er auf ihn zu und wedelte begierig mit dem Schwanz. Der Mönch lächelte und warf ihm das Stöckchen. Der Hund jagte ihm nach, rutschte komisch durch den Sand und packte es fest mit seinen kleinen Zähnen. Bartolomeo fand sofort Gefallen an diesem neuen Spiel und rannte dem Hund hinterher, um ihm das Stöckchen abzunehmen und es erneut zu werfen.

Die Sonne hatte gerade ihren Zenit überschritten. Matthew blinzelte über die Baumwipfel hinweg, die im leichten Wind schwankten, und sah eine Bergkette in der Ferne. Die höchsten Gipfel waren von Gletschern umgeben und leuchteten selbst aus dieser Distanz gleißend weiß vor dem Horizont. Sein Blick wanderte von den Bergen zurück zum Wasser, das unaufhörlich an ihm vorbeifloss. Woher kam dieses Wasser, wohin ging es, wie viele andere Kieselsteine würde es mit sich führen und glatt schleifen, ehe es ins Meer mündete?

Er nahm eine Hand voll Sand und ließ ihn durch die Finger rieseln, worauf das Sommerlüftchen die Körner sogleich zerstreute. Der Sand fiel auf anderen Sand und vermischte sich mit ihm.

Matthew hob die Augen zum Himmel. Weit weg zeichnete sich vor dem tiefen Blau ein Falke ab, der auf die schneebedeckten Berge zuflog.

ANMERKUNG DER AUTORIN

Obwohl die Handlung dieses Romans frei erfunden ist, gehen doch einige der darin vorkommenden Figuren auf historische Persönlichkeiten zurück. Besonders von zweien habe ich mich inspirieren lassen und sie, wenn auch im Gewand dichterischer Freiheit, in die Geschichte eingefügt: Kaiser Friedrich II. und Guglielma, die Böhmin. Während wir über Friedrich und seine Taten während seiner Regierungszeit dank der ausgezeichneten Forschungslage sehr viel wissen, ist über Guglielmas Leben nur das Wenige bekannt, das aus den Akten des Inquisitionsprozesses hervorgeht, dem ihre Anhänger unterzogen wurden. Guglielma, die im Verdacht der Ketzerei stand, hatte einen einzigartigen Einfluss auf das Denken vieler Vertreter der Mailänder Bevölkerung in der zweiten Hälfte des dreizehnten Jahrhunderts. Ihre Predigten trafen auf fruchtbaren Boden, und ihre Anhänger kamen aus allen Ständen der Gesellschaft. Kaufleute und Entrechtete, Adelige und einfache Leute aus dem Volk machten sie zu ihrer geistlichen Führerin. Sie stand unter dem Schutz der Zisterziensermönche von Chiaravalle, die nach ihrem Tod ihre Heiligsprechung anstrebten, und wurde mit großen Ehren in dieser bedeutenden Abtei vor den Toren Mailands beigesetzt. Trotz einer beträchtlichen Gefolgschaft von Gläubigen, die sich auch nach ihrem Tod nicht auflöste, strengte die Mailänder Kirche einen Prozess gegen ihre Anhänger an. Sie wurden wegen Ketzerei verhört und für schuldig befunden. Nach dem Urteil wurden Guglielmas sterbliche Überreste exhumiert und den Flammen übergeben. Die damit verbundene Mahnung der Kirche war deutlich: Diese Frau war zu Lebzeiten eine Häretikerin gewesen, und niemand durfte sie als etwas anderes betrachten.

Ab dem dreizehnten Jahrhundert haben viele verschiedene Formen so genannter Häresie in Europa Fuß gefasst, und die römische Kirche setzte alle ihr zur Verfügung stehenden Mittel, auch militärische, ein, um sie zu unterdrücken. In Mailand und der Lombardei war vor allem die Bewegung der Katharer aktiv, deren Forderungen jedoch wenig mit Guglielmas Lehren gemein hatten. Die spirituelle Ausrichtung der Böhmin lässt sich eher mit den großen Mystikerinnen des Mittelalters wie der Deutschen Hildegard von Bingen oder der Engländerin Juliana von Norwich vergleichen. Die Zeit, zu der sie in Mailand predigte, ist nicht genau verbürgt, aber man weiß, dass sie im Jahr 1280 starb und ihre sterblichen Überreste 1300 verbrannt wurden. Daher konnte ich ihr Wirken in Mailand um die Mitte des Jahrhunderts ansiedeln und sie in der Erzählung eine Rolle spielen lassen, auch wenn dieser Lebensabschnitt Guglielmas der Wahrscheinlichkeit nach erst etwas später zu datieren ist.

Der Erzbischof Leone da Perego, der Dominikanermönch Pietro da Verona, der päpstliche Legat Gregorio da Montelongo und der Podestà Catelano sowie einige Nebenfiguren, die im Roman namentlich erwähnt werden, entsprechen den historischen Vorbildern aus dem Jahr 1243, in dem die Geschichte spielt. Das so genannte »Wunder von San Satiro« hingegen, das der gleichnamigen Kirche ihren Ruhm bescherte, wird in den Chroniken bereits ein Jahr zuvor erwähnt.

Was die Straßen, Stadtviertel und Kirchen Mailands betrifft, so sind sie, denke ich, bis auf einige Namensänderungen, gut wiederzuerkennen. Der Broletto, die Piazza Mercanti, die Via San Pietro all' Orto und die Kirchen San Simpliciano und San

Calimero sind nach wie vor Teil des Stadtbildes. Der heutige Corso di Porta Romana, welcher der alten Via Porticata entspricht, wurde von dem mächtigen Stadttor gleichen Namens begrenzt, das einen der am stärksten frequentierten Zugänge zur Stadt darstellte. Von dem Tor selbst ist leider nichts mehr erhalten. Das einzige verbliebene Zeugnis ist ein ikonographisches Relief, das nach der Zerstörung der Stadt durch Friedrich Barbarossa im zwölften Jahrhundert eingemeißelt wurde und heute im Castello Sforzesco aufbewahrt wird. Direkt hinter der Mauer, die die Via Porticata abschloss, verlief der Ringgraben und trennte die Stadt vom Umland. Dieses bestand vor den Toren zunächst noch aus planlosen Vierteln mit ärmlichen Hütten und dem einen oder anderen Hospiz (wie das Hospital von San Lazzaro, das sich ungefähr auf der Höhe des jetzigen Largo Crocetta befand), doch bald wechselten sich Ackerland und an Wild reiche Waldgebiete ab. Der Quadronno-Wald, der öfter in der Erzählung vorkommt, begann vermutlich an der Via Quadronno und erstreckte sich über eine weite Fläche, die viele der heutigen bebauten Stadtviertel umfasste. Im Volksmund galt dieser Wald lange als »Wohnsitz von Hexen«.

Das alte Brolo-Hospital, das im Jahr 1150 gegründet wurde, lag in etwa auf der jetzigen Piazza Santo Stefano und war das größte und bestorganisierte der Stadt. Einige Jahre nach den Ereignissen dieser Geschichte, um 1262, wurde es erweitert und renoviert und in »Ospedale Nuovo« umgetauft.

Das Lied *Come diruto Mediolano,* das vollständig im Roman wiedergegeben wird, ist das älteste dokumentierte Mailänder Volkslied. Sein Text geht auf die Zeit Friedrich Barbarossas zurück und stand als Kommentar neben einem Freskenzyklus im Kreuzgang des Klosters der Umiliati von Brera. Die Wandmalereien waren von einer Gruppe von Rittern in Auftrag gegeben worden, die nach den Verwüstungen durch Barbarossa beschlossen hatten, eine Ordensgemeinschaft mit dem Gelübde der Demut und Buße zu gründen, damit Mailand sich wieder aus den Ruinen erheben sollte.

Mailand hatte, im Gegensatz zu vielen anderen italienischen Städten, keine jüdische Gemeinde. Während an anderen Orten die speziellen Berufe und Fähigkeiten der jüdischen Bevölkerung geschätzt und von den christlichen Bewohnern gern in Anspruch genommen wurden (Handwerker, Färber, Händler, Pfandleiher), duldete Mailand keine Juden auf seinem Gebiet. Sie durften sich nicht länger als eine Nacht in der Stadt aufhalten und keinen engeren Kontakt zu den Bewohnern pflegen. Aus diesem Grund berichten die historischen Quellen von keinen jüdischen Gebetsstätten, Friedhöfen oder Wohnvierteln innerhalb oder außerhalb der Stadtmauern. Doch da Toleranz und Menschlichkeit, gereift in jahrhundertelanger Erfahrung, unsinnige Regeln und Verbote zu umgehen wissen, habe ich mir die Freiheit genommen, ein heimliches Zusammenleben von Personen jüdischen und christlichen Glaubens zu ersinnen. Erklärungen über Bräuche und Gegenstände der jüdischen Tradition habe ich den verfügbaren historischen und wissenschaftlichen Texten entnommen. Eventuelle Fehler und Ungenauigkeiten sind allein meiner mangelhaften Vertrautheit mit dieser jahrtausendealten Kultur zuzuschreiben.

Über die antike und mittelalterliche Medizin gibt es zahlreiche interessante Abhandlungen, die nicht nur den damaligen Wissensstand, die Diagnose- und Therapiemethoden erläutern, sondern auch Erkenntnisse über die philosophische Bedeutung liefern, welche die Zeitgenossen dem Arztberuf beimaßen. Den beiden Ärzten, die im Roman eine Rolle spielen, habe ich eine Art vorzeitiger Mordernität verliehen, die sich in ihren Worten, Einstellungen und Methoden ausdrückt, anstatt die »magische« Seite zu betonen, die ihre Kunst in den Augen des Volkes hatte. Der Gebrauch von Heilpflanzen, von »einfachen« und »zusammengesetzten« Arzneien, der schon seit

Jahrhunderten die Grundlage der allgemeinen Arzneimittelkunde bildete, wurde im Laufe des dreizehnten und vierzehnten Jahrhunderts weiter erforscht, verfeinert und erprobt. Es wurden neue, auch chirurgische Behandlungsmethoden entwickelt, die ihre Verbreitung dem regen Austausch zwischen den verschiedenen medizinischen Schulen zu verdanken hatten, welche gerade im mittelalterlichen Europa eine Blüte erlebten. Ich habe die Forscherseite der beiden Ärztefiguren hervorgehoben, um ein Beispiel zu geben, wie dieser Beruf von seinen aufgeklärteren Vertretern ausgeübt worden sein könnte.

Im Folgenden werden zum besseren Verständnis des Romans einige Begriffe erklärt.

Augusta-Tal: Aostatal.

Famula: Dienerin in einem Krankenhaus.

Kataplasma: heißer Breiumschlag.

Kaddisch: jüdisches Gebet, das beim Tod oder am Todestag eines Verwandten gesprochen wird.

Kauterium: Brenneisen zur Entfernung von Gewebe.

Magistra: Anrede für die Äbtissin eines Klosters.

Menora: siebenarmiger Leuchter, das bekannteste jüdische Symbol.

Mesusa: Pergamentrolle mit Bibelstellen, die in einer kleinen Schachtel aufbewahrt und rituell an der rechten Seite der Haustür aufgehängt wird. Die Mesusa soll das Haus vor Dämonen und bösen Kräften schützen.

Tallit: Gebetsschal, den die männlichen Juden beim Morgengebet anlegen. Beim Tod des Besitzers wird der Leichnam traditionell in den Tallit eingehüllt, von dem man einen Teil der Fransen abschneidet.

Tefillin: würfelförmige Kapseln aus schwarzem Leder, die Bibelstellen enthalten und beim Morgengebet von männlichen Juden mit den Gebetsriemen am linken Oberarm und an der Stirn befestigt werden.

Thora: die ersten fünf Bücher Mose, grundlegende Lehre des jüdischen Glaubens.

Tintinnabulum: Instrument aus kleinen Glöckchen, das von den Spielleuten geschüttelt wurde, welche die Pilgerzüge zu den heiligen Stätten begleiteten.

DANKSAGUNG

Bei den Recherchen zu diesem speziellen Abschnitt der Geschichte Mailands und der Lombardei sind mir zwei Historikerinnen eine große Hilfe gewesen: Giuliana Albini, außerordentliche Professorin für mittelalterliche Geschichte an der Universität Mailand, die mir wertvolle Informationen über Krankenhäuser geliefert hat und mir mit ihrem wissenschaftlichen Rat zur Seite stand, und Marina Gazzini, wissenschaftliche Mitarbeiterin an der Universität Parma, die viele meiner Fragen über das soziale und politische Leben in Mailand um 1200 geklärt hat. Ermanno A. Arslan, Direktor des archäologischen Museums Mailand und einer der bedeutendsten italienischen Numismatiker, hat mir nicht nur die Konsultation des *Corpus Nummorum Italicorum* ermöglicht, eines unersetzlichen Nachschlagewerks über alte italienische Münzprägungen, sondern auch meine Zweifel hinsichtlich des Tauschwertes der im dreizehnten Jahrhundert gebräuchlichen Zahlungsmittel zerstreut. Die Bibliothek der Fondazione del Centro di Documentazione Ebraica Contemporanea hat mir nützliche Literatur zum Studium der Geschichte der Juden in Italien empfohlen, und Don Marco Re, der Pfarrer der Kirche San Celso, hat meine Kenntnisse über die architektonischen Besonderheiten der Basilika erweitert. Kadder Grandi hat mir großzügig bei der Wahl der arabischen Namen für die Sarazenen im Roman geholfen. Neben Ruggero Dujany, der mich schon einmal in medizinischen Fragen beraten hat, möchte ich auch Giorgio Soldà danken, der mit freundlicher Zuvorkommenheit meine Fragen über die im Mittelalter angewandte Chirurgie beantwortet hat. Die Rechtschaffenheit und tiefe Menschlichkeit, mit der beide ihrem anspruchsvollen Beruf nachgehen, haben mich zu den beiden im Roman vorkommenden Ärztefiguren angeregt.

Ein besonderer Dank gilt meinem Mann Giulio und seiner umfassenden Kenntnis der Welt der Bücher. Ohne seine Hilfe hätte ich viele der Texte nicht gefunden, die ich brauchte, um einen Ausschnitt des städtischen Lebens im dreizehnten Jahrhundert glaubwürdig darstellen zu können. Er hat die Entstehung des Romans liebevoll begleitet, und ich verdanke ihm außerdem einige wertvolle Ratschläge zur Auflösung schwieriger Handlungsknoten.

Auch meiner Tochter Elisabetta, die zusammen mit Mattia wieder einmal die undankbare Aufgabe der »Lektorin« übernommen hat, möchte ich ein großes Dankeschön sagen. Ohne ihre unnachsichtige, aber zutreffende Kritik und ihre Vorschläge wären einige Passagen des Romans weniger gut gelungen.

Zum Schluss möchte ich allen Leserinnen und Lesern meines ersten Romans danken, die mir persönlich oder durch Dritte ihr Lob ausgesprochen haben. Der Enthusiasmus, den ich oft in ihren Worten spürte, hat mich bestärkt und angefeuert, auch dieses zweite Werk zu Ende zu bringen.

Das gewagte und irritierende Doppelleben eines Mädchens, das nur ein Junge sein durfte.

Daniela Wander
SIMONETTA
Roman
528 Seiten
ISBN 3-404-15273-5

Als in Prato im Jahre 1381 der Familie Tagliatori die sechste Tochter geboren wird und schon wieder nicht der heiß ersehnte Sohn, läßt die Mutter aus diesem Mädchen offiziell einen Jungen werden. Simone wächst in den ersten Lebensjahren in ungebrochenem Glauben an seine Männlichkeit auf. Erst im jungen Erwachsenenalter drängen die Probleme, die sich aus diesem seltsamen Zwitterdasein ergeben, an die Oberfläche. Simonetta beginnt, ein gewagtes und irritierendes Doppelleben zu führen: Sie bleibt im Alltag für jedermann erkennbar Simone, der Erbe des Hauses Tagliatori, schlüpft aber allzu gern in Frauenrollen, die ihr ungeahnte Einblicke und Freiheiten verschaffen und die Möglichkeit, sich selbst und ihre Stadt aus neuer Sicht zu erforschen. Bis sie eines Tages auf den schönen, aber undurchsichtigen Michele Rossiorossi trifft, der sie anzieht – und verwirrt ...

Bastei Lübbe Taschenbuch

Der Abschluss der großen Saga um die keltischen Kreuzzüge – für alle Freunde von Noah Gordon und Ken Follett

Stephen Lawhead
DIE TOCHTER DES PILGERS
Roman
576 Seiten
ISBN 3-404-15232-8

In der Hagia Sophia zu Konstantinopel wird der Vater des Mädchens Caitríona von einem vermummten Tempelritter ermordet. Auf der Suche nach dem Mörder fällt Cait ein Dokument in die Hände, auf welchem der Ort verzeichnet ist, an dem sich ein geheimnisvoller Schatz befinden soll. Man nennt den Schatz die mystische Rose. Ist es der Heilige Gral, der Abendmahlskelch Jesu Christi? Mit einer Truppe von Nordmännern, die sie aus den Händen der Sarazenen freikauft, sticht Caitríona in See. Der Weg führt sie in das maurische Spanien – bis hin zum geheimsten Ort der Christenheit. Doch der rachsüchtige Templer, der sie und ihre Familie vernichten will, bleibt ihr auf der Spur …

Bastei Lübbe Taschenbuch